D1919783

Christoph Kleemann

Hans im Glück

oder Die Reise in den Westen

Roman

mitteldeutscher verlag

Für Martin

1

Wie normal das heute ist. Man kauft ein Ticket, steigt in einen Zug und fährt, wohin man will. Vierzig Jahre lang haben wir davon geträumt.

Georg saß im Großraumwagen eines ICE, seine Tasche, zu hoch für das Gepäckfach über ihm, lag neben seinem Sitz auf dem Boden. Der Zug fuhr geräuschlos an, brachte das Gleislabyrinth des Bahnhofsgeländes aus Kreuzungen und Weichen schaukelnd und ruckend hinter sich und fand seine Strecke. Ruhig glitt er dahin, mit steigender Geschwindigkeit. Georg kippte die Rückenlehne nach hinten und schaute zum Fenster hinaus. Die letzten Vorortsiedlungen verloren sich am Horizont. Abgeerntete blassgelbe Felder und mattgrüne Weiden, von dunklen Waldfetzen durchbrochen, wie das scheckige Fell einer Hyäne. Rehe blickten auf und fraßen angstlos weiter. Schwärme von Möwen schneiten auf umgebrochene Äcker nieder. Masten flogen vorbei, an durchhängenden Kabeln aufgereiht. In regelmäßigen Abständen senkten sie sich ins Bild und hoben sich wieder an seinem Rand. Ein Kirchturm, von dunklen Dächern umstellt, stach wie ein Bleistift in den stumpfen, grauen Herbsthimmel.

Es war Mittwoch, der 17. Oktober, und es war der achtzehnte Herbst seit dem beherzten Aufbruch, der jetzt friedliche Revolution hieß und den so viele nur noch Wende nannten.

Er wusste nicht mehr, was für ein Herbst jener Herbst 89 gewesen war, wie stürmisch oder still, wie kalt oder mild. Er erinnerte sich an kein leuchtendes Laub an den Bäumen, keinen blutroten Abendhimmel, kein tosendes, aufgewühltes Meer. Als Naturereignis schien dieser bedeutsame Herbst ausgefallen zu sein. Geblieben waren Erinnerungen an eine stürmische Zeit, an aufgewühlte Menschen mit leuchtenden Gesichtern, an verdächtige Stille um das nächtliche Hauptquartier und tosende Menschenaufläufe auf dem Weg dahin. Er sah das blutrote Gesicht des Stasi-Offiziers vor sich, der – flankiert von zwei bewaffneten Männern des Wachregiments – die Demonstranten durch ein Megafon aufforderte, den Platz zu verlassen und nach Hause zu gehen, andernfalls ... Was andernfalls? Das Weitere ging unter im Gelächter der Tausenden, die soeben ihre Angst verloren vor Drohungen, zornigen Gesichtern und mausgrauen Uniformen. So war es beim ersten Mal. Eine Woche später traute sich kein Offizier mehr vor das Tor. Die Angst hatte die Besitzer gewechselt.

Wovor hatten sie Angst, die Männer da drinnen, hinter den vergitterten Fenstern? Vor den singenden, skandierenden, klatschenden Menschen, von denen keiner eine Waffe trug oder Steine auflas, wie bei manchen Demonstrationen in der neuen Zeit? Oder vor den eigenen Befehlsgebern, derer man sich inzwischen nicht mehr sicher sein konnte? Oder vor dem Wissen um Rechtsbeugung und Gesinnungsterror, vor dem eigenen Gewissen? Nein, das kaum. Das Gewissen kam in ihrem Wortschatz vermutlich gar nicht vor.

Georg war noch ein Kind, da beeindruckte er seine Hamburger Tante Susanne, als er erklärte, er möge den Herbst von allen Jahreszeiten am liebsten. Wie er denn darauf komme, wollte sie wissen, wo doch alle Kinder den Frühling liebten. Der Herbst habe die schöneren Farben, erklärte er, der Frühling sei ihm zu grell, das Grün steche in die Augen, die Frühlingsfarben seien ihm zu knallig. Außerdem liebe er es, wenn draußen alles langsam zur Ruhe komme.

Das waren die Worte, mit denen ihm seine Mutter ihre besondere Vorliebe für den Herbst beschrieben hatte. Er plapperte sie nach, ohne deren Sinn verstanden zu haben, mit dem Erfolg, in den Augen seiner Tante Suse als besonders frühreif zu gelten.

Schamhaft erinnerte er sich jener altklugen Attitüde, als er, in die Jahre gekommen, die Reize des Herbstes nun wirklich für sich zu entdecken begann. Das dunkle Gelb der Rudbeckien, die schweren Karmin-, Rubin- und Violetttöne der Astern, die leuchtenden Blätter des Amber, der sich stets als Erster zu verkleiden begann, die lodernden Flammen des Wilden Weins, der von Jahr zu Jahr das Haus fester umschloss. Dann kamen die Elstern, paarweise, schritten und hüpften mit wippenden Schwanzfedern das Revier ab, als müssten sie es vor dem hereinbrechenden Winter ein letztes Mal inspizieren und prüfen, ob ihre winterflüchtigen Geschwister den Garten geordnet hinterlassen hätten. Setzten die ersten Stürme ein, begann die von freundlichen Ritualen begleitete Hausinnenzeit.

Wochenends genoss er die blauen Stunden, die immer früher einsetzende Dämmerung, lag schon am Nachmittag im Sessel, schlürfte würzigen Tee und las oder schaute hinaus zu den Birken, die sich im Wind wanden und mit ihren wedelnden Zweigen das Gartenhaus peitschten.

In der Zeit, in der er vor Sonnenaufgang das Haus verlassen musste – Ariane konnte eine Stunde länger schlafen – und, manchmal lange nach ihr, im Dunkeln heimkehrte, roch es im Haus nach Paraffin. Überall standen Kerzen, schon Wochen vor

Advent. Selbst wenn Georg bis weit in die Nacht im Lichtkegel seiner Schreibtischlampe schrieb und las, teilte er den knappen Sauerstoff seines kleinen Arbeitszimmers mit dem letzten Stumpen einer Altarkerze, dessen flüssiges Wachs manchmal über den Rand des gläsernen Untersetzers lief und eine bleiche Spur in die rohe Holzplatte fraß.

Georg liebte diese Zeit, in der sich alles nach innen wandte, in der Natur da draußen wie auch in der eigenen Gedankenwelt. Die Zeit der stillen Stunden, die Zeit auch, in der Georg manchmal Worte fand für scheinbar Unaussprechliches und Bilder sah, die noch gemalt werden wollten.

Schließt er die Augen, kann er noch das Fauchen in den Schornsteinen hören, damals zu Hause, das durch die geschlossenen Türen der Kachelöfen dringt. Wenn das Brausen des Windes einsetzt, liegt auch schon all das schöne Laub wild zusammengefegt zwischen den Hecken, die den Garten von drei Seiten umgeben. An einem windstillen Nachmittag muss die letzte Gartenarbeit getan werden. Seine Schwester und er bekommen Laubrechen in die Hand, um die Blätter unter den Büschen wieder hervorzuholen und mitten auf der Wiese zu Haufen aufzutürmen, von wo sie der Vater mit einem dreirädrigen Karren in die hinterste Gartenecke fährt. Dort hat er einen Komposthaufen angelegt, der nun unter Laub begraben und mit einer Plane abgedeckt wird.

Die blauen Stunden bis zum ersten Schnee hocken Georg und seine Schwester oft eng an die Mutter gelehnt auf ihren kleinen Fußbänken und lassen sich in eine Welt entführen, in der es Zwerge und Feen, Riesen und Räuber, Drachen und Wölfe und vor allem Bauernjungen und Prinzessinnen oder Prinzen und

Bauerntöchter gibt und in der sich ihre Mutter so gut auskennt, dass sie nie ein Buch braucht, um davon zu erzählen.

Der Herbst ist zu Ende, sobald der erste Schnee den Garten mit seinen Bäumen und Büschen und Gräsern zu verzaubern anfängt und den Zaunlatten kleine weiße Hüte aufsetzt.

Dann verbringen die Kinder die Nachmittage im Freien, oft am nahe gelegenen Galgenberg, der hoch genug ist, dass man in Ketten rodeln kann. Einmal gerät eine Kette von vier aneinandergeknüpften Schlitten so ins Schleudern, dass die Schlitten kippen und sich überschlagen, während die Kinder lachend und schreiend durcheinanderpurzeln. Ein Junge aus der Nachbarschaft aber prallt gegen eine Platane, wo er hart aufschlägt, zwei Zähne verliert und mit einer Gehirnerschütterung ins Krankenhaus gebracht werden muss. Von da ab gilt Schlittenverbot am Galgenberg, zumindest für Georg und seine Schwester.

Alle anderen kindlichen Wintererinnerungen schienen wie von einem schwarzen Loch aufgesogen. Die Herbstbilder vermochte er jederzeit abzurufen, so lebendig waren sie in ihm abgespeichert.

Eine Woche seines Jahresurlaubs blockierte Georg für den Herbst, und er nahm sie für sich allein in Anspruch. Manchmal suchte er eine Unterkunft im Elbsandsteingebirge oder im Vogtland, neuerdings auch mal in der Lüneburger Heide oder im Sauerland. Diesmal verbrachte er die letzte Septemberwoche im sächsischen Dreiländereck. Das Haus, eine ehemalige kirchliche Ausbildungsstätte, befand sich im oberen Teil eines Dorfes an der Grenze zu Tschechien.

Hier hatte er schon einmal zwei Urlaubswochen verbracht. Das war im Sommer 1968. Er kann sich genau erinnern.

Mit seinem klapprigen Motorroller knattert er viermal in vierzehn Tagen bis nach Prag und besucht tschechische Freunde, um mit ihnen die neue Freiheit zu feiern, die unter Dubček ins sozialistische Nachbarland eingezogen ist. Schon in der Kneipe hinter der Grenze, wo Georg haltmacht, um sich ein erstes Pilsener Urquell zu gönnen, vermag er das Andere zu spüren. Man diskutiert laut und euphorisch über die neue Lage, ohne die Geheimpolizei zu fürchten. Ein alter Mann am Tresen übersetzt für Georg jeden Satz. *Ihr werdet auch bald frei sein*, meint einer, *euer Ulbricht ist doch überfällig*. Man prostet sich zu: *Vivat Dubček! Vivat Svoboda!* und *Nieder mit Ulbricht! Nieder mit Breshnew! Russen auf den Mond!*

In Prag kommt sich Georg wie im Westen vor. Die Stadt legt ihr Grau ab, kleidet sich bunt und hell. Das Schwerlastige und Verkniffene, das ihn bei früheren Besuchen so an die DDR erinnert hat, ist verschwunden. Ihm scheint, er begegne einer neuen Gattung Mensch, offen, zuversichtlich und selbstbewusst. Dann aber, eines Morgens, Georg liegt noch im Bett, schießen Düsenmaschinen über den Kamm in Richtung Tschechoslowakei. Dieser Mittwoch wird sich in sein Gedächtnis tief einbrennen. Mittwoch, der 21. August.

Voller unguter Ahnungen springt er aus den Federn und läuft zum Fenster. Unten sammeln sich, schreiend und heftig gestikulierend, die Dorfbewohner. Eine Frau mit Tränen in den Augen erzählt ihm, schon am späten Abend des Vortages sei eine endlose Kette von Panzern der sogenannten Bruderländer dröhnend und kreischend durch das Unterdorf gestoben, habe das Grenztor niedergewalzt und Kurs auf Prag genommen. Ratlosigkeit, Wut und Verzweiflung zeichnen die Gesichter. Ein paar Tschechen aus den benachbarten Grenzdörfern kommen hinzu. Mit zornigem Blick fragen sie: *Warum macht ihr alles kaputt? – Wir wollen das doch auch nicht*, sagen die Einheimischen. *Das sind doch immer die da oben.* Einer bemerkt: *Ihr Tschechen habt die Russen doch selber gerufen.* Er muss zusehen, dass er unbeschadet nach Hause kommt. Der Bürgermeister lässt sich zwei Tage verleugnen und zeigt sich erst wieder, als die offizielle Lesart der Geschehnisse aus Berlin vorliegt.

Aus der Traum, denkt Georg. Aus die Hoffnung, sein Land könne sich von dieser Variante des Sozialismus doch noch anstecken lassen!

Jahre später, der Sozialismus sowjetischer Prägung gibt sich erinnerungsresistent gegenüber allen gescheiterten Ausbruchsversuchen, besucht Georg einen kranken Freund im trostlos grauen Zittau. Am Nachmittag streift er noch einmal durch den leuchtenden Lausitzer Herbstwald, sammelt Maronen und Perlpilze, gerät auch mal versehentlich auf die tschechische Seite und findet unbemerkt zurück. Er genießt die tiefe Stille der fast unberührten Natur, wie sie nur noch in den Sperrgebieten und grenznahen Zonen zu finden ist. Nur ein Fuchs kreuzt seinen Weg. Von einer Erhebung schaut er nach Böhmen hinüber und meint, ein Bild Caspar David Friedrichs wiederzuerkennen.

Wo Georg auch immer seine herbstliche Urlaubswoche zubringt, am Abend sitzt er bei Kerzenschein in seinem Quartier und schreibt, wenn er nicht liest, in sein Tagebuch. Weniger die bescheidenen Tagesereignisse scheinen ihm wert, festgehalten zu werden, als vielmehr das, was sich von einem Herbst zum anderen ereignet hat. Er berichtet von seinen Reisen, unter denen schon lange keine *Westreise* mehr zu verzeichnen ist. Er erzählt von Besuchen, die ihn berührt haben, Besuchen auch aus dem anderen Deutschland. Er schreibt von literarischer *Bückware*,

Büchern, die unter dem Ladentisch verkauft werden und die als Geheimtipp gelten, weil sie verschlüsselte Systemkritik enthalten. Manche der Autoren hat er lesen gehört. Eine, die dem Schriftstellerverband den Rücken gekehrt hat, lädt er in seine Gemeinde ein. So viele fremde Gesichter habe es in seiner Kirche nur Heiligabend gegeben, schreibt er in sein Tagebuch. Bewegende Theaterbesuche und Konzerte erwähnt er wie Naturereignisse und meteorologische Besonderheiten. Aber auch kleine, ganz persönliche Begebenheiten notiert er akribisch und unverdrossen in eines seiner unzähligen Oktavheftchen, die er jeweils mit einer Jahreszahl versieht. Manchmal mischen sich schwermütige Bilder aus elenden grauen November- und Dezemberwochen dazwischen.

Später, als es ihn in den Norden verschlägt, setzt er seine Gewohnheit fort und sucht sich für seine Herbstwoche Unterkünfte auf dem Darß, auf Rügen oder Usedom.

Einmal gelingt es ihm, eine Herbstwoche auf Hiddensee zuzubringen, in der Zeit, als die Insel bereits in das Verteidigungskonzept der DDR einbezogen ist.

Auch da trägt er sein kleines Heft bei sich und notiert Stichworte, die er abends im *Krug* bei einer Flasche Gamza in Sätze fasst.

An einem dieser Abende stehen zwei Männer hinter ihm und wollen wissen, was er da mache. Sie tragen keine Schlapphüte und keine Ledermäntel. Georg hält sie für neugierige Kneipengäste. Er schaut kurz auf und sagt: *Ich schreibe.*

Das sehen wir auch, sagt der eine und zückt einen Ausweis, zu knapp, als dass Georg erkennen kann, mit wem genau er es zu tun hat. Aber er versteht.

Kommen Sie mit, sagt der andere und führt Georg in einen kleinen Nebenraum. Dort nimmt er ihm sein Heft ab und beginnt darin zu blättern und zu lesen. Er winkt seinen Kollegen herbei und zeigt ihm etwas. Beide zwinkern sich zu und lachen. Dann machen sie wieder ein ernstes Gesicht und belehren ihn knapp und förmlich, er befinde sich im Grenzgebiet und solle sich strikt an die geltende Ordnung halten. Dazu gehöre auch, keinerlei Notizen über militärische Bewegungen oder Standorte auf der Insel zu machen und nach Einbruch der Dunkelheit den Strandbereich zu meiden. Man reicht ihm sein Heft zurück und wünscht ihm ansonsten noch einen angenehmen Abend.

Doch die Leichtigkeit des Abends kehrt nicht mehr zurück, auch an den folgenden Tagen nicht. Georgs Gedanken sind wie blockiert. Bemerkungen zur allgemeinen politischen Lage fanden bisher zwar selten Eingang in seine Tagebücher. Jetzt aber bekommt diese mehr zufällige Unterlassung Vorsatzcharakter, wird zu einer Art Eigenzensur und nimmt damit seinen Notizen ein Stück Authentizität.

Aber seine jährliche Herbstwoche bleibt ihm heilig. Sowohl Sabine als später auch Ariane tolerieren diesen Alleingang, wissen sie sich doch so für eine Woche seiner zwanghaften Ordnungsliebe enthoben, die nicht selten das häusliche Klima in eine mittlere Krise treibt.

Die Liaison mit Katharina allerdings hätte diese eine Herbstwoche beinahe nicht überstanden. Denn Katharina droht, sollte er allein losfahren, sich nie wieder blicken zu lassen. Dann aber findet er sie, als er zurückkehrt, in seiner Wohnung vor, aufgeräumter als diese selber und zärtlicher denn je.

Einmal vergisst Georg seine herbstliche Auszeit. Das ist 1989. In diesem Herbst ist alles anders.

Georg steht am Ausgang und befindet sich unter den Ersten, die hinaus ins Dunkel treten. Er sieht heitere Menschen, von Kerzen angestrahlt, die nach ihm aus dem Portal der Markuskirche quellen, Menschen, die sich verschwörerische Blicke zuwerfen, viele bekannte Gesichter darunter, aber auch neue. Fremde möchte er nicht sagen. Wer jetzt mitgeht, ist nicht mehr fremd.

Georg, hört er eine Stimme, *hast du mal Streichhölzer?*

Damit der Wind die ungeschützten Lichter nicht ausbläst, hat Georg, wie viele andere, seinem Licht eine Papiermanschette verpasst. Noch leuchtet seines.

Nein, sagt er, *hab ich nicht. Aber du kannst dein Licht an meiner Kerze anzünden.*

Ich wollt eine rauchen, sagt der junge Mann neben ihm.

Jetzt, wo es losgeht, fragt Georg.

Genau, sagt er, *jetzt, weil es losgeht. Ich mag aber meinen Stummel nicht in eine Kerze halten.*

Eine befreiende Anspannung liegt über der ersten Demonstration in seiner Stadt.

Sein Blick streift die dunkelblauen Anoraks mit dem roten Futter, die sich schon am Nachmittag in Zweier- und Dreiergruppen völlig unauffällig um die Kirche herum postiert haben, so zivil wie irgend möglich und darin wieder uniform.

Müsste man sich die Gestalten merken, die man in sie gesteckt hat? Wozu?

Aber das Gefühl an diesem ersten Mittwoch muss uns erhalten bleiben, darf niemals ganz verloren gehen, denkt er. Wer weiß, wofür wir es noch brauchen.

Jetzt fuhr Georg in den Westen.

Für ihn war es noch immer eine Westreise, obgleich sich die Spuren des DDR-Grenzregimes inzwischen verloren hatten. Wenn er am Schalter eine Fahrkarte in die alten Bundesländer löste, nannte er den Ort und fügte hinzu: im Westen. Meistens lächelte dann sein Gegenüber. Manchmal aber trafen ihn auch böse Blicke. Und jedes Mal, wenn er sich der einstigen Grenze durch Deutschland näherte, kroch aus einer nicht lokalisierbaren Tiefe diese alte Angst in ihm empor, die ihm den Hals zuschnürte und ihn Glauben machte, gleich würde die Tür aufgerissen, zwei Uniformierte forderten seinen Pass und stellten unangenehme Fragen, und er brächte keinen ordentlichen Satz mehr heraus.

In den Neunzigerjahren war er oft mit dem Dienstwagen unterwegs. Dann stierte er schon lange vor der ehemaligen Grenze aus den Fenstern und bat den Fahrer, das Tempo zu drosseln. Er wollte sich vergewissern, dass die Grenze wirklich verschwunden ist. Dann aber wollte er auch wieder etwas entdecken, was an sie erinnerte.

Zwei Jahre ist es her, dass er das letzte Mal mit dem Zug in den Westen gefahren ist.

Auch diesmal wieder möchte er den einstigen Grenzbahnhof nicht verpassen.

Seine Gedanken verharren im Herbst 89.

Als die erste Fahne ohne Hammer, Zirkel und Ährenkranz auftaucht, erschrickt er. Es kommt ihm wie Verrat vor. Eben waren wir uns noch einig: Wir sind das Volk, wir werden es euch zeigen, wir haben keine Angst mehr, wir bauen uns unsere Demokratie selber, wir jagen euch zum Teufel mit euern Wanzen und mit euern Panzern. Manche wollen sie in einen Zug sperren, der erst in Moskau wieder hält. Dann sind sie in ihrem Paradies.

Wir brauchen nur eine Wirklichkeit, in der sich gerne leben lässt. Sein Bild vom Westen ist nicht vom Westbild beeinflusst. Wenn er gefragt wird, was hast du für ein Westbild, muss er antworten: *Wir haben kein Fernsehen. Ich höre Radio. Das reicht mir.* Er kennt weder *Traumschiff* noch *Schwarzwaldklinik* noch *Denver Clan*. Aber auch *Aktuelle Kamera* und *Schwarzer Kanal* sind ihm fremd.

In Westberlin lebt Tante Veronika, die Schwester seiner Mutter. Sie versorgt die Familie mit Kaffee und Literatur. Als Patentante – mit Bedacht für beide Geschwister erwählt – erfüllt sie kleinere, später auch größere Kinderwünsche und ist Ziel und Ausgangspunkt für alle Westreisen der Familie, vor der Mauer natürlich. Wenn sie zu Besuch kommt, schmuggelt sie gern einen *SPIEGEL* unter ihrer Diakonissentracht über die Grenze. Vitaminkapseln und Herzpräparate für den Vater mischt sie unter die Zuckereier im Osterpäckchen. Und über die Korrespondenz, die die Schwestern mit nahezu täglichen Eilbriefen hin und her pflegen, hält sie die Familie über die Tagespolitik auf dem Laufenden. Sein Vater nennt sie: Schwester für Politik und Zeitgeschichte.

Der Brandt wird einmal Kanzler werden, schreibt sie. *Der Adenauer hat zwar mit den Franzosen Frieden geschlossen und die letzten Gefangenen aus Russland zurückgeholt. Aber er hat Angst vor den Russen. Angst ist kein guter Ratgeber. Der Brandt kennt das Leben in der geteilten Stadt und weiß, wie man mit den Russen umgeht. Der wächst in Bonn, glaub mir. Außerdem respektieren ihn die Ehrlichen unter den Kommunisten, weil er in Norwegen im Widerstand war …*

Der Heinemann hat neulich gesagt, wir müssen endlich aufhören, immerfort auf Wachstum zu setzen. Irgendwann kippt unser

Wohlstand um. Stattdessen sollten wir Reserven schaffen, damit der Sozialstaat noch hält, wenn sich die Dritte Welt emanzipiert. Wenn das man nicht schon zu spät ist! ...

Ob euer Ulbricht noch lange zugucken wird, wie die Kirche in der Zone von der Westkirche unterstützt wird? Diese Atheisten warten doch nur auf eine Gelegenheit, der Kirche den Garaus zu machen.

Im Übrigen, wenn die Alliierten nicht in West-Berlin säßen, die würden nicht davor zurückschrecken, auch noch durch Berlin eine richtige Grenze zu ziehen ...

Als Kind darf er manchmal, wenn sein Vater in Berlin zu tun hat, mitfahren, im Dienstauto, einem Mercedes 170 S. Der steht heute in einem sächsischen Verkehrsmuseum. *Herr Friebel, fahr mal hundertzwanzig*, drängelt er dann. Und Herr Friebel gibt Gas und saust an den anderen Autos vorbei. (Wenn seine Mutter mitreist, ruft sie gleich: *Nicht so schnell, Herr Friebel, da wird einem ja ganz schlecht. Außerdem wollen wir doch heil ankommen.*) Ihn bringt der Vater zu Tante Vero, während er seinen Amtsgeschäften nachgeht. Wenn er abends bei Tante Veronika eintrifft, ist Georg meistens schlecht, so viel Schokolade und Marzipan hat er gegessen. Jede Schwester in Tante Veronikas Krankenhaus will dem Neffen aus dem Osten etwas Gutes tun. Meist ist es zu viel des Guten.

Apropos Schokolade. Er zog den Reißverschluss seiner Reisetasche auf und angelte nach der Schokoladentafel, die er sich eingesteckt hatte. Heute nur noch schwarz und bitter, von 75 Prozent aufwärts. Ein Stück, mehr nicht. Dafür waren die Stücken jetzt viermal so groß. Langsam ließ er den Leckerbissen auf seiner Zunge schmelzen. Draußen fegte eben ein Kleinstadtbahnhof vorüber, zu schnell, als dass man den Ortsnamen hätte entziffern können.

Wo war ich eben? Westberlin, richtig.

Seinen letzten Besuch in Westberlin unternimmt er trampenderweise mit Ulrike, seiner zweiten Liebe, wenn man die erste mitrechnen darf. Die heißt Karin und teilt mit ihm die Schulbank von der ersten bis zur dritten Klasse, bleibt ihm aber treu, bis er in den Chor kommt. Dass sie sich aus den Augen verlieren, schreibt er sich später als sein Versäumnis zu. Sie lässt ihn noch Jahre später über seine Mutter grüßen.

Ulrike kann man nicht mehr eine Kinderliebe nennen, weil er inzwischen ausgesprochen männliche Gefühle in sich verspürt. In Westberlin gibt es 1960 eine große Expressionismus-Ausstellung. Da muss er hin. Und Ulrike, die sich mehr für Georg als für Literatur und Kunst interessiert, muss mit. Sie erhalten natürlich getrennte Zimmer auf unterschiedlichen Fluren im Christlichen Hospiz in der Albrechtstraße. Ulrike ist die Tochter eines Arztes und bekommt viermal so viel Taschengeld wie er. Sie bezahlt die Übernachtung. Er besitzt ein bisschen Westgeld und übernimmt die Eintrittskarten für die Expressionismus-Ausstellung und die Wurst am Bahnhof Zoo. Diesmal meidet er Tante Vero. So groß ihr Herz auch ist, er befürchtet, sie werde die Reise des Neffen seinen Eltern nicht verschweigen wollen. Das zu erwartende Donnerwetter würde nicht ausbleiben, erst recht nicht, wenn sein Vater erführe, dass sein Sohn in weiblicher Begleitung unterwegs war.

Georg kann nicht wissen, dass er seine Tante für Jahre nicht wiedersehen wird.

Nicht ganz unerwartet klopft es an seine Tür. Da steht Ulrike im Nachthemd und tut, als fröre sie. Er zieht sie ins Zimmer und nimmt sie mit in sein Bett. Sie schmiegt sich an ihn, und er spürt ihre straffen kleinen Brüste. Er küsst sie und streichelt sie halsabwärts, bis er ihren kleinen runden Po zu fassen kriegt. Dann streichelt er sie poaufwärts unter ihrem Nachthemd weiter. Und auf einmal geschieht es. Er erschrickt so, dass er die Hand hervorzieht und Abstand sucht. *Es tut mir leid*, stammelt er und weiß nicht, wohin mit sich. Sie scheint das nicht aus der Fassung zu bringen. Sie schlingt ihren rechten Arm um seinen Hals und schiebt sich auf ihn. Er aber stößt sie zurück und wendet sich ab vor Scham. Sie bleibt bei ihm, dicht an seinen Rücken gepresst. Vor Sonnenaufgang muss sie sich aus seinem Zimmer geschlichen haben. Er findet nur ihren Geruch noch vor.

Beim Frühstück kein Wort davon, stattdessen eifrige Anstrengungen, den Vormittag sinnvoll zuzuplanen. Und während sie auf den Stufen des Pergamonaltars ins Schwärmen gerät, denkt er immer nur: Das nächste Mal wird es besser werden. Aber es gibt kein nächstes Mal.

Er schaute zum Viererabteil über den Gang. Ein stoppelbärtiger junger Mann, die Ärmel halb aufgekrempelt, die oberen Hemdknöpfe offen, sodass die Wolle herausquoll, saß mit ernstem Gesicht an seinem Laptop wie in einem rollenden Büro. Immer wieder las er etwas, scrollte mit seiner rechten Hand rauf oder runter, schrieb mit flinken Fingern ein paar Zeilen, stellte die Ellenbogen auf, klemmte nachdenklich seinen Kopf zwischen die Hände und las erneut. Die junge Frau ihm schräg gegenüber krümelte eben die andere Hälfte der Tischplatte mit ihrem Kuchen voll. Jedes Mal, wenn sie abbiss, beugte sie sich über den

Tisch. Ihr grün-weiß gestreifter Pullover und der Schoß ihres langen meergrünen Rockes waren ebenfalls schon voller Krümel. Durch ihre leicht verschmierte Brille schaute sie zu Georg hinüber und lächelte. Er lächelte zurück und fragte: Schmeckt's?

Selbst gebacken, sagte sie, dabei blies sie weitere Krümel aus den Winkeln ihres vollgestopften Mundes. Sie zog die Stirn in Falten, was so viel heißen sollte wie Pardon, und wedelte die Krümel von Pullover und Rock auf den Boden.

Als er wieder zu ihr hinüberschaute, war der Platz aufgeräumt. Sie lümmelte in der Fensterecke, die Füße auf dem Nebensitz, und las.

Georg versank wieder in Gedanken.

Es ist ein sonniger Morgen. Wie immer steht er als Erster auf.

Eine Angewohnheit aus frühen Internatszeiten.

Achtzig Jungen auf vierzig Waschbecken. Wer da nicht schnell ist, muss warten. Und wer ein Becken erobert hat, lässt sich manchmal Zeit. Dann wird es für die anderen eng. Zur Morgenandacht müssen alle unten im Speiseraum sein.

Später genießt er die frühen Morgenstunden. Er gehört inzwischen zu den Oberen, ist Tischältester, Mentor von drei Fünftklässlern, besitzt einen eigenen illegalen Hausschlüssel und schläft schon längst nicht mehr im großen Schlafsaal mit den 40 Betten, sondern in einer Dachschräge, zusammen mit weiteren fünf Sechzehn- und Siebzehnjährigen. Wenn die anderen aufstehen, hat er sich schon rasiert.

An diesem Morgen steht er nackt auf einer Kuhweide bei Sparow und rekelt sich. Er läuft hinunter zum See und wirft sich ins kalte Wasser. Enten schrecken schreiend aus dem Röhricht auf.

Winzige blassgrüne Fische schwärmen vor seinen Schwimmbewegungen davon. Mit kräftigen Zügen erreicht er die Mitte des Sees. Er dreht sich um, sieht, wie die Sonne über den Dächern des Dorfes aufsteigt und alle Dürftigkeit mit einem goldenen Schleier bedeckt. Er wendet. Als er nicht mehr weit vom Ufer entfernt ist, kommt ihm ein Kanon in den Sinn: *Vom Aufgang der Sonne bis zu ihrem Niedergang*. Und während er zurück ans Ufer watet, fängt er laut zu singen an. Aus einem der Zelte setzt eine zweite Stimme ein, dann, zaghaft, eine dritte, eine Oktave höher. Er steigt aus dem Wasser, schüttelt sich wie ein Hund, dass es aus seinem vollen Haarschopf spritzt, und hüpft in großen Sprüngen hügelan. Außer Atem, den Kanon mit gebrochenen Lauten fortführend, gelangt er zu seinem Zelt, greift sich ein Handtuch und verstummt. Seine Schwester und Daniel haben singend den Frühstückstisch zu decken begonnen. Ein halbes Mischbrot liegt auf dem vierpfähligen Brettergestell, das er gebaut hat, sein Hirschfänger, eine neue Dose Schmalzfleisch und Marmelade, die nach nichts außer süß schmeckt.

Nächste Woche ist es vorbei mit Bundeswehrreserven, sagt er. Da essen wir nicht mehr, was die Bundeswehr an den Osten abtritt, da essen wir wie die Bundeswehr, lauter gute Sachen: Schinken und französischen Käse und Sardinen und Oliven.

Er sucht eine Musik auf dem kleinen Kofferradio, aber überall wird gerade gesprochen.

Dann müssen wir halt warten, sagt er, und stellt den Ton lauter: *... hat die DDR-Führung alle Übergänge nach Westberlin geschlossen ...*

Alle drei stehen wie erstarrt und schauen sich ratlos an.

Das kann nicht sein, sagt er.

Aber welchen Sender er auch einstellt, überall die gleiche Meldung: Berlin ist dicht.

Das werden sich die Alliierten nicht gefallen lassen, darin sind sie sich einig.

Dann sickern weitere Einzelheiten durch. Die S-Bahn nach Potsdam halte nicht mehr auf Westberliner Bahnhöfen. Alle in Westberlin arbeitenden und studierenden DDR-Bürger seien aufgerufen, sich bei den Behörden zu melden. An den Grenzzäunen, die die DDR über Nacht gezogen habe, stünden Kampfgruppen der Arbeiterklasse zum Schutz der sozialistischen Errungenschaften. Der RIAS berichtet, auf Westberliner Seite versammelten sich Tausende Menschen. Protestrufe, Tränen und Verzweiflung charakterisierten die Stimmung in der nun erst recht geteilten Stadt.

Und wenn nicht? Wenn die Amis nichts machen? Und Adenauer auch nicht? Dann werden wir den Westen nie wieder sehen.

Daniel ist noch blasser geworden, als er sonst schon aussieht. *Mein Vater wohnt in Köln*, sagt er leise. Und dann heult er los. *Die haben mir meinen Vater schon einmal weggenommen*, jammert er.

Sein Vater steht 1954 vor Gericht wegen angeblicher Industriespionage. Sie bringen ihn nach Waldheim. Nach fünf Jahren wird er in den Westen entlassen. Daniels Mutter lässt sich, nach massiven Drohungen, von ihm scheiden – und Daniel mit.

Diese Schweine! Diese Schweine! Diese Schweine!, schreit er über den See.

Daniel, zischt Georgs Schwester, *nicht so laut!*

Aber Daniel ist nicht zu bremsen, *Schweine, Schweine, verfluchte Schweine!*

Alles für das Wohl des Volkes, zitiert Georg bitter.

Und Tante Vero, flüstert seine Schwester. *Wie sagen wir ihr jetzt, dass wir nächste Woche nicht kommen, vielleicht nie mehr?*

Glaubst du, die hört keine Nachrichten, ausgerechnet Tante Vero? Sie wird das schon eher erfahren haben als wir.

Dabei kommt er sich sehr erwachsen vor, obgleich auch er mit den Tränen kämpft.

Nie wieder eine Westreise, murmelt er später. *Wahrscheinlich auch nicht mit dem Chor.*

Inzwischen fuhren die Leute zwischen Ost und West hin und her, als wäre das immer so gewesen. Die Jungen kannten es nicht anders. Die Alten schienen vergessen zu haben, wie es war, als sich dieses kleine komische Land mit einer scharfen Grenze eingeriegelt hatte und eine Enklave der Freiheit mitten in seinem Staatsgebiet dulden musste. Enklave der Freiheit, ein Paradoxon eigentlich. Aber es war ja so vieles paradox.

Er griff in die obere Außentasche seiner Lederjacke und zog Kopfhörer und MP3-Player heraus. Das Display zeigte: Bach, Cembalokonzert f-Moll, erster Satz. Georg schloss die Augen. Die Aufnahme war ihm vertraut. Er konnte sie genießen, auch wenn ihm die andere, die er auf CD besaß und die fast doppelt so schnell gespielt wurde, lieber war. Interpretationen sind nicht nur musikalische Auffassungen, manchmal sind es Weltanschauungen, manchmal unversöhnliche, sagte er sich.

Im Neubau des Eisenacher Bachhauses konnte man über Kopfhörer ein und dasselbe Stück unter neun verschiedenen Dirigenten miteinander vergleichen: ein musikalischer Streifzug durch hundert Jahre Musikgeschichte! Einige lagen so weit auseinander wie Peking und Paris.

Georg besaß vier Aufnahmen der H-Moll-Messe. Besonders beim Credo, das durch seine klare Struktur zum Offenbarungseid jedes Chores werden kann, fiel ihm auf: Es gibt nicht *die* richtige oder falsche Interpretation. Wie sollte man auch anders seinen Glauben bekennen können als subjektiv? Ein Glaubensbekenntnis ist doch eine zutiefst persönliche Angelegenheit, intim wie ein Liebesgeständnis.

Als er in Eisenach den Meister ohne Perücke sieht, erschrickt er, muss aber zu der Büste immer wieder zurückkehren, bis sie ihm vertraut ist. Danach fühlt er sich seiner großen musikalischen Vorliebe um zwei Jahrhunderte näher.

Mit seiner Innenstimme summte Georg die großen Bögen mit und hoffte, die Stimmbänder würden seinem Befehl zu schweigen gehorchen. Nahezu unmerklich beschrieb seine rechte Hand in Auf- und Abbewegungen den Takt, die Kuppe des Zeigefingers auf den Daumen gelegt. Er schmolz dahin und kam nicht auf den Gedanken, schon mit dem nächsten Titel der Zufallswiedergabe aufgeschreckt zu werden, da schrie ihm bereits Grönemeyer seine *Flüsternde Zeit* ins Ohr. Er hatte das Lied schon so oft gehört, dass er inzwischen sogar den Text verstand. Die bildhaften und doch einfachen Sätze mochte er, mehr noch die eindringliche Stimme, die weniger mit Gesang als mit musikalischer Provokation zu tun zu haben schien.

Er stellte sich vor, er schrie mit Grönemeyers Stimme seiner Gemeinde im Gottesdienst das Evangelium entgegen. Er sah seine Herzdorfer Bauern vor sich, Herrn Ludwig, der meist schon beim Eingangslied schlief, den schwerhörigen Herrn Watzke, der immer freundlich lächelte und bei dem man nie wusste, was er wirklich mitbekommt, Frau Schreck, die ihn immer mit so erschreckend gläubigem Blick anschaute, dass er glaubte, etwas falsch gemacht zu haben, und all die andern, er sah, wie sie auf einmal aufrecht in ihren Bänken saßen, verstört und mit spitzen Ohren, als ob das Jüngste Gericht über sie hereinbräche. So müsste man predigen, dachte er. Vielleicht war Johannes der Täufer so einer, mehr missionarischer Schreihals und Exorzist als Lehrmeister. Jesus stellte er sich stiller vor, bedachter, entschieden ja, aber nicht so apodiktisch.

Es folgten Reinhard Mey, Carlos Gardel, ein Satz aus der Frühlingssymphonie, Balulalow, Mercedes Sosa mit der Missa Creola, ein Mozart-Divertimento, Piazzolla und wieder Bach.

Manchmal lief ein leichter Schauer über seine Schulterblätter die Arme entlang bis in seine Fingerspitzen, wenn er Bach hörte.

Was ist das, was mich nahezu alle Bach'schen Werke, von der Matthäuspassion bis zu den Motetten, von den großen Orgelwerken über die Cembalokonzerte bis hin zu den Cellosonaten als Steigerung dessen erleben lässt, was gemeinhin Musik genannt wird?

Die Ordnung, beantwortete er sich selber seine Frage. Es ist die tiefe Ordnung in dieser musikalischen Unendlichkeit, die Klarheit in einer genial-fantastischen Vielfalt, seine überraschende Berechenbarkeit.

In Georgs Auto lagen immer CDs mit Bach'scher Musik, die seine Stimmung innerhalb weniger Takte aufhellen konnten. Mitunter versetzten sie ihn in eine Art blinder Euphorie, dass er weder bemerkte, wie er zu fest auf das Gaspedal trat noch den Blitzer am Straßenrand wahrnahm.

Freunde belächelten ihn manchmal dieser Schwärmerei wegen. Ariane tolerierte seinen Tick mit Milde und gönnte sich zum Ausgleich, wenn er nicht da war, eine donnernde Klangorgie aus Maffay, Lindenberg und Turner durch das ganze Haus.

Der Zug raste mitten durch einen Wald. Wenn Georg frontal durch die Scheibe sah, verschwamm dieser in wildem Flimmern, das die Augen schmerzte, wie bei einem zu schnell laufenden Film. Er musste im spitzen Winkel aus dem Fenster schauen und so Abstand gewinnen, um aus der verschmierten Ansicht wieder Wald werden zu lassen.

Im Mai 1979 erlebt Georg wider Erwarten seine erste Westreise nach dem Mauerbau.

In Brüssel findet eine europaweite Kirchenkonferenz statt, zu der aus der DDR zwei Teilnehmer zu bestimmen sind. Die Konferenz hat den Ruf, linkslastig zu sein, weshalb den Behörden eine Teilnahme von DDR-Vertretern angeraten erscheint. Die Wahl fällt auf ihn und einen weiteren Kollegen, von dem er damals noch nicht wissen kann, dass der ihn zugleich im Auftrag der Staatssicherheit begleiten wird. Die Beschaffung der Pässe und Visa obliegt einer Abteilung beim Bund der Evangelischen Kirchen in der DDR. Als er eine Woche vor Reiseantritt nachfragt, wann er die Reisepapiere erhalten werde, bekommt er eine Antwort, wie er sie auf jeder polizeilichen Meldestelle erhalten würde: *Warten Sie ab, Sie erhalten von uns Bescheid, ob und wann Sie den Pass bei uns abholen können. Bis dahin gedulden Sie sich, Herr Weber.*

Auf die Nachfrage, wie lange vor Reiseantritt man denn erfahrungsgemäß damit rechnen könne, weil doch davon abhinge, wann er nach Berlin kommen müsse, wieder der barsche Ton: *Wie gesagt, warten Sie ab. Wir können die Bearbeitung nicht beschleunigen.*

Als er einen Tag vor dem vorgesehenen Reiseantritt erneut anklingelt, erkennt er die gleiche Stimme: *Ich kann Ihnen nichts Genaues sagen, Herr Weber.*

Aber morgen Mittag soll ich doch schon fahren, wendet er ein.

Hören Sie auf, uns weiter zu bedrängen! Es liegt nicht in unserer Hand. Kommen Sie morgen früh um 9 Uhr in die Auguststraße und bringen Sie Zeit mit. Garantieren können wir Ihnen aber nichts, auch nicht, ob die Papiere überhaupt fertig werden.

Wenn ich das richtig verstehe, ist also noch gar nicht sicher, ob ich überhaupt fahren kann?

Ich sagte doch, wir können nichts garantieren!

Schikane, sagt er, als er den Hörer auflegt, *wieder mal typisch! Da darf man nun schon einmal ins sogenannte kapitalistische Ausland fahren, weil es der Staat für opportun hält, und dann wird einem seine Abhängigkeit von den Behörden noch einmal unübersehbar eingebläut. Dieser Staat lässt keine Gelegenheit aus, seine Bürger zu demütigen. Kein Wunder, dass immer wieder Leute drüben bleiben, wenn sie einmal die Mauer und diesen ganzen Sicherheitswahn hinter sich haben.*

Er nimmt noch den Abendzug und quartiert sich bei seiner Schwester ein, die darauf vorbereitet ist, um am Morgen pünktlich zur Stelle zu sein.

Nein, sagte die Dame, die auf sein Klopfen hin die Tür öffnet, *Ihre Papiere sind noch nicht da. Wollen Sie warten?*

Das also ist die Person, die zu der Telefonstimme gehört. Das Bild, das er sich von ihr gemacht hat, stimmt mit der Erscheinung überein. Er stellt sich die junge Frau in Polizeiuniform vor. Sie muss ihm ansehen, dass sie ihm unsympathisch ist.

Stimmt etwas nicht, fragt sie.

Doch, doch, sagt er. *Alles stimmt.*

Im Übrigen wolle er lieber warten, als ziellos und unruhig durch die Stadt zu schweifen und aller zwei Stunden erneut zu klopfen. Er nimmt in einem Vorraum Platz, in dem nur der Ikonenkalender aus dem Union-Verlag verrät, dass er sich nicht auf einer Polizeidienststelle befindet. Er zieht ein Buch aus der Tasche, Dorothee Sölle, *Atheistisch an Gott glauben*, und beginnt zu lesen.

Eine andere Tür öffnet sich.

Elisa?

Er springt auf, während sie ruhig mit ihrem leicht rudernden Gang auf ihn zukommt.

Ich hab gehört, du bist hier.

Georg und Elisa haben in Greifswald drei Jahre zusammen studiert. Seit seinem Wechsel nach Halle sind sie sich nie wieder begegnet.

Ich hatte keine Ahnung, dass du hier arbeitest. Bist du denn gar nicht Pastorin geworden?

Doch, schon, sagt sie. *Ich habe mir mit meinem Mann eine große Landgemeinde geteilt. Er eine volle Stelle, ich der Kinder wegen eine halbe. Seitdem mein Mann Pfarrer in Berlin ist, arbeite ich in dieser Kirchenbehörde und bin zuständig für die Vorbereitung theologischer Fachtagungen. Und du?*

Georg berichtet von seiner ersten Gemeinde in Sachsen, von Sabine und den Töchtern, von seinem Wechsel in den Norden, und dabei denkt er: Wo ist nur der geheimnisvolle Glanz hin, den seine Erinnerung mit Elisas dunklen Augen verbindet?

Und nun darfst du reisen, fragt sie. *Nach Belgien? Wie schön. Ich freu mich für dich.*

Na ja, – Georg zögert – *mir ist eben mitgeteilt worden, das sei alles noch ziemlich ungewiss.*

Ich werd gleich mal nachschauen. Sag mir noch, wie es dir gesundheitlich geht? Damals hattest du manchmal Depressionen, vor allem in den grauen Spätherbst- und Winterwochen, wenn sich die Sonne lange versteckt hielt.

Georg schaut sie erstaunt an: *Das weißt du noch?*

Elisa nickt.

Ganz los bin ich sie nicht, bekennt Georg, *aber ich arbeite daran. Und wenn man mich jetzt für eine Woche aus diesem Staatsgefängnis entlassen würde, ginge es mir sogar sehr gut, obwohl die graue Zeit im Anmarsch ist.*

Nicht so laut, zischt Elisa. *Die Wände haben überall Ohren.*

Ich denke, ich bin in einer Kirchenbehörde, flüstert er.

Das hat nichts zu sagen, flüstert sie zurück und schüttelt den Kopf über so viel Naivität.

Wann sollst du reisen, fragt sie, jetzt wieder laut.

Heute Mittag, hat es geheißen.

Ich werd mal nachschauen, sagt sie erneut und verschwindet hinter der bewussten Tür. Schon wenige Minuten später winkt sie ihn in das Büro, wo er vor einem Tresen stehen bleibt. Auf einem der beiden Schreibtische dahinter türmt sich ein Stapel blauer Pässe. Sie greift nach dem obersten, in den mehrere Papiere geklemmt sind und reicht ihn Georg.

Das ist dein Pass, sagt sie. *Darin findest du auch die Fahrkarte Berlin-Zoo–Brüssel und zurück sowie einen kleinen Stadtplan von Brüssel. Dein Zug fährt übrigens erst morgen. Wenn du willst, kannst du schon heute rübergehen. Hast du in Westberlin jemanden, wo du übernachten kannst?*

Georg nickt.

Du bekommst 100 D-Mark Reisegeld. Das klingt viel, aber du wirst sehen, wie wenig das ist. Dabei schiebt sie eine Liste unter seine Hand, auf der ein blauer Geldschein mit einer Büroklammer befestigt ist und reicht ihm einen Stift.

Du musst mir hier Pass- und Geldempfang quittieren.

Das wär's, sagt sie und hat es auf einmal eilig. Als sie ihm die Hand gibt, macht sie mit der Linken eine Geste zur Tür in den

Nachbarraum hin, die er so deutet: Tut mir leid, dass dir meine Mitarbeiterin die Papiere noch nicht geben wollte. Wer jeden Tag Pässe organisieren muss und selber nie fahren darf, nimmt allmählich die Umgangsformen der Volkspolizei an.

Als er sich auf der Straße wiederfindet, weiß er nicht mehr, ob er sich bei ihr bedankt hat. Alles ist so ungewohnt und aufregend. Denn auf einmal ist die Mauer weg. Für ihn zumindest. Was er da in seiner Innentasche weiß, ist so etwas wie ein Lottogewinn. Manche riskieren ihr Leben dafür. Jetzt würde er am liebsten in ein Café gehen, einen Mokka bestellen, seinen Pass auspacken und seine Fahrkarte streicheln, den Stadtplan von Brüssel studieren und sich in Ruhe auf die neue Situation einstellen. Denn jetzt ist er – zumindest für eine knappe Woche – reiseberechtigt. Andererseits befürchtet er, irgendetwas könnte doch noch dazwischenkommen, das ihn am Übergang in den Westen hindert, ein Polizeikommando, das ihn kurz vor der Grenze einsammelt, ein Geheimer, der ihm seinen Pass wieder abnimmt.

Er begibt sich auf schnellstem Wege zum Bahnhof Friedrichstraße, holt sein Köfferchen aus dem Schließfach und wendet sich nach links, legt die hundert Meter bis zum Eingang der Grenzübergangsstelle zurück, die im Volksmund Tränenpalast genannt wird, und befindet sich am Beginn eines Ganges, dessen linke, durch ein Geländer getrennte Hälfte von Menschen mit Taschen und Koffern verstopft ist, während die rechte nahezu unbenutzt scheint. Ein Grenzer fordert seinen Pass. Georg greift in seine Innentasche und reicht ihm die Papiere, ohne die Fahrkarte herauszunehmen.

Dienstreisender, fragt der Grenzer.

Ja, sagt Georg.

Rechts, bitte.

So kann er an all den Menschen vorüber bis zu einem Schalter gehen, an dem er anzuhalten hat.

Papiere, sagt ein Grenzbeamter durch den Fensterschlitz. Diesmal reicht Georg nur den Pass hinüber. Der Pass verschwindet unter einem Tresen und bleibt für eine Weile unsichtbar. Währenddessen hat Georg Gelegenheit, sich umzusehen. Er entdeckt den Spiegel über sich, dann eine Kamera an der Wand.

Sie wollen nach Belgien?

Ja, sagt Georg.

Aus der Tiefe des Tresens holt der Grenzer einen Telefonhörer hervor und wählt offenbar eine Nummer, auch wenn von dem Apparat selber nichts zu sehen ist. Georg hört seinen Namen. Alles andere versteht er nicht. Stimmt etwas nicht, fragt er sich. Kommt jetzt dessen Vorgesetzter, um mir zu erklären, dass meine Reise nicht stattfinden werde?

Es dauert.

In Ordnung, sagt der Grenzer zu irgendwem am anderen Ende und legt auf. Irgendwann liegt der Pass wieder auf dem Tresen.

Gute Reise, sagt er.

Georg fühlt sich wie ein Bergsteiger, der soeben auf dem Gipfel angekommen ist. In solchen Momenten werden alle Menschen Brüder. Er würde dem Grenzer am liebsten einen Kuss geben. Aber wofür? Dafür, dass der seiner Pflicht nachkommt, einen Reiseberechtigten durch die Sperre zu winken? Dafür, dass er – entgegen aller Grenzgewohnheit, wie Georg später noch feststellen wird – *Gute Reise* gesagt hat? Es gibt eine Art von Dankbarkeit, die etwas Hündisches hat, weil sie das Ergebnis von permanenter Demütigung ist. Vor der muss ich mich hüten, schießt es Georg durch den Kopf.

Der nächste Beamte holt ihn auch schnell wieder auf den Boden zurück: *Halt! Führen Sie etwas mit sich, was den Zollbestimmungen der Deutschen Demokratischen Republik unterliegt?*

Ich glaube nicht, sagt Georg unsicher. *Außer meinen persönlichen Dingen habe ich lediglich zwei Schallplatten und ein Buch bei mir, die als Geschenk gedacht sind.*

Einen entsprechenden Zettel hat er ausgefüllt und reicht ihn hinüber.

Was für ein Buch?

Brecht, Gedichte.

Verschwinden Sie, scheint die Geste zu heißen, mit der ihn der Zöllner wortlos weiterwinkt.

Und nun? Was kommt als Nächstes? Ein Gang, Kabinentüren, eine Ecke, eine Treppe hinauf – und er steht auf dem Bahnsteig, den man mit einer Stahlwand von den Bahnsteigen für den Ostberliner Verkehr abgetrennt hat. Eigentlich ist er schon fast im Westen, auch wenn er territorial gesehen auf Ostberliner Boden steht, die Ost-Berliner S-Bahn vor der Nase. Der Zug steht mit offenen Türen vor ihm. Menschen steigen ein, junge Leute mit Plastiktüten und Umhängetaschen, Tagesbesucher, die ihr zwangsgetauschtes Geld in Form von Büchern wieder mit hinübernehmen, andere mit Koffern und Taschen, Rentner, die zwar keinen Anspruch auf Westreisen besitzen, aber doch in der Regel fahren dürfen, da ihr Verbleiben im Westen ökonomisch nicht als Verlust zu Buche schlägt: frei werdende Wohnung, eingesparte Sozialleistungen, langsam aussterbende bürgerliche Ansichten und Traditionen. Auf diesem Bahnsteig mischt sich wieder, was im Tränenpalast sorgfältig getrennt worden ist.

Er steigt ein. Und als sich die Türen schließen, fährt er in die Freiheit oder was er dafür hält. Und keine Mauer hält ihn mehr auf.

Lehrter Stadtbahnhof. Gott, wie der aussieht! Eine verlassene, schwarzgraue Halle, von seinen Schwesterbahnhöfen im Osten nicht zu unterscheiden. Nur ein zerschrammter Vivil-Automat verrät, dass man sich im anderen Teil der Stadt befindet. Die S-Bahn verlangsamt ihre Fahrt, hält und fährt wieder an, ohne dass jemand zugestiegen ist. Bellevue. Eine alte Frau quält sich mit ihrem großen Koffer hinaus, zwei Männer, eine Zeitung unter dem Arm, kommen in den Wagen. Tiergarten. Der Zug füllt sich. Dann Bahnhof-Zoo. Das ist nun unübersehbar der Westen. Auf dem Bahnsteig emsiger Betrieb. Frauen und Männer, die ihre Verwandten aus dem Osten abholen und sich schluchzend in den Armen liegen, Geschäftsreisende mit eckigen, schwarzen Lederkoffern, junge Leute mit verwegenen Frisuren und auffälliger Garderobe. Aber ihm scheint, auffällig nur für ihn. Die Menschen hasten aneinander vorbei, treppauf und treppab, ohne einander gewahr zu werden. Unten in der Halle wendet er sich an einen Beamten mit roter Mütze, der in seinem feinen dunklen Jackett, dem weißen Hemd mit der blaurot gestreiften Krawatte und seiner frisch gebügelten Hose aussieht, als müsse er wenigstens Bahnhofsvorsteher sein. Auch das Bahnpersonal unterscheidet sich von dem auf der anderen Seite. Ob er ihm sagen könne, wie er nach Halensee komme.

Aber gern, sagt der und nennt ihm die weitere S-Bahn-Verbindung über Westkreuz. Dabei trifft ihn ein Blick, der leichte Irritation erkennen lässt und heißen kann: so jung und schon im Westen? Georg schämt sich. Man sieht ihm den Osten an, obwohl er sich einen schicken neuen Mantel gekauft hat.

Er hätte auch einfach weiterfahren können. Nun muss er die Treppe wieder hinaufsteigen, um die nächste Bahn zu nehmen. Dazu durchquert er noch einmal die Halle, vorbei an verlockenden Imbissständen und einem Blumenladen, der überquillt von seiner blühenden Pracht, und das im Herbst, wo auf seiner Seite der Mauer außer Chrysanthemen und Alpenveilchen nichts zu haben ist. In einer Ecke hockt eine Gruppe Jugendlicher auf dem Boden, Flaschen, Zigaretten, eine Wasserlache. Einer, mit strähnigen, verklebten Haaren und dicken Ohrringen, schaut kurz auf, vernebelter Blick, und sagt: *Gaff nich so!*

Das gibt es im Osten auch. Aber die Trapo räumt sie unbarmherzig weg, wohin auch immer. Man erzählt sich, manchmal würden sie zwangsgeschoren und eingelocht. Er hält das für übertrieben.

In Halensee verlässt er über eine steile Treppe den tiefer gelegenen Bahnhof. Oben angekommen, setzen sich seine Füße wie von selber in Bewegung. Wie oft ist er diesen Weg schon gegangen, als Kind, als Jugendlicher? Caspar-Theyß-Straße, Martin-Luther-Krankenhaus. Tante Vero hat keine Ahnung, dass er kommt. Er würde vor ihrer Tür mit dem Schild „Fürsorgeschwester" stehen und klopfen. Sie würde mit ihrer hellen, klaren Stimme Herein rufen. Und dann würde sie Nein rufen und aufspringen. Wie kommst du hierher? Und dann würde er erzählen. Und sie würde sich für diesen Tag abmelden. Und dann würden sie in ihre kleine Wohnung gehen – und er könnte endlich ankommen im Westen. Denn bisher ist alles noch ein Traum.

Und so geschieht es. Er klopft, hört ihre Stimme und dann ihr überraschtes *Nein! Wie kommst du hierher?*

Mein Neffe ist ganz überraschend gekommen, sagt sie der Oberin, die drei Türen weiter sitzt. Sie heißt ihn willkommen, bittet beide Platz zu nehmen, stellt eine kleine Schale mit winzigen Schokoladentäfelchen vor ihn hin und erkundigt sich nach dem Anlass seiner Reise.

Wunderbar, sagt sie, *wunderbar, dass die Sie haben fahren lassen. Einfach wunderbar. Ihre Tante freut sich ja so. Wie lange dürfen Sie denn in Westberlin bleiben?*

Er sagt, er müsse am nächsten Mittag den Zug nach Brüssel nehmen.

Na, dann haben Sie ja gar nicht viel Zeit füreinander. Da will ich Sie nicht länger aufhalten. Natürlich, Schwester Veronika, haben Sie frei, bis Ihr Neffe wieder fährt. Ich werde Schwester Wally mit der Fürsorge beauftragen. Und Ihnen wünsche ich jetzt schöne Stunden mit Ihrer Tante.

Halt, ruft sie, als sich beide erheben, *ich hab da noch etwas für Sie.* Sie zieht eine Schublade ihres Schreibtisches auf, entnimmt etwas und steckt ihm ihre geschlossene Linke kurz in die Manteltasche. Für unterwegs. Sie werden es brauchen, sagt sie, gibt ihm die Rechte und schiebt beide freundlich zur Tür hinaus.

Sie gehen hinauf in ihre Wohnung, die genau genommen aus einem Zimmer besteht, das sie mit einer spanischen Wand in einen Wohn- und einen Schlafteil getrennt hat.

Mein Georg, so eine Überraschung, sagt sie immer wieder.

Im Nu zaubert sie ein kleines Mittagessen, stellt Kartoffelsalat vor ihn hin, macht Würstchen warm auf ihrer kleinen Kochplatte, holt das Meißner aus dem Schrank und das gute Besteck, das Georg noch von früher kennt, schiebt einen Obstkorb mit Äpfeln, Apfelsinen und Bananen zu ihm hin und *sagt: Iss, du hast seit heute Morgen bestimmt noch nichts gegessen. Und dann gehen wir in die Stadt.*

Das sagt sie immer, wenn sie ihren Krankenhauskomplex verlässt, obgleich der nicht außerhalb der Stadt liegt.

Du wirst sehen wollen, was sich in den vielen Jahren, die du nicht herkommen durftest, alles verändert hat. Ich zeig dir das

ICC, unser neues Kongresszentrum, fast so spektakulär wie damals die Interbau, du erinnerst dich, mit dem Corbusier-Haus und der Schwangeren Auster? Und dann gehen wir ins Café Kranzler. Und wenn du Lust hast, können wir uns noch die Uro-Waller-Ausstellung ansehen, moderne Kunst, die sie bei euch nie zeigen werden. Und heute Abend könnten wir ins Kino gehen. In einem Kino am Kurfürstendamm spielen sie einen Film über einen französischen Maler. Das wird dich interessieren. Wart mal, der heißt – sie denkt lange nach, – *ich glaube mit B – nein, ich komm nicht auf seinen Namen.*

Meine herrliche, unternehmungslustige und spontane Tante, so ganz anders als meine Mutter, dachte Georg, obgleich sie Zwillinge sind. Waren.

Eines aber wundert ihn. So unternehmungslustig sie auch ist, so wenig hat sich in ihrem Zimmer verändert. Alles deckt sich mit seiner Erinnerung. Das für den kleinen Raum viel zu große Heidebild mit der flirrenden Sommerluft über dem Sandweg, das Sofa darunter mit der genoppten Webdecke und den bayerischen Kissen, der kleine Kirschbaumtisch mit seinen nach außen gewölbten Beinen, die Meißner Flechtschale darauf, die immer mit Apfelsinen und Bananen gefüllt ist, soweit er denken kann. Selbst die winzige Kochnische weist keine Neuerungen auf. Auch der Milchkochtopf, den Georgs Eltern ihr einmal mitgegeben haben, lebt noch. Die geschwungene Deckenlampe mit den drei kerzenförmigen Glühbirnen, von denen eine aus Sparsamkeitsgründen immer locker gedreht sein muss. Der Kirschbaumschrank mit dem geschliffenen Glas in den Türen zeigt das gute Geschirr und die alten Porzellanfiguren, die er nicht in die Hand nehmen durfte. Nicht einmal ein neues Radio hat sie sich geleistet. In ihrer Schlafzimmerhälfte ist auch alles beim Alten geblieben.

Zum ersten Mal kommt ihm der Gedanke, seine Tante Vero könnte gar kein eigenes Leben führen. Lebt sie vielleicht nur für ihre Familie im Osten, für Sophie, ihre Zwillingsschwester und Johannes, Georgs Vater, für die beiden Kinder und deren oft unbescheidene Wünsche? Kann ein Mensch sich selber so unwichtig werden, dass ihm keine eigenen Bedürfnisse mehr anzuspüren sind? Kann einem das eigene Zuhause so nebensächlich werden, dass man in zwanzig Jahren kein Möbelstück umstellt, nicht ein einziges neues Bild aufhängt, ja sogar den Zimmergeruch konserviert zu haben scheint? Selbst das kleine Transparent mit den sorgsam ausgeschnittenen Gänseblümchen, das er ihr, vielleicht als Achtjähriger, einmal gebastelt hat, hängt noch verblichen in ihrem Fenster.

Ein Anflug schlechten oder doch wenigstens aufgerührten Gewissens sucht ihn heim.

Darf ich bitte Ihre Fahrkarte sehen?

Neben Georg stand ein junger Mann und schaute freundlich und ohne Anzeichen von Ungeduld auf ihn herab. Er hatte ihn nicht kommen hören, so wie alles in diesem Zug gedämpft vonstattenging. Auch die Gespräche der Mitreisenden drangen nur wie ein durch Watte gefiltertes Brummen an sein Ohr. Damals, im Osten, schien es einem Schaffner Vergnügen zu bereiten, so unbarmherzig wie möglich die Reisenden aus Schlaf oder Gedankenwelt zu reißen. Die Fahrkarten, hörte man es schon vom Gang her. Öffnete er die Abteiltür, wiederholte er seine Aufforderung, obwohl die meisten Fahrgäste ihren Schein bereits in der Hand hielten. Wie angenehm diese verhaltene Variante, fand Georg.

Wie es bisher aussieht, werden Sie ihr Reiseziel pünktlich erreichen, sagte der Beamte. Achten Sie am besten auf die Durchsage.

Georg nickte.

Dann wünsche ich Ihnen eine angenehme Weiterreise. Damit reichte er die Fahrkarte zurück und verschwand so leise, wie er gekommen war.

Georg nahm seinen Erinnerungsfaden wieder auf.

Diese Schizophrenie! Du sitzt in einem Interzonenzug und fährst von Westberlin nach Westdeutschland, mitten durch die DDR. So ein Zug ist wie rollendes exterritoriales Gelände. Klar, wenn sie wollen, können sie dich auch hier noch rausholen. Aber der Zug hält ja, wenn nichts Besonderes vorliegt, erst wieder an der Grenze.

Georg sitzt zusammen mit einer jungen Frau im Abteil, die emsig strickt und dabei aus dem Fenster schaut. Manchmal wirft sie einen neugierigen Blick zu ihm hinüber, aber sie sagt nichts. Georg holt das Buch aus dem kleinen Koffer, das ihm eine Westberliner Kollegin, zusammen mit der neuesten Nummer des *SPIEGEL*, mitgegeben hat, als sie ihn auf dem Bahnhof abpasst.

Tolles Buch, musst du lesen, sagt sie. *Ist eben erschienen. Bei euch wird das nie rauskommen, dazu ist es zu heiß.*

Collin, steht auf dem Deckel. Stefan Heym. Er liest den Klappentext. Seine Ohren beginnen zu glühen. Kann ich das hier einfach lesen? Ich sitze zwar in einem internationalen Reisezug, aber noch befinde ich mich im Osten, wo das Buch garantiert verboten ist. Wenn jetzt einer von den DDR-Grenzern ins Abteil käme, was wäre ich dann? DDR-Bürger auf DDR-Territorium, wo das Buch bestimmt nicht gelesen werden darf? Reisekader auf dem Weg in den Westen, wo das Buch herumliegt, lesbar auch für mich? Für eine Woche aus der gesellschaftlichen Haftung für staatsfeindliche Umtriebe Entlassener? Und wenn die Frau gegenüber …?

Da spricht sie ihn an: *Wie weit sind Sie schon mit Lesen?*

Ich hab noch gar nicht angefangen, antwortet Georg.

Na, da machen Sie sich mal auf was gefasst. Ein wahnsinniges Buch, sag ich Ihnen. Ich hab's grad gelesen. Glaubt man nicht, was die da drüben alles anstellen.

Sie meinen: bei uns drüben?, fragt Georg. *Also hier. Wir sind ja noch in der DDR.*

Ach, Sie kommen aus dem Osten, will sie wissen.

Ja, sagt Georg und hält sich zurück.

Wieso dürfen Sie dann in den Westen fahren?

Ich habe die Genehmigung, an einer kirchlichen Tagung in Belgien teilzunehmen.

So was geht?, fragt sie.

Georg nickt: *Manchmal ja.*

Mehr will sie nicht wissen. Sie wendet sich wieder ihrer Strickarbeit zu, und Georg beginnt zu lesen.

Irgendwann fragt sie ihn ganz unvermittelt: *Sind Sie verheiratet?*

Er bejaht.

Und warum tragen Sie keinen Ring?

Weil er nicht mehr passt, lacht Georg.

Blöde Ausrede, sagt sie und schaut ihn feindselig an. *Seltsam, dass Männern, wenn sie zu einer Tagung fahren, immer der Ring nicht mehr passt.*

Quatsch, sagt er. *Meine Frau trägt auch keinen mehr.*

Ja, ja, murmelt sie und wendet sich wieder ab.

Für einen Moment glaubt Georg, soeben sei der Magdeburger Dom vorbeigehuscht. Er liest weiter und nimmt sich vor, sein Gegenüber mit Ignoranz zu strafen.

Und dann verpasst er doch, rechtzeitig sein Buch im Koffer zu verstecken. Die Tür wird aufgerissen. Zwei Männer, grünlich graue Uniform mit grünem Ärmelband, die Hose im Stiefel, verlangen die Papiere. Georg klappt das Buch zu und legt es neben sich in die Fensterecke, aufs Gesicht natürlich. Er spürt, wie er rot wird. Als er dem einen seinen Pass reicht, schaut der andere unter die Sitzbänke und fragt nach dem Gepäck. Die junge Frau muss kurz aufstehen. Ihr Strickzeug fällt einem der Grenzer vor die Füße. Sie bückt sich, um es aufzuheben. Dabei rutscht ihr weiter Pullover nach oben und legt ihren Rücken und die Rückseite ihres BHs frei. Die beiden schauen sich an und verziehen den Mund.

Wem gehört die Zeitschrift, fragt der eine, und zeigt auf das Gepäcknetz.

Georg fällt ein, dass er den *SPIEGEL* da abgelegt hat.

Er zuckt mit den Schultern. Und da ihn die Frau auch nicht für sich reklamiert, nimmt ihn einer der Grenzer mit. Kein Gruß. Die Tür knallt ins Schloss.

Na, fröhliche Lektüre, Genossen, denkt Georg. Bloß gut, dass auch ich ihn geschenkt bekommen habe.

Der Zug war zum Stehen gekommen. Tiefgraue Wolken hingen über dem Land. Der Wind peitschte dicke Tropfen gegen die Scheiben, die sich in irrenden Rinnsalen vereinten und wieder auseinanderflossen. Georg malte sich aus, welches Bild es ergäbe, zöge er deren nervös zuckende Zickzackbewegungen mit einem schwarzen Edding auf der Fensterinnenseite nach. Vor seinen Augen entstand ein Miró, ein Hartung, der sich zu einem Jackson Pollock entwickelte.

Eine Diesellok schleppte eine Kette von Tankwagen an seinem Fenster vorbei. Reflexartig zählte er die Spiegelbilder, die ihm jeder vorübergleitende Tank bescherte. Fünfunddreißig Mal Georg im Spiegel. Dann zog sein Zug langsam wieder an.

Er erinnert sich an die Schulklasse, die in Köln zusteigt, junge Damen allesamt, Abiturientinnen, wie sich herausstellt. Fünf von ihnen kommen in sein Abteil, das die Strickerin inzwischen verlassen hat. Die andern verteilen sich auf die Nachbarabteile. Man nimmt keine Notiz von ihm. Georg gewöhnt sich an den Krach und das ständige Auf- und Zurollen der Tür und liest weiter in seinem *Collin*.

An der Grenze zu Belgien wird er dann doch noch für die Damen interessant. Zwei Beamte öffnen das Abteil und bitten um die Reisepapiere. Die Damen machen sich über ihre Handtaschen her und ziehen ihre Personalausweise hervor. Als er seinen blauen Pass hinüberreicht, ist plötzlich Stille im Abteil. Erschrockene Blicke fliegen hin und her, erst recht, als einer der Beamten, der ein dickes Buch unter den Arm geklemmt hält, mit Georgs Pass aus dem Blickfeld verschwindet. Die Damen schauen, als glaubten sie, Augenzeugen der Überführung eines gesuchten Verbrechers zu werden. Amüsiert guckt indessen der andere in die Runde und reicht, nachdem sein Kollege wieder im Türrahmen erscheint, Georg den Pass zurück.

Gute Weiterreise, meine Damen, sagt er, *und Ihnen auch*.

Kaum ist die Tür geschlossen, fallen die Damen über Georg her, was das denn zu bedeuten habe.

Wieso haben Sie nicht so einen Ausweis wie wir?

Weil ich nicht von hier bin, antwortet er.

Woher sind Sie denn, wollen die Damen wissen.

Georg will es ihnen nicht so leicht machen und sagt nicht: aus der DDR. Er nennt auch nicht den Ort, in dem er wohnt, er sagt: *Die nächstgrößere Stadt heißt Schwerin.*

Schwerin? Schwerin? Wo liegt das? In Bayern?

Dann hätte ich so einen Ausweis wie Sie, sagt Georg und lässt sie weiter raten.

Schließlich fragt eine der Abiturientinnen, deren kleines, spitznasiges Gesicht aus einem wilden Lockengewühl, ähnlich einer aufgeplatzten Seegrasmatratze, hervorschaut: *In Polen?*

Er lächelt. *Sie sind Abiturientinnen und haben noch nie etwas von Schwerin gehört? Es liegt gar nicht so weit von Hamburg weg. Dazwischen allerdings befindet sich eine scharfe Grenze.*

Ach in der Zone, bemerkt eine andere enttäuscht.

Zum Glück bleiben weitere Fragen nach Reisegrund und Reiseerlaubnis aus.

Georg gönnt sich einen Seitenblick in die offene Handtasche seiner Nachbarin. Wie immer, konstatiert er, Lippenstift, Taschentücher, Zigaretten, Portemonnaie, ein Stift ... Er hätte Lust, darin zu kramen. Schon als Kind hat er die Taschen von zu Besuch weilenden Tanten mit Begeisterung durchstöbert. Meist fand sich etwas Außergewöhnliches, ein Talisman, ein besonderer Anhänger, Fotos, Papiere mit bedeutungsvollen oder geheimnisvollen Schriftzeichen, kleine Süßigkeiten, manchmal auch etwas, dessen Entdeckung peinliche Zwischenfälle ausgelöst hat.

Georg horchte auf. Er erkannte die leicht verfremdete Stimme des Schaffners wieder, die die bevorstehende Ankunft auf dem Hauptbahnhof der nächsten Stadt bekannt gab.

Als der Zug in die weite Halle einfuhr und die Türen geöffnet wurden, plärrten unverständliche Lautsprecheransagen in den Wagen hinein. Der Laptopmann von gegenüber hatte blitzschnell sein Gerät in einer Tasche verstaut und befand sich, während er sich mit einem Arm in seinen Mantel zwängte, bereits im Gang. Andere Insassen des Wagens drängten sich an den Ausgängen und schoben einander nach und nach auf den Bahnsteig. Neue Fahrgäste stiegen zu. Ein junger Mann mit Rucksack und einer schweren Tasche quetschte sich, nach links und rechts schauend und die Ziffern der Sitzplätze prüfend, an ihm vorbei, nicht ohne ihm in einer heftigen Wendung das Untergestell seines Rucksacks an die Schulter zu schlagen.

Danke auch, sagte Georg.

Sorry, hörte er es hinter sich.

Die Krümelfrau, jetzt Alleinerbin eines Viererabteils, begann sich auszubreiten. Sie legte ihr Buch ab, stellte eine Wasserflasche auf die Tischplatte und zerrte aus ihrer Tasche einen Spiralblock mit Kästchenpapier und einen dicken Kugelschreiber. Sie schaute zu ihm hinüber, lächelte zufrieden und begann mit ruhiger Hand, Seite um Seite vollzuschreiben.

Damals, inmitten dieses gackernden Harems, war an Schreiben nicht zu denken.

Aber dann, noch bevor der Zug in den Brüsseler Central-Bahnhof einfährt, stehen die Damen aus Köln in ihren Mänteln, die Frisuren gerichtet und das Handgepäck geschultert, im Gang. Nur die Seegrasmatratze schaut noch einmal ins Abteil zurück und hebt die Hand, ehe alle aus dem Zug stürzen und sich, auf dem Bahnsteig angekommen, in die Arme fallen, als hätten sie sich eine Ewigkeit nicht gesehen.

Georg weiß, der Zug fährt nicht weiter. Er nimmt sich Zeit, seine Sachen zusammenzusuchen. Die Apfelsinenschalen von Tante Veros Obstbeutel verschwinden im Behälter neben dem kleinen Klapptisch, der *Collin* in der Seitentasche seines Reiseköfferchens. Er schlingt seinen Schal um den Hals, fährt in seinen Mantel, setzt seine Mütze auf, streicht sich die Haare aus dem Gesicht und schnappt sein Gepäck. Als er auf dem Bahnsteig steht, ist weit und breit kein Mensch zu sehen.

Reisen. Georg begann zu grübeln. Warum verlässt jemand den Ort, wo er alles zum Leben Nötige hat: ein Bett, in dem er gut schlafen kann, eine Küche, in der er sich zurechtfindet, ein Fenster, wo irgendwann am Tag die Sonne verweilt, den Ort, wo ihm Musik und Bücher griffbereit zur Verfügung stehen? Warum begibt sich jemand woandershin, wo es vielleicht viel zu heiß ist oder dauernd regnet, wo es viel zu laut zugeht, auch noch in fremder Sprache, wo man ein zu kurzes Bett vorfindet, seltsame Speisen verzehren muss und wo die Sehnsucht nach dem Vertrauten stündlich steigt?

Reise ich eigentlich aus Neugier? Oder ist es eher eine Sucht, die mich von Zeit zu Zeit die Koffer packen lässt?

Ariane spottete manchmal schon, es sei wohl wieder so weit, dass er Abstand suchen müsse.

Vielleicht auch ein Reflex, nach vierzig Jahren Reiseeinschränkung, wobei ich ja schon zu denen gehöre, die bereits vor dem Mauerfall eine Ahnung von der Welt hinter der Grenze bekamen.

Mauerfall? Inzwischen zum irreführenden Terminus technicus wie *Wende* geworden. Als ob es sich um eine alte, brüchige Mauer gehandelt habe und nicht um eine tödlich-gefährliche Betonwand, mit Stacheldraht und Panzersperren und Hundelauf und Wachtürmen und Scheinwerfern und schießbereiten Patrouillen ... So etwas fällt nicht einfach ein. Wenn es da nicht innerhalb des ummauerten Gebietes einen Aufstand gegeben hätte! Wollen Begriffe wie *Mauerfall* und *Wende* vergessen machen, dass wir eingesperrt waren und dass wir selber etwas für unsere Befreiung getan haben?

Bleibe im Lande und nähre dich redlich! Da waren sich die propagandistisch geschulten SED-Funktionäre und der Verfasser des 37. Psalms einmal einig. Der Harz sei doch auch sehr schön, und man wandere dort auf den Spuren *bedeutender Vordenker der sozialistischen Gesellschaft*. Dass Goethe, Heine und viele andere den *ganzen* Harz bereisen, auf den Brocken wandern, Goslar und Bad Harzburg, was später zum Westen gehörte, besuchen konnten, blieb unerwähnt. Nein, wir hätten doch genug Abwechslung und Naturschönheiten im eigenen Lande: das Vogtland mit seiner hügeligen Weite, die Lausitz mit Bieleboh und Czorneboh, den Spreewald, der über Wasserstraßen verfüge wie Venedig, die Mecklenburger Seenplatte mit ihren Zeltplätzen, die Ostsee von Boltenhagen bis Usedom und den Fernsehturm in Berlin. Solle man das doch alles erst einmal richtig kennenlernen, ehe man in die Ferne strebe. Wer seine Heimat nicht kennt, ist überall ein Fremder.

Er erinnerte sich, manche getroffen zu haben, die das plausibel fanden.

Die alte Frau von Neuendorf auf Hiddensee fiel ihm ein, die der Pfarrer einmal gefragt hatte, ob sie denn in ihren 85 Jahren auch einmal verreist sei. Ja, hatte sie geantwortet, einmal. Und wo waren Sie da, wollte er wissen. In Kloster, sagte sie, dem keine acht Kilometer entfernten Dorf im Norden der Insel.

Wollten sie uns nicht so haben, so bedürfnislos? War es nicht gerade das, was ihn immer gestört und empört hatte? Dieser sogenannte Arbeiter- und Bauernstaat war zu einer Insel in der Brandung feindlicher Mächte geschrumpft, zu denen spätestens seit 1980 auch Polen zu gehören schien, ab 1985 sogar die Sowjetunion. Bewegte man sich *innerhalb* dieses abgegrenzten Gebietes, und das möglichst vorschriftsmäßig, konnte man seinen kleinen Freiraum zur Welt erklären. Die Inselmentalität steckte an und entwickelte eine Art Schicksalsgemeinschaft: wir gegen die böse Welt. (Es gab Leute, die, obwohl sie nicht in der Partei waren, allen Ernstes behaupteten, Wojtyla sei einzig und allein zum Papst gewählt worden, damit er den Kommunismus besiege und Gorbatschow sei ein Lakai des amerikanischen Imperialismus und römischen Klerikalismus. Das klang nach Propagandafloskeln wie *Volk ohne Raum* oder *jüdisch-bolschewistische Verschwörung*, mit denen die Nazis gesunden Menschenverstand infizierten.)

Warum bin ich auf diese Art Propaganda nie hereingefallen, fragte sich Georg. Ein Gefühl tiefer Dankbarkeit bemächtigte sich seiner, nicht in einer Funktionärsfamilie aufgewachsen zu sein, sondern in einem Elternhaus, das eine weltbürgerliche Prägung besaß, wo außer den Grenzen des Anstands und der – allerdings nicht sehr weitherzig verstandenen – Zehn Gebote keine Grenzen Gültigkeit zu haben schienen, geistige schon gar nicht. Vielleicht, sagte er sich, bin ich auch durch die Chorreisen auf den Geschmack grenzüberschreitender Bedürfnisse gekommen.

Da hieß es irgendwann einmal, zurzeit werde eine Konzertreise nach Spanien vorbereitet. Madrid, Sevilla, Cordoba, Granada, Zaragoza, Barcelona waren Städte, mit denen er Bilder aus dem vielbändigen Lexikon seines Vaters verband. Nächtelang träumte er sich durch die großen Städte am Mittelmeer und im Landesinneren, durchstreifte endlose Apfelsinenhaine, besuchte den Prado und die Alhambra und erweckte zum Leben, was er gelesen hatte – bis zu dem grausamen Erwachen, als das ganze Vorhaben am Veto der ausschlaggebenden Genehmigungs- bzw. Verhinderungsbehörde der DDR scheiterte. Die Furcht, ein Teil der älteren Chormitglieder könnte sich unmittelbar vor der Rückreise heimlich absetzen, hatte wohl den Ausschlag gegeben. Etwas aber blieb zurück in ihm, ein sanft gewecktes Sehnen nach Süden und Sonne und Exotik, was alles zusammen

Freiheit hieß, und nach grenzenloser Kunst, ein Sehnen, das nie mehr verschwinden sollte, das in seinem Unbewussten ankerte und sein Traumleben immer wieder kaleidoskopartig beflügelte – bis er 1980 zum ersten Mal das Mittelmeer sah, und das gleich sechs Stunden lang.

Georg seufzte in sich hinein. Wie viele mögen in diesen 40 Jahren der Selbstisolation von der Welt da draußen geträumt haben? Oder wäre es leichter zu fragen: wer nicht? Träumten nicht auch die, die von der bösen Welt jenseits der Grenzen sprachen und dieses manchmal lächerliche Ländchen bis aufs Blut verteidigen zu wollen vorgaben, träumten nicht auch sie manchmal von eben dieser verbotenen Welt und bissen im Traum, der ja der Kontrolle des Bewusstseins entzogen war, in die Frucht vom Baum der Erkenntnis, die ihnen von einer nackten Frau gereicht wurde, um dann schweißgebadet zu erwachen und einen Tag mit eingezogenem Schwanz herumzulaufen in der stillen Hoffnung, diese Untat würde den Göttern ihres kleinen Paradieses und seinen Racheengeln entgangen sein?

Er wollte nicht nur von Reisen *träumen* können, er wollte reisen können. Zum Beispiel mit dem Zug durch Europa, was heute ein Genuss wäre. Damals konnte Zug fahren eine Strafe sein. Aber nicht das Reisen um jeden Preis – heute würde man sagen *für* jeden Preis – glaubte er einfordern zu müssen, sondern die Freiheit dazu. Allein das Reisen*können* würde vielen den Alltag in der DDR, über den die herrschende Partei ihre Ideologie wie das Netz eines Vogelstellers gebreitet hatte, das sie mehr und mehr zusammenzog, erträglicher machen. So blieb dem Gros der Sehnsüchtigen, die das letzte Risiko nicht eingehen wollten, nur die tägliche virtuelle Flucht in den Westen, seitdem der Empfang der gegnerischen Fernsehsender toleriert wurde.

Georg schaute auf und lächelte. Der Zug raste erneut durch ein Regengebiet. Das Wasser klatschte an die Scheiben und verwischte jede noch so dürftige Aussicht.

Wer sollte da nicht vom Mittelmeer träumen, seufzte er in sich hinein.

Aber da war noch etwas anderes, das ihn seit seiner ersten Westreise nach dem Mauerbau nicht mehr losgelassen hatte. Es war die Erfahrung der Außenansicht.

1981 kommt er ins Gespräch mit einem Dozenten der Technischen Universität in Dresden, der gerade von einem Kongress in Kopenhagen zurückgekehrt ist und sagt, jetzt könne er verstehen, warum die DDR-Führung die Leute nicht in westliche Länder fahren lasse. Keiner würde wiederkommen.

Wieso, fragt Georg zurück, *Sie sind doch auch wiedergekommen?*

Ja gut, sagt er, bei ihm sei das etwas anderes, er habe Familie und einen tollen Beruf und Haus und Garten.

Und Georg erwidert: *Jeder hat etwas, das er nicht gern aufgeben würde. Die meisten haben Familie, Eltern oder Kinder, die sie nicht im Stich lassen wollen, oder gute Freunde, Sportkameraden oder Chorsänger, ihre Arbeitsstelle mitsamt den Kollegen und eine Wohnung, die sie sich nach ihrem Geschmack und von ihrem eigenen Vermögen eingerichtet haben. So etwas gibt man doch nicht einfach auf. Wer weiß, dass er jederzeit wieder reisen darf, kommt auch wieder zurück.* Im Übrigen habe er in Belgien hinter all dem Glanz und Reichtum auch mitbekommen, wie manche Menschen um ihre Existenz kämpfen müssten. In einer grenzfreien Welt könne ja jeder selber entscheiden, ob er der Grundsicherung in der DDR den Vorzug geben wolle zu dem Preis von Mangelwirtschaft und geistiger Enge oder der westlichen Freiheit zum Preis sozialer Unsicherheit. Er glaube, die meisten kämen wieder.

Der Dozent schüttelt heftig mit dem Kopf und zeiht ihn töricht und naiv. Wenn die DDR das zuließe, wäre sie bald nicht mehr die DDR.

Na und, sagt Georg.

Da bricht sein Gegenüber das Gespräch ab.

Das Lästige beim Reisen sind die Reisenden selber, beschloss er für sich, als er eben erneut von einem Rucksack getroffen wurde.

Danke, sagte Georg, Sie könnten etwas umsichtiger mit Ihrem Gepäck umgehen.

Der junge Mann wandte sich um: Sorry, tut mir leid.

Georg sah in zwei freundliche, unschuldige Kinderaugen in einem bärtigen Gesicht.

Während, nach kurzem Halt irgendwo, der Zug wieder anfuhr, schlief Georg ein.

Eine braunlederne Umhängetasche locker über die Schulter geworfen, betritt er in seinem schwarzen Cordanzug mit den Jeansknöpfen, schüchtern und neugierig zugleich, den Raum, in dem bereits die Tagungsteilnehmer versammelt sind. Alle sind rot gekleidet, rote Hosen, rote Röcke, rote Sakkos, rote Blusen, rote Krawatten, rote Socken, rote Schuhe. Und alle schauen ihn an als wollten sie sagen, hier gehörst du nicht her. Einer ruft: *Ist das der Heini aus der DDR!* Georg geht unsicher zum Podium und erklärt der Tagungsleiterin – roter Pullover, rote Jeans, rote Socken, rote Hackenschuhe – sein Zug habe Verspätung gehabt. Sie wendet sich um und schaut ihm direkt ins Gesicht. *Ach, du bist das*, sagt sie und schüttelt den Kopf, wobei ihre sorgfältig gelegten Locken durcheinandergewirbelt werden. Ihre grünen Augen und ihr spöttischer roter Mund dagegen sagen etwas anderes, das er wie eine geheimnisvolle Einladung empfindet. Plötzlich verwandelt sich ihr Gesicht. Eine Frau mit chinesischen Gesichtszügen schaut ihn durchdringend an, die eben noch blonden Locken sind zu kurzen, strähnigen, pechschwarzen Fransen mutiert. Mit einem riesigen Pinsel tupft sie fremde Schriftzeichen auf ein Papier, reicht es ihm und sagt etwas, das wie Ming Xiahung klingt, es könnte aber auch Mao Zedong oder Deng Xiaoping heißen. Die Tür springt auf, und zwei chinesische Polizisten fragen ihn in unverfälschtem Sächsisch, ob er der Vogel aus der DDR sei. Als er bejaht, legen sie ihm Handschellen an und zerren ihn aus dem Raum. Im Hintergrund hört er die Tagungsteilnehmer begeistert auf die Tische trommeln. Draußen vor der Tür spricht der eine Polizist chinesisch, der andere übersetzt für ihn, und diesmal akzentfrei hochdeutsch, sie hätten den Auftrag, sein Herz der Parteiführung zu überbringen, aber es müsse noch warm sein und schlagen. Gäbe er ihnen die 100 D-Mark seiner Tante und die 100 der Oberin vom Krankenhaus dazu, würden sie ihn laufen lassen und ein Katzenherz abliefern. Er fasst in seine Innentaschen, findet aber nur Papiertaschentücher vor. Auch in seinen Hosentaschen – nichts als Papiertaschentücher. Bleiben noch die Außentaschen der Jeansjacke, und auch da nichts als Papiertaschentücher. Er will laut aufschreien: Das kann nicht sein, man hat mich bestohlen …!

Er wachte auf, mit der rechten Hand in der Innentasche seiner Lederjacke kramend.

Suchen Sie etwas, fragte lächelnd die Krümelfrau über den Gang hinweg.

Ja, das heißt nein, das heißt doch, ich …

Sie müssen geträumt haben, sagte die Frau. Und eben haben Sie wie wild alle Ihre Taschen durchsucht, als ob Ihnen etwas verloren gegangen wäre. Blöder Traum?

Blöder Traum, bestätigte er, während er in der anderen Innentasche sein Portemonnaie fand, herauszog und prüfte, ob seine EC-Karte noch vorhanden sei. Lächelnd steckte er es zurück, schüttelte den Kopf und sagte zu ihr hinüber noch einmal: Wirklich, ein blöder Traum.

Ein elektronisches Klangzeichen, dem Gongschlag im Kino nicht unähnlich, kündigte eine Lautsprecheransage an. In wenigen Minuten erreiche der Zug den Bahnhof, den Georg als Zielbahnhof gelöst hatte. Man bedanke sich für das Vertrauen in die Deutsche Bahn, hoffe, alle seien mit dem Begleitservice zufrieden gewesen, man wünsche einen guten Aufenthalt und freue sich, wenn die Deutsche Bahn die Reisenden, die jetzt den Zug verließen, demnächst erneut an Bord begrüßen dürfe.

Georg grinste. Dieses Eisenbahntheater gab es damals bei uns nicht. Der mangelnde Komfort der Züge hätte es auch kaum gerechtfertigt. Aber von A nach B kam man auch ohne *Zugbegleitservice*, ohne den Reisesegen der Deutschen Bahn und ohne Anleihe aus dem Seefahrtsvokabular. Und wenn es sich um einen D-Zug handelte, konnte es damals sogar vorkommen, man fand einen respektablen Speisewagen vor mit einer Küche, in der noch richtig gekocht wurde.

Der Zug drosselte die Geschwindigkeit und kam wenig später zum Stehen. Die Krümelfrau steckte ihr Buch in die Tasche, erhob sich, zog sich eine lange Patchworkjacke aus verschiedenfarbigen Lederstreifen über und setzte sich eine blaurot geflammte Filzmütze so tief ins Gesicht, dass sie ihre Brille wieder richten musste. Sie fahren weiter, fragte die Krümelfrau.

Nein, sagte Georg, ich steige nur gern als Letzter aus.

Na denn tschüss, sagte sie und lächelte ihn an.

Er erwiderte den Gruß, fuhr in seine schwarze Lederjacke, legte sich den Schal um den Hals und setzte seine Leninmütze auf. Dann griff er seine Tasche und ging langsam zum Ausgang. Er verließ den Wagen so, dass er gerade noch den hereinstürmenden Neureisenden zuvorkam.

Die große Bahnhofshalle sah sauberer aus als der Bahnhof in seiner Stadt. Elektrokarren fuhren surrend an ihm vorbei, ein Fahrrad, von einem jungen Mann geschoben, streifte ihn. Sorry, wie immer. Eine Gruppe junger Leute stand heftig diskutierend beieinander, ehe sie wie ein Schwarm aufgeschreckter Tauben zu einem anderen Bahnsteig flog.

Er ging zum Haupteingang und hielt die Nase in die Luft. Syb, sein holländischer Freund, hatte ihm einmal gesagt, immer, wenn er neu in eine Stadt komme, erkunde er zuerst mit der Nase, wonach sie rieche. Das sei mitunter ein treffenderes Alleinstellungsmerkmal als der Blick auf den Bahnhofsvorplatz oder ein hoher Kirchturm und helfe zugleich anzukommen. Er hatte diese Angewohnheit übernommen und inzwischen zu einer gewissen Perfektion gebracht.

Es roch, wie in jeder Stadt, zuerst nach Abgasen, vor allem Diesel. Dann aber tat sich ein anderer Geruch hervor, den er aus seiner Kindheit kannte. Er konnte ihn nicht identifizieren, war sich aber sicher, Wölkchen davon in seinem Geruchsgedächtnis gespeichert zu haben, etwas säuerlich und dumpf, aber durchaus angenehm. Es würde ihm sicher noch einfallen.

Niemand erwartete ihn hier, zumindest nicht auf dem Bahnhof. Das war einmal anders, vor bald zehn Jahren.

Wenn er Katharina besucht, eine Politikwissenschaftlerin, die er schon seit 1990 kennt, in die er sich aber sieben Jahre später verliebt, steht sie am Ende des Bahnsteigs und lächelt ihm mit kräftig geschminkten Lippen entgegen. Dann verlangsamt er seinen Schritt, dreht sich mehrfach um, schaut umher, als sähe er sie nicht. Dann stürzt er auf sie zu, lässt kurz vor ihr sein Gepäck fallen, breitet die Arme und fällt ihr um den Hals. Mehrfach dreht er sich mit ihr um die eigene Achse. So theatralisch die Geste auf Umstehende wirken muss, so sehr bringt sie doch seine wirkliche Freude über das Wiedersehen zum Ausdruck. Dann folgen lange, saftige Küsse. Diese Lippen! Auch wenn sie beide danach ganz verschmiert aussehen und sich gegenseitig mit Papiertaschentüchern bearbeiten müssen, ehe sie sich ins Stadtgewimmel wagen, jedes Mal schlägt sein Herz dabei wie bei einem verletzten Vogel. Dann greift er nach seiner Tasche, nimmt sie in die linke Hand und legt den rechten Arm um ihre Taille, bis sie vor ihrer Tür stehen bleiben.

Die Jahre zuvor – Georg nimmt eine leitende Aufgabe in der Stadtverwaltung wahr – hat er hier oft dienstlich zu tun. Mitarbeiter der hiesigen Stadtverwaltung unterstützen den Aufbau der Selbstverwaltung in seiner Stadt. Auf diese Weise lernt er hier nach und nach alle namhaften Hotels kennen und weiß deren Annehmlichkeiten zu schätzen. An die fünfzehn Mal mag er schon hier gewesen sein, ohne Katharina zu begegnen. Er hätte auch nicht gewusst, wo er sie fände noch einen Anlass gehabt, sich bei ihr zu melden. Das heißt, einmal sieht er sie doch. Untergebracht im Hotel *Drei Linden*, schlendert er am Abend noch einmal zum Bahnhof, um sich die neue *ZEIT* zu kaufen. Da steht sie, mitten im Weg, mit dem Rücken zu ihm und in inniger Umarmung mit einem Typen, den er der autonomen Szene zurechnen würde. Wenn ihm nicht eine ihrer typischen Kopfbewegungen verriete, dass sie es wirklich ist, würde er seiner Wahrnehmung misstrauen. Er schleicht sich seitwärts an den beiden vorbei. Als er aus dem Zeitungsladen wieder heraustritt, sind beide verschwunden.

Später erzählt er ihr davon und erfährt, dass ihr damaliger Freund, ein grüner Stadtvertreter, sich damals endgültig verabschiedet hat. Sie habe nie wieder etwas von ihm gehört.

2

Er stand vor dem Tresen im *Dom-Hotel.*

Ich habe ein Zimmer bestellt auf den Namen Weber.

Ein Blick in den Computer.

Vier Nächte?

Vier Nächte.

Sie waren ja schon lange nicht mehr bei uns. Es hat sich nicht viel geändert. Die Frühstückszeit wie immer von sieben bis zehn. Wir wünschen Ihnen einen schönen Aufenthalt. Zimmer 42 haben wir für Sie reserviert.

Damit reichte die Dame, dezenter geschminkt als Katharina, die Zimmerkarte herüber.

In seinem Zimmer blickte er einmal rundherum, registrierte das edle Mobiliar und die beiden Stiche aus dem 19. Jahrhundert, die Minibar und die digitale Begrüßung auf dem Bildschirm, den weichen, moosgrünen Teppichboden und die indirekte Beleuchtung über der Bettkante, warf einen Blick ins Bad und ließ sich, so wie er war, aufs Bett fallen. Angekommen!

Angekommen? Georg fiel wieder ins Grübeln. Bin ich schon einmal irgendwo angekommen? Bin ich nicht vielmehr eine Art Dauerreisender, immer unterwegs? Auf der Suche nach irgendetwas? Oder auf der Flucht vor etwas? Auf der Flucht vor jeder Art festen Gefüges, auf der Flucht vor fester Bindung, vor einer festen Ordnung, vor zu viel Alltag, vor verfestigten Ansichten?

Muss man überhaupt irgendwo ankommen? Ist Ankommen nicht auch Stillstand und damit Ende, aus?

Er kannte so viele, die scheinbar angekommen sind und mit denen nichts mehr anzufangen war. Endstation Familie. Eingerichtet, abgeschottet. Suchte man jemanden unter den alten Weggefährten für eine Aufgabe, für eine zeitlich begrenzte Aktion, eine Arbeitsgruppe, einen Ausschuss – tut mir leid, mein Job, meine Kinder, mein Garten, mein Haus, meine Hüfte, mein Hund ...

Ich will doch gar nicht ankommen, noch nicht. Und doch, im tiefsten Inneren, sehne ich mich schon danach, endlich einmal irgendwo anzukommen, einmal tiefe Geborgenheit zu erleben, zu irgendetwas *mein* zu sagen, eine Struktur zu haben, auf die ich mich verlassen kann. Ich komme mir vor wie ein Fisch, der, ständig auf Jagd nach Futter und selber als Futter gejagt, kurz auftaucht, um Luft zu schnappen und weiterzuschwimmen. Heute ist es diese, übermorgen eine andere, dann wieder meine Stadt oder mein Dorf. Und statt zu Hause einmal anzukommen, in meinem Dorf, wo ich seit Jahren wohne und wo mich kaum einer kennt, betrachte ich auch dieses immer nur als Zwischenstation. Aber zwischen was? Er legte sich auf die Seite und schlief ein.

Ein unbekanntes, nervendes Schnarren riss ihn aus einem flüchtigen Traum.

Hallo, hier ist Katharina, hörte er die geheimnisvoll rauchige Stimme. Ich wollte nur wissen, wann du morgen zu mir kommst. Ich würde dich zum Frühstück einladen, sagen wir halb zehn.

So spät?

Meinetwegen auch um neun. Aber früher bitte nicht.

Okay. Ich werde um neun bei dir klingeln. Bis dann.

So kurz wollte er gar nicht sein. Aber ihre Stimme rief in ihm ein Gefühl wach, dem er nicht nachgeben wollte. Der distanziertere Ton verlieh ihm mehr Sicherheit. Morgen müsste er auf der Hut sein.

Draußen war es dunkel geworden. Er zog sich eine andere Hose an, schlüpfte wieder in seine Lederjacke und rief ein Taxi. Er ließ sich zum Grater fahren, wo er ein freundliches Restaurant kannte.

Als er eine Viertelstunde später durch die Tür trat, stellte er beruhigt fest, nichts hatte sich geändert. Alles war so wie beim letzten Mal. Der Wirt begrüßte ihn freundlich, ohne dass abzulesen war, ob er ihn wiedererkannte. Erst als Georg in der hinteren Fensterecke, nahe dem Tresen, Platz nahm und der Wirt die Speisekarte brachte, sah er ein leises Flackern in seinen Augen, das ihn noch einmal besonders willkommen hieß.

Wieder einen doppelten Espresso als Erstes, fragte der Wirt. Damit war es klar.

Wie immer, antwortete Georg und musste lachen, als ihm der Wirt den Rücken wandte. Sechs oder sieben Jahre hatte er sich hier bestimmt nicht mehr blicken lassen.

Er schaute sich genauer im Raum um. Die dunkle Täfelung der Wände schien ihm noch dunkler, die Lautrecs darüber zahlreicher geworden und näher zusammengerückt. Das warme Licht aus den gläsernen, mattgelben Kelchen reichte gerade so aus, um noch lesen und schreiben zu können. Er zog aus seiner Jacke, die er über den Stuhl geworfen hatte, ein kleines Heftchen und einen winzigen, aber umso dickeren Kugelschreiber und notierte *Ankommen*. Das Stichwort wollte er in den nächsten Tagen noch einmal gedanklich durchkauen.

Zwei Tische weiter, aus einer Männerrunde, erscholl lautes Gelächter. Georg schaute hinüber. Sechs Männer, die meisten in dunklen Anzügen und weißen Hemden mit Krawatte, hoben ihre Weingläser und prosteten sich zu. Der Einzige, der kein weißes Hemd trug, drehte ihm den Rücken zu. Das Jackett hing über der Stuhllehne. Seine schwarzen Locken ließen in ihrer Mitte einen kleinen weißen Mond hervortreten. Er wandte sich um, sah in Georgs Ecke und drehte sich zurück. Im selben Moment wandte er sich blitzschnell noch einmal um und schaute mit zusammengekniffenen Augen zu Georg hin.

Georg? Bist du es?

Er sprang auf und kam an seinen Tisch. Georg stand auf und sagte: Carlo?

Na klar, was denkst du denn? Was machst du hier in unserer Stadt? Und dann auch noch in unserer Plaka?

Beide umarmten sich kurz, dann wurde Georg an den Nachbartisch entführt. Die anderen Herren erhoben sich der Reihe nach, indes Carlo ihnen Georg vorstellte: Das ist Georg Weber, einer der ganz wichtigen Leute aus der Stadt, in der wir Aufbauhilfe geleistet haben. Seinen Namen werden ja alle schon mal gehört haben. Er war sozusagen mein amtliches Gegenüber im Osten. Nimm bei uns Platz. Du bist natürlich mein Gast.

Dann schaute er in die Runde und erzählte, wie Georg das erste Mal hierher kam. Damals war er eben Stadtrat für Schule und Kultur geworden, durch den Runden Tisch.

Stellt euch vor, den alten SED-Stadtrat hatten die Revolutionäre fortgejagt. Das war – wann war das genau?

Anfang neunzig, sagte Georg.

Das war eine große Sache, fuhr Carlo fort. Der Georg musste ja die ganzen alten Mitarbeiter in seinem Ratsbereich übernehmen, die meisten SED.

Alle, warf Georg ein.

Und dann die Schuldirektoren und Kulturfunktionäre, kaum einer, der nicht der führenden Partei angehörte. Ihr könnt euch vorstellen, was für eine aussichtslose und doch irgendwie auch hoffnungsvolle Situation. Oder?

Na ja, du darfst nicht unterschlagen, dass mir zwei ausgesprochen kompetente Frauen zur Seite gestellt wurden. Die eine, eine erfahrene Pädagogin, wäre unter anderen Umständen selber Schuldirektorin oder Stadträtin geworden. Die andere eine ehemalige Dramaturgin vom Stadttheater, die aus politischen Gründen rausgeflogen war.

Aber trotzdem, sagte Carlo, wo hat es das schon gegeben! Das waren doch revolutionäre Vorgänge. So etwas kennen wir nur aus Büchern. Und du hattest doch keine Ahnung von Verwaltung, oder?

Keinen Schimmer, sagte Georg. Das bisschen, was ich von den Vorgängen in einem Rathaus verstand, verdanke ich der kurzen Zeit, die ich als Beobachter des Runden Tisches im Rathaus tätig war und den Sitzungen des Runden Tisches selber, wo alle wichtigen kulturpolitischen Entscheidungen diskutiert wurden.

Und haben die alten SED-Mitarbeiter Sie gelinkt, fragte einer der Männer, ein sehniger Typ mit hervorstehenden Backenknochen und einem Mund wie Udo Lindenberg.

Frieder Nauheim, erklärte Carlo, einer von uns.

Versucht haben sie es schon, sagte Georg. Aber einer in meinem Ressort, der erkannt hatte, dass die Zeit der führenden Partei abgelaufen ist, verhielt sich loyal und beriet mich gut. In einem vertraulichen Gespräch räumte er mir gegenüber ein, der Partei seien nicht nur schwere Fehler anzulasten, sie habe ihre Mitglieder geradezu charakterlich deformiert, indem sie jeden Ansatz von kritischem Mitdenken als parteischädigendes

Verhalten denunziert habe. Herausgekommen sei eine ängstliche, angepasste und auf ihren kleinen Vorteil bedachte Gattung Mensch, mit der man eigentlich nichts mehr anfangen könne. Dieser Mann hat mir den Rücken freigehalten. Was sonst hinter meinem Rücken noch alles abgelaufen sein mag, werde ich wahrscheinlich nie erfahren.

Der Wirt nahm die Bestellung auf. Die Herren hatten sich auf Forelle geeinigt. Georg schloss sich ihnen an.

Und einen Weißen, sagte Carlo, für unseren Gast. Oder trinkst du lieber Roten? Georg bejahte.

Also noch eine Flasche von dem Roten bitte.

Und warum sind Sie nicht Stadtrat geblieben? Ein junger, straff gescheitelter Teilnehmer der Runde schaute ihn aus einem klugen Gesicht über den aufgestützten Ellenbogen herausfordernd an.

Das ist übrigens Faber Schmidt-Weirich, unser FDP-Vertreter im Kulturausschuss des Stadtparlaments.

Georg nickte ihm zu und sagte: Hätte ich mir denken können, gelbe Krawatte mit blauen Punkten, sozusagen Berufsbekleidung.

Sein Gegenüber griente: Da haben's die Genossen von der SPD schwerer. Die müssen sich ihre rote Krawatte mit den Kommunisten teilen.

Die Herren lachten, und Carlo fügte hinzu: Bloß gut, dass wir uns nicht auf Farben festlegen lassen. Was sollte sonst unser Freund Heidenreich sagen. Der dürfte zu seinem Schwarzen ja nie die passende Krawatte tragen, um nicht den Eindruck zu vermitteln, die CDU trüge eben die deutsche Politik zu Grabe.

Der Angesprochene lachte ein bisschen zu heftig für den harmlosen Witz.

Aber nun zu Fabers Frage, nahm Carlo den Faden wieder auf und schaute Georg erwartungsvoll an.

Dass ich nicht Stadtrat geblieben bin, sagte Georg, hat einen ganz einfachen Grund: Es gab Wahlen, und ich gehörte keiner Partei an.

Und warum gehörten Sie keiner Partei an, bohrte der nach.

Ja, das werden die Herren wohl schwer nachvollziehen können. Ich bin in einem Staat herangewachsen, in dem es eigentlich nur eine Partei gab, die nicht nur die Macht, sondern auch die Wahrheit für sich beanspruchte. Die anderen zugelassenen Parteien führten ein Schattendasein, soweit sie sich nicht noch links von der SED zu profilieren versuchten. Für mich hat das Wort Partei vierzig Jahre lang einen unangenehmen Klang gehabt. Deshalb fand ich meine politische Heimat 1989 in den Bürgerbewegungen, vor allem im Neuen Forum. Freunde von mir sind sehr schnell in die frisch aus der Taufe gehobene SDP eingetreten, andere in die CDU oder Liberale Partei, als sich deren westliche Schwesterparteien um sie zu kümmern begannen. Ich fühlte mich am wohlsten unter den aktiven Parteilosen, die plötzlich – wie Pilze nach einem warmen Herbstregen aus der Erde schießen – von wer weiß woher bei uns auftauchten und mitmachen wollten, Menschen, die ich in unserer Stadt noch nie gesehen hatte und die so unverbraucht und ideenreich auftraten, dass es eine Freude war, mit ihnen zusammenzuarbeiten. Da gab es keine Hierarchie und keine Ideologie, kein Postengerangel, kein – ach, vielleicht sollte ich hier lieber Schluss machen. Nicht dass sich jemand von Ihnen angegriffen fühlt.

Da musst du nicht bange sein, griff Carlo ein, wir arbeiten heute in unseren Parteien auch mit Parteilosen zusammen, wir haben sogar schon einen parteilosen Stadtrat durchgekriegt.

Dass die dich damals nicht als Parteilosen übernommen haben, verstehe ich immer noch nicht.

Na ja, sagte Georg, sie haben mir ja ein Angebot gemacht. Der SPD-Vorsitzende suchte mich heim ...

Hört, hört, mischte sich Schmidt-Weirig ein, wenn die SPD kommt, ist es wie eine Heimsuchung!

... Pardon, fuhr Georg fort, ich meine, er suchte mich auf und erklärte, man wolle, dass ich das Amt fortführe, für die SPD sozusagen. Als ich nach der Bedingung fragte, wurde mir unmissverständlich nahegelegt, dann auch bald Parteimitglied zu werden. Und das genau konnte ich nicht versprechen.

Georg schaute in die Runde und gewann den Eindruck, er habe Grenzland betreten. Carlo überspielte die plötzliche Stille mit einem Themenwechsel: Du bist jetzt Lehrer, habe ich gehört?

Auch das ist Vergangenheit, sagte Georg. Ein paar Jahre habe ich mich mit Religion und Philosophie an einem Privatgymnasium durchgeschlagen. Inzwischen leite ich die *Landesstelle für Dokumentation, Information und Erforschung von Widerstand und Opposition in den drei Nordbezirken der ehemaligen Deutschen Demokratischen Republik,* kurz *DIEWO*.

Sag bloß, warf Carlo ein. So etwas gibt es? Der Name ist ja fast so unaussprechlich wie die offizielle Bezeichnung der sogenannten Gauck-Behörde.

Georg nickte: Mit der arbeiten wir zwangsläufig auch eng zusammen.

Und was macht ihr da so, wollte Carlo wissen.

Das ist eine längere Geschichte, sagte Georg. Als ich den Auftrag erhielt, mit zwei Mitarbeiterinnen und mit bescheidensten Mitteln eine solche Stelle aufzubauen, saßen wir in einem kleinen Büro, besaßen drei Schreibtische, einen Computer und drei leere Wandregale und fingen an, Dokumente zu sammeln.

Das heißt? Carlo zeigte sich ehrlich interessiert.

Die Programme und Aufrufe der Bürgerbewegungen zum Beispiel oder Protokolle der Sprecherräte und Fachgruppen. Ebenso alle Dokumente von Friedens- und Umweltgruppen aus den frühen Achtzigerjahren, darunter auch Flugblätter, Offene Briefe und interne Informationen. Später haben wir die Sammlung auch auf alles ausgedehnt, was uns an *Samisdat* in die Finger kam, im Ormig-Verfahren vervielfältigte Gedichte und Texte, Satirisches und investigative Dokumente, vor allem zu ökologischen Fragen. Aber auch die Plakate und Transparente der Demonstranten aus dem Herbst 89 befinden sich bei uns. Inzwischen gehören auch Materialien der 1989 sich wandelnden alten Parteien sowie der neuen, also SDP und DSU zu unserem Bestand.

Die Männer am Tisch horchten auf.

Haben die denn alles freiwillig rausgerückt, meldete sich einer aus dem Kreis zu Wort, ein blasser Mittdreißiger mit Stoppelhaaren und Schnauzbart.

Werner Bächlein, stellte ihn Carlo vor, einer unserer jungen Wilden aus der SPD-Fraktion.

Ich könnte mir vorstellen, fuhr der fort, dass sich manche schwer damit getan haben.

Georg berichtete von den Schwierigkeiten, auf die er dabei gestoßen war. Die einen hatten ein Privatarchiv angelegt und hüteten es wie ihren Augapfel. Andere gaben an, alles aus dieser Zeit in Kartons verstaut zu haben, an die sie in nächster Zeit nicht herankämen. Viele hatten alles, was an jene Zeit erinnerte, längst geschreddert. Es gab auch solche, die Geld dafür haben wollten. Nach einer Aufbauphase von zwei Jahren sei aber doch eine beachtliche Sammlung zustande gekommen, die seitdem ständig nach hinten erweitert werde, bis in die frühen Fünfzigerjahre hinein. Inzwischen fülle allein das Archiv *Herbst 89* einen ganzen Raum, andere Räume der zu einem stattlichen Institut angewachsenen Landesstelle beherbergten Dokumente zum 17. Juni 1953 im Norden der DDR, Materialien zum Thema kirchlicher Widerstand, zu Streiks in volkseigenen Betrieben, Papiere aus den Arbeitskreisen der ehemaligen Bausoldaten und Totalverweigerer, Reaktionen auf den Prager Frühling und den Einmarsch 1968, auf die KSZE-Tagung in Helsinki, Papiere zur Ausreisebewegung und vieles mehr.

Und was machen Sie mit all den Dokumenten – Alfred Heidenreich, unterbrach ihn Carlo mit einem Seitenblick zu Georg, CDU-Fraktion, wie du ja inzwischen mitgekriegt hast –, gehören die nicht eher in Ihr Landesarchiv?

Irgendwann werden sie dort eingegliedert werden, antwortete Georg. Die Landesstelle ist eine temporäre Einrichtung. Unsere jetzige Aufgabe ist es, möglichst lückenlos den Widerstand in den ehemaligen Nordbezirken zu dokumentieren, die Öffentlichkeit darüber zu informieren – für mich heißt das vor allem viel Vortragsarbeit – und den Medien sowie der Zeitgeschichtsforschung die Materialien zur Verfügung zu stellen. Darüber hinaus arbeiten wir mit uns bekannten Privatarchiven zusammen und vermitteln Kontakte für Doktoranden.

Carlo wollte wissen, ob Georg denn auch mit Stasi-Unterlagen zu tun habe.

Das sei Angelegenheit der Gauck-Behörde, erklärte Georg, die die Stasi-Archive verwalte und für die gesetzlichen Zwecke aufbereite. Es komme aber vor, dass Betroffene Kopien ihrer eingesehenen Unterlagen der Landesstelle zur Verfügung stellen. Dann würden diese in einer gesonderten Abteilung aufbewahrt.

Wozu das? Einer aus der Männerrunde, ein korpulenter, gemütvoller Typ, der das Gespräch bisher interessiert verfolgt hatte und immer vor sich hin lächelte, vermochte darin keinen Sinn zu sehen.

Georg berichtete, die Landesstelle könne etwas, was die Gauck-Behörde nach ihrem gesetzlichen Auftrag nicht leisten könne, sie führe und protokolliere Gespräche sowohl mit Betroffenen, die unter staatlicher Repression gelitten haben, als auch mit ehemaligen Parteifunktionären und hauptamtlichen Stasimitarbeitern, soweit die dazu bereit seien. Auf diese Weise sichere sie eine Fülle von Insiderwissen und Spezialkenntnissen, die der Zeitgeschichtsforschung zugutekämen. Gelegentlich komme es sogar vor, dass sich Opfer und Täter, er sage lieber Betroffene und Verantwortliche, im Beisein seiner Mitarbeiter zu einer Gegenüberstellung bzw. zum Gespräch bereitfänden. Er hoffe, auf diese Weise könne die Landesstelle einen kleinen Beitrag zur innergesellschaftlichen Versöhnung leisten, auch wenn das nicht ihr Hauptzweck sei.

Heidenreich nahm noch einmal das Wort und erklärte, nach seiner unmaßgeblichen Meinung würde es langsam Zeit, nach vorn zu blicken und diese DDR-Vergangenheit auf sich beruhen zu lassen. Es gebe so viele Gegenwartsprobleme, die alle Kraft und Ressourcen erforderten, dass man sich so viel Rückwärtsgewandtheit bald nicht mehr leisten könne, zumal sie unnötig Steuergelder verschlinge.

Damit entfachte er einen heftigen Wortwechsel, bei dem bald nicht mehr auseinanderzuhalten war, wer welche Meinung vertrat, weil einer dem anderen ins Wort fiel. Georg, der solche Auffassungen kannte, hörte von Verantwortung der SED-Funktionäre reden, von Unrecht, das benannt werden müsse und von Unrecht, dass auch heute geschehe, von Untersuchungshaftanstalten der Stasi und von der verschleppten Aufarbeitung der Nazizeit. – Bei uns gibt es auch Geheimdienste, hörte er einen sagen. – Denk mal an Guillaume und Willy Brandt, gab einer zurück. – Warst du mal in Hohenschönhausen? – Man kann nicht alles über einen Kamm scheren. – Absolute Freiheit gibt es so wenig wie völlige Gerechtigkeit. – Alles muss einmal ein Ende haben.

Stichworte prallten an Georgs Ohren: IMs ... verdeckte Ermittler ... Stolpe ... Bautzen ... KGB ... Putin ... Schröder ... Gazprom ... Mossad ... Vatikan ... OSA ...

Forelle, die Herren, sagte der Wirt und ließ eine Platte nach der anderen von seinem Arm auf den Tisch gleiten. Eine weitere Ladung Forelle folgte.

Guten Appetit die Herren. Noch Getränke gewünscht?

Und während der Wirt mit der Bestellung abzog, breitete sich genüssliches Schmatzen aus.

Egon, bring mal zwei Teller für die Knochen, rief Carlo. Der Wirt brachte zwei fischförmige Grätenteller und stellte erneut je eine Flasche weißen und roten Wein auf den Tisch.

Als das Gespräch wieder anhob, ging es um die bevorstehende Stadtvertretersitzung und den Umgang mit der Linken. Georg lehnte sich zurück, genoss den fruchtigen Wein und beobachtete die Gestik der Männer. Ab und an wandte sich Carlo zu ihm und fragte etwas.

Wie geht's deiner Frau? Was macht Bernhard? Bist du demnächst wieder mal hier? Wir sollten mal einen Abend ausmachen, wo wir Zeit füreinander haben, so wie damals.

Es mochte zehn sein, als Carlo unvermittelt aufsprang und sagte: Meine Herren, die Sitzung ist beendet.

Die Männer lächelten müde, kannten den Spruch wohl schon. Man verabschiedete sich freundlich.

Carlo fragte Georg: Wo wohnst du?

Dom-Hotel!

Gute Wahl, sagte er und im Hinausgehen: Man sieht sich.

Den Gruß an seine Frau und den Dank für die Einladung schien er schon nicht mehr zu hören.

Für einen Moment setzte sich Georg noch einmal nieder, goss sich den Rest aus der Rotweinflasche ein und zog erneut sein kleines Heft aus der Tasche. Irgendetwas wollte er aufschreiben, einen Gedanken aus dem Gespräch. Aber er hatte ihn vergessen. Er steckte sein Heft wieder ein, zog seine Lederjacke an, wand sich den Schal um den Hals, nahm seine Mütze in die Hand und verabschiedete sich von dem Wirt.

Der Grater lag unter einem dünnen Nebelschleier, der von der Weihe herüberzog und die Lichter vor den Lokalen mit einem glitzernden Hof umgab. Dazwischen bewegten sich schemenhaft Gestalten, wie in einem Schattenspiel.

Im Hotel angekommen, griff sich Georg im Vorbeigehen seinen Zimmerschlüssel, den die Nachtdame bei seinem Erscheinen in der Windfangtür umsichtig auf den Tresen gelegt hatte, und begab sich zum Fahrstuhl, der gerade offen stand. Ihm schien, er habe soeben erst den Knopf gedrückt, als die Etagenanzeige auf vier stehen blieb und die Glastür, begleitet von einem Klingelzeichen, fast geräuschlos in der verspiegelten Seitenwand verschwand. Der dicke Teppichbelag auf dem Flur schluckte jeden Schritt. Auch mit harten Sohlen und gewollt festem Auftreten würde er sein Zimmer erreichen, als ob er schliche. Er steckte seine Karte in den Schlitz des Türaufsatzes, ein leises Klicken, der Drücker senkte sich unter seiner Hand und öffnete die Tür. Im gleichen Moment sprang das Licht in Flur und Schlafraum an. Wie sympathisch, dachte er, kein Tasten nach einem Schalter, eine gute Erfindung für ängstliche Menschen wie ihn, die im Dunkeln misstrauisch werden. Er legte Jacke und Mütze ab und lümmelte sich vor den Fernseher. Aber alle Programme schienen sich verabredet zu haben, ihn mit Langeweile zu strafen. Er entschied sich für das Bett, konnte dann aber doch lange nicht einschlafen.

Bilder tauchten auf, angeregt von seiner morgigen Begegnung.

Er wartet neben der Diesellok an der Treppe und sieht, wie sie sich mit einem riesigen Koffer aus dem Zug quält. Er will ihr zu Hilfe eilen, aber da steht sie schon auf dem Bahnsteig, entdeckt ihn und lacht ihm mit knallroten Lippen entgegen, dabei wischt sie sich mit einer theatralischen Geste den imaginären Schweiß von der Stirn. Jahrelang haben sie nichts voneinander gehört, allenfalls übereinander. Einmal kommt ein Foto: Katharina, auf der Treppe sitzend, neben einer blühenden Rose in ihrem kleinen verwilderten Gärtchen. Alles Gute zum Neuen Jahr! Er bedankt sich artig, aber den stillen Wink übersieht er. Dann eines Tages ein Anruf.

Hallo, Herr Weber, ich bin nächste Woche in Ihrer Stadt. Ich würde Sie gern mal wieder sehen. Mögen Sie?

Ja, er mag.

Wo werden Sie denn wohnen?

Ich habe mir ein Zimmer in der Westvorstadt gemietet. Vielleicht haben Sie ja Lust, mich vom Bahnhof abzuholen und da hinzufahren. Bei der Gelegenheit machen wir ein Treffen aus.

Nun steht er einer mehr als verlegenen Katharina Stein gegenüber, die mit einem Schwall von Nebensächlichkeiten ihre Aufregung wegzureden bemüht ist. In allem, was sie erzählt, findet er nichts, worauf er weiterführend reagieren könnte. Er nimmt sich des mächtigen Koffers an, zerrt ihn die Stufen herab und quält ihn auf der anderen Seite wieder hinauf. Sein Auto steht im Parkverbot direkt vor dem Bahnhof. Niemand nimmt Anstoß. Als er das Hauptgepäck in den Kofferraum gewuchtet und das übrige auf den Hintersitz geworfen hat und beide selber im Auto sitzen, schauen sie sich zum ersten Mal richtig in die Augen. Ihm stockt der Atem. Unter ihren dunklen Augenbrauen schauen ihn leuchtende, wasserblaue Augen an. Er startet und bittet sie, sich anzuschnallen. Unterwegs macht er den Vorschlag, sie solle doch lediglich ihr Quartier inspizieren und ihren Koffer abstellen, dann wolle er sie gleich mit zu sich nehmen, wo er ein kleines Mittagessen vorbereitet habe. Sie ist einverstanden. An ihrem Quartier angekommen, besteht sie darauf, den Koffer allein ins Haus zu rollen. Er wartet im Wagen.

Nettes Zimmer, sagt sie, als sie wenige Minuten später wieder im Auto sitzt. *Hier, das ist für Sie.* Dabei reicht sie ihm ein Päckchen, das sich wie eine Pralinenschachtel anfühlt, in eine Art Packpapier gewickelt und mit einem Strick verschlossen. Neugierig schaut er sie an. Sie zuckt mit den Achseln.

Er öffnet die Wohnungstür und lässt sie als Erste eintreten. Wie in einen Tempel tritt sie über die Schwelle. Vorsichtig setzt sie einen Fuß vor den anderen, als befürchte sie, auf etwas Heiliges zu treten. Ihr Blick wandert die Wand des langen Korridors mit den Bücherregalen entlang.

Wow, sagt sie. *Das hätte ich nicht gedacht.*

Dass es bei mir auch Bücher gibt, fragt er.

Nein, diese Ordnung! So müsste es bei mir einmal aussehen. Ich engagiere Sie für ein Wochenende zum Ordnen meiner Bibliothek.

Er willigt ein.

In der Küche stehen Pellkartoffeln und Spargel bereit. Beides hat sich auf der Platte und unter Folie einigermaßen warmgehalten. Aus dem Kühlschrank holt er den bereits auf einen Teller drapierten Schinken.

Oh, Spargel mit Schinken, das habe ich noch nie gegessen.

Sie werden sehen bzw. schmecken, wie gut das zueinanderpasst. Bei uns isst man das so. Sie können auch noch ein bisschen Hollandaise dazubekommen, allerdings nicht selbst gemacht.

Sie nimmt an seinem Küchentisch Platz und schaut sich ausgiebig um.

Hier gefällt es mir, sagt sie. *Das viele Licht, der quadratische Raumschnitt, die Einrichtung – alles ganz nach meinem Geschmack*. Und dann, als hätte sie sich zu weit vorgewagt, folgt eine etwas plumpe Einschränkung: *Aber die postmoderne Wanduhr fällt für meine Begriffe etwas aus dem Rahmen.*

So? Er schaut sie an. Sie weicht seinem Blick aus, greift zum Besteck und sagt, indem sie sich Kartoffeln auffüllt: *Ich darf doch*?

Sie essen schweigend, nur ab und an treffen sich ihre Blicke.

Und dann geschieht etwas Unerwartetes.

Ich schwitze, sagt sie, erhebt sich, fragt nach der Toilette und verschwindet. Als sie wieder heraustritt, scheint ihm, ihre Lippen seien soeben neu lackiert worden. Vor allem aber bemerkt er, dass durch ihre Bluse die Knospen ihrer Brüste deutlich hervorstechen.

Sie muss ihren Büstenhalter abgestreift haben, denkt er.

Sie nimmt wieder Platz und fragt provozierend: *Und was gibt's als Kompott?*

Er steht auf und sagt: *Ich bin auf alles vorbereitet.*

Er will an ihr vorbei in die Kammer gehen, um sein letztes Glas Quitten zu holen. Schlagsahne dafür steht bereits fertig im Kühlschrank. Da berührt er im Vorübergehen wie versehentlich mit der Hand ihre Schulter. Sie zuckt zusammen und schaut zu ihm auf. Und dann geht alles in Sekundenschnelle. Sie erhebt sich und wölbt sich ihm entgegen, er nimmt ihren Kopf in die Hände und küsst sie auf Stirn und Wangen, dann auf den Mund. Sie öffnet ihre roten Lippen. Er dringt mit seiner Zunge in ihn ein und kämpft mit der ihren, indessen seine linke Hand ihre Brust ertastet und beginnt, ihre Bluse aufzuknöpfen. Ihre Hände wandern tiefer, fassen seinen Gürtel und zerren den Riemen aus der Schnalle. Er hört, wie sie den Reißverschluss nach unten zieht. Während er sie in Richtung seines Schlafzimmers schiebt, fallen Stück für Stück alle Sachen zu Boden, bis sich beide nackt auf sein Bett werfen und hitzig lieben. Sie stöhnt auf, lässt die Arme zur Seite sinken und schließt die Augen. Er sucht mit seinen Lippen ihre straffen Brüste und gleitet schließlich neben ihr aufs Laken. Wie lange sie so liegen bleiben, will er gar nicht wissen. Er nimmt nur wahr, dass es bereits zu dämmern beginnt, als sie erwachen und sich in ihrer Nacktheit gegenseitig betrachten. Sie juchzt auf, er lacht, und dann fällt sie über ihn her und lässt ihn so schnell nicht wieder los.

Irgendwann sammeln sie ihre Garderobe wieder auf, die über den Gang verstreut liegt, und treffen sich im Bad wieder. Ohne ein Wort darüber zu verlieren, machen sie sich fertig, steigen ins Auto und holen den Koffer aus dem Mietzimmer. Sie zahlt den Preis für die Woche, und er wuchtet noch einmal den riesigen Kasten in seinen Kofferraum. Diese Woche wird er ihr Gastgeber sein, was auch immer sie sonst noch im Schilde führt. Und sie scheint diese Lösung als die einzig denkbare zu betrachten. Es wird eine Flitterwoche ohne Hochzeit.

Den nächsten Tag fahren sie an die Ostsee und verbringen, nach seiner Erinnerung, den ganzen Tag am Strand, nahe des Gelben Moors. Früher galt der Platz als Geheimtipp für FKK-Bader, so geheim, dass sich die Reihe der hinter den Dünen lückenlos geparkten Autos über zwei Kilometer links und rechts des Schotterweges erstreckte. Nach dem Ende der DDR sorgt ein rühriger Stadtrat für konsequente Renaturierung im hinteren Strandbereich. Kein Auto kommt hier mehr hin. Stattdessen breiten sich über die Jahre hinweg wieder seltene Gräser und Sumpfpflanzen aus, sogar Orchideen sollen wieder zu finden sein. Der Anweg, der nun zu Fuß zurückgelegt werden muss, scheint den meisten Strandbesuchern zu beschwerlich. Während sich das Badevolk an anderen Stränden um zwei Quadratmeter Sand streitet, treffen sich am Gelben Moor nur vereinzelte Naturliebhaber und Tagesausflügler.

Sie sind allein am Strand – und es gibt den ersten Streit. Sie hat am Wasser einen Stein gefunden, den sie ihm überreicht.

Ist der nicht schön?

Na ja, sagt er, *es geht, eigentlich nichts Besonderes.*

Objektiv mag er recht haben. Diese Art Steine gibt es nahezu wie Sand am Meer, nur dass ihrer halt etwas größer ausfällt. Dass seine Besonderheit darin besteht, ihn von ihr geschenkt zu bekommen, versteht er nicht. Das kränkt sie. Ihm fällt ein, er hat ja noch nicht einmal ihr Geschenk ausgepackt, das sie ihm bei der Fahrt in seine Wohnung in die Hand drückte. Ein Gefühl von Scham meldet sich, das er nicht zulassen will und schnell wieder hinunterschluckt. Sie geht ein Stück allein hinter den Dünen entlang und bleibt lange für ihn unsichtbar. Als sie zurückkehrt, ist er eingeschlafen. Ihr Schatten weckt ihn auf.

Bist du öfter so ein Kotzbrocken, fragt sie.

Ja, sagt er. *Und bist du öfter so schnell eingeschnappt?*

Ja, sagt sie.

Einen Streit könnte man das eigentlich nicht nennen, wenn sich in den nächsten Wochen diese Szenen nicht wiederholten.

Nach dieser ersten Unstimmigkeit bewegen sie sich schnell wieder aufeinander zu. Friedlich, als wäre nichts geschehen, sitzen sie wenig später beieinander, essen ihren Picknickkorb leer, trinken Rotwein unter wolkenlosem Sommerhimmel und lieben sich. Später liegt sie schlafend und der Sonne abgewandt auf der Seite. Er sitzt hinter ihr im Sand und hält ihre Umrisse mit Zeichenkohle in einem Block fest, den er, außer seinem Notizbuch, manchmal bei sich führt. Was für ein Körper! Diese Frau möchte er in allen Lagen und Stellungen zeichnen.

Die Tage setzen sich auf ähnliche Weise fort. Theater und eine Bootsfahrt auf dem nahe gelegenen Brookensee, eine Wanderung in der Brookener Heide und ein Besuch des Klosters Melchen, ein Ausflug nach Litzenburg, das sie in Mecklenburg vermutet, obgleich es in Vorpommern liegt. Und immer wieder gibt es diese kleinen Störfeuer durch Unachtsamkeit. Die Kränkungen gehen jetzt tiefer, die Kommentare werden bissiger. Dazwischen Gespräche über Literatur und Politik, bei denen sie sich so nahe glauben, dass für Momente alles andere nebensächlich wird. Sie hat an ihr Geschenk nicht mehr gedacht. Er schnürt es am letzten Tag auf und findet in dem Papier eine Packung Sushi, die sich in den warmen Tagen zu einem stinkigen Brei verwandelt hat.

Eine lange Woche endet mit einem nötigen Abschied.

In den nächsten Monaten besuchen sie sich gegenseitig und telefonieren fast täglich miteinander.

Als er das erste Mal zu ihr kommt, findet er in der Tat eine Wohnung vor, die für einen Ordnungsfanatiker wie ihn eine Lebensaufgabe böte. Nicht weniger Zeit und Einsatz würde ihr kleiner Garten beanspruchen, wollte man diesen wieder begehbar oder gar genießbar machen. Nur ihre Küche lässt eine gewisse Grundordnung erkennen. Das tröstet ihn. Aber der nächste Streit lauert schon hinter den Türen ihrer Vorratsschränke. Als er nämlich den Frühstückstisch decken will, findet er fünf verschiedene Mischungen von Müsli vor, mit Dinkel und Gerstenflocken und Amaranth, dazu Trockenobst und jede Menge Kräutertees. Der Kühlschrank ergänzt die Tafel mit Bio-Joghurt, Ziegenkäse und Sojamilch. Statt Kirsch- oder Erdbeermarmelade stößt er auf Quittenmus mit Ingwer. Eier, Wurst und Schinken – Fehlanzeige. Seine hinterhältige Nachfrage, ob er auf einen Kaffee in ein Lokal gehen müsse, quittiert sie noch mit einem nachsichtigen Lächeln.

Als er aber sagt: *Ihr Grünen ernährt euch wohl nur noch wie die Hühner, statt von Hühnern*, wird sie scharf.

Und ihr Ossis habt euern Demokratiemangel wohl vierzig Jahre lang mit Schweinefleisch kompensiert? Das war doch das Einzige, wofür ihr vor 1989 mal auf die Straße gegangen seid, oder?

Frau Doktor haben Politik studiert, gibt er zurück. *Dann müssten Frau Doktor wissen, dass es am 17. Juni 1953 nicht um Schweinefleisch, sondern um erhöhte Normen, mehr Demokratie und Abzug der Russen ging. Im Übrigen ist für Fleisch in der DDR niemand auf die Straße gegangen. Allerdings hat es immer mal Unruhe in den Betrieben gegeben, wenn über längere Zeit nur Dauerwurst im Angebot war oder im Gemüseladen nichts als Weiß- und Rotkohl.*

Aber als euch der Bohnenkaffee gestrichen wurde, da gab's doch ordentlich Zoff, wendet sie ein.

Das stimmt allerdings, sagt er. *Zwar haben sie sich nicht getraut, den Bohnenkaffee gänzlich abzuschaffen. Aber die unerträgliche Mixtur aus Bohnenkaffee und Ersatzkaffee (bei uns sprach man von 50 Prozent Kaffeesatz mit 50 Prozent Kaffeeersatz) hat tatsächlich Massenproteste ausgelöst. Und wenn ich bei dir jetzt ebenfalls nur irgend so ein Surrogat angeboten bekomme, gehe auch ich auf die Straße bzw. über die Straße in die nächste Kneipe, eingeschnappte Wessifrau.*

Sie kommt auf ihn zu, lacht und küsst ihn.

Ihr Ossis seid einfach zu blöd, in einer wohlgeordneten Küche einen Espressoautomaten zu erkennen. Espresso ist übrigens viel gesünder als dein Filterkaffee.

Warum sagst du das nicht gleich? Für einen Espresso lasse ich mich auch auf dein Hühnerfutter ein, brummt er und stellt die Biobutter, den Biohonig und das Bioerdnussmus auf den Tisch.

Aber Vegetarier seid ihr doch wohl alle, muss er sie noch einmal kitzeln.

Nein, schreit sie, *sind wir nicht, ich jedenfalls nicht. Bei mir gibt es meistens Schinken –*

Biorinderschinken, unterbricht er sie.

– nein, Schweineschinken, luftgetrocknet. Aber der ist alle, verstehst du? Und die Eier auch.

Später ist er es, der die Wessi-Ossi-Masche bedient. Sie unterhalten sich über die allgemeine Stimmung in der letzten Phase der DDR.

Hast du eigentlich irgendwann unter der Mangelwirtschaft eures Systems gelitten, fragt sie ihn.

Nein, antwortet er wahrheitsgemäß. *Wir hatten zwar nie viel Geld und hätten es uns nie leisten können, die allgemeinen Versorgungsmängel über einen Einkauf in Delikat- und Exquisitläden auszugleichen. Aber wir hatten immer Westverbindungen. Kaffee z. B. haben wir nie kaufen müssen. Außerdem erhielten wir als kirchliche Mitarbeiter jährlich eine bestimmte Summe Westgeld, über die wir frei verfügen konnten.*

Hat das euer Wirtschaftsboss – wie hieß er doch gleich? Stoph? Mittag!

Mittag hieß der? Na gut, hat das der Mittag denn geduldet?

Also zum einen war der wahrscheinlich froh, dass eine ganze Menge Leute Westverbindungen hatte, weil das die DDR-Wirtschaft erheblich entlastete und manchmal auch kräftig Devisen ins Land schwemmte, über Genex und Intershop und so. Zum anderen, Frau Doktor, scheint mir das typisch Wessi zu sein, dass ihr nicht mal die Namen der Hauptgangster kennt, weil euch die DDR nicht wirklich interessiert hat. Bei euch wurde nur immer gefaselt von Wiedervereinigung und Schwestern und Brüdern im Osten. In Wahrheit ging euch der Alltag im Osten doch am Allerwertesten vorbei. Wenn du bei uns durchschnittlich gebildete Leute gefragt hättest, wer in der Bundesrepublik gerade Postminister ist, sie hätten es gewusst.

Sie schweigt. Dann sagt sie: *Mag sein, dass du recht hast. Der Gedanke an eine Wiedervereinigung wurde ja vor allem von den Konservativen hochgehalten. An eine Realisierung hat weder von denen noch von der SPD einer geglaubt, fürchte ich.*

Aber Kurt Schumacher!

Ja, mein Gott, wann war das? Und was die Schwestern und Brüder angeht, sei mal ganz vorsichtig. In deiner Firma, ich meine in der Kirche, verbergen sich unter dieser familiären Floskel ja auch allerhand Unbarmherzigkeiten. Oder?

Jetzt schweigt er und denkt, wie recht sie hat.

Georg verließ sein Bett und goss sich ein Glas Wasser ein. Der Platz zwischen Bahnhof und Hotel lag in einem milchigen Licht, die Glaskörper der Laternen umgab ein neblig gelber Hof. Ein Taxi lag vor dem Bahnhofseingang auf Lauer. Sonst kein Mensch weit und breit.

Georg legte sich wieder hin.

In die kurze Zeit ihrer Zuneigung fällt auch die Einladung des Bundespräsidenten zum letzten Sommerfest in Bonn. Georg fragt Katharina, ob sie mitkommen wolle. *Na klar*, sagt sie, *an deiner Seite immer*. Sie ahnt noch nicht, wie kurz dieses *immer* währen wird. Es ist ein warmer Sommerabend, als sie sich in die Schlange einreihen, die eine Schleuse zum Garten der Villa Hammerschmidt passieren muss. Man zeigt die Einladung, die zwei Damen mit einer Anmeldungsliste vergleichen, wird einer kleinen optischen Inspektion unterzogen und befindet sich in einem weiträumigen Gelände, das mit Bühnen und Partyzelten, Freiluftcafés und Ruheplätzen reichlich ausgestattet ist. Sie bleiben eng beieinander, um in dem unerwarteten Menschengewühl nicht verloren zu gehen. Je weiter sie aber in den Park hinein gelangen, desto mehr lichtet sich das Gelände von Besuchern. Er glaubt noch immer, der Bundespräsident werde sein Fest persönlich eröffnen, mit einer launigen Rede vielleicht, begleitet von einer musikalischen Darbietung, wenigstens mit einem persönlichen Willkommensgruß. Aber nichts dergleichen. Irgendwann bemerken sie, dass die Gäste sich bereits Tische und Bänke gesucht haben, um sich kulinarisch verwöhnen zu lassen. Sie stellen sich an einem Tresen an, lassen sich Kassler und Sauerkraut (Katharina: Kassler!) auffüllen und nehmen zwischen anderen sommerlich-festlich gekleideten Damen und Herren Platz. Es ist nicht schwer zu erraten, woher die meisten stammen. Ihr rheinischer Tonfall verrät, der bisherige Dienstort des Bundespräsidenten muss überproportional vertreten sein. Eine Weile hören sie schweigend dem Gespräch der anderen zu, die sich offenbar kennen.

Man wertet soeben mit vollem Mund und unter heftigem Geproste die deutsche Vereinigung aus. Wenn man gewusst hätte, was das alles kosten würde, hätte man besser Abstand davon genommen. Die Mauer habe doch auch ihr Gutes gehabt. Es habe einem ja an nichts gefehlt.

An den Ostdeutschen am allerwenigsten, wirft ein molliger Typ ein, der gewiss als Ministerialdirigent oder so etwas seine Brötchen verdient.

Die Bemerkung löst Heiterkeit aus und stachelt offenbar zu weiteren Eskapaden an. Die kleinen Honeckers kämen ja jetzt alle her und wollten ihr Stück vom großen Kuchen. Hätten sie mal den eigenen nicht so lange anbrennen lassen. Lachen.

Man sieht ja, was die Ostdeutschen, die der Alte in die Politik gehievt hat, zuwege gebracht haben! Lachen. *Ortleb, Pohl, de Maizière!* Lachen. *Und dann Krause!* Lautes Lachen. *Und sein Ziehkind Merkel!*

Vorsicht, Vorsicht, die werden wir so schnell nicht wieder los, sagt einer in das Gelächter hinein. Für einen Moment ebbt das Lachen ab.

Also ich kenn auch einen, bemerkt einer der Herren, *der mal eine Klasse übersprungen hat. Aber der war einfach gut in der Schule. Die Zonis wollen gleich vom KZ ins Paradies.*

Jetzt hält es Georg nicht länger. *Entschuldigung*, mischt er sich ein, *ich bin auch so ein Zoni, lediglich dass ich nicht aus dem KZ komme und auch nicht ins Paradies geraten bin.*

Katharina stößt ihn mit dem Knie an. Der Mollige funkelt ihn an, steht auf und holt sich neues Essen, andere schließen sich ihm an, kehren aber nicht an den Tisch zurück. Zwei Damen reagieren bestürzt. Nein, so sei das natürlich nicht gemeint gewesen. Sie wüssten schon, dass es auch im Osten anständige und fleißige Leute gäbe. Aber sie hätten doch den Eindruck, dass der Anschluss den Westen überfordere. Immerhin habe die Bundesrepublik auch ihre Probleme.

Zu der wir inzwischen seit einigen Jahren dazugehören, wirft Georg ein.

Natürlich, ja. Wo kommen Sie denn her.

Er nennt den Namen seiner Stadt.

Ach, das ist ja interessant. Liegt die nicht irgendwo im Norden?

Er bejaht und hat den Eindruck, beide Damen freuen sich ihrer vorzüglichen Geografiekenntnisse.

Dann entschuldigen sie sich, sie müssten leider noch an einer anderen Stelle des Parks Freunde abpassen. Die anderen folgen ihnen.

So ist das, wenn man mit der Tür ins Haus fällt, sagt Katharina, *am Ende sitzt man alleine da.*

Siehst du, und so ist das, wenn man sich alles gefallen lässt, sagt er, *am Ende sitzt man alleine da.* Er steht auf und lässt sie allein am Tisch zurück.

Nach wenigen Metern hat sie ihn wieder eingeholt und hängt sich an seinen Arm.

Mann, warum bist du nur so empfindlich?

Frau, warum bist du nur so unempfindlich, antwortet er. Damit ist das Thema abgetan.

Politiker, deren Namen sie aus der Zeitung, deren Gesicht sie aus dem Fernsehen kennen, laufen ihnen über den Weg, der Finanzminister und der Umweltminister, Parteivorsitzende und Fraktionssprecher, daneben Moderatoren und Schauspieler. Alles, was man so Persönlichkeiten nennt, scheint an diesem Abend Ausgang zu haben.

An einer Wegbiegung stoßen sie auf Petkau und seine Frau. Georg kennt beide aus oppositionellen Gruppen, die sich in den Achtzigerjahren innerhalb der Kirche gesammelt haben. Petkau ist ein ideenreicher und streitbarer Kopf, der vor Enthusiasmus schnell erglühen kann, aber ebenso schnell erkaltet. Was Georg an Spontaneität fehlt, fehlt Petkau an Kontinuität. Von daher hätten sich beide gut ergänzen können, aber eine Rivalität, die gelegentlich aufblitzt, treibt sie mit der Zeit auseinander.

Katharina kennt Petkau aus dem Herbst 89, wo sie ihn einmal interviewt hat. Als sie sich jetzt gegenüberstehen, entspinnt sich zwischen den beiden ein Dialog, der so auf Petkau zugeschnitten ist, dass sich Georg schnell überflüssig vorkommt. Ein einziges Mal versucht er sich einzumischen, wird aber von ihr barsch zum Schweigen gebracht, sodass er sich unbemerkt entfernt.

Viel später, es ist schon lange dunkel, findet sie ihn mehr zufällig im Kreis einer Gruppe Friedensbewegter aus DDR-Zeiten. Sie setzt sich leise dazu und tastet nach seiner Hand. Er tut, als bemerke er sie nicht. Nach einer Weile gibt er dem stillen Werben nach, rückt näher an sie heran und erklärt seinen Kollegen: *Das ist Katharina.*

Nachts im Hotelzimmer werden sie sich schnell wieder einig.

Habe ich eigentlich ihre Briefe noch? Er überlegte, wo er sie aufbewahrt haben könnte. Zwei, drei Monate lang gingen nahezu täglich Briefe hin und her.

Katharina tut etwas, was er zuvor noch nicht erlebt hat und was er selber nicht zu können glaubt: Sie liefert sich ihm aus. Binnen weniger Wochen erfährt er mehr über sie, als er je von sich preiszugeben bereit wäre. Sie gewährt ihm Einblicke in ihr Seelenleben, lässt ihn teilhaben an ihren Selbstzweifeln und vertraut ihm manches an, was Frauen üblicherweise nur Frauen mitteilen.

Georg freut sich zunächst über so viel Offenheit und versucht, seinerseits, sich vorsichtig zu öffnen, erzählt von seinen Ängsten und seiner Schwermut, gesteht auch einmal Irrtümer ein, die er früher nie zugegeben hätte. Aber sobald sie darauf eingeht, zieht er sich sofort wieder zurück, als handle es sich um ein Missverständnis. Er weiß nicht, was von ihm bleibt, wenn sich das Bild, das sich andere von ihm machen sollen, langsam auflöst. Er fürchtet eine Blöße, die an düstere Kindheitserlebnisse erinnert.

Mit sicherem Instinkt spürt sie seine Weigerung, mehr von sich preiszugeben. Doch je mehr sie ihn durch ihre beichtartigen Offenbarungen zu locken versucht, desto mehr verschließt er sich wieder. Katharina greift zu einem anderen Mittel: Sie bestätigt ihn, schreibt ihm, worum sie ihn beneide und was sie an ihm bewundere. Aber sie weckt damit Georgs Misstrauen. Als sie anfängt, Pläne für eine gemeinsame Zukunft zu entwerfen, fühlt sich Georg vereinnahmt und bremst mit vielen Argumenten ihre Fantasie. Noch einmal lehnt sie sich weit aus dem Fenster, als sie ihm ihre Liebe gesteht und behauptet, sich ihn aus ihrem Leben nicht mehr wegdenken zu wollen. Statt die Arme auszubreiten und sie aufzufangen, was seinem innersten Sehnen entspricht, lässt er sie los. Er hört sie förmlich aufs Pflaster aufschlagen. Aber er dreht sich nicht um und geht davon.

Ihr Brief endet: *Mein lieber Georg, Du hast in mir etwas geweckt, das ich verschüttet glaubte. Seit ich Dich besser kenne, fange ich an, mich besser kennenzulernen. Ich weiß, und das habe ich noch keinem gesagt, ich liebe Dich. So wie Du bist. Du brauchst vor mir keine Angst zu haben. Meine Ironie, die Dir manchmal zu schaffen macht, ist nur Ausdruck meiner tiefen Unsicherheit. Aber in Deiner Nähe wachse ich, werde ich sicherer und weicher. Ich will Dich nicht entzaubern, allenfalls verzaubern, wenn das geht, und das bis zu meinem Ende. Katharina*

Sein Brief endet: *So wenig, wie Pilatus wusste, was Wahrheit ist, weiß ich, was Liebe ist. Mir geht das alles zu schnell. Ich brauche eine Auszeit, ehe ich weiß, was ich wirklich brauche. Sei mir nicht böse. Georg.*

Sie schreibt nicht wieder, ruft nicht wieder an.

Er auch nicht.

Als sie sich zwei Jahre später bei einem Podiumsgespräch zum Herbst 1989 in seiner Stadt wieder begegnen, verabreden sie sich in einem Café. Das Gespräch holpert so dahin. Sein Versuch, den Faden noch einmal aufzunehmen, misslingt. Sie wehrt ab: *Lass sein*. Am Abend sitzt er mit Teilnehmern des Podiums in einem Weinlokal. Irgendwann gesellt sich Katharina dazu, und er wundert sich, dass sie fast alle persönlich zu kennen scheint. Für sie ist er nur noch einer unter den anderen.

Das Handy klingelte bzw. sang eine programmierte Kunstmelodie. Ariane wollte wissen, ob er gut angekommen sei und was er bisher gemacht habe.

Und das mitten in der Nacht, fragte er.

Ich bin eben vom Kino zurückgekommen. Wir haben noch eine Weile in einer Kneipe gehockt.

Er erzählte von seiner Begegnung im Grater und erfand Grüße von Carlo. Weitere Einzelheiten wollte er auf den nächsten Abend verschoben wissen.

Dann schlief er doch noch ein.

Es dauerte einen Moment, bis er begriff, wo er sich befand, als ihn das Schnarren des Zimmertelefons aus flachen Morgenträumen riss. Mit halb geöffneten Augen tastete er nach dem Hörer. Ja?

Sie wollten geweckt werden. Wir wünschen Ihnen einen angenehmen Tag.

Danke, sagte er, aber da war der Hörer schon aufgelegt, oder es handelte sich um einen automatischen Weckruf. Mit einer Seitwärtsrolle drehte er sich aus dem Bett und zog die Vorhänge auf. Er kniff die Augen zusammen. Die Sonne stand genau auf seinem Fenster. Er reckte sich. Was für ein Morgen, jauchzte er. Warum nicht immer so. Er vergewisserte sich mit einem Blick auf die Armbanduhr, dass es tatsächlich eben acht gewesen war. Die Zeit würde ausreichen, sich in aller Ruhe fertig zu machen. Rasieren war erst in zwei Tagen wieder dran. Frühstücken würde er bei ihr. Also duschen, anziehen, Tasche greifen und los. Er könnte sich sogar noch einen kleinen Umweg leisten, um im *Blumenkasten* einen kleinen Strauß Teerosen zu ergattern. Oder würde sie das als anbiedernde Geste deuten? Dann eben Reformhaus, ein Glas Ghee ist vielleicht unverdächtiger.

Können Sie das ein bisschen nett einwickeln?

Wie bitte? Einwickeln? Sie meinen in Geschenkpapier? Nein, so etwas haben wir nicht, ist auch noch nie verlangt worden.

Dann eben jetzt zum ersten Mal, beharrte er.

Ich kann Ihnen nur einfaches Seidenpapier anbieten.

Gut, wenigstens das, sagte er. Vielleicht haben Sie noch ein Band, mit dem sie es zusammenbinden können.

Tut mir leid, ich habe nur Klebstreifen.

Während sie das Glas in Seidenpapier einschlug, schaute er sich im Laden um. Die Wohlgeordnetheit weithin farbloser Gegenstände passte zu dem matten Apothekengeruch. Reformhäusern haftet meist eine sterile Langeweile an, als läge über ihnen der Hauch eines lustfreien und biederen Gesundheitswahns, stellte er fest. Die blasse Dame, die ihn bediente, sah in ihrem grau-oliven Strickzeug aus, als gehöre sie zum Inventar. Ganz anders die Atmosphäre in den Bio-Läden, in denen er seit drei Jahren verkehrte. Hier pulsierte das Leben. Junge Mütter mit kleinen Kindern, auch Väter, Studenten, interessante Typen oft, Menschen, die nicht die Vitalität von Knäckebrot ausstrahlten, sondern bewusstes und befreites Dasein. Da gab es Sitzecken, wo man einen Espresso trinken oder ein Bio-Würstchen vertilgen konnte, pralle Obst- und Gemüsestände, eine Spielecke für die Kleinen, und die eben nicht in der Ecke.

Er stellte sich vor, er würde die Reformdame jetzt um einen Espresso bitten. Einen Espresso, würde sie sagen, wir führen nur Zichorienkaffee, und zubereiten müssen Sie sich den schon zu Hause.

Sie schob ihm ihr farbloses Ergebnis hinüber.

Er zahlte und sagte Ciao. Eine Antwort unterblieb.

Fünf nach neun öffnete Katharina, ungeschminkt, die Tür.

Hans Georg Weber, pünktlich wie immer, sagte sie, was Bewunderung und Ironie sein konnte. Komm rein, leg ab. Du weißt ja, wie du in die Küche kommst. Ich geh schon vor.

Damit verschwand sie im Halbkeller. Er kam ihr die dunkle Treppe nach. Seine Augen mussten sich auf Zwielicht einstellen, kaum dass er die Küche betrat. Er schaute sich um, es hatte sich nichts verändert: Das Sandgrau des Küchenschrankes, der bis zu der niedrigen Decke reichte, war vielleicht weiter nachgedunkelt, das grüne Riffelglas in seinen Türen fiel stärker ins Auge, als ihm erinnerlich war, die Kacheln des Fußbodens hatten den Farbton von Klinkern angenommen, die grün gestrichene Stirnwand gegenüber dem einzigen Fenster zeigte über dem Herd dunkle Wrasenspuren. Das konnte auch alles schon so gewesen sein, als er das letzte Mal hier saß. Auch aus dem immer vollen Abwaschbecken quoll wieder das Geschirr der letzten Tage. Dann aber sahen seine überraschten Augen etwas, womit er bestimmt nicht gerechnet hätte. Auf dem für Katharinas Verhältnisse sorgfältig gedeckten Tisch mit einer etwas löcherigen grauweißen Decke, mit brennender Kerze und einem Strauß geschnittener Alpenveilchen, standen all die Dinge, derer er sich seit drei Jahren enthielt: Lachsschinken und fetter Camembert, Erdbeermarmelade und Griebenschmalz, Leberwurst und Weizenbrötchen. Er musste lachen.

Das hätte ich dir vielleicht vorher sagen müssen.

Was?

Dass ich inzwischen zum Bio-Freak mutiert bin.

Du?

Ja, ich. Ich habe seit Jahren immer mal Probleme im Oberbauch. Meine Hausärztin hat mir geraten, meine Ernährung umzustellen. Inzwischen ist das für mich ganz selbstverständlich. Ich habe mich schon auf deinen Bio-Frühstückstisch gefreut. Das tut mir jetzt leid.

Ja, allerdings, das ist doof, sagte sie. Es hat mich schon einige Überwindung gekostet, das Zeug zu kaufen. Aber ich habe neuerdings einen Studenten zur Untermiete. Ich glaube, bei dem werde ich das alles wieder los. Räumen wir's also wieder weg.

Und damit begann sie, den Tisch von allem gesundheitsschädigenden Unrat zu befreien und alles zusammen in einer großen Dose im Kühlschrank zu verstecken. Dafür kamen jetzt die bei ihr üblichen Alternativen zum Vorschein: Ziegenkäse, Quittenmus, Tomaten-Pfeffer-Paste und Akazienhonig. Das Ghee, das er ihr mitgebracht hatte, durfte stehen bleiben.

Möchtest du vielleicht ein Ei, Bio natürlich.

Er bejahte.

Sieht doch auch ganz gut aus, sagte er und freute sich, als sie auch noch Dinkelbrötchen vom Vortag aus einer Tüte zauberte.

Sie schaute ihn lange an, ehe sie fragte: Wie geht es dir?

Danke, sagte er, außer diesen gelegentlichen Beschwerden im Oberbauch geht es mir ganz gut.

Du wolltest nicht, dass ich zu dir komme, obwohl *ich* ja eigentlich ein Anliegen hatte. Sollte ich deine Frau nicht kennenlernen?

Er überlegte einen Moment. Nein, ich glaube, dagegen hätte ich nichts. Ich vermute allerdings, dass ihr euch schwer anfreunden würdet, nicht, weil sie nicht von dir wüsste, auch nicht, *weil* sie von dir weiß, sondern weil sie in mancherlei Hinsicht so ähnlich ist wie du.

Und wie, glaubst du zu wissen, bin ich?

Zumindest habe ich Erinnerungen daran, wie du warst oder, sagen wir es vorsichtiger, wie ich dich wahrgenommen habe.

Eben, unterstrich sie die Differenzierung, wahrgenommen. Aber lassen wir das. Warum wolltest du lieber zu mir kommen?

Weil ich ohnehin eine Reise hierher geplant hatte, die weitere Besuche beinhaltet.

Dienstlich?

Nein, eigentlich nicht, sagte er. Ich will hier meinen alten Schulfreund besuchen, aus meiner Dresdner Zeit, ins Colonni-Museum gehen – du erinnerst dich vielleicht an meinen Expressionismusspleen – und ein paar von euern herrlichen Antiquariaten durchstöbern.

So, so, einen alten Schulfreund, bemerkte sie. Nicht vielleicht eine alte Schulfreundin?

Und wenn schon, gab er zurück. Muss ich dir denn alles verraten? Erklär du mir lieber einmal, was genau du mit mir vorhast.

Gut, wir können ja, während wir essen, schon ein bisschen anfangen. Ich plane also ein Buch über die Wende in deiner Stadt. Und dafür brauche ich einiges an Hintergrundwissen, wofür ich dich um Mithilfe bitte.

Ach so, das soll also gar kein Interview werden, wie ich dich am Telefon verstand, eher soll ich dich mit Fakten spicken?

Na, so ist das nicht. Ich hab ja schon allerhand zusammen, habe alle möglichen Dokumentationen dazu gelesen, Zeitungsartikel gesammelt, Interviews mit Akteuren, Vorträge, auch deine natürlich. Aber manches erschließt sich mir nicht ganz.

Dann tu mir einen Gefallen, unterbrach er sie, und rede bitte nicht von *Wende*, auch in deinem Buch nicht. Das ist der unwürdigste und entstellendste Begriff für den Herbst 1989. Nicht nur, weil er angeblich von Egon Krenz für die Taschenspielertricks verwendet worden ist, mit denen die SED versucht hat, eine Verjüngungskur vorzutäuschen, um ihre Macht zu retten. *Wende* ist keine geeignete Bezeichnung für einen innergesellschaftlichen Prozess, in dem ein Volk erwacht und in kürzester Frist das Gesetz des Handelns an sich reißt.

O, das klingt sehr pathetisch, warf Katharina ein. War es denn so? Oder ist das eine nachträgliche Idealisierung? Du musst mir als Politikwissenschaftlerin solche Fragen zugestehen. Ich höre nämlich jetzt immer die Rede von einer friedlichen Revolution, von der ich nicht weiß, ob es sie wirklich gab.

Etwas Revolutionäres wirst du den Vorgängen von 1989 doch nicht völlig absprechen wollen, entgegnete er.

Mag sein, dass auch Revolutionäres dabei war. Aber eine Revolution? Ihr habt die Mächtigen doch gar nicht vom Thron gestoßen. Ihr habt den Thron erzittern lassen, das ja. Aber die SED hatte Gelegenheit, sich unter Krenz und Modrow, wenn auch mit politischen Leichtgewichten, noch einmal neu zu generieren. Als Luther vor bald 500 Jahren gegen die Ablasspraxis zu Felde zog, hat auch keiner von Reformation gesprochen. Ich vermute, der Begriff wurde dem Ganzen erst viel später verpasst. Mir scheint es ein bisschen vorschnell, kaum, dass der Herbst 1989 in die deutsche Vereinigung gemündet ist, von einer friedlichen Revolution zu sprechen. Feiern sich da vielleicht die Akteure von damals selber und die Akteure der Einheit gleich mit?

Ich stimme dir sogar zu. Ich verwende den Begriff Revolution für das, was da passierte, auch nicht gern, zumal das Ergebnis, die deutsche Vereinigung, nichts davon erkennen lässt, dass sie das Kind einer Revolution ist.

Katharina sah ihn gespannt an.

Du erinnerst dich? Bonn 1995, oder war es 1996?

Katharina nickte: O ja, ich erinnere mich.

Trotz aller Demokratie hätte es ja auf westlicher Seite genügend Anlass gegeben, ebenfalls in sich zu gehen, alte Vorstellungen und Fehlentwicklungen über den Haufen zu werfen und Gesellschaftskritik zu üben.

Jetzt huschte ein ironisches Lächeln über ihr Gesicht: Woran denkst du da?

An die föderale Bildungspolitik zum Beispiel mit ihren Verwerfungen und Ausgrenzungen, an die Mängel bei der Kinderbetreuung, die westliche Arroganz, die vergessen macht, wem der Westen die günstigeren Voraussetzungen für seine Entwicklung verdankt und mit der jetzt ostdeutsche Arbeitnehmer schlechtergestellt werden, als sei die mangelnde Produktivität der DDR eine östliche Charaktereigenschaft und nicht Ausdruck eines verfehlten staatlichen Wirtschaftssystems. Oder die sozialpolitische Überheblichkeit, mit der alle Strukturen der DDR erst einmal plattgemacht wurden, ehe man erkannte, dass manche von ihnen – befreite man sie aus den ideologischen Bandagen – durchaus zukunftsfähig gewesen wären. Das würde ich sogar im Blick auf das ostdeutsche Schulsystem und die Kinderbetreuung sagen.

Also, ich bitte dich, empörte sie sich, das Schulsystem der DDR wäre doch nun wirklich das Letzte, was man als Beispiel anführen dürfte. Du hast dich doch selber immer über diese, wenn ich dich zitieren darf, ideologischen Spalierobstplantagen aufgeregt. Und eure Kitas? – Ich sage nur: Töpfchen!

Ja, ja, das Töpfchen. Daran macht ihr alles fest. Man, Katharina, ich bin doch kein Ignorant. Dass diese verdammte Ideologie das DDR-Volk mit der Zeit geistig eingeengt und vernebelt hat, steht für mich außer Frage. Natürlich musste die ideologische Klammer, die dieses Monstrum DDR notdürftig zusammengehalten hat, erst einmal zerbrochen werden. Aber dann wäre es doch dran gewesen, mit Sachverstand und vorurteilsfrei zu prüfen, was vielleicht wenigstens vom Ansatz her tragfähig wäre.

Die Kitas auch?

Auch die Kitas. Klar waren die Kindereinrichtungen ebenfalls ideologisch ausgerichtet, kommunistische Gedenktage, Vorgaben für Militärspielzeug, Tag der Volksarmee und so. Dieser ganze Mummenschanz aus der Erziehungsretorte von Frau Honecker gehörte auf den Müllhaufen der Geschichte. Was meinst du, warum wir unsere Kinder in keine Kindereinrichtung geschickt haben! Aber die Kitas als solche in Verruf zu bringen, um Jahre später festzustellen, dass Kitas unverzichtbar und vielleicht gar flächendeckend einzuführen seien, erinnert doch an die Bürger von Schilda.

Manchmal muss man eben etwas erst zerschlagen, weil es mit schlimmen Auswüchsen verbunden ist, ehe man es neu erstehen lassen kann.

Jetzt wirst *du* pathetisch, sagte er. Vielleicht gibt es das sogar. Aber ich wollte ja noch einen zweiten Punkt nennen, warum die deutsche Einheit mir kein Ergebnis einer Revolution zu sein scheint.

Weil ihr sie gar nicht wolltet, warf sie ein.

Er widersprach ihr. Das ist so nicht richtig. Ich glaube, die meisten wollten sie schon, nur nicht so schnell.

Wieso, wunderte sie sich. Wenn ich etwas will, bin ich doch froh, wenn ich es so schnell wie möglich erreiche. Oder?

Nicht unbedingt, gab er zu bedenken. Dann würden alle, die einen Gipfel erreichen wollen, nur noch mit der Seilbahn nach oben fahren. Wie viel glücklicher wird der auf dem Gipfel sein, der ihn aus eigener Kraft erklommen hat. Für den ist der Gipfel Krönung eines Erlebens, in das er sich mit seiner ganzen Person hineingegeben hat. Er ist gelaufen, geklettert, hat geschwitzt oder gefroren, ist vielleicht auch mal ausgerutscht, hat verweilt, wunderbare Aussichten und neue Blickwinkel kennengelernt, ist Menschen und Tieren begegnet, hat die Berge im Sonnenlicht und im Schatten gesehen, vielleicht abenteuerliche Übernachtungen auf sich genommen, Blasen an den Füßen bekommen, gejubelt und geflucht, nachgedacht über Leben und Tod.

Was für ein schönes Bild, schwärmte sie, Georg Weber, du bist ein halber Dichter.

Ja, ja, gab er zurück, ich weiß, aber eben nur ein halber. Ich wollte immer mal etwas ganz sein. Nur ehe du mich jetzt bemitleidest, lass mich das noch zu Ende bringen. Wir wollten damals die DDR demokratisieren. Ja, du hast richtig gehört: *die DDR demokratisieren*. Ich weiß, das klingt mehr als utopisch. Aber die Zeichen standen nicht schlecht. Die SED war mit ihrem Latein am Ende. Die Stasi entmachtet. Neuwahlen, die ersten richtigen, standen an. Ich hätte mir gewünscht, der Westen hätte geblockt und gesagt: Macht erst mal eure Hausaufgaben. Und dann lasst uns sehen, wie kompatibel wir sind. Wir unterstützen euch auf dem Weg zu einer stabilen Demokratie und fördern eure Wirtschaft.

Du bist und bleibst ein Träumer, sagte sie. Du weißt doch selber, dass das nie gegangen wäre. Eure Wirtschaft lag am Boden, eure Städte sahen aus wie nach einem Krieg, die Russen waren im Land, die Führungselite war unbrauchbar geworden. Wie sollte das gehen?

Ich weiß, ich weiß, sagte Georg, stand auf und stellte seine Tasse unter den Espressoautomaten.

Er wandte sich zu Katharina um: Ich habe das immer wieder gehört, die Sterne, um es im Mystischen zu belassen, hätten für die deutsche Vereinigung vielleicht nie wieder so günstig gestanden. Ich habe da meine Zweifel. Das klingt eher wie die Schutzbehauptung derer, die es schnell hinter sich bringen wollten. Wie fertig die Wirtschaft war, darüber streiten sich noch heute die Fachleute. Wenn ihr die Treuhand nicht den Rest gegeben hätte, sondern eine ähnliche Instanz eine gezielte Privatisierung im Interesse einer noch bestehenden DDR vollzogen hätte, hätten vielleicht manche wirtschaftlichen und sozialen Folgen in Grenzen gehalten werden können.

Hätte, hätte, hätte! Politik hält sich an das Machbare, nicht das Wünschenswerte, warf sie ein.

Georg drückte auf den Knopf und wartete das Geräusch des Mahlwerks ab, ehe er einlenkte: Okay, wahrscheinlich hast du recht. Vielleicht ist das der Pfarrer in mir, der immer das bessere Menschsein erhofft. Angenommen, wir hätten – wieder hätten! – wir hätten die Chance gehabt, demokratische Strukturen in der DDR selber zu schaffen, das Bildungswesen selber zu entideologisieren, die vielen Aktiven des heißen Herbstes in politische Verantwortung einzubinden, wären wir da nicht ein Stück weiter in unserer Staatsbürgerlichkeit? So sind uns die Strukturen des Westens ungeprüft übergeholfen worden, die Westparteien haben die Ostparteien geschluckt, die Westfirmen haben das, was von Ostfirmen übrig war, gefressen, die Posten sind an die gefallen, die Posten brauchten und die Bürgerbewegten haben sich wieder in Nischen verkrochen.

Sie schaute ihn skeptisch an: Etwas zugespitzt, würde ich sagen.

Er nahm seine Tasse und kehrte an den Tisch zurück.

Mag sein. Aber all die Unarten, die auch in einer Demokratie ihre Chance bekommen wie Postenschacherei, wie soziale Kälte und Geldgier, haben sich so quasi strukturell mit implantieren lassen.

Er nahm einen Schluck und setzte die Tasse wieder ab.

Das also ist das andere, was mich daran zweifeln lässt, eine ostdeutsche *Revolution* habe zur deutschen Einheit geführt: das sichtbare Ergebnis. Haben wir denn irgendetwas bekommen, was auch nur den Ruch eines revolutionären Prozesses hat? Sind wir nicht einfach auf den bequemen und durchgesessenen Polstern der Wohlstandsgesellschaft gelandet, wo es ein klares Oben und Unten gibt und wo grundlegende und nötige gesellschaftliche Veränderungen in Freiheit erstickt werden, in einer Freiheit, die nahezu alles toleriert und deshalb nichts mehr ernsthaft wagt?

Jetzt idealisierst du aber euern herbstlichen Aufbruch und dämonisierst den Westen, wandte Katharina ein.

Vielleicht, gab Georg zu. Aber 1989 ging es allein um die Gesellschaft, nicht um persönliches Fortkommen. Auch 1990 stand bei allen Entscheidungen im kommunalen Bereich das Gemeinwohl noch an erster Stelle. Heute scheint Politik vor allem der Durchsetzung von Partikularinteressen zu dienen. Stichwort: Lobbyismus. Aber ich sehe, wir verzetteln uns. Vielleicht solltest du jetzt lieber einmal dein Anliegen näher umreißen.

Sie schaute ihn nachdenklich an, dann nickte sie, stand auf, holte eine Mappe, aus der ein Berg beschriebener Zettel quoll, und nahm wieder auf ihrem zerschrammten Küchenstuhl Platz.

Mit einer Armbewegung wischte sie das Frühstücksgeschirr beiseite, packte die Mappe auf den Tisch und schlug sie auf. Typisch Katharina, dachte er, als er die kreuz und quer bekritzelten Seiten sah, assoziative Arbeitsweise. So könnte er nicht arbeiten. Bei ihm hatte alles seine Ordnung. Papiere wurden vollgeschrieben, nummeriert und einander zugeordnet. Dazu liebte er es, auf seine Schrift angesprochen zu werden, die so akkurat wie winzig war, dass eine handgeschriebene DIN-A-4-Seite etwa zwei Maschinenseiten ergab. Katharina brauchte Stöße von Papier für einen einzigen Aufsatz, sammelte und notierte scheinbar orientierungslos Fakten, Gedanken und Zitate, skizzierte Grobentwürfe mit dicken Stiften auf große Bögen, von denen die Papierkörbe in ihrer Wohnung nahezu barsten, und kam dennoch zum guten Ende. So hatte sie ihre Doktorarbeit geschrieben, so waren inzwischen drei, vier zeitgeschichtliche Fachbücher entstanden, so würde sie auch dieses neue Vorhaben, dessen Zielrichtung er gleich erfahren sollte, bewältigen. Er dagegen hatte noch nie etwas zustande gebracht, das länger als fünf Seiten war: Vorworte, Grußadressen, kleinere Beiträge.

Katharina schlug die Beine übereinander, stellte ihren rechten Ellenbogen auf den Tisch, legte ihren Kopf schräg in die rechte Hand und schaute verstohlen zu ihm.

Los geht's?

Mach's nicht so spannend, sagte er.

Also, wie gesagt, ich schreibe ein Buch über den Herbst 1989 in den Städten des Nordostens. Ich will natürlich nicht wieder all die Fakten zusammentragen, die schon zehnmal veröffentlicht sind. Ich will etwas erzählen von euern Zielen, Hoffnungen, Erwartungen, die euch damals getrieben haben. Dabei interessieren mich weniger die Programme und Grundsatzerklärungen, die in deiner Landesstelle gesammelt werden, mehr die internen Debatten, die nicht protokollierten Positionen der einzelnen Protagonisten.

Du erwartest also, dass ich sozusagen unser Innenleben bloßlege, soweit ich mich überhaupt erinnern kann, warf er ein.

Du wirst dich doch wohl erinnern, was du damals dachtest und wolltest. Und von einigen anderen, denen wenigstens, mit denen du dich am meisten gestritten hast, auch.

Wieso glaubst du, dass ich mich mit anderen gestritten habe, fragte er.

Weil ich dich kenne?

Ach, guck mal an! Jetzt glaubst *du*, *mich* zu kennen?

Du hast es mir damals selber erzählt. Zum Beispiel, dass du zu denen gehörtest, die schon im Herbst 1989 die alten SED-Spitzenfunktionäre austauschen wollten. Oder dass du, als die Stasi entmachtet wurde, deren Akten lieber von einer Bürgerwache als von der Polizei schützen lassen wolltest.

Ja, das stimmt.

Gut, dann bleiben wir gleich an diesem Punkt: Bürgerwache. Wie hattet ihr euch das vorgestellt?

Die Polizei war gefügiges Organ der Staatsmacht.

Ist das nicht immer ihr Job, unterbrach sie ihn.

Ja, schon. Aber im Herbst 1989 machten sich manche von uns kurzzeitig Hoffnung, sie würde sich auf unsere Seite schlagen. Anlass dazu hätte es gegeben.

Nämlich?

Zum einen hatte die Polizei ziemlichen Rochus auf die Stasi, weil die sie die Drecksarbeit machen ließ: schön in Uniform

Streife gehen, Stadien absichern, Fahrzeuge und Personen kontrollieren, Genehmigungen erteilen, vor allem verweigern, Hausbewohner ausfragen usw., während die Stasi in Zivil sich das herauspickte, was für sie operativ interessant war. Die Stasi spielte sich ja als eigenständiges Untersuchungsorgan auf und konnte jederzeit polizeiliche Aufgaben, selbst bei laufenden Ermittlungen, an sich ziehen. Der Dumme, vor allem in der öffentlichen Wahrnehmung, war immer die Polizei.

Diogenes, flüsterte sie und schaute zur offenen Küchentür.

Er wandte sich um und erblickte eine langhaarige weiße Katze, die im Türrahmen stehen blieb und erstaunt zu ihm aufschaute, ehe sie, so lautlos, wie sie gekommen war, den Raum durchquerte und sich auf eine silberne Schale vor dem Spültisch zubewegte, auf der eine bräunliche Masse lag.

Diogenes heißt sie?

So hat sie mein Student getauft, als er das verschreckte Tier in einer Tonne fand und mitbrachte.

Dann tritt ihr mal nicht zu sehr in die Sonne, sagte er.

Heiße ich Alexander, fragte sie zurück und nahm den Faden ihres Gesprächs wieder auf: Und der andere Grund?

Weil die Polizei innerhalb ihrer eigenen Reihen eine Politische Abteilung besaß, die – wie die Stasi – mit geheimdienstlichen Methoden ermittelte und Inoffizielle Mitarbeiter führte, vor denen sich der einzelne Vopo auch nicht sicher fühlen konnte.

Ich verstehe, sagte Katharina. Dabei machte sie sich auf immer neuen Blättern mit fliegender Schrift Notizen. Das also war der Grund?

Daraus schlossen etliche von uns, fuhr er fort, die Polizei werde im Kampf gegen die Stasi nicht *uns*, sondern *Partei* für uns ergreifen.

Und? Wenn ich richtig gelesen habe, hat sie das ja auch gemacht.

Dem Anschein nach, ja. Aber nach den Prügelorgien von Dresden und Berlin konnte sich jeder denken, dass das eher ein taktisches Manöver zur Rettung der eigenen Haut war. Tatsächlich sind auch unter Polizeischutz noch immer Akten aus dem Stasi-Archiv verschwunden. Deshalb wünschten einige von uns, zu denen auch ich gehörte, eine aus Bürgerbewegten rekrutierte Wachmannschaft.

Bewaffnet?

Bewaffnet, allerdings. Es waren ja noch viele Waffen in Umlauf, von alten Stasi-Leuten und SED-Funktionären, die ab einer bestimmten Position über eine Pistole verfügten. Vor einer wehrlosen Wachmannschaft, fürchteten wir, würden sie keinen Respekt haben.

Und das du als alter Pazifist, fragte Katharina mit spöttischem Unterton.

Ich weiß, ich weiß. Viele von uns waren Pazifisten. Deshalb haben wir ja unsere Demonstrationen unter dem Motto *Keine Gewalt* durchgeführt. Potenzielle Gewalttäter, von welcher Sorte auch immer, sollten nicht zum Zuge kommen.

Eine Wachmannschaft aus der Bürgerbewegung heraus wäre einem großen Zugeständnis gleichgekommen, für bekennende Pazifisten quasi ein Opfer zugunsten der historischen Wahrheit. Dieses Archiv musste, so wie es war, erhalten bleiben. Ich war fest davon überzeugt, der Polizei die sensiblen personenbezogenen Unterlagen anzuvertrauen, käme einer Aktenvernichtung à la Mielke gleich, nur mit anderem Etikett. Im Übrigen waren wir ja nicht alle Wehrdienstverweigerer. Die meisten von uns konnten mit einer Waffe umgehen, Gediente also, die erst die Volksarmee zu Pazifisten gemacht hatte.

Offensichtlich hat aber die polizeiliche Bewachung in den ersten Tagen und Nächten eine Aktenvernichtung im großen Stil verhindert. Kann man das so sagen?

Richtig, gab er zu. Heute bin ich froh, damals überstimmt worden zu sein. Wer weiß, falls es überhaupt dazu gekommen wäre, welche Überraschungen wir dann erlebt hätten. Wir waren uns ja auch nicht aller unserer Mitstreiter und Mitstreiterinnen sicher. Aber du wolltest ja von mit hören, worüber wir gestritten haben.

So ist es, sagte sie und verteilte weitere Notizzettel über den Tisch.

Dann ging es um die Frage der Absetzung alter SED-Funktionäre und eventuelle Interimsbesetzungen, um den Streit über die Kaderabteilungen in den Volkseigenen Betrieben, um die ersten Gespräche zwischen Volksarmee und Bürgerbewegungen, die umstritten blieben und um die Neutralisierung der Medien und Parteizeitungen sowie erneut um die Frage einer schnellen oder verzögerten Wiedervereinigung.

Katharina musste inzwischen bestimmt an die dreißig Blatt Papier mit Notizen versehen haben.

Mehrmals mahlte die Espressomaschine krachend und knirschend Bohnen und ergoss befreit grunzend ihr braunes Gebräu in Katharinas dünnwandige Goldrandtässchen, die so winzige Henkel haben, dass man sie von Puppentassen kaum unterscheiden kann.

Die Mittagszeit war schon lange vorüber. Er fühlte sich nicht müde, aber matt. Er mochte nicht mehr reden, nicht mehr nachdenken müssen. Er verspürte das Bedürfnis, eine Stunde an die Luft zu gehen. Sie wollte sich ihm anschließen, aber er lehnte ab. Er brauche eine Stunde für sich, sagte er. Sie quittierte diese Deutlichkeit mit dem ihm bekannten Blick, der Trotz und Kränkung vereinigte und *dann eben nicht!* zu sagen schien.

Er zog bereits seine Jacke an, wand sich den Schal um den Hals und nahm seinen Lenin vom Haken, in Erwartung eines neuen Angebots.

Da gab sie sich einen Ruck, schaute ihn an und erklärte mit einer Entschiedenheit, die keinen Widerspruch duldete: Du gehst jetzt und machst, was du willst. Ich habe auch zu tun. Heute Abend, sagen wir 20 Uhr, hole ich dich vom Hotel ab und lade dich zum Abendessen ein.

Mhm, machte er.

Ich verspreche dir auch, ich bringe meine Mappe nicht mit. Vielleicht erzählen wir uns ein bisschen von den anderen Dingen des Lebens.

Gut, sagte er. Du denkst dir ein Lokal aus?

Natürlich, sagte sie.

Als er die Stufen hinabsprang, hörte er die Haustür ins Schloss fallen.

Georg brauchte Abstand. Die physische Nähe zu Katharina weckte in ihm Gefühle, die er verloren glaubte. Es bestand wohl keine Gefahr einer erneuten inneren Annäherung, obwohl er auch das nicht völlig ausschließen konnte. Was er aber klarer als je zuvor wahrnahm, er war mit dieser Ost-West-Beziehung, die so abrupt und glanzlos geendet hatte, noch nicht ganz fertig. Dieselben Wechselbäder zwischen Faszination und Ernüchterung schienen ihn heimzusuchen, kaum dass er ihr Haus betrat. Gerüche, noch immer vertraut, Blicke durch halb geöffnete Türen, geheimnisvolle Winkel, der Teppich, auf dem sie ihn mit dem Larousse zu erschlagen versuchte, weil er behauptete, ihr Französisch höre sich chinesisch an. Immer wieder hatte er sie anschauen müssen, während vor seinem inneren Auge Bilder zu Leben erweckt wurden, die sein Unbewusstes sorgsam aufbewahrte. Ihr schmaler, weißer Hals, den er in jener Zeit wer weiß wie oft geküsst hatte und den er sich meist erst erobern musste. Nur selten gönnte sie ihm den freien Anblick dieses sanft aus den Schultern wachsenden Kelches, auf dem ein langer, schmaler Kopf ruhte, da sie ihr dunkelbraunes Haar meist offen trug. Heute hatte sie es nach hinten gebunden und mit mehreren Hornklammern festgesteckt.

Er sah ihre weichen und seltsamerweise ungeschminkten Lippen, an deren kaum merklichen Verformungen er noch immer ablesen konnte, was in ihrem Kopf vor sich ging, ihre gerade Nase, deren Flügel leicht zu beben begannen, wenn sie sich aufregte, aber auch wenn sie etwas als lustig empfand, ihre wasserblauen Augen, die einen festnageln konnten, bis eine Frage endgültig geklärt war und ihr versöhnliches Grübchen in der linken Wange. Aber während er sie anschaute, sah er zugleich die zornige, die ungerechte und jeder Logik zuwider argumentierende, verletzende und verletzen wollende Katharina. Dann wurde der Mund zum Strich, die Nase zum Horn, die Augen stießen Blitze hervor und die Ohrläppchen glühten.

Es kam ihm vor, als sei ihre Beziehung so stehen geblieben, wie sie endete. Weder seine Affäre mit Petra, der Nachtigall von Magdeburg, noch seine inzwischen in ruhigeres Fahrwasser geratene Beziehung mit Ariane, schien daran gerührt zu haben. Das erschreckte ihn.

Er schlug eine Straße ein, die zur Weihe führte. Die Häuser zu beiden Seiten standen in einer Front, und nur ein schmaler Bürgersteig trennte sie von der kaum befahrenen Straße. Niedrige Fenster luden ein, Blicke in fremde Wohnstuben zu werfen, soweit nicht Stores und verblichene Kunstblumen die Sicht versperrten. Ein alter Mann saß seitlich in einem Fensterwinkel, eine karierte Decke über den Schoß gebreitet, und schaute freundlich zur Straße hin. Georg hätte ihn gar nicht wahrgenommen, wenn ihm nicht eine winkende Hand hinter der Scheibe Bewegung signalisiert hätte, derer er sich erst bewusst wurde, als er bereits vorüber war.

Die Weihe floss ruhig dahin. Die nach dem letzten Hochwasser aufgeschütteten Dämme zeigten noch immer erst spärlichen Bewuchs zum Wasser hin. Georg folgte dem Verlauf des Flusses. Zwei Achter zerhackten mit zackigen Kommandos die Luft, als sie gegen den Strom an ihm vorüberrauschten. Eine Zille glitt still neben ihm her und schob gurgelnd ihre Bugwellen an den Fuß des Dammes. Ihr folgte mit leisem Tuckern eine weitere, auf deren Achterdeck Pfeife rauchend ein glatzköpfiger Mann am Steuer stand. Eine Frau hängte Wäsche auf die Leine, die von seinem Ruderstuhl bis achtern gespannt war. Auch eine Form, sein Fernweh zu stillen, dachte Georg, immer auf dem Wasser, von Basel nach Dordrecht oder von Riesa nach Hamburg oder von Passau nach Bratislava. Er stellte sich dieses scheinbar zwanglose Schippern auf Europas Wasserstraßen romantisch vor, obwohl die Beschwernisse des Schifferalltags nicht außerhalb seines Vorstellungsvermögens lagen. Natürlich würde es Lade- und Löschtermine geben, Frachtbriefe und anderen Bürokram, nervige Enge in der Kajüte, falls es eine solche überhaupt gäbe, schlechte Sicht bei Nebel und Regen, unruhige Nächte und Gefahren bei Flussengen, Niedrigwasser oder Eisgang. Aber der Blick vom Wasser auf die Landschaften müsste all das aufwiegen, Auen und Weinberge, Felsen und Burgen, Stadtbilder und unberührte Natur. Ganz noch in Gedanken hob er die Hand und winkte. Niemand winkte zurück. In der Ferne sah er Hemden auf einer unsichtbaren Leine flattern.

Solche Gedanken sind ihm nicht neu.

Er sitzt auf den Elbwiesen, den Blick zur Hofkirche und Brühlschen Terrasse gewandt, das Japanische Palais im Rücken. Die Sonne senkt sich eben über Friedrichstadt, als ihn mit dunklen, schweren Schlägen das Geläut der Kreuzkirche erfasst. Die vertraute Fremdheit der bronzenen Klänge bannt ihn an seinen Platz. Mit geringfügiger Verspätung gesellen sich die Glocken der Kathedrale hinzu, andere fallen ein; und als die Dreikönigskirche in seinem Rücken ihr Lied anstimmt, bebt sein Herz, und seine Arme, mit denen er die angewinkelten Beine umschließt, vibrieren. Muss dieses Tosen in den Lüften nicht auch einen Atheisten ergreifen, denkt er und weiß zugleich, dass im Rathaus darüber beraten wird, wie man das Kirchengeläut untersagen könne. Angeblich liegen hinreichend Beschwerden von Werktätigen vor, die sich dadurch gestört fühlen, weil sie in Schichten arbeiten oder Glockengeläut für ein Relikt aus Zeiten religiöser Volksverdummung halten.

In dem Moment tuckert eine Zille vorüber. Ein Mann auf Deck hält die Hände an die Ohren, als wolle er diese bombastische Begrüßung in sich speichern und mit nach Hamburg nehmen.

Nimm mich mit in den Westen, ruft Georg: *Nimm mich mit!*

Er kann ihn nicht hören. Und es ist gut, dass auch kein anderer Georgs Ruf verstehen kann.

Polternd trieb eben ein rostiges Fass flussabwärts, schlug auf die Steine am Ufer, riss sich wieder los und krachte wenige Meter weiter erneut aufs Gestein. Georg stellte sich vor, eine Hand reckte sich aus dem Fass zum Ufer und eine knorrige Stimme riefe: *Boätheite! Boätheite!* Dann erschiene das greise Haupt des Diogenes am Tonnenrand und ängstliche Augen suchten den

Horizont nach Hilfe ab. Und Georg würde hinzuspringen und rufen: *Erchomai! Erchomai!* Dann wäre sein Griechisch auch schon bald am Ende.

Er schaute noch einmal zum Fluss hinab. Das Fass war kopflos weiter getrieben. In der Ferne glaubte er die Türme von St. Severin in Nahstedt zu sehen. Er nahm den nächsten Weg zurück zur Stadtmitte und lief, wie er erst jetzt bemerkte, direkt auf den Dom zu. Schon von Weitem sah er die Markisen der Marktstände. Und noch etwas erkannte er, das ihn Schlimmstes befürchten ließ. Wenn er jetzt nicht in eine Seitengasse auswiche, geriete er direkt in die Falle. Eine dichte Menschenmauer verriet, neben dem Markttreiben würde auch Straßentheater anzutreffen sein. Georg liebte Straßentheater in jedweder Gestalt seit Kindertagen. Aber diese Liebe hatte sich in den letzten Jahren zu einer verhängnisvollen Wechselbeziehung entwickelt. Jedes Mal, wenn er sich in den Kreis der Zuschauer einreihte, wurde ausgerechnet er in die Mitte gezerrt und zum Mitspiel genötigt. Die ersten Male fand er das noch amüsant, doch der kleine Kitzel verlor sich bald.

In Münchens Neuhauser Straße zum Beispiel muss er einem Wildfremden seine Umhängetasche anvertrauen, um, zusammen mit einer Zuschauerin, an einer kleinen Kriminalkomödie teilzunehmen, die ein muskulöser, schrill schreiender Amerikaner vorgibt. Auf seine knappen Anweisungen hin soll zuerst die Frau ihn, dann Georg sie und schließlich der Amerikaner Georg erschießen. Das Lustige daran ist weniger das Spiel als die Art, die einzelnen Schritte – amerikanisch-englisch natürlich – zu kommentieren. Die Lachsalven aus dem Publikum verraten ihm, der nur die Hälfte versteht, das Spiel kommt an – und – im Westen ist Englisch keine wirkliche Fremdsprache mehr. Am

Ende jedenfalls liegen alle drei ohne zu atmen auf dem Asphalt, bis sie der Applaus wieder zu Leben erweckt. Georg freut sich über Münchens sprichwörtliche Sauberkeit; denn er trägt seine neue Hose und das neue Jackett erst den zweiten Tag. Und die Konferenz, die er heimlich besuchen will, beginnt erst morgen. Offiziell befindet er sich zum 75. Geburtstag seiner Tante Vero in Westberlin.

Ein andermal muss er, in die Mitte gerufen, einem Jongleur, der auf seinem Einrad mit ständigem Vorwärts- und Rückwärtstreten sein Gleichgewicht zu halten sucht, erst zwei, dann eine dritte, dann eine vierte Keule zuwerfen. Dass Georg, als dieser ihm abschließend die Keulen zurückwirft, nicht eine einzige fängt, soll der allgemeinen Belustigung dienen, auf seine Kosten, wie er findet. Eine Frau in der ersten Reihe, in der einen Hand eine Bratwurst, in der anderen einen Bierbecher, lacht so laut und hässlich, dass sich Georg noch einmal bückt und ihr eine Keule zuwirft. Verblüfft, wie sie ist, lässt sie ihre Wurst und ihren Becher fallen, um die Keule zu fassen, was ihr ebenso wenig gelingt. Lächelnd bahnt sich Georg einen Weg durch die Zuschauer.

Nach dem Vorfall in Hamburg hält er sich bedeckt. Georg befindet sich auf einer Städtereise durch Norddeutschland, wie sie in den Neunzigern häufig angeboten werden. Mit einem Lehrerehepaar aus Stendal, das im Bus hinter ihm sitzt, kommt er in diesen Tagen viel ins Gespräch. In Hamburg schlendert er mit Urte und Karsten, so heißen sie, durch die Stadt. Dabei erzählt er ihnen von seinem Missgeschick mit Straßentheater. Belustigt und etwas ungläubig hören sie ihm zu, während sie zum Rathaus gelangen. Auf dem Vorplatz hat ein Jongleur mit diversen Utensilien eine kreisrunde Fläche markiert, um die sich ein Menschengürtel bildet. Alles starrt gebannt auf den jungen Mann, der, auf dem Einrad sitzend und mit den Beinen strampelnd, rote Bälle in die Luft wirft. Kaum sind sie herangetreten, hören sie eine krächzende Stimme: *He, Sie, Sie da!* Der Zeigefinger des Jongleurs richtet sich auf Georg. *Kommen Sie doch bitte hier in den Kreis. Ich brauche einen tapferen Mann, der mir jetzt meine Fackeln zuwirft.* Georg schaut flehentlich zu Karsten und bittet ihn statt seiner in die Mitte zu treten. Der aber lehnt ab. Da blickt Georg auf seine Uhr und ruft zurück: *Tut mir leid, ich muss weiter.* Die drei drehen ab und schlagen sich in eine Nebenstraße. Georg wischt sich den Schweiß von der Stirn. *Unglaublich*, sagt Urte. *Der hatte genau wieder dich auf dem Kieker.* Georg antwortet: *Allmählich macht mir das Angst.*

Georg verspürte eine unwiderstehliche Neugier in sich und trat von hinten an die Menschenmenge heran. Als er sah, dass es sich um fünf Frauen handelte, die in farbenprächtigen Leggins und eng anliegendem Regenbogendress artistische Figuren bildeten, sich ineinander verknoteten und wieder lösten, eine Brücke übereinander bauten und sich dabei gegeneinander drehten und schließlich einen Turm bildeten, bei dem die oberste einen Handstand auf den Schultern der mittleren vollführte, schlängelte er sich beruhigt in die zweite Reihe, um besser sehen zu können. Die Frauen lösten ihren Turm auf, die oberen sprangen zu Boden, alle fünf stellten sich nebeneinander auf und verneigten sich artig.

Kaum war der Applaus verebbt, hörte er eine Frauenstimme: *Junger Mann, würden Sie bitte einmal herkommen?*

Georg wandte sich um, aber hinter ihm stand kein Mann.

Nein, Sie, rief die Frau, und zeigte auf ihn.

Da ergriff Georg die Flucht und stürzte davon. Nie wieder, schwor er sich, nie wieder würde er … Aber er kannte sich gut genug, um kein Gelübde abzulegen.

Als er um eine Ecke bog, sah er die gläserne Kuppel des Bahnhofs und wusste, gleich würde er sein Hotelzimmer erreicht haben. Er wollte nur noch Ruhe, Ruhe, sonst nichts.

Er legte sich auf sein Bett und versuchte abzuschalten. Aber wie meist, wenn er ein starkes Ruhebedürfnis verspürte, verfiel er ins Grübeln.

Buddhisten wird nachgesagt, sie könnten ihre Gedanken zum Stillstand bringen, bis nichts mehr denkt, nur noch Leere ist.

Wenn ich das doch jetzt könnte, stöhnte er.

Er nahm eine tiefe Unzufriedenheit in sich wahr, ohne diese begründen zu können. Jetzt läge er gern zu Hause in seinem bergenden Ledersessel.

Was will ich in dieser Stadt, die so viel Vergangenheit aufwirbelt? Musste ich hierher kommen? Hat es mich mehr gezogen oder getrieben? Es ist schon seltsam: Kaum bin ich daheim, wächst in mir ein unwiderstehliches Fernweh, ein Sehnen nach Fremdheit und Abenteuer, nach Leben in Anonymität und zugleich nach neuer, geheimnisvoller Kommunikation, nach fremden Gerüchen und Genüssen, nach fremden Betten und ziellosem Wandern, nach grenzenloser Freiheit. Und kaum bin ich unterwegs, erscheint mir mein Zuhause in einem verklärten Licht, sehne ich mich nach Geborgenheit und Vertrautheit, nach der Stimme Arianes und ihrer Haut, nach meinem Arbeitszimmer mit dem weiten Blick in den Garten, nach meinem Bett und meiner Staffelei, nach Mittagsruhe bei Amselgesang unter der großen Birke.

Irgendwann musste er eingeschlafen sein. Als er erwachte, fühlte er sich, als habe er auf einem Nagelbrett gelegen. Draußen war es dunkel geworden. Der matte Schein der Straßenbeleuchtung zeichnete ein überdimensionales Fensterkreuz an die Zimmerdecke. Er stand auf und schlurfte zum Bad, wo er sich händeweise kaltes Wasser ins Gesicht schüttete. Als er in den Spiegel schaute, sah er ein besorgtes, zerknittertes Gesicht. Er rieb sich die Falten weg und wandte sich ab, ehe sie zurückkehrten. Dann straffte er sich, zog seine Jacke über und verließ das Zimmer.

3

Katharina stand um acht vor seiner Zimmertür und klopfte. Niemand öffnete. Wieder im Foyer, sah sie Georg soeben eiligen Schrittes auf das Hotel zusteuern. In der Tür stießen sie aufeinander.

Ich musste mir nur noch den neuen *SPIEGEL* besorgen. Da soll ein kleiner Beitrag zum politischen Witz in der DDR zu finden sein.

Zum politischen Witz? Dienstliches Interesse?

Beides. Zuerst dienstliches, ich habe darüber mal einen Vortrag gehalten. Aber auch privates. Obwohl die DDR schon 17 Jahre tot ist, halten sich erstaunlich viele politische Witze noch am Leben. Manche höre oder lese ich jetzt zum ersten Mal.

Ich kenn auch einen, sagte Katharina.

Und während sie sich in Bewegung setzten, begann sie zu erzählen: Honecker und Schmidt treffen sich 1981 am Werbellinsee.

Den kenn ich, sagte Georg. Das ist der mit den Hobbys.

Katharina machte eine unwillige Handbewegung: Immer nimmst du einem den Spaß.

Sie führte ihn in ein spanisches Restaurant, das er nicht kannte.

Heute essen wir Tapas, habe ich entschieden, erklärte sie. Was dagegen?

Wie sollte ich, wenn ich eingeladen bin, antwortete er, indem er ihr die Tür aufhielt.

Nicht der Mann zuerst, fragte sie.

Meines Wissens gilt das nur für Kneipen, bei denen man damit rechnen muss, dass einem gleich mal ein Bierglas oder ein Tablett entgegengeflogen kommt. In so was wirst du mich doch nicht locken?

Na denn, sagte sie, schritt durch die Tür, sang einen Gruß in den noch leeren Gastraum und steuerte einen Tisch in der hintersten Ecke an, streifte ihren Mantel ab, warf ihn über die Lehne eines Stuhles und fläzte sich auf die Polster der Wandbank.

Dann bestellen wir uns erst mal so einen richtig schweren Rotwein. Oder? Du trinkst doch noch Rotwein?

Sofern er biologisch ist, gab er zurück, winkte aber sofort ab: ein Scherz.

Er hatte ihr gegenüber Platz genommen, sodass er dem Raum den Rücken zukehrte. Die Wand, auf die er schaute, war mit Weinranken bemalt. Ein darüber befindlicher Spruch wurde zum Teil von Katharina verdeckt: *Ohne Wein ist da... ...en wie ein Witz ohne Pointe. Pasadegna.* Mit einer Neigung zur Seite vergewisserte er sich, das fehlende Stück erraten zu haben: *das Leben*.

Passt doch, sagte er.

Was passt?

Dreh dich mal um, sagte er.

Sie musste lachen. Jetzt erst fiel ihnen auf, wie sich über der durchgehenden Weinranke ein Band aus verschiedenen Sprüchen durch den ganzen Gastraum zog.

Buenas tardes, kam es kraftvoll aus dem Mund eines untersetzten graulockigen Mannes in ausgebeulten Jeans und braun-speckiger Lederweste über dem karierten Hemd, offenbar der Wirt. Die Herrschaften wollen speisen?

Außer dass wir keine Herrschaften sind, entgegnete Katharina vorlaut, haben Sie recht. Aber erst mal wünschen wir einen *vino tinto, por favor!* Einen katalanischen. Haben Sie?

Naturlich haben wir, sagte er. Flasche oder Glase?

Botella, una botella, por favor! Und die Speisekarte.

All right, sagte er und ging feixend davon.

Angeberin, knurrte Georg. Willst mir wieder mal zeigen, wie doof die Zonis sind? So viel hätt ich auch noch zusammengekriegt. Und – Georg duckte sich und suchte ihre Augen, die auf die Tischdecke gerichtet waren – warum ausgerechnet einen katalanischen Wein?

Katharina hob den Kopf: Ich dachte, ich tu dir damit einen Gefallen. Du warst doch mal in Barcelona? Noch zu DDR-Zeiten? Oder irre ich mich?

Nein, stimmt. 1980 war das.

Wieso eigentlich? Du warst doch nicht etwa auch bei der Stasi?

Umgekehrt, die Stasi war bei mir, auch in Barcelona, wie ich später meinen Akten entnahm.

Dabei war das doch sicher eine Kirchenkonferenz?

Genau, bestätigte Georg.

Und wer hat auf dich aufgepasst? Einer deiner Kollegen?

1979 in Brüssel war es ein DDR-Kollege, in Barcelona einer von den Westkollegen.

Stimmt das also doch, der Arm der Stasi reichte bis zu uns herüber?

Was glaubst du denn, gab Georg zurück.

Und während sie auf den Wein warteten, plauderte Georg aus seiner Stasiakte und erzählte, wie sich aus vielen rätselhaften Momenten und dubiosen Begegnungen ein infames, aber in sich schlüssiges Geflecht zusammensponn. Selbst die ausgiebige Personenkontrolle an der französisch-spanischen Grenze, wo der Spurbreite wegen der Zug gewechselt werden musste, erwies sich als inszeniert.

Er erzählte von den beiden Vorbereitungstreffen für die Tagung in Barcelona.

Das erste fand in der DDR statt, genauer gesagt in unserer Wohnung. Stell dir vor, ein Portugiese, ein Franzose, eine Engländerin, eine Schwedin, ein Holländer, ein Finne, ein Spanier und ein DDR-Deutscher bereiten eine internationale Konferenz am Küchentisch vor.

In eurer Küche?

Unser Wohnzimmer und mein Arbeitszimmer waren verwanzt.

Wusstest du das?

Wenn du vom städtischen Referenten für Kirchenfragen auf Bemerkungen angesprochen wirst, die in einem Vier-Augen-Gespräch in deinem Arbeitszimmer gefallen sind – und das mit einem vertrauenswürdigen Gesprächspartner – musst du davon ausgehen, dass mehr als vier Ohren mitgehört haben.

Solltest du das mitbekommen, wollte Katharina wissen.

Das wäre zwar eine krasse Variante, meinte Georg, aber auszuschließen ist das nicht. Vielleicht war es auch bloß Dämlichkeit.

Und jetzt wussten die auch, dass sich all diese Ausländer bei dir befinden?

So kann nur eine Westdeutsche fragen, sagte Georg. Erstens musste jede Einreise offiziell beantragt und genehmigt werden, und zweitens musste man sich polizeilich anmelden. Ich kann mich genau erinnern: Da saß so eine Matrone im Volkspolizeikreisamt hinterm Tresen, die von den Knöpfen ihrer Uniform mühsam zusammengehalten wurde, und fragte: Und wo schlafen

Sie alle? Und ich antwortete für die anderen: In unserer Wohnung. Da fiel ihr die Kinnlade runter.

Weil das verboten war, vermutete Katharina.

Nee, das eigentlich nicht. Wahrscheinlich eher, weil sie selber mit Mann und Kind in einer Zweizimmerwohnung wohnte wie die meisten, wo man sieben fremde Personen nie hätte unterbringen können. Wir hatten die große Pfarrwohnung meines Vorgängers geerbt, zu der ein sogenanntes Fremdenzimmer gehörte. Die Männer schliefen auf Luftmatratzen in meinem Arbeitszimmer und im Wohnzimmer, die Frauen hatten ein richtiges Gästebett.

Katharina schaute ihn mit großen Augen an: Und wenn sie das einfach verboten hätten?

Ja, dann wäre alles Weitere wahrscheinlich anders verlaufen. Haben sie aber nicht. Die DDR war ja um internationale Reputation bemüht. Sieben frustrierte Kirchenfunktionäre wären auch sieben Multiplikatoren über die schikanösen Zustände in der DDR gewesen. Sie haben es klüger angestellt, sie haben versucht, uns nicht aus den Augen zu lassen.

Haben die auch noch eure Küche angezapft?

Das glaube ich weniger. Weil aber mein Telefon abgehört wurde, wussten sie, zu wann und in welcher Gaststätte ich Plätze reservieren ließ. In den wenigen Lokalen, die es damals gab, konnte man nicht eben mal so mit sieben oder acht Personen aufkreuzen. Mein Zauberwort hieß *international*. „Ich brauche einen Tisch für eine *internationale Gruppe* von acht Teilnehmern."

Wenn wir dann eintrafen, saßen jedes Mal an einem der Nachbartische zwei Männer, die uns scheinbar keines Blickes würdigten, sich aber zwei Stunden lang schweigend an einem Bier festhielten. Und das in der Hauptspeisezeit.

Er erzählte, wie er seine Gäste auf diese DDR-Besonderheit aufmerksam machte und wie sie, wenn die Ohren am Nachbartisch allzu lang zu werden drohten, ihr Gespräch auf Englisch und Französisch fortsetzten.

Du kannst Französisch?

Nee, sagte Georg, ich tat nur so. In Wahrheit übersetzte mir Syb, der Kollege aus Amsterdam, ein ausgesprochener Polyglotte, alles leise ins Deutsche. Vieles musste er mir auch aus dem Englischen übersetzen.

Georg erhob sich und hängte seine Jacke über die Stuhllehne. Mir ist heiß.

Und zur zweiten Vorbereitungstagung, lass mich raten, musstest du dann nach Barcelona.

Genau, wobei ich weniger musste als durfte. Aber das ist eine lange Geschichte, wenn auch nicht ohne Pikanterie.

Erzähl trotzdem. Ich hör dir gern zu.

Na gut. Das war also im Februar 1980. Meinen Pass und den obligatorischen Geldschein kriegte ich wie üblich erst knapp vor der Ausreise. Alles andere läge in Tegel am Flugschalter in einem Umschlag auf meinen Namen. Das kam mir einigermaßen konspirativ vor, aber so war es. In dem Kuvert fand ich ein Ticket nach Alicante und die Adresse des Treffpunkts in Barcelona, mehr nicht. Und dann wartete ich auf den ersten Flug meines Lebens.

Und? War es schön? Hast du was sehen können?

Nichts. Es war Nacht. Das Flugzeug ging gegen 22 Uhr und muss nach Mitternacht in Alicante angekommen sein. Und es war schrecklich. Erst mal die Frau neben mir. Die hatte meinen blauen Pass gesehen und attackierte mich den ganzen Flug über, ich müsse ja von der Gestapo sein – sie sagte wirklich: *Gestapo* – oder ein besonders hoher Parteigenosse, wenn ich in meinem Alter schon nach Spanien fliegen dürfe. Ich klärte sie auf, ich reiste dienstlich im Auftrag der Kirche. Das glaubte sie mir nicht. Ja, ja, sagte sie immer wieder, Sie können mir viel erzählen. Das wollte ich aber gar nicht. Ein älterer Herr hinter mir gab mir dann den Rat, einfach nicht mehr hinzuhören.

Als genauso schrecklich empfand ich die Turbulenzen über den Alpen. Ich muss mich so ängstlich immerfort umgeguckt haben, dass mich mein Hintermann zu trösten suchte und erklärte, das sei nicht ungewöhnlich und auch nicht weiter gefährlich. Später stupste er mich an und zeigte nach unten: Was Sie da leuchten sehen, das ist Montpellier.

Du hast mir nie davon erzählt, sagte Katharina.

Das wäre vielleicht noch gekommen, wenn ...

Katharina machte eine Handbewegung, als streifte sie sich eine Spinnwebe aus dem Gesicht und fuhr ungerührt fort: Was mich aber wundert, wieso bist du denn nach Alicante geflogen, obwohl ihr in Barcelona getagt habt? Das sind doch vielleicht noch einmal 500 Kilometer.

Stimmt. Aber das war eben ein günstiger Charterflug, und die Organisatoren meinten, mit dem Talgo nach Barcelona weiterzureisen, sei billiger.

Und war es das?

Im Gegenteil. Wenn mir meine Tante in Westberlin nicht weitere 100 D-Mark zugesteckt hätte, wäre ich da nie angekommen.

Vino tinto, bitte sehr, die Herrschaften, aus Tarragona, deklamierte der Kellner, und die Karte.

Muchas gracias, zwitscherte Katharina ausgelassen. Und dann?

Willst du wirklich noch mehr davon hören? Lass uns erst mal einen Schluck trinken. *O sole mio!*

He, das ist kein Trinkspruch, außerdem ist es italienisch.

Woher soll ein Ossi das wissen, provozierte er sie.

Komm, lass uns den Abend friedlich verbringen. Also: *Salud! Na starówje*, sagte er.

Und weiter, mahnte sie.

Georg zögerte, er wolle sie nicht einen Abend lang mit seinen alten Geschichten langweilen. Im Stillen aber erwartete er Widerspruch und hoffte so die Klippe, dass sie noch einmal auf ihre Kränkung zu sprechen käme, umschiffen zu können.

Auf deine Verantwortung, sagte Georg.

Er berichtete, wie er mitternachts mutterseelenallein und angstvoll vor dem Flughäfchen von Alicante gestanden habe und nicht gewusst habe wohin, wie er sich mit dem letzten Taxi in ein Hotel habe fahren lassen und für eine schlaflose Nacht ohne Frühstück einen halben Hunderter habe hinlegen müssen.

Dann aber die Zufahrt mit dem Talgo nach Norden.

Ich starrte die ganze Zeit nur aus dem Fenster, wahrscheinlich mit offenem Mund, so wie ein Kind in die Weihnachtskerzen schaut – oder eben wie ein Ossi in die andere, geheimnisvolle, fremde, westliche Welt, schwärmte er. Valencia, Castellón de la Plana, Tortosa, Tarragona – schon der Klang der Ortsnamen versetzte mich in Verzückung.

Manchmal, wenn der Zug an endlosen Apfelsinenhainen vorübergefahren sei, habe es ihn gejuckt, die Notbremse zu ziehen. Hier lagen die Früchte unbeachtet auf dem Boden, für die bei uns vor Weihnachten Menschen stundenlang Schlange standen, um dann doch nur eine für jedes Familienmitglied zu erhalten.

Das Vorbereitungstreffen war nach knapp zwei Tagen zu Ende, der Rückflug aber sollte erst vier Tage später und wieder von Alicante aus erfolgen.

Ich fühlte mich hilflos in dieser fremden, großen Stadt, ein ängstlicher, unerfahrener und keiner Fremdsprache mächtiger Provinztorero. Was halfen mir hier meine acht Jahre Schulrussisch? Mein Latein reichte aus, um Inschriften alter Denkmale zu entziffern, mein Altgriechisch, um Fremdwörter auf ihre Herkunft abzuklopfen, mein Hebräisch, um mich interessant zu machen. Aber einen Spanier oder Katalanen nach dem Weg zu fragen, sah ich mich außerstande, erst recht, dessen Antwort zu verstehen.

Zum Glück habe er noch die Adresse einer Familie in der Tasche gehabt, die ihm ein Freund für den Ernstfall mitgegeben habe und die sich als Joker erwies.

Die Frau stammte aus Wustrow und lebte seit Jahrzehnten mit ihrer spanischen Familie in Barcelona. Die Gastfreundschaft der Fischlandfrau, einer mecklenburgischen Kapitänstochter, konnte er, der kaum mehr Westgeld besaß, mit der willkommenen Gelegenheit für sie vergüten, vier Tage lang ausgiebig mit ihr deutsch zu sprechen. Sie begleitete ihn nach *Barceloneta*, mit der Seilbahn zum *Montjuic* und ins Miró-Museum, durch das Gotische Viertel und zur *Sagrada Família*, zur *Casa Milá*, durch den *Park Güell* und zum *Tibidabo*. Lediglich zum Picasso-Museum musste er sich allein aufmachen und zum *Poble Espanyol*. Mit nahezu jedem Besuch verband sich eine Episode.

Da hast du ja alles gesehen, was Barcelona zu bieten hat?

Dachte ich damals auch. Als ich die Stadt 1998 wiedersah, habe ich angefangen, sie zu entdecken.

Wie gesagt: angefangen.

Georg bemerkte nicht, wie sich sein Weinglas wie von selber leerte und füllte. Katharina rief den Ober herbei, der schon mehrfach um ihren Tisch geschlichen war und auf eine Bestellung wartete.

Jetzt wollen wir endlich etwas essen, sagte sie mit bestimmtem Ton, und trinken auch.

Vor allem Wasser, ergänzte Georg.

Sie bestellte für beide eine bunte Tapaspalette sowie Wein und Wasser.

Georg mochte nicht mehr erzählen und ging das Risiko eines ungewissen Gesprächsausgangs ein: Ich glaube, ich habe ausreichend katalanischen Background geliefert. Jetzt bist du dran.

Katharina griff zu ihrem Weinglas, nippte und schaute ihm in die Augen.

Womit?

Mit erzählen natürlich.

Was habe ich deinen Ossiabenteuern schon entgegenzusetzen?

Erzähl mir doch mal, wie du als Mädchen und später als Studentin warst.

Ich, fragte sie unsicher. Willst du das wirklich wissen? Wie stellst du dir mich in meiner Jugend denn vor?

Geschickt, wie du mir den Ball wieder zuspielst, bemerkte Georg, eigentlich warst du doch dran. Also gut: Ich sehe ein lang aufgeschossenes Mädchen mit zwei dicken dunkelbraunen Zöpfen, dünnen, staksigen Beinen und ironischen Mundwinkeln, das gerade *phhh!* sagt.

Alter?

Ich behaupte einmal: zwölf, dreizehn, maximal vierzehn.

Nicht schlecht, stellte Katharina fest. Mit zwölf etwa war ich eine Vogelscheuche, für meine Begriffe völlig unproportioniert in die Höhe gewachsen, wusste nie, wohin mit meinen Armen, fand Zöpfe blöd, was anderes aber konnte man mit meinen strähnigen Haaren nicht machen, abschneiden durfte ich sie nicht, und ich hasste mich. Dazu kam, dass ich mich wahrscheinlich ziemlich altklug verhielt. Ich wusste allerhand, weil ich viel las, verstand aber oft die Zusammenhänge nicht. Und da ich mein Teilwissen gern anbringen wollte, um mir Anerkennung zu verdienen, wurde ich mal verständnisvoll, mal brüsk abgebügelt, sodass ich mir mit der Zeit eine ironische Grimasse zulegte, die den anderen das Gefühl von Unterlegenheit geben sollte.

Dieser Charakterzug ist dir erhalten geblieben.

Sie überhörte die Bemerkung und fuhr fort: Ich hatte ja keine Geschwister, war zu Hause also immer nur mit Erwachsenen zusammen, meinen Eltern, meinem Großvater und einer anstrengenden, aber hochgebildeten Tante.

Ich vermute mal, bei euch wurde dauernd über Literatur gesprochen, warf Georg ein.

Literatur, Politik, Geschichte, aber auch Kunst. Mein Vater war ja ein Expressionismus-Narr.

Schade, dass du den mir vorenthalten hast.

Hab ich nicht. Meine Eltern waren bloß nicht mehr vorzeigbar, als ich dich kennenlernte. Worüber hättest du denn mit ihm reden wollen? Über mich doch nicht etwa.

Um Gottes willen! Aber über Expressionismus vielleicht?

Katharina lächelte ihn an und zitierte: *Der alte Weise sagte leise: Und wieder schließen sich die Kreise.*

Von dir, wollte Georg wissen.

Von meiner Tante. Mit solchen Sprüchen bin ich aufgewachsen.

Nett. Da waren die Sprüche meiner Tante Lissy von ganz anderer Art. Aber ich will nicht ablenken. Du wolltest mir gerade erzählen, wer und wie *du* damals warst.

Tapas, die Herrschaften, verkündete eine jugendliche Stimme. Ein schmalschultriger blonder Knabe mit badischem Tonfall stellte eine Platte mit vielleicht zehn kleinen Näpfen auf den Tisch und erklärte deren Bestandteile.

Auch wenn wir keine Herrschaften sind, wiederholte Katharina, trotzdem vielen Dank. Und der Wein?

Wasser und Wein kommen gleich, sagte er im Abgehen.

Georg füllte sich auf. Das war mit zwölf, sagte er.

Was war mit zwölf?

Deine Vogelscheuchenzeit, antwortete Georg. Ich kenne so etwas Ähnliches, nur bei mir kam es mit vierzehn, schlaksig, picklig und unbeholfen. Ich habe mich gehasst. Und wie ging das mit dir weiter?

Mit vierzehn, fünfzehn kam ich gerade wieder zu mir, erinnerte sich Katharina, während sie mit den Fingern in eines der Näpfchen griff, sich eine Olive herauspickte, dann eine mit Käse gefüllte Paprikaspitze und beide genüsslich verspeiste, irgendwie war ich runder geworden, proportionierter, mein Gesicht voller, und die Jungen pfiffen mir hinterher. Und kaum hatte ich eine erste gute Freundin gewonnen, hatte ich auch schon einen Freund, drei Klassen über mir, was das Alter angeht, aber mehrere Klassen unter mir, was das Niveau betraf. So meinte ich jedenfalls. Der wollte, glaube ich, nur Sex. Ich wollte einen Diskussionspartner. Gott, was hat der sich für Mühe gegeben, mit mir gleichzuziehen, bloß um mich ins Bett zu kriegen! Der arme Kerl musste erst Hesse lesen, dann Böll und Andres. Eine ziemlich frivole Rothaarige aus meiner Parallelklasse hat mich dann von ihm erlöst.

Oder umgekehrt, ihn von dir? Georg griente.

Katharinas Augen färbten sich grün: Ha, ha, ha!

Georg lachte auf: Und dann?

Dann hatte ich von Männern erst mal genug, falls das überhaupt ein Mann war. Ich glaube, so richtig habe ich mich erst mit sechzehn wieder für Männer interessiert.

Sie erzählte von ihren kleinen Liebschaften und dem Eklat, den nahezu jede Errungenschaft bei ihren Eltern auslöste. Der eine hatte zu kurze Beine und wurde vom ersten Tag an Fußballer genannt, was so viel wie ungebildet hieß. Ein anderer war zwar redegewandt und gut erzogen, aber er knabberte an den Fingernägeln.

Seinen, wollte Georg wissen.

Wessen denn sonst, du Kamel, gab sie zurück. Meine waren zum Knabbern nicht geeignet, weil ich mit sechzehn knallroten Lack auftrug. Auch sonst schien er mir nicht der zu sein, der an mir knabbern mochte, weshalb unsere Beziehung nur von kurzer Dauer war.

Jetzt langte sie ordentlich in die Tapasschälchen und erzählte kauend weiter.

Einen gab es, der ihr den Hof machte, ein richtiger Kavalier, der bei ihren Eltern vorsprach und sich für eine vorzügliche Behandlung der Tochter verbürgte, der ein gutes Abi abgelegt hatte und gerade seinen Zivildienst leistete und zwei Onkels vorzuweisen hatte, die Professoren waren. Mit ihm ging sie wirklich ins Bett. Dabei entpuppte er sich als brutaler Macho, dem keine Form der Erniedrigung fremd schien. Ein Sprung aus dem Fenster rettete sie. Nicht auszudenken, was ihr geblüht hätte, hätte sich sein Zimmer nicht im Erdgeschoss befunden.

Du warst ein schönes Weib geworden, vermutete Georg.

Soweit ich dem Spiegel und den Worten meiner Verehrer trauen durfte, ja.

Dann hast du dein Abi gemacht, sicher mit Bestnote, und dann war es auch schon 68.

Bestnote nicht, 68 ja. Ich fing in Freiburg an und wechselte nach Paris. Hier geriet ich mitten hinein ins Studentenprotestmilieu. Ich glaube, wir waren mehr auf der Straße als in der Uni.

Und wenn wir uns in der Uni aufhielten, dann weniger um zu studieren als um zu diskutieren, Professoren zu verprügeln und Aktionen zu planen.

Wenn ich dich heute so anschaue, frage ich mich, was davon geblieben sein mag, sagte Georg.

Mein ausgezeichnetes Französisch, würde ich sagen, von dem du Ignorant behauptest, es klinge chinesisch.

Und Erinnerungen?

Und Erinnerungen jeglicher Art, die ich jetzt aber nicht alle ausbreiten will. Erzähl mir lieber mal von deiner komischen Tante.

Georg runzelte die Stirn. Das klingt mir jetzt aber sehr nach einem Ablenkungsmanöver. Aber gut, wenn du willst. Meine Tante Lissy, deklamierte Georg und ließ eine bedeutungsvolle Pause folgen, die er nutzte, sich aus den Schälchen wieder aufzufüllen – diese meine Tante also, die bewusste, die nicht so kluge Sprüche wie die deine von sich gab, war eigentlich gar nicht meine Tante. Wir sagten zwar Tante Lissy zu ihr, aber wir waren nicht verwandt.

Dann schilderte Georg, wie sie in den Nachkriegswirren als kinderlose Witwe eines gefallenen Feuerwehrmannes und Ziehharmonikaspielers (sie nannte das Instrument Ackordjong) bei ihnen aufgekreuzt und auf Jahre hängen geblieben sei. Und später, sie wohnte inzwischen in Wurzen, sei sie immer dann zu Besuch gekommen, wenn es nicht so richtig gepasst habe. Heiligabend sei sie natürlich eingeplant gewesen. Aber zum 65. Geburtstag seines Vaters zum Beispiel, als fünfundzwanzig geladene Gäste um den dreifach ausziehbaren Tisch in der kalten Pracht, dem zweimal im Jahr genutzten Esszimmer mit Blick auf den Garten, saßen, habe sie plötzlich in der Tür gestanden mit einem Monstrum von Gummibaum im Arm und behauptet, ihn selbst gezüchtigt zu haben.

Die Gäste hätten sich nur mit Mühe das Lachen verkneifen können ob dieses komischen Auftritts, zumal Tante Lissys Kleiderordnung einen ungewöhnlichen Geschmack offenbart habe. Sein Vater jedenfalls, als er sie so vor sich habe stehen sehen, Glaubenszwiebel, Brokatbluse, kniefreier Plisseerock und Pumps, habe geahnt, was in den nächsten Stunden auf ihn zukommen werde.

Sie setzte sich mit an die Tafel, ließ sich Teller, Besteck und Weinglas bringen, langte ordentlich zu und kommentierte das laufende Tischgespräch auf ihre Art, und das war eine besondere. Georg und seine Schwester, die bei diesem mehr offiziellen Akt ausgeblendet waren, lauschten an der Tür und amüsierten sich, wie Tante Lissy Geduld und Höflichkeit der Geburtstagsrunde auf die Probe stellte. Wenn sie etwas bemerken zu müssen glaubte, schaute sie keinen an, sondern sprach, ohne sich beim Essen stören zu lassen, vor sich hin, aber so laut, dass es jeder hören musste. Ja, ja, sagte sie, als die Rede auf die Kinder kam, der Georg sei doch auch so ein Hanswurst in allen Gassen, seine Eltern sollten aufpassen, dass sie nicht eines Tages vor vollendeter Tür stünden. Es hieße ja schon immer: Frühen Vogel fängt der Wurm. Und als man auf den Krieg zu sprechen kam, behauptete sie, selber noch *Stalinorgien* gesehen zu haben. Dann wieder fasste sie das allgemeine Klagen über die Zustände in der DDR zusammen, indem sie laut aufstöhnte und sagte: Der Hitler war's, dieser Krautjunker, dem verdanken wir dieses ganze Dilemmata, dass heute wieder die Kommunisten die erste Geige schwingen.

Manchmal stand Tante Lissy, die wir unter uns Tante Peinlich nannten, gerade dann vor der Tür, wenn die Familie verreisen wollte. Einmal sah sie sein Vater um die Ecke kommen, als das Auto bereits anfuhr. Er tat, als sähe er sie nicht und die Kinder erhielten Weisung, auf die andere Straßenseite zu gucken. Sie hat unsere Telefonnummer, meinte er, sie soll sich gefälligst anmelden. Sie dagegen behauptete, in Wurzen gäbe es nur eine Telefonzelle, und da sei meist der Hörer abgeschnitten. Telefonzellulose, nannte sein Vater diese Ausrede.

Geliebt zu haben, scheinst du diese Tante nicht, resümierte Katharina.

Wie sollte ich auch, gab Georg zurück, bis ich in die Schule kam, nannte sie mich Hansbübchen, dann hieß ich Hanswurst oder Hanselmann bis, ja, bis ich einmal geplatzt bin und sie angeschrien habe, sie solle mich gefälligst Georg nennen, sonst würde ich sie künftig Tante Pissy oder Tante Schissy nennen.

Sie wurde bleich und sprach ein halbes Jahr nicht mehr mit mir. Aber – was ich ihr hoch anrechnen muss – sie hat diese bösartige Attacke meinen Eltern verschwiegen. Mein Vater hätte mich grün und blau geprügelt.

Und?

Seitdem nennt sie mich Schorsch.

Die würde ich gern mal kennenlernen, sagte Katharina. Mich würde interessieren, ob deine Tante wirklich so naiv ist. Vielleicht hat sie mit euch nur ein Spiel getrieben, indem sie euerm bildungsbürgerlichen Zirkel, von dem sie sich ausgeschlossen fühlte, spiegelbildartig seine intellektuelle Überlegenheit vor Augen führen wollte.

Georg schaute sie halb spöttisch und halb bewundernd an: Jedes Mal wenn dich dein journalistisches Recherchefieber packt, bedaure ich, dass du deine scharfsinnigen Verdächte nicht der *taz*, *FAZ* oder *NOZ* zur Verfügung stellst. Im Falle meiner Tante allerdings dürfte sich das öffentliche Interesse in Grenzen halten. Wir haben die Frage intern zu klären versucht und sind zu keinem eindeutigen Ergebnis gekommen. Mein Vater traute ihr so viel Pfiffigkeit nicht zu. Meine Mutter dagegen behauptete, sie habe beobachtet, wie Tante Lissy die Wirkung ihrer sprachlichen Entgleisungen genieße.

Und du?

Ich folge da eher meiner Mutter. Wahrscheinlich hat Lissy aus der Not häufigen Missverstehens die Tugend der Freude am Absurden entwickelt, der sie am Ende selber zum Opfer fällt.

Georg suchte die Toilette auf. Als er zurückkehrte, stand auf seinem Platz ein gewaltiger Eisbecher mit Erdbeeren und Schlagsahne.

Wie kommt so etwas hierher, fragte er misstrauisch.

Hab ich bestellt, flüsterte mit einem Augenzwinkern Katharina.

Dachte ich mir, gab er zurück. Ich meine die Erdbeeren. Wir haben Oktober.

Ich weiß, ich weiß, gab sie kleinlaut zu. Manchmal muss auch so eine Bio-Frieda wie ich eine Ausnahme machen. Lass dir's schmecken, ohne schlechtes Gewissen.

Nur wenn du dich beteiligst, erwiderte Georg, mir ist das einfach zu viel.

Du alter Pfaffe weißt doch, seit Eva und Adam heißt es: Geteilte Freude ist am Ende doppeltes Leid.

Georg zuckte zusammen. War das jetzt der Auftakt zu dem, was er unter allen Umständen vermeiden wollte? Aber er hatte sich schnell wieder im Griff und bemerkte nur: Wenn das nicht so tiefsinnig wäre, könnte es auch von meiner Tante stammen. Du und meine Tante, was für ein Synergieeffekt! Oder, wie sie wahrscheinlich sagen würde, was für ein Synergieinfekt.

Oder Synergieinfarkt, steuerte Katharina bei.

Oder Energiekonfekt? Georg winkte ab.

Es mochte schon nach elf sein, als Katharina auf das Ausgangsthema zurückkam: Du hast erzählt, dass du über den politischen Witz in der DDR gearbeitet hast?

Georg nickte.

Stimmt es, dass bei euch Leute für politische Witze in den Knast gekommen sind?

Ich kenne Beispiele, bestätigte Georg.

Wahnsinn! Was haben wir doch hier mit den Oberen unseren Spott getrieben, erst mit Lübke, dann mit Kohl.

Du denkst an den Witz, dass Lübke in Afrika seine Rede begonnen haben soll mit: *Meine Damen und Herren, liebe Neger?*

Das ist leider kein Witz, das hat er wirklich gesagt, beteuerte Katharina.

Glaub ich nicht, sagte Georg, war der nicht Bauingenieur oder Architekt oder so was? So doof kann doch kein Mensch sein.

Leider ja, entgegnete Katharina. Aber bei uns wäre keiner in den Knast gekommen, weil er das weitererzählt.

Bei uns wäre auch keiner in den Knast gekommen, wenn er *das* weitererzählt, lachte Georg. Nur wenn er statt Lübke Stalin, Ulbricht oder Honecker gesagt hätte. Ich weiß von einem, der zur Silberhochzeit seines Freundes eine Rede mit kleinen politischen Spitzen gehalten hat, über Pieck und Grotewohl. Einer aus dem Freundeskreis hat ihn verpfiffen. Zwei Jahre Zuchthaus.

Unglaublich, empörte sich Katharina und griff kopfschüttelnd zu ihrem Glas.

Das Schlimme, sagte Georg, das eigentlich Schlimme war, kein Mensch wusste, was gerade noch erlaubt war und was nicht. Es gab ja kein Gesetz, das politische Witze verbot. Und was wäre im Ernstfall ein politischer Witz? Ein Witz, der die Autorität Ulbrichts oder Honeckers in Zweifel zieht? Das bestimmt. Aber Polizistenwitze, Witze zur allgemeinen Wirtschaftslage oder Parallylismen?

Parallylismen? Sagt mir nichts.

So nenne ich witzige Vergleiche, mit denen ein Vergleichsteil paralysiert werden soll.

Beispiel?

Was ist der Unterschied zwischen Spanien und der DDR? Über Spanien lacht die Sonne, über die DDR die ganze Welt.

Raffiniert, lachte Katharina. Man mag nicht glauben, was eine kleine Kasusverschiebung so bewirkt!

Und, was meinst du, ein politischer Witz?

Ich würde sagen: ja. Ich denke, in einer Diktatur ist es ziemlich egal, was du kritisierst, die Machthaber fühlen sich immer angegriffen.

So etwa, bestätigte Georg. Und da Diktatoren meist angstbesetzte und humorlose Menschen sind, ist Lachen als solches schon subversiv.

Aber es gab doch Kabarett bei euch, widersprach Katharina.

Das schon, aber Kabarett von Gnaden der SED. Die Programme der Profi-Kabaretts mussten eingereicht und die Aufführungen vom zuständigen Kulturfunktionär abgenommen werden. Es kam zwar vor, dass manches später wieder in das Programm hineingemogelt wurde, was man bei der Premiere hatte streichen müssen. Aber in der Regel lachten die Genossen, wenn sie ins Kabarett gingen, über das, was sie zuvor zum Lachen freigegeben hatten. Pervers, was?

Ich glaube, bei uns hätten manche auch gern die Programme von Neuss oder Hildebrandt zensiert. Nur – das hätte die Kabarettszene erst so richtig befeuert.

Weißt du übrigens, warum Honecker mit reinem Gewissen gestorben ist? Er soll es gar nicht benutzt haben.

Mit geringfügiger Verzögerung brach aus Katharina ihr typisches Lachen hervor, das aus gurgelnden und kehligen Glucksern bestand, und während sie mehrfach vergeblich nach ihrem Glas angelte, rief sie: Der ist gut! Der ist gut! Ein Hoch auf die Diktatur, die solche Witze hervorbringt! Dann fasste sie ihr Glas, ließ den Stiel in ihrer Faust verschwinden und stieß es in die Luft, ehe sie es mit einem Zug leerte.

Du trinkst ganz schön viel, bemerkte Georg.

Katharina funkelte ihn an: Du willst mir doch nicht etwa Vorschriften machen oder mich erziehen! Das haben schon andere versucht. Gib's auf!

Georg schwieg. Seine Rechte fuhr unter den Pullover und tastete vorsichtig den Bauch ab. Er drückte an verschiedenen Stellen, konnte den diffusen Schmerz jedoch nicht lokalisieren.

Stimmt was nicht, wollte Katharina wissen?

Georg winkte ab. Das Übliche, wahrscheinlich Magendrücken. Nichts Schlimmes weiter. Aber vielleicht ein Signal, langsam Schluss zu machen. Er sei ziemlich müde.

Katharina rief den Kellner herbei und zahlte, indem sie einen Geldschein in die gefaltete Serviette auf den Nickelteller mit der Rechnung schob, der großzügig das stundenlange Ungestörtsein von lästigen Zwischenfragen wie: *Schmeckts? Noch ein Wunsch? Sind Sie zufrieden?* mitbedachte.

Die Kühle der Nacht traf sie wie ein Schlag, kaum dass sie das Lokal verlassen hatten. Georg stellte seinen Kragen auf und wand den Schal herum, dann stülpte er sich seinen Lenin so tief es ging in die Stirn. Katharina zog sich die Kapuze ihres Mantels über den Kopf und straffte das Band, ohne es zu verknoten.

Ich bring dich noch zum Hotel, sagte sie.

Das musst du nicht, wehrte Georg ab, du hast ja noch ein Stück zu gehen.

Ein bisschen Nachtluft tut mir im Moment ganz gut, sagte sie und hakte sich bei ihm unter.

Die Stadt war zur Ruhe gekommen. Ab und an fuhr fast geräuschlos ein Taxi auf der Suche nach nächtlichen Gästen vorüber. Die Turmuhr des Domes schlug ein Mal. Die Luft war feucht und kalt. An den Büschen zur Rechten, die den Stadtpark säumten, hingen dicke Wassertropfen, in denen sich das Straßenlicht spiegelte. Zwei Krähen zankten sich kreischend um einen winzigen Kadaver im Rinnstein. Katharinas Arm drückte fester zu. Beide schwiegen.

Am Hotel angekommen, kündigte sie an, sein Zimmer inspizieren zu wollen.

Du hast wohl keine richtige Lust, nach Hause zu gehen, legte Georg ihre Absicht bloß.

Vielleicht, gab sie zurück und trat entschlossen in die Drehtür. Als er aus seinem Türdrittel in das geräuschgedämpfte und gut temperierte Foyer trat, schob sie gerade die Kapuze zurück und knöpfte ihren Mantel auf.

Georg trat an die Rezeption und grüßte. 42 bitte, sagte er.

Herr Weber, antwortete der dunkelhäutige Nachtdienst, da ist eine Nachricht für Sie. Sie möchten bitte diese Nummer anrufen.

Georg erkannte auf dem Zettel seine eigene Telefonnummer. Ariane hatte also angerufen. Jetzt wäre es zu spät. Er würde morgen früh zurückrufen.

Als er sich umdrehte, sprang Katharina aus dem Sessel, in dem sie sich niedergelassen hatte, und folgte ihm lächelnd und mit wehendem Mantel zum Fahrstuhl. Geräuschlos schloss sich die Tür. Georg wollte die vier drücken, aber Katharinas Rechte legte sich schützend über die Etagenanzeige.

Noch nicht, sagte sie, erst das. Dabei nahm sie seinen Kopf in beide Hände und vergewisserte sich mit einem herzhaften Kuss, der flüchtig begann und immer länger und intensiver wurde, dass sie nicht nur das Zimmer inspizieren dürfte.

Als Georg erwachte, war es dunkel im Raum. Nur ein schmaler Spalt zwischen den Vorhängen leuchtete hell und warf sein Licht auf den Heizkörper unterhalb des Fensters. Er schaute zur Decke, an der sich der helle Streifen fortsetzte, und suchte die Fragmente seines Traumes zusammen.

Georg sieht seinen Vater in einem weißen Kittel mit ernstem Gesicht vor einer beleuchteten Röntgenaufnahme hin und her schreiten und immer wieder kopfschüttelnd stehen bleiben. Tut mir leid, Herr Weber, sagt sein Vater, das Abitur in Mathematik ist Voraussetzung für Ihre neue berufliche Aufgabe. Leider haben Sie es wieder nicht bestanden. Und Sie werden es auch nicht bestehen. Schauen Sie, er dreht sich zu dem Röntgenbild und zeigt auf irgendwelche Darmwindungen, Ihnen fehlt jede Voraussetzung für eine mathematische Leistung.

Georg erinnert sich einer Gefühlslage zwischen Hoffnung und Verzweiflung. Aber du bist doch mein Vater, sagt er. Wer ich auch bin, Sie müssen noch einmal ganz von vorn anfangen, am besten im ersten Schuljahr. Georg sieht eine Schwester im Hintergrund lachen. Dann reißt sie das Röntgenbild aus der Halterung und zerschneidet es in schmale Streifen, die zu Boden fallen. Georg will sie aufheben, aber sein Vater tritt ihm auf die Hand und sagt: Lassen Sie das! Es ist vorbei!

Georg spürte, wie das Gefühl des Ausgeliefertseins noch immer an ihm fraß. Er drehte sich aus dem Bett und zog die Vorhänge auseinander. Gleißendes Sonnenlicht fiel in den Raum und blendete ihn. Er musste die Hand vor die Augen nehmen. Als er sich umwandte, entdeckte er die halb aufgeschlagene Decke seines Nachbarbettes, das zerwühlte Laken, fand seine Sachen auf dem Teppichboden und ein Duschhandtuch vor der Badtür. Langsam kehrten die Erinnerungen zurück. Katharina musste sich gegen Morgen aus dem Zimmer geschlichen haben.

Jetzt meldete sich ein anderes Gefühl, das einem Wechselbad von warmen und kalten Schauern glich. Er hatte es nicht darauf angelegt. Dann aber war es sogar schön und intensiv geworden. Dennoch wäre ihm jetzt wohler, *das* wäre sein Traum. Doch ein Geruch von Veilchen war im Raum verblieben, der nur von Katharina stammen konnte.

Hatte er es nicht doch gewollt? Warum sonst hatte er sie mit auf sein Zimmer genommen? Klug schien es nicht, aber war es deshalb falsch?

Und Ariane?

Was hatte das mit Ariane zu tun?

Nein, beschloss er, mit Ariane hatte es nicht das Geringste zu tun. Katharina war eine andere Geschichte. Und diese Geschichte war nie richtig zu einem Ende gekommen. Vielleicht war das der nötige Abschluss, der eine verbale Aufarbeitung jenes abrupten Endes erübrigte. Von Katharina konnte man sich nur in einem wilden Liebesakt verabschieden.

Ihre Charaktere würden sich nie harmonisieren lassen, das wussten beide. Es würde ein ewiger Kampf bleiben, bei dem es keinen Sieger gäbe, weil sich keiner unterwerfen wollte. Und unterwürfe sich doch einer, wäre der Reiz der Ebenbürtigkeit dahin. Vielleicht war Verschmelzen und Loslassen der beste Weg, um ohne Demütigung auseinanderzukommen.

Wenn da nicht noch ein Hindernis wäre: Sie waren noch einmal für 11 Uhr bei Katharina verabredet, diesmal ohne Frühstück.

Georg ging ins Bad und ließ kaltes Wasser über seinen Körper laufen. Seine Gedanken waren mit einem Mal klar wie das Wasser. Wie damals, als er unter der Dusche blitzartig zu der Erkenntnis kam, die sichere Anstellung als Lehrer am Luther-Gymnasium aufzugeben.

Schluss jetzt! *Schluss* und *jetzt*! Muss ich mir das antun, in diesem bigotten Umfeld den braven Religionslehrer zu spielen? An die zwanzig der Kolleginnen und Kollegen haben sich – quasi über Nacht – taufen lassen, um ihre Festanstellung an dieser inzwischen kirchlich orientierten Lehranstalt nicht zu riskieren. Manche von ihnen waren eben noch stramme Marxisten. Einer von ihnen, der in meinen Akten erscheint, hat als IM „Eiche" verhindert, dass meine beiden Töchter die Erweiterte Oberschule besuchen durften. Auch der besitzt jetzt einen Taufschein, einen Garantieschein für Unkündbarkeit. Was habe ich hier noch verloren, wo vom Arbeitgeber erst eingeforderte und dann frenetisch gefeierte Bekehrungserlebnisse Inflation haben? Hätte man von ihnen verlangt, das Horst-Wessel-Lied zu singen oder Vegetarier zu werden, hätten sie's nicht auch gemacht?

Wenn ich ein wirklich guter Lehrer wäre, ein leidenschaftlicher Pädagoge, ein charismatischer Welterklärer, würde ich den Kampf vielleicht aufnehmen. Aber das bin ich nicht. Ich fühle mich schwach und schwächer. Der Gang in die Schule kostet mich so schon täglich Überwindung. Und dann das Gesicht von „Eiche" jeden Tag. Es macht mich aggressiv.

Der Direktor, der den Missionserfolg begrüßt, nimmt seinen Entschluss hin. Georgs Abiturklasse macht ihm den Weggang leicht, verlässt er doch mit ihr zusammen die Schule. Eine nette

Abschiedsfeier mit der Klasse, eine von freundlichen Worten begleitete im Kollegenkreis – dann ist er frei. Nie gibt es auch nur den geringsten Zweifel, ob er sich richtig entschieden habe. Die Arbeitslosigkeit erträgt er mit Würde und vertraut darauf, er werde eine andere, erfüllende Aufgabe finden.

Auch von Petra, der Magdeburger Nachtigall, mit der ihn eine kurze, quälende Beziehung verbindet, trennt er sich mental unter der Dusche, sodass der eigentliche Vollzug für ihn zu einer formalen Angelegenheit wird. Eine Entscheidung ohne Reue.

In diesem Moment schien ihm das kalte Wasser zu sagen: Das war's. Ab sofort ist Katharina eine Gesprächspartnerin unter anderen. Was dich sonst mit ihr verbunden haben mag, gehört ab jetzt in den Speicher deiner Erinnerungen.

So betrat er den Frühstücksraum des *Dom-Hotels*, wie einer, der in der Absicht, seinem Leben klare Konturen zu verleihen, soeben einen Etappensieg errungen hat. Sein Schritt war sicherer, sein Selbstgefühl gut. Er trat an das Büffet und füllte sich von allem auf, was verlockend aussah, wohl wissend, dass nichts von alledem biologischen Ansprüchen standzuhalten vermochte. Dazu griff er sich von einem kleinen Tisch neben dem Frühstücksbüffet den *Tagesanzeiger* und überflog, während er Genuss am Ungesunden fand und gegen seine Gewohnheit gewöhnlichen Filterkaffee trank, mehrere Tassen, den politischen Teil und das Feuilleton. Ein Artikel fiel ihm ins Auge, in dem von Volker Westendorf, dem Schauspieler, nicht dem weitaus bekannteren Entertainer, berichtet wurde, er sei soeben an Pankreas-CA gestorben. Instinktiv fasste er an die Stelle, die ihm in letzter Zeit des Öfteren Beschwerden machte, anatomisch durchaus im Ungewissen, ob sich die Bauchspeicheldrüse eben in dieser Gegend befände. Seitdem der Internist beim Ultraschall an einer Stelle verweilt, seinen Kollegen hinzugezogen und Georg zur Abklärung eines unklaren Befundes zur Computertomografie überwiesen hatte, meldete sich immer wieder mal ein beklemmendes Gefühl, das in den letzten Tagen zugenommen hatte. Er wollte die Zeitung mit nach oben nehmen, um den bewussten Artikel später genauer anzuschauen. Jetzt sollte einem offenen und sonnigen Tag nicht schon ein dämpfendes Omen vorangestellt werden.

Georg zog sein Mobiltelefon aus der Tasche und wählte Arianes Nummer. Der Anrufbeantworter sprang an.

Ich probier es später wieder, sagte er. Ich hoffe, es geht dir gut.

Die Stadt zeigte sich von ihrer freundlichsten Seite. Alles, was reflektieren konnte, blitzte im flachen Herbstlicht, Fenster und Straßenschilder, Karossen und Fahrradlenker, Brillen und Verschlüsse an den Taschen der Frauen und Männer, denen er begegnete. Manche trugen Sonnenbrillen. Die Luft roch dumpf und malzig. Georg konnte mit offener Jacke gehen. Den Schal ließ er im Hotel zurück.

Auf dem Weg zu Katharina lag die Tolstoi-Buchhandlung. Georg trat ein und vernahm das Begrüßungsgeläut, als er schon vor einem Regal stand. Er suchte die eben erschienene Romantikmonografie von Sabadiani, um sie Ariane mitzubringen, die sich in der Welt von Tieck, Novalis und den Schlegels besonders gut auskannte und Sabadianis geschliffene Sprache liebte. Dabei stieß er auf Selbermann, *Das schwarze Loch*, eine kleine Geschichte vom Scheitern großer Ideen. Er überflog den Klappentext. Die Fragen weckten seine Neugier: *Woran erstickte die deutsche Reformation? Was hat die Aufklärung zur Unterdrückung der Völker beigetragen? Warum hatte der Pazifismus nach dem Ersten Weltkrieg keine Chance? Wo sind die politischen Aufbrüche aus den Diktaturen des 20. Jahrhunderts geblieben?* Vierunddreißig Euro neunzig, nicht schlecht, dachte Georg, legte seine Mütze auf das Buch und schaute sich weiter um. Letzte Worte bedeutender Persönlichkeiten. Er blätterte und las: Einstein: *Ich habe meine Sache hier getan.* Wie schön, dachte Georg, wenn das jemand am Ende sagen kann. Dann aber die letzten Worte Egon Friedells: *Vorsicht, bitte!* Georg sah die Szene vor sich: Friedell hört die SA im Treppenhaus und muss annehmen, dass er abgeholt wird. Nur das nicht, hat er beschlossen. Er öffnet das Fenster und stürzt sich hinab. Zuvor dieser Ruf, letzte Lebensäußerung: *Vorsicht bitte!* Darf man das in eine solche Sammlung aufnehmen? Georg empfand es als Sakrileg. Er blätterte weiter. Kierkegaard: *Durch ein Verbrechen bin ich entstanden. Ich bin entstanden gegen Gottes Willen. Fegt mich weg!* Georg verschlug es die Sprache. Das waren die letzten Worte des großen Dänen, dieses klägliche Fazit, das alles infrage zu stellen schien, was er von ihm gelesen hatte? Kann das Sterben einen Menschen so verändern? Oder drängt im Sterben die ungeschminkte Wahrheit so schonungslos ans Licht? Dann stieß er auf Jean-Jacques Tardot: *Was für ein Leben war das! Ich könnte gleich noch einmal von vorn anfangen. Gott sei Dank, dass ich es nicht muss.* Diese Art von Dialektik gefiel Georg besser.

Er stellte das Buch zurück, nahm seine Mütze auf, griff den Selbermann und legte noch ein kleines Büchlein mit Karikaturen von Vollbrecht Grassow dazu: *Von der Kunst, in allem Guten das Schlechte zu erkennen*, zum Verschenken oder – wie meist – dann doch wieder zum Behalten. Dazu ließ er sich den Sabadiani bringen und zahlte.

Bevor er sein Portemonnaie wieder einsteckte, entnahm er vorsorglich einen Fünfeuroschein und schob ihn in seine Jackentasche. Wie ein Messglöckchen bimmelte es hinter ihm, als er bereits auf der Straße stand. Er wandte sich nach links, um noch einen Blick in den Dom zu werfen, dessen Portal weit offen stand.

Er trat ein, feuchte Kühle umfing ihn. Das spärliche Licht, das durch die hohen farbigen Fenster des Chorraums drang, kreuzte sich über dem gotischen Schnitzaltar und ließ die vergoldeten Häupter der Figurengruppen auf den drei Flügeln leuchten. Aus einem der Seitenfenster fiel ein Strahl, in dem winzige Staubteilchen einen Freudentanz vollführten, auf das Gestühl. Wenn schon in einer mager besuchten Kirche so viel Staub aufgewirbelt wird, was mag dann erst auf unseren Straßen los sein!

Eine Gestalt in einer Art Kaftan näherte sich, der dunkle Haarkranz um die von oben erleuchtete Halbglatze ließ in ihm einen Mönch vermuten. *Bürschchen*, würde er jetzt zu ihm sagen wollen, *wenn das hier das Haus Gottes ist, warum blühen hier dann keine Blumen, warum strömt dann hier kein Wasser und warum scheint dann hier die Sonne nicht?* Und er würde es nicht wissen. Und wenn er ihn fragen würde, warum so wenige Menschen hierher kommen, würde der antworten: *Es ist der Teufel. Der Teufel ist in die Menschen gefahren. Die Menschen ... sitzen lieber auf ihrem Hintern in der Sonne*. Aber da war er schon lautlos an ihm vorbeigehuscht.

Ach Herman, sagte er leise, es hat sich noch immer nichts geändert. Lass uns hinausgehen in die warme Herbstsonne. Vielleicht treffen wir Gott draußen auf einer Bank. Dann wird er sagen: Hallo van Veen, hallo Weber, setzt euch zu mir.

Er kehrte um und ging auf den Ausgang zu. Die Rosette über der Orgel leuchtete in dunklem Blau und Rot, und die Portalöffnung nahm sich im finsteren Gemäuer wie der Eingang zum

Himmel aus. Er trat ins Licht und hielt sich die Hände über die Augen. Den Fünfeuroschein beließ er in seiner Tasche. Lieber wollte er ihn in den Geigenkasten eines Straßenmusikers als in den Gotteskasten werfen.

Punkt elf drückte er auf Katharinas Klingelknopf. Sie öffnete, als wäre nichts gewesen: Hallo, Georg.

Ein wissendes Lächeln sagte ihm, es würde kein Nachspiel geben. Katharina sah heute anders aus, die Haare in ein undefinierbares Gebilde nach oben gesteckt, die Lippen kräftig geschminkt. Sie trug ein baumwollenes Kleid in sandfarbenem Ton mit erdbraunem Mäandersaum.

Komm rein, sagte sie, ich hoffe, du hast in deinem Hotel etwas Ordentliches zum Frühstück gekriegt.

Alles streng biologisch, sagte er, und so reichlich, dass ich zu Mittag nichts mehr brauche.

Dann können wir ja gleich *medias in res* gehen, sagte sie und ging ihm in ihr Arbeitszimmer voraus, in dem sie versucht zu haben schien, Ordnung zu machen. Sie nahmen an ihrem monströsen Eichentisch Platz, auf dem bereits das Konvolut ihrer früheren Notizen ausgebreitet lag.

Ich habe heute zwei Fragen, die ich gern noch geklärt hätte. Ich vermute, gegen zwei werden wir fertig sein. Willst du einen Espresso?

Danke, log Georg, ich habe schon mehrere im Hotel inhaliert.

Katharina holte aus: Sie habe von einer Arbeitsgruppe des Neuen Forums gelesen, die sich mit der Entmilitarisierung der DDR befasst habe, sei aber nirgends auf entsprechendes Material gestoßen. Ob Georg ihr etwas über die geplanten Maßnahmen sagen könne. Wie dachte man im Neuen Forum über Warschauer Pakt und NATO? Was wusste man über die Rüstungsexporte des Ostens? Wie stellte man sich die Zukunft der Volksarmee vor?

Georg hatte zunächst Mühe, sich der näheren Umstände zu erinnern, lag doch alles schon wieder fast zwanzig Jahre zurück. Doch je tiefer sie in die Materie einstiegen, desto klarer traten einzelne Momente vor sein Auge. Katharina fragte sehr genau nach, wenn sie etwas nicht verstand. Und Georg gab Auskunft, soweit er sich im Bilde glaubte. Dabei gestand er bereitwillig, seine Erinnerungen und eigenen Anschauungen von damals nicht als repräsentativ für das Neue Forum ausgeben zu können. Er berichtete von seinen Gesprächen mit einem Kommandeur der Volksmarine, von der geplanten Übernahme militärischer Immobilien durch die Kommunen, von Diskussionsrunden über die Aussetzung der Wehrpflicht, über Rüstungsexporte und manches mehr. Später wechselten sie zu Fragen der Gleichberechtigung innerhalb der Bürgerbewegung, die im Westen schon damals BürgerInnenbewegung geheißen hätte.

Das wird Carola sein, unterbrach ihn Katharina, als es klingelte. Sie wollte heute einmal kurz hereinschauen, auch um dich kennenzulernen. Hätte ich dir das ankündigen müssen?

Kein Problem, sagte Georg, aber da war sie schon an der Haustür. Georg hörte lautes Juchzen und Lachen. Dann wurde getuschelt. Als Katharina die Tür zum Arbeitszimmer aufstieß und Carola, die sie hinter sich her zerrte, Georg vorstellen wollte, entgleisten ihm, ihr zuvorkommend, die Züge und es entfuhr ihm: Die Krümelfrau?

Wer bitte, kam es von beiden gleichzeitig zurück.

Nichts, Pardon, sagte er und spürte, wie die Röte in sein Gesicht stieg.

Komm schon, beharrte Katharina, was war das eben?

Lass mal, mischte sich Carola ein, ich glaube, ich weiß, was er meint.

Ihr kennt euch? Jetzt war es Katharina, der die Züge entglitten.

Wir sind zusammen Bahn gefahren, fand Georg die Sprache wieder. Vorgestern.

Wir saßen uns schräg gegenüber, das heißt, der Gang war zwischen uns, ergänzte Carola. Aber ich hatte natürlich keinerlei Ahnung, dass das dein Georg wäre.

Ist er ja auch nicht, konstatierte Katharina.

Und wenn ich geahnt hätte, dass wir uns hier begegnen, setzte Georg an, ...

Dann, bohrte Carola nach.

Na ja, vielleicht hätte ich dann lieber ..., Georg brach seinen Satz ab.

Also, Katharina ergriff wieder das Wort, das ist meine Freundin Carola Möckelmann, mit der ich oft über eure vermeintliche Revolution gesprochen habe und – ich konnte nicht umhin – der ich auch manches von dir erzählt habe. Sie wollte dich einmal kennenlernen. Ich denke, wir sind auch so weit, sagte sie zu Georg gewandt, dass ich dich nicht mehr allein für mich in Anspruch nehmen muss. Ihr Lächeln schien ihm doppeldeutig.

Dafür würde ich jetzt einen Espresso gut gebrauchen können, sagte er.

Carola schloss sich an.

Während Katharina in ihrer Kellerküche verschwand, entspann sich zwischen Carola und Georg ein erstes Gespräch. Sie wusste von Katharinas Buchprojekt und fragte gezielt nach Georgs Rolle in jener Zeit. Aber ihre Art zu fragen und vor allem zu hören unterschied sich von der ihrer Freundin. Weniger die faktischen

Zusammenhänge interessierten sie, über die sie ganz gut informiert zu sein schien, sie wollte etwas von der Gefühlslage wissen, in der sich die Menschen in dieser Umbruchzeit befanden.

Wenn ich mir vorstelle, sagte sie, du Pfarrer im Stasivisier, wahrscheinlich Wanzen in der Wohnung, Verhöre, Postkontrolle, Hausdurchsuchung, Ablehnung der Kinder zur Oberschule – und dann plötzlich Verhandlungspartner der SED-Funktionäre am Runden Tisch und schließlich Stadtrat. Was macht das mit einem? Kommt da nicht irgendwann das Bedürfnis auf, denen etwas davon heimzuzahlen oder sie richtig reinzulegen?

Georg schaute sie fragend an: Ehrlich gesagt, auf Rachegedanken bin ich nie gekommen. Ich wäre vollauf zufrieden, wenn sich irgendwo irgendwer irgendwann einmal für irgendwas entschuldigt hätte.

Eben, konstatierte sie, weil das nicht passiert ist und wohl auch künftig nicht zu erwarten ist. Muss man da nicht einen unsäglichen Hass auf all diese Leute haben?

Georg überlegte einen Moment, ehe er antwortete: So naiv das klingen mag, ich glaube, ich kann gar nicht richtig hassen. Findest du das unnormal?

Ein bisschen schon, sagte sie. Das klingt so nach Pfarrhaus und permanenter Nächstenliebe und schlechtem Gewissen, falls doch.

Ich weiß es nicht genau, gestand Georg. Vielleicht fehlte mir ein familiäres Vorbild dafür. Was ich bisher an Hass erlebt habe, hat mich immer abgeschreckt.

Manchmal, wandte Carola ein, ist Hass auch ein Motor, in der Politik zum Beispiel, aber auch im Sport, sogar in der Kunst.

Findest du? Mir scheint Hass eher eine schlechte Charaktereigenschaft zu sein, Ausdruck von Unvermögen und Intoleranz. Hass gehört in die Werkzeugkiste aller Fundamentalisten. Rache, Vergeltung und Hass sind Instrumente, die die Entwicklung eines besseren Menschseins gerade verhindern.

So?

Guck dir doch den Rächer von Barlach an. Schon die Körperhaltung, diese blinde Entschlossenheit zu vertilgen, lässt ahnen, was dabei herauskommt: Mord und Widermord.

Du hast also auch nie das Bedürfnis verspürt, die, die dir das Leben so schwer gemacht haben, hinter Gittern zu sehen?

So verrückt das für dich klingen mag, nein. Selbst wenn sie es, objektiv gesehen, vielleicht verdienten, Befriedigung könnte ich daraus nicht ziehen.

Ich glaube, du bist ..., weiter kam sie nicht.

... kein Heiliger, kein besonders Frommer, überhaupt kein Besonderer, setzte Georg ihren Satz in seinem Sinne fort. Es verschafft mir nur keine Genugtuung, an anderen mitzuerleben, was sie mir zugefügt haben. Das heißt aber nicht, dass ich über alles Unrecht den Mantel der Vergebung breiten wollte. Vergeben mag ich nur denen, die Reue empfinden oder wenigstens Einsicht zeigen. Die sich nicht nach Argentinien absetzen, wie viele Nazis nach fünfundvierzig, sondern für ihre Handlungen einstehen und von den Opfern oder der Gesellschaft Gnade erhoffen.

Mannomann, stöhnte Carola, du hast ja hehre Ansprüche an Individuum und Gesellschaft! Das ist das Ideal. Drunter machst du's wohl nicht?

Du hast nach mir gefragt. Das ist meine ganz persönliche Sicht, die – das weiß ich – viele nicht mit mir teilen.

Was teilen viele nicht mit dir? Katharina setzte behutsam ihre winzigen Espressopuppentassen auf den Tisch und stellte eine Schale Kekse dazu.

Ihren Espresso zum Beispiel, sagte Georg und griff nach einer Tasse. Prost, die Damen.

Wir haben über Hass und Vergeltung gesprochen, lenkte Carola ein.

Ach so, sagte Katharina, und man wusste wieder einmal nicht, ob das ironisch gemeint war.

Die Haustür fiel ins Schloss. Männliches Murmeln war vernehmbar. Schuhe flogen polternd auf den Boden. Maik, der Student und Mitbewohner, öffnete die Tür zu Katharinas Arbeitszimmer und schaute um die Ecke: Darf ich reinkommen?

Aber Diogenes lässt du bitte draußen, sagte Katharina, der bringt immer meinen Schreibtisch durcheinander.

Ach, ich dachte, du würdest das selber machen, kommentierte Georg.

Katharina streckte ihm die Zunge heraus.

Maik setzte Diogenes auf dem Korridor ab und schloss die Tür. Er begrüßte Carola wie eine alte Bekannte und sagte zu Georg: Du also bist der Revolutionär aus dem Osten?

Georg gab ihm die Hand und erwiderte: Was Katharina auch immer von mir erzählt hat, es ist garantiert falsch.

Na, dann erzähl du doch mal, sagte Maik, indem er sich einen Stuhl heranzog.

Was? Was soll ich erzählen?

Wie das so war in der Diktatur und mit der Stasi und mit eurer Revolution und was du dabei alles gemacht hast.

Das wäre Erzählstoff für ungefähr eine Woche, wehrte Georg ab.

Na gut, dann frag ich eben. Es gibt so manches, was ich schon immer wissen wollte.

Und dann sprudelte es förmlich aus ihm heraus. Seine Fragen kamen so direkt und unverstellt, wie es Georg lange nicht erlebt hatte. Vieles musste er erklären, manches kannte Maik aus Erzählungen von Katharina. Wahnsinn, unterbrach er Georg immer wieder, wenn der die Dramatik jener Wochen zu beschreiben versuchte. Die beiden Frauen lauschten gespannt, als hörten sie das alles zum ersten Mal. Vielleicht hörten sie es auch zum ersten Mal so.

Als Georg eine Pause machte und um einen weiteren Espresso bat, sagte Maik: Wenn ich das alles höre, kommt es mir vor, als wäre ich mir der Freiheit, in der ich aufgewachsen bin, nie bewusst gewesen.

Wir wissen wahrscheinlich nur das zu schätzen, was wir einmal längere Zeit entbehrt haben, mischte sich Carola ein. Was mich aber wundert, ich höre heute immer wieder von Leuten aus dem Osten, es hätte eine so wunderbare Solidarität unter euch gegeben. Stimmt das denn?

Georg verzog das Gesicht: Ja, ja, die große Solidarität. Ich erlebe es manchmal als schizophrenes Kontrastprogramm. Kaum habe ich in einem Vortrag von dem Verrat Inoffizieller Mitarbeiter an ihren engsten Freunden mit Haftfolge und Ausweisung berichtet, meldet sich jemand und erzählt von der großen Solidarität in der DDR.

Was genau ist denn nun da dran, drängte Carola.

Ich sehe das so, sagte Georg, von Anfang an, erst recht nach dem Mauerbau 1961, war die DDR eine weltpolitische Enklave, ein ideologisches Biotop, selbst nach Osten hin. Polen zeigte sich ideologisch selten so borniert wie die DDR, dafür sorgte schon die katholische Kontraideologie, wenn ich das mal so nennen darf. Die geistig-räumliche Enge innerhalb der DDR hat die Menschen unfreiwillig zu einer Art Schicksalsgemeinschaft zusammengebunden. Dazu kamen die ökonomischen Mängel, die eine rege Tauschwirtschaft an Waren und Dienstleistungen hervorgebracht haben. Das heißt, wir mussten ständig miteinander kommunizieren, damit der Alltag funktioniert, bis in die

Betriebe hinein. Freundeskreise haben in dieser Situation einen anderen Stellenwert bekommen. Ihnen fiel eine Art Ventilfunktion zu, um sich in einem quasi geschützten Raum aussprechen zu können, seinen Frust loszuwerden, zu lästern und zu lachen über den selbst gemachten DDR-Provinzialismus und seine propagandistischen Stilblüten und die offensichtlichen Mängel auszugleichen. Das brauchte die offene Gesellschaft des Westens nicht. Um hier leben zu können, war ein stabiler Freundeskreis keine existenzielle Bedingung. Umso schwerer wog dann bei uns auch jede Denunziation. Der kleinste Verrat konnte zu einer existenziellen Bedrohung werden.

Warum sehnen sich dann Ostdeutsche heute danach zurück, fragte Maik.

Weil sie vergessen oder verdrängt haben, wodurch diese vermeintliche Solidarität entstanden ist und weil sie in der offenen Gesellschaft, in der jeder für sich verantwortlich ist, noch fremdeln.

Du sagst vermeintliche Solidarität, warf Carola ein.

Weil ich glaube, wirkliche Solidarität setzt Freiheit und den Willen zur Partizipation voraus. Eine Notgemeinschaft hält nur solange, wie die Not besteht, weil sie sich der Not und nicht einer Absicht verdankt.

Bei einer neuen Espressorunde musste Georg von seinen Erfahrungen mit der Stasi berichten. Er erzählte, wie sie mehrmals, wenn er in Urlaub war, seine Papiere durchwühlt haben, Westbücher auf geheimnisvolle Weise verschwanden, Fotoalben verkehrt herum im Regal standen. Manchmal schien ihm, sie wollten, dass er es bemerke. Er wiederum legte Köder aus, die ihnen sagen sollten: Ich weiß, dass ihr da seid. Ein Tonband mit der Aufschrift Biermann, auf dem sich der Mitschnitt eines

Konzerts von *Stern Meißen* befand, mit einem Zettel versehen *Pardon, meine Herren!*. Der Zettel fehlte. Ein Kästchen mit der Aufschrift *Westgeld*, in dem sich die restlichen Peseten von seiner Spanienreise befanden. Er hatte die Münzen zu kleinen Türmchen gestapelt. Die Mühe hatte man sich nach Prüfung des Inhalts nicht mehr gemacht. Am meisten amüsierte er sich, als er neben dem Telefon wie versehentlich eine Nummer ohne Namen liegen ließ. Einen Tag, nachdem er mit seiner Familie in seinem Gohrischer Urlaubsquartier angekommen war, klingelte das Telefon. Er nahm den Hörer ab und sagte mit klarer, fester Stimme: Georg Weber, Guten Tag die Herren – und stellte sich dabei das erschrockene Gesicht der Anrufer vor. Irgendwann allerdings war der Spaß vorbei. Da kamen sie und holten ihn ab, *zur Klärung eines Sachverhalts*, wie das immer hieß.

Und dann machten sie ihre Rechnung auf. Fleißig hatten sie gesammelt, über Jahre hinweg. § 106: Staatsfeindliche Hetze, § 107 Staatsfeindliche Gruppenbildung, § 219 Ungesetzliche Verbindungsaufnahme, § 220 Staatsverleumdung – wenn man unter Androhung eines Strafverfahrens mit all den vermeintlichen Sünden an der sozialistischen Gesellschaft konfrontiert wird, brennen sich die Paragrafen ins Gedächtnis ein, sagte Georg.

Hattest du Angst, fragte Carola.

Und wie, gab Georg zu. Ich bin eigentlich ein Angsthase.

Du? Carola und Maik starrten ihn an. Katharina lächelte und nickte fast unmerklich.

Ja, ich, bestätigte Georg. Ich war nicht wirklich mutig, ich habe nur die breiten Schultern der Kirche genutzt. Ich wusste doch, wenn sie mich einsperren, wird *das gute Verhältnis zwischen Staat und Kirche*, auf das sie in den Achtzigern solchen Wert legten, schwer belastet. Ein Pfarrer im Knast, das hieß Kanzelabkündigungen und offene Fürbitten und Westpresse usw. Und trotzdem, als sie mich abholten, hatte ich unglaublichen Schiss. Ich hatte doch manches vom Innenleben der Stasihaft gehört. In der ersten Nacht machte ich kein Auge zu, weil ich befürchtete, sie würden kommen und mich in meiner Zelle zusammenschlagen. Aber – obwohl sie mich mehrfach nachts zum Verhör holten – sie behandelten mich weithin korrekt. Nur einmal verlor mein Vernehmer die Beherrschung und brüllte wie ein Rind, ich solle gefälligst mein Maul aufmachen und zugeben, dass ich ein Staatsfeind wäre und dass ich auf meinem Ormig-Gerät flugblattartige Handzettel für einen sozialen Friedensdienst gedruckt hätte und sie wüssten noch viel mehr und sie könnten auch ganz anders. Am nächsten Morgen kam ein anderer Vernehmer und entschuldigte sich für diesen Ausfall. Ich wusste damals noch nicht, dass das zu ihrer Taktik gehörte.

Und dann?

Nach fünf Tagen haben sie mich erst mal laufen lassen. Da verlor ich meine Angst, vor allem, weil ich jetzt wusste, was sie alles nicht wissen.

Wie ging es dann weiter, wollte Maik wissen. Haben sie dir später noch den Prozess gemacht?

Nee, sagte Georg, dazu kam es zum Glück nicht mehr. Ein knappes Jahr später hätten wir *ihnen* den Prozess machen können. Aber wir haben sie nur entmachtet.

Georg war nicht entgangen, wie ihn Carola, während er erzählte, angeschaut hatte. Ihre Augen hinter den – jetzt geputzten – Brillengläsern verfolgten seine Mimik und Gestik mit spürbarer Anteilnahme. Im Unterschied zu Katharina, die immer auf der Lauer lag, sprungbereit, um mit einer ironischen Bemerkung zu provozieren und Betroffenheit zu verbergen, hörte Carola einfach zu und folgte dem Verlauf der Erzählung.

Wenn sie ihn unterbrach, dann nur, um einen Gedanken zu vertiefen oder sicherzugehen, ihn richtig verstanden zu haben. Mit ihr wäre es wohl zu solchen Missverständnissen wie denen mit Katharina nicht gekommen. Oder? Er konnte seinen eigenen Anteil daran schwer ermessen. Warum ist nie beides zusammen zu finden, fragte er sich, die Anziehungskraft, die Katharina als Frau auf ihn ausgeübt hatte sowie ihr trockener Humor und die intelligente Empathie Carolas, die ihn vergessen ließ, wie wenig sie ihn als Frau anzog.

Maik stand auf, er müsse zu einem Seminar. Er gab Georg die Hand: Wenn ich das alles so höre, finde ich, es gehörte trotzdem Mut dazu.

Georg lachte. Überschätz das nicht! Das Meiste davon war zusammengestrickt aus Leichtsinn, Naivität und Übermut. Übermut ist kein Mut. Manche haben sie gekriegt durch die Androhung, ihre Kinder in ein Heim zu stecken. Wer daraufhin einknickte, war nicht feige, der hat vielleicht nur geliebt. Und – wie gesagt – du darfst nicht vergessen, wir Kirchenleute besaßen den größten Spielraum in der DDR. Außerdem waren die Westmedien für alle Regimekritiker eine Art stille Verbündete. Trotzdem sind in dieser Zeit noch schlimme Dinge passiert, aber es kam eben auch vieles ans Licht, ans Licht der westlichen Leser, aber eben auch ans Licht der östlichen Fernsehgucker. Einen Pfarrer konnte man nicht unbemerkt wegsperren.

Die Macht der Kirche haben sie also gefürchtet?

In den Fünfzigern ja. Später, als die Kirche nicht mehr so viele Mitglieder besaß, fürchteten sie deren subversive Kraft und internationale Vernetzung.

Verstehe. Maik nickte: Toll, dass du mir das alles erzählt hast.

Damit verschwand er um die Ecke, dann aber hörten sie die Tür noch einmal aufgehen: Ach, und noch mal vielen Dank für die Fressalien, die ihr beide verschmäht habt. Davon lebe ich eine ganze Woche.

Schon gut, Maik, rief Katharina, nun hau endlich ab.

Was machst du morgen, wollte Carola wissen.

Er wolle ins Colonni-Museum gehen, sagte Georg, Nolde, Pechstein, Beckmann und Jawlensky besuchen, und gegen Abend sei er mit Alex, seinem Schulfreund verabredet, den er seit einem Jahr nicht gesehen habe.

Carola fand, dass sich das gut träfe, sie habe den nächsten Vormittag frei und wolle sich ohnehin die Leo-Tomski-Ausstellung anschauen. Katharina sei ja eine Kunstbanausin, mit der man nicht rechnen könne, wenn Besonderes gezeigt werde.

Ist sie nicht die Tochter eines Künstlers, provozierte Georg.

Katharina presste die Lippen zusammen und brummte irgendetwas.

Carola machte eine Handbewegung, die wohl bedeuten sollte *Hört auf!* und fragte, ob sie ihn begleiten dürfe.

Georg nickte: Gerne.

Dann schlage ich vor, wir treffen uns halb zehn zu einem späten Frühstück im Café *Sündenfall.*

Sündenfall?

Das ist ein Künstlercafé in der Nähe des Colonni. Das wird dir gefallen.

Und dann erzählte sie, was für Proteststürme die Eröffnung vor zwei Jahren ausgelöst habe: Die halbe Stadt stand Kopf. Die Kirchen protestierten beim Oberbürgermeister ob der unerträglichen Blasphemie, vor allem die Lutheraner. Auch der katholische Bischof habe den Bürgermeister um ein dringendes Gespräch gebeten. Nur war der Vertrag zwischen Eigentümer und Betreiber rechtskräftig und das Gewerbeamt hatte zugestimmt.

Am schlimmsten aber, berichtete Carola, seien die frommen Mitbürgerinnen und Mitbürger gewesen. Es habe sich eine christliche Bürgerinitiative von ultraorthodoxen Katholiken und Protestanten gebildet, die man militant nennen müsse. Offenbar funktioniere die Ökumene nur, wenn es etwas zu verhindern gelte. Auf den zuständigen Stadtrat seien Beschwerden aus ganz Deutschland niedergehagelt, sogar Rom habe sich über den Vorsitzenden der Deutschen Bischofskonferenz eingeschaltet, wie der Zeitung zu entnehmen gewesen sei. Aber die Stadt habe widerstanden. Und heute sei das *Sündenfall* ein beliebter Treffpunkt, auch für Kirchenleute wie abgebrochene Priester, ausgetretene Nonnen, homosexuelle Pastoren, gemaßregelte Gemeindevorstände und aufsässige Laien, sodass manchmal die Künstler, deren Café das werden sollte, keinen Platz mehr fänden. Aber vormittags ist nicht viel los, schloss Carola. Du wirst sehen.

Es war Spätnachmittag. Georg ging direkt zum Hotel, weil sich der stechende Schmerz im Oberbauch wieder meldete, verbunden mit ungewöhnlicher Übelkeit. In der Bahnhofsapotheke besorgte er sich noch Magen-Darm-Tee und bat an der Rezeption, man möchte ihm ein Kännchen aufbrühen und in Zimmer 42 bringen.

Oben angekommen, warf er sich aufs Bett und schlief sofort ein.

Es klopfte. Georg rief *Herein* und bat die junge Frau, ohne sich zu erheben, den Tee auf das kleine Tischchen zu stellen. Als sie die Tür schloss, war er schon wieder eingeschlafen.

Er erwachte erst, als der Tee bereits kalt war. Nun mochte er ihn auch nicht mehr trinken, zumal seine Schmerzen verschwunden und die Übelkeit verflogen schienen.

Es sollte ein ruhiger Abend werden, ohne Alkohol und ohne lange Gespräche. Er setzte sich in einen der beiden Samtsessel und blätterte das Kulturmagazin durch. Das Kino-Programm wies für den Abend einen Film in einem kleinen Programmkino aus, dessen Titel ihn lockte: *Das Ende ist mein Anfang*. Ihm war, als hätte er den Titel schon einmal gelesen, konnte sich aber nicht erinnern, in welchem Zusammenhang.

Im Hotelrestaurant löffelte er eine Kartoffelsuppe mit Wurststücken, die wie Bockwurst in der DDR schmeckten, ließ sich einen schwarzen Tee bringen und schlürfte ihn schluckweise im Rhythmus der seichten Musik aus den Lautsprechern. Dann erhob er sich, schob seinen Stuhl wieder ordentlich an den Tisch heran, schlich am Abendbüffet vorbei und stahl sich mit spitzen Fingern ein Fleischbällchen, das augenblicklich in seinem Mund verschwand. Und während er der Kellnerin mit halb vollem Mund zurief, sie solle die Suppe auf Zimmer 42 schreiben, verschwanden zwei Apfelsinen in seinen Jackentaschen. Dann schlenderte er gemächlich zum Kino.

Es gab keinen Vorfilm, keine Werbung, kein Eis-Angebot. Das Licht verglühte langsam zu drei jauligen Gongschlägen aus dem Lautsprecher. Der Vorhang öffnete sich, und der Film begann.

Eigentlich mochte er das kinoübliche Vorspiel aus Reklame und Trailern künftiger Filmgenüsse. Er liebte die geheimnisvolle Atmosphäre, die ihn an die ersten Kinobesuche seiner Kindheit erinnerte, wo man langsam aufgeheizt wurde, bis die Spannung kaum mehr auszuhalten war und sich endlich der Vorhang in seiner ganzen Breite öffnete und den Hauptfilm preisgab.

In seiner Heimatstadt gibt es ein kleines Kino, die *Flohkiste*, das nur über wenige Sitzplätze, aber den ganzen Charme vergangener Kinozeiten verfügt: durchgesessene und abgewetzte Plüschsessel mit Klappsitz, dunkelrote Stoffbespannung an den Wänden, erhellt von Messinglampen, die aussehen, als seien sie von einem Kronleuchter abgeschnitten, mit Glühbirnen in Kerzenform, eine Bühne mit einer Art Hammondorgel und einen schweren, rubinroten Samtvorhang, der sich mit leisem Surren öffnet, zunächst zum *Augenzeugen*, dann zu einem Trickfilm oder zum *Stachelschwein*, einem kabarettistischen Kurzfilm und schließlich zum Hauptfilm. Als er mit seiner Schwester zum ersten Mal ins Kino darf, wird *Der Kleine Muck* gespielt. Heulend sitzen sie in der ersten Reihe, sind stolz, einen Platz so nahe am Geschehen ergattert zu haben und sehnen sich nach Hause, wo tröstende Eltern sie in die Arme nehmen würden. Hätten sie gewusst, wie grausam Kino ist, sie hätten niemals darum gebettelt. Wie kann man so einen kleinen Wicht mit seinen Pantoffeln in diesem Affentempo um ein Bassin rennen lassen, ohne dass ihn jemand aufhält! Jetzt verstehen sie, warum ihnen die Eltern den ersten Kinobesuch so schwer gemacht haben. Der offizielle Grund freilich ist ein anderer: Kinderkino findet sonntags um 11 Uhr statt, genau in der Zeit, wo der Besuch des Kindergottesdienstes eine heilvollere Wirkung auf die kleinen Seelen ausüben soll. Später, im Dresdener Internat, der elterlichen Fürsorge enthoben, gibt es Kinos mit Kindervorstellungen am Samstagnachmittag. Und die meisten Filme empfindet er als durchweg lustig.

Mit zwölf mogelt er sich schon manchmal in sogenannte Erwachsenenfilme, solche also, für deren Besuch man eigentlich schon einen Personalausweis braucht. Seine Länge und der ansetzende Flaum machen ihn und manchmal auch andere glauben, er wäre ein junger Mann. Nur einmal wird er zurückgewiesen, gleich an der Kasse. Er schiebt es auf die beiden Jungen aus seiner Klasse, die ihn begleiten und bei denen noch kein bisschen Bart wächst.

Wenn er seiner zwei Jahre älteren Schwester von den Erwachsenenfilmen erzählt, kann er ihre forschenden Nachfragen oft nicht beantworten. Sie schließt daraus, er habe den Film gar nicht verstanden. Und er denkt: Typisch Schwester! Nichts als Neid! Als könnte er etwas dafür, dass sie noch immer zu Hause wohnt und jeden Kinobesuch erklären, wenn nicht gar rechtfertigen muss.

Jetzt war es ein stiller Film, für den er sich entschieden hatte, der in einer faszinierenden Landschaft Italiens spielte und von Anfang an etwas Außerirdisches und etwas sehr Erdverbundenes hatte. Was das genau war, würde er noch herausfinden, dessen war sich Georg gewiss. Den Protagonisten gab ein Schauspieler, den Georg besonders mochte. Er glaubte also, eine gute Wahl getroffen zu haben, wurde aber sogleich wieder darin verunsichert, als sich herausstellte, der Titelheld hat Krebs. Warum will ich mir das antun, fragte er sich. Wahrscheinlich würde der Mann im Verlaufe der Handlung sterben, vielleicht sogar qualvoll. Hätte ich mir nicht besser etwas Entspannenderes, Lustigeres für diesen Abend suchen sollen?

Er blieb sitzen, und je mehr er sich auf den Film einließ, desto mehr zog er ihn in seinen Bann. Sicher, hier ging es um Leid und Schmerz und Tod, aber zugleich immerfort um das Leben, um ein Leben, das den Tod nicht angstvoll ausgrenzte, sich nicht bis zum Schluss selber betrog mit verdrängten Wahrheiten und billigem Trost. Hier ging es um bewusstes Leben, so bewusst, dass Ernst und Heiterkeit sich nicht ausschlossen, sondern bedingten. Georg tauchte so tief in das Geschehen auf der Leinwand ein, dass er sich und alles um sich herum vergaß.

Wie ein Geschenk nahm er es an, dem teils sehr intimen Dialog zwischen Vater und Sohn lauschen, die beiden auf einem Spaziergang in die Berge begleiten und an einer vertrauten Teerunde teilnehmen zu dürfen. Beinahe hätte er, als es mit dem alten Mann zu Ende geht, die Augen geschlossen, nicht aus Furcht vor dessen Sterben, sondern aus Ehrfurcht vor diesem heiligen Übergang in ... ja, wohin eigentlich? Eine andere Welt, ein andersgeartetes Leben, eine verklärte Existenz oder Seelenlandschaft?

Georg saß noch immer auf seinem Platz, als eine junge Frau im längst voll beleuchteten Kinosaal durch die Reihen ging, Papier und Plastikmüll in einen blauen Sack warf und fragte, ob er glaube, dass der Film noch einen zweiten Teil habe. Georg verneinte und stand auf.

Draußen war es dunkel geworden. Georg musste sich erst orientieren, in welche Richtung er zu laufen hätte. Ein leuchtendes Rechteck in der Ferne, das sich langsam auf ihn zu bewegte und als Nachtwagen der Straßenbahn mit der Zielangabe *Hauptbahnhof* entpuppte, nahm ihm die Entscheidung ab. So plötzlich der Richtungssuche enthoben, vergaß er, einen Fahrschein zu lösen. Als er es bemerkte, fuhr die Bahn bereits an. Der Automat stand draußen. Aber wer sollte abends halb zehn in einer halb leeren Bahn noch Fahrscheine prüfen wollen! Er kehrte in Gedanken noch einmal ins Kino zurück. Dann aber passierte es. Als er *Den Fahrschein, bitte* neben sich hörte, war es zu spät, aus der Bahn zu springen.

Ich habe vergessen, einen Fahrschein zu lösen, sagte er ehrlich.

Dann brauchte ich mal Ihren Ausweis, sagte die Frau in dem dunkelblauen Mantel mit dem Sticker der Verkehrsbetriebe freundlich.

Hier kontrolliert man sogar in Uniform, stellte er fest und spürte, wie ihm die Peinlichkeit der Situation die Röte ins Gesicht trieb. Er reichte ihr seinen Ausweis.

Sie sind nicht von hier, fragte sie. Wo löst man denn bei Ihnen den Fahrschein?

In der Bahn, sagte er und spürte eine vorsichtige Erleichterung. Bei uns befinden sich die Automaten *in* der Bahn.

Normalerweise hat der Fahrgast sich auf die Gegebenheiten vor Ort einzustellen, sagte sie und lächelte ihn an, aber Sie sehen mir nicht wie ein Betrüger aus. Die nächste Station ist schon der Hauptbahnhof. Passen Sie bitte künftig besser auf. Damit drehte sie sich um und ging zum vorderen Ausgang.

4

In seinem Hotelzimmer fiel ihm ein, er hatte sich bei Alexander noch nicht gemeldet, den er am nächsten Nachmittag besuchen wollte. Wie er ihn kannte, würde er ihn auch um zehn noch anrufen dürfen.

Delacroix, meldete sich eine sanfte Stimme.

Genevieve? Hier ist Georg, Georg Weber.

Georg? Schön, dass du endlich anrufst. Alex hat schon gewartet. Wir wissen ja nicht, in welchem Hotel du abgestiegen bist.

Ja, entschuldigt bitte, meine Planung ist wie immer alles andere als perfekt. Aber ich habe fest vor, euch zu sehen, beteuerte Georg.

Das wollen wir hoffen, sagte Genevieve. Warte, ich ruf Alex.

Da bist du ja endlich, alter Schwerenöter, raunte Alexander in den Hörer.

Was für eine nette Begrüßung! Du, ich hab schon x-mal angerufen, sagte Georg. Aber bei euch hört ja niemand.

Und ich habe Genevieve schon x-mal gefragt, ob du angerufen hast. Also, wann kommst du?

Morgen Abend?

Warum so spät, wollte Alexander wissen.

Weil ihr arbeitet, vielleicht? Oder habt ihr Urlaub, fragte Georg.

Das nicht, sagte Alexander, aber wir könnten uns zu einem späteren Kaffeetrinken treffen, sagen wir 5 Uhr? Hier bei uns?

Soll ich was mitbringen? Kuchen? Blumen? Gebrauchsgegenstände? Einen echten Delacroix?

Du, unsere ganze Wohnung ist voll davon. Ich kann ja machen, was ich will, es kommt immer ein echter Delacroix dabei heraus. Nimm lieber einen mit, wenn du gehst. Und Kuchen gibt es bei uns, du kennst doch Genevieve, oder?

Also Blumen, konstatierte Georg.

Das möchte sein, sagte Alexander, und nicht von der Tanke!

Alexander, dachte Georg, als er im Bett lag, ist der einzige Freund, der mir aus meiner frühen Chorzeit geblieben ist.

Beide wohnten in Radebeul, beide stammten aus einem Pfarrhaus, beide mussten eine ältere Schwester ertragen, beide interessierten sich für Kunst und beide hungerten nach Abenteuer.

Alex, komm mal, ruft Mathilde in die Tiefe der großen Diele, *Hans-Georg ist da*, und schon ist sie wieder verschwunden. Immer sagt sie Hans-Georg, obwohl Georg den Hans schon längst abgelegt hat. Hans, so ein blöder Name. Wie konnten ihn seine Eltern nur Hans-Georg nennen! *Dummer Hans, Hänschen klein, Hanswurst, was Hänschen nicht lernt ..., Hans Huckebein, der Unglücksrabe, jeder Hans findet seine Grete, Hansdampf in allen Gassen, spannenlanger Hansel, nudeldicke Dirn, jede dumme Gans fliegt auf einen Hans.*

Er hört Alex die Treppe herunterpoltern, dann steht er vor ihm, Nachthemd, blaue Hände, kobaltblaues Gesicht, aus dem ihn zwei große, leuchtende Augen anlachen: Komm rein, ich mach dich auch gleich blau, dann gehen wir hoch in den Weinberg, Willem erschrecken. Seine Mischung aus Kobaltpulver und Vaseline lässt sich gut auftragen. Zuvor muss Georg ebenfalls ein Nachthemd von Alexanders Schwester überstreifen. Er betrachtet sich im Spiegel. Metamorphose gelungen. Zwei perfekte Gespenster. Wenn ihn seine Eltern so sähen, gäbe es ein Donnerwetter. Alexanders Eltern sind viel großzügiger. Alex darf alles.

Das barocke Herrenhaus liegt direkt am Hang. Von der Straße, die eigentlich mehr ein Kiesweg ist, begibt man sich durch das Portal in die ebenerdige, holzgetäfelte und mit Steinplatten ausgelegte Diele, von deren Rückwand zwei Türen in den Gewölbekeller führen, der bis in den Weinberg vorstößt. Links und rechts steigen ausgetretene Steintreppen mit einer eindrucksvollen Balustrade ins Obergeschoss auf, in dem sich die Wohnetage mit dem Salon befindet. Küche und väterliches Studierzimmer zweigen jeweils auf halber Treppe ab. Tritt man von der Straße in die Diele, erkennt man nur, was der Lichtkegel des geöffneten Portalflügels bescheint. Schließt sich das Tor, ist es erst mal stockfinster, ehe sich langsam Konturen aus dem Dunkel lösen. Der neunarmige Kronleuchter über dem Eichentisch in der Mitte der Diele wird nur zum Abend angeschaltet. Man kennt den Weg. Und ungebetener Besuch wie Lehrerinnen auf Elternbesuch, Hausierer, der Abschnittsbevollmächtigte oder auch mal ein verkappter Mitarbeiter der Geheimpolizei werden so gleich eingestimmt auf ihr zu erwartendes Gegenüber; denn Alexanders Vater begleitet ein hohes kirchliches Amt, und das Tor wird in der Regel von Mathilde, der Haushälterin, geöffnet.

Die Kinder- und Schlafgemächer befinden sich im Dachgeschoss. Georg sieht das elterliche Schlafzimmer nur einmal, als er in Alexanders Dachschräge weilt und nach einer Toilette fragt. *Ach, geh doch gleich mal hier*, sagt Alex und öffnet die Schlafzimmertür der Eltern. Am Fuß der Ehebetten befindet sich ein WC sowie ein Bidet, das Georg für ein weiteres Klo hält und benutzt, da es keine Brille hat und Georg natürlich im Stehen pinkelt. Als er seinen Hosenschlitz zuknöpft, hört er hinter sich die immer kreischende Stimme von Frau von Kreutz: *Hans-Georg, was machst du in unserem Schlafzimmer? Raus! Husch, husch! Für euch ist die Toilette eine Etage tiefer.* Georg pinkelt künftig hinter der Maulbeerhecke im Garten.

Jetzt schleichen sich Alex und Georg in der einsetzenden Dämmerung durch den Gartenausgang des Salons in den Weinberg. Oben machen sich Rudi und Willem an den Terrassen zu schaffen. Sie arbeiten oft bis in den späten Abend hinein. Das staatliche Weingut zahlt die Überstunden. Alex und Georg huschen im Schutz der Büsche den Anstieg hinauf bis zum Schlösschen, so heißt der kleine barocke Rundbau mit dem Türmchen auf dem Dach, das den *Arbeitern im Weinberg* als Geräteschuppen dient. In einem günstigen Moment, Rudi zündet sich gerade eine Zigarette an, Willem bückt sich und hebt einen der schweren Terrassensteine auf, brechen die beiden Gespenster hervor und schreien so laut sie können. Rudi hebt die Hände und lässt die Streichhölzer fallen, seine Zigarette klemmt umso fester glimmend im Mundwinkel, Willem plumpst der Stein aus den Händen und trifft seinen Fuß. Lautes Geheul begleitet die beiden auf der Flucht ins Haus. Später läutet es auf der Straßenseite. Willem zeigt Mathilde seinen Fuß, der rot und angeschwollen ist. *Diese Flegel*, schimpft er. Der Herr Oberkirchenrat solle seinem Sohn und am besten gleich dem andern dazu eine Tracht Prügel verpassen. Georgs Vater hätte das getan, auch ohne diese Aufforderung. Alexanders Vater ist erst einmal gar nicht da. Und später ermahnt er seinen Sohn, so etwas tue man nicht.

Ungehalten erlebt ihn Georg nur einmal, als er und Alex einen beleuchteten Totenkopf über einem langen weißen Gewand bei Dunkelheit aus dem Fenster hängen. Da hört Georg zum ersten

Mal das Wort *Blasphemie* und sieht im Gesicht von Alexanders Vater beidseits der Augen kleine Äderchen anschwellen. Geschlagen wird in diesem Hause nicht.

So einen Vater wünscht sich Georg, nicht aber die keifende Mutter.

Am schönsten sind die Sonntagsausflüge, von denen ihre Eltern nie erfahren. Nach dem Gottesdienst in der Kreuzkirche werfen sich die beiden ihre Campingbeutel über die Schulter und rennen über den Altmarkt zum Johanneum. Links des Museums liegt ein großer Steinhaufen, hinter dem sie sich blitzschnell umziehen. Trainingsanzug an, Konzertanzug in den Campingbeutel. Dann über die Gasse zur Schlossruine, wo beide einen Einstieg kennen. Selten ist zwischen den Ruinen diesseits und jenseits der Gasse jemand anzutreffen. Seit der Zerstörung Dresdens scheint an und in der Schlossruine nichts gemacht worden zu sein. In einem Innenhof stehen Überreste einer alten Kutsche. Die Stufen ins Obergeschoss sind zerbombt. Nur die Stümpfe der Steintreppe ragen geländerlos aus der Wand. Wenn sie sich, mit den flachen Händen an den Wänden, hinaufhangeln, ahnen sie, wie gefährlich das ist. Aber eben das macht den Reiz. Auch oben bleibt es gefährlich; denn es gibt keine obere Etage, nur schmale Wandläufe wie über dem Schiff mancher Kathedrale. Apropos Kathedrale: Von da oben führt auch der Gang hinüber in die Kathedrale, zur Hofkirche. Gang kann man das eigentlich nicht nennen. Der Boden hinter der kupfernen Verkleidung ist ausgebrannt. Wer schafft es wie weit auf dem zentimeterbreiten Anschlag der Seitenwände, die Finger in die Verkleidung gekrallt. Drei Meter fünfzig, schätzt Alex, als Georg schweißgebadet wieder auf Schlossgemäuer steht. Unten im Spiegelsaal liegt manches, was von der einstigen Pracht zeugt, Glas- und Spiegelscherben, geschliffen zum Teil, kleine Stücken von goldenen Umrahmungen, oft angekohlt, Porzellanscherben, die Figürliches erahnen lassen, eine winzige Hand aus weißem Porzellan. Sie kennen ihr Schloss. Und wenn sie keine Armbanduhr hätten, vergäßen sie dort jede Zeit. Aber Alex besitzt schon vor der Konfirmation eine solche, die daran erinnert, sie werden zu Mittag erwartet. Zurück zum Steinhaufen, umziehen, zur fünfzehn rennen, die nach Weinböhla fährt und während der Fahrt Gesicht und Hände mit dem guten Taschentuch aus der Konzerthose abreiben. Verräterisch bleiben die Schuhe, die morgens noch glänzten.

So spät wieder? Komm schnell rein, Hände waschen, es gibt gleich Mittagessen, sagt Georgs Mutter in der Tür. Und dann: *Wie siehst du denn aus!* Da sind wohl noch ein paar Schmutzflecken im Gesicht geblieben. Aber wozu hat man Fantasie? Georg findet jedes Mal eine Begründung, die die Mutter zufriedenstellt. Mal haben sie einem Mann geholfen, sein Auto anzuschieben. Mal mussten sie mit helfen, das Podest in der Kirche umzubauen. *Und dazu zieht man Kinder heran*, fragt die Mutter und verschwindet in der Küche. Sie brauchte nur einmal in den Campingbeutel zu schauen. Aber das tut sie nicht. Pünktlich zwischen zwei und halb drei, wie jeden Sonntag, steht das Essen auf dem Tisch.

Bei Alexander interessiert sich keiner, was er in der langen Zeit zwischen Gottesdienst und Mittagessen gemacht hat.

Dann entdecken die beiden das Zelten. Es wird ein gewaltiges Abenteuer. Sie fahren mit den Rädern zum Mittelteich nach Moritzburg. Von Zeltplätzen und Genehmigungen wissen sie nichts. Sie bauen ihr schweres Stoffzelt nahe dem Wasser auf, was einen halben Tag in Anspruch nimmt, weil sie noch nie zuvor ein Zelt aufgestellt haben. Die Heringe drücken sie viel zu nahe am Zeltboden in die Erde. Es fehlt an Spannung, das Gestänge wackelt hin und her. Als sie zum Abend ihren Hunger stillen wollen, ist alles perfekt: Das Zelt steht sicher, die Spiritustabletten für den Kocher halten nach mehreren Versuchen die Flamme, das Wasser aus dem Teich ist gar nicht so dreckig, wie befürchtet, sodass sie ihre Suppe damit kochen können. Wenn auch der Hirschfänger, den Georg zum zwölften Geburtstag bekommen hat, ungeeignet ist, Brot zu schneiden, so kann man es doch in Scheiben stechen, und die Limonadenflasche, die während der Radtour ausgelaufen ist, hat für jeden einen großen Schluck gelassen – und dann gibt es zu all dem auch noch einen blutroten Abendhimmel. Die beiden sind mehr als zufrieden. Später aber, in der Nacht, wildes Getrappel und Gegrunze hinter der Zeltwand. Die Fahrräder, die sie an einen Baum in der Nähe gelehnt haben, klappern. Beide sind hellwach und drücken sich ängstlich aneinander, den Hirschfänger griffbereit. Sie erinnern sich plötzlich an Gerüchte, die jüngst die Runde machten: Im Tunnel, einer niedrigen Eisenbahnunterführung in Radebeul, wo Erwachsene den Kopf einziehen müssen, seien zwei Kinder spurlos verschwunden. Der Mörder von Wahnsdorf, wird vermutet. In Moritzburg sei ein Junge von Wildschweinen zerfleischt worden. Ein Spaziergänger habe nur noch seinen Kopf und die Schuhe gefunden. Ein dünner Schlaf gelingt erst vor Sonnenaufgang wieder. Das nicht noch einmal, beschließen sie, packen das Zelt wieder ein, was sich als ebenso schwierig herausstellt wie der Aufbau, und radeln nach Hause. Die Wildschweinvermutung wird zur Tapferkeitsstory, man kann die Gegner beschreiben, ihre Größe aufzeigen, ihre Geräusche nachmachen, weiß genau, wie viele es waren und erinnert sich, man sei auf alles gefasst gewesen, habe sie aber durch lautes Schreien in die Flucht geschlagen.

Oder die Sache mit dem Elbmännel. Beide befinden sich im Stimmbruch, sind also von den täglichen Chorproben befreit und verbringen die Nachmittage an den Elbwiesen in Blasewitz. Meistens haben sie einen Block und Aquarellfarben dabei, neuerdings auch Velourspapier und Pastellstifte. Die gegenüberliegenden Elbhänge werden auf Papier gebannt, der *Weiße Hirsch*, Oberloschwitz, der Blick zum *Körnergarten*, der *Luisenhof*, Dampfer auf der Elbe, Zillen, Paddelboote ... Das *Blaue Wunder* in Pastell existiert immer noch. Einmal steht, während sie in ihr Malen vertieft sind, ein kleines Männchen vor ihnen. Käseweißes Gesicht ohne Hinweise auf Bartwuchs, kleine, wimpernlose Äuglein, lichtes, wehendes Haar und eine Stimme, der ihren nicht unähnlich, als ob es aus der Peinlichkeit des Stimmbruchs, die jedem Jungen furchtbar zu schaffen macht, wenn in die eben gewonnene Männerstimme völlig unpassend der kindliche Diskant einbricht, nie herausgekommen wäre. Es zieht einen kleinen Leiterwagen hinter sich her, auf dem sich allerhand Gerümpel türmt, Holzstücke, Geäst, Flaschen, verrostete Büchsen, ein Turnschuh, rostiger Draht, ein Auspuff. Es lächelt auf die beiden herab, die im Gras sitzen und sich schmunzelnd unterbrechen. Es ist stehend nicht viel größer als die Jungen im Sitzen. *Was macht ihr*, fragt es. *Ich seh' schon, ihr malt. Schön, wer das kann. – Und du*, fragen sie zurück und schauen sich an, unsicher, ob man ein solches Männlein einfach duzen dürfe. – *Ich*, fragt es, *ich sammle Flussgut. – Flussgut? – Na, alles, was der Fluss so mit sich treibt und hier ans Ufer wirft. – Und was machst du damit? – Das gebe ich Leuten, die es gebrauchen können. Manche brauchen ein bisschen Holz zum Feuern. Manche brauchen Draht. Manche Autos haben keinen Auspuff, manchen fehlt der andere Schuh ... – Ist ja spannend*, lacht Alex, *und den ganzen Krempel wirst du auch wirklich los? – Ja glaubt ihr vielleicht, ich spinne?* – Ja, das glauben sie allerdings, erst recht, als es ihnen erzählt, dass es Albert von Hohenfeld-Schwarmgau oder so ähnlich heiße und sein Vater Kammerherr des letzten sächsischen Königs gewesen sei. – Georg fragt es mit spöttischem Lächeln: *Wie müssen wir dich denn anreden, Eure Durchlaucht?*

Aber das Männlein winkt ab und sagt: *Ihr könnt ruhig Albert zu mir sagen*. Künftig nennen sie es Albert, aber untereinander reden sie nur vom *Elbmännel*. Sie treffen diesen wunderlichen Kauz nun öfter und wundern sich, dass sie ihm nicht schon früher begegnet sind, da er behauptet, ganz in der Nähe zu wohnen. Albert erzählt manchmal vom Dresdener Hof und wie es da zugegangen sei. Seine beiden neuen Freunde, wie er sie nennt, die Namen will er nicht wissen, halten das alles für Fantasterei, hören aber dennoch gespannt zu. Manchmal klingt es wie echt, gestehen sie sich. Außerdem kennt Albert unglaublich viele lebende Persönlichkeiten wie Schauspieler und Schauspielerinnen, Sängerinnen und Sänger mit Namen und weiß von ihnen Anekdoten zu erzählen. Horst Schulze und Thea Elster, Traute Richter und Klaus Piontek, die sie vom Theater kennen, wo sie ein Schüler-Abonnement besitzen, Theo Adam, der auf der anderen Elbseite wohnt und Ardenne mit seinem pompösen Herrenhaus, Professoren auf dem *Hirsch* und Maler aus Loschwitz. Einmal fällt der Name Schmidt-Kirstein. Da horchen die beiden auf: *Ja, was ist mit dem, erzähl!* Albert verstummt und schaut sie groß an. Dann fragt er: *Den kennt ihr wohl? – Ja, das ist unser Kunstlehrer. – Dann sag ich nichts mehr. – Warum denn nicht*, wollen die beiden wissen. Aber je mehr sie ihn bedrängen, desto hartnäckiger schweigt er. Sie erfahren nie, was es mit dem Mann, der sie in die moderne Kunst einführt, erst für die Impressionisten, dann für die Expressionisten und schließlich für die abstrakte Malerei begeistert, auf sich hat. Sie fragen sich nur manchmal, warum ein Künstler, der in der *documenta* ausstellen darf, sich seinen Lebensunterhalt mit halbwüchsigen Jungen, von denen die meisten Kunst für verzichtbar halten, verdienen muss. Sicher etwas Politisches.

Einmal treffen sie das Elbmännel unter dem *Blauen Wunder*. Es winkt die beiden heran und fragt: *Soll ich mal zaubern?*

Natürlich wollen sie das sehen, halten aber die Ankündigung für einen Witz. Und dann zaubert Albert mit nichts weiter als einem Strick, wie sie es noch nie gesehen haben, knüpft und löst Knoten auf geheimnisvolle Weise, schneidet den Strick durch und zeigt ihn gleich danach wieder als Ganzes, wickelt ihn zusammen und zieht ihn auseinander und hat auf einmal drei Stricke zwischen den Fingern.

Sie fangen an, Albert zu mögen. So wenig sie seine äußere Erscheinung anzieht, er hat etwas, das sie fasziniert. Sie erzählen keinem in der Schule davon.

Mit Alex entdeckt Georg das Antiquariat in der Niederwaldstraße. Ein winziges Schild am verwitterten Lattenzaun, aber drinnen ein Universum. Eine ganze Wohnung zu ebener Erde voller Bücherregale, vier-, fünfmal so viele wie zu Hause. Der Antiquar, ein schwerer, freundlicher Mann mittleren Alters mit einem gewaltigen Kopf, der vor allem aus einem massigen Kinn und einer hohen, eckigen Stirn besteht, sitzt mit tief gebeugtem Rücken an einem Monstrum von Schreibtisch und lässt die beiden in den Räumen stöbern. Alex entdeckt eine alte Platon-Ausgabe. Ob der was zu tun hat mit der sogenannten platonischen Liebe? Er fragt den Antiquar, der milde lächelt und ihm den Zusammenhang erklärt. Georg stößt auf den Zarathustra von Nietzsche, liest die erste Seite und findet, das ginge doch ganz spannend los. Der Antiquar gibt zu bedenken, Nietzsche lese sich nicht so einfach eben weg. Aber bitte, er könne es versuchen. Wenn nicht, könne er das Buch zurückbringen. Am Ende gehen sie mit einem Stapel von Büchern davon, manche davon aus der *Sammlung Göschen* oder *Aus Natur und Geisteswelt*, jeweils für eine Mark. Alex zahlt für beide. Er kriegt großzügig Taschengeld zugeteilt, quasi nach Bedarf. Georg muss mit 5 Mark im Monat auskommen und davon Hefte und Bleistifte bestreiten.

Fortan sind sie Stammgäste im Antiquariat. Der Eigentümer scheint die beiden zu mögen, beantwortet bereitwillig und sachkundig alle Fragen, lädt sie manchmal zu einer Tasse Tee ein und erzählt von seinen wertvollsten Büchern, die die Jungen auch einmal in die Hand nehmen dürfen, uralten Lederfolianten, medizinhistorischen Aufzeichnungen, der ersten Cotta'schen Schillerausgabe.

Und manchmal legt er ihnen zu den ausgewählten Büchern eines kostenfrei dazu, das er ihnen besonders empfehlen will.

Georg besitzt einige von ihnen heute noch.

Irgendwann fällt Georg eine italienische Grammatik in die Hände. Für eine Mark nimmt er sie mit und beginnt ein wenig Italienisch zu lernen. Er hofft, so die Madrigale von Monteverdi übersetzen zu können, die sie hin und wieder in weltlichen Konzerten singen. Alex schleppt ein deutsch-französisches Wörterbuch und einen uralten Larousse mit nach Hause.

Frau Neumann-Bauerfeld, die Gesangslehrerin, bei der sie vor der Mutationszeit wöchentlich einmal die Stimmbildung genossen, verrät ihnen, ihre Freundin, eine kleine Person mit schlohweißem schütteren Haar, die manchmal dem Stimmunterricht beiwohnte, sei Französin. Wenn sie wollten, könnte sie ihnen ein bisschen Französisch beibringen. Die beiden sind begeistert. Man trifft sich zweimal in der Woche in einem Winkel unterhalb der Haupttreppe des Internats, wo eine Eckbank steht, um einen kleinen Tisch, und spricht Sätze nach, die *Madame Souffleur*, wie sie sie nennen, vorspricht. *Sche swi tre sörrös de wu resevoa se midie.*

Was soll denn das heißen, fragt Barbara, Georgs Schwester, die Französisch in der Schule hat. *Das heißt: Ich bin sehr erfreut, Sie an diesem Mittag begrüßen zu dürfen*, antwortet Georg. Seine Schwester lacht ihn aus. Was sie künftig Madame Souffleur nachplappern, reicht allenfalls, vor den Klassenkameraden anzugeben. Seine Schwester vernichtet erbarmungslos jeden Satz. Es scheint, auf diesem Unternehmen ruhe kein Segen.

Eines Tages fehlt Madame Souffleur. Die Stimmbildnerin lässt sich entschuldigen. Als sie wieder kommt, trägt sie schwarz. Ihre Freundin sei vom O-Bus überfahren worden, heißt es. Georg kann sich das vorstellen, so wuselig und zerfahren wie sie war.

Gaudi soll von der Straßenbahn überrollt worden sein, fällt ihm ein. Zehntausende hätten den Trauerzug begleitet. Von Madame Souffleur erfahren sie nicht einmal, ob, wann und wo sie beerdigt wurde.

Georg lag auf seinem Bett mit offenen Augen und dachte an die morgige Begegnung. Die alte Freundschaft mit Alex bestand vor allem aus Erinnerung und herrlichen Briefen, die Georg in einem dicken Ordner aufbewahrte. Erst nach der deutschen Vereinigung konnte die persönliche Begegnung wieder aufleben.

Alexander befand sich seit 1978 im Westen. Nach seiner Relegation von der TU Dresden fand er in der ganzen DDR keine adäquate Anstellung mehr. Wer wollte sich schon mit einem gekündigten Diplom-Physiker belasten. Die Forschungsinstitute bevorzugten Parteigenossen, die volkseigene Industrie brauchte vor allem Produktionsarbeiter und Nachtwächter. Nach Jahren auf verschiedenen artfremden Posten nutzte er die Reise zum

Begräbnis seines Vaters, der als Rentner mit seiner inzwischen kleinlaut gewordenen Frau nach Hannover übergesiedelt war, um sich abzusetzen.

Ein Jahr später durfte Ulrike mit den Kindern ausreisen, als das Ministerium für Innerdeutsche Beziehungen interveniert hatte. Alexander habilitierte sich und wurde Professor, Ulrike begann zu malen und machte eine kleine Galerie auf. Irgendwann schrieb Alex von der Scheidung und einer langen Krankheit, die ihn beinahe das Leben gekostet habe. In den frühen Neunzigern heiratete er Genevieve. Er lernte sie auf einem Physikerkongress in Paris kennen und nahm mit der Hochzeit ihren Namen an. Georg, als Trauzeuge geladen, erlebte ein Fest, berauschend für alle Sinne. Sein optisches Gedächtnis bewahrte Erinnerungen an die lichtvolle Kathedrale in Metz auf und die sattgrüne Moselle-Landschaft, wo auf dem Landgut ihres Onkels gefeiert wurde. Sein akustisches Gedächtnis hatte die barocken Klänge eines jugendlichen Kammerorchesters gespeichert, das die Zeremonie in der Kathedrale umrahmte und später mit gleicher Hingabe zum Tanz aufspielte. Selbst die Erinnerungen seines Gaumens waren erhalten geblieben und schienen jederzeit abrufbar. Zum ersten Mal in seinem Leben trank er Champagner, aß er Gazpacho, geschmorte Poulardenbrust, mariniertes Boeuf Bourguignon und Mousse au Chocolat. Am meisten aber beeindruckten ihn die Jacobsmuscheln. Die vielfingrigen Strahlen ihres flachen Gehäuses sollten ihm noch einmal in einem anderen Zusammenhang wichtig werden.

Seitdem besuchten sie sich, wenn möglich, wenigstens einmal im Jahr.

Anlässlich eines Klassentreffens in Dresden, bei dem sie sich im gleichen Hotel einquartiert hatten, begleitete Georg die beiden auf Ausflügen nach Meißen und Moritzburg.

Über die vielen Kindheitserinnerungen entstand ein neues Band, das die Züge einer echten Männerfreundschaft trug, offen und direkt, mit Nähe und einer gesunden Distanz gepaart. Sie riefen sich häufig an, fielen über Politik und Politiker her oder erzählten sich von einem Buch, das man gelesen haben müsse. War Genevieve am Telefon, konnte es auch eine lange Plauderstunde werden. Er mochte ihre frische und unkomplizierte Art nachzufragen oder ihn auf den Arm zu nehmen. Als Georg dienstliche Anlässe in ihrer Stadt wahrzunehmen begann, trafen sie sich manchmal zum Essen. Von Katharina wussten sie nichts.

Jetzt hatte er zum ersten Mal das Gefühl, sich in dieser Stadt wirklich frei bewegen zu können.

In diesen Wochen zeigte sich der Herbst als naher Verwandter des Sommers. Der neue Tag entfaltete sich unter einem wolkenfreien Himmel. Die Luft roch nach Abgasen und Malz, als er das Fenster öffnete. Krähen sammelten sich auf dem Bahnhofsvorplatz um einen Papierkorb, zwei von ihnen saßen auf dem Rand und zerrten etwas aus dem Müll. Zwei Rollstühle surrten nebeneinander her auf die Hotelfront zu. Sie nahmen die ganze Breite des Bürgersteigs für sich in Anspruch. Ihre Insassen unterhielten sich lebhaft. Als die Krähen plötzlich aufschreckten und an seinem Fenster vorbeiflatterten, schauten die beiden auf, und er sah zwei freundliche, junge Frauengesichter.

So jung und so zufrieden und so eingeschränkt, und ich doppelt so alt und immer noch gut zu Fuß und mit so vielem unzufrieden, dachte er. Ich will diese beiden Gesichter mit in den Tag hinein nehmen, als stille Erinnerung, dankbar zu bleiben und mich zu freuen, wie gut es mir geht, nahm sich Georg vor.

Nach diesem automoralischen Appell und ausgiebiger Morgentoilette griff er zum Telefon, um Ariane einen guten Morgen zu wünschen und Näheres wegen des bewussten Rückrufs zu erfahren. An ihrem Apparat wurde gesprochen. Wenn Ariane selbst telefonierte, konnte es lange dauern. Dann eben später.

Gut gelaunt und voller Erwartungen schritt er mit wehender Jacke, den Lenin locker auf den Hinterkopf geschoben, in den Tag hinein. Er verzichtete auf das im Preis befindliche Frühstücksbüffet und hoffte, im Café *Sündenfall* eine originelle Alternative zu finden. Er folgte der Hauptstraße bis zum Dom, dann bog er ab und hielt sich, wie ihm Carola empfohlen hatte, auf der rechten Kanalseite, schaute von oben auf die Hausboote am Ufer und grüßte mit der Linken, sobald er jemanden an Deck erblickte. Freundliche Menschen, alles freundliche Menschen, konstatierte er. Dieser Herbst verwandelt die Gemüter. Auf einem der Hausboote ergriff soeben eine Frau in sommerlich kurzem Kleid ihr Fahrrad, das an einem Gartentisch auf Deck lehnte, und schob es über einen kleinen Steg und mit aller Kraft die Böschung herauf. Als sie sich begegneten, sagte sie in einem Tonfall, der ihm sehr vertraut war: Hallo! Auch zum Bäcker?

Eigentlich nicht, antwortete er, ich will ins *Sündenfall.*

Das ist gleich daneben. Dann haben wir den gleichen Weg. Ich kann mein Rad auch schieben. Sind Sie fremd in der Stadt?

Wie man's nimmt, sagte er. Ich wohne nicht hier, aber ich war schon oft hier.

Was zieht Sie hierher, wollte sie wissen?

Früher war es der Beruf, dann eine Frau und jetzt das Vergnügen, sagte er.

So sehen Sie mir auch aus, gab sie zurück und musterte ihn keck.

Und Sie wohnen offenbar in einem Hausboot am Kanal, erkundigte er sich.

Genau.

Und im Winter?

Nur im Winter, sagte sie. Das Jahr über bin ich unterwegs und liege an den verschiedensten Plätzen, wo ich am besten arbeiten kann. Im Oktober komme ich immer wieder hierher. Hier habe ich Trinkwasser- und Stromanschluss und notfalls eine kleine Stadtwohnung.

Darf ich fragen, was Sie arbeiten? Georg konnte sich nicht vorstellen, was eine Frau auf einem Hausboot arbeiten könnte.

Ich schreibe, sagte sie, Bücher, Kinderbücher vor allem.

Nein!

Doch. Ich schreibe Geschichten von Kindern für Kinder und ich illustriere meine Bücher selbst. Was erstaunt Sie daran so?

Ich dachte immer, stammelte Georg, das Leben auf so einem Hausboot müsste ziemlich romantisch sein. Nun klingt es, als hätte ich recht.

So ist es auch, bestätigte sie und lachte kurz auf. Übrigens – das da ist das Café *Sündenfall,* dabei wies sie mit ihrer Rechten auf zwei lebensgroße nackte Figuren, auf die sie zusteuerten. Sie sind sicher hier verabredet. Ich mach Ihnen einen Vorschlag: Wenn Sie Lust und noch ein bisschen Zeit haben, schauen Sie doch mal bei mir rein. Wo mein Boot liegt, wissen Sie ja, das Schiff mit den Gartenmöbeln an Deck und der Sachsenfahne.

Georg bedankte sich und streckte ihr die Hand entgegen. Er wisse noch nicht, ob er es schaffe, aber reizen würde es ihn schon. Sie trennten sich, er ging nach rechts auf die Figuren zu, sie schob ihr Rad zu einem Laden wenige Türen links davon. Unterwegs drehte sie sich noch einmal um und hob grüßend die Hand.

Georg stand vor einer dunklen, mit Urwaldmotiven bemalten Tür, zur Linken ein gut gebräunter nackter Mann in seiner

Größe, nur das Geschlecht mit einem winzigen Feigenblatt bedeckt. Mit der rechten Hand hielt er ein Handy in Gestalt einer Schlange ans Ohr, die ihre gespaltene Zunge in seine Ohrmuschel reckte. Seine Augen schielten hinüber zu der Figur auf der rechten Seite, einer nackten Frau, wenig kleiner als er, hellhäutiger, mit vollendeten Proportionen, ihr Geschlecht ebenfalls knapp verdeckt, in der Linken ein Handy in Schlangengestalt ans Ohr gedrückt, die Natternzunge an der Ohrmuschel. Ihr lüsterner Blick aber galt nicht ihrem Pendant auf der anderen Türseite, sondern richtete sich direkt auf den Besucher, der sich dem Eingang näherte. Über beiden, zugleich als vorgeblendeter Regenschutz, das dichte Geäst einer Baumkrone voller verschiedenster verlockender Früchte.

Er zog die Tür auf. Im gleichen Moment erscholl die Anfangszeile eines Chorals, der ihm aus Chorzeiten bekannt war: *Durch Adams Fall ist ganz verderbt das menschliche Geschlechte* ... Der elektronischen Liedzeile folgte ein herzhafter Lacher.

Oha, dachte Georg, da kann ich mir vorstellen, wie die Frommen Sturm gelaufen sind.

Der Raum lag im Halbdunkel, die Pupillen mussten sich erst darauf einstellen. Allmählich erkannte er, wo er hingeraten war: Er befand sich mitten im Paradies. Die Säulen, auf denen die Decke ruhte, bildeten üppige Bäume, von denen Affen und bunte Vögel herabschauten, die Trennwände zwischen den Sitzecken bestanden aus wildem, blühenden Buschwerk, auf dem sich Schmetterlinge tummelten, die Wände bemalt mit Darstellungen des ersten Menschenpaares in nicht eben jugendfreien Körperstellungen. Ein lebensgroßer Löwe und ein lebensgroßes Schaf bildeten den Unterbau für das Frühstücksbüffet. Und aus einer Ecke winkte, in einen schwarzen Poncho gehüllt, Carola.

Wow, sagte er, als er vor ihr stand, ich dachte, das wäre so ein alternativer Schuppen. Das ist ja Hohe Schule in jeder Hinsicht. Aber erst mal Guten Morgen.

Sie stand auf und umarmte ihn herzlich, was er scheu erwiderte. Er legte seinen Lenin auf einen Stuhl und hängte seine Jacke über die Lehne. Doch noch ehe er Platz nehmen konnte, forderte sie ihn auf, schon mal zum Büffet gehen und das Arrangement zu bewundern, bevor es irgendein Barbar zerstöre.

Im gleichen Moment ging *die Sonne* auf. Jemand musste geheimnisvolle Schalter betätigt haben; denn mit einem Mal begann das ganze Paradies zu leuchten. Lichtstrahlen fielen durch das satte, grüne Laub auf die tierbeinigen Tische in den Ecken und das aus Wurzeln und Ranken geflochtene Gestühl. Die ganze farbige Pracht von Eden begann aufzuleben, brachte Vögel mit glitzerndem Gefieder und kleine Vierbeiner mit funkelnden Äuglein ans Licht und lenkte ein Strahlenbündel auf das *Versuchungs-Büffet*.

Dieses bestand aus einer Fülle von fruchtartigen Schalen und Schüsseln aus Porzellan und Steinzeug, die von lukullischen Leckerbissen überquollen. Dazwischen kleine obszöne Pikanterien wie Pfirsichhälften, zwischen denen sich Sprossen diverser Sämereien kräuselten, Miesmuschelfleisch auf Sprossengrund, Eierpflaumen, paarweise, zwischen denen Peperoni hervorstachen oder paarweise gestürzte Vanillepuddinghalbkugeln, auf deren Mitte je eine Erdbeere prangte.

Ist das nicht paradiesisch, fragte Carola, indem sie mit der Hand einen Kreis beschrieb, als hätte sie das alles selber zubereitet.

Der fleischliche Genuss ist das Feigenblatt für unsere geistige Blöße, antwortete Georg trocken.

Was ist denn das? Carola sah ihn von der Seite an.

Keine Angst, das stammt nicht von mir. Vielleicht von Augustinus, nachdem er von alldem gekostet hatte.

Ich könnte mir vorstellen, fügte er hinzu, wenn man hier eine Weile sitzt, vergisst man, dass es zwischen dem einstigen und diesem Paradies noch eine Vertreibung gegeben hat, deren Folgen zumindest da draußen noch zu spüren sind.

Eben, weil das Paradies ferner denn je zu sein scheint, sind solche Oasen Balsam für die geschundene menschliche Seele.

Mir scheint, vor allem für den Leib, der hier mehr als auf seine Kosten kommt, und ästhetisch eine Augenweide, das alles hier. Aber ganz ehrlich, fügte Georg hinzu, Appetit hätte ich im Moment eher auf ein stinknormales Bio-Müsli. Ob man das hier kriegt? Ich hab nämlich noch kein Krümel gefrühstückt.

Bei dem Wort *Krümel* musste Carola lachen. Dann sagte sie: Ich geh mal davon aus.

Eine junge Kellnerin in Jeans und Regenbogen-Shirt steuerte auf die beiden zu, warf ihre langen schwarzen Strähnen über die Schulter, griff im Vorbeigehen aus einer Nische ein kleines, rundes Tablett und sagte: Willkommen in Eden. Sie haben einen Wunsch?

Bekomme ich bei Ihnen auch ganz einfaches Bio-Müsli?

Aber natürlich, sagte sie und lachte, Sie befinden sich im Paradies, hier gibt es fast alles.

Na wunderbar, dann bitte ein Schälchen Müsli mit Sojamilch. Alles andere suche ich mir aus dem Büffet zusammen. Wir sitzen in *der* Ecke. Dabei wies er in die Fensternische, wo seine Lederjacke hing und Carola ihren Poncho abgelegt hatte.

Und zwei doppelte Espressi bitte, ergänzte Carola. Oder?

Georg nickte: O ja.

Ich habe mich wirklich gewundert, bemerkte Georg, als die Kellnerin verschwunden war, dass die etwas anhat. Ich war auf alles gefasst.

Du wirst lachen, sagte Carola, aber zu Fastnacht voriges Jahr sind die Kellnerinnen und Kellner wirklich nackt gegangen, nur ein kleines Feigenblatt aus Pappe haben sie sich vor das Geschlecht gebunden.

Und? Das blieb doch sicher nicht folgenlos, wollte Georg wissen.

Natürlich nicht. Am nächsten Tag stand in der Zeitung, der Stadtrat wolle das Café schließen. Die Kirche jubelte. Es gab nur ein Problem: Unter den Fastnachtsgästen, weithin Promis, befand sich auch der Bürgermeister. Der hatte keinen Anstoß daran genommen. Den Rest kannst du dir denken.

Als sich Georg umdrehte, entdeckte er in einer anderen Nische zwei junge Männer, die heftig diskutierten, der eine offenbar katholischer Geistlicher im klassischen Habit, der andere in kragenlosem Hemd mit halb aufgekrempelten Ärmeln, Nickelbrille über einer gebogenen Nase und wilden dunklen Locken.

Die beiden sind ein Paar, erklärte Carola, ohne sich umzudrehen. Der eine war mal Priester. Die Kirche hat ihn rausgeschmissen. Aber wenn er ins *Sündenfall* kommt, trägt er ganz bewusst seinen alten Priesterrock. Der andere heißt Baldur, Baldur Womigkeit, und ist ein ganz origineller Bildhauer, von dem du wahrscheinlich schon manches in der Stadt gesehen hast, zum Beispiel den Philosophenbrunnen mit dem Stein der Weisen.

Vor dem Dom?

Genau, bestätigte Carola.

Ich bin ein paar Mal um ihn herumgegangen und habe zu enträtseln versucht, wer wohl wer sein solle, bis ich die Symbole am Fuß der Figuren entdeckt habe.

Und? Hast du alle herausbekommen?

Bis auf einen, wo ich nicht weiß, ob es Newton oder Leibniz sein soll, sagte Georg.

Carola wusste, dass es sich um Leibniz handelt. Sie kenne Womigkeit und habe seinerzeit das Modell schon im Atelier gesehen.

Georg trank seinen Espresso aus, schob sein leeres Müslischälchen beiseite, erhob sich und kehrte mit einem Teller voller Köstlichkeiten vom Büffet zurück.

Ich glaube, das gustative Erlebnis verdanken wir vor allem der verbalen Einkleidung der Speisen und dem Arrangement. Ihre Bestandteile, nüchtern betrachtet, sind oft gar nicht so ungewöhnlich, aber deren Anordnung und Beschreibung, um nicht zu sagen Deutung, lassen sie zu etwas Besonderem werden.

Carola gab ihm recht: Ich bewege mich auch lieber auf einen feurig leuchtenden Sonnenuntergang zu als auf das dank Erdumdrehung erfolgende Abtauchen meines Erdviertels in den Schatten des Feuerballs Sonne. Wichtiger als die Dinge selber ist wohl meist die Deutung, die wir ihnen geben.

Völlig unvermittelt fragte Georg: Und Gott?

Er ließ ihr Zeit.

Gott, sagte sie nach einer Weile, Gott ist vielleicht auch weniger Tatsache als vielmehr Deutung der Welt, des Universums und aller seiner Geheimnisse. Deren tiefster Sinn, letzte Wahrheit, unwiderstehlichste Kraft, die liebende Kreativität, aus der alles kommt und in die alles mündet.

Willst du damit sagen, ein Forscher, der über der Wissenschaft nicht gläubig wird, bleibt auf halbem Wege stehen, so wie, wie, ... wie ein Chemiker, dem vor einem Kunstwerk nichts weiter einfällt als die Analyse der Farben und die Bestimmung der Lösungsmittel?

So etwa, nickte Carola. Das, was die Dinge lebendig werden lässt, ihnen Seele einhaucht, das ist Gott.

Georg schaute sie fest an und fragte: Brauchen wir dafür eine Kirche?

Eine Kirche? Wenn sie es versteht, die Welt und unsere Existenz zu deuten, brauchen wir sie. Wenn sie sich aber als Glaubensbehörde und Verwaltungsmacht gebärdet, können wir auf sie verzichten. Ihre Rituale allerdings sollten wir retten. Sie *be*-deuten das Leben.

Georg schien sich diesen Satz mit dem letzten Bissen auf seiner Zunge zergehen zu lassen, während sie bereits das Geschirr ineinanderstellte und ihr Portemonnaie aus der Tasche zog.

Ich hatte dich eingeladen, sagte sie. Wenn es ein nächstes Mal gibt, können wir würfeln.

Okay, sagte Georg, vielen Dank und nickte Einverständnis.

Dann entschuldigte er sich: Bevor wir ins Museum gehen, möchte ich Ariane noch einmal anrufen.

Mit seinem Mobiltelefon trat er vor die Tür. Diesmal nahm Ariane sofort ab.

Na endlich, sagte sie. Wie geht es dir?

Ich habe es schon mehrfach versucht, aber entweder bist du nicht da oder im Bett oder du telefonierst selber. Was gibt es denn so Dringendes?

Die Praxis von Doktor von Rad hat angerufen. Du möchtest dich melden.

Das hat doch sicher Zeit, bis ich wieder zurück bin, wandte Georg ein.

Es klang nicht so, als ob du das auf die lange Bank schieben solltest. Es geht um deinen Befund. Wie fühlst du dich denn im Moment?

Im Großen und Ganzen gut, suchte er seine Frau zu beruhigen. Ab und an brennt oder sticht es im Oberbauch, aber das kenne ich ja. Ansonsten geht es mir bestens hier.

Und weißt du schon, wann du wiederkommst?

Heute Nachmittag und Abend will ich mich mit Alexander treffen. Ich denke, morgen oder übermorgen musst du wieder mit mir rechnen. Nächste Woche muss ich ja wieder arbeiten. Vermisst du mich etwa?

Ariane zögerte. Dann sagte sie: Na ja, der Mülleimer müsste raus.

Georg lachte.

Die Nummer hast du? Aber ruf bitte heute noch bei von Rad an. Versprichst du das?

Indianerehrenwort, sagte Georg. Also denn, Kuss an den Mülleimer.

Du auch, hörte er, dann war die Leitung stumm.

Typisch Ariane: Du auch! Was sollte das jetzt heißen? Wie wenn man jemandem aufträgt: Viele Grüße zu Hause! und der antwortet: Mach ich!

Das Colonni-Museum ist ein klobiger Zweckbau aus den Zwanzigerjahren. Gewaltige Porphyrblöcke bilden den Sockel, aus dem ein plumper grauer Quader in die Höhe wächst. Hohe rechteckige Fenster lassen im Hochparterre, zu dem eine breite, nüchterne Steintreppe führt, die eigentliche Kunsthalle erahnen.

Sie standen in dem weitläufigen Foyer, gaben ihre Garderobe ab und lösten die Tickets. Schon vom Gang aus konnte man im ersten Saal neben Jawlensky einen Himmel von Nolde leuchten sehen. Georg bekam Gänsehaut. Immer, wenn etwas begann, was er mit Spannung erwartete oder dessen Verlauf oder Ausgang ihm unklar war, überfiel ihn dieses Kribbeln wie vor dem ersten Rendezvous. Vierzig Jahre haben sie uns die Kunst von den Expressionisten bis zu den großen Abstrakten vorenthalten, dachte er, als sie uns den Zugang zu den wichtigen Museen Europas versperrten. Kunstbände zur klassischen Moderne blieben den Polen und den Tschechen überlassen, von ein paar Ausnahmen abgesehen. Und hier hängen all diese wunderbaren Sachen in Fülle.

Er hatte zwar gleich nach der Grenzöffnung eine Kunstreise unternommen, von Hamburg über Hannover, Osnabrück, Bielefeld, Essen, Wuppertal, Köln, Bonn und Stuttgart bis zum Lenbachhaus in München. Im Folkwang-Museum vergaß er die Zeit, wie er sich erinnerte. Acht Stunden verbrachte er vor den Bildern, immer wieder kehrte er zu seinen Favoriten zurück, unterbrochen lediglich von einer kleinen Kaffeepause.

Und auch jetzt schritt er wieder wie in einem Rausch von Raum zu Raum, verweilte vor einem Bild, betrachtete es aus verschiedenen Blickwinkeln, trat auch einmal dicht heran, um Malweise und Farbmischung zu entziffern, kehrte zu einem Bild zurück und ging an einem anderen vorüber. Manchmal zog er sein kleines Büchlein aus der Hosentasche, das er an der Garderobe seiner Jacke entnommen hatte, und notierte etwas. Dann war er wieder ganz ein Gefangener der Kunst. Seine Begleiterin schien er völlig vergessen zu haben. Sie ließ ihn gewähren, folgte ihm von Ferne oder beobachtete ihn von einer Besucherbank aus. Sie kannte die ständige Ausstellung und besuchte meist nur ihre *Herzensbilder*, wie sie es nannte, eine kleine Tänzerin von Degas, das Mädchenbildnis von Modigliani, zwei Akte von Puy und Matisse und eine von Noldes Marschlandschaften.

Es mochten zwei Stunden oder mehr vergangen sein, als sie sich im Foyer wieder trafen, um nach oben in das nächste Stockwerk zu steigen, wo sich die Leo-Tomski-Präsentation befand. Tomski arbeitete nur mit Blau, Weiß und Rot und gestand seinen

Farben keine Abstufungen oder Übergänge zu. In klaren Konturen begegneten sich weiße und farbige Flächen, deren Formenvielfalt die sich bewusst auferlegte *tricolore* Selbstbeschränkung kompensieren musste. Carola vermochte seinen groß dimensionierten Bildern einiges abzugewinnen. Georg dagegen lief kopfschüttelnd durch die Räume und hob, immer wenn er ihr begegnete, hilflos die Hände. Er langweilte sich, fand die Titel gestelzt und die Formate unnötige Verschwendung von Leinwand und Farbe. Zwei oder drei von diesen, erklärte er Carola später, hätte er sich wohl gefallen lassen. Aber vier Säle davon, das halte er für völlig übertrieben.

Das Colonni-Café befand sich im Halbkeller des Museums und wurde von zwei Männern unterhalten, die ihnen mit ausgesuchter Liebenswürdigkeit, kaum dass sie Platz genommen hatten, ihre kleine Lunchpalette offerierten. Sie kamen stets zu zweit an den Tisch. Während ihnen der eine die in diesen Wochen blau-weiß-rot gehaltene Speisekarte aufgeschlagen entgegenhielt, richtete der andere die Blumen auf dem Tisch und ordnete den Serviettenhalter. Und als der eine die beiden Espressi vor ihnen abstellte, legte der andere vor jeden je ein Schokoladenherz, in Goldpapier verpackt. Carola beachtete die beiden nicht weiter, nickte nur und fuhr in ihrem angefangenen Satz fort: Tomski verstehe Kunst als diametralen Gegensatz zur Natur. Es sei nicht von ungefähr, dass er die Farben, die in der Natur am häufigsten vorkommen und die Formen, die der Natur entspringen, weithin meide. Kunst sei für ihn ein geistiger Prozess, Abstraktion von Gegenstand und Wahrnehmung, Schöpfung einer eigenen Wirklichkeit.

Georg erwiderte, ihm seien derartige Ansätze nicht unbekannt, in Einzelfällen sprächen ihn deren Ergebnisse auch an, aber die Einseitigkeit dessen ermüde ihn. Da lobe er sich seine

Expressionisten, die – der Natur verhaftet – mit kräftigen Farben und provozierenden Vergröberungen Wahrnehmung und Wirklichkeit zu einer neuen Symbiose führten.

Carola versöhnte ihn mit ihrer Liebe zu Nolde, bestand aber darauf, für derartige Experimente, wie sie das Konzept Tomskis nannte, offenzubleiben. Kunst sei manchmal weniger eine Sache des Könnens als des Mutes.

Ich habe es mir ja auch zugemutet, es hat mich nur nicht umgeworfen, lenkte Georg ein. Warst du übrigens mal in Seebüll, wollte Georg wissen.

In Seebüll? Carola musste lachen. Natürlich war ich in Seebüll, wer weiß wie oft.

Dann bist du wohl auch so eine Kunstnärrin?

Wie wer?

Ich zum Beispiel, sagte Georg und nahm ihr verschmitztes Lachen wahr.

Wie kommt es eigentlich, dass dich Kunst so interessiert? Ist in deiner Familie jemand künstlerisch tätig?

Georg verneinte. Seine Mutter jedoch habe eine gewisse künstlerische Begabung besessen, von der sie ihm Null Komma drei Gramm abgegeben habe und sein Vater, obwohl er selber nichts als Strichmännchen zeichnen konnte, sei zumindest der klassischen Malerei bis zu den Impressionisten hin zugetan gewesen. Georgs eigentliches Interesse habe ein Künstler geweckt, der seinerzeit im Dresden-Loschwitzer Künstlerhaus gewohnt habe. Der habe, da er sich dem sogenannten sozialistischen Realismus verweigert habe, sein Brot als Zeichenlehrer an seiner Schule verdienen müssen und ihn für moderne Kunst begeistert.

Wie würdest du heute zusammenfassen, was der dir für dein Leben mitgegeben hat?

Dass Kunst etwas Ganzheitliches ist, sowohl für den Künstler als auch für den Betrachter, wo das Geistige und das Sinnliche zusammenspielen, sagte Georg. Das ist wie mit deinem Sonnenuntergang: Wer das Erlebnis von Farbe auf Wellen reduziert, erlebt nie einen optischen Orgasmus.

Später kam Carola noch einmal auf Georgs Tätigkeit zurück. Wie er das aushalte, täglich mit schweren Schicksalen konfrontiert zu werden, die ihn ja auch immer wieder an seine eigene Geschichte, seine Ohnmacht damals erinnerten.

Georg gab zu, seit Langem nicht mehr gut und tief geschlafen zu haben. Er sei ein visueller Typ, der alles, was er lese, in Bildern abspeichere, die dann sein Traumleben aufmischten. So erlebe er sich manchmal als Handelnder in fremden Missgeschicken und schlafe nach schreckhaftem Erwachen nicht wieder ein.

Er berichtete von Menschen, die bei dem Versuch, schwimmend die DDR zu verlassen, außerhalb der Dreimeilenzone wieder eingefangen worden seien, von Jugendlichen, die man zu Inoffiziellen Mitarbeitern gepresst oder verführt habe (einer sei erst dreizehn gewesen, als ihn die Stasi zum Spitzel machte), von Oppositionellen, die das Trauma von Stasi-Untersuchungshaft und Strafvollzug bis heute nicht überwunden hatten.

Carola hörte aufmerksam zu.

Manchmal freilich sei es auch zum Lachen, wenn der Bierernst der Ideologiepolizei Stilblüten trieb.

Zum Beispiel, forderte ihn Carola heraus.

Zum Beispiel als Matthias, der achtjährige Sohn meiner Freunde Asta und Marek, an einem Stock aus dem Schlafzimmerfenster ein buntes Frotteehandtuch befestigte. Du wirst es nicht glauben, es dauerte keine Viertelstunde, da stand ein Herr in Zivil vor der Tür und verlangte, Matthias' Vater zu sprechen.

Matthias erklärte, seine Eltern seien erst in zwei Stunden zu Hause. Zwei Stunden später standen prompt zwei Vopos vor der Tür und erklärten, Marek solle unverzüglich dafür sorgen, dass diese öffentliche Provokation entfernt werde. Marek verstand nicht gleich, worum es ging. Da zeigten sie zu dem Handtuch hinauf und erklärten ihm, dieser Akt verstoße gegen die Beflaggungsordnung der DDR. Wenn er nicht umgehend handle, müsse die Staatsgewalt eingreifen und ihm ein empfindliches Bußgeld auferlegen. Marek musste lachen und erzählte den beiden, es handle sich nicht um eine Provokation, sondern um eine spontane Idee seines achtjährigen Sohnes. Was da zum Fenster heraushinge, sei ein ganz gewöhnliches Handtuch. Eben, bekräftigten die Genossen, als Erziehungsberechtigter habe er dafür zu sorgen, dass nur reguläre Flaggen zu den entsprechenden Anlässen und in sachgerechter Befestigung verwendet würden.

Asta, die inzwischen hinzugekommen war, sagte kurzerhand: Geht in Ordnung, in fünf Minuten ist das Handtuch weg. Sie ließ die Tür vor der Nase der beiden verdutzten Männer ins Schloss fallen und ging lachend hinauf, um das *Corpus Delicti* einzuholen.

Carola bog sich vor Lachen. Ist ja zum Schreien, sagte sie immer wieder, ich glaub es nicht.

Georg wurde wieder ernst: Vieles von dem Material, mit dem ich umgehen muss, gehört zu den geistigen Fäkalien der SED-Diktatur. Aber wir haben ja keine Wahl. Wenn wir nicht wollen, dass die Schattenseiten der deutschen Geschichte erneut verdrängt werden, müssen wir die Auseinandersetzung jetzt aushalten. Vielleicht bewahrt uns das vor neuen Diktaturgelüsten.

Carola gab ihm recht.

Was war denn aus heutiger Sicht das größte Verbrechen der SED-Diktatur?

Georg schmunzelte: Darauf gibt es die unterschiedlichsten Antworten. Für Architekten waren es wohl der Verfall wertvoller Altbausubstanz und die Zerstörung traditioneller Dorfkerne durch mehrgeschossige Plattenbauten. Für Lehrer war es vielleicht der ideologische Pflichtbetrieb der Honeckerschule. Für Handwerker die Zerschlagung der kleinen Privatbetriebe, für Produktionsarbeiter die Planerfüllung bei wachsender Mangelwirtschaft, für Spitzensportler das plötzliche Desinteresse nach Leistungsabfall, für Wissenschaftler der erschwerte Zugang zur internationalen Forschung, für Bauern die Industrialisierung der Landwirtschaft nach sowjetischem Vorbild, für Kirchenleute die atheistische Propaganda, für Künstler die Zweckvorgabe: sozialistische Arbeitswelt usw.

Und für dich?

Für mich war es der Mangel an Cafés.

Cafés?

Ja, Cafés. In der DDR gab es kaum Cafés. Für mich ist ein Café Ausdruck von Kultur und Freiheit. Ich könnte fast mein ganzes Leben in Cafés zubringen, mich weitgehend von Espresso und Grappa ernähren, mich in abgewetzten Polstern lümmeln, spitzfingrige Kaffeetanten skizzieren, Ideenhefte vollkritzeln, mich mit verschrobenen Typen anfreunden und Passanten beobachten.

Das gab es nicht?

Jedenfalls nicht so wie heute. Cafés haben etwas Subversives, wie Blues und Tango. Cafés sind Brutkammern für revolutionäres Gedankengut. Wir sollten ja gar nicht so genau beobachten. Wir sollten uns beobachtet fühlen.

Aber, ergänzte Georg, dieses damaligen Mangels bin ich mir erst bewusst geworden, als er verschwunden war, als es plötzlich überall Cafés gab und als die italienischen Zauberwörter Espresso, Cappuccino, Latte macchiato, Grappa etc. Volkseigentum wurden.

Meinst du das völlig ernst, suchte sich Carola zu vergewissern.

Georg lachte: Natürlich.

Im Übrigen, du hattest mich auf meinen gegenwärtigen Job angesprochen. Es ist nicht das erste Mal, dass ich von Berufs wegen schlecht schlafe. Auch als Pfarrer oder als Kommunalpolitiker, erst recht als Lehrer kannst du an deine seelischen Grenzen kommen.

Ja? Carola schaute ihn direkt an. Du meinst, wenn du deinen Job nicht bloß als Job betreibst.

Georg knickte ein Blatt von dem kleinen Rosenstrauß auf der Tischmitte ab und zerriss es gedankenverloren in winzige Stücke.

Ich glaube, wenn du dich mit deiner Aufgabe völlig identifizierst, wenn du dich auf alle Facetten einlässt und wenn du es nicht schaffst, wieder Abstand davon zu bekommen. Und das genau fällt mir schwer, um nicht zu sagen, gelingt mir nicht. Ich bin selten bei mir selbst. Ich habe ein Abstandsproblem.

Georg schaute auf seine Uhr: um drei. Er hatte noch nicht in der Praxis Dr. von Rads angerufen, wollte noch einmal ins Hotel, um sich umzuziehen, musste noch einen ordentlichen Blumenladen finden und wusste Alexanders Haus am anderen Ende der Stadt.

Carola nickte verständnisvoll.

Als er bereits stand, wurde ihm bewusst, er hatte sie nicht einmal danach gefragt, was sie eigentlich mache. Er holte gerade Luft, da erriet sie seinen Gedanken.

Ich arbeite an der Universität, sagte sie. Aber ich hoffe ja, wir haben uns nicht das letzte Mal gesehen, lass uns darüber später einmal reden. Du bist jetzt unter Zeitdruck.

Sie gab ihm ihre Visitenkarte. Er steckte sie achtlos ein, um ihr zum Abschied die Hand zu reichen und sich für die gefüllte Zeit zu bedanken.

Sie sagte: Ich finde deine Gegenwart anregend und sehr lebendig. Ich freue mich, wenn wir uns wiedersehen. Ruf mich an, wenn dir danach ist. Sie drückte ihm die Hand, gab ihm einen flüchtigen Kuss auf die Wange und setzte sich wieder hin, während Georg die Treppe hinaufsprang, sich im Foyer seine Jacke und den Lenin geben ließ und eiligen Schrittes Richtung Bahnhof marschierte. Als er über die Kanalbrücke ging, fiel ihm das Hausboot ein. Er erkannte die Sachsenfahne und nahm sich vor, am nächsten Vormittag noch einmal einen Abstecher zum Kanal zu machen.

In seinem Zimmer angekommen, fand er in seiner Hosentasche die Visitenkarte und las: Prof. Dr. Carola Möckelmann, Institut für Kunst- und Kulturgeschichte.

Wenn ich das gewusst hätte, dachte er. Dann besann er sich und sagte sich, wie gut, dass ich es nicht gewusst habe.

5

Punkt 17 Uhr stand Georg mit einem Strauß rosa Rosen vor Genevieve. Gut französisch musste er sie andeutungsweise einmal links, einmal rechts und noch einmal links auf die Wange küssen. Wie jedes Mal, wenn er sie sah, gab er noch einen zusätzlichen Kuss auf die rechte Wange.

Nun ist aber gut, sagte Alexander, der hinter ihr stand, komm erst mal rein.

Was für schöne Blumen, jauchzte Genevieve.

Für dich hab ich auch was, sagte Georg und zog hinter seinem Rücken das zusammengeknüllte Papier hervor.

Komm rein, leg ab, ohne dich krieg ich keinen Kaffee hier.

Seit einem Jahr gehörte ihnen die Villa am Stadtrand, in der sie zuvor zur Miete gewohnt hatten. Dazu gab es einen überschaubaren gepflegten Garten. Die Kinder, die nach der Scheidung bei Alexander blieben, gingen inzwischen ihre eigenen Wege. Die beiden ältesten Töchter lebten in Australien und England, der Sohn betrieb ein kleines Hotel auf Ischia und die jüngste promovierte gerade in Leipzig. Die obere Etage, in der die Familie bislang gewohnt hatte, vermieteten sie an Gastdozenten der Universität. Georg betrat zum ersten Mal die neue Wohnung im Hochparterre.

Genevieve ging ihm ins Wohnzimmer voraus. Ein quadratischer Raum mit großen Fenstern nach zwei Seiten, zwischen diesen eine gemütliche Sitzgruppe, mit weinrotem Stoff bezogen, um einen flachen, ovalen Glastisch, von der Mitte des Raums zu einer Seitentür hin ein Esstisch mit alten, hochlehnigen Stühlen. Hier sah er eine Kaffeetafel eingedeckt, die ihn sehr an alte Zeiten erinnerte: weißes Tuch, Meißner Porzellan, blitzende silberne Kuchengabeln, gefaltete Servietten und auf einem Teller mit geflochtenen Porzellanhenkeln ein sicher klassischer sächsischer Apfelkuchen. So ähnlich sah es bei ihm zu Hause aus, wenn seine Eltern besonderen Besuch erwarteten. Genevieve stellte seine Rosen in einer weißen Porzellanvase dazu. Georg schaute sich um und entdeckte neben einer Tür, die auf die Terrasse führte, von Kreutzens altes Klavier, auf dem sie, wenn sie Frau von Kreutz kreischen hören wollten, vierhändig den Flohwalzer droschen. An der fensterlosen Wand, durch deren Tür sie eingetreten waren, stand deren Sekretär, dazu eine gewaltige Musikanlage und ein Regal mit Hunderten von CDs sowie einem Fach voller Schallplatten. Zwischen den Polstermöbeln und der Terrassentür schaute aus einem fast quadratischen Rahmen ein freundlicher Herr zu ihnen hinüber, in dem Georg den alten Oberkirchenrat erkannte. Das Bild hatte Georg noch nicht gesehen.

Hast du das gemalt, fragte er Alexander.

Ja, das hat Alex gemacht, antwortete Genevieve für ihn, ist das nicht toll?

Wunderbar, sagte Georg. Alexander war immer schon der begabtere von uns beiden. Ich würde mir so ein Porträt nie zutrauen.

Ich auch nicht, gestand Alexander, aber mein Vater bestand darauf: Du wirst sehen, du kannst es, behauptete der, und später bist du vielleicht froh, wenn du diese Erinnerung an mich hast.

Alle anderen Bilder, die du hier siehst, sind nicht von mir, ergänzte er.

Georg ging an der Wand entlang, an der der Sekretär stand und fand zur Linken zwei Farblithografien von Chagall und zur Rechten zwei kleine Ölbilder mit offenbar Pariser Motiven.

Die hab ich von meinem ersten Stipendium gekauft, erklärte Genevieve.

So viel Stipendium kriegte man in Paris?

Andersherum, so billig konnte man damals noch gute Kunst auf dem Place du Tertre bekommen.

Lasst uns endlich Kaffeetrinken, platzte Alexander dazwischen, ich esse die Elsässer Apfeltorte am liebsten, wenn sie noch ein bisschen warm ist.

Elsässer?, fragte Georg.

Was denkst denn du? Genevieve hat drei Jahre in Straßburg gelebt. Dort hat sie Deutsch und Kochen und Backen gelernt. Kann man das so sagen?, vergewisserte er sich mit einem Blick zu ihr.

Nein, gab Genevieve zurück, Deutsch habe ich in Heidelberg gelernt und Kochen und Backen bei meiner Mutter, die aus dem Elsass stammt.

Immer sag ich's falsch, Alexander öffnete und schloss resignierend die Hände, während sie Platz nahmen. Aber jetzt zu dir.

Und während sie die Elsässer Torte genossen, tauchten sie in die Vergangenheit ein und suchten den Faden, der ihnen der verlässlichste für ein gelungenes Beisammensein schien. Wie verschieden geartete Perlen reihten sie Erinnerungen aus Kindheit, Studienzeit und spätere Begegnungen seit der Maueröffnung wahllos aneinander. Weißt du noch ...? So war das ...? Nein, hier irrst du! Ich weiß noch ganz genau. Erinnerst du dich ...?

Erinnerst du dich an unsere zweite Westreise: *Osnabrück, Melle, Herford, Bielefeld, Bad Salzuflen, Löhne, Bad Oeynhau-*

sen, Minden, Bückeburg, Hameln, Hannover, Hildesheim, Salzgitter, Braunschweig und Helmstedt?

Ich werd verrückt, rief Alexander, du hast die ganze Reiseroute noch auf dem Schirm?

Du weißt, ich bin Perfektionist.

Davon solltest du Alex etwas abgeben, meinte Genevieve.

Wünsch dir das nicht! Das Schicksal des Perfektionisten gleicht einem Teufelskreis. Er kann nämlich nur schwer zwischen Wichtigem und Unwichtigem unterscheiden. Weil er alles perfekt machen will und nichts halb fertig stehen lassen kann, scheitert er an seinem eigenen Anspruch und wird chronisch unzufrieden. Das wiederum kompensiert er durch Kleinlichkeit und Pedanterie in den alltäglichen Dingen, was für andere ziemlich nervig werden kann, korrigiert an anderen jede sprachliche Unebenheit, ordnet Zettel und Stifte so an, dass sie parallel zu den Außenkanten seines Schreibtischs liegen und kann uralte *Westreiserouten* auswendig hersagen.

So einer bist du geworden, fragte Alexander ungläubig.

Immer schon gewesen, mein Lieber, immer schon gewesen. Um die herrliche Lockerheit, mit der du manches abtun konntest, deine Unbekümmertheit, wenn etwas schiefging, dein vielleicht leichteres Gewissen und manchmal auch, pardon, deine Chuzpe habe ich dich immer beneidet. Damals schon.

Das höre ich zum ersten Mal, bemerkte Alexander ehrlich verwundert.

Ich bin so ein richtiger Protestant, fuhr Georg fort, der sich alles zu Herzen nimmt und immer mit schlechtem Gewissen herumrennt, weil so vieles nicht in Ordnung scheint und weil die Welt so schlecht ist und weil er sie nicht vollkommener machen kann.

Mir scheint, da ergänzt ihr beide euch wunderbar, mischte sich Genevieve ein. Alex hat von dem, was du zu viel zu haben glaubst, manchmal zu wenig.

He, he, he, protestierte Alexander, sag bloß, ich bin ein gewissenloser Strolch!

Alex weiß genau, was ich meine, erklärte sie, und im Stillen ist er sicher meiner Meinung. Aber Männer geben so etwas nicht gern zu.

Und dann, an Alexander gerichtet: Vielleicht erzählt uns Georg jetzt, was er eigentlich erzählen wollte. Vielleicht kommen wir dann der Sache etwas näher.

Georg nickte und sagte: Das, woran ich erinnern wollte, hat schon damit zu tun. Damals habe ich mich Alexander überlegen gefühlt, heute bewundere ich ihn dafür.

Und Georg erzählte, wie sie anlässlich ihres Konzertes in Minden bei benachbarten Bauern am Stadtrand in Quartier gewesen seien. Wie immer, wenn die angeblich ausgehungerten Kinder aus der *Zone* kamen, wurden sie von den Quartiergebern mit allem, was es damals im Osten nicht gab, überhäuft: Schokolade, Apfelsinen, Mandarinen, Bananen, Kaugummi. Darüber hinaus wurden sie mit Schinken und Wurst, Eiern und Kakao gefüttert, dass ihnen manchmal schon schlecht war, wenn sie morgens zum Bus kamen. Dazu gehörten auch dicke Stullenpakete für die Weiterfahrt mit dem Besten vom Besten. Bückeburg, der nächste Konzertort, war ja aber mal gerade einen Steinwurf von Minden entfernt, sodass auf Reiseproviant hätte verzichtet werden können. Den Widerspruch der Jungen hielten die Quartiergeber wahrscheinlich für Bescheidenheit. Alexander, der in seinem Gepäck noch die Reisestullen der beiden Vortage mit herumschleppte, ging mit dem neuen Lunchpaket nach oben. Aus seinem Zimmer schaute er auf einen großen Misthaufen unter sich. Dann ließ er den Inhalt seiner Stullenpakete, einschließlich des neuen, lautlos zwischen die Hühner fallen und glaubte wahrscheinlich, damit noch etwas Gutes bewirkt zu haben. Das Dumme nur, kaum dass der Chor abgereist war, entdeckte die Bäuerin den Frevel und schrieb einen bösen Beschwerdebrief an den Chef, der Herr Professor möchte doch die Untat wirkungsvoll bestrafen. Und das passierte auch. Alexander wäre beinahe aus dem Chor geflogen. Damals habe sich Georg auf der Seite der Guten geglaubt, die es nicht über das Herz bringen würden, Lebensmittel einfach wegzuwerfen – solange sie essbar sind. Und, was habe er getan? Er habe seine Stullenpakete solange mit sich herumgetragen, bis sie ungenießbar oder verschimmelt gewesen seien, um sie dann mit gutem Gewissen zu entsorgen. Heute bewundere er die sorglose Entschlossenheit Alexanders, sich – wenn vielleicht auch nicht sehr klug – eines Ballasts zu entledigen, der einem in sicher bester Absicht, aber wider Willen aufgedrängt worden ist.

O ja, ich entsinne mich, stöhnte Alexander. Das war ein harter Brief. Und irgendwie hatten die Leute ja recht und ich auch. Heute würde man den Konflikt sicher eleganter lösen. Man würde das Problem mit dem Chorleiter besprechen und der würde auf dem üblichen Informationsblatt die Quartiergeber bitten, keinen Reiseproviant auszureichen.

Weißt du noch, was meine Strafe war?

Georg wusste es: Du durftest auf die nächste Westreise nicht mitfahren.

Sag bloß, das habe ich ganz vergessen, gestand Alexander.

Siehst du, wandte sich Georg an Genevieve, das ist der Unterschied. Ich hätte diese Strafe nie vergessen. Sie würde mich wahrscheinlich heute noch quälen. Alexander kann so etwas einfach loslassen. Ist das nicht toll?

Meinst du, das sollte man bewundern, fragte Genevieve mit einem Seitenblick zu Alexander.

Georg sagte: O ja.

Übrigens, nahm Georg wieder das Wort, erinnerst du dich an deinen letzten Geburtstag im Osten? Damals hast du uns einen kleinen Vorgeschmack gegeben, als du plötzlich verschwandest und den ganzen Abend nicht wiederkamst. Bald darauf warst du dann völlig weg. Weißt du, dass wir noch nie darüber gesprochen haben?

Alexander schwieg.

Georg und Genevieve sahen ihn an und warteten auf ein Wort.

Was soll ich erzählen, brach Alexander nach endlosen Minuten das Schweigen, weshalb ich an meinem Geburtstag abgehauen bin oder warum ich im Westen geblieben bin?

Interessieren würde mich eigentlich beides, gestand Georg. Aber nur, wenn du davon reden willst.

Schon. Wie das bei meinem Geburtstag war, weiß ich nicht mehr genau. Ich vermute, dass mir wieder mal Neidhard auf den Senkel ging mit seinen absurden Theorien. Ich hatte den Kopf voll mit tausend Sachen, die noch bedacht werden mussten. Wenige Tage später sollte ja schon meine Reise stattfinden. Ich durfte mir ja nicht anmerken lassen, dass ich vielleicht gar nicht wiederkommen würde. Sonst wärt ihr noch in Gefahr geraten.

Ja, und warum ich überhaupt im Westen bleiben wollte? Ich *musste* raus. Ich konnte nicht mehr, und ich wollte nicht mehr. Ich weiß, viele von denen, die dageblieben sind, können das nicht nachvollziehen.

Ich schon, sagte Georg. Wenn ich nicht Pfarrer gewesen wäre, hätte ich es mir auch überlegt, schon um meine Kinder nicht weiter der Honecker-Schule und der schleichenden Militarisierung ganzer Gesellschaftsbereiche auszuliefern. Ich habe mich damals nur gefragt, warum du keinen Antrag gestellt hast, sondern einfach drüben geblieben bist. Du konntest doch gar nicht wissen, ob du Ulrike und die Kinder jemals wiedersiehst.

Ja, das war ein verdammt hohes Risiko. Ich habe mich ganz und gar auf dieses bewusste Ministerium verlassen. Aber eine Garantie gab es nicht.

Genevieve mischte sich ein: Ich habe das Alex auch schon manchmal gefragt. Aber er sagt immer, du weißt nicht, wie das war.

Weißt du auch nicht, bestätigte er erneut. Wenn diplomierte Physiker und Biologen als Nachtwächter in volkseigenen Betrieben ihre Brötchen verdienen müssen, steht schon irgendwann einmal die Frage, wie lange noch.

Du warst also mit der Absicht gefahren, drüben zu bleiben, hakte Georg nach.

Zu 90 Prozent ja. Du weißt ja, mein Vater war gestorben. Ich *durfte* zu seinem Begräbnis fahren, nachdem alle Anträge, ihn im Krankenhaus noch einmal zu sehen, abgelehnt worden waren. Ich war so wütend, und zugleich habe ich mich gefragt, warum lassen sie mich jetzt fahren. Wollen sie mich auf diese Weise loswerden? Ich wusste noch nicht, wie ich mich am Ende entscheiden würde, aber ich habe meine persönlichen Unterlagen, Berufsabschlüsse etc. mitgenommen. Wenn sie die bei mir entdeckt hätten, wäre ich geliefert gewesen.

Und dann habe ich bei der Trauerfeier meinen Cousin getroffen, der in einem Forschungsinstitut in Hamburg arbeitet. Da war die Sache entschieden.

Genevieve mochte Alexanders Geschichte schon öfter gehört haben, schaute ihn aber so an, als höre sie das alles zum ersten Mal.

Bist du nicht manchmal verrückt geworden vor Sehnsucht nach deiner Familie, nach Ulrike, den Kindern, Java, die damals kaum fünf Jahre alt gewesen sein dürfte?

Alexander atmete geräuschvoll aus.

Ehrlich gesagt, ich hatte mir unsere heutige Begegnung entspannter vorgestellt. Aber vielleicht hast du recht, irgendwann müssen wir beide ja mal darüber reden. Bei unserem letzten Treffen in Dresden hatte ich es mir vorgenommen, fand aber keine Gelegenheit dazu. Genevieve ist das alles nicht neu, aber wie ich sie kenne, wird sie sich das wieder antun, in der Erwartung, es diesmal besser zu verstehen. Aber, meine Liebe, ich mache dir keine Hoffnung. Ich glaube, es ist nicht zu verstehen. Es gibt Entscheidungen, die einem das Schicksal vorlegt und auf die man spontan und ohne Reue reagieren muss. Wenn ich mir damals alles gründlich überlegt hätte, wäre ich vielleicht zu einem anderen Ergebnis gekommen. Aber ich glaube noch heute, es war richtig so.

Wie sehen das deine Kinder heute, unterbrach ihn Georg.

Für sie war es erst einmal furchtbar, weil Ulrike ihnen immer gesagt hat, wir sehen den Papa wahrscheinlich nie wieder. Sie hat zunächst völlig kopflos reagiert. Aber als dann klar war, dass die Zusammenführung klappen wird, haben sie sich auf das Neue gefreut. Sicher, Ulrike hatte die Hauptlast der Haushaltsauflösung und des Umzugs zu stemmen. Aber du kennst ja unsere Nachbarn, die haben sie kräftig unterstützt. Und als sie dann hier ankamen, veränderte sich scheinbar alles zum Guten. Die Kinder lebten auf, die Schule machte ihnen zum ersten Mal richtig Spaß, sie fanden erstaunlich schnell Freundinnen und Freunde, trotz ihres nicht zu verleugnenden sächsischen Einschlags. Dann kamen unsere herrlichen Reisen dazu und schließlich die große Wohnung, in der sie sich voll entfalten konnten. Ich habe mit allen Kindern darüber geredet. Sie sagen heute, wo sie die DDR aus der Rückschau betrachten und manches mehr erfahren haben, bloß gut, dass du uns da rausgeholt hast. Nein, nein, sie machen mir keine Vorwürfe, sonst wären sie auch nicht bei mir geblieben, als sich Ulrike von mir getrennt hat. Ich glaube, nur Ulrike hat es nie richtig verkraftet. Sie hing an Dresden und ist inzwischen nach Dresden zurückgekehrt.

Weißt du eigentlich, warum du damals deine Stelle an der TU verloren hast, fragte Georg.

Allerdings, sagte Alexander mit einem bitteren Lachen. Das habe ich Magnus zu verdanken.

Magnus?

Man glaubt es nicht, was? Magnus war ein fetter IM der Stasi, wie ich bei meiner Akteneinsicht erfahren habe. Er wollte meine Stelle.

Was? Ich denke ...

Ja, ich dachte auch. Er hat sich ja sogar bei mir entschuldigt, als er die Stelle bekam, der Heuchler. In Wahrheit hat er keine Gelegenheit ausgelassen, mich als ideologisches Risiko, das ich natürlich auch war, darzustellen. Und dann war die Unterschriftenaktion nur noch der Tropfen, der das Fass ...

Unterschriftenaktion, davon hast du mir nie etwas erzählt, griff Genevieve ein.

Stimmt, meine Liebe, mit der Geschichte wollte ich dich nicht auch noch belasten. Georg kennt das alles, der hat drüben gelebt ...

Drüben, unterbrach ihn Georg.

Na gut, also bei uns drüben ... außerdem arbeitet er in einem Institut, das sich mit dem Widerstand in der DDR beschäftigt. Also gut, da wurde mit einer Unterschriftenaktion an die

Sektionsparteileitung die Verringerung der ML-Stunden zugunsten der fachlichen Ausbildung gefordert, und ich habe mit unterschrieben. Wer von den Studenten unterschrieben hatte, wurde exmatrikuliert, die Sektionsmitarbeiter bekamen einen Vermerk in ihre Personalakte und zwei Kollegen wurden zur Bewährung in die sozialistische Produktion versetzt. Und ich, gut vorbelastet durch Magnus, saß auf der Straße. Übrigens hat Magnus auch andere angeschissen, wenn ich das mal so vulgär sagen darf. Uta, eine Kommilitonin von mir, hat in ihrer Akte Berichte über ihr Intimleben gefunden. Der Verfasser: IM „Fink" alias Magnus, der eine Zeit lang vis-à-vis wohnte und ein Auge auf sie geworfen hatte.

Was für ein Liebesbeweis, kommentierte Georg. Wenn ich das Magnus auch nicht zugetraut hätte, so ganz aus heiterem Himmel kommt es für mich nicht. Mit was für einem Charakter Magnus gestraft ist, haben wir doch schon in der Schulzeit mitgekriegt. Erinnerst du dich, wie er uns beide verpetzt hat, als wir nachts den alten Schober überfallen haben?

Genevieve horchte auf: Was war das denn?

Ach, wir hatten einen stellvertretenden Direktor, den wir so doof fanden, wie er rot war. Der musste an einem Wochenende Nachtdienst für einen Erzieher schieben. Das heißt, der lag friedlich schlafend im Erzieherzimmer, als ich mich mit Alex hineinschlich. Wir hatten Kurrendemäntel an, eine Faschingsmaske vorm Gesicht, und ich hielt ein großes Pappmesser in der Hand. Sobald wir an seinem Fußende standen, brüllten wir mit verstellten Stimmen lauter Propagandasprüche: *Nieder mit den Bonner Ultras! Freiheit für Max Reimann! Es lebe der Sozialismus!* Und dann: *Nieder mit Schober!* Der sprang aus dem Bett, stand auf einmal zitternd in einem viel zu kurzen Nachthemd vor uns und jammerte: Nein, Jungs, das dürft ihr nicht machen! Tut mir nichts! Ich sag es auch niemandem. Bitte. Dann sind wir lachend abgehauen.

Genevieve guckte mitleidig und sagte nur: Ihr seid gemein.

Nein, gemein war der, sagte Alexander, weil er am nächsten Morgen dem Direktor davon erzählte und nun eine Untersuchung in Gang kam.

Der Einzige, der davon wusste, Georg schaute Genevieve direkt in die Augen, war Magnus. Und auf einmal wurden unsere Namen genannt und wir sollten aus dem Chor und von der Schule fliegen.

Und warum ist es nicht passiert, hattet ihr einen Schutzengel?

Ja, sagte Alexander, und der hat uns geraten, zu leugnen und alles abzustreiten. Das hat geklappt.

Hat Magnus nicht auch den Hering verpfiffen, als der im kalten Winter 55 oder 56 die Heizung abgestellt hat, fragte Georg.

Genau, entsann sich Alexander.

Weißt du, was Magnus heute macht, wollte Georg wissen.

Alexander sah Georg mit großen Augen an: Du wirst es nicht glauben, er lebt hier, in dieser Stadt. Und ich befürchte, er wohnt nicht mal weit von uns entfernt. Denn ich bin ihm schon öfter begegnet. Manchmal winkt er mir aus einem offenen Cabrio zu, in dem er langsam durch unsere Straße fährt, mit cognacfarbenen Lederhandschuhen, cognacfarbener Lederkappe und Zigarette im Mund, mit Spitzel.

Mit was?

Mit Silberspitzel, ergänzte Alexander.

Georg lachte auf: Ist das nicht ein Witz, der Spitzel raucht mit Spitzel?

Beide lachten ein bitteres Lachen.

Und? Hast du mit ihm geredet? Georg ahnte es schon.

Nein, gestand Alexander, ich bin dem bis heute aus dem Weg gegangen.

Dem Magnus oder dem Problem?

Dem Problem natürlich. Mit Magnus habe ich ab und an einen kurzen Wortwechsel geführt, mehr nicht. Jedes Mal hat er gesagt, wir müssten uns mal einen ganzen Abend zusammensetzen und reden wie in alten Zeiten. Genau das wollte ich aber nicht, konnte ich nicht.

Georg hatte eine Idee: Was hältst du davon, wenn wir uns mit ihm treffen? Vielleicht schaffen wir es, zu dritt darüber zu reden. Ich könnte sozusagen zwischen euch moderieren. Wenn es gut geht, hat er dir was zu sagen. Und wenn wir ihn dazu bringen, dass er sich erstmalig seiner Geschichte stellt, tun wir wenigstens ihm einen Gefallen. Verdrängen macht krank. Und mit einem verständnisvollen Blick zu Genevieve fügte er hinzu: Ich nehme an, du wirst dir dieses Gespräch ersparen wollen.

Allerdings, gab sie zu.

Alexander überlegte. Aber dann schien ihm der Gedanke zu gefallen und er stimmte zu: Gut, wie lange bist du noch da?

Morgen Nachmittag muss ich wohl zurück, sagte Georg.

Alexander, jetzt wieder ganz Entschluss und Risiko: Dann bleibt uns nur heute Abend. Genevieve ist sowieso nicht da, Donnerstagabend macht sie Yoga. Ich wollte mit dir essen gehen. Fragen wir doch Magnus, ob er Zeit hat und dazukommt.

Sie riefen Magnus an. Er war selbst am Apparat. Ja, meinte er, es würde gut passen, da sein Vorhaben für diesen Abend geplatzt sei, außerdem würde er sich freuen, Georg nach Jahrzehnten wiederzusehen, und mit Alexander hätte er ja schon lange vor, einmal nicht nur Smalltalk zu machen. Sie einigten sich auf den *Ratskeller*, wo es den besten Wein gäbe und legten 20 Uhr fest.

Hätten wir ihm andeuten sollen, was wir vorhaben, fragte Georg, den diese plötzliche Umsetzung seiner Idee verunsicherte.

So wie er dir damals angedeutet hat, was er mit dir vorhatte, bemerkte Genevieve voller Ironie. Nee, nun macht mal, ihr beiden Helden.

Die beiden gingen zu Fuß durch die fast erloschenen Vorortstraßen Richtung Stadtzentrum. Die gegenwärtige Diebstahlhysterie sorgte dafür, dass mit Einbruch der Dunkelheit die Fenster der Vorortvillen erblindeten und eine Rollo- und Fensterschutzindustrie immense Aufträge verbuchen konnte. Was sich am Tage als der besondere Reiz dieser Stadt darstellte, mutierte am Abend zu einer Geisterstadt. Umso lebendiger empfing einen das Stadtzentrum mit seinen vielen städtebaulichen Sünden und teilweise gründlich missratenen Rekonstruktionen, das sich hell erleuchtet und belebt zeigte. Alexander legte seinen Arm um Georgs Schulter, Georg sagte wieder Alex wie früher.

Ohne das verabredete Vorhaben verspräche der Abend vergnüglich zu enden. So aber spürten beide neben Nähe auch angespannte Neugier.

Sie trafen vor Magnus ein und suchten eine Ecke, in der sie ungestört würden reden können.

Lass uns schon mal einen Sherry nehmen, meinte Alexander, das macht mich ruhiger.

Als der Kellner den Sherry brachte, hörten sie von der Tür her eine sonore Stimme: So, so, ihr fangt schon mal ohne mich an? Ein gut aussehender, gepflegter Mann mit dichtem, grauen Haar bewegte sich zielsicher auf ihren Tisch zu. Im Vorübergehen gab er dem Kellner den Auftrag, noch einen dritten Sherry zu bringen und legte ihm seinen Trenchcoat samt Seidenschal über den Arm.

Georg, man, wie lange haben wir uns nicht gesehen, posaunte er den beiden entgegen. Seit dem Abi?

Nicht ganz so lange, sagte Georg und streckte Magnus die Hand entgegen, wir sind uns zum Chortreffen 1988 das letzte Mal begegnet. Seitdem bist du nicht mehr gekommen.

Hallo, Alexander, wandte sich Magnus dem anderen zu, gab ihm die Hand und nahm auf der Schmalseite der Eckbank Platz.

Ja, man, wir sind alte Männer geworden, meinte Magnus mit übertriebener Geste, und – zurückkommend auf Georgs Bemerkung – mich verlangt es nicht so sehr nach meinen sächsischen Wurzeln wie andere.

Wenn du mich meinst, entgegnete Georg, ich lasse mich auch nur aller paar Jahre blicken. Dann fuhr er fort: Was hat dich denn hierher verschlagen?

Der Beruf, die Frau, der Reiz des Neuen – was weiß ich, antwortete Magnus ausweichend.

Du hast also einen Job hier, konstatierte Georg.

Und was für einen, bestätigte Magnus, nahm dem Kellner, der leise herantrat, das Glas aus der Hand und forderte die beiden auf, erst einmal mit ihm anzustoßen. *Du sollst nie mehr trinken*, haben wir früher immer gesungen, erinnerte er –

als mit aller Gewalt hineingeht, ergänzte Georg. Das war die Glanzpartie für den zweiten Bass, für dich, Alexander.

Ich weiß, ich weiß, gab er zu. Aber verschont mich damit, das jetzt auch noch zu singen.

Sie setzten die Gläser ab und schwiegen.

Georg nahm als Erster wieder das Wort und bohrte noch einmal nach: Warum bist du eigentlich von Dresden weggegangen? Du hattest doch eine Bombenstelle.

Magnus holte etwas weiter aus und erzählte, wie er seinerzeit nach dem Studium in Berlin an die TU Dresden gekommen sei, wie man ihm die Assistentenstelle angetragen habe und wie er schließlich, nach Alexanders bedauerlichem Ausscheiden, die Dozentur bekommen habe.

Alexander korrigierte: Ich bin nicht ausgeschieden, ich bin rausgeflogen, erinnerst du dich?

Natürlich erinnere ich mich. Ich fand das auch ganz gemein damals. Aber hätte ich die Stelle vielleicht ablehnen sollen?

Natürlich nicht, sagte Georg, vorausgesetzt, dass es mit rechten Dingen zuging.

Wie meinst du das, wollte Magnus wissen.

Na, sagen wir mal, dass nicht andere Dinge mit im Spiel waren, besonderes Wohlverhalten oder Vitamin B.

Eh, ihr kennt mich doch, wehrte Magnus ab, politisch galt ich doch als genauso unzuverlässig wie Alexander.

Genauso? Alexander hakte nach.

Sagt mal, was wird das hier? Ich denke, wir machen uns einen schönen Abend und plaudern von alten Zeiten. Jetzt komme ich mir vor, als wolltet ihr mich verhören. Stimmt irgendetwas nicht?

Erinnerst du dich an den Schönling aus Münster, den pädophilen, der uns damals immer bei den Proben vor Ostern und Weihnachten aufgelauert hat? Keine Pause, wo der nicht irgendwie um uns herum scharwenzelte. Ansonsten saß er auf einer Empore und hörte sich zwanzigmal dasselbe Stück an. Manchmal ging er in einer Pause zum Chef und sagte: *Herr Professor … Herr Professor … Herr Professor …* Keiner wusste, was der wirklich wollte.

Alexander holte tief Luft. Dann sagte er: Der Mann hieß Fink.

Ja? Magnus schien sich nicht erinnern zu können, aber die Röte, die in seinem Gesicht aufstieg, verriet ihn.

Jetzt hielt es Georg nicht mehr für angebracht, Magnus länger hinzuhalten, der Bogen war schon überspannt. Sie mussten Magnus die eigentliche Absicht ihres Treffens erklären.

Also, hob Georg an, um ehrlich zu sein, wir wollen heute nicht mit dir plaudern. Alexander hat seine Akten gelesen und weiß, wer sich hinter dem IM „Fink“ verbirgt.

Magnus wurde bleich. Er senkte seinen Kopf, fixierte die Tischplatte und schwieg.

Die beiden ließen ihm Zeit, sich mit der neuen Lage vertraut zu machen, um den Faden wieder aufzunehmen. Georg stand inzwischen auf und bestellte beim Kellner, der sich lange nicht hatte blicken lassen, drei Viertel Chianti. Als er zurückkehrte, blickte Magnus kurz auf und senkte seinen Kopf wieder. Alexander zwinkerte Georg zu und gab ihm zu verstehen, er wolle das Schweigen brechen.

Was sagst du denn dazu, Magnus?

Was soll ich schon sagen, es stimmt, ich habe im letzten Studienjahr die bewusste Erklärung unterschrieben. Sie haben mich unter Druck gesetzt, ich konnte gar nicht anders.

So? Alexander mochte es nicht glauben. Womit warst du denn unter Druck zu setzen?

Ich hatte Scheiße gebaut. Ich war mit Kommilitonen in einer Kneipe, und dort haben wir wohl etwas zu viel gesoffen. Und dann hat einer *Sieg Heil* gerufen. Fünf Minuten später war die Polizei da, zwei schmächtige Bürschchen. Die haben wir uns dann dummerweise auch noch vorgeknöpft und verdroschen. Das war zu viel. Am nächsten Morgen wurden die von uns, die der Wirt kannte, um sechs aus dem Bett geholt und verhört. Einer von uns soll sogar noch ein Hakenkreuz auf die Heckscheibe des Polizeiautos gemalt haben. Wir sollten alle geext werden.

Lass mich raten, sagte Georg, dann ging die Tür auf, ein freundlicher Herr in Zivil kam herein und sagte etwa so: Sehr dumm, was Sie da gemacht haben und nicht gerade ein Zeugnis Ihrer gesellschaftlichen Reife. Solche Leute können wir in den Führungspositionen von Bildung und Wissenschaft nicht gebrauchen. Andererseits hat unser Staat ja schon viele Tausend DDR-Mark in Ihre Ausbildung investiert. Und wir sind ja keine Unmenschen. Jeder soll eine zweite Chance bekommen. Entweder Sie bewähren sich in der sozialistischen Produktion oder Sie verpflichten sich, mit uns zusammenzuarbeiten und mit dafür zu sorgen, dass unter unserer studentischen Jugend revanchistisches und sozialismusfremdes Gedankengut früh erkannt und ausgemerzt wird. War es so?

Genau, sagte Magnus, ich weiß nicht, ob er *ausgemerzt* gesagt hat, aber die Argumentation war genau so. Und da habe ich den Strohhalm ergriffen. Ich wusste ja, dass ich keinem wirklich schaden würde.

Mir auch nicht? Alexander bohrte nach. Du hast mehrfach gemeldet, dass ich staatsfeindliche Äußerungen im Kollegenkreis gemacht hätte, hast mich in deinen Berichten zitiert und geraten, mir keine weitere Verantwortung zu übertragen. Die Unterschriftenaktion war dann nur noch der berühmte Tropfen.

Magnus schwieg wieder eine Weile. Dann sagte er: Wenn man einmal unterschrieben hatte, kam man nie wieder raus.

Das stimmt so nicht, wandte Georg ein. Ich weiß von etlichen, die ihre Konspiration gebrochen haben. Wer sagte, ich habe meiner Frau oder meinem besten Freund von meiner Mitarbeit erzählen müssen, weil ich die Heimlichtuerei nicht mehr aushielt, wurde meist losgelassen. Ein Spitzel, von dem sich herumspricht, dass er Spitzel ist, nützt dem Geheimdienst doch nichts mehr.

Woher willst du das wissen? Magnus schaute misstrauisch zu Georg.

Weil ich in einer Einrichtung arbeite, die sich mit Widerstand in der DDR befasst und inzwischen Hunderte von Zeitzeugen, Betroffene und Stasi-Mitarbeiter interviewt hat. Im Übrigen kenne ich auch Stasiakten, die das belegen.

Magnus schwieg wieder.

Belastet dich das heute nicht, fragte Alexander, zumindest, wenn wir uns in der Stadt begegnen? Hast du geglaubt, ich würde nicht dahinterkommen? Hast du nie befürchtet, dein Arbeitgeber könnte davon erfahren?

Magnus zuckte zusammen: Was hat der damit zu tun?

Nun, mischte sich Georg wieder ein, du hast eine verantwortliche Position. Es würde sich nicht gut machen, wenn plötzlich in der Zeitung stünde ... Immerhin war Alexanders Stelle von damals ein Sprungbrett zu deiner heutigen Professur.

Mensch, Leute, ich weiß doch, dass das Scheiße war. Ich könnte mich heute dafür ohrfeigen, damals nachgegeben zu haben. Und – Alexander – es tut mir wirklich leid. Das war sicher nicht fair von mir. Ich bin nicht so geradlinig wie ihr beide, ich war immer ein Schisser. Ich hab alles mitgemacht, FDJ und Partei und Kampfgruppe und diesen ganzen Mist. Was glaubt ihr, wie froh ich war, als ich 1993 die Stelle im Westen kriegte, wo mich nichts mehr an damals erinnerte.

Bis du mir begegnet bist, warf Alexander ein.

Du wirst es nicht glauben, Alex, ich habe überhaupt nicht mehr daran gedacht. Ich muss das ziemlich verdrängt haben. Als ich dich sah, dachte ich nur an die Chorzeit und meine Freude war nicht gespielt.

Das glaube ich nicht. So etwas kann man nicht völlig ausblenden, widersprach Alexander.

Doch, sagte Georg, das gibt es. Für manche ist es der einzige Weg, sich auf die Gegenwart einzulassen.

Jetzt mochte keiner mehr anstoßen. Sie griffen zu ihren Gläsern und tranken still in sich hinein. Magnus stierte vor sich hin und schien schwer in Gedanken. Alexander trommelte mit den Fingern auf den Tisch, irgendetwas musste er noch sagen. Aber das Schweigen brach diesmal Magnus.

Kannst du mir verzeihen?

Mit dieser Frage hatte Alexander nicht gerechnet. Er schaute ihn direkt an und überlegte einen Moment.

Ich weiß nicht, sagte er dann. Vielleicht später einmal. Er machte eine Pause. Dann fügte er mit bitterem Lachen hinzu: Immerhin verdanke ich deinem Verrat, dass ich mich lange vor dem Zusammenbruch der DDR von ihr verabschiedet habe. Diesem DDR-typischen Wissenschaftsprovinzialismus und den ewigen Selbstverpflichtungen und der ideologischen Begleitmusik habe ich keine Träne nachgeweint.

Aber die bleierne Stimmung wollte nicht weichen. Georg spürte sie nicht weniger als die anderen beiden. So nötigte auch keiner Magnus zu bleiben, als der aufstand und erklärte, er müsse jetzt erst einmal mit sich selber ins Reine kommen, zumal er das Schwerste noch vor sich habe, seine Frau wisse bis heute von all dem nichts. Er glaube, das jetzt ändern zu müssen.

Die Verabschiedung war knapp, und dennoch regte sich in Georg ein winziger Hoffnungsschimmer.

Der arme Hund, sagte Alexander, als Magnus verschwunden war, in seiner Haut möchte ich jetzt noch weniger stecken als damals in der meinigen. Und – fügte er nach einer Pause hinzu – danke, dass du das in die Hand genommen hast. Allein würde ich es weiter vor mir herschieben. Ich kann zwar nicht sagen, dass es mir jetzt viel besser ginge, aber eine gewisse Erleichterung verspüre ich. Es lastet nicht mehr so auf mir. Dafür auf Magnus, und das ist erst mal in Ordnung, finde ich.

Georg schaute Alexander an und empfand erneut eine tiefe freundschaftliche Zuneigung zu ihm.

Ja, sagte er, wenn so ein Prozess in Gang kommt, weiß man nie genau, wohin er führt. Deshalb lassen sich viele gar nicht darauf ein. Vielleicht bleibt die Last auf Magnus liegen, vielleicht haben wir ihm aber auch einen großen Gefallen getan.

Ich habe Hunger, erklärte Georg. Magst du mit mir etwas essen?

So war es ja eigentlich geplant. Unglaublich, dass man über diesem ganzen Mist die natürlichsten Bedürfnisse vergessen kann, erwiderte Alexander.

Eines, sagte Georg, nur ein natürliches Bedürfnis, den Hunger, hast du vergessen um eines anderen natürlichen Bedürfnisses willen, des Bedürfnisses nach Klarheit und Wahrhaftigkeit. Ist das nichts?

Alexander nickte: Du hast schon recht.

Sie bestellten sich ein klassisches Bauernfrühstück und einen weiteren Chianti, und langsam löste sich die Spannung.

Lass uns von etwas anderem reden, schlug Alexander vor. Pastorisierst du eigentlich noch?

Was mache ich?

Ich meine, arbeitest du manchmal noch als Pfarrer? Oder darfst du das nicht mehr?

Doch, doch, widersprach Georg lachend, ich darf schon, aber ich habe als Staatsbediensteter natürlich keine Pfarrstelle mehr. Und ehrlich gesagt, ich bin heute nicht traurig darüber. Meine Religiosität hat sich, seitdem ich Kirche mehr von außen erlebe, so gewandelt, dass ich mir nicht sicher bin, ob mich die

Kirche, böte sie mir Predigtanlässe, überhaupt noch dulden wollte.

Ein theologischer Querkopf warst du aber auch früher schon, bemerkte Alexander, weshalb ich gern in deine Gottesdienste kam. Du hast manchmal mehr Fragen aufgeworfen als Antworten gegeben, das mochte ich; du hast auch provoziert und zugespitzt; wer nicht zum Ausschlafen in die Kirche kam, der kam auf seine Kosten, in jeder Hinsicht, das heißt, mit Kollekte war das gar nicht zu begleichen.

Meinst du? Ich weiß nur, dass ich die fast zwanzig Jahre, die ich als Pfarrer gearbeitet habe, nicht ein einziges Mal vorformulierte Gottesdienst-Texte verwendet habe, weil ich befürchtete, ich könnte mich daran gewöhnen, meine eigene innere Bewegung hinter allgemeinen Floskeln zu verstecken. Alles musste aus mir selber sein. Und das wäre heute auch so. Und deshalb würde es wahrscheinlich zu einer Katastrophe führen. Und der Bischof würde sagen: Sehen Sie, Herr Weber, deshalb benutzt die Kirche zeitlose Texte, damit nicht jede Glaubensschwankung des Pfarrers die Gemeinde verunsichern kann. Und ich müsste antworten: Genau deshalb kann ich diese alle nicht verwenden, weil mich meine Gemeinde nicht als Gottesdienstmaschine erleben soll, sondern als einen, der mit ihnen fragt und sucht und zweifelt und weint und jubelt. Und der Bischof würde antworten: Ach, Bruder Weber, das sind romantisierende Vorstellungen von Kirche. In diesen unruhigen Zeiten brauchen die Menschen Gewissheiten und Orientierung. Und ich würde zurückfragen: Ist das nicht eine Anmaßung, so zu tun, als hätten wir klare Antworten, die immerfort gelten? Und wirkt die Kirche heute nicht gerade deshalb so sprachlos, weil sie auf die Fragen von heute oft gar nichts zu sagen weiß – oder sich nicht traut, was auf dasselbe hinausläuft. Der Bischof würde sagen: Sie machen es mir aber auch schwer. Ich weiß nicht, ob ich Sie mit so einer Auffassung noch mit einer Gemeinde betrauen kann. Ich würde antworten: Ich weiß, die Kirche soll ja ein möglichst geschlossenes Bild abgeben. Deshalb wird sie ja von so vielen als geschlossene Gesellschaft erlebt. Die fast überall geschlossenen Kirchentüren sind ein unübersehbares Symbol dafür. Sie verstehen mich falsch, würde er antworten, ich will sagen: An dem Pfarrer soll sich die Gemeinde aufrichten können. Und ich würde sagen: Nicht *an* dem Pfarrer, sondern *mit* dem Pfarrer. Der Pfarrer ist nicht Jesus, allenfalls sein Jünger. Die Menschen, würde der Bischof sagen, sehen Sie anders. Weil die Kirche eben dieses, Ihr Pfarrerbild aufrechterhält, müsste ich dann antworten. Oder anders gesagt: Wenn mir jemand sagen würde, Ihren Glauben möchte ich haben, Herr Pfarrer, müsste ich antworten: Auch meine Zweifel? Aber so offen wie im Neuen Testament geht es in der Kirche ja nicht zu. Wir haben aus der lebendigen Lebensgemeinschaft der Urkirche eine Behörde gemacht, die funktioniert und in deren Getriebe einer wie ich als Sand empfunden wird. Tut mir leid, Herr Bischof, ich eigne mich nicht zum Schmiermittel. Aus.

Das war ein echter Weber, stellte Alexander fest, du bist älter geworden, schmaler, deine fuchsfarbenen Haare fangen an zu bleichen, aber du scheinst immer noch der unbestechliche, nonkonformistische Individualist zu sein, der du früher schon warst. Glaub mir, leichter leben die andern.

Ich weiß, ich weiß. Es ist mein notorischer Gerechtigkeitswahn, oder besser mein Widerspruchsgeist. Du weißt, das Leichtlebige passt nicht zu mir, entspricht nicht meinem Wesen, so sehr ich mich danach sehne, sagte Georg. Ich muss immer kämpfen, meistens gegen etwas. Aber ich kämpfe nicht aus Mut, sondern aus Angst und manchmal aus Verzweiflung.

Wie wärst du denn gern, wollte Alexander wissen.

Wie du zum Beispiel. Ich hätte gern ein einziges Mal in meinem Leben etwas völlig Verrücktes gemacht, mit grasgrün gefärbten Haaren und in Badehose auf dem Markt über den Fettgehalt der Pflastersteine geredet, die Börse in Frankfurt schwarz angemalt oder meine eigene Todesanzeige in die Zeitung gesetzt, um danach spurlos zu verschwinden.

Georg, ich mag ja manchmal ein verrückter Vogel gewesen sein, aber nichts Derartiges habe ich gemacht. Ich nehm bloß nicht alles so schwer wie du. Im Übrigen bin ich gerade froh, dass du nicht bist wie ich.

Es wurde eine lange Nacht. Ein Kellner begann, die Tische neu einzudecken, eine Frau an der Theke polierte alles Metallene auf Hochglanz. Dennoch und mit unverdrossenem Gesicht wurde ihnen eben noch ein letzter Viertel hingestellt. Das Gespräch glitt über Erinnerungen an die beiden prägenden Lehrer, denen sie den Blick für Kunst und die Freude an Literatur verdankten, allmählich ins Philosophische. Doch die Gedanken verlangsamten sich mit der vorgerückten Zeit und dem Quantum, das sie zunächst genussvoll, dann eher reflexhaft bewältigten und bald auf der Rechnung vorgeführt bekommen sollten. Die Zungen klebten am Gaumen und lösten sich immer schwerer zu bedeutungsvollen Erkenntnissen wie: Ich sage dir, mein Lieber, wenn wir den alten Dok nicht gekriegt hätten, hätten wir halb so viel, halb so viel, wenn überhaupt ... Genau, du sagst es, der Dok war unser, sagen wir, unser, unser Klassiker, ein Grieche ... Stimmt, ein Grieche unter Barbaren, nein, ein Privileg, ein Privileg war der, aber nur für die, die es hatten ... Genau. Schade, dass er nicht ... dass er gestorben ist.

Weißt du was, sagte Alexander, ich glaube, ich muss nach Hause, sonst schimpft meine, meine Mutti ...

Meinst du Genevieve? War das nicht vorhin noch deine – Ehefrau!

Nein, das ist meine Mutti, wetten?

Ich könnt jetzt auch eine Mutti gebrauchen, die mich in mein Hotel bringt.

Ich bring dich.

Quatsch, ist doch beinahe fast gleich gegenüber. Geh du zu deiner Mutti. Ich ruf dich morgen Nachmittag an.

Alexander legte einen großen Geldschein auf den Tisch, ohne ihn genau anzuschauen. Als sie den *Ratskeller* verließen, sah ihnen der Kellner mit ungläubigem Lächeln nach und verneigte sich.

Georg quälte sich durch die Nacht. Im Oberbauch meldete sich, kaum dass er eingeschlafen war, wieder der brennende Schmerz, der nicht genau zu lokalisieren war, der aber wie von tief innen kam und vorerst dem Nachtschlaf ein Ende bereitete. Er stand auf und ging im Zimmer umher, öffnete eine Flasche Wasser, massierte den Magen-Darm-Bereich, zappte sich durch das Nachtprogramm, legte sich wieder hin und verfolgte an der Decke das kurze Schattenspiel, sobald ein Taxi den Bahnhofsvorplatz befuhr. Er wusste, das dringend erforderliche Gespräch mit seinem Internisten könnte all den beunruhigenden Ahnungen ein Ende bereiten. Magen, Darm, Milz, Bauchspeicheldrüse und vielleicht noch anderes käme infrage. Hoffentlich nicht die Bauchspeicheldrüse und hoffentlich nicht Krebs, dachte, nein, flehte er, wie ein Gebet ins Leere hinein. Das Beten wie in Kindertagen, das demütige Vortragen von persönlichen Anliegen und Problemen sowie die kindliche Bitte um deren Lösung dank göttlichen Eingreifens in die Kausalitäten war ihm über die Jahre abhandengekommen. Gott, so glaubte er, würde nicht die einen ihrem Ungemach ausliefern und ihn verschonen, nur weil er fein artig die Hände zu falten gelernt hatte. Jetzt aber, angesichts dieser diffusen Angst, würde er gern noch mal wie ein Kind beten können.

Nein, widersprach er sich. Die Naivität, die wir verloren haben, können wir uns nicht wieder zurückholen, das Paradies ist Vergangenheit. Ich sollte mich besser des Göttlichen in mir vergewissern. Ich sollte meine negativen Gedanken überwinden und alles in mir mobilisieren, was an heilender Energie vorhanden ist.

Georg wunderte sich, wie klar seine Gedanken auf einmal waren. Während in seinem Bauch ein Kobold zu toben schien, befreite sich der Kopf gerade von seinen Beschränkungen und hellte zu einem lichten Moment auf.

Gott in mir, dachte er immer wieder. Und was ist mit meinem Zorn und meiner pedantischen Kleinlichkeit und meiner Angst und meinem Egoismus und meiner Ignoranz und meiner Rücksichtslosigkeit und meiner Ungeduld? Das passt doch alles nicht zu Gott, jedenfalls nicht zu dem Gott, den Jesus gepredigt hat. Andererseits, hielt er sich selber entgegen, hat Jesus auch von Menschen anders geredet, freundlicher, liebevoller, verständnisvoller. In seinen Augen wäre er wahrscheinlich gar nicht so schlecht, wie er im Zwielicht der kirchlichen Gewissenserforschung dastand.

Vielleicht ist mein Zorn nichts anderes als die Fähigkeit, meinem Temperament entsprechend auf Ereignisse zu reagieren, meine Pedanterie Gründlichkeit, von der die Welt eine Portion mehr gebrauchen könnte, meine Angst das Gegenteil von Überheblichkeit, mein Egoismus die Anerkennung meines Selbsterhaltungstriebes, meine Ignoranz Selbstschutz, damit ich mich nicht verzettele, meine Rücksichtslosigkeit die berechtigte Rücksichtnahme auf meine Bedürfnisse, damit ich nicht vor die Hunde gehe, wie so mancher altruistische Zwangstäter, und meine Ungeduld Antrieb zum Handeln?

O ja, die Kirche hat es hervorragend vermocht, uns Selbstverachtung und Gewissensbisse anzuerziehen, dass wir nur ja nicht zufrieden sind in diesem Leben und uns umso mehr nach dem künftigen sehnen, von dem sie zu wissen vorgibt. Warum haben wir nicht gelernt, einfach Ja zu uns zu sagen, uns anzunehmen, wie wir sind?

Irgendwo glaubte er gelesen zu haben, religiöse Menschen seien im Schnitt weniger gefährdet als areligiöse, weil sie durch das Gebet eher zu innerer Ruhe und Zufriedenheit fänden, während andere rastlos umhertrieben. Ein andermal war es das Gegenteil, Gläubige seien anfälliger für Krebsleiden, weil sie zeitlebens mit dem schlechten Gewissen lebten, nie zu genügen und auf die Vergebung eines gütigen Gottes angewiesen zu sein, von dem man nicht genau wisse, wo seine Vergebungsbereitschaft ende.

Nicht grundlos musste die Kirche diese Wissenslücke mit allerlei schrecklichen Erfindungen wie Fegefeuer, Todsünden und Ausschluss aus der Gemeinschaft der Gläubigen gefüllt – und damit unzählige Menschen in Unmündigkeit und Abhängigkeit gestoßen haben.

Welche Wahrheit gilt nun für mich?

Damit schlief Georg ein und erlebte wenigstens eine kurze, tiefe Phase der Gedankenlosigkeit, während vor seinem Fenster die Sonne aufging.

6

Als Georg zum Frühstück ging, erkundigte er sich an der Rezeption nach einer Zugverbindung. Ein Hotelangestellter mit bleichem Kugelgesicht und Nickelbrille, dessen kahler Kopf so auf dem engen Kragen saß, dass man bei jeder Drehung befürchtete, er würde herunterkollern, versicherte ihm, während Georg frühstückte, sich um entsprechende Auskünfte zu bemühen.

Georg verspürte großen Appetit auf Herzhaftes. Das Frühstücksbüffet hielt manches vor, das seinem Gelüste entsprach, vor allem Heringssalat und einen besonders würzigen Käse. Sein Bauch hatte sich beruhigt, und er genoss von dem Angebot weit über den Sättigungspunkt hinaus. Er trank frischen Orangensaft und Wasser, ließ sich seinen obligatorischen Espresso bringen, griff sich eine Tageszeitung und überflog die Schlagzeilen, dazu bewegte er mechanisch die Lippen, während seine Gedanken die nächsten Stunden, abhängig vom noch ungewissen Zeitrahmen, in Segmente zerlegten. Ariane war anzurufen. Die Glasfenster von Rouault in St. Urban wollte er endlich einmal sehen, zumal ihm ungewiss schien, wann er wieder hierher käme. Am Kanal lag das Boot mit der Sachsenfahne, dessen Rätsel noch zu knacken wäre. Auch Katharina, Carola und Alexander würde er gern noch einmal sprechen, wenn die Zeit es erlaubte. Ein Abschiedsespresso in Verbindung mit einem Mittagsimbiss könnte seinen hiesigen Aufenthalt beschließen.

Im Zug gäbe es sicher wieder nur Pottkaffee, Sandwiches und übersüßen Kuchen.

Er stand auf und ging zur Rezeption. Der mit dem Kugelgesicht legte ihm das Ergebnis seiner Recherche vor. Georg entschied sich für den Zug um 15 Uhr 12, bei dem er nicht umsteigen musste. Es sah wieder mal so aus, als könnte er alles schaffen, was er sich vorgenommen hatte, obwohl er sein Zeitbudget meist überschätzte, sodass die letzten Vorhaben unter Abarbeitungsdruck gerieten.

Er kündigte an, sein Zimmer zu um zehn zu räumen.

Genau ein freies Schließfach fand er im Hauptbahnhof vor. Er stellte seine Tasche ab und verbarg den Schlüssel in seiner Jacke. Vor dem Bahnhof standen noch immer die Tische und Stühle des kleinen Bistros, die im Sommer sicher stärker frequentiert waren. Er setzte sich, um zu telefonieren und hoffte, kein nerviger Kellner werde ihn dabei stören. Diesmal ging Ariane sofort an den Apparat.

Na, du Abenteurer, langsam habe ich Sehnsucht nach dir. Wann kommst du?

Heute Abend. Der Zug kommt 18 Uhr 44 an. Magst du mich abholen?

Aber sicher, antwortete sie. Wie fühlst du dich denn heute?

Danke, im Moment geht's. Heute Nacht war es furchtbar. Ich bin morgen bei von Rad angemeldet. Mir ist zwar ein bisschen mulmig, aber ich brauche jetzt endlich Klarheit, was mit mir ist.

Kaffee, der Herr, hörte Georg eine fremde Stimme flöten.

Nein danke, sagte er, erhob sich und ließ eine verdutzte Kellnerin stehen, während er Richtung Kanal schlendernd sein Telefonat zu Ende brachte.

Die Sachsenfahne hing schlaff wie der Zipfel einer Tischdecke am Mast. Georg sah zu ihr auf und dachte, so blutleer muss sie schon früher von den Zinnen gehangen haben, sonst wären die Sachsen vielleicht ein bisschen erfolgreicher in militärischen Angelegenheiten gewesen. Wir sind eben keine Kämpfer auf dem Schlachtfeld, tröstete er sich, sondern Schöngeister, Musiker, Künstler, Mimen. Mit entsprechend selbstgefälligem Gesichtsausdruck musste Georg den schmalen hölzernen Steg zum Hausboot erklommen haben; denn dessen Besitzerin erhob sich eben mit spöttischem Lächeln aus ihrem Gartensessel auf Deck und trat auf ihn zu: Ich habe mich gefragt, was Ihnen gerade durch den Kopf ging, als Sie erst meine Fahne begutachtet und dann mit solcher Erhabenheit mein Schiff bestiegen haben. Aber schön, dass Sie es noch möglich gemacht haben. Einen Tee?

Georg blickte sich um und maß das Schiff in seiner ganzen Länge, während er wie abwesend sagte: Ja, ja gern.

Ohne ihm die Hand zu reichen, verschwand sie unter Deck. Er hörte sie rumoren und besah einstweilen den Kahn. Die grüne Farbe, mit der die Bordinnenwand gestrichen war, begann hier und da abzublättern. Während die meisten Boote, wie auch dieses, von außen schwarz gestrichen oder geteert schienen, zeigte sich das Deck mit seinen ausgeblichenen Bohlen und dem grünen Anstrich, zugestellt und behängt mit unzähligen Grünpflanzen, von deren einstiger Vielfalt weithin nur noch unterschiedlich kahles Gestrüpp zeugte, einladend und erinnerte an einen leicht verwilderten Kleinpark. Er schlich sich am ebenfalls grün gestrichenen Aufbau vorbei zum Bug. Eine Wäscheleine verband das Steuerhaus mit dem Sachsenfahnenmast. Viele bunte Klammern, die nichts außer sich selbst zu halten hatten, hingen daran. Auf einem Liegestuhl in der Mitte des kleinen Wäscheplatzes lag ein orangerot gestreiftes Polster.

Wann hatte es das schon gegeben, dass man sich im Oktober noch sonnen konnte!

Ich bin Lisa, sagte sie, als sie mit einer Teekanne auf das Deck zurückkehrte, und schaute ihm in die Augen. Er erwiderte ihren Blick und glaubte, noch nie in so helle, graublaue Pupillen gesehen zu haben. Fischaugen würde er sie nennen, wenn sie nicht aus einem so freundlichen Gesicht blickten. Heller Flaum flimmerte im seitlichen Sonnenlicht auf ihrer Oberlippe. Das strohblonde Haar, das sie hinten zu einem dicken Zopf zusammengeflochten hatte, hing ihr in lockeren Strähnen über Stirn und Ohren. Sie lächelte, und ihre geschwungenen Lippen legten eine Reihe kleiner, wohlgeordneter Unterkieferzähne frei, während ihre kräftigen Schneidezähne ein klassisches Diastema offenbarten.

Und du? Oder muss ich Sie sagen, erinnerte sie ihn, sich noch nicht vorgestellt zu haben.

Ach so, ja, also ich bin Georg, stammelte er. Nein, nein, wir müssen uns nicht siezen.

Sie goss Tee in die beiden Keramiktassen, die sie auf den kleinen Tisch gestellt hatte, und forderte Georg auf, Platz zu nehmen.

Du bist also gekommen, weil du wissen wolltest, wie man auf so einem Kahn lebt, richtig?

So ist es, bestätigte Georg, seit meiner Kindheit faszinieren mich Bahnwärterhäuschen und Hausboote. Das heißt, ein richtiges Hausboot habe ich als Kind nur einmal gesehen. Das war an der Müritz. Ansonsten waren es meist Zillen auf der Elbe, die mich faszinierten. Ich wäre gern einmal mit so einer in die Tschechoslowakei geschippert oder besser noch in die Gegenrichtung, nach Hamburg.

Na gut, dann lass uns in Ruhe unseren Tee schlürfen, während du mir erzählst, was dich – vermutlich mit dem Auto oder mit der Eisenbahn – hierher gelockt hat. Dann zeige ich dir meinen Kahn.

Georg erzählte von seinen Vorhaben in diesen Tagen und dass ihm die Stadt schon seit 1990 vertraut sei. Dazu musste er etwas weiter ausholen, kam auf seine beruflichen Veränderungen zu sprechen und letztlich auf den Ausgangspunkt all dessen: Dresden.

Du kommst aus Dresden?

Ja, sagte er, das heißt nein, ich komme eigentlich aus Radebeul.

Radebeul? Ihre blassblauen Augen begannen zu leuchten, so gut, wie blassblaue Augen eben zu leuchten vermögen. Ich stamme aus Weinböhla.

Als sie Weinböhla sagte, schob sie den Unterkiefer etwas vor und hielt die Lippen gerade so weit geschlossen, dass der original-sächsische Tonfall nicht zu überhören war.

Jetzt blitzten seine Augen vor Freude auf: Weinböhla? Ich glaub es nicht.

Im Gespräch ergaben sich manche Gemeinsamkeiten. Auch sie wohnte später in Dresden, ehe sie kurz vor der Mauer mit ihrer Familie in den Westen ging. In Laubegast übrigens, ganz nahe an der Elbe, ergänzte sie. Deshalb auch ihre Vorliebe für ein Wohnboot. Sie kannte noch die gleichen Schauspieler am Großen Haus, saß bei dem noch jungen Masur in der Philharmonie, liebte den Chor, in dem Georg gesungen hatte und teilte sich mit ihrer Schwester ein Abonnement für die *Stunde der Musik* im Hygiene-Museum. Im Westen später musste aus ihrem Leben ein Abenteuer geworden sein: Schulabschluss und Abitur in Köln, ein Jahr Au-pair-Mädchen in Frankreich, Studium in Westberlin und den USA, Teilnahme an einem Naturschutzprojekt in Australien und Neuseeland, Lektorat in München, Korrespondentin für eine Tageszeitung in Jordanien und

Syrien, ein Jahr auf Selbstfindungstrip in Indien, dann ein erstes Kinderbuch mit großem Erfolg und seit etlichen Jahren freischaffend. Zwei kinderlose Ehen wurden dabei zerrieben und eine Krebserkrankung anscheinend überstanden.

Vor drei Jahren habe sie das Hausboot gekauft und nach ihren Vorstellungen umbauen lassen. Seitdem nutze sie es als Wohnung und Transportmittel. Vor allem auf deutschen Gewässern sei sie damit unterwegs, ein Dreiviertel des Jahres. Ihre hiesige Winterwohnung habe sie jedoch nie aufgegeben.

Georg freute sich auf die Schiffsführung.

Er solle keine zu großen Erwartungen haben, so ein alter Kahn könne es weder, was Geschwindigkeit und Manövrierfähigkeit noch was Komfort angehe, mit den heutigen Hausbooten aufnehmen. Dafür allerdings falle auf die andere Waagschale ein erhebliches Moment an Romantik und Wohnlichkeit, die sie für unverzichtbar halte.

Du befindest dich soeben quasi auf dem Dachgarten meines Hauses, sagte sie, indem sie mit einer Handbewegung von Bug nach Heck das Deck beschrieb. Hier lebe und schreibe ich tagsüber, wenn die Temperaturen es zulassen. In ganz warmen Nächten schlafe ich auch hier.

Sie führte ihn in den Steuerstand und zeigte ihm ihr wundervoll gearbeitetes Steuer und all die blitzenden Geräte aus Messing und Kupfer.

Das ist meine Brücke, erklärte sie und wies lachend auf den Polsterstuhl hinter dem Steuer. Ich vermute, ich bin die einzige Kapitänin auf Deutschlands Wasserstraßen, die während der Fahrt in einem Sessel sitzt, den sie von ihrer Oma geerbt hat.

Und jetzt geht es hinab in mein eigentliches Haus bzw. Gehäuse. Sie ging voran und bat ihn, den Kopf einzuziehen, da es eng werde.

Dank der großen Glasfenster, die sie in den Deckboden hatte einbauen lassen, verwandelte die Herbstsonne die sonst eher dunklen Gelasse in so einem Schiffsrumpf in helle, wohnliche Räume, das heißt, genau genommen, in einen einzigen, vielleicht vier Meter breiten, aber etwa 10 Meter langen Wohnraum, an dessen Enden sich auf der einen Seite eine Kochnische, auf der anderen eine Schlafnische befanden.

Man hätte vergessen können, auf einem Schiff zu sein, wenn nicht die Bullaugen zu beiden Seiten und das sanfte Plätschern zwischen Schiffsrumpf und Kaikante daran erinnerten. Denn Lisas Wohnzimmer, abgesehen von der niedrigen Decke, unterschied sich wenig von einem solchen an Land: Um einen ovalen Nussbaumtisch standen drei abgewetzte Plüschsessel, ein mit Büchern und Papieren beladener Schreibtisch mit einem Stuhl, dessen hohe, durchbrochene Rückenlehne an die Öffnung der Kombüse stieß, ein Doppelsitzersofa neben der Öffnung zur Schlafkoje und niedrige Bücherregale entlang der Längswände, die eigens für diesen Raum angefertigt schienen, da bei jedem Bullauge eine Aussparung festzustellen war. Sogar einen Kaminofen gab es, neben der Treppe, die einzige Stelle auch, wo statt des Belags aus Kokosfasern eine blinkende Metallplatte den Fußboden bedeckte.

Georg konnte aufrecht gehen, ohne an irgendetwas zu stoßen, denn auf Deckenlampen verzichtete Lisa zugunsten kugelrunder Leuchtballons auf dem Boden. Er schritt den Raum ab, schaute in die Schlafkoje, die von einem breiten Bett und einem Wäscheregal ausgefüllt war, blickte auf der anderen Seite in die Kombüse mit ihrem Propangasherd, dem Spülbecken und einem schmalen Schrank, der vermutlich Geschirr und Töpfe enthielt.

Du darfst auch die kleine Tür neben dem Herd öffnen, rief ihm Lisa zu.

Georg drehte den Knauf der Tür und schaute in ein schmales Bad mit Dusche und Toilette.

Dann wandte er sich um und wies auf den Schreibtisch, der ihn an Katharinas Zettelwüste erinnerte: Und hier arbeitest du?

Ja, sieht man das nicht?

Magst du mir etwas von deinem aktuellen Projekt erzählen, fragte Georg.

Lisa lachte: Von welchem? Bei mir laufen immer mehrere Arbeiten gleichzeitig. Das Buch, das wahrscheinlich als Erstes fertig wird und zu dem ich eben die ersten Skizzen entwerfe, soll *Amsel, Drossel, Fink und Storch* heißen, eine Geschichte über Migrantenkinder in einer Kleinstadt.

Mehr gab sie nicht preis.

Und die Illustrationen ...

... mache ich im Wohnatelier meiner kleinen Stadtwohnung, sagte Lisa. Hier auf dem Kahn ist es zu eng für meinen Mal- und Grafikkram.

Das könnte mir gefallen, sagte er, als sie sich wieder in der Mitte des Raumes trafen, vielleicht nicht auf Dauer, aber für eine Fahrt auf der Havel oder durch die Mecklenburgische Seenplatte schon.

Na dann, sagte sie, entweder du schaffst dir so einen Kahn an oder du begleitest mich mal ein Stück.

Und dein Mann, fragte Georg jetzt sehr direkt.

Mein *Bekannter*, wie die Sachsen sagen, also mein Freund, ist freischaffender Fotograf in Berlin. Dem ist das zu langweilig. Immer nur Natur, sagt der, das halte ich nicht aus. Er besucht mich immer mal, wenn ich irgendwo festmache, und im Winter kommt er mitunter für einige Wochen hierher, allerdings in meine Wohnung. Kahn fahren sei nicht sein Ding, sagt er, seine

Kameras müssten ruhig stehen. Ob du es glaubst oder nicht, er hat mich noch auf keiner Tour begleitet.

Und der hätte nichts dagegen, wenn ein anderer Mann mitfährt, erkundigte sich Georg.

Im Gegenteil, er meint ohnehin, es sei zu gefährlich für mich, so ganz allein in meiner Arche. Ihn würde es eher beruhigen, eine Begleitung dabei zu wissen, wenn ich wieder unterwegs bin, im Mai zum Beispiel.

Georg zögerte. Lust hätte ich schon, aber ich weiß noch nicht, was im Mai mit mir ist.

Das klingt ja geheimnisvoll, forschte Lisa und forderte ihn auf, sich einen der Plüschsessel auszusuchen.

Georg erzählte von seinen Beschwerden und dass er morgen einen wichtigen Arzttermin hätte, von dem möglicherweise abhinge, wie es weitergeht.

Sie wurde ernst: Hast du Angst vor der Diagnose?

Ja, sagte er, ich habe Angst, obwohl ich auch ein Ende der Ungewissheit ersehne.

Sie schaute ihn an mit einem Blick, der ihn an Tante Veronika erinnerte, schweigend und doch so beredt, als wolle sie ihn trösten, obwohl es bisher nichts als vage Vermutungen gab.

Was wäre denn das Schlimmste für dich, brach sie das Schweigen.

Krebs, flüsterte er.

Und warum?

Weil dann meine Tage gezählt sind und mir ein elendes Ende bevorsteht, erklärte er leise und blickte vor sich hin.

Das muss nicht sein, widersprach sie. Abgesehen davon, dass die Medizin heute vor Krebs längst nicht mehr kapituliert, es gibt auch alternative Wege in Richtung Heilung, ohne Operation, Chemotherapie und Bestrahlung.

Er hob den Kopf und schaute sie an: Hast du Erfahrung damit?

Ja, sagte sie und lächelte ihn an, mir ist vor acht Jahren gesagt worden, wenn ich mich nicht sofort operieren ließe, hätte ich vielleicht noch ein Vierteljahr. Und jetzt ist es acht Jahre her, und es geht mir gut. Die letzte CT vor drei Jahren wies keinen positiven Befund mehr auf.

Ja, aber ...

Ich weiß, ich weiß, unterbrach sie ihn, das klingt unwahrscheinlich. Was nicht in den Lehrbüchern steht und was nicht mit wer weiß wie vielen Studien belegt ist, kann nicht stimmen. Man streitet es einfach ab, oder man gibt dem Kind einen Namen und nennt es Spontanheilung.

Immer noch ungläubig fragte Georg, was sie denn statt der üblichen medizinischen Behandlungen gemacht habe.

Das sei so schnell nicht erzählt, aber wenn er noch eine halbe Stunde Zeit hätte, wolle sie ihm gern davon berichten. Georg nickte und strich in seinen Gedanken den Besuch in St. Urban. Die Telefonate mit Carola, Alex und Katharina könnte er auch von zu Hause führen. Er schlug die Beine übereinander und lehnte sich ins Polster. Und Lisa berichtete ihm von ihrer damaligen Diagnose, von ihren Ängsten und von der Atmosphäre in der Klinik, in der sie operiert werden sollte.

Sie erzählte, wie sie bereits auf dem Bett gelegen habe, mit dem man sie zu weiteren Voruntersuchungen schieben wollte. Auf dem Weg zur CT habe sie ein Gespräch zwischen zwei Ärzten auf dem Gang mitbekommen, die von einer Frau sprachen, deren Fall ziemlich aussichtslos sei. Da sei plötzlich ihr Name gefallen. Sie habe sich unauffällig verhalten, dann aber, als sie sich für einen Moment allein auf dem Flur befand, noch ehe sich irgendeine Tür öffnete, sei sie vom Krankenbett gesprungen und in ihr Zimmer gelaufen, habe blitzschnell ihre Sachen gepackt und sei verschwunden. Sie habe keine Ahnung gehabt, wie es weitergehe. Mehrere Tage habe sie darüber nachgesonnen, was sie tun könne, ohne ihre Flucht in Zweifel zu ziehen. Sie habe fest darauf vertraut, einen für sie gangbaren Ausweg zu finden. Eine Freundin, die mehrere Jahre in einer onkologischen Klinik gearbeitet habe und an deren therapeutischer Engführung irregeworden sei, zudem den rüden Umgang mit den Patienten sowie innerhalb der Ärzteschaft nicht mehr ertrug, bis sie gekündigt und sich niedergelassen habe, habe sie auf eine kleine süddeutsche Privatklinik aufmerksam gemacht, die sich – mit ziemlichem Erfolg – biologischer Krebstherapie verschriebe.

Sie schilderte den dortigen Umgang mit den Patienten, das Klima zwischen Ärzten und Pflegepersonal, erzählte von der Einbeziehung aller, auch psychischer Faktoren in den therapeutischen Prozess und den Behandlungsmethoden. Und Georg bemerkte, wie, während sie sprach, ihre blassblauen Augen wieder zu leuchten begannen und ihre Stimme eine fast weihevolle Färbung bekam. Es faszinierte ihn, diese eben noch fremde Frau vom Wunder ihres eigenen Lebens sprechen zu hören. Alles, was sie sagte, sah er greifbar vor sich, so lebendig verstand sie es, die Dinge bis ins Detail hinein zu beschreiben. Wie die Vorahnung eines neuen, befreiten Lebens nahm er alles in sich auf, ohne die Bedeutung des Gesagten für sich schon ermessen zu können.

Als Georg aufbrach, wusste er, diese Frau würde er wiedersehen, auf diesem Dampfer oder anderswo. Sie drückte ihm eines ihrer letzten Kinderbücher in die Hand und sagte: Lies, Georg! Was für Kinder gut ist, ist auch für Erwachsene gut. Wenn du das gelesen hast, wirst du mich verstehen.

Georg nahm die Straßenbahn und erreichte den Hauptbahnhof eine dreiviertel Stunde vor Abfahrt seines Zuges. Alexander könnte zu Hause sein, Katharina würde wahrscheinlich über ihrem Zettelsalat sitzen. Er rief zuerst bei Katharina an. Nach fünfmaligem Klingelton sagte eine Männerstimme: Hier ist Maik, bei Stein, mit wem habe ich das Vergnügen?

Ach Maik, du bist es, sagte Georg. Ist Katharina da?

Maik verneinte. Sie habe ihn am Morgen aus dem Schlaf gerissen und habe ihm, schon im Mantel, erklärt, sie fahre für eine Woche an die Ostsee. Ob er sich um die Katze und den Briefkasten kümmern wolle. Er sei aus dem Bett gesprungen und habe sie in Schlafanzug und Mantel mit ihrem Auto zum Bahnhof gefahren. Anders hätte sie den Zug, den sie sich ausgeguckt hatte, garantiert verpasst.

Ob sie sonst noch etwas gesagt habe, wollte Georg wissen.

Ja, ich solle morgens, solange so schönes Wetter sei, die Fenster öffnen und abends wieder schließen und …

Nein, unterbrach ihn Georg, ich meine zu mir.

Maiks Stimme klang unsicher, als er sagte: Nicht dass ich wüsste.

Dann ist es gut, sagte Georg, verabschiedete sich schnell und wählte die Nummer von Carola.

Möckelmann?

Carola, hallo, meldete sich Georg, ich wollte mich nur, bevor mein Zug geht, noch einmal bei dir bedanken.

Wofür denn?

Für den schönen Vormittag mit dir und die Gespräche.

Ganz meinerseits, antwortete Carola etwas förmlich. Für mich war es auch angenehme Zeit. Wo bist du jetzt?

Ich stehe vor dem Hauptbahnhof. Drinnen versteht man sein eigenes Wort nicht. Übrigens –, Georg stockte.

Was übrigens?

Hast du eine Ahnung, wo Katharina hingefahren ist?

Nee, sagte Carola, ehrlich verwundert, ist sie irgendwohin gefahren?

Maik sagt, sie wäre ganz spontan an die Ostsee aufgebrochen, klärte sie Georg auf.

Das passt zu ihr. Dieses Miststück. Gestern sagt sie noch zu mir, sie käme mit ihrem Buchprojekt nicht voran und werde in den nächsten drei Wochen nur arbeiten und keinen Schritt aus dem Haus machen und wolle kein Schwein sehen. Und dann düst sie einfach ab, ohne ein Wort zu sagen. Ich kenne das, und doch bin ich jedes Mal wieder überrascht. Wohin sie aber gefahren sein mag, keine Ahnung. Sie war schon paar Mal in Ahrenshoop, in einem Künstlerhaus, wo man in Ruhe schreiben kann. Da kommt man aber nicht so spontan unter. Vielleicht hat sie sich in einer Pension einquartiert.

Na gut, sagte Georg. Dann soll sie sich dort von meinem Besuch erholen.

He, he, was ist denn das? Ich denke, ihr seid miteinander klar? – Georg, bist du noch dran?

Ja doch, das war ein Scherz. Ich wollte eigentlich nur ihr und dir noch mal Tschüss sagen.

Bis hoffentlich bald, hörte er, ehe der Hörer aufgelegt wurde.

Zwanzig Minuten blieben ihm noch. Das Telefonat mit Alex könnte er auch bei einem Espresso führen. Diesmal erwartete er die Kellnerin auf seinem Plastikstuhl vor dem Bahnhofscafé: Doppelten Espresso, bitte, und mit Rücksicht auf meinen Magen mit viel Kaffeesahne.

Er wählte die Nummer von Alexander und wartete. Als er bereits wieder auflegen wollte, meldete sich eine genervte Stimme: Kreutz!

Kreutz? Hallo, Genevieve, hier ist Georg, warum meldest du dich mit Alexanders Geburtsnamen?

Hallo Georg. Wenn ich gewusst hätte, dass du es bist, hätte ich mich korrekt vorgestellt. In der letzten halben Stunde haben vielleicht zehn Studenten angerufen, ob der Herr Professor Delakreuks zu sprechen wäre, dass ich mir vorgenommen habe, beim nächsten Klingeln melde ich mich mal so.

Das glaub ich nicht, sagte Georg.

Doch, wirklich. Trotz Abitur und Kunstunterricht scheint für die junge Bildungselite ein französischer Name eine Zumutung zu sein.

Du bist nur verwöhnt, meine Liebe, weil man sich in Deutschland normalerweise die Mühe macht, alles richtig auszusprechen, ob englisch, französisch, japanisch oder swahili.

Nimm diese Ignoranten nur noch in Schutz! – Ich vermute, ich muss dir dieselbe Antwort geben wie den Studenten. Alex kommt heute erst gegen 22 Uhr nach Hause. Oder wolltest du mich sprechen?

Richtig. Ich wollte mich noch einmal bedanken und wissen, ob Alex etwas vom gestrigen Abend erzählt hat.

Und ob, sagte sie, die ganze Nacht. Als ich ihn heute Morgen fragte, wen er denn so beschimpft habe, erfuhr ich vom Ausgang eures Gesprächs. Es hat ihn ganz schön mitgenommen. Aber er war froh, dass du dabei warst und offenbar ganz gut moderiert hast.

Na ja, schwächte Georg das Kompliment ab. Im Übrigen habe er wahrscheinlich auch die ganze Nacht geschimpft, nur dass es keiner gehört habe.

Was macht dein Bauch, fragte Genevieve ganz unvermittelt?

Wieso? Habe ich etwas von meinem Bauch erwähnt?

Das nicht, nahm sich Genevieve zurück, aber du hast gestern

immer wieder mit deiner rechten Hand deinen Bauch massiert. Irgendwas ist da wohl.

Frauen, sagte Georg. Euch entgeht aber auch gar nichts. Ja, es stimmt, ich habe ein paar Probleme, schon längere Zeit. Deshalb fahre ich auch heute nach Hause, ich werde morgen beim Internisten meinen Befund erfahren.

Befürchtest du etwas Bestimmtes?

Eigentlich nicht, wiegelte Georg ab und wusste zugleich, dass er damit sein eigenes Gefühl verleugnete.

Genevieve hörte eine Ansage aus dem Bahnhofsinnern. Georg, in der Annahme, es handele sich um seinen Zug, hielt einen Moment den Hörer von seinem Ohr weg und lauschte auf das akustische Scheppern.

Nichts verstanden, sagte er, aber ich geh jetzt mal lieber auf meinen Bahnsteig.

Sie verabschiedeten sich mit Grüßen an Alex und Ariane.

Georg türmte vier Euromünzen auf den Tisch, griff nach seiner Tasche und verschwand in der Halle.

Mit wachsender Entfernung zu dieser Stadt wuchs auch der Abstand zu allem, was er diese Tage erlebt und gefühlt hatte. Ihm schien, er tauche aus einer extemporären Zeit da wieder ein oder auf, wo das Leben, das er die letzten Jahre geführt hatte, stehen geblieben war.

Für einen Moment sah er Ariane vor sich, den besorgten Blick, mit dem sie ihn seit Wochen begleitete, was sie jedoch vehement bestritt, wenn er sie darauf ansprach. Mit einem ähnlichen Blick würde sie ihn wahrscheinlich empfangen.

Dann sah er den Schreibtisch in seinem Arbeitszimmer mit seiner trügerischen Ordnung. Links und rechts der Schreibfläche sauber gestapelte Papiere, eine hölzerne Dose mit Bleistiften und Kugelschreibern, alle mit der Spitze nach unten, falls sich Ariane zwischenzeitlich nicht wieder bedient hatte, Kartei- und Zettelkasten parallel zu seiner Außenkante, die drehbare Tischleuchte rechtwinklig auf die Schreibfläche gerichtet und in der Mitte sein alter Laptop mit den durchgeschlagenen Tasten von *e* und *s*. Rechts davon das Inspirationslicht, eine schon weit heruntergebrannte dicke, rote Kerze. Die Bücherregale an der Längsseite des Zimmers und in seinem Rücken wohlgeordnet, die beiden Teewagen mit korrekt aufgeschichteten Zeitschriften und Heftern neben der Eingangstür gegenüber dem Schreibtisch, unter der großen Reproduktion des Balkonbildes aus der Pariser Matisse-Ausstellung, dazwischen das Fenster mit dem Gartenblick und das Regal mit den Stapelkästen voller Manuskripte von Predigten, Vorträgen, Erklärungen, Entwürfen, alphabetisch sortiert. Er sah seinen marmornen Sokrates auf dem Fensterbrett zwischen dem Glas mit den Bernsteinen und dem mit den Donnerkeilen, flankiert von den schönsten Exemplaren seiner Steinsammlung. Er schaute auf den breiten Tisch, auf dem sich angelesene Bücher und Papiere stapelten, zwischen denen in einer schmalen Glasvase meist eine einzelne Rose hervorlugte.

So hatte er sein Arbeitszimmer verlassen. Diese äußere Ordnung, die er um sich zu brauchen glaubte, wenn er kreativ werden wollte, hatte schon manchem Besucher ein spöttisches Lächeln entlockt.

Georg wusste, wie sehr sie trog, wie viel Unerledigtes, wie viel angefangene und wieder abgebrochene Briefe und Manuskripte sich hinter dieser Fassade versteckten. Auch den vor Monaten begonnenen Vortrag über die Stasi in der Volksarmee, speziell unter den Bausoldaten, würde man in einem dieser Stapel finden und Post, deren Absender schon unanständig lange hingehalten worden waren, vielleicht sogar alte Rechnungen, die inzwischen angemahnt wurden.

Auf einem der Papierstapel würde Ariane die Post der letzten Tage abgelegt haben: Einladungen, Amtliches, Werbung, ein paar echte Briefe, vielleicht etwas positiv Überraschendes. Er würde das Inspirationslicht entzünden, dessen Docht sich bereits tief ins wächserne Fleisch gegraben hatte. In dessen mattem rötlichen Schimmer würde er versuchen wieder anzukommen. Er würde die Reihen der Bücherregale entlangschauen, die Fotos und kleinen Aquarelle betrachten, die hier und da die Buchtitel verdeckten, die chinesischen Jadelöwen und Figurinen, die in den Zwischenräumen standen. Die Steine auf dem Fensterbrett würde er wieder in seine Ordnung bringen, falls Ariane Staub gewischt haben sollte. Die Vorfreude auf den Raum, in dem, wie er glaubte, manchmal die Energien des Universums aufeinandertrafen, überwog das gespaltene Verhältnis zu seiner eigenen Pedanterie. Zugleich meldete sich eine etwas angespannte Vorfreude auf Ariane und die bange Hoffnung, diesmal würde sie ihn anders empfangen.

Dann sah er sein Arbeitszimmer in der Landesstelle vor sich, Stapel von Akten und Papieren auf einem hellgrauen, abwaschbaren Tisch mit Stahlbeinen, den Schreibtisch mit dem Computer, der sich noch immer und nicht zufällig in zu großem Abstand zu seinem Arbeitsstuhl befand. Die inzwischen gefüllte Postmappe würde bestimmt mehr als einen Tag Arbeit in Anspruch nehmen. Vermutlich läge wieder ein Zettel von Munk mit der dringlichen Bitte um ein persönliches Gespräch über das Klima im Hause obenauf. Munk, der nicht begreifen wollte, dass er selber die Ursache der meisten Spannungen unter den Mitarbeitern war. Als er sich vor zwei Jahren um die ausgeschriebene Stelle in der Dokumentation bewarb, hoffte Georg, einen fähigen und integren Mitarbeiter gefunden zu haben. Er war ausgebildeter Bibliothekar und verfügte über einige Jahre Berufserfahrung. Als Mitglied eines kirchlichen Friedenskreises war er ins Fadenkreuz der Staatssicherheit geraten, die ihn 1987 wegen staatsfeindlicher Hetze verhaften und aburteilen ließ. Im Herbst 1989 wurde er schwer traumatisiert entlassen. Seitdem hangelte er sich mit Gelegenheitsjobs durch. Keiner wollte ihn unbefristet einstellen. Georg glaubte sich moralisch verpflichtet, Munk die Stelle zu übertragen. Er ahnte nicht, worauf er sich eingelassen hatte, zumal sich Munk als unzuverlässig und kaum belastbar entpuppte und darüber hinaus sämtliche Register auf der Klaviatur von Selbstmitleid und Intriganz zu beherrschen schien. Georg stöhnte auf und wünschte sich, Munk hätte in diesen Tagen gekündigt oder wäre einfach grußlos verschwunden.

Er sah die langen Gänge der Landesstelle vor sich, deren hinterer Teil, meist Depoträume, unbeleuchtet blieb und deshalb wie ein geheimnisvoller Tunnel wirkte. Gesichter seiner Mitarbeiterinnen und Mitarbeiter tauchten vor ihm auf, Frau Lachmann, seine Sekretärin, die ihm immer wieder nachsichtig aus Verlegenheiten half, sobald etwas schiefging, und die ihn wie ein Festungstor vor ungebetenen Besuchern schützte, wenn er gerade komplizierte Sachverhalte zu klären hatte. Auch sie beobachtete ihn in letzter Zeit mit einem seltsamen Blick, angstvoll und nachsichtig, als sei er auf einmal um Jahre gealtert. Er sah seine Arbeitsgruppenleiter, einen vitalen und verlässlichen Kreis von weitaus jüngeren Kolleginnen und Kollegen, mit denen sich völlig unkompliziert arbeiten ließ und die sich sowohl seinem hohen Anspruch an Eigenverantwortung als auch seinem schwarzen Humor durchaus gewachsen zeigten. Einen von ihnen, den seine Eltern im unschuldigen Alter von noch nicht einmal einer Stunde mit dem Namen Otto gestraft hatten, würde er sogar als Freund bezeichnen wollen. Manchmal setzten sie sich nach Feierabend zusammen und lästerten in sich steigernden Variationen über die vielen sinnleeren Anweisungen der Landesregierung und des zuständigen Kultusministeriums, dann wieder stritten sie mit gleicher Hingabe und Ernsthaftigkeit mit dem Ministerium für den weiteren Ausbau der Landesstelle und die erforderlichen Mittel.

Während er Bilder und Gedanken kommen und gehen ließ, drängte sich immer wieder Munk in sein Gesichtsfeld, so wie er sich immer wieder in sein Leben zu drängen versuchte, distanzlos, missgünstig, anmaßend; ein Mensch, der stets ein Gefühl von Leere und Erschöpfung bei seinem Gegenüber hinterließ. Seit Jahren bemühte er sich, Gespräche mit ihm, die über das rein Dienstliche hinausgingen, zu vermeiden.

Die Frauen aus der Zeitzeugenabteilung tauchten vor seinem inneren Auge auf, die sich jedes Mal auf ihn stürzten, wenn er ihre Gefilde betrat, weil sie von ihm wissen wollten, was er zur jüngsten Rede der Kanzlerin sage, ob er den Afghanistaneinsatz der Bundeswehr gutheiße oder wie er zur Kulturpolitik des Bürgermeisters stehe. Er sah Herrn Löwe vor sich, einen seiner ersten Mitarbeiter, der vornehmlich Gespräche mit Betroffenen führte und protokollierte und über dessen behutsamen Umgang mit seinen Klienten Georg immer wieder höchstes Lob hörte, Lob, das Löwe mit der Bemerkung, er tue nur seine Pflicht, zurückwies. Er würde dieses Jahr in den Ruhestand gehen müssen, so sehr er sich auch dagegen wehrte, aus Angst, mit der vielen Zeit danach nichts anfangen zu können.

Er dachte an den Personalchef im Ministerium, einen schmächtigen Beamten, der ihm nur bis zum Kinn reichte, aber keine Gelegenheit ausließ, Georg die Abhängigkeit von seinem

Wohlwollen spüren zu lassen. Mit ihm müsste er gleich in der ersten Woche einen Termin machen.

Georg war sich nicht mehr sicher, ob er in zwei Tagen wieder mit Lust an seinem amtlichen Schreibtisch Platz nehmen oder nicht lieber an seinem häuslichen verbleiben wollte. Er mochte seine Arbeit, so sehr ihn die Schicksale vieler Oppositioneller, mit denen er sich befasste, auch verfolgen konnten. Eine Art solidarischer Verbundenheit mit allen, die es gewagt hatten aufzubegehren, ergriff ihn jedes Mal. Auch seine Mitarbeiter und Mitarbeiterinnen mochte er, nahezu jeden und jede für sich, soweit sie nicht fordernd und im Rudel auftraten. Wenn Munk nicht wäre, würde er beinahe sagen: wie eine normale Familie.

In letzter Zeit allerdings beschlich ihn immer wieder einmal das Gefühl, er müsse sich besser schützen, dürfe den Gegenstand seiner Arbeit wie auch die Probleme seiner Mitarbeiter nicht so nahe an sich heranlassen. Dann kam es ihm vor, als habe ein undefinierbares Monstrum alle Energie aus seinem Körper gesaugt und seine Synapsen lahmgelegt.

Georg hatte im letzten halben Jahr sechzehn Kilogramm abgenommen. Er führte es auf die Ernährungsumstellung zurück, die ihm Frau Doktor Otas angeraten hatte. Ernährte er sich schon biologisch, mied er jetzt jede Art von Weizenmehlprodukten und reduzierte seinen Konsum von Süßigkeiten, einschließlich Schokolade, drastisch. Er freute sich über den Erfolg und fühlte sich wahrhaft erleichtert. Dass auch sein Gesicht schmaler geworden war, fiel vor allem anderen auf. Gut sehen Sie aus, sagten die, die ihn vorher für zu füllig hielten, schlecht sehen Sie aus die, die Beleibtheit als Ausdruck von Vitalität deuteten.

Georg verfiel ins Grübeln. Wenn es nun aber Krebs ist? Was kommt dann auf mich zu? Gibt es noch eine Chance, oder ist vielleicht alles schon zu spät? Und wenn nicht, was würde ich zulassen, um noch ein bisschen Zeit herauszuschinden? Und wenn die Ärzte sagen: Gehen Sie nach Hause und machen Sie Ihr Testament? Apropos Testament, ich habe tatsächlich noch nichts aufgeschrieben, keine Patientenverfügung, keine Aufteilung meiner bescheidenen Besitztümer. Wem werden sie gehören, Ariane, mit der ich verheiratet bin, oder meinen Töchtern oder allen Dreien zusammen. Was könnte ich meinen treuesten Freundinnen und Freunden als bleibende Erinnerung hinterlassen? Würde es nicht ohnehin Zeit, sich allmählich von einigen Bildern zu trennen? Warum habe ich mich noch nicht daran gemacht, meinen Kram zu ordnen, ehe er Nachlass heißt? Dreimal schon habe ich einen schweren Verkehrsunfall wie durch ein Wunder überlebt – *wie* durch ein Wunder, unterbrach er seinen Gedankenfluss, nicht eher *durch* ein Wunder?

Wenn jetzt alles sehr schnell ginge, säße Ariane mit allem allein da, mit einem großen Bestand an Büchern, mit Bergen von unnützen Papieren, mit Bildern und Sammelgut aus Jahrzehnten. Hätte sie überhaupt Zugriff auf mein bescheidenes Sparkonto, wo fünftausend Euro für den Ernstfall liegen? Und wenn die Zeit drängte, womit finge man an? Nach welchem Plan ginge man vor, wenn man wüsste, dass einem nur noch so und so viele Tage oder Stunden bleiben? Oder sollte er sich in diesem Falle um die Auflösung seiner Hinterlassenschaft keine Gedanken mehr machen und stattdessen für sich selber einen genussvollen Schlusspunkt setzen? Schnell noch einmal nach Italien, eine Woche Toscana? Ein letztes Fest mit den engsten Vertrauten, vielleicht in Verbindung mit einem großen Feuer im Garten, in dem alles Geschriebene und Gedachte, Gemalte und Gesammelte in Rauch aufgehen könnte, Tabula rasa machen? Und dann selber hineinspringen!

Georg lächelte bitter, Letzteres besser nicht. Es gibt schönere Arten zu sterben, sicher auch würdigere, falls die Schmerzen unerträglich werden.

Oder sollte er weiterleben wie bisher, so normal, wie es eben geht, mit Arbeit in der Landesstelle und Vorträgen und Hausarbeit und Gartenarbeit und geregelten Mahl- und Schlafenszeiten? Das Schlafen könnte man sich doch eigentlich sparen, wenn einem sowieso schon die ewige Ruhe vor Augen steht. Dann doch lieber noch so viel wie möglich machen und mitten in der Arbeit umfallen und tot sein.

Er befürchtete, so etwas gäbe es nur bei schwerem Herzinfarkt oder Hirnschlag. Krebs dagegen wäre doch eher schicksalhaftes Leiden, wie der Name schon sagt: Ableben im Rückwärtsgang.

Andererseits, geht nicht unser Leben unaufhaltsam zurück, sobald wir einen bestimmten Punkt überschritten haben? Als Bräutigam, sein theologischer Lehrer, von der Geburt der ersten Tochter erfuhr, sagte er: Georg, ab heute sitzt du auf dem absteigenden Ast. Das klang hart, aber es bewahrheitete sich jeden Tag neu.

Irgendwann würde der Punkt erreicht sein, wo es selbst kein Rückwärts mehr gäbe. Und dann? Dann mit einem leuchtenden Sonnenuntergang langsam verglühen, erlöschen, eintauchen in ewige Nacht; bei Sonnenaufgang nicht mehr da sein.

Man könnte auch das Ganze verkürzen. In der Schweiz, so hatte er gehört, gäbe es Organisationen, die leidenden und sterbewilligen Menschen zu einem kurzen Übergang verhülfen. Übergang? Wohin denn! Himmel, Hölle, Paradies, Nichts? Abgegriffene Bilder, durch Jenseitsvertröstung, moralische Drohgebärden und kirchliche Demutspädagogik in ihrer Wirkung verblasst. Wer sich Gott als jenseitiges Wesen vorzustellen vermag, kann sich vielleicht einen Himmel denken, in dem *ewige*

Freude zu Hause ist. Aber haben wir nicht schon hier die Erfahrung gemacht, dass die Besonderheit der Freude darin besteht, von begrenzter Dauer zu sein. Andernfalls hört sie auf, Freude zu sein.

Ich kann mich jeden Tag der wilden Pracht meines Gartens erfreuen, aber nur, weil mein Leben auch Anteile von Schmerz und Unzufriedenheit und Scheitern kennt. *Nur* Freude ist keine Freude. Die Freude ist doch kein Zustand, sondern der Moment, wo mich mitten in der Dämmerung ein Lichtstrahl trifft. Wohin also dann? Übergang in einen anderen Aggregatzustand? Seelenwanderung? Rückverwandlung der Materie in Energie?

Es war nicht das erste Mal, dass Georg über Suizid nachdachte. Einmal, er mochte vierzehn oder fünfzehn gewesen sein, überfiel ihn mit hereinbrechender Dunkelheit ein nicht zu stillendes Verlangen, seinem Leben ein Ende zu setzen. Schwermütig schlich er sich aus dem Internat zu den Elbwiesen, entschlossen, in das nachtschwarze Wasser des Flusses zu steigen und sich davontreiben zu lassen. Dann aber, angesichts der reißenden Flut – es muss in der Hochwasserzeit gewesen sein – schreckte er davor zurück und beschloss, nachdem er zur Besinnung gekommen war, sollte er erneut einen Gang ins Wasser in Erwägung ziehen, wollte er wenigstens einen Abschiedsbrief für seine Eltern, seine Schwester und Tante Vero hinterlassen.

Das nächste Mal, dass er glaubte, es gäbe keinen anderen Weg als den in den Tod, befand er sich in einer Sinnkrise, die, wie eine alte Freundin später behauptete, jeden sensiblen Menschen irgendwann in seinem Leben befalle. Bei einem schweren Autounfall hatte er sich einen Wirbel und zwei Rippen gebrochen. Der Unfallarzt malte eine mögliche Zukunft im Rollstuhl an die Wand. Seine Ehe mit Sabine schien ihm schon lange nicht mehr zu tragen. Beruflich fühlte er sich ausgelaugt und mit vielen Fragen nach dem Sinn seiner kirchlichen Tätigkeit konfrontiert. Zwei Mitarbeiter hatten gekündigt, weil – wie sie behaupteten – von ihm keinerlei Wertschätzung zu bekommen sei, seine Pedanterie stattdessen jede innovative Idee zunichtemache. Der Tod seines Jugendfreundes Daniel, der bei einer Klettertour in der Hohen Tatra in eine Schlucht gestürzt und lange nicht gefunden worden war, nagte ebenfalls seit Monaten an seiner mutlosen Seele. Damals wollte Georg nur noch tot sein. Er besorgte sich Tabletten, die dann im Geheimfach seines Schreibtischs liegen blieben, bis er sie vergaß.

Noch einmal suchten ihn finstere Gedanken heim, ohne dass er einen konkreten Anlass dafür zu benennen wüsste. Irgendwann mitten im Sommer des Jahres 1988, als er sich auf dem Höhepunkt seiner Vitalität zu befinden glaubte, überfiel ihn eine schwere Depression. Sie kam aus dem Nichts, und sie brachte so viel von dem Nichts mit, dass sie nahezu alles um ihn herum zu nichts zu machen drohte. Sein Leben, eben noch kraftvoll und durchaus erfolgreich, zerfiel vor seinen Augen, wie ein trockener Lehmklumpen, in nutzlose Bruchstücke. Nichts vermochte vor seinem defätistischen Blick zu bestehen. Seine Arbeit zerrann zu sinnleerer Betriebsamkeit. Das eben noch gefeierte Alleinsein entpuppte sich als Hölle. Freunde und Nachbarn sah er als nervige Kraftsauger. Alles, was er als wertvoll erachtet hatte, entlockte ihm nur noch sarkastische Grimassen. *Die Welt ist schlecht, ihr Sinn vertan* … wie hatte er einst seinen Studienkollegen verspottet, als der ihm sein pessimistisches Gedicht vortrug. Jetzt erinnerte er sich jedes Wortes und machte es sich zu eigen. Einer muss den Anfang machen, sagte er sich immer wieder, einer muss gehen, damit das Ganze endlich ein Ende hat, aber nicht klammheimlich, sondern mit einem Paukenschlag.

Aber auch zu dem fühlte er sich nicht in der Lage. Tagelang ließ er niemanden an sich heran, ging nicht ans Telefon und schloss sich in seinem Arbeitszimmer ein. Auf dem Sofa kroch er unter sein Federbett und immer tiefer in sich hinein, bis er das Gefühl hatte, nichts von ihm würde noch herausgucken. Dass er diese Phase lebend überstand, war allein dem Umstand zu danken, dass er sich mangels Konzentrationsfähigkeit auf keinen Weg aus diesem Elend einigen konnte.

Und eines Morgens war plötzlich alles vorbei, nicht das Leben, von dem er es eben noch erhofft hatte, sondern das Todessehnen und die innere Finsternis. Er stand auf, öffnete das Fenster und ließ die milde Frühluft in seine vermiefte Gruft. Nach einer langen Wechseldusche, die mit hartem, kalten Strahl endete, kleidete er sich, als wolle er den Tag am Ufer des nahen Kollersees verbringen, deckte sich den Frühstückstisch unter der großen Linde im Pfarrgarten und genoss den ersten Bissen, als erwarte er eine lukullische Revolution. Er stürzte sich auf alles, was sein kleiner Kühlschrank herzugeben hatte und vertilgte es bis zum letzten Krümel Brot, mit dem er den Schmalztopf auswischte. Als er entdeckte, dass es Samstag war, griff er zum Hörer, rief seinen Kollegen in der Nachbargemeinde an und bat ihn, am morgigen Sonntag den Gottesdienst zu übernehmen, der ja glücklicherweise für den Nachmittag angekündigt sei. Nachdem dieser zugesagt hatte, stieg Georg in seinen uralten Trabant mit dem klappernden Auspuff und fuhr zum Kollersee, badete, lag am Ufer im Schatten des Schilfs und dankte Gott für seine Auferstehung.

Und wenn es kein Krebs ist?

Georg nahm weder die Bahnhöfe, die der Zug passierte, noch die Menschen, die ein- und ausstiegen, wahr. Seine Gedanken verließen ihren Ausgangspunkt und begannen, wild umherzuspringen, wie er es manchmal kurz vor dem Einschlafen erlebte, wenn er noch einmal einem Thema oder einem Stichwort nachspüren wollte und dabei auf unüberschaubare Abwege geriet. Er spürte seinen Puls. Und plötzlich war er auch wieder da, der stechende Schmerz in der Tiefe des Bauches.

Angstvoll begann er, sich vorsichtig auf den nächsten Vormittag zu freuen, wo er erfahren würde, was mit ihm ist, vielleicht auch Entwarnung erhielte, dem Schlimmsten vorerst entgangen zu sein, und erführe, wie er seinen Zustand bessern könne.

Dann aber trieben ihn seine Gedanken erneut in jene Ausgangsfrage hinein: Wenn die Diagnose Krebs hieße, würde er sich in ein Krankenhaus einweisen lassen? Georg hatte schon einiges erlebt, was ihn Ärzten mit Skepsis begegnen ließ.

Dr. König z. B., der ihn am Kniegelenk operieren lassen will, weil die Punktion nach schwerer Schwellung einen rheumatischen Befund ergab.

Keine Sorge, Herr Weber, wir schneiden die Synovia heraus, und in vierzehn Tagen springen Sie wieder wie ein Reh. Dabei ist seine Patientenakte mit allen Befunden auf rätselhafte Weise verschwunden. Georg sucht einen befreundeten Chirurgen auf und befragt ihn.

Der König spinnt wohl, empört der sich. *Ehe wir ein Kniegelenk aufmachen, versuchen wir erst einmal tausend andere Sachen, glaub mir.*

Oder Dr. Thelke, der seine zweite Zehe am rechten Fuß operieren will, die von Geburt an gekrümmt und verfestigt ist und mit der er eigentlich problemlos lebt.

Mit neun soll er schon einmal am Fuß operiert werden. Da geht es um Bänderschwäche. Seine Eltern bewahren ihn vor dem Eingriff.

Andererseits genießt seine Hausärztin sein ausgesprochenes Vertrauen, nicht nur, weil sie gründlich untersucht und sichere Diagnosen stellt, sondern weil sie manchmal ungewöhnliche Wege beschreitet, die, obwohl sie oft wirkungsvoller sind, von ihren Kollegen mit Argwohn beobachtet werden.

Sie sollte die Erste sein, die er nach seiner internistischen Diagnose aufsuchen würde.

Er sieht sich in einem engen Holzkasten liegen, nichts als ein weißes Hemd am Leib, zwei Rosen gekreuzt auf seinem Bauch, etwa da, wo es immer geschmerzt hat. Um ihn herum stehen gebeugte Menschen mit gebeugten Häuptern. Direkt neben seinem Kopf steht Ariane, daneben die Mädchen, dann Geschwister und ein paar Freunde. Auf der anderen Seite stehen seine Kolleginnen und Kollegen aus der Landesstelle. Er sieht den Staatssekretär, den Personalchef, mit dem er um jede neue Stelle gekämpft hat und der jetzt, einigermaßen unbeteiligt, die Trauergesellschaft mustert. Er entdeckt Nachbarn und ein paar Mitstreiter aus der Aufbruchszeit. Alle schauen nach unten oder nach innen. Er betrachtet ihre Gesichter, sieht, dass einige weinen. Ariane schwankt leicht. Er will ihnen zurufen: Hört auf, hier rumzuheulen, ich bin doch noch gar nicht tot! Aber er kann seinen Mund nicht öffnen. Und er ahnt, nur noch wenige Momente, dann werden sie den Deckel schließen und den Kasten in die Erde lassen, Blumen in die Gruft werfen und *Erde zu Erde, Asche zu Asche, Staub zum Staube* sagen, irgendein Pfarrer wahrscheinlich. Noch hat er keinen gesehen. Dann werden sie alle Ariane und den Kindern die Hand drücken. Und dann werden sie ihn hier allein liegen lassen in seiner Kiste und sich bei Ariane treffen und Kaffee trinken und erzählen, was er für ein Mensch gewesen sei. Und Ariane wird nicht schlafen können und Angst bekommen in dem verwaisten Haus. Und plötzlich wird sie sich nach ihm sehnen wie er sich nach ihr. Aber ihre Welten werden fortan unüberbrückbar voneinander getrennt bleiben. Sie wird wochenlang Post bekommen und Anrufe und manchmal auch Besuch. Dann wird es still werden um sie. Es wird eine neue, eine andere Art von Alltag geben, in der er nicht mehr vorkommt. Sie wird noch mehr arbeiten als sonst schon. Und manchmal wird sie ein Foto von ihm betrachten und Selbstgespräche halten. Und dann wird sie weinen. Und nach ein, zwei Jahren wird sie von ihm reden wie von einem Erlebnis, an das man sich gut erinnern kann. Ihr Gang zum Friedhof wird seltener werden, die Blumen auf dem Grab werden manchmal vertrocknen. Und irgendwann zieht ein anderer Mann bei ihr ein, vielleicht ein Typ, mit dem er nicht hätte befreundet sein mögen.

Georg schlug die Augen auf und sah sich einem unsäglich korpulenten Menschen gegenüber, der geräuschvoll schlief. Mantel und Jackett hingen am Haken über ihm. Seine Hose musste irgendwo unter diesem Globus von Fleisch beginnen, über den sich gelbe Hosenträger spannten. Ein dunkelblau und rot kariertes Hemd schien dieses Monstrum von Bauch mit kleinen weißen Knöpfen knapp zusammenzuhalten. Aus den beiden oberen Knöpfen, die nicht mehr schlossen, quoll ein gewaltiges Doppelkinn, über dem ein grobporiger, dunkelroter Kopf saß, von einem gelblich-weißen Haarkranz gesäumt. Die Lippen unter der fleischigen Nase stießen von Zeit zu Zeit Schnauftöne aus wie eine alte Lokomotive. Er sah sich schon in eine Wolke Wasserdampfs gehüllt. Früher hätte er wahrscheinlich amüsiert dieses Schauspiel verfolgt, vielleicht sogar eine kleine Skizze in seinen Block gekritzelt und darunter geschrieben: *Kreuzwort-*

rätselrater nach vollbrachter Arbeit. Im Moment mochte er sich diesem Anblick überhaupt nicht aussetzen.

Georg angelte nach seinem MP3-Player, drückte den Knopf und las auf dem Display: *Komm, Jesu, komm.* Wie oft hatte er selber die Motette mitgesungen, immer wieder fasziniert von der strengen Komposition und ihrer disziplinierten Vielfalt. Jetzt war es der Text, der nach ihm griff. Und während er die Augen schloss und hörte *die Kraft verschwindt je mehr und mehr, ich sehne mich nach deinem Friede; der saure Weg wird mir zu schwer* ..., unterdrückte er die Tränen.

War Georg privat unterwegs, gelang es ihm manchmal, sich zu lockern. Dann kleidete er sich leger, rasierte sich seltener, verzichtete darauf, seine Locken zu einem Scheitel zu zwingen, setzte sich auch mal auf eine Kirchentreppe und beobachtete Tauben oder spielende Kinder oder legte sich auf eine Parkwiese und schlief ein halbes Stündchen. Eine leinene Umhängetasche hing solche Tage an seinen Schultern, die alles barg, was er im Moment brauchte: seinen Skizzenblock, das kleine Notizbuch, Kalender und Handy, verschiedene Stifte, Kohle, Anthrazit, Rötel und Pinselstift sowie ganz vulgäre Kugelschreiber, irgendein Taschenbuch und eine kleine Flasche Wasser. Sein Portemonnaie trug er stets am Körper, nachdem ihn im Forum Romanum eine Gruppe von Zigeunermüttern finanziell entwaffnet hatte.

Doch sobald Georg den Boden seiner Stadt betrat, schlüpfte er, ohne es zu bemerken, in die Rolle der Amtsperson, die er nicht mehr war, fühlte sich beobachtet und glaubte, jeden Schritt und jedes Wort abwägen zu müssen. Dann fasste er sich manchmal an den Hals, als wolle er die Krawatte richten, auch wenn er keine trug, zog, sobald er Platz nahm, die Hose reflexartig nach oben, als müsse er Bügelfalten schützen, auch wenn er Jeans anhatte. Manchmal ertappte er sich dabei, wie er beim Straßengespräch mit Bekannten in ein lebloses Amtsdeutsch verfiel, als wäre eine Kamera auf ihn gerichtet.

Seit einiger Zeit mühte er sich, all die offiziellen Unarten und Angewohnheiten, die Politiker ihrem Wahlvolk so entfremdeten, abzustellen und erkennbar er selbst zu sein. Nicht immer gelang ihm das, aber er bemerkte Fortschritte – und Ariane, die ihn oft darauf gestoßen hatte, auch.

In diesen Tagen hatte sich Georg frei gefühlt, bis auf die Begegnung mit Carlo und seinen Kollegen, die ihn der ganzen politischen Maskerade wegen inzwischen peinlich berührte. In all den anderen Begegnungen glaubte er, Georg Weber, ein Privatmensch auf Reisen, geblieben zu sein.

Plötzlich setzte er sich aufrecht, soeben zweier älterer Damen gewahr geworden, die ihre Köpfe zueinander steckten und tuschelten, während sie ihn nicht aus den Augen ließen. Da war es wieder, dieses Amtsbewusstsein, das seine Manschetten bewehrten Arme um den Ausreißer schlang und drohte, ihn erneut in die Uniform einer Persönlichkeit öffentlichen Interesses zu pressen. Er nahm es gerade noch rechtzeitig wahr, um gegenzusteuern. Er löste seine Schnürsenkel, schwang seine Beine auf den Nebensitz und lächelte zu den beiden über den Gang, die daraufhin wie ertappt ihren Blick senkten. Und so würde er es künftig immer machen. Selbst wenn der Bahnsteig voller Menschen stünde, die ihm bekannt vorkämen, er würde durch sie hindurchgehen wie einer, der mit sich genug hat.

Und wieder drehte sich alles in seinem Kopf um morgen.

Angenommen, es wäre Krebs, wäre das jetzt nicht eine gute Zeit zu sterben? Die Kinder sind erwachsen. Ariane ist lebensfähig auch ohne ihn. Beruflich hat er erreicht, was möglich war.

Und Freunde hindern einen am Sterben nicht. Was soll da noch Neues kommen, das er nicht versäumen dürfte!

Und der Garten, bäumte sich in ihm etwas auf. Nein, das ginge ganz und gar nicht. Unmöglich dürfte er den Garten vorzeitig verlassen. Ariane wusste er nahezu bar jeder Kenntnis von Flora und Fauna. Spätestens in zwei Jahren wäre sein Paradies verwildert. Katzen und Raubvögel hätten die vielen verschiedenen Singvögel vertrieben. Die Rabatten wären überwuchert von Melde, Quecke und Giersch. Die Äste der Obstbäume würden ineinanderwachsen, die Rhododendren vertrocknen, die Weißbuchenhecke in die Höhe schießen. Schnecken würden die Kräuterbeete kahl fressen. Und die Rosen würden den ersten Winter ohne ihn nicht überstehen. Was sollte er in einem imaginären jenseitigen Paradies, wo er seinen Garten Eden doch schon hier genoss, den inzwischen so dichtes Grün von den Nachbargrundstücken abschirmte, dass er, ohne Ärgernis zu erregen, nackt in ihm spazieren gehen könnte. Nein, hier dürfte er nicht weg, jetzt nicht und auch später nicht. Wenn ihm der Himmel dieses Paradies – gewiss, mit allerhand Eigenbeteiligung – geschenkt hatte, wieso sollte er das jemals aufgeben? In Bälde würde er in den Ruhestand gehen, dann wäre er sozusagen Dauerinsasse des Paradieses, ein heimgekehrter Adam, wenn auch noch auf Jahre evalos.

Etwa seit der Passage des einstigen Grenzbahnhofs der DDR brannte Licht im Wagen und machte die Tagnacht draußen noch dunkler. Georg blickte hinaus. Lichter glitten vorüber, hell erleuchtete Plätze, Fabrikgebäude, dann wieder Finsternis. In der Spiegelung des Fensters konnte er sehen, dass die beiden Damen eingeschlafen waren. Der Kopf der einen ruhte an der Schulter der anderen. Er beobachtete, wann der junge Mann auf der anderen Seite des Ganges eine Seite umblätterte. Jedes

Mal leckte er zuvor seinen Zeigefinger an. Blattlutscher nannte er solche Leute. Er mied es, die abgegriffenen Zeitschriften in Wartezimmern zur Hand zu nehmen. Er trug ja immer etwas zu lesen bei sich. Hatte er es wirklich einmal vergessen, blieb ihm noch sein Notizbüchlein, in dem er gern herumblätterte, ergänzte, korrigierte, kommentierte.

Morgen um diese Zeit wüsste er schon Bescheid. Wenn er noch einmal davongekommen wäre, würde er das feiern, eine gute Flasche öffnen. Ariane würde ausnahmsweise ein Gläschen mittrinken. Dann würden sie sich in die Augen schauen und dankbar sein, noch eine Zeit miteinander leben zu dürfen. Vielleicht würde Ariane auch ihr Glas leeren und aufstehen und sagen: Ich geh schon mal schlafen, ich hab morgen einen anstrengenden Tag. Sie konnte so furchtbar nüchtern sein, erst recht, wenn sie etwas getrunken hatte. Emotionen zu zeigen war ihre Sache nicht. Daran würde er sich nie gewöhnen können. Meistens blieb, selbst nach Stunden intensiven Gesprächs, eine kleine Leere zurück, selbst dann, wenn sie miteinander geschlafen hatten. Wenn man sich doch selber umarmen könnte!

Wenn aber von Rad die Faust mit dem Daumen nach unten drehte?

Man kann, auch ohne blind zu sein, wissen, wo man ist, obwohl man nichts erkennt. Die zunehmende Zahl an Lichtern und beleuchteten Gebäuden vor dem Fenster könnte genauso gut zu einer anderen Stadt gehören. Aber er spürte – und die jetzt erfolgende Ansage bestätigte es – gleich würde der Zug in den Westbahnhof einlaufen. Gelassen guckte er den anderen Fahrgästen nach, die zu den Ausgängen drängten, ehe er nach seiner

Jacke griff, seinen Lenin auf den Kopf setzte und seine Tasche fasste.

Der Zug stand noch kaum, da klopfte, unhörbar zwar, aber umso sichtbarer eine weiße Hand an das Fenster. Halb im Gang schon, kehrte er noch einmal zu seinem Platz zurück und erblickte Ariane mit einer bunten Wollmütze auf dem Kopf. Er winkte und machte eine hilfslose Geste, dann strebte er dem Ausgang zu.

Da bist du ja endlich, sagte sie und umarmte ihn so lange wie noch nie, wie ihm schien. Er spürte ihren weichen Mund und genoss ihren frischen Atem.

Ja, sagte er, wird auch Zeit. Woher wusstest du, mit welchem Zug ich komme?

Du hast es mir gesagt. Außerdem, zwischen Nachmittag und Abend gibt es nur *einen* ICE. Ich weiß ja, drunter machst du's nicht.

Ich bin übrigens mit deinem Auto gekommen. Für heute Abend ist Frost angesagt, und ich hab noch keine Winterreifen.

So schlimm wird's schon nicht werden, sagte er und dachte im gleichen Augenblick an morgen. Oder vielleicht doch, ergänzte er. Aber Ariane hörte oder verstand seine Anspielung nicht.

7

Er betrat das Haus, als wäre er soeben von einer vierwöchigen Reise heimgekehrt. Im Flur blieb er stehen, schaute einmal ringsherum, entdeckte sein Olivenbäumchen im weißen Holzrahmen, das Stadtbild mit der wieder errichteten Hauptkirche, den rostigen Kerzenhalter im Fenster. Vor dem dreitürigen Mahagonischrank blieb er stehen. War er schon immer so dunkel? Im Lampenlicht zeigte die Maserung fast violette Flammen. Der wacklige Kleiderständer, über den jeder seine Sachen warf, bis er zur Seite kippte, schien bis auf Weniges abgeräumt. Auf der Kommode standen frische Blumen, hellgelbe Rosen im Oktober. Er trat in die Küche. Dort wartete ein sorgsam gedeckter Abendbrottisch auf den Heimkehrer. Ariane musste sich richtig Mühe gegeben haben, wo sie doch sonst Geschirr, Besteck, Dosen und Brotkorb eher beliebig über den Tisch verstreute. Ingwertee duftete ihm aus der Kanne auf dem Stövchen entgegen. Auch hier frische Blumen.

Es war sonst nicht Arianes Art, das Haus zu schmücken. Ästhetische Feinheiten gehörten in seinen Aufgabenbereich, da er auch immer der Erste war, der sie vermisste. Ariane widmete sich der *künstlerischen* Ästhetik, und das vor allem theoretisch.

Stumm, aber eindringlich schaute sie Georg von der Seite an. Dann sagte sie: Du siehst schlecht aus. Hoffentlich ist es nichts Ernstes.

Lass uns nicht den Abend mit Mutmaßungen und bösen Ahnungen vertun. Es gibt sicher manches andere zu erzählen, aus deinem Museum und von der Vernissage, die mir diesmal ja entgangen ist, wehrte er das heikle Thema ab. Und von meiner Reise, fügte er hinzu. Dabei wusste er, wie unwichtig in diesem Moment alles andere war. Seine Gedanken würden weiter genau dieses Thema umkreisen.

Später am Abend kam sie noch einmal auf die bevorstehende Diagnose zurück, eher um die technischen Bedingungen abzuklären.

Welche Uhrzeit hast du mit der Schwester abgesprochen?

Abgesprochen? Um acht soll ich da sein, sobald die Praxis öffnet.

Soll ich mitkommen? Vielleicht ist es besser, er redet mit uns beiden?

Du begleitest mich doch sonst auch nicht zum Arzt, gab Georg zurück. Das klingt ja so, als rechnetest du mit dem Allerschlimmsten.

Du nicht?

Georg schwieg und schaute nirgendwohin. Immer, wenn er in sich hineinhorchte, schloss er halb die Augen und schaute wie durch einen Nebelschleier ins Nichts.

Ich weiß nicht, sagte er nach einer Weile. Ich glaube, nein, ich hoffe, Rad will nur mit mir reden, wie ich meine Lebensweise umstelle, dass ich mich wieder gut fühle.

Dafür lässt er bei uns anrufen und bestellt dich für morgens um acht? Ariane mochte ihre Zweifel nicht verbergen. Soll ich nicht doch lieber mitkommen? Dann brauchst du auch nicht Auto zu fahren.

Lieb von dir, sagte er, aber ich war eben für ein paar Tage allein unterwegs, da schaffe ich es auch noch in die Stadt. Außerdem hast du ja morgen Dienst.

Mein Dienst beginnt um neun. Wenn du um acht gleich drankommst, sind wir dreiviertel neun sicher schon wieder raus.

Nein, lass mal, ich will erst mal allein mit Rad reden. Ich ruf dich danach an, versprochen.

O Gott, hauchte Ariane, und ihr Kopf versank in den aufgestützten Händen.

Trinkst du ein Glas Rotwein, versuchte Georg sie abzulenken.

Ja, bitte. Hast du noch von dem Rioja mit dem weißen Etikett?

Aber ja, mein Weib, genau den sollst du kriegen. Und dann trinken wir auf eine gute Nachricht.

Georg schlief nicht, obgleich er sich todmüde fühlte. Er hätte sich gern an Ariane geschmiegt, die Wärme ihres Körpers genossen und diesen Geruch, der ihn so anzog. Aber mit Ariane war das anders. Immer wenn sie eine Sorge teilten, die gleiche Angst wahrnahmen, über das gleiche Thema grübelten, wandte sie sich von ihm ab. Wo er Nähe brauchte, suchte sie Distanz. Selbst ihre Hand, die er manchmal beim Einschlafen ergriff, zog sie dann zurück. Probleme klärte sie mit sich, in sich. Die schönste Nähe dagegen erlebte er mit ihr, wenn er überhaupt nicht damit rechnen konnte, nach einem Frühstück am Samstag, ehe sich beide über den Hausputz hermachten oder nach Streit.

Ariane sagte Gute Nacht, drehte sich auf den Rücken und blieb reglos liegen. Als sie sich das erste Mal bewegte, wusste er, dass sie eingeschlafen war.

Georg ist siebzehn, Cornelia einundzwanzig. Eigentlich ist sie die Freundin seiner Schwester, als solche hat er sie kennengelernt. Schon beim ersten Mal entdeckt er das Flackern in ihren Augen, wenn er etwas sagt. Und als sie sich verabschiedet, um mit seiner Schwester ins Konzert zu gehen, hat er das Gefühl, es wird weitere Begegnungen geben, auch ohne seine Schwester. Sie wohnt nicht weit vom Internat, zwei, drei Straßenbahnhaltestellen. Aber er trifft sie zunächst bei einer Hochzeit, auf der das Quartett singt, das er mit drei Klassenkameraden gemeinsam ins Leben gerufen hat. Georg singt den ersten Bass, Alexander den zweiten. Die Braut ist eine enthusiastische Besucherin aller Chorkonzerte. Am liebsten hätte sie den ganzen Chor zu ihrer Hochzeit um sich versammelt. So sind es wenigstens vier junge Männer, denen sie gleichermaßen zugetan ist. Sie singen zwei Choralsätze von Bach und das *Heilig, heilig, heilig* von Schubert, als er in der jungen Frau, die sich zur Orgelempore umdreht, *sie* erkennt. Ihre Blicke treffen sich. Wie Elisa, denkt er. Er kommt beinahe aus dem Konzept, obwohl er seine Stimme im Schlaf singen kann. Während später seine Mitsänger mit den anderen Hochzeitsgästen über das Büffet herfallen, steht er im Garten hinter einer Hecke und küsst sie. Cornelia, die von allen Nelly genannt wird, lädt ihn für einen Abend der nächsten Woche zum Abendessen in ihre Einzimmerwohnung ein. Ihm ist entgangen, dass der 11. ein Dienstag ist, wo sein Chor mit dem Mendelssohn-Collegium, einem gemischten Ensemble aus älteren Sängerinnen und Sängern, eine gemeinsame Abendprobe absolviert. Er kommt zwei Stunden verspätet zu ihr, bleibt dafür aber die ganze Nacht. Und in seinem Gedächtnis verbindet sich mit der Zahl elf ein weiteres Faktum, dem er eine magische Bedeutung zumisst. An einem elften ist er geboren, die elf ist die Hausnummer seines Elternhauses, Nelly wohnt in der Tolkewitzer Nummer elf, einundzwanzig Chorreisen hat er mitgemacht, davon elf in den Westen, und nun erlebt er an einem elften seine erste – gelungene – Nacht mit einer Frau.

Aber Nelly will mehr. Er hat ihr erzählt, er besitze einen illegalen Hausschlüssel zum Internat. Das veranlasst sie zu dem

Vorschlag, doch öfter bei ihr zu übernachten. Unmöglich, wehrt er ab. Den Schlüssel könne er nur in Ausnahmefällen benutzen. Käme es heraus, ob ihn nun einer verpfiffe oder ein Erzieher es bemerkte, er flöge mindestens aus dem Internat, vielleicht sogar aus dem Chor. Sie sehen sich dreimal wöchentlich, ohne dass es seine Schwester erfährt. Meist treffen sie sich am Spätnachmittag. Sie arbeitet in der Stadtbibliothek und ist halb fünf zu Hause. Er kommt mit dem Fahrrad zu ihr und lässt sich im Internat sein Abendbrot zurückstellen. Sie trinken Kaffee miteinander und lieben sich.

Als ihr aber diese gemeinsamen Stunden nicht mehr reichen, verlässt ihn seine Euphorie. Er kämpft darum, seine anderen Leidenschaften wenigstens am Glimmen zu halten, ab und an seinen Malraum im Schulkeller aufzusuchen, sich mit seinen Quartettbrüdern im *Rebstock* zu treffen, einem urigen Weinlokal in Blasewitz, seine Konzert- und Schauspielanrechte im Hygiene-Museum, im Großen und im Kleinen Haus wahrzunehmen. Und sie versucht, ihn immer weiter einzukreisen und an sich zu binden. Das Einzige, was sie akzeptiert, sind Chorproben und Konzertreisen. Er fängt an, Ausreden zu erfinden. Er fühlt sich vereinnahmt. Ihm scheint, als belauere sie ihn in allem, was er sagt, um eine Stelle zu finden, wo sie erneut ihren Anker werfen könnte. Wenn sie miteinander schlafen, lässt sie ihn überhaupt nicht mehr los. In die Nähe schleicht sich Fremde ein, das Lustvolle bekommt etwas Zwanghaftes.

Einmal fährt der Chor angeblich nachmittags um drei zu einem Abendkonzert nach Görlitz. Als er an genau diesem Abend mit seinen Quartettfreunden den *Rebstock* aufsucht, kreuzt sie seinen Weg.

Hab ich mir's doch gedacht, faucht sie nur und steigt wieder auf ihr Rad.

Er besucht sie nie wieder. Sie kommt nie mehr in ein Konzert. Seine Schwester erzählt ihm, Nelly hätte ohne Begründung mit ihr Schluss gemacht.

Auch spätere Liebschaften scheitern häufig an einem Zuviel; zu viel Intimität, sodass kein Abstand mehr gelingt; zu viel Neugier, dass kein Geheimnis mehr bleibt; zu viel Gemeinsamkeit, dass die eigenen Ansprüche verloren gehen; zu viel Teilnahme, dass der Atem knapp wird; zu viel Zustimmung, dass man an sich selber zu zweifeln beginnt; zu viel Action, dass es stressig wird oder auch zu viel Besinnlichkeit, dass der Ausbruch unvermeidlich ist.

Und jetzt? Meist ist es zu wenig. Zu wenig Nähe, zu wenig Gemeinsamkeit, zu wenig Verständnis und Interesse, zu wenig Anerkennung, zu wenig Mitteilsamkeit und Kommunikation. Gibt es denn nie das richtige Maß von allem und damit Zufriedenheit?

Was ist das, fragte sich Georg, stimmt mit mir etwas nicht? Bin ich für Beziehungen nicht geschaffen? Bleibe ich in jeder Partnerschaft, wie mir schon manchmal vorgeworfen wurde, ein Eigenbrötler, der sich nach Zweisamkeit sehnt und Einsamkeit herstellt?

Ariane lag ruhig auf der von ihm abgekehrten Seite und atmete unregelmäßig.

Georg räusperte sich und drehte sich auf die andere Seite. Er besaß eine gewisse Übung darin, den ersehnten Schlaf herbeizuzwingen, indem er jeden neuen Gedanken und jedes Bild, das sich auftat, bevor es von ihm Besitz ergriff, aus seinem Bewusstsein löschte oder zerstörte. Bei seiner zehnminütigen Mittagsruhe gelang ihm das perfekt. Innerhalb kürzester Zeit stellte sich die Leere ein, die ihm einen kurzen Tiefschlaf ermöglichte. Manchmal befürchtete er, auf diese Weise könnten vielleicht wichtige Gedanken und Erinnerungen wie Texte von der Festplatte seines Laptops gelöscht werden. Dann aber tröstete er sich damit, diese Kurzschlafmethode schon seit dreißig Jahren zu praktizieren und dabei geistig rege, kreativ und assoziationsfähig geblieben zu sein, ohne dass sich spürbare Gedächtnislücken aufgetan hätten.

Im Moment schien es ihm nicht gelingen zu wollen.

Vor ihm tauchte das Bild von Sabine auf. Die hat mir gerade noch gefehlt, dachte er. Aber je bewusster er versuchte, das Bild wegzuwischen, desto hartnäckiger drängte es sich auf. Seltsam, dachte er, jahrelang habe ich nicht von ihr geträumt. Selten ist sie vor meinem inneren Auge erschienen. Und ausgerechnet jetzt stellt sich der Quälgeist Nummer eins von damals wieder ein.

Nein, widersprach er sich, das ist ungerecht. Wir hatten auch gute und entspannte Phasen, sogar richtig fröhliche Momente, die allerdings meistens mit einem Eklat endeten.

Das Gute hatte er auch dann nicht geleugnet, als sie, Sabine, den Töchtern versichern zu müssen meinte, er, Georg, sei ein unverbesserlicher Egoist, der sie nie wirklich geliebt habe und der seine Familie einfach habe sitzen lassen.

In der Erinnerung freilich überwogen Bilder, die er nicht gern wachrief, vielleicht, weil sie bezeichnend für die letzten zwei, drei Ehejahre wurden. Dann sieht er fratzenartige Gesichtszüge, wenn sie brüllend auf ihn zugeht und mit Fäusten auf ihn eindrischt, weil er sich wieder mal ihren oft skurrilen Ansichten widersetzt oder seine Gemeindearbeit gegen ihre häuslichen Befehle und manchmal trivialen Einfälle verteidigt hat.

Mathilde, Mathilde, was führst du im Schilde, wie eine Wilde machst du mich platt. Als er ihr das sagt, gerät sie derart außer sich, dass er sich aufs Klo retten muss.

Sie schlägt, wenn sie sich anders nicht zu helfen weiß, auf ihn ein und bedient sich dabei beliebiger Gegenstände, die eben zur Hand sind. Und er? Er wagt es nicht, sich wirksam zur Wehr zu setzen. Das *Eine Frau schlägt man nicht* sitzt zu tief, um nicht nahezu jede Demütigung zu ertragen. Er weiß, ein Schlag zurück würde dem Spuk ein für alle Mal ein Ende setzen, aber er traut sich nicht. Ist es die Angst, ihr Jähzorn könne sich ins Unermessliche steigern, oder fürchtet er, schlüge er zurück, er könnte sie ernsthaft verletzen? Oder ist es die Angst, sie könnte hysterisch aufschreien und ihn als Frauenschläger brandmarken, erst vor den beiden Mädchen, dann vor Freunden und schließlich in der Gemeinde. Er weiß es nicht.

Allmählich stellt sich eine Art Lähmung ein, die ihn unfähig macht, außer der Rettung seines nackten Lebens überhaupt noch zu reagieren und die ihn umso mehr befällt, je direkter sie seine männliche Verteidigungskraft herausfordert.

Einmal, er sitzt an der Vorbereitung seiner Predigt für den Sonntagsgottesdienst, stürmt sie, einen metallenen Fleischklopfer in der Faust, in sein Arbeitszimmer und schreit, dass sie es satthabe, immer zurückstehen zu müssen und auf wichtige Erledigungen warten zu müssen, während er sich hinter seinen Büchern verkrieche. Er habe ihr vor einer Woche versprochen, die Küchenuhr wieder anzubringen, die sich mitsamt dem Nagel aus der Lehmwand des alten Fachwerkbaues gelöst hat. Sie verlange, dass er das sofort erledige. Georg hält ihr entgegen, es sei ein unglücklicher Zeitpunkt, wo er doch gerade einen guten Einstieg für seine Predigt gefunden habe. Er werde die Uhr am Nachmittag wieder anbringen. Sie aber besteht auf sofortigem Vollzug. Die Worte schnellen hin und her, als sie plötzlich ausholt und ihre Rechte mit dem Klopfer erst über ihn, dann über seinen Schreibtisch schwingt. Der Versuch, ihr das Gerät zu entwenden, misslingt. Stattdessen schlägt es krachend auf das Familienbild nieder, das beide mit ihren Töchtern zeigt. Der Rahmen birst, und Glassplitter verteilen sich im Umkreis von zwei Metern, dass er noch Tage später winzige glitzernde Scherben zwischen seinen Zetteln und in der Schreibmaschine findet oder vom Fußboden aufliest. Sabine stürzt fauchend und mit hochrotem Kopf aus dem Raum und wirft die Tür hinter sich zu. Erst Wochen später hängt die Uhr an ihrem alten Platz.

Georg weiß, so ganz unrecht hat sie nicht. Sitzt er erst einmal an seinem Schreibtisch, genießt er den Vorwand ernsthafter Beschäftigung auch dann, wenn er einfach nur einmal für sich sein will oder heimlich kleine Gedichte schreibt.

Aber an Sabine wollte er jetzt bestimmt nicht denken, geschweige denn vor sich auflisten, was es mit ihr an Zuviel und Zuwenig gegeben habe. Auch wenn zwischen Sabine und ihm inzwischen ein freundschaftlicher Ton eingezogen war, bevor all die Erinnerungen aus den letzten Ehejahren mit ihr noch einmal aufbrachen, wollte er eingeschlafen sein.

Von den quälenden Bildern befreite ihn das ihm seit Tagen vertraute Stechen im Oberbauch und lenkte seine Gedanken zu dem, was bevorstand.

Angenommen, der morgige Tag sollte sich als *dies ater* erweisen und es ginge jetzt schnell mit ihm zu Ende, wo wollte er beerdigt werden? Wollte er überhaupt beerdigt werden? Es gab heute so viele Möglichkeiten, das, was von einem blieb, irgendwo würdig unterzubringen.

Ja, was würde denn von ihm bleiben, außer einem Leichnam im Kasten oder Asche in einer Dose? Erinnerungen, die so schnell verblassen wie seine Erinnerung an Menschen, die er selber beerdigt hatte?

Die Seele? Ihm fielen Zeichnungen von Wilhelm Busch ein, wo die Seele Verstorbener wie ein Gespenst dem toten Leib entwich. In seiner einstigen Dorfgemeinde öffneten die Leute das Fenster, damit die Seele der Toten den Raum verlassen kann. Wer wird einmal das Fenster für mich öffnen?

Georg verband mit der Seele keine bildliche Vorstellung, wehrte sich aber vehement dagegen, sie als bloße Funktion des Körpers zu definieren. Was aber dann? Ihm fielen Begriffe ein, die etwas damit zu tun zu haben schienen – wie Wesen, Charakter, Energie, Empfinden, Wille –, aber keiner traf es richtig. Die Trägersubstanz, kam ihm in den Sinn, die Seele ist so etwas wie die Trägersubstanz des Lebens. Aber auch das ist wieder nur ein Begriff, der mehr verschleiert als offenbart.

Mit dem Gedanken, der Seele auf der Spur bleiben zu müssen, schlief er endlich ein.

Er würde in den nächsten Monaten Gelegenheit haben, mehr darüber zu erfahren.

Eine junge Frau mit graugelber Gesichtsfarbe und ein hagerer älterer Mann saßen bereits im Wartezimmer, als Georg eintraf. Er widmete ihnen keine größere Aufmerksamkeit, zog stattdessen sein kleines Notizbuch aus der Tasche und notierte: *Ich komme mir vor, als stünde ich vor Gericht. Mit welchem Urteil werde ich diese Praxis heute verlassen? Schuldig und deshalb schwer krank, der Böse richtet sich selber? Oder unschuldig krank und damit auf gnädige Genesung hoffend? Oder Freispruch: ein verschleppter Infekt, der sich bereits auf dem Rückzug befindet? O ja, ihr Richter, bitte Letzteres!*

Er wusste nicht, warum er das aufschrieb. Vielleicht, um überhaupt irgendetwas zu tun.

Herr Weber, kommen Sie bitte, hörte er die Stimme von Rads

vom Tresen her. Von Rad zeigte ein ernstes Gesicht, als er Georg in sein Behandlungszimmer geleitete.

Bitte, nehmen Sie Platz.

Er ging um seinen Schreibtisch herum, setzte sich in seinen hochlehnigen Drehsessel, legte seine Hände auf der Glasplatte ineinander und schaute Georg eindringlich an. Von Rad mochte Mitte vierzig sein, ein athletischer Typ mit breiten Schultern und kurzen Stoppelhaaren. Über seinen breiten Wangenknochen fixierten ihn zwei wasserblaue Augen über den Rand einer halben Brille hinweg.

Herr Weber, begann er, ich will keine Umschweife machen. Die Computertomografie hat ergeben: Sie haben einen Tumor an der Bauchspeicheldrüse.

Georg schaute ihn unverwandt an und schwieg. Dann sagte er: Ich habe fast damit gerechnet.

Er wunderte sich, wie ruhig dieser Satz über seine Lippen kam.

Von Rad nahm erneut das Wort: Den Verdacht hatte ich schon bei der Sonografie. Deshalb zog ich auch meinen Kollegen hinzu. Doch um Sie damit nicht unnötig zu beunruhigen, musste ich meine Vermutung durch eine CT abklären. Ihr Tumor ist dreieinhalb Zentimeter groß und befindet sich zu allem Unglück auch noch am Pankreaskopf, sodass die unter diesen Umständen unumgängliche Operation ein erhöhtes Risiko einschließt. Sie haben in den letzten Monaten sechzehn Kilogramm abgenommen und berichten von Schmerzen, die bei einem gutartigen Tumor ziemlich ungewöhnlich sind, sodass der Verdacht besteht, es könne sich um Krebs handeln.

Georg stockte der Atem.

Dann fasste er sich wieder und fragte: Was bedeutet das?

Von Rad schwieg lange. Dann sagte er: Es kommt darauf an, wie die OP verläuft und wie Sie den Eingriff überstehen. Aber Ihre Lebenserwartung, das sollten Sie wissen, dürfte sich spürbar verringern.

Das heißt, wollte Georg wissen.

Verstehen Sie bitte, dass ich mich da nicht zu Prognosen hinreißen lasse. Ich habe vorsichtshalber einen Termin mit Professor Kalwein von der Uni-Klinik vereinbart. Sie können morgen früh um neun mit ihm alle Details besprechen.

Georg zwang sich ruhig zu bleiben, aber ein leichtes Zittern in seiner Stimme verriet, was in ihm vorging, als er so bestimmt wie möglich sagte: Ich werde mich nicht operieren lassen. Wenn ich richtig vermute, würde auch mit einer OP meine Lebenserwartung nur geringfügig verlängert werden, meine Lebensqualität aber vermutlich rapide sinken. Ich werde mich nicht operieren lassen. Und wenn ich durch halb Europa fahren muss, um eine Alternative zu finden, *das* nicht.

Ich kann Sie sehr gut verstehen, gestand von Rad, die Diagnose muss Sie erst einmal schrecken und alles, was da auf Sie zukommt, auch. Aber ich empfehle Ihnen dringend, den Termin morgen früh wahrzunehmen, um genau zu erfahren, was in Ihrem Falle heute möglich ist. Professor Kalwein ist ein erfahrener Chirurg. Sie können dann immer noch entscheiden, was Sie für angemessen halten.

Danke, sagte Georg, danke, dass Sie keine großen Umschweife gemacht haben. Das wäre mit mir auch nicht gut gegangen. Und danke für Ihr Verständnis. Ich muss jetzt erst einmal in meinem Kopf aufräumen und mich mit der neuen Situation vertraut machen. Dabei erhob er sich, reichte von Rad die Hand und wollte das Sprechzimmer verlassen.

Halt, Herr Weber, rief ihn Rad von der Schwelle zurück, vergessen Sie nicht das Papier, das ich für Sie vorbereitet habe und die CD mit dem Befund. Sie nehmen das morgen bitte mit. Hier steht auch, wo Sie sich melden sollen.

Danke, wiederholte Georg.

Dem Ärztehaus gegenüber befand sich eine Bäckerei mit Café, in dem sich vormittags die Rentnerschaft des Stadtteils zu treffen schien. Um diese Uhrzeit, es war erst halb neun, konnte Georg noch über alle Plätze verfügen. Er zog sich in einen Winkel zurück, hielt sich die Hände vor das Gesicht und begann still zu weinen. Er spürte die heißen Tränen auf seinen Wangen und empfand, je länger er so verweilte, eine vorsichtige Erleichterung. Die Selbstbeherrschung in Gegenwart von Rads war wohl mehr ein Zeichen höchster Anspannung als gelassener Hinnahme.

Eine spürsinnige Bedienung, die sich auf ihn zu bewegt hatte, hielt auf halbem Weg inne und zog sich wieder zurück. Erst als Georg die Hände vom Gesicht nahm und sich das Wasser von den Wangen wischte, näherte sie sich behutsam und fragte: Womit kann ich Ihnen eine Freude machen?

Georg wunderte sich über die ungewöhnliche Frage. Am liebsten hätte er geantwortet: Setz dich zu mir, Kind, und leg einfach deinen Arm um meine Schultern. Stattdessen bestellte er eine Grappa und einen doppelten Espresso. Mit viermal Kaffeesahne, rief er ihr halblaut hinterher.

Er zog sein Mobiltelefon aus der Tasche und wählte Arianes Nummer.

Weber?

Hier auch, sagte Georg. Weiter kam er nicht. Alles, was er sagen wollte, ging unter in einem stammelnden Schluchzen. Dann raffte er alle seine Kraft zusammen und sagte mit fester Stimme: Ich habe einen Tumor, wahrscheinlich Krebs.

Ariane schwieg.

Dann hörte er sie am anderen Ende leise weinen: Sag, dass das nicht stimmt, Georg, sag, dass das nicht stimmt!

Kann ich nicht, sagte er jetzt ruhig. Das ist die Diagnose. Ab jetzt zählt die Zeit anders für mich.

Komm nach Hause, sagte sie. Ich komm auch.

Ja, ich komme, versprach Georg und legte auf.

Auf seinem angestammten Parkplatz vor dem Treppenaufgang zum Haus stand ein fremdes Auto. Nicht das noch, dachte Georg. Besuch kann ich jetzt überhaupt nicht gebrauchen. Er öffnete die Tür und glaubte sich bei einer ostkirchlichen Trauerfeier. So ähnlich hatte er einmal Frauen am Sarg eines russischen Soldaten auf dem Dresdner Heidefriedhof klagen hören. Er ging in die Küche und fand Ariane und ihre Schwester sich in den Armen liegend und bei seinem Eintreten laut aufheulend vor.

He, he, he, was macht ihr da, rief er, singt ihr schon mein Totenlied? Noch lebe ich.

Schlagartig ließen sich beide los und schauten ihn mit tränenverschmierten Gesichtern an.

Ja, du hast recht, seufzte Ariane, wir sind blöd. Jetzt kommst du noch und musst uns trösten, wo es eigentlich umgekehrt sein müsste.

Er umarmte Ariane, dann ihre Schwester und bat sie, erst einmal Platz zu nehmen.

Dann schilderte er ganz ruhig das Gespräch mit dem Arzt und fügte hinzu: Und was ich ihm gesagt habe, das sage ich jetzt euch: Eine OP kommt für mich nicht infrage. Und Chemotherapie noch weniger.

Warum nicht, wollte Ariane wissen. Vielleicht ist es die einzige Möglichkeit …

Möglichkeit wozu? Die Zeit, die mir noch bleibt, unter elenden Umständen zuzubringen?

Das weißt du doch gar nicht, gab Arianes Schwester zu bedenken.

Stimmt, sagte er, ich weiß es eigentlich nicht. Aber ich habe das sichere Gefühl, ich müsste einen anderen Weg gehen.

Ich muss was trinken, stieß Ariane hervor. Haben wir einen Wodka?

Im Schrank auf der Diele, sagte Georg.

Wir beide trinken einen. Du auch, Georg?

Also, wenn ich wirklich Bauchspeicheldrüsenkrebs haben sollte, sollte ich jetzt wohl besser keinen Wodka trinken, es sei denn, ich will meine Zeit weiter verkürzen. Ich habe bereits mit einer Grappa gesündigt.

Worauf wollt ihr denn trinken?

Die beiden schauten sich ratlos an und lächelten.

Dann trinkt mal darauf, dass ich einen Weg finde, wie ich noch lange mein Unwesen auf diesem Erdball treiben kann.

Arianes Schwester lachte übertrieben laut auf: Deinen Galgenhumor möchte ich haben!

Den gibt es aber nur zusammen mit dem Galgen, gab er trocken zurück.

Georg, wie schon berichtet, misstraute nahezu allen Ärzten. Vielen tat er damit gewiss Unrecht. Bei anderen war sein Misstrauen umso angebrachter. Wenn er einer Ärztin ausnahmsweise voll vertraute, dann war das Frau Dr. Otas, seine Hausärztin. Sie kannte ihn seit über zwanzig Jahren und wusste vermutlich mehr von seiner körperlichen und seelischen Beschaffenheit als er selber. Wenn alle mit den Schultern zuckten, fiel ihr immer noch etwas ein. Und wenn andere Ärzte ein Antibiotikum verschrieben, das binnen drei Tagen zu wirken versprach, legte sie ihren Patienten nahe, darauf zu verzichten und sich Zeit für die Genesung zu gönnen und damit dem Immunsystem Gelegenheit zu geben, sich zu stabilisieren und die Leber nicht unnötig zu belasten. Die meisten wollten trotzdem das schnelle Mittel, unabhängig von dessen Nebenwirkungen. Georg nicht. Für ihn schien der sanfte Weg der gemäßere zu sein.

Ariane teilte ihm mit, sie habe vorsorglich mit Frau Dr. Otas gesprochen und darum gebeten, sie wenn nötig heute noch aufsuchen zu dürfen. Und die habe, wie könnte es auch anders sein, gesagt, sobald Georg bei von Rad gewesen sei, könne er zu ihr kommen, den ganzen Tag. Sie sei auch nach 18 Uhr noch in der Praxis.

Ja, das mach ich, entschied Georg, und zwar jetzt. Das heißt allerdings, ich muss noch einmal in die Stadt. Aber die drohende Ewigkeit ist so lang und still, dass ich das bisschen Action auch noch verkraften werde.

Ich komme mit, entschied Ariane ihrerseits, und diesmal fand das Georg in Ordnung.

Die Praxis von Frau Dr. Otas befand sich in der Innenstadt, an einer belebten Straße, und war ständig überfüllt. Bei ihr konnte man Stunden zubringen, ehe man aufgerufen wurde. Da sie gründlich untersuchte und Wert darauf legte, die Ursachen krankhafter Störungen freizulegen, damit ihre Patienten am Heilungsprozess beteiligt würden, konnten Bestellzeiten nur selten eingehalten werden. Manche Patienten empörten sich im Wartezimmer oder beschwerten sich bei den Schwestern am Tresen, die dann hilflos mit den Achseln zuckten. Georg störte es weniger, da er ja stets etwas zu lesen und sein Notizbüchlein bei sich führte. Im Übrigen befand sich im Erdgeschoss ein Supermarkt, wo er zwischenzeitlich die häuslichen Einkäufe erledigen konnte. Nebenan gab es eine Konditorei, in der Georg schon so mancher süßen Sünde erlegen war. Heute hoffte er, nicht lange warten zu müssen.

Als er mit Ariane die Praxis betrat, rollte die Schwester an der Anmeldung mit den Augen als wollte sie sagen, Sie auch noch, wo doch das Wartezimmer bereits überquillt.

Haben Sie einen Termin, Herr Weber, ich finde Sie in meinem Buch gar nicht.

Nein, antwortete Georg wahrheitsgemäß, das heißt ja, Frau Dr. Otas weiß, dass ich heute komme.

Ich habe mit ihr gesprochen, ergänzte Ariane.

Sie müssen sich aber auf eine lange Wartezeit gefasst machen, brummte die Schwester, während sie seine Chipkarte einlas.

In dem Moment trat Frau Dr. Otas aus ihrem Sprechzimmer, sah Georg und Ariane am Tresen und sagte: Kommen Sie bitte gleich zu mir herein.

Der giftige Blick der Schwester entging Ariane nicht.

Sie schloss die Tür hinter sich, nahm Georg gegenüber Platz und sagte: Ich habe mit Dr. von Rad gesprochen. Es tut mir sehr leid, dass er Ihnen nichts Besseres sagen konnte. Aber Ihre Diagnose ist kein Grund zu verzweifeln.

Wieso, fragte Georg, man weiß doch, wie das meistens endet.

Sie schaute ihn vielsagend an: So, weiß man das? Herr Weber, wir wissen noch nicht einmal sicher, ob es Krebs ist. Und auch dann ist damit Ihr Ende nicht besiegelt. Sie erzählte ihm von Beispielen, wo Patienten mit schweren Diagnosen noch lange und in relativ gutem Zustand überlebt hätten.

Schließlich schlug sie ihm vor, am nächsten Morgen erst einmal das Gespräch mit Prof. Kalwein abzuwarten. Danach solle er sie anrufen oder besser noch einmal herkommen, wenn es ihm nicht zu viel werde, um über den weiteren Weg zu beraten. Es gäbe heute ja sehr unterschiedliche therapeutische Ansätze.

Mehr wollte sie im Moment nicht sagen, aber Georg merkte, wie eine schwache Hoffnung in ihm aufkeimte.

Die aber sollte nicht lange bestehen, ehe sie – und das durch ebendiesen Prof. Kalwein – gründlich zunichtegemacht wurde. Naiv, wie Georg manchmal war, glaubte er, der Herr Professor werde ihn in seinem Sprechzimmer empfangen, ihm Platz und vielleicht ein Glas Wasser anbieten und ihn über alle denkbaren medizinischen Maßnahmen und deren Folgen und Begleiterscheinungen aufklären. Stattdessen führte eine Lehrschwester Georg und Ariane in ein ehemaliges Behandlungszimmer, das eher einem Abstellraum als einem Sprechzimmer glich. Nach wenigen Minuten flog die Tür auf und Prof. Kalwein rauschte herein, grüßte beide kopfnickend und zwängte sich an einen winzigen grauweißen Metalltisch zwischen Georg und Fenster.

So, Sie sind Herr Weber? Kollege von Rad hat mit mir gesprochen. Wir können Sie innerhalb der nächsten Woche operieren. Wissen Sie, was da auf Sie zukommt?

Ein Handy klingelte irgendwo im Raum. Eine Schwester stürzte durch die halb offene Tür an den neben dieser befindlichen Spind und entnahm ihm ein Mobiltelefon: Dörte, hallo? Ach du? Das trifft sich gut. Ich habe heute gegen drei ... dann war sie wieder draußen, die Tür hinter sich geschlossen.

Georg beantwortete Kalweins Frage, er habe keine Ahnung, was bei einer OP mit ihm passiere.

Kalwein riss einen kleinen Zettel von einem Block und kritzelte die bei einer OP betroffenen Organe darauf. Hier sitzt die

Bauchspeicheldrüse, sagte er, und hier etwa, am Pankreaskopf, befindet sich Ihr Tumor. Leider eine ungünstige Lage. Bei der sogenannten Whipple-OP würden wir also den Zwölffingerdarm herausnehmen, die Galle wahrscheinlich auch, den Pankreaskopf müssten wir wegschneiden und den Magenausgang auch. Dann könnte ihre körperliche Funktionsfähigkeit in etwa wieder hergestellt werden, natürlich nicht ohne Einbußen. Sie sind dann Diabetiker. Es kann auch Vereiterungen im Bauchraum geben. Aber meistens bekommen wir das bald wieder in den Griff.

Ariane fing an zu weinen.

Kalwein sah sie verwundert an: Seit wann kennen Sie die Diagnose?

Seit gestern, sprang Georg ein.

Ach so, dann verstehe ich Ihre Aufregung. Also, um das fortzusetzen: Es gibt eine Selbsthilfegruppe der Pankreasoperierten, der Sie sich dann gern anschließen können. Ich gebe Ihnen schon mal das Faltblatt mit.

In Georg regte sich Widerstand ob der unerwarteten Kälte seines Gegenübers. Er schaute dem Professor klar in die Augen und fragte: Und wenn ich mich nicht operieren lasse, wie lange habe ich dann noch?

Kalwein sah ihn an, als könne Georg eine solche Frage nicht ernst gemeint haben:

Maximal ein halbes Jahr. Aber so töricht werden Sie nicht sein, Herr, Herr ...

Weber, ergänzte Georg.

In dem Moment kehrte die Schwester zurück, legte das Handy wieder in den Schrank, der offenbar auch einen Spiegel enthielt, und begann sich zu schminken. Ariane blickte erbost auf. Die Schwester nahm ihren Blick wahr und zog sich mit ihrem Lippenstift in den Nebenraum zurück.

Und wenn ich mich operieren lasse, wie lange geben Sie mir dann?

Das kann man nicht so genau sagen. Es kann sein, dass Sie noch ein Jahr leben oder auch länger. Das hängt davon ab, wie die OP verläuft, ob Komplikationen auftreten und wie die anschließende Chemotherapie bei Ihnen anschlägt.

Kalwein murmelte etwas vor sich hin, nahm die CD von Georg und ging in einen Nebenraum. Als er zurückkehrte, meinte er: Alle Anzeichen sprechen dafür, dass es sich um Krebs handelt. Das Begleitschreiben Kollege von Rads beschreibt eigentlich den klassischen Verlauf eines Pankreas-CA. Wir werden sicherheitshalber diesen Befund noch einmal mit einer Biopsie abgleichen. Sie sollten dazu am Montag nächster Woche in die Klinik kommen. Alles Weitere sagt Ihnen Schwester Monika.

Er stand auf, nickte beiden noch einmal zu und rauschte davon.

Georg sah Ariane an, auf deren Stirn sich Zornesfalten gebildet hatten.

Nach alldem, was Sie mir soeben berichtet haben, sagte Frau Dr. Otas später zu Georg, gehe ich davon aus, Sie wollen sich nicht oder zumindest nicht in *der* Klinik und erst recht nicht von Prof. Kalwein operieren lassen. Ist das richtig?

Genau, sagte Georg. Wenn ich mich nicht schon vorher gegen OP und Chemo entschieden hätte, das Gespräch mit Kalwein hätte mich darauf gebracht.

Frau Otas nickte: Ich kann Sie verstehen.

Was würden Sie denn an meiner Stelle machen, wollte Georg von seiner Ärztin wissen.

Auch wenn das manche meiner Kollegen nicht gerne hören werden, wenn ich Ihre Diagnose hätte, ich würde nach Vierwalden fahren.

Vierwalden?

Das ist ein Ort in Hessen mit einer kleinen Privatklinik, die eine ganzheitliche biologische Krebstherapie anbietet. Ich habe da vor drei Jahren eine Weiterbildung absolviert. Ich muss sagen, das Konzept hat mich überzeugt. Ich will Sie nicht dazu überreden, aber Sie könnten es sich ja einmal angucken.

Frau Dr. Otas, erklärte Georg, ich habe immer volles Vertrauen zu Ihnen gehabt und bin nie enttäuscht worden. Meine Lage ist wahrscheinlich zu ernst, als dass ich viel experimentieren kann. Wenn Sie das für sich machen würden, dann ist es auch gut für mich. Können Sie den Kontakt herstellen?

Ich kann den Chefarzt anrufen, wenn Sie wollen, und fragen, wann Sie kommen können.

Das wäre sehr nett. Machen Sie es bitte dringlich. Ich würde, wenn es sein muss, noch heute losfahren.

Die Ärztin blätterte in ihrem Kalender und wählte eine Nummer, ließ sich mit dem Chefarzt verbinden und trug ihm Georgs Anliegen vor. Sie gab ein paar weitere Auskünfte. Dann sah Georg ein Lächeln in ihrem Gesicht. Danke, sagte sie. Wir geben heute noch Bescheid.

Sie können morgen anreisen, sagte sie, als sie den Hörer aufgelegt hatte. Es ist gerade ein Platz wieder frei geworden. Kriegen Sie das hin?

Georg und Ariane schauten sich erleichtert an. Das schaffen wir, sagte Ariane. Ich nehme Urlaub und komme mit. Das wird gehen. Sie können in Vierwalden sagen, dass wir morgen kommen.

Das ist gut, resümierte Frau Otas. Sie werden sehen, schon das Klima dort wird Ihnen gefallen.

Lange drückte sie Georg die Hand und versicherte ihm, er könne sich jederzeit an sie wenden, wenn noch Fragen offen wären. An Ariane gewandt, fügte sie hinzu: Schön, dass Sie mitfahren. Ihr Mann wird Sie jetzt mehr denn je brauchen.

Auf der Fahrt nach Hause schwieg Georg. Ariane sah ihn vom Steuer her an und vermutete ihn in schweren Gedanken. Aber Georg war soeben dabei, das Bedrohliche seines Zustands zu vergessen. Wenn er Vierwalden überstünde, sähe er vielleicht doch noch einmal sein geliebtes Montebenichi. Sieben Mal hat er den Urlaub hier verbracht, das letzte Mal vor zwei Jahren. Da befand sich Ariane auf Museumsreise in den USA.

Ein alter, weißer Ford mit Fließheck brettert die kurvenreiche Strecke von Ambra nach Montebenichi hinauf. Die Vorderfenster sind bei dieser Gluthitze geöffnet. Aus dem Innenraum schallt es in die Weinberge hinein: Bach, Konzert für drei Klaviere und Orchester. Das haben die Reben noch nie gehört, es wird einen guten Wein geben, redet sich der Fahrer ein, der laut mitsingt und mit den Fingern aufs Lenkrad trommelt.

Eine Annonce in der *ZEIT* hatte ihn in den frühen Neunzigern auf dieses verwunschene Dörfchen gebracht.

Wie die meisten Orte in der Toscana hoch oben gelegen, über Feldern und Weinbergen, eine kleine Ansammlung von dicht zusammengedrängten Häusern, einem unbewohnten und mit Brettern verriegelten *Palazzo*, einem zum Hotel ausgebauten *Castello* und einer winzigen *Chiesa* um eine asymmetrische *Piazza*. Sein Haus liegt an der Außenseite des ringförmig angelegten Dorfes. Eine schmale, steile Innentreppe führt zuerst in eine große Wohnküche mit rotem Steinfußboden. Von da geht es in ein hohes Schlafgemach mit zwei riesigen Mahagonibetten und einem alten Kleiderschrank, in dem man gut eine ganze Familie verstecken könnte. Die Fenster lässt er, als Einziger im Ort, Tag und Nacht weit geöffnet. Daneben liegt das Badezimmer. Eine andere Tür führt auf die Terrasse, von der Georg nun schon über zehn Jahre träumt, zwanzig Quadratmeter groß, mit einem von Zypressen gerahmten Blick in die weite, hügelige Landschaft. Hier verbringt er auch die entspanntesten Stunden, seit er die Schule endgültig verlassen hat. Nackt, nur mit einem Strohhut bekleidet, sitzt er an einem dunklen Holztisch, liest und schreibt Gedichte oder liegt auf einer der Liegen und tut nichts, als Sonnenenergie zu speichern für bzw. gegen lange deutsche Wintermonate. An der Hauswand befindet sich ein Gartenschlauch, mit dem er sich jederzeit abkühlen kann. Der erste Liter unterscheidet sich kaum von der Außentemperatur.

Ebenfalls von der Küche führt eine halbe Treppe hinauf in den anderen Schlafraum, den Georg zu dem seinem erklärt. Zwei moderne Kiefernholzbetten, eine dunkle Kommode, ein Nachttisch, ein Spiegel, eine kleine Duschzelle mit Toilette nebenan. Die Fenster stehen auch hier den ganzen Tag offen. Es stört ihn nicht, dass sich der Raum aufheizt, im Gegenteil, er genießt die Überwärme nach der elenden norddeutschen Kälteperiode mit ihren Dauerfrösten. Auch die ersten beiden Nächte schließt er diese Fenster nicht. Dann aber, nachdem sich zwei Fledermäuse in sein Schlafzimmer verirrt haben, schlägt er des Nachts wenigstens die Fensterläden zu, durch deren Fächer die kühlere Nachtluft in den geöffneten Raum dringen kann.

Morgens, und das heißt meist erst nach acht, tritt er unbekleidet auf die Terrasse, die niemand einsehen kann, schaut hinab ins Tal und auf die gegenüberliegenden Hügel, die sich in wechselnden Farben voneinander abheben, betrachtet den Himmel und stellt die Richtung fest, in die die Wolken ziehen, falls es welche gibt. Dann legt er sich auf einen Liegestuhl und schmettert einen Morgenchoral. Zu Hause wurde viel gesungen. Noch ehe er in den Chor kommt, kennt er die meisten auswendig: *Die güld'ne Sonne*, *Morgenglanz der Ewigkeit*, *Die helle Sonn*, *All Morgen ist ganz frisch und neu*, *Aus meines Herzens Grunde*, *Lobet den Herren* (das Morgenlied, nicht zu verwechseln mit dem weitaus bekannteren gleichen Namens), *Gott des Himmels und der Erden*, *Wach auf, mein Herz, und singe* ...

Viele Strophen, betrachtet er sie näher, erscheinen ihm antiquiert und eigentlich unsingbar. *Heut, als die dunklen Schatten / mich ganz umgeben hatten, / hat Satan mein begehret; / Gott aber hat's gewehret.* Oder schlimmer noch: *Dein' Engel laß auch bleiben / und weichen nicht von mir, / den Satan zu vertreiben, / auf dass der bös Feind hier / in diesem Jammertal / sein Tück an mir nicht übe, / Leib und Seel nicht betrübe / und mich nicht bring zu Fall.*

Er wundert sich selber, wie leicht ihm die Worte von den Lippen gehen, obgleich er deren Inhalt für unerträglich hält. Mit der eingestanzten Bilderwelt der Kindheit gehen wir gnädiger um als mit allen späteren Prägungen, vielleicht aus der Befürchtung heraus, mit deren Preisgabe das Kindsein selber aufzugeben.

Die Texte hat er singend mitgelernt, als er noch kaum etwas davon verstand. Heute, wo er sie befragte und wo es mühevoller Erklärungen bedurfte, ihre Botschaft zu retten, wusste er, die Melodien sind es, die vertrauten Weisen, die es ihm angetan haben.

Er sieht seine Mutter vor sich, die inbrünstig und beharrlich, meist mit geschlossenen Augen, Strophe für Strophe absolviert, immer etwas langsamer als sein Vater und die Kinder, die hungrig auf den gedeckten Frühstückstisch schielen. Manchmal würden drei Strophen reichen.

Georg reicht eine, ehe er sich unter die Schlauchdusche stellt.

Das Wasser ist lauwarm, langsam wird es kälter. O la, denkt Georg, jetzt beginnt es zu prickeln. O lala!

O la? Georg lacht. Das Echolied! So fängt das Echolied an. Orlando die Lasso. Er erinnert sich.

Nach nahezu jedem weltlichen Konzert wird es als Zugabe gesungen, selbst im Bitterfelder Kulturhaus, wo niemand eine Zugabe zu wollen scheint.

Das Programm ist abgesungen, die Leute klatschen kurz und stehen auf. Da hebt der Chef noch einmal die Hände und flüstert lachend: Denen zeigen wir's!

O la, o che bon echo! Pigliamo ci, piacere!

Alle setzen sich schnell wieder hin, als seien sie auf der Flucht ertappt worden. *Ha ha ha ha ha, ridiamo tutti!* Jetzt spitzen sie die Ohren. Macht sich da jemand lustig über sie? Oder ist es nur einfach lustig? *Rest' in Pace! Basta! Basta, Baasta! Bastabastá! Baaaasta!*

Jetzt klatschen die Bitterfelder richtig. Der Chef aber verbeugt sich nur kurz, und der Chor tritt ab.

Georg hört sich das Echolied singen. Das Echo bleibt aus.

Dir scheint es besser zu gehen, sagte Ariane, als sie ausstiegen, Du siehst irgendwie gelöster aus.

Ich habe geträumt, sagte Georg, der sich von seinen Bildern noch nicht trennen mochte. Ich war eben in der Toskana.

Später, im Bett, als Ariane ihre Hand zurückgezogen und sich zur Seite gerollt hatte, beschwor er noch einmal jenen Sommer.

In der einsamen Zeit zwischen Katharina und Ariane verbringt Georg einmal ganze sechs Wochen in der grünen Toskana.

Zwei Wochen bleibt er mit sich und seinem Fernblick durch die Zypressen hindurch allein, malt und schreibt Gedichte. Wenn sich seine freundlichen Nachbarn, runzlige toskanische

Weinbauern, die ihren Ruhestand vor allem auf einer kleinen Bank neben dem Hauseingang zu verbringen scheinen, zur Siesta zurückziehen, ist er mit Strohhut, Staffelei und Malkasten unterwegs, steht zwei, drei Stunden in der prallen Mittagssonne und nutzt die Zeit der kurzen Schatten, das jeweils am Vortag sorgsam ausgewählte Motiv mit Ölfarben auf Leinwand zu bringen. Manchmal sind die Farben zu stark geraten, wie er bemerkt, wenn er das fertige Bild später betrachtet, manchmal ergibt die Mischung in dieser Helligkeit Effekte, die erst bei gemäßigtem Licht zur Geltung kommen. Kehrt er gegen vier nach Montebenichi zurück, sitzen seine Bäuerlein wieder vor dem Haus, nicken ihm freundlich zu und bestehen darauf, das Ergebnis zur Beurteilung vorgelegt zu bekommen, die stets höchst anerkennend ausfällt. *Mi piace molto,* hört er, *ben fatto, che bello! Bellissimo, splendido, che bel dipinto!* Er fühlt sich allmählich als der *pittore* vom Dienst. Den *scrittore* in sich aber muss er auf zu Hause vertrösten. So gut sind seine angelernten Italienischkenntnisse nun doch nicht, dass er seinen Bewunderern auch noch seine lyrischen Versuche vorstellen könnte. Als er sie später in Deutschland noch einmal liest, geht es ihm wie einem, der in der Glut des Tages leuchtenden Strandsand in ein Glas gefüllt hat und daheim erkennen muss, wie grau er in Wahrheit ist. Er beschließt, sie in einem besonderen Karton zu verstecken. Noch mag er sich nicht von ihnen trennen. Sie jemandem vorzulesen traut er sich nicht, zu überladen erscheinen sie ihm, zu schwärmerisch, enthusiastisch, kurz: zu pubertär.

In der dritten Woche besuchen ihn Volker und Hanne aus Hamburg, und mit ihnen lebt das Genüssliche lauer Terrassenabende auf, deren Stille nur vom Kreischen der Mauersegler zerschnitten wird, wenn sie sich um die Zinne des Palazzo und die Zypressen vor der Terrassenbrüstung jagen. Stundenlang sitzen die drei erzählend bei Kerzenlicht und dem Hauswein des Vermieters unter einem sternklaren Nachthimmel. Umso aktiver aber werden jetzt die Tage. Hanne besitzt ein Wanderhormon. Mit diesem kann sie das schönste Frühstück sprengen, wenn es eine Stunde zu überdauern droht. Sie muss sich immerfort bewegen, und sie versteht es, ihr Umfeld in Bewegung zu bringen. Georg, der lieber spaziert als läuft, weil er die Landschaft einatmet und mit den Augen erobert, fühlt sich durch sie aus dem Gleichgewicht gebracht. Aber wie so oft stellt er seine Bedürfnisse hintenan und ordnet sich unter. *Speedy* wird sie von Volker genannt, weil sie nahezu immer rennt, über unglaubliche Kondition verfügt und stets einige Hundert Meter vor dem Hauptfeld marschiert. Stehen bleibt sie nur, wenn sie etwas entdeckt hat, was sie den andern zeigen will, einen verletzten Vogel, eine Blüte, die in ihrem reichhaltigen floristischen Speicher nicht vorkommt, oder den Sand aus ihren Schuhen kippen muss. Als Georg erklärt, er werde sich am nächsten Morgen ausklinken, um ein paar Stunden zu malen, sind sie dabei. Volker hat, wie sich herausstellt, ebenfalls Malzeug mitgebracht, und für Hanne findet sich eine Leinwand in Georgs Auto. Einen langen Vormittag stehen sie in der Sonne und machen sich mit Ölfarben und Malmittel über ein altes, verfallenes Stallgebäude her, das ringsum von Wein bewachsen ist. Drei sehr verschiedene Bilder entstehen, die sie bei der Rückkehr nach Montebenichi seinen drei rauchenden Runzelmännern zeigen müssen. Die finden das Ergebnis natürlich nicht minder *bellissimo* und *splendido* und nicken eifrig mit den Köpfen.

Gemeinsam fahren sie nach Siena, durchstreifen stundenlang die Stadt, besuchen den Dom und den Campo, skizzieren und fotografieren hier und da – und dann erleben Volker und Georg etwas Außergewöhnliches: Hanne kann nicht mehr. Völlig kaputt streckt sie sich auf dem Pflaster des Campo nieder und weigert sich, jemals wieder aufzustehen. Sie fällt nicht auf unter den vielen, die die warmen Ziegelsteine des asymmetrischen Platzes liegend genießen. Aber als sie bei einbrechender Dämmerung noch immer auf ihrem ausgebreiteten Anorak liegt und behauptet, sie werde hier für immer liegen bleiben, fassen die beiden Männer behutsam zu und tragen sie zwischen ihren Schultern zum Auto, wo sie sofort einschläft. Am nächsten Morgen erscheint sie zum Frühstück, als wäre sie soeben einem Zauberbad entstiegen. Doch verzichtet sie nach zweistündiger Wanderung darauf, auch noch die restlichen Hügel der Toskana hinauf- und hinunterzurennen, legt sich auf die Terrasse und entspannt.

Noch einmal bekommt er Besuch. Sie heißen Wolfgang und Marita und sind Vegetarier. Georg, der sich schon lange abgewöhnt hat, Vegetarier Pflanzenfresser zu nennen, hat kein Problem mit der Ernährungsumstellung, da die Märkte ringsum überquellen von Obst und Gemüse. Auch die Ausflüge in kleine biologische Betriebe macht er willig mit. Doch Marita erweist sich nicht nur als eine begnadete Köchin, sondern zugleich als streitbare Feministin. Georg, der die Freundin seines Freundes erst seit Kurzem kennt, gerät mit ihr mehrmals ernsthaft aneinander. Immer wieder entdeckt sie in seiner Sprache verräterische Anzeichen männlichen Dominanzgehabes, die sie unbarmherzig bloßstellt und deren Genese sie ungefragt und langatmig mitteilt. Wenn sie kocht, duldet sie nichts Männliches in ihrer Nähe, nimmt dieses aber umso unerbittlicher für die Nacharbeit in Anspruch, und die kostet Zeit, da Marita nichts unbenutzt lässt, was sich in beiden Küchenschränken befindet. Bei ihr klingt das so: Wenn *man* isst, was *frau* kocht, räumt *man* weg, was *frau* braucht. Nur einmal kommen sie um ihr opulentes Abendessen, als sie während der Besichtigung einer Klosterkirche versehentlich eingeschlossen werden. Das Kloster selber, einst von Benediktinerinnen bewohnt, ist verwaist. Als sie ihr Missgeschick bemerken, ist niemand mehr da, der ihr Rufen hört. Es wird eine kalte Nacht. Hungrig und frierend kuscheln sie sich aneinander und erzählen sich Kindergeschichten, bis sie irgendwann einschlafen. Erst morgens um zehn erlöst sie derselbe Mann, der sie am Abend eingesperrt hat und entschuldigt sich mit heißem Kaffee und Gebäck aus dem Klostershop. Die Sonne wärmt sie schneller durch als befürchtet. Marita belehrt die beiden Männer, die klösterliche Kälte sei ein Repressionsinstrument des Klerus und der patriarchalen Gesellschaft gegenüber wehrlosen Frauen gewesen. Als Georg entgegnet, nach seiner Beobachtung seien Klöster mit männlichen Insassen nicht temperierter und die Lebenserwartung der Mönche nicht höher gewesen, trifft ihn ein feindlicher Blick und sie in der Folge ein Migräneanfall, der sie und seinen auffällig verstummten Freund zu vorzeitiger Abreise drängt.

Doch als Georg gerade begonnen hat, die Vorzüge des Alleinseins für sich zurück zu entdecken, schwebt unangemeldet Alice herbei, eine Tänzerin aus Köln, die er bei einem Lyrikworkshop kennengelernt hat. Sie schreibt wunderbare Briefe, voller Witz und Originalität. Aber gerade sie bringt seinen Urlaubsalltag völlig durcheinander, schon, weil sie morgens bereits um fünf aufsteht, stundenlang im Lotussitz meditierend auf seiner Terrasse herumsitzt und nicht zu frühstücken pflegt. Georg ist ein ausgesprochener Ritualist und Morgenmahlgenießer. Sie bittet und drängt Georg, an jedem Friedhof anzuhalten, weil sie so gern Gräber betrachte. *Un cimitero, un cimitero*, jubelt sie, wenn sie von fern eine Friedhofsmauer erblickt. Anfangs begleitet er sie noch, später bleibt er im Auto sitzen und hört seine Italienisch-CDs ab. Einmal fährt er sie zu einem Autofriedhof. Das nimmt sie ihm übel und redet einen halben Tag nicht mit ihm. Überhaupt entpuppt sie sich in diesen Tagen als kommunikationsgebremstes Wesen, sodass Georg ihr den Vogel zeigt, als sie ihn in der letzten Nacht in ihr Bett zu locken versucht. Am Morgen will er sie zum Bahnhof bringen, aber sie hat sich bereits, lange bevor Georg aufsteht, in Luft aufgelöst.

Seine schönsten Bilder entstehen in den letzten beiden Wochen. Er macht die Erfahrung, dass drei, vier Stunden ein Motiv im Auge zu behalten, am Ende keines physischen Belegs wie einer bemalten Leinwand mehr bedarf. Er malt ja nur für sich, fast ausnahmslos für sich.

Nach diesen Wochen fühlt er sich mit Montebenichi verschmolzen.

Als sich Georg nach dem Weckerschrillen rekelte, wusste er erst einmal nicht, wo er sich befand. Er setzte sich auf und brauchte einen Moment, um in die Gegenwart zurückzufinden. Und die hieß Krebs. Wie Wasser aus einem Waschbecken, sobald man den Stöpsel zieht, saugte ein imaginäres Loch all die Bilder, die ihn eben noch umgaben, ein.

In einer Stunde müssen wir los, mahnte Ariane, wir haben eine lange Tour vor uns.

Guten Morgen, antwortete Georg, ich hoffe, du hast so gut geschlafen wie ich.

8

Vierwalden liegt mitten in einer hügeligen Landschaft, umgeben von einem nahezu geschlossenen Mischwaldgürtel. Die Mühr schlängelt sich in sanften Bögen durch Felder und Wälder und erreicht bei einer stillgelegten Sägemühle die Stadt. Aus der Luft, stellte sich Georg vor, nachdem sie kilometerlang ihrem Verlauf am Hochufer gefolgt sind, müsste sie wie eine schwimmende Ringelnatter aussehen. Vierwalden empfing sie mit Nieselregen. Die Klinik zu verfehlen, war kaum möglich. Helle Schilder mit einem Regenbogensymbol wiesen auf sie hin.

Willkommen, sagte eine Art Hausmutter, als Ariane und Georg ihr Gepäck in der ersten Etage des Haupthauses abstellten, in der die der Klinik angeschlossene Pension untergebracht war. Willkommen? In welchem Krankenhaus waren Georg oder Ariane schon einmal willkommen geheißen worden? Die Dame führte sie in ihr Zimmer, wies sie knapp in die wichtigsten Anliegen der Hausordnung ein und sagte, man erwarte beide, wenn sie sich frisch gemacht hätten, im Speiseraum, wo für sie das Abendessen bereitet sei.

Georg warf sich auf eines der Betten und erklärte, so müde er auch sei nach der langen Fahrt, er wolle der Mahlzeit unbedingt noch einen kurzen Spaziergang durch das Zentrum des Städtchens folgen lassen. Er wusch sich Gesicht und Hände und wartete, bis Ariane sich umgezogen hatte.

Im Speiseraum trafen sie wieder auf die Hausdame, die ihnen das Büffet erklärte und einen Tisch zuwies, an dem sie die erste Woche allein sitzen würden.

Erste Woche, fragte Georg.

Der Chefarzt hat Sie für zwei Wochen eingetragen, sagte sie. Aber das werden Sie morgen früh alles mit ihm selber besprechen. Der vorläufige Therapieplan liegt in Ihrem Zimmer auf dem Schreibtisch.

Die anderen Tische waren schon abgeräumt, nur an einem der Nachbartische saß eine Frau, die um die siebzig Jahre alt sein mochte. Sie beobachtete lächelnd die beiden Neuankömmlinge, ehe sie sich zu ihnen wandte und fragte: Sind Sie das erste Mal hier?

Ariane bejahte.

Na, da haben Sie ja noch einige Überraschungen vor sich.

Wieso, wollte Ariane wissen.

Na ja, hier geht es eben anders zu als in einer normalen Klinik. Wissen Sie, ich war schon oft in einem Krankenhaus. Überall herrscht ein Befehlston, keiner hat Zeit für die Patienten, Ärzte hören nie zu, niemand klärt einen auf über das, was gemacht wird, immer kommt man sich vor, als ob man als Patient eine einzige Last für das Personal ist. Dabei ist es doch deren Aufgabe, für die Patienten da zu sein.

Und das ist hier anders, fragte Georg.

Sie werden ja sehen, entgegnete die Frau. Ich bin seit zehn Jahren hier in Behandlung und würde nie wieder in eine andere Klinik gehen wollen.

Was haben Sie denn, fragte Ariane.

Was ich habe, wiederholte sie, Bauchspeicheldrüsenkrebs.

Seit zehn Jahren?

Vor zehn Jahren war ich im Frankfurter Klinikum. Da wollten sie mich operieren. Als sie die Bescherung sahen, haben sie mich schnell wieder zugemacht. Zu spät, haben sie gesagt. Da können wir nichts mehr tun.

Was, habe ich gesagt, nichts mehr tun? Heißt das, es ist Schluss?

Am besten, Sie machen schnell Ihr Testament, hat der Chefarzt zu mir gesagt.

Das geht nicht, hab ich protestiert, ich will doch noch die Schuleinführung meines Enkels miterleben.

Da hat der andere Arzt gesagt: Na, das gucken Sie sich dann eben von unten an!

Waaas? Georg und Ariane schauten sie entsetzt an.

Können Sie mir ruhig glauben, so war das. Mir hat es ja auch die Sprache verschlagen. Aber dann habe ich solche Wut gekriegt und hab mir gedacht, denen werd ich's zeigen!

Und dann? Beide schauten die Frau mit erwartungsvollen Augen an.

Dann hat mein Sohn gesagt: Oma, wir wollen von dir nichts erben, wir wollen, dass du bei uns bleibst. Wir haben da von einer Privatklinik in Vierwalden gehört. Wir bringen dich dorthin. Vielleicht können die dir helfen. Da ist dein Geld besser angebracht.

Sie machte eine Pause.

Und das war vor zehn Jahren, sagte sie, und nickte noch einmal kräftig.

Und jetzt, wollte Georg wissen, was ist mit Ihrer Bauchspeicheldrüse jetzt?

Keine Ahnung, die Frau zuckte mit den Schultern. Ich hab nie wieder eine CT machen lassen. Seit Vierwalden geht es mir gut. Ich komme einmal im Jahr hierher, aber nicht wegen der Bauchspeicheldrüse, sondern wegen meiner Beine, wissen Sie, ich bin zu schwer geworden.

Ariane und Georg zwinkerten sich zu.

Und Sie sitzen immer hier, wenn ein neuer Patient mit Bauchspeicheldrüsenkrebs kommt, fragte Georg lachend.

Da hätt' ich viel tu tun, grinste die Frau. Nee, nee, das ist reiner Zufall heute.

Zufall, fragte Georg, gibt es denn das?

Punkt 8 Uhr saßen Georg und Ariane Dr. Schock gegenüber, einem vielleicht fünfzehn Jahre jüngeren Mann mit warmen, klugen Augen und einer ungewöhnlichen Ausstrahlung von Lebensfreude.

Er bat Georg, von sich zu erzählen, weniger, was er schon alles an Krankheiten überstanden habe, als mit welchen Problemen er sich im Laufe seines Lebens herumgeschlagen habe. Während Georg, der auf diese Art des Kennenlernens nicht vorbereitet war, aus seinem Gedächtnis zusammentrug, was er für berichtenswert hielt, führte ihn Dr. Schock mit seinen Nachfragen immer weiter zurück, bis in seine Kindheit, ja bis in das letzte Kriegsjahr, in dem Georg geboren wurde. Ihn interessierte weniger, ob und wie oft in seiner Familie schon Krebsleiden vorgekommen seien, als vielmehr, was für ein Typ Mensch Georg sei, ob er meine, über ein gesundes Selbstbewusstsein zu verfügen, wie er mit Ängsten umgehe, was er an Grenzerfahrungen gemacht habe, ob er Geschehnisse erinnere, die er bis heute nicht verdaut habe, was ihn seelisch belaste und wie er mit Stress umgehe. Schließlich erkundigte er sich nach seinen Ess- und Trinkgewohnheiten.

Ariane schwieg, was ungewöhnlich war, und verfolgte aufmerksam den Dialog, für den Dr. Schock offenbar Zeit eingeplant hatte.

Als er wissen wollte, wie Georg mit akuten Problemen umgehe, die er für schwer lösbar halte, brach Ariane ihr Schweigen.

Er ist ein Pedant, sagte sie.

Schock sah sie an und lächelte: So? Ein Pedant? Was heißt denn das?

Er ist obergenau, pingelig. Er macht sich um alles einen Kopf, leidet an allen politischen Entscheidungen, die er missbilligt, mit, nimmt alles wörtlich, kann keine Zeitung lesen, ohne Druckfehler zu entdecken, eben pedantisch.

Ist das für Sie etwas Schlechtes, wollte Schock wissen.

Grundsätzlich vielleicht nicht, gab Ariane zu, aber manchmal ist es nervig.

Und Sie, wie sehen Sie das, wandte er sich an Georg.

Sie hat recht, ich bin ein Pedant. Ich würde sicher sorgloser leben, wenn ich nicht so genau wäre, nicht so viel grübelte und wenn mir nicht alles so naheginge.

Und – glauben Sie, dass Sie das ändern können, fragte Schock.

Ich glaube nicht, gestand Georg.

Sie können das ändern, sagte der Arzt jetzt sehr bestimmt, Sie können ganz viel ändern. Und Sie werden sich noch wundern, was alles möglich ist, wenn man will.

Dann erläuterte er ihnen den medizinischen Ansatz der Klinik und das vorgesehene Therapieprogramm. Wir gehen davon aus, dass der Mensch ein komplexes Wesen ist, bei dem Körper, Seele und Geist nicht voneinander zu trennen sind. Es gibt geistige Hemmnisse und seelische Blockaden, die massive Auswirkungen auf den Körper haben und es gibt körperliche Beeinträchtigungen, die seelische Folgen nach sich ziehen. Wir betrachten den Menschen in seiner Ganzheit, deshalb findet unsere Therapie auch auf verschiedenen Ebenen statt. Unsere Symptome sind in der Regel die Anzeige einer tieferen Störung oder Blockierung. Deshalb reicht es nicht aus, das Symptom zu bekämpfen, wie es in der Schulmedizin Usus geworden ist. Da gilt als gesund oder geheilt, wer wieder funktioniert – bis zum nächsten Symptom. Heil sind Menschen erst, wenn die Einheit zwischen Körper, Seele und Geist wieder hergestellt ist. Deshalb können wir Ärzte streng genommen auch nicht heilen. Wir können Ihnen nur einen Weg aufzeigen und Sie dabei mit unseren Mitteln unterstützen. Der Erfolg all dessen, was wir Ihnen vorschlagen, wird ganz wesentlich davon abhängen, ob Sie die Therapie bejahen und Ihrerseits mit Geist, Seele und Körper umsetzen.

Besteht denn überhaupt Hoffnung auf Heilung, mischte sich Ariane wieder ein.

Es besteht Hoffnung, sagte Schock, wenn Ihr Mann alles Hilfreiche und Positive für sich annimmt, bis er sich mit der Schöpfung wieder eins fühlt oder – er wandte sich Georg zu – Sie sind doch Theologe, wenn Sie Gott in sich wirken lassen.

Georg schluckte. Musste ein Arzt ihm sagen, dass sein Glaube nicht reiche?

Er ahnte, diese zwei Wochen würden nicht nur an seinen Lebensgewohnheiten rütteln.

Georg setzte sich ins Musikzimmer der Pension und wählte eine Leipziger Nummer.

Modeatelier Anna Weber.

Anna, bist du es?

Papa? Ist was Schlimmes passiert?

Wie kommst du darauf, fragte Georg zurück.

Weil du mich noch nie im Laden angerufen hast.

Ach, tatsächlich? Georg war sich dessen nicht bewusst. Aber, fuhr er fort, in gewissem Sinne ist deine Vermutung nicht ganz falsch. Ich befinde mich in einer Klinik.

Waaas?

Georg erzählte von seiner Diagnose und dem Gespräch mit Kalwein. Er hörte Anna ein- und wieder ausatmen.

O Gott, das ist ja furchtbar, sagte sie. Und wann wirst du operiert?

Gar nicht, Anna, ich habe das sichere Gefühl, das ist nicht mein Weg. Ich habe mich für eine andere, eine ganzheitliche Therapie entschieden

Er erzählte ihr von Vierwalden und von dem ganz anderen Ansatz biologischer Krebstherapie, soweit er es begriffen zu haben glaubte.

Papa, sagte Anna plötzlich ganz ruhig, das finde ich stark.

Was findest du stark?

Dass du nicht danach fragst, was alle machen, sondern deinem Gefühl folgst. Das hätte ich dir, ehrlich gesagt, nicht zugetraut.

Ich mir auch nicht, gab Georg zu

Als er das Gespräch beendet und den Vorschlag, ihn in der Klinik zu besuchen, freundlich auf die Zeit danach umgelenkt hatte, lehnte er sich im Sessel zurück.

Er hatte befürchtet, seine Töchter würden ihn zu den üblichen schulmedizinischen Maßnahmen drängen. Anna jedenfalls nicht, stellte er befriedigt fest. Bei Bettina könnte das schon anders aussehen. Aber er erreichte sie nicht. Anna und Bettina ...

Er sieht seine beiden Töchter im Alter von drei und vier Jahren im Pfarrgarten auf der oberen Wiese mit ihren Puppen spielen. Er schleicht sich von der Scheune her an und will sie fotografieren. Da hört er, wie Bettina Anna fragt: *Hat dein Baby wie-*

der eingeschissen? – Nein, antwortet Anna mit ernstem Gesicht, *mein Kind scheißt nicht ein, mein Kind schokoliert.* Georg muss laut losprusten. Die beiden sehen sich erschrocken um: *Papa, spielst du mit?* Notgedrungenermaßen muss er sich eine halbe Stunde dazusetzen, bis ihn das Schrillen des Telefons erlöst, das man bis in den Garten hört.

Warum habe ich mich für meine Kinder erst richtig zu interessieren begonnen, als die unschuldigsten Jahre ihrer Entwicklung vorüber waren? Georg verfiel wieder einmal ins Grübeln. Hätte er sich seiner Kinder früher teilnehmender angenommen, wenn es Jungen wären? An den Puppen konnte es nicht liegen, die hatte ihnen Sabine förmlich untergeschoben, damit sie *richtige* Mädchen werden. Bis dahin war alles, was ihnen in die Hand kam Auto oder Eisenbahn. Hätte er ihnen zwei Pappkartons gegeben, auch die wären dampfend oder hupend über die Diele gefahren. An Fantasie fehlte es den beiden nicht.

Anna ist dreizehn, da schreibt sie ihr erstes Gedicht. Er kann es noch immer auswendig:

Jonas, ich liebe dich.
Ich rate dir, heirate mich.
Wenn aber nich,
räch ich mich fürchterlich.

Jonas ist ein Junge aus ihrer Klasse, der vermutlich nie etwas von dieser Offerte erfährt. Der Zettel fällt aus dem *Boosialbum*, wie sie sagt, als Sabine Staub wischt. Spätere Gedichte werden besser versteckt oder finden gar nicht statt.

Bettina ist ein Papakind. Mit vier oder fünf sitzt sie stundenlang still in seinem Arbeitszimmer und malt. Wenn ein Bild fertig ist, legt sie es leise auf seinen Schreibtisch und nimmt sich ein neues Blatt. Sie verlangt von ihm, abends am Bett Geschichten zu hören, die in keinem Buch stehen. Anna, die bisher zufrieden war, wenn Sabine oder er etwas vorlasen, schließt sich ihrer Schwester an. Fortan ist das Abendritual Georgs Angelegenheit. Er erfindet *Wollzwerggeschichten*, die er später einmal aufzuschreiben versucht. Es gelingt ihm nicht. Während er meist vergisst, was er bereits erzählt hat, merken sich die Mädchen jedes Detail und protestieren bei jeder Ungereimtheit. Manchmal aber testet er ihre Aufmerksamkeit, indem er bewusst falsche Namen oder Beschreibungen einfließen lässt. Ihr audiovisuelles Gedächtnis lässt sich nicht austricksen.

Beide besuchen die Ballettschule. Bettina hört nach zwei Jahren wieder auf. Anna bleibt dabei, bis zur Scheidung. Sabine nimmt die beiden mit und zieht nach Brix. Dort gibt es weder eine Ballettschule noch eine erweiterte Oberschule. Um die Oberschule zu besuchen, müsste sie ins Internat der Kreisstadt. Als Sabine den Antrag stellt, erhält sie eine Ablehnung wegen mangelnder gesellschaftlicher Reife bei Anna. Auf Annas Zeugnis stehen zwei Zweien, in allen anderen Fächern hat sie die Eins. Aber sie ist nicht in den Pionieren, will nicht in die FDJ und hat sich nicht jugendweihen lassen. Sabine, die Georg die Kinder weithin vorenthält, wendet sich Hilfe suchend an ihn, er möge beim Kreisschulrat vorsprechen. Der lehnt es ab, Georg zu empfangen. Auf seine Eingabe an den Bezirksschulrat hin bekommt er die lapidare Antwort, die Frist sei bereits verstrichen. Anna lernt Schneiderin und holt das Abitur an der Volkshochschule nach. Aber als sie sich um einen Studienplatz für Innenarchitektur bewirbt, wird sie mit ähnlicher Begründung erneut abgewiesen.

Bettina, die ebenfalls weder Pioniere noch Jugendweihe mitmacht, darf die erweiterte Oberschule besuchen. Sabine und Georg fragen sich, warum. Vermutlich will die Partei nicht den Eindruck erwecken, Pfarrerskinder seien grundsätzlich vom höheren Bildungsweg ausgeschlossen. Mit einem Abiturzeugnis von 1,0 bewirbt sie sich für Medizin. Die Ablehnung stimmt fast wörtlich mit Annas Studienablehnung überein. Immer wenn sie sich um eine Lehrstelle bemüht, heißt es, mit Abitur sei sie für diese Ausbildung überqualifiziert. Schließlich gelingt es doch noch, einen Ausbildungsplatz bei einem privaten Tischler zu ergattern, den Georg einmal getraut hat. Sie ahnt noch nicht, wie wichtig diese Jahre für sie werden.

Sippenhaft gäbe es in der DDR nicht, das wären Nazimethoden, sagte einmal ein Parteisekretär zu Georg, den er auf seine Töchter ansprach. Und doch fragte er sich, warum seine Kinder zusätzlich zu den Folgen der Trennung auch noch unter seinem gesellschaftlichen Stellenwert im sozialistischen Staat leiden sollten. Es habe sie nicht wirklich belastet, behaupteten beide, unabhängig voneinander, nachdem Sabine und Georg sich ausgesöhnt und Georg und seine Töchter sich wieder angenähert hatten. Aber ob das so stimmte? Ob sie das überhaupt selber wirklich einschätzen konnten?

Dr. Vollmer, einer der Klinikärzte, schaute ins Musikzimmer, sah Georg sitzen und bemerkte: Herr Weber, Sie wissen, dass in unserer Klinik kein Handy benutzt werden darf?

Georg fühlte sich ertappt und nickte.

Ihretwegen, ergänzte Vollmer. Wir glauben, dass Sie sich selber keinen Gefallen damit tun. Ich gebe zu, manchmal geht es nicht anders. Aber beschränken Sie Handygespräche bitte auf das Nötigste. Beenden Sie das Gespräch spätestens, wenn Sie bemerken, dass ihr Ohr zu glühen beginnt. Er lachte und verschwand.

Georg wählte Bettinas Nummer, fand nur die Telefonmaschine vor und bat sie, ihn auf Handy zurückzurufen.

An jedem zweiten Werktag in diesen beiden Wochen lag Georg auf dem Wasserbett der Onkothermie. Hier konnte er eine Stunde lang seine Gedanken ungestört kreisen lassen. Auf dem Bauch die Sonde, die mit ihrer Wärme die Krebszellen erreichen sollte, mit einem der Arme am Tropf: Vitamin C, Procain, dann ein Mix aus diversen in der Krebstherapie bewährten Substanzen. Georg mochte sich die Bestandteile nicht merken, Hauptsache, es gäbe Grund zu der Annahme, es hülfe. Der Ansatz leuchtete ihm ein: Wenn Krebs eine Immunschwächekrankheit wäre, müsste als Erstes das Immunsystem wieder aufgebaut werden. Eine Chemotherapie, das wusste jeder, würde es weiter herunterfahren. Das wäre so, wie wenn man einem Verdurstenden verordnete, sechs Wochen lang nichts zu trinken. Sicher gab es auch Patienten, die nach einer Chemotherapie gesundeten. Aber viele von ihnen überlebten nur mit schwerwiegenden Einschränkungen. Je mehr er in den folgenden Tagen über die Schicksale seiner Mitpatienten erfuhr, desto mehr gewöhnte er sich an, von solchen zu sprechen, die *trotz* einer Chemotherapie überlebt hätten.

Er lag also auf seinem Wasserbett und ließ sich das Gespräch vom Vormittag durch den Kopf gehen. Die Psychotherapeutin hatte mit ihm über Groll, Ärger, Hass und negative Gefühle gesprochen. Er fühlte sich ertappt, als sie sagte: Seelische Lasten, die wir vermeintlich wegstecken, sind nicht wirklich weg. Sie brechen an einer anderen Stelle, in anderem Gewand wieder hervor.

Das war ihm nicht neu, oft schon mochte er es anderen zu bedenken gegeben haben. Aber diesmal ging es um ihn, und damit wurde es zu einer existenziellen Erkenntnis. Auf der Suche nach seelischen Blockaden kamen Konflikte zum Vorschein, die nie wirklich aufgelöst worden waren, Ängste, die er überwunden glaubte, Muster und Leitbilder, die ihn noch immer zu beherrschen schienen, obgleich er sich geistig von ihnen verabschiedet hatte. Warum fiel ihm, wenn er an seine Eltern dachte, immer nur sein Vater ein, der zwar die Familie dominierte und lange Zeit sein Leben bis ins Detail hinein bestimmte, mit dem er aber längst seinen Frieden gemacht hatte. Was war mit seiner Mutter?

Georg hat Angst. Angst hat er, weil Gott alles sieht. Und weil Gott alles sieht, kann und wird er auch alles bestrafen, was Georg Böses tut. Und böse ist alles, was ihm die Eltern zu tun verbieten oder die Lehrer oder die Erzieher im Internat oder das eigene Gewissen, das aus alldem zusammengesponnen zu sein scheint. Es käme noch die Polizei hinzu, die dazu da ist, dass man vor ihr Angst hat, und Herr Grohmann, der mal seinen Hund auf ihn gehetzt hat, weil er ihm einen Vogel gezeigt hat und Onkel Wilhelm, dessen Frau einen Herzfehler hat und die er mal mit kaltem Wasser bespritzt hat, sodass sie angeblich beinahe einen Herzinfarkt gekriegt hätte, und Tante Luise, die schon längst erkannt hat, dass er ein böses Kind ist, und Frau Bienert, die beobachtet hat, wie sich Pummel und er hinter der Hundehütte gezeigt haben, wie und woraus sie pullern, und Frau Woyck, der er mal *alte Wachtel* hinterhergerufen hat, und Schober, den er mit Alex zusammen nachts überfallen hat, und Doktor Kleinstück, dem er einen Schneeball auf die Klingel gesetzt hat, und Frau Neumann, die Geschichtslehrerin, der er ein Stück Vollmilchschokolade auf den Stuhl gelegt hat und die den Raum unter dem Gejohle der ganzen Klasse mit einem braunen Fleck am Hintern verließ. Eigentlich alle Erwachsenen. Deshalb wundert er sich auch nicht, dass er sich so oft die Knie aufschlägt oder sich in den Finger schneidet. Alles Strafen für das Böse! Georg möchte gut sein, aber er kann es nicht lassen, immer wieder jemandem über den Mund zu fahren, wenn er auch nicht genau weiß, was das wirklich ist, oder zu lügen. Lügen muss er, weil er Angst hat, bestraft zu werden, wenn er die Wahrheit sagt. Angst aber hat er auch, weil er lügt und weiß, bald wird die Lüge auffliegen. Es ist ein Teufelskreis, aus dem er keinen Ausweg findet. Und weil er sich nicht mit anderen schlagen darf, *schlagen ist böse*, geht er möglichst jeder Situation aus dem Weg, wo geschlagen wird. Nur mit seiner Schwester schlägt er sich ab und zu. Daher weiß er auch so genau, dass es böse ist; denn kaum fängt sie zu schreien an, kommt sein Vater herbei, falls er da ist – und sie schreit natürlich nur, wenn er da ist – und schlägt ihn, weil Jungs Mädchen nicht schlagen. Der Vater darf das, weil das ja Strafe für Böses ist. So lernt er auch nie, sich zu verteidigen, wenn ihm jemand etwas antut. Er schlägt nur die Arme vor seinen Kopf, um das Empfindlichste zu schützen und lässt sich verkloppen. Dann rennt er heulend nach Hause und klagt vor seinen Eltern die Schläger an. Aber seltsamerweise haben seine Eltern meistens den Verdacht, er habe das Schlagen selber provoziert, sodass es eher dem Schlagen des Vaters, also einem Schlagen als Strafe entspreche. So wächst die Angst, die Angst vor dem Bösen in ihm, die Angst vor Strafe, die Angst vor allen, die so stark sind, dass sie ihn schlagen könnten, die Angst vor Gott und den Erwachsenen, die das Recht haben zu strafen, die Angst vor diesem Leben, das so ungerecht ist, die Angst vor der Angst und letztlich vor sich selber.

Bin ich denn nie wirklich erwachsen geworden, fragte sich Georg.

Natürlich, doch. Als Student in Greifswald, fern vom elterlichen Einfluss, fühlt er sich frei und erwachsen. Er besitzt eine eigene Bude und eine Toilette, die nur er benutzt, in einem baufälligen Fachwerkhaus. Er leitet einen kleinen Studentenchor. Er bewältigt seine Sprachprüfung in Hebräisch mit Gut. Latein und Griechisch bringt er bereits mit. Er wird Hilfsassistent in Kirchengeschichte. Er findet Anerkennung mit Seminarbeiträgen und kleinen Vorträgen. Er orgelt sonntags in einer pommerschen Dorfkirche. In der Studentengemeinde wird er zum Vertrauensstudenten gewählt. Seine theologischen Kommilitoninnen schwärmen für ihn, auch wenn er sich lieber unter den Medizinstudentinnen umtut. Er schreibt Briefe an seine Eltern, die beweisen sollen, dass er ein Eigenverantwortlicher, ein Erwachsener, ein Mann geworden ist. Und er erhält Briefe von seinem Vater, nicht lieblos, aber doch so voller *Paränese*, wie das beim Apostel Paulus, mit dem er sich gerade beschäftigt, genannt wird, voller Ermahnungen, gut gemeinter sicher, aber meist überflüssiger, sodass er väterliche Briefe manchmal eine Woche ungeöffnet liegen lässt. Am besten öffnet er sie an einem Sonnabendabend, bevor die Kneipennacht beginnt. In Greifswald wird viel getrunken, besonders unter Theologiestudenten. Da schwimmt so eine briefliche Standpauke einfach davon.

Aber dann, er befindet sich im dritten Studienjahr, steht sein Vater eines Morgens vor der Tür. Georg liegt noch im Bett, und nicht allein. Sein Vater erwartet einen freudigen Sohn, der ihm einen herzlichen Empfang bereitet. Stattdessen schaut er in das verschlafene und erschreckte Gesicht eines Menschen, der sein schlechtes Gewissen aus allen Poren schwitzt. Es gibt eine heftige Auseinandersetzung in der offenen Tür, während im Hintergrund Gudrun, seine derzeitige Gespielin, nackt aus dem Bett springt, sich etwas überwirft, an beiden vorbeiquetscht und über den Gang zur Toilette rennt. Sein Vater, zornrot, kündigt an, er komme 12 Uhr wieder. Bis dahin habe Georg Gelegenheit, sein Leben zu ordnen, was so viel heißt wie: Beseitigung jeglicher Spuren einer Liebesnacht, Verabschiedung der jungen Dame – und zwar endgültig! – Herstellung eines studienbeflissenen Schreibtischs und Aufstellung einiger familiärer Erinnerungsstücke wie Fotos und Postkarten von Eltern und Schwester. Dabei bemerkt Georg einen Brief seines Vaters, der noch nicht geöffnet ist. Er liest ihn vorsichtshalber und erfährt, sein Vater wolle ihn an eben diesem Tage besuchen. Er hoffe, dass er bei ihm einen Kaffee oder wenigstens einen Tee in einer aufgewaschenen Tasse bekomme. Diese Art von Humor liebt Georg besonders. Und nun weiß er, wieder mal ist er der Böse, der Reue empfinden soll und seiner gerechten Strafe nicht entgehen wird. Es wird keine Schläge mehr geben. Aber wie wäre es damit, Georg das bescheidene Stipendium zu kürzen? Er empfängt kein staatliches Stipendium, weil sein Vater mit zwanzig Mark über der dafür nötigen Gehaltsgrenze liegt. Sein Vater zahlt ihm 110 Mark im Monat. Wenn er wüsste, dass sich Georg als Hilfsbeleuchter am Theater und als Aushilfskellner in einem Tanzlokal etwa das Doppelte dazuverdient, würde – nach einer gewaltigen Moralpredigt – die väterliche Stütze gänzlich gestrichen. Er erwähnt gegenüber seinem Vater, als sie zu Mittag in seinem aufgeräumten Zimmer sitzen und das Schlimmste überstanden ist, nur die dreißig Mark, die die Hilfsassistentenstelle abwirft und die er für den Kauf theologischer Bücher einsetzt.

Sein Vater will alles sehen, das Rathaus, den Dom, die Fakultät, die Studentengemeinde, und Georg kommt sich einen Tag lang vor, als gehe er an der Hand seines Vaters, um nicht zu sagen an der Leine, durch die Stadt. Als sein Vater am Abend das Hotel aufsucht, muss er ihm vieles versprechen. Und Georg verspricht alles und würde noch viel mehr versprechen, wenn nur sein Vater bald wieder führe.

Gudrun hat er für diese Nacht ausgeladen. Erst als er sich am nächsten Tag im Hotel vergewissert hat, dass Herr Dr. Weber leider schon abgereist sei, lebt er langsam wieder auf. Aber tagelang fühlt er sich noch begleitet von einem drohenden Schatten, der alle Lebenslust lähmt.

Viel später, sein Vater geht auf die 86 zu, rechnet Georg mit ihm ab. Seine Ehe ist zerbrochen. Zwischen Sabine und ihm bahnt sich ein elender Kleinkrieg an, der die Töchter fast zerreißt. Seine Tätigkeit als Pfarrer ruht. Er kommt soeben von einer Psychotherapie zurück und sucht seine Eltern auf. Als ihn sein Vater fragt, was er in der Therapie gewollt habe, die Webers seien doch nicht verrückt, flippt Georg aus. Auch eine überlegtere oder einfühlsamere Frage hätte vermutlich irgendwann zu einem ähnlichen Eklat geführt. So bricht es brachial und ungebremst aus ihm hervor. Alles, was sich über Jahrzehnte in ihm angestaut hat und mit der Therapie nach oben geschwemmt worden ist, wirft er seinem Vater vor die Füße: dass er ein strenger und ungerechter Vater gewesen sei, dass er Georg nie wirklich ernst genommen habe, dass er ihn seine ganze Kindheit über unter Druck gesetzt habe, dass er ihn mit einem veralteten Gottesbild eingeschüchtert habe, dass er ihm das Gefühl vermittelt habe, er sei von Grund auf böse und zur Besserung kaum fähig, dass er aus ihm einen Feigling gemacht habe, der sich der eigenen Haut nicht zu wehren weiß, dass er ein gestörtes Frauenbild habe, dass er in Sabine immer ihn, den Diktator, gesehen habe …

Sein Vater hört mit wachsender Anspannung zu. Die Mutter hebt die Arme und fleht Georg an, den Vater zu schonen. Denk an sein Herz, sagt sie.

Ach sei doch still, Georg ist nicht mehr zu bremsen, *damit hast du uns schon als Kinder mundtot gemacht. Immer hieß es:*

Macht nicht so laut, macht Vater keinen Kummer, regt den Vater nicht auf, sein Herz … Und jetzt ist er fünfundachtzig und sein Herz zeigt keinerlei Schwäche!

Du warst immer ein harter Vater, sagt Georg.

Und sein Vater antwortet: *Wenn du wüsstest, wie oft ich weinend in meinem Zimmer saß, weil ich mir keinen Rat mehr wusste mit dir!*

Hättest du mir doch einmal gezeigt, dass du überhaupt weinen kannst, faucht Georg, *dann hätte ich dich vielleicht nicht nur gefürchtet, sondern auch ein bisschen geliebt*.

Irgendwann läuft sein Vater schreiend aus dem Raum.

Es wird eine unruhige Nacht. Georg kann nicht schlafen. Er macht sich Vorwürfe, seinen alten Vater nicht geschont zu haben. Was, wenn er diese Nacht wirklich an gebrochenem Herzen stirbt?

Zwei Wände weiter liegt sein Vater schlaflos, grübelnd.

Am Morgen trifft Georg, und das wird künftig zu den großen Wundern seines Lebens gehören, auf einen geläuterten alten Mann.

Ach Georg, ist das Erste, was er sagt, *du hast ja so recht.*

Und dann erzählt er seinem Sohn von seinem Vater, der ein jähzorniger und selbstgerechter Mann gewesen sei und seine Söhne bei nahezu jeder Gelegenheit geprügelt habe. Und auch bei ihm seien Frömmigkeit und Strenge meist gepaart aufgetreten nach dem bekannten Missverständnis: *Wen Gott liebt, den züchtigt er*. Er berichtet, wie sie als Kinder gejubelt hätten, wenn der Alte wochenends zu seiner Freundin ging – *ja, stell dir vor, der hatte neben seiner Familie mit sieben Kindern auch noch eine Geliebte* – und sie mit der Mutter allein in das Gartenhaus in einem Chemnitzer Vorort gefahren seien. Nie habe er es so machen wollen wie sein Vater. Was habe er sich für Mühe gegeben, seinen eigenen Kindern Vorbild zu sein, sie gerecht zu behandeln, ihre Gaben zu fördern und ihnen Werte und Ziele zu vermitteln. Und nun stehe er am Ende seines Lebens und müsse feststellen, er habe nichts besser vermocht.

Jetzt ist es Georg, der weint, zum einen, weil er das Gefühl bekommt, zu hart mit seinem Vater ins Gericht gegangen zu sein, zum anderen, weil ihm bewusst wird, wie wenig besser *er* es mit seinen Kindern angestellt hat. Und nun noch die Scheidung, die seine Töchter wie eine schwere Hypothek begleiten wird.

Georg scheint es, er erhalte zum ersten Mal Einblick in das wahre Leben seines Vaters. Je weiter sein Vater in seinen Erinnerungen zurückgeht, desto näher fühlt er sich ihm.

Am Ende liegen sich beide in den Armen, eine Geste, an die sich Georg aus früheren Zeiten nicht erinnern kann.

Von diesem Tag an besteht zwischen Georg und seinem Vater ein besonders inniges Band, das die weiteren acht Jahre hält, ehe sein Vater stirbt. Und selbst auf seinem Sterbebett, schon tagelang unansprechbar, erwacht der Vater noch einmal, als Georg das Krankenzimmer betritt, und ist für eine Stunde hellwach und geistig höchst lebendig.

Der Wunsch seines Vaters, von Georg einmal beerdigt zu werden, der ihn anfangs erschreckt hat, wird ihm am Ende zum Bedürfnis.

Georg lag auf seinem Wasserbett, die zweite Infusion lief zu Ende.

Nein, das war keine Störung mehr, keine Blockade, schon gar keine, die einen Krebs verursachen müsste. Mit seinem Vater hatte er Frieden. Seine Kindheitsängste verfolgten ihn nicht mehr, er fühlte sich längst nicht mehr als der Böse, der bestraft werden will. Sein Gottesbild war mit ihm gewachsen.

Eine Schwester kam an sein Lager, wickelte den Schlauch vom Sauerstoffgerät auf, nahm die Sonde von seinem Bauch und schaltete das Onkothermgerät ab. Sie wartete die letzten Tropfen ab, dann zog sie die Kanüle aus der Vene und drückte einen Tupfer darauf. Halten Sie den bitte noch zwei Minuten fest, sagte sie. Für heute haben Sie es geschafft.

Was habe ich wohl geschafft, fragte sich Georg.

Die Zwischenzeit bis zur Atemgymnastik verbrachte Georg in Arianes Begleitung im Park. Mitpatienten erzählten, nein schwärmten davon. Fürst Edmund von Vierwalden sollte ihn Mitte des 19. Jahrhunderts zu Ehren seiner früh verstorbenen Frau angelegt haben. Sein Schloss grüßte schon von Weitem, wenn man sich von Frankfurt her Vierwalden näherte. Im Park selber besaß er eine Sommerresidenz, die heute besichtigt werden konnte und deren östlicher Flügel wechselnde Ausstellungen beherbergte. Die zur Fußgängerzone erklärte Hauptgeschäftsstraße der Stadt ging an ihrem Ende in eine Allee junger und jeweils mit einem Lattengerüst in den Kronen gewaltsam zu Spalierbäumen gezogener Platanen über. Diese führte direkt zum Parkeingang, der aus einem Tunnel von inzwischen entlaubten Fliederhecken und schwarzgrünen Rhododendren gebildet wurde. Dahinter öffnete sich eine weite Parklandschaft mit einem beachtenswerten Baumbestand. Zur Linken die Sommerresidenz, von hohen Eichen und Ulmen umstanden, dahinter das alte Küchenhaus, das jetzt, wie Georg bald herausfinden sollte, ein exklusives Café enthielt, zur Rechten, hinter hohen Rhododendronbüschen, der Schlossberg und die letzten Villen des vornehmeren Stadtviertels. Georg fasste Ariane bei der Hand und zog sie geradeaus auf eine weite Wiese.

Auf den Rasen, fragte sie.

Es ist fast Winter, das Gras ist abgestorben, ich möchte mich in die Mitte zwischen die Bäume stellen und zu ihnen aufschauen.

Zögernd folgte sie an seiner Hand. Als er stehen blieb, schaute er im Kreis herum und sagte: Die alle sind dreimal so alt wie wir. Da muss man vor Ehrfurcht seine Mütze abnehmen.

Tatsächlich zog Georg seinen Lenin vom Kopf und stand einen Moment andächtig wie in einer Kirche. Er wies mit dem Zeigefinger der Reihe nach auf die Baumgruppen und nannte Ariane, die gerade mal Kastanien und Linden auseinanderhalten konnte, deren botanische Namen. Ariane ließ es sich gefallen und sprach die Bezeichnungen leise nach. Über einen Weg, der von gewaltigen Buchen flankiert wurde, erreichten sie den See, eigentlich ein Teich, aber von den Bewohnern See genannt. Sein braundunkles Wasser spiegelte an den Rändern die laublose Vielfalt unterschiedlich gewachsener und verschiedenfarbiger Stämme und Kronen wider. Buchen, Eichen, eine Trauerweide, Rosskastanien, eine Traueresche sanken am Ufer ab und hingen zum Teil weit über das Wasser. Georg stellte Ariane seine Entdeckung vor: Schau mal, Wasserbuchen, Wasserweiden, eine Wasserkastanie, eine Wasserlinde, Wassereichen, Wasserleichen …

Arianes Gedanken zogen andere Bahnen, sodass ihr der bewusste Versprecher entging.

Ein Schwanenpaar, gefolgt von fünf Jungtieren schnitt den Teich lautlos in zwei ungleiche Hälften. Auf einer kleinen Insel, unter auseinanderstrebenden Buchen drängten sich Enten dicht zusammen.

Als sie den halben Teich umrundet hatten, blieben sie vor einem Baum stehen, der wie ein Elefantenfuß aus dem Boden ragte, sich nach oben hin auffällig verjüngte und von dort lange Äste mit seidenweichen Nadeln herabließ. Ein Mammut? Georg war sich nicht sicher. Nein, der hätte Ende Oktober keine Nadeln mehr. Eine Zypresse? Zu seinen Füßen ragten seltsame Gebilde aus der Erde, die zwischen dem verblichenen Herbstgras Skulpturen glichen. Georg meinte, eine Frau mit einem Kind auf dem Arm zu sehen. Ariane entdeckte eine Dreiergruppe, die den singenden russischen Weibern von Barlach nicht unähnlich war.

Ein Parkbesucher, eingesessener Vierwaldener, erklärte ihnen, es handele sich um eine Sumpfzypresse, deren Wurzeln mitunter halbmeterhohe Auswölbungen um den Stamm herum bilden könnten. Er erzählte ihnen auch von Goldulmen und Tulpenbäumen, deretwegen Fachkundige im Sommer von weither anreisten.

Ariane wollte wissen, ob er eine besondere Liebe für Bäume empfinde.

Nicht nur für Bäume, antwortete er. Ich fühle mich mit der Natur im Ganzen verbunden. Aber Bäume sind etwas ganz Besonderes. Ich glaube, wer vor Bäumen keinen Respekt hat, hat vor nichts Respekt.

Ariane lächelte verlegen.

Als der Mann weiterging, stellte sich Georg breitbeinig neben die Zypresse, rammte seine Füße gedanklich in den Boden und breitete seine Arme zum Himmel aus. Pass auf, Ariane, jetzt schlage ich die Wurzeln, die im Verlauf meines Lebens bei mir abgestorben sind.

Er schloss die Augen und fühlte sich für einen Moment eins mit allem, was ihn umgab.

Stell dir das Ganze im Frühling vor, im Sommer erst. Ob ich das erleben werde?

Sie kamen zu spät zur Klinik zurück. Die Atemgymnastik hatte bereits begonnen. Georg schlich in den Raum. Die Therapeutin unterbrach sich, begrüßte Georg und entschuldigte sich, schon begonnen zu haben.

Tut mir leid, sagte Georg. Der Park hat mich aufgehalten.

Der ist für Ihre Gesundung genauso wichtig wie das, was wir hier machen. Schön, dass Sie ihn schon entdeckt haben.

Zwei Tage später, als Georg wieder auf dem Wasserbett lag, die Wärmesonde auf seinem Bauch, kam ihm eine Frage in den Sinn, die Dr. Schock beim ersten Gespräch gestellt und die Georg nur mit einem Schulterzucken beantwortet hatte: Lieben Sie sich selber? Nein, Georg liebte sich nicht, jedenfalls würde er es so nicht nennen. Er akzeptierte sich allenfalls und auch das nur bedingt. Selbstliebe kam im Arsenal seiner Wertbegriffe nur theoretisch vor, praktisch war es negativ belegt. Sicher, wenn er über Nächstenliebe sprach und sich auf das alttestamentarische Gebot und dessen Radikalisierung bei Jesus berief, erklärte er gern, man könne andere nur wirklich lieben, wenn man sich selber liebe. Aber galt das auch für ihn? War ihm nicht schon als Kind jede Form von Selbstliebe ausgetrieben worden?

Im Hause Weber gehört es zu den unumstößlichen Gesetzen, stets zuerst die anderen im Blick zu haben. Die größte Wurst bietet man natürlich anderen an. Bitten sind freundlich formulierte Befehle, man befolgt sie einfach. Nein sagt man nur, wenn es gravierende Gründe gibt. Eigene Bedürfnisse hält man zurück. Wünsche dürfen zu Weihnachten und zu Geburtstagen geäußert werden. Im Übrigen fühlt man sich immer ein bisschen schuldig, auch wenn man nicht recht weiß woran. Schon das Wort Liebe auf sich selber zu beziehen, klingt blasphemisch. Geliebt wird man – wenn es gut geht – von anderen. Und wem diese Erfahrung vorenthalten bleibt, der wird ja immer noch von Gott geliebt.

Georg erinnerte sich, wie verzweifelt er manchmal an sich selber war, wie er sich verübelte, so misslungen zu sein. Unvergesslich blieb ihm eine kleine, aber einschneidende Episode in der Dresdner Straßenbahn.

Georg ist vielleicht dreizehn oder vierzehn, eben in den Stimmbruch gekommen und mit allen äußerlichen Symptomen der Pubertät geschlagen. Sein Hinterkopf, den er, dem elterlichen Willen folgend, immer hoch geschoren tragen muss, wächst scheinbar in die Länge und verändert die Proportionen seines Gesichts. Die immer schon kräftigen Lippen schwellen unter dem ersten Flaum zu einem Gebilde, dass ihm in der Klasse den Spitznamen *Negerkuss* einbringt. Pickel auf Stirn und Wangen entstellen ihn darüber hinaus.

Er steht also in der Straßenbahn, sein Russisch-Vokabelheft in der Hand, und nutzt die dreiviertel Stunde bis Radebeul für seine Hausaufgaben, als er plötzlich hinter sich lautes Lachen vernimmt. Zwei junge Männer, vielleicht vier, fünf Jahre älter als er, stoßen sich an und lachen aus vollem Hals: Dieser Kopf! Guck bloß mal, so ein Eierkopf!

Georg schießen die Tränen in die Augen. Er steigt die nächste Station aus und geht zu Fuß weiter.

Zuhause schließt er sich in sein Zimmer ein und betrachtet sich im Spiegel. Ja, es stimmt, stellt er fest: Du bist stockhässlich. So etwas wie dich kann doch kein Mensch lieben.

Er wirft sich auf sein Bett und heult in sein Kissen. Wochenlang schaut er kein Mädchen mehr an, obwohl er gerade dabei ist, das andere Geschlecht für sich zu entdecken, das bisher vor allem aus seiner streitlustigen Schwester bestand. So etwas soll ihm nicht noch einmal passieren, öffentlich, gar noch von einem Weib, wie Mädchen in seiner Klasse genannt werden, verlacht und verhöhnt zu werden. Er wird sich mehr verstecken müssen.

Erst als er bemerkt, wie er morgens während der Fahrt zur Schule von einem schwarzhaarigen Mädchen freundlich angeschaut wird, das jedes Mal lächelt, wenn er verschämt aufblickt, wagt er wieder das optische Abenteuer, das seine Fantasie bis in die langen, schlaflosen Nächte beschäftigt. Aber auch da immer wieder der stille Zweifel, ob freundliche Blicke nicht in Wahrheit eher mitleidige Blicke seien. Und selbst wenn es echte Sympathie sein sollte, wäre das noch lange kein Grund, sich selbst zu lieben.

Nein, auch später, auch während seiner wilden Jahre und nach den ersten beruflichen Erfolgen blieb ihm Selbstliebe ein Fremdwort.

Georg fragte sich, ob das Gefühl, andere Menschen nicht wirklich lieben zu können, Hingabe nie wirklich zu erleben, nicht die Kehrseite dieses ständigen Selbstzweifels sei. *Nur wer selbstlos liebt, liebt wirklich* – das brachte er aus seinem Elternhaus mit. Seine Mutter konnte das offenbar perfekt. Dafür vermochte er heute, wo seine Mutter nicht mehr lebte, nicht zu sagen, wer sie eigentlich war. Ihre Persönlichkeit stand immer hinter denen, für die sie sich aufopferte, zurück. Sie erzählte von Menschen, denen es schlecht ging, die Hilfe brauchten, die besonders bedürftig oder besonders elend dran wären. Von sich erzählte sie nicht. Sie nahm sich nicht wichtig.

Aber auch das christliche Wertekorsett des Chores schien diesem Ideal verpflichtet. So rau und unbarmherzig gelegentlich Zwistigkeiten zwischen den Knaben ausgetragen wurden, so sehr war jeder Eigensinn verpönt, galt jeder Versuch, seine

Individualität zu behaupten, als ein Verrat an der Gemeinschaft. Er glaubte zu erkennen, eben diese Ideologie der Selbstlosigkeit könne seine Liebesfähigkeit zerstört haben.

Das Ansehen, das Georg in der Stadt erfuhr, schien zu belegen, nicht alles, was er in den letzten fünfzehn Jahren für das Gemeinwesen getan hatte, musste vergeblich gewesen sein. Dennoch begleitete ihn auch jetzt wie ein Schatten jener angestammte Selbstzweifel, der immer dann erneut aufbrach, wenn er mit Kritik konfrontiert wurde, die geeignet war, persönlich genommen zu werden.

Wie gut müssten es Menschen haben, die zu sich stehen, die um ihre Fähigkeiten und Verdienste wissen, die sich gern im Spiegel anschauen und von dem Gefühl beseelt sind, mit ihren Pfunden gewuchert zu haben.

Mangelnde Selbstliebe – konnte sich so etwas zu einer seelischen Blockade auswachsen, die am Ende Symptome wie seines hervorrief? Und wenn ja, ließe sich so etwas heilen, fragte sich Georg. Dann allerdings wollte er das jetzt und hier lernen oder wenigstens den Schlüssel zu diesem verborgenen Schloss finden.

Darüber müsste er mit Dr. Schock in den nächsten Tagen sprechen.

Erst einmal erlebte er eine heilsame Verunsicherung. Für die nächsten Tage teilten sie den Tisch mit einem neuen Patienten, einem großen, athletischen Mann mit grauem Haar, das hinten zu einem kleinen Zopf zusammengebunden war, und wasserblauen Augen hinter einer rahmenlosen Brille. Als Georg und Ariane auf den Tisch in der Fensternische zusteuerten, erhob er sich und reichte beiden seine knorrige Rechte: Kramer,

Dr. Kramer, Sie also sind die Webers. Ich darf für eine Woche Ihre Gesellschaft genießen.

Georg wunderte sich über die etwas verstaubte Redeweise und stellte den Genuss erst einmal in Zweifel.

Doch, doch, sagte Kramer, ich habe ja schon von Ihnen gehört. Und wenn Sie so kommunikativ sind, wie mir von anderen berichtet wurde, wird mir unsere Tischnachbarschaft ein Vergnügen sein.

Sie sind zum ersten Mal in dieser Klinik, wollte Ariane wissen.

Nein, nein, zum wer weiß wievielten Male, aber zum ersten Mal als Patient, antwortete Kramer.

Sind Sie Arzt, erkundigte sich jetzt Georg.

Richtig, gab Kramer zurück, ich bin Chirurg in Hamburg.

Darf ich fragen, was Sie haben?

Kramer lächelte Ariane an und erwiderte: Was ich habe? Ich habe Hunger, ein Haus in Barmbek, vier Töchter, meistens gute Laune, ein Mountainbike und Thymusdrüsenkrebs.

Ariane wusste nicht, ob sie lachen oder sich entschuldigen sollte.

Ja, damit müssen Sie schon rechnen, fuhr Kramer fort, wenn Sie so unpräzise fragen. Wahrscheinlich wissen Sie jetzt mehr, als Sie wissen wollten. Richtig?

Ariane nickte verlegen.

Schon gut, tröstete er sie, das ist eine Unart von mir, ich schockiere und provoziere gern und habe mir damit schon manche Sympathie vermasselt.

Georg führte das Gespräch zum eigentlichen Anliegen zurück: Thymusdrüsenkrebs? Ich weiß gar nicht, wo die Thymusdrüse liegt.

Kramer zeigte auf eine Stelle unterhalb des Kehlkopfes: Da etwa.

Etwa? Jetzt provozierte Georg. Als Chirurg werden Sie doch wohl genauer wissen, wo. Oder machen Sie Ihre Patienten immer erst auf und fangen dann an zu suchen?

Kramer lachte: Ich wusste doch, dass es unterhaltsam mit Ihnen würde.

Haben Sie sich operieren lassen, mischte Ariane wieder mit.

Bin ich verrückt, empörte sich Kramer. Wissen Sie, was diese Chirurgen mit einem machen? Da kann ich mir ja gleich das Leben nehmen.

Georg legte die Gabel mit dem Tofustück, das er eben aufgespießt hatte, noch einmal ab und starrte Kramer an: Pardon, aber was haben Sie denn als Chirurg all die Jahre getan?

Eben das, sagte Kramer. Ich habe operiert und operiert und operiert. Nie habe ich gefragt, was die tieferen Ursachen eines Symptoms sein könnten. Wir Chirurgen sind die Handwerker unter den Ärzten, allenfalls noch mit den Zahnärzten vergleichbar. Wir fragen nicht viel, wir handeln. Böses Symptom – dann weg damit!

Na, ganz so einfach ist es wohl in der Praxis nicht, wandte Georg ein.

Sind Sie der Chirurg oder ich, gab Kramer zurück. Machen Sie sich keine Illusionen, auch bei computergestützter OP-Technik und modernster Ausstattung, am Ende geht es um das Gleiche: Das Symptom muss weg. Der Mensch als solcher, dem wir allenfalls bei der Visite einmal gegenüberstehen, interessiert in Wahrheit nicht. OP gut verlaufen – Auftrag erfüllt. Den Rest überlassen wir den Hausärzten.

Wann ist Ihnen das klar geworden, wollte Ariane wissen.

Hier, in Vierwalden, wohin mich ein befreundeter Kollege zu einer Weiterbildung mitgenommen hat, das erste Mal vor etwa zwei Jahren, dann noch drei- oder viermal. Da wusste ich noch nicht, dass ich Krebs habe.

Sie haben also ...

Entschuldigen Sie bitte, unterbrach Kramer Georg, wenn ich das noch hinzufüge: Ich musste selber Krebs kriegen, um das zu kapieren.

Nach einer Weile des Schweigens sagte Kramer: Ich habe Sie unterbrochen. Sie hatten bereits einen Satz begonnen.

Georg überlegte einen Moment, dann konstatierte er: Und nun wollen Sie also ohne schulmedizinische Methoden Ihren Krebs bekämpfen.

Ich will ihn gar nicht bekämpfen, sagte Kramer. Ich will mich therapieren, das ist etwas anderes. Der Krebs gehört im Moment zu mir, weil ich ihn verursacht habe. Wollte ich ihn bekämpfen, bekämpfte ich mich selbst. Ich will umdenken, mich und andere als Ganzes sehen lernen und eine Heilung anstreben. Heilung, betonte er noch einmal, Heilung ist mehr als Kampf gegen, auch mehr als gesunden. Ich denke mir, wenn ich heile, werde ich den Krebs auch wieder los oder finde eine Form, mit ihm zu leben.

Wie stehen da erfahrungsgemäß die Aussichten, fragte Georg.

Ach, wissen Sie, winkte Kramer ab, diese Prognosen verdanken sich immer einem statistischen Mittelwert. Genau deshalb haben sie keinen Wert. Sie sind nur dazu geeignet, Patienten in Panik zu versetzen. Man sagt in meinem Fall: ein halbes Jahr oder weniger. Das hat nichts zu bedeuten. Was hat man Ihnen denn gesagt?

Maximal ein halbes Jahr, warf Ariane ein.

Sehen Sie. Und was glauben Sie, wie lange Sie noch leben können, wenn Sie sich nicht davon beeinflussen lassen!

Alle drei bemerkten, dass über ihrem Gespräch ihr Essen kalt geworden war und verzehrten den Rest schweigend.

Als sich Kramer erhob, weil er zum Konsil gerufen wurde, bedankte er sich: Ich wusste, mit Ihnen habe ich angenehme Tischgenossenschaft. Sie entschuldigen mich jetzt?

Ariane brachte am Nachmittag einen Stapel Post aufs Zimmer.

Ich war eben an der Rezeption. Schau mal, wer alles geschrieben hat: Schäfers, Violetta, Lilo, eine Carola Möckelmann und deine Schwester, Klaus auch und jemand, der seinen Namen nicht verraten will.

Woher haben die die Adresse der Klinik, wollte Georg wissen.

Ich habe auf den Anrufbeantworter gesprochen und gesagt, wo wir notfalls zu erreichen sind.

Du bist ein Schatz, flüsterte Georg.

Ach ja? Ariane konnte zärtliche Gesten oder Worte schwer annehmen.

Georg las die Post in der gleichen Reihenfolge.

Renate Schäfer arbeitete als Radiologin in Leipzig und kannte sich aus auf dem weiten Gebiet der Krebsdiagnostik. Eindringlich wiederholte sie ihre Warnung, die sie noch am Abend nach der Diagnose am Telefon geäußert hatte, sich im Ernstfall ja nicht auf irgendwelche alternativen Angebote einzulassen. Bei Krebs helfe nur die Ochsentour, das wisse sie aus leidvoller Erfahrung sehr genau. Und es wimmele nur so an Scharlatanen, die Hilfe anböten, die keine sei. Er wäre ihnen als Freund zu wichtig, als dass sie ihn auf diese Weise verlieren wollten.

Kopfschüttelnd legte er den Brief in Arianes Hand. Lies, sagte er, die haben es immer noch nicht kapiert. Sie sollten versuchen, mich auf meinem Weg zu bestätigen, statt mich in meinem Entschluss verunsichern zu wollen.

Dabei meint es Renate sicher gut mit dir, lenkte Ariane ein. Sie hat sich wahrscheinlich mit möglichen Alternativen nur noch nicht beschäftigt.

Dann sollte sie das tun, ehe sie sich dazu äußert. Sie hat doch täglich das ganze Elend vor Augen, wie kann sie sich da so rigoros vor sanfteren Wegen verschließen?

Vielleicht können wir sie praktisch überzeugen, sagte Ariane und lächelte.

Georg nickte.

Violetta dagegen, ebenfalls Ärztin und eine Freundin Georgs aus Kindertagen, begrüßte seine Entscheidung ausdrücklich. Sie finde es wunderbar, dass er den Mut aufbringe, sich nicht der klassischen Medizin auszuliefern, die gerade bei seiner Diagnose doch nur geringfügig helfen könne. Sie habe sich im Internet belesen, um was für eine Therapie es sich in Vierwalden handele. Das klinge alles seriös und vertrauenerweckend. Im Übrigen wisse sie von ähnlichen Fällen, wo Onkothermie geholfen habe. Wichtig sei vor allem, dass er an seine Heilung glaube.

Na ja, murmelte Georg vor sich hin, wenn ich das doch schon könnte.

Er wandte sich zu Ariane und sagte: Lies diesen Brief, der macht alles wieder gut, was Schäfers infrage gestellt haben. Typisch Violetta, eine Frau voller positiver Energie.

Aus Lilos Brief zog Georg ein kleines Aquarell. Es zeigte zwei rostrote Chrysanthemenblüten vor herbstlichem Hintergrund. *Lieber Georg,* las er auf der Rückseite, *das sind die letzten Blumen meines Gartens. Mit diesem kleinen Bild hoffe ich, Dir eine Freude zu machen. Ich denke an Dich und bete für Dich und glaube fest daran, dass Du in Vierwalden in guten Händen bist. Schön, dass Ariane bei Dir ist und dass Du mit ihr Deine Sorgen teilen kannst. Wenn Du willst, schicke ich Dir als Aufmunterung von Zeit zu Zeit ein kleines Aquarell. Sei herzlich mit Ariane zusammen gegrüßt, Deine Lilo.*

Wusstest Du, dass Lilo malen kann, fragte er. Ariane, schau mal, dieses Aquarell hat sie mir geschickt. Das ist doch höchst professionell gemacht. Und dazu schreibt sie ganz lieb. Man, was habe ich für herrliche Freunde!

Und Freundinnen vor allem, lachte Ariane und nahm ihm das Bild aus der Hand.

Georg öffnete den Brief von Carola.

Wer ist das, wollte Ariane wissen.

Carola ist eine Freundin von Katharina. Ich habe sie vorige Woche bei Katharina kennengelernt. Sie hat mich ins Colonni-Museum begleitet.

Von der hast du mir noch gar nichts erzählt, beschwerte sich Ariane.

Wie sollte ich? Als ich nach Hause kam, gab es doch wohl ein wichtigeres Thema. Aber das können wir ja bei unserem nächsten Parkspaziergang nachholen.

Wenn du nicht wieder vor jedem Baum stehen bleibst und mir Naturkundeunterricht erteilst, brummte Ariane.

Carola schrieb, sie habe bei ihm angerufen, um das Ergebnis seines Arztbesuches zu erfragen und den Spruch, vermutlich seiner Frau, auf dem Automaten gehört. Sie werte das als besorgniserregendes Zeichen und wolle ihn grüßen und ihm gute ärztliche Behandlung wünschen. Sie denke an ihn und hoffe auf ein Wiedersehen im Frühjahr.

Ariane, sagte Georg, vielleicht sind Engel die Menschen, die einem im richtigen Moment zur Seite stehen.

Was wäre ich dann, fragte sie zurück.

Mein Erzengel natürlich.

Georg stand auf und reckte sich. Die Briefe von seiner Schwester und Klaus wollte er sich für den Abend aufheben. Dann aber siegte die Neugier.

Georg wurde blass.

Als Ariane eine Weile nichts von ihm hörte, drehte sie sich nach ihm um und fragte: Geht es dir schlecht? Du siehst furchtbar aus. Heulst du?

Georg schwieg und reichte ihr den Brief.

Ariane nahm ihn zögernd und las. Nein, sagte sie, nicht das noch!

Seine Schwester teilte ihm mit, bei ihr sei soeben Brustkrebs festgestellt worden. Nun könnten sie gegenseitig an sich denken und hoffen, dass sie eine zweite Chance bekämen.

Also doch genetisch, stellte Ariane fest.

Oder sozial, antwortete Georg.

Sozial? Was meinst du damit?

Es könnte doch sein, dass wir, weil wir aus dem gleichen Stall stammen, die gleiche Art haben, mit Problemen umzugehen, die gleichen Verdrängungsmechanismen, die gleichen familiär bedingten Blockaden. Oder?

Dann sollten deine Engel ihre Flügel jetzt auch über deine Schwester breiten.

Warum schließt du dich aus, fragte Georg.

Ich brauch jetzt Luft und einen Espresso, sagte Georg. Du auch? Das schaffen wir noch vor dem Abendessen. Der kleine Spaziergang zum Café im Park täte uns ganz gut.

Ariane willigte ein.

Draußen stürmte es. Regen peitschte ihnen ins Gesicht. Den Schirm brauchten sie gar nicht erst zu öffnen. Fest eingehakt schritt Ariane neben Georg, als schritten sie gegen alles an, was sich auf ihre Seelen gelegt hatte, wovon das Wetter das geringste Übel war.

Das Rundsofa war frei. Auf dem Tisch lag die Eis- und Getränkekarte. *Der einzige Weg, eine Versuchung loszuwerden, ist ihr nachzugeben*, stand unter dem Angebot.

Na bitte, lachte Ariane.

Kommt zwischen *ist* und *ihr* nicht ein Komma, fragte Georg.

Eine unruhige Nacht lag hinter ihnen. Ariane, die zweimal aufgeschrien hatte, berichtete Georg von ihrem Albtraum. Mehrfach habe auf ihrem Bett ein gesichtsloser Fremder gesessen, der seine Hand so fest auf ihre Brust gedrückt habe, dass sie keine Luft mehr bekam.

Georg hatte einen langen Strandspaziergang hinter sich, bei dem er auf einen mannsgroßen Käfer getroffen sei, der mit schwerfälligen Beinbewegungen auf das Wasser zulief. Seltsamerweise habe er sich überhaupt nicht vor ihm gefürchtet, im Gegenteil, er sei auf ihn zugelaufen und habe ihn davon zu überzeugen versucht, die entgegengesetzte Richtung einzuschlagen, sonst werde er im Meer ertrinken. Der aber habe sich nicht abbringen lassen von seinem Weg. Da habe Georg einen langen Stock genommen und diesen wie einen Zaun vor den Käfer gehalten. Der jedoch sei darüber hinweg geklettert und weiter wasserwärts gelaufen. Als er bereits mit den ersten beiden seiner sechs Beine im Wasser gestanden habe, habe ihn Georg kurzerhand an seinen dicht behaarten Hinterbeinen gefasst und zurückgezogen. Dabei habe er festgestellt, der Käfer war federleicht, als bestehe er nur aus einem hauchdünnen Chitinpanzer um einen umfangreichen Hohlraum. Kaum aber habe er ihn losgelassen, sei er erneut auf das Wasser zu gelaufen. Da habe es Georg aufgegeben. Im gleichen Moment sei auch schon eine Welle gekommen und habe ihn fortgespült.

Hast du gerade Kafka gelesen, fragte Ariane.

Ich glaube, der Käfer war ich, sagte Georg. Obwohl es ein Käfer war, fühlte ich mich ihm verwandt, und seine Beine fassten sich an wie meine. Ich werde beides gewesen sein, der Käfer und der erfolglose Retter.

Spielst du mit Selbstmordgedanken? Ariane sah ihn sorgenvoll an.

Manchmal schon, gab Georg zu, aber nicht erst jetzt. Sich das Leben zu nehmen, ist eine Vorstellung, die ich schon in der Pubertät durchgespielt habe.

Ja Gott, warum denn?

Um abzukürzen, sagte Georg trocken.

Was abkürzen?

Alles, den Schmerz und die Minderwertigkeitsgefühle, die Hoffnungslosigkeit, den Mangel an Liebe, die Enttäuschung über mich selbst, das Mitleiden am Zustand dieser Welt, die Wiederholung von Fehlern, die Wiederkehr der Jahreszeiten, vor allem des langen Winters, die Leere ...

Georg!, rief Ariane.

Du musst dich nicht aufregen, sagte Georg ruhig, das gehört zu mir, auch wenn ich nicht dauernd davon erzähle. Ich habe depressive Phasen, wo mich nichts mehr hält außer meiner eigenen Feigheit.

Ariane ließ ihren Blick nicht von ihm: Ich weiß ja. Aber dass es so schlimm ist, höre ich zum ersten Mal.

Es ist gar nicht schlimm. Wir betreten diese Bühne, ohne gefragt zu werden. Dann sollten wir doch wenigstens abtreten dürfen, wenn uns danach ist. Selbstmord ist ein fürchterliches Wort, weil es die Selbstbestimmung des Endes kriminalisiert.

Mord hat etwas mit böser Absicht, mit niedrigen Beweggründen oder Heimtücke zu tun. Wer sich das Leben nimmt, vorausgesetzt, er befindet sich im Vollbesitz seiner geistigen Kräfte, macht etwas ganz Unspektakuläres, er geht.

Und die andern, die zurückbleiben, wollte Ariane wissen.

Der Tod kommt meistens ungelegen, sowohl für die Betroffenen als auch für deren Angehörige. Nehme ich mir das Leben, stimmt der Zeitpunkt wenigstens für mich. Das ganze Leben lang machen wir uns abhängig von anderen. Wenigstens am Ende sollten wir einmal nur unserem eigenen inneren Kompass folgen dürfen.

Aber du brauchst keine Angst zu haben, lenkte Georg ein, wie gesagt, ich bin viel zu feige, Hand an mich zu legen.

Mich wundert vor allem, dass dich das jetzt beschäftigt, wo sich eben ein neuer Weg für dich auftut.

Weißt du, wohin der führt, gab Georg zurück. Sicher, was ich hier erlebe, ist erst einmal wie ein Wunder. Aber gerade das macht mich misstrauisch. Vor wenigen Tagen noch hat mir ein Arzt mein Todesurteil verkündet, und nun verkündet mir ein anderer Arzt meine Auferstehung? Ich habe Vertrauen zu Biller und Schock, Bengsheim und Vollmer und all den andern hier. Aber ganz tief drinnen sitzt der Zweifel, ob das alles ...

Georg, hör auf, unterbrach ihn Ariane, da ganz tief drinnen sitzt deine Bauchspeicheldrüse. Und die kann deine Zweifel und deine Grübelei jetzt ganz und gar nicht gebrauchen, wenn ich Schock richtig verstanden habe.

Ich weiß, ich weiß. Nur hilft es nichts, diesen Zweifel zu verleugnen. Er muss erst überwunden werden. Und solange ich ihn spüre, sind andere dunkle Gedanken ebenfalls zur Stelle.

Darüber würde ich gern noch einmal in Ruhe mit dir reden, schloss Ariane. Ich glaube, du musst jetzt hinunter zum Biotonus.

Die Klinik in Vierwalden bestand aus drei gewaltigen Stadtvillen aus der Gründerzeit, die durch einen gläsernen Gang miteinander verbunden waren. Die Straße führte in einem eleganten Bogen vor den Haupteingang und wieder weg von ihm, die Villen zu beiden Seiten lagen im Grünen und besaßen keine eigene Verbindung zur Straße. Dem Haupteingang gegenüber befand sich ein Parkplatz, eingerahmt von Rosenrabatten, deren sommerliche Pracht unter der Winterabdeckung nur zu erahnen war. Von der Rückseite der Villen schaute man auf einen mit Linden bestandenen kleinen Park, durch den zwei Wege führten, die am Ufer der Mühr wieder zusammentrafen. Im Erdgeschoss des Haupthauses befanden sich neben Anmeldung und Verwaltung die Sprechzimmer der leitenden Ärzte und der Nachtdienst. Die drei Geschosse darüber waren den Patienten vorbehalten. Im ersten Stock traf man auf den Speiseraum, die Küche, diverse Aufenthaltsräume, eine Bibliothek, ein Musikzimmer und zwei therapeutische Gestaltungsräume. In den beiden Etagen darüber konnten bis zu fünfzig Patienten in Einzel- und Doppelzimmern untergebracht werden. Georg und Ariane bewohnten Zimmer elf. Georg hielt das für ein gutes Omen und jubelte innerlich, dass sie nicht den Schlüssel für Zimmer einundzwanzig bekommen hatten. Ariane war die Zimmernummer gleichgültig.

Die Villa zur Rechten enthielt alle medizinischen Einrichtungen, Untersuchungs- und Behandlungsräume, Diagnostik, Onkothermie und anderes mehr.

Der Villa zur Linken waren die komplementären Behandlungsformen vorbehalten, eine physiotherapeutische Abteilung mit vielerlei Angeboten chinesischer, japanischer und indischer Herkunft, eine Abteilung mit energetischen Therapieangeboten, die Abteilung Antikrebsernährung mit einer Übungsküche sowie die Abteilung Psychotherapie.

Die Psychotherapeutin, der man Georg zugewiesen hatte, war halb so alt wie er, dazu klein und pummlig, aber mit ihrer frischen Art und ihren großen offenen Augen nahm sie Georg sofort für sich ein.

Sie saß in ihrem braunen Ledersessel, ihren Schreibblock auf dem Schoß, einen Stift in der Hand und lächelte ihn an. Georg saß ihr gegenüber und fixierte die große Henkeltasse, die ihm schon beim ersten Gespräch ins Auge gefallen war: ein hohes, nach oben kelchförmig verlaufendes Gefäß, auf dem sich zwei türkisfarbene Drachen, Feuer aus den Nüstern speiend, mit blutroter heraushängender Zunge, anfunkelten. Aus einer so gearteten Tasse, meinte er, könne man nur Gift trinken.

Gestern haben wir über Ihre Ängste gesprochen, Herr Weber, eröffnete sie die neue Sitzung. Sie haben von Kindheitsängsten berichtet, von Gewissensängsten, von Albträumen und von zwanghaften Verhaltensweisen, in denen Sie Ihren Altängsten heute wieder begegnen. Diesmal würde ich gern mit Ihnen über Ihre Gefühlslage in Bezug auf Ihr politisches Umfeld sprechen, sowohl in der DDR als auch im vereinigten Deutschland. Es ist ja nicht zu übersehen, wie sehr Sie sich selber als politischer Mensch definieren. Es geht mir also darum, mit Ihnen gemeinsam aufzudecken, was die gesellschaftlichen Gegebenheiten mit Ihnen gemacht haben und machen. Mögen Sie sich darauf einlassen?

Georg überlegte. Was könnte er voraussetzen bei einer Frau, die im Westen sozialisiert und 1989 noch ein Kind war?

Sie schien seine Gedanken zu erraten und griff einer möglichen Belehrung vor: Sie müssen mir nicht alles erzählen, was man zur DDR wissen muss. Das wäre sicher ein dankbares Thema für eine andere Fragestellung, und mit Ihnen hätte ich da gewiss einen kompetenten Gesprächspartner. Im Moment jedoch bitte ich Sie, sich nur auf ihre Gefühlserinnerungen zu beschränken.

Was war Ihr Grundgefühl in dem Land, in dem Sie aufgewachsen sind, wie würden Sie ihr heutiges beschreiben, und wo sehen Sie einen Zusammenhang zwischen Ihren Ängsten und den bestimmenden gesellschaftlichen Faktoren, unter denen Sie gelebt haben und heute leben?

Georg blickte wieder auf die Tasse. Er atmete tief ein und stieß die Luft hörbar durch die halb geöffneten Lippen wieder aus: O, das ist ein weites Feld.

Soll das heißen, Sie mögen nicht darüber reden, beharrte die Therapeutin.

Doch, schon, sagte Georg, ich weiß nur nicht, wo ich anfangen soll.

In solchen Fällen empfiehlt es sich, vorn anzufangen, sagte sie.

Also gut, begann Georg, ich war ein renitentes Kind. Jeder Zwang rief in mir Widerstand hervor.

Von der Strenge des Vaters, der ihn, wenn er nicht artig war, in die Besenkammer sperrte, wo es keine Sitzgelegenheit gab und die stockfinster war, hatte er ihr bereits erzählt, als es um seine Ängste ging. Als Erstes fiel ihm auch jetzt der Zorn seines Vaters ein, der nach Georgs Verständnis quasi an Gottes Stelle handelte. Umso weniger mochte er die Zwänge der Schule akzeptieren, in der man sich nicht auf Gott berief, in der manchmal sogar über Gott gelacht wurde. Im Unterschied zu seiner Freundin Karin, mit der er die besten Noten in Deutsch, Rechnen, Zeichnen, Musik und Sport teilte, erhielt er die schlechtesten Betragenzensuren in der Klasse. Und da die sogenannten Einträge von den Eltern unterschrieben werden mussten, hatte jede schulische Rüge noch ein häusliches Nachspiel. Das verstärkte den Hass auf die Lernanstalt und ihre Bediensteten.

Alle Kinder traten in die Pioniere ein, Georg nicht, und das nicht nur, weil seine Eltern das so wollten, dieser erzwungene Eingriff in seine Freizeit mit Pioniernachmittagen, Altstoffsammlung und Kleiderordnung war ihm zuwider. Allerdings zu dem Preis, bei manchen Gelegenheiten wie schulischen Festtagen und Pionierausflügen im Abseits zu stehen.

Die Therapeutin griff, ohne ihn aus den Augen zu lassen, zu der Drachentasse, trank einen Schluck, setzte diese wieder ab und nickte.

Dann war plötzlich Stalin gestorben, fuhr Georg fort. Die Schule veranstaltete einen Trauerappell, der einem Hochamt glich. Die Lehrer und Lehrerinnen standen mit schwarzem Trauerflor neben einem überdimensionalen Stalinbild, auf der anderen Seite Pioniere und FDJler in ihrer vorgeschriebenen Kostümierung. Georg, seine Schwester und ein Mädchen, das zu den Zeugen Jehovas gehörte, kamen unauffällig gekleidet und fielen eben deshalb auf. Es erfolgte eine Trauerrede des Direktors, die wie auf Kommando alle zu Tränen rührte. Georg sträubte sich, diesem ansteckenden Gefühlsausbruch zu verfallen. Stattdessen behauptete seine Klassenlehrerin im Nachhinein, Georg habe gelacht. Georg wusste, dass sein Vater das *Väterchen Stalin* für einen knallharten Verbrecher hielt. Insofern befand sich die Behauptung der Klassenlehrerin durchaus im Bereich des Möglichen. Aber Georg stritt alles ab und behauptete seinerseits, wenn er traurig sei, verziehe er immer den Mund, sodass es manchmal so aussähe, als lache er. Die Angelegenheit wurde nicht weiter verfolgt.

Jetzt unterbrach ihn die Therapeutin: Versuchen Sie bitte einmal, in wenigen Sätzen zusammenzufassen, wie Sie sich damals gefühlt haben.

Georg überlegte, dann sagte er mit Bedacht: Ich habe mich

gefühlt wie in ein Korsett gezwängt. Zu Hause und in der Schule. Es waren unterschiedliche, aber beide haben mir die Luft genommen, die ich gebraucht hätte, um ich selbst zu sein.

Die Therapeutin nickte und notierte etwas auf ihrem Block. Und dann?

Als ich in den Chor kam, erzählte Georg weiter, änderte sich das. In unserer Klasse war, glaube ich, keiner in den Pionieren. Und wie sich das für einen Kirchenchor gehört, haben sich alle konfirmieren lassen. In den Augen unserer SED-Lehrer waren wir wahrscheinlich alle kleine Staatsfeinde. Wir hörten Radio Luxemburg, obwohl es im Internat verboten war, wir lasen Micky-Mouse-Hefte, die wir von unseren Westreisen mitbrachten, und wir nahmen den Kampf mit unserem Staatsbürgerkundelehrer auf, der behauptete, im Westen seien alle Nazis und Reaktionäre. Frei habe ich mich aber auch hier nicht gefühlt. Es war, als hätte ich nur das Korsett gewechselt. Hier gab es eine klare Hackordnung, in der ich als verspätet Dazugestoßener den letzten Platz einnahm. Es waren andere Ungerechtigkeiten, die ich über mich ergehen lassen musste, andere Wahrheiten, die ich besser verschwieg.

Ihr Gefühl, unterbrach sie ihn wieder.

Druck, vor allem Druck.

Und dann? Sie ließ nicht locker.

Irgendwann hatte jeder in der DDR kapiert, was man sagen darf und was nicht. Eigentlich müssten wir alle schizophren sein. Wir lebten geistig in einer gespaltenen Welt. Wir lasen heimlich verbotene Bücher und stellten uns dumm, wenn uns jemand aufs Glatteis führen wollte. Wir erzählten uns gefährliche politische Witze und blieben im Beisein Fremder auf dem Klein-Erna-Niveau. Wir rasselten auswendig gelernte ideologische Floskeln herunter, sodass jeder merken konnte, wie wenig wir davon überzeugt waren, und wir versteckten sorgsam alle aufmüpfigen Ideen in unserem Gehirnkasten. Heute würde man sagen: Wir lebten in der virtuellen Welt des DDR-Sozialismus, die eine Kopfgeburt war und nur von wenigen wirklich gelebt wurde, und real in unserer Klüngelwelt, wo jeder jeden kannte, wo man sich in der Regel aufeinander verlassen konnte und wo man wenigstens die oberen drei Knöpfe des Korsetts öffnen durfte.

Ihr Gefühl?

Mein Gefühl? Teilzufrieden möchte ich es nennen. Irgendwann haben wir nicht mehr darüber reflektiert, dass sich unsere Lebenswelt auf zwei Ebenen abspielte. Wir haben den Zustand angenommen, wie er war. Und doch haben wir uns nach einer Welt gesehnt, in der wir Individuum sein dürften, ganz offiziell und ganz normal.

Und? Sind Sie es geworden? Die Therapeutin blieb hartnäckig.

Diese Frage werden die einen so und die anderen so beantworten.

Das klingt wie ein Fluchtversuch, Herr Weber. Bleiben Sie ganz bei sich.

Okay, ich also. Wenn ich es recht bedenke, muss ich mir eingestehen, es hat so richtig nicht funktioniert. Ich bin auch zwanzig Jahre nach dem Ende der DDR noch ein Korsettträger.

Zum Beispiel?

Ich rechne zwar nicht mehr damit, dass ich überall belauscht werde, aber ich verhalte mich noch so. Im Zug und in Lokalen rede ich leise, wie früher. Ich drehe mich um, wenn ich gerade etwas über Politiker geäußert habe. Ich suche mit den Augen Restbestände der ehemaligen Zonengrenze, wenn ich in den Westen fahre. Die Tonangeber meiner alten Korsettzeiten mischen mein Traumleben auf, Lehrer und Erzieher, Stasifunktionäre, kirchliche Vorgesetzte. Mein Vater allerdings nicht mehr.

Hat das auch mit Ihrer Tätigkeit in Ihrer Landesstelle zu tun?

Das kann schon sein, stimmte Georg zu. Die ständige Beschäftigung mit den Schicksalen Unangepasster und Verweigerer hält einen vielleicht länger als andere in jener Gefühlswelt gefangen.

Fühlen Sie sich heute in Ihrer Individualität noch immer oder schon wieder bedroht, oder hat sich da etwas in Ihnen gelöst?

Schwer zu sagen. Auf der einen Seite genieße ich die Freiheit vom ständigen Kollektivzwang, zumindest dann, wenn ich mir ihrer bewusst werde. Auf der anderen Seite schleicht sich eine neue Ohnmacht an, die mir das Gefühl gibt, mit meinen vielen individuellen Freiheiten ins Leere zu treffen, weniger bewegen zu können, in der Pluralität des Individuellen unterzugehen.

Entscheidet sich der Wert von Freiheit für Sie daran, wie groß der Freiraum ist, etwas zu verändern?

Georg dachte einen Moment nach. Dann nickte er.

Sie nickte zurück und sagte: Verstehe.

Wieder notierte sie etwas, ehe sie zu ihm aufschaute: Noch eine Frage, Herr Weber, gelingt es Ihnen, nach Dienstschluss Ihre Arbeit einmal ganz hinter sich zu lassen?

Georg kniff die Lippen zusammen und schüttelte den Kopf: So richtig eigentlich nie.

Die Therapeutin schaute ihm direkt in die Augen und sagte: Sie haben vielleicht selber bemerkt, was hier noch alles schmort. Wir machen für heute erst einmal Schluss. Lassen Sie uns übermorgen den Faden noch einmal aufnehmen.

Danke, sagte Georg und fragte sich im Hinausgehen, wofür er sich eben bedankt habe.

Klaus, einer der vertrautesten Freunde Georgs, kündigte brieflich einen Besuch in Vierwalden an. Er arbeitete als Restaurator in Halle an der Saale und wohnte unweit von Halle in einem alten Pfarrhaus, das die Kirche aufgegeben hatte. Georg schätzte an ihm, neben seiner Neigung zu skurrilen Einfällen, seinen nahezu tabulosen schwarzen Humor, der ein Ventil für die geistigen Abfallprodukte seines unermüdlich tätigen Intellekts zu sein schien. War erst einmal alles heraus, was sich an Spott und Hohn, Grenzüberschreitung und Absurdität in ihm angestaut hatte, konnte man mit ihm stundenlang ernsthaft und tiefsinnig diskutieren. Georgs Hemmschwelle lag höher, aber Klaus verstand es, ihn zu ähnlichem geistigen Aderlass zu animieren. Manchmal, kaum dass sie sich trafen, steigerten sie sich in absurde Wortspiele und surrealistische Fantasien derart hinein, dass es ihnen schwerfiel, obgleich es zu den ungeschriebenen Regeln solcher Dialoge gehörte, nicht laut aufzulachen. Georg konnte Klaus im Moment gut gebrauchen, wo ihn phasenweise der Mut verließ. Seinen Humor würde er als Medizin empfinden, während ihn manche gut gemeinten Zeichen von Anteilnahme aus seinem und Arianes Umfeld eher an die Bedrohlichkeit seines Zustands erinnerten. Ariane wusste, wie wichtig Georg die Freundschaft mit Klaus nahm, sodass sie spontan zusagte, als Klaus telefonisch sein Besuchsanliegen bekräftigte. Sie selber zog sich in seiner Gegenwart meist zurück. Der Sinn für derlei Komik ging ihr ab.

Es kam vor, dass Klaus unter fremdem Namen anrief, was von Georg verlangte, ebenfalls spontan in eine andere Rolle zu schlüpfen. Sie hatten schon lange Telefonate zwischen Karl May und Friedrich Nietzsche, Erich Honecker und Johannes Paul II., Ringelnatz und Johann Sebastian Bach geführt. Die Kunst bestand darin, alles, was sie sich mitzuteilen gedachten, so anzusprechen, dass es möglichst authentisch der jeweiligen Rolle zugepasst wurde.

Einmal meldete sich Klaus als Helmut Schmidt.

Tach, bin ich verbunden mit Herrn Professor Kant in Königsberch? (Klaus versuchte Georg mit einer Rollenvorgabe aufs Glatteis zu führen).

Da müssen Sie sich verwählt haben, hier ist Paris. Wenn Sie im Namen der preußischen Geheimpolizei anrufen, mein Name ist Henri *Bosquet*, wie man in diesem Lande das Buchenwäldchen zu nennen pflegt, oder auch Henri *Mort*, so Sie der härteren Spielart den Vorzug geben. Na, Gevatter, fällt der Louisdor?

Was fällt, Monsieur, sind die Aktienkurse, und das missfällt mir sehr. Aber wenn ich richtig vermute, sind Sie ja eben dabei, diesem Herrn Marx auf den Leim zu gehen, der glaubt, der Mensch könne durch die Vergesellschaftung der Produktionsmittel ein Besserer werden. Entsprechend wenig Verständnis *(und hier das* st *spitz gesprochen)* werden Sie meiner Sorge um die Rettung des Marktes entgegenbringen.

Ach, wissen Sie, Herr Schmidt, meine Mathilde hat vor wenigen Stunden die herrlichsten und rötesten Äpfel vom Markte mitgebracht, dass ich mir um seinen Bestand das Gehirn nicht quetschen mag. Und was die Besserung der Menschen angeht, habt ja ihr Preußen ...

Sie verzeihen, dass ich Ihnen ins Wort falle – im umgekehrten Falle wäre das nahezu undenkbar – aber ich rufe aus Hamburg an, und Hamburg, das müssten selbst Sie in Ihrer Matratzengruft mitbekommen haben, hat sich Preußen gegenüber stets *(das* st *wieder spitz gesprochen)* behauptet.

... durch die Liaison von Himmel und Erde, Thron und Altar, Uniform und Soutane, langen Kerls und kurzen Prozessen demonstrieret, nur mit einer radikalen Kur, wie sie dieser Marx empfiehlt, also Rizinos dem Rhinozeros, ist ein wenig Himmel auf Erden zu schaffen.

Mir scheint, Sie träumen noch immer, obgleich Ihr Herr Marx bereits grandios gescheitert ist. Schauen Sie auf Kina *(das K so hart wie nur irgend möglich gesprochen),* der wirtschaftliche Erfolg verdankt sich einzig dem Umstand *(spitz)*, dass die kinesische *(hart)* Führung unter Beibehaltung der Ideologie deren praktische Widerlegung betreibt.

Monsieur *Forgeron*, mag Sie auch mit Giscard d'Estaing eine enge *amitié* verbinden, das Gefolge Marxens unter den Röcken in meinem Lande ist so groß, dass einem die Vergesellschaftung der Produktionsmittel ein wahrer *plaisir* und *amusement* sein sollte.

Mir will scheinen, holder Herr Heine, dass man das in Düsseldorf heutzutage etwas anders sieht.

Wie schön, Herr Schmidt, wäre Ihnen doch beinah eine Alliteratio gelungen. Im Übrigen liegen nicht nur über zweihundert Jahr zwischen Ihrem Düsseldorf und dem meinen, es ist der Rhein.

Und so fort.

Diesmal kam ein anderer Klaus. Außer seinem bezaubernden Lächeln, das ihm zwei tiefe Grübchen verlieh, vermochte Georg nichts zu erkennen, was auf einen heiteren Nachmittag schließen ließe. Der Schrecken über die schwere Erkrankung des Freundes ließ Klaus auf alle überflüssigen Wortspielereien verzichten. Stattdessen erkundigte auch er sich besorgt und teilnahmsvoll nach Georgs gegenwärtigem Zustand, erfragte nahezu jedes Detail der Therapie und sparte nicht mit aufmunternden Worten. Dann, als sie sich in einem kleinen italienischen Eiscafé niederließen, sprang doch noch einmal der Funke über.

Hast du nun endlich den *Turm* bestiegen, Klaus? Als in Dresden Geborener kannst du dir eigentlich nicht leisten, darauf zu verzichten. Ich kenne bereits zwei Menschen, die behaupten, es sei ihnen gelungen und die davon reden, als dürfe man sich anschließend in ein Gipfelbuch eintragen.

Ehrlich gesagt, es waren mir bisher zu viele Stufen. Ich könnte natürlich den Fahrstuhl nehmen, also diagonal lesen, wie wir es früher mit unserer ML-Literatur gemacht haben. Aber ich fürchte, deine Testfragen offenbarten allzu schnell meine mangelnde Kenntnis spezieller Zusammenhänge, sodass ich es schwer hätte, mich des Verdachts schleichender Senilität zu erwehren. Im Übrigen habe ich ja nicht vor, mit dem Autor Urlaub zu machen.

Willst du mit dem Tell kampieren,
musst du dich vor ihm verneigen
und ihm die Bereitschaft zeigen,
mit ihm in den Turm zu steigen,
notfalls auch auf allen Vieren.

Nicht übel, bemerkte Klaus. Ist dir das eben so eingefallen?

Na was denn! Glaubst du vielleicht, bloß weil der Bauch alle Aufmerksamkeit auf sich zieht, ist mein Geist schon eingerostet, entgegnete Georg.

Wer die beiden gesehen hätte, als Georg später Klaus zum Bahnhof brachte, hätte aus ihrem Umgang miteinander letztlich doch eher auf eine fröhliche Geburtstagsfeier geschlossen als auf einen Krankenbesuch.

Zu den Abendnachrichten traf Georg Dr. Kramer vor dem Fernsehgerät im großen Aufenthaltsraum. Er zog sich einen Sessel neben Kramer und sagte: Sie gestatten?

Nein, ich wünsche mir, dass Sie neben mir Platz nehmen,

konterte der. Sie interessieren sich also auch für Politik, hab ich mir doch gedacht.

Wieso, wollte Georg wissen.

Weil Sie so ernst aussehen. Politiker erkennt man daran, dass sie immer lächeln. Umso ernster blicken die, die sich dafür interessieren, was die Politiker so machen.

Was glauben Sie, woran das liegt?

Was glauben Sie denn, gab Kramer die Frage zurück.

Wenn es so ist, wie Sie sagen, dann wahrscheinlich, weil sich Erstere ständig im Wahlkampf wähnen und glauben, ihr Lächeln machte sie sympathischer.

Und, fragte Kramer, was sagen Sie? Mögen Sie die Griengesichter mehr als die gedankenvollen?

Georg lachte: Im Gegenteil. Wenn mitten in der Finanzkrise ein Finanzminister lächelnd erklärt, dass er zaubern kann oder wenn man einen Verteidigungsminister zwischen Panzern in die Kamera lachen sieht, sinkt der Sympathiewert zugunsten der Unglaubwürdigkeit.

Sehen Sie, sagte Kramer. Man sollte sich aber auch nicht täuschen lassen durch ernste Mienen. Politiker sind natürlich Schauspieler, wie zum Beispiel auch Pastoren und Handwerker?

Und Ärzte, ergänzte Georg.

Dafür reicht es meist nicht in meiner Zunft, wiegelte Kramer ab.

Und Handwerker? Wieso Handwerker?

Haben Sie schon mal einen gebraucht? Bestimmt. Dann kennen Sie das Mienenspiel, wenn er Ihnen erklärt, wie groß der Schaden in Wahrheit sei, wie viel Stunden Arbeit dessen Beseitigung benötige, wie schwer sein Handwerk im Vergleich zu anderen sei und wie viel er zu tun habe, sodass es leider erst nächstes Jahr etwas werde. Am Ende haben Sie so viel Mitleid mit ihm, dass Sie ihm über den Kopf streichen, einen Kuchen backen für ihn, ihm einen Hunderter in die Tasche stecken und sich die Tränen trocknen, obwohl er nichts gemacht hat.

Georg amüsierte sich. Und Pastoren?

Das müssten Sie selber am besten wissen. Aber die besten Schauspieler sind die Politiker. Denken Sie mal an George W. Bush. Der ist zweimal gewählt worden, weil ihn die Army für mutig, die Intellektuellen für intelligent, die Wirtschaftsbosse für entscheidungsfähig, die Sozialfälle für besorgt, die Jugendlichen für modern, die Gläubigen für fromm und die Hausfrauen für lieb gehalten haben – und letztlich war er nichts von alledem.

Georg lachte: Da haben Sie wahrscheinlich recht. Aber, setzte er nach, zu den Pastoren haben Sie sich um eine Antwort gedrückt.

Na gut, wenn Sie drauf bestehen – im Fernsehen kommt sowieso nur noch der Wetterbericht, der uns in dieser Anstalt ziemlich egal sein kann oder irgendeine von diesen Talkshows, den Geißeln der Mediengesellschaft – auf Ihre Verantwortung. Ich glaube nämlich, Pastoren, Bischöfe, Päpste und was es da so alles gibt, sind von Berufs wegen Heuchler, das heißt spielen ein zugegebenermaßen grandioses, nach allen Regeln der Kunst einstudiertes frommes Theater. Das Schlimme ist nur, dass man hinterher nicht klatschen darf, weil dieses Theater nicht als Theater erkannt werden soll. Nein, sie erheben den Anspruch, *dieses* Theater sei die wirklichste Wirklichkeit und *unsere* Wirklichkeit eine trügerische Spiegelung des Teufels oder wessen auch immer. Sie spielen das Spiel von der sündigen Welt, von der verwerflichen Fleischeslust, vom gottlosen Menschen, der durch ein Kreuzopfer mit Gott versöhnt werden muss und verlangen, auch außerhalb des Theaters sollen die Menschen das glauben. Und sie machen es so geschickt, mit rhetorischen Finessen und kasuistischer Spitzfindigkeit, mit Weihrauch und zu Herzen gehender Musik, mit schmeichelnden Ritualen und apokalyptischen Drohgebärden, dass die Gläubigen ihre wirkliche Welt, die Gott wahrscheinlich ganz gut gefällt, mit dieser virtuellen vertauschen und hier leben, als lebten sie ganz woanders und reden, als sprächen sie eine jenseitige Sprache und Freundlichkeiten absondern, als gäbe es nur sympathische Menschen.

Reicht das?

Georg, der schmunzelnd diesen Monolog verfolgt hatte, bemerkte nur: In Ihrer Rede ist mindestens so viel Falsches wie Richtiges.

Warum sagen Sie nicht: mindestens so viel Richtiges wie Falsches, das wäre eine bessere Basis für die Fortsetzung unseres Gesprächs, schloss Kramer. Aber nicht mehr heute. Wenn Sie gestatten, heute glaube ich nur noch an Gott Morpheus.

9

Die Mayr-Kur gehörte zu den Zauberworten der Klinikernährung. Manche Patienten kamen eigens zu einer solchen von weither angereist. Georg schien es, als bestünde ihr ganzes Geheimnis darin, morgens, mittags und abends trockene Brötchen zu zermalmen. Wenn er die drei Mayr-Frauen an seinem Nachbartisch beobachtete, musste er lächeln. Schweigend saßen sie vor ihren Tellern und mümmelten im Schneckentempo oder – wie man hier vielleicht besser sagen sollte – meditativ winzige Scheiben trockener Semmeln in sich hinein. Wozu das gut sein sollte, wollte er in der Gesprächsrunde *Ernährungsberatung* erfragen. Sein Zweifel an der therapeutischen Dimension dieser Hungernahrung nahm zu, als er eine der drei dabei überraschte, wie sie an einem Stand auf dem Markt zwei fette Bratwürste verschlang. Diese Gier, dieser sichtliche Heißhunger malte ein dickes Fragezeichen hinter das Ernährungskonzept, fand Georg. Als sie ihn erblickte, wurde sie rot und hielt den Zeigefinger ihrer Rechten vor den Mund, während sie mit der Linken den letzten Happen der zweiten Wurst in sich hineinschob. Nein, Georg würde sie nicht verraten, wem denn und warum auch.

Auch die Normalkost der Klinik unterschied sich von seinem häuslichen Ernährungskonzept. Biologisch ging es in Arianes und seiner Küche zwar auch zu, und das seit einigen Jahren. Auch gäbe es keinen Anlass, sich über mangelnde Vielfalt zu beklagen. Das Morgen- und Abendbuffet gestaltete sich durchaus abwechslungsreich. Wer mochte, konnte aus einer Fülle verschiedenfarbiger Pasten und Frischkäsezubereitungen auswählen, fand mehrere Bio-Wurstarten vor, hatte die Wahl zwischen drei, vier Brotsorten und bekam dazu am Abend noch ein täglich wechselndes Angebot an gedünstetem Gemüse offeriert. Was ihn irritierte, war der fast gänzliche Mangel an Frischobst und frischem Gemüse, vor allem an grünen Salaten, Ernährungsbestandteilen, die er für eine gesunde Ernährung für unentbehrlich hielt.

Als er die diensthabende Küchendame eines Nachmittags um einen Apfel bat, wurde er aufgeklärt, Frischobst in der zweiten Tageshälfte widerspreche dem Ernährungskonzept des Hauses. Er könne sich morgens an frischem Obst gütlich halten, in Maßen natürlich. Später werde es wegen des erhöhten Energieaufwands für den Verdauungsprozess nicht mehr empfohlen.

Georg fühlte sich versucht, in einem der vielen Gemüseläden des Städtchens diesen Mangel auszugleichen. Dann sah er wieder die Mayr-Frau mit ihren Würsten vor seinen Augen, die sich um den Erfolg der von ihr selber bezahlten Kur brachte, und gab den Gedanken auf.

Nach Hyperthermie, Darmspülung und diversen Infusionen war das Vormittagsprogramm abgearbeitet. Georg saß in Zimmer elf und versuchte erneut, Bettina anzurufen. Wieder nur der Anrufbeantworter, der nicht antworten konnte. Bis zum Mittagessen wäre noch eine Stunde Zeit. Er griff zu seinem Buch. Da klopfte es an die Tür.

Herr Weber, fragte Kramer, haben Sie Lust, bis zum Mittagsmahl einen Spaziergang mit mir zu machen? Ich habe einen schönen Weg an der Mühr entlang entdeckt, und ich würde doch gern noch einmal auf unser Thema von gestern Abend zurückkommen.

Okay, sagte Georg, und klappte das Buch zu. Ich hätte auch noch einiges dazu zu sagen. Meine Frau ist ohnehin in der Stadt unterwegs und hat sich für das Essen abgemeldet.

Dann stehen wir ja nicht unter Zeitdruck. Essen gibt es bis zwei. Wann haben Sie die nächste Therapie.

Erst 15.30 Uhr.

Das reicht ja sogar noch für eine ausgiebige Mittagsruhe.

Darauf bestehe ich auch, sagte Georg.

Sie schritten, in dicke Jacken gehüllt, Kramer mit einer karierten Schiebermütze, Georg mit seinem Lenin, vom Haupthaus zur Mühr und wandten sich nach rechts, wo ein schmaler, gepflasterter Weg den Windungen des Flüsschens folgte, auf der Stadt zugewandten Seite von hohen Rhododendren gesäumt.

Kramer kam gleich zur Sache: Sie waren gestern geschockt durch meine Äußerungen über Kirche und Theologen. Habe ich Sie verletzt?

Georg fragte zurück: Sie halten nicht viel von Kirche, stimmt's? Haben Sie schlechte Erfahrungen gemacht oder sind Sie einfach ein Sarkast ohne Kirchenbezug?

Das schließt sich ja nicht ganz aus, erwiderte Kramer. Ich war einmal ein gläubiger Katholimann, war Messdiener, habe eine katholische Schule besucht und wollte, wie fast alle männlichen Katholiken, einmal Priester werden.

Aber?

Wahrscheinlich war ich einfach zu nah an dem ganzen Kirchentheater, als dass ich dessen Doppelbödigkeit nicht irgendwann durchschaut hätte.

Woran denken Sie da?

Kramer hob beide Hände und ließ sie wieder sinken, als lohne es nicht, davon zu reden, erzählte dann aber doch von Begebenheiten, die in letzter Konsequenz zu seinem Kirchenaustritt geführt hatten. Eines der harmloseren Themen schien die Beichte zu sein.

Was glauben Sie, was wir uns als Kinder ausgedacht haben, um unserer Beichtpflicht zu genügen. Der Priester kannte uns doch. Dem konnten wir unmöglich erzählen, was wir alles anstellten, um die Nonnen, die uns unterrichteten, auf die Palme zu bringen. Beichten aber mussten wir. Also haben wir uns kleine Sünden überlegt, die sündig genug waren, dass man sie gerade noch beichten konnte, aber harmlos genug, um nicht als Bösewichte bestraft zu werden. Ich habe mich gefragt, was das für ein Gott ist, der dieses Kindertheater mitmacht, wo er es doch besser wissen müsste.

Oder ich denke an den sogenannten Heiligen Vater. Die Nonnen haben ein Bild von ihm gemalt, das das Ergebnis blanker Sublimierung war. Als sie wieder einmal so überirdisch von ihm schwärmten, habe ich gefragt, ob der Papst denn auch aufs Klo müsse. Da haben mich die beiden Nonnen angeguckt, als sei ich der Satan persönlich, dann haben sie milde gelächelt, und eine hat geantwortet: Ja, aber nur ganz selten und ganz wenig.

Georg musste lachen: Und, wie hat die Klasse reagiert?

Sie werden es nicht glauben, die meisten haben genickt, als hätten sie sich das auch so gedacht. Nur meine beiden Kumpane und ich mussten plötzlich auf die Toilette. Und draußen haben wir uns ausgeschüttet vor Lachen.

Heute glaube ich, der Heilige Vater ist die genialste Erfindung der Kirche. Ein Mensch wird Gott und damit unangreifbar wie der Gottkaiser in Ägypten oder Rom.

Meinen Sie? Stellvertreter Christi heißt doch nicht Gott. Oder verstehen sich die Päpste so?

Natürlich nicht! Die wissen schon, wie irdisch ihr Tun und Lassen ist, wie irdisch ihre Ängste, Grausamkeiten und Begierden.

Na, na, na, protestierte Georg.

Herr Weber, Sie haben doch Theologie studiert. Da wissen Sie doch, was diese Heiligen Patres in den Jahrhunderten alles angestellt haben, wie sie sich bereichert, mit welchen Mitteln sie sich durchgesetzt, was sie verschwiegen, was sie angezettelt, wo sie gemordet und unterdrückt und welche Diktatoren sie gedeckt haben. Wenn man genau hinsieht, bleibt von so einem Heiligen Vater nicht viel Heiliges übrig. Der ist eben auch nur ein Mensch wie Sie und ich. Aber mit einer geballten Ladung Weihrauch lässt sich das alles wegnebeln.

Da gab es aber ein paar Ausnahmen, wandte Georg ein.

Na klar, Herr Weber, Ausnahmen gibt es immer. Sie denken sicher an Johannes XXIII., den die Protestanten so lieben. Aber Sie wissen schon, dass Roncalli der zweite Johannes XXIII. war, der mit seiner Namenswahl den einstigen Seeräuber gleichen Namens vergessen machen wollte?

Ich erinnere mich, davon gelesen zu haben.

Sehen Sie, sagte Kramer. Und ich glaube, in der Regel sind es noch immer die Seeräuber, die das Schiff der Kirche durch die Zeiten lavieren, wenn Sie verstehen, was ich meine.

Ich kenne aber eine ganze Reihe ehrenwerter und glaubwürdiger Priester und Patres. Auch die steuern das Schiff Kirche ein bisschen mit.

Man hält sie in dem Glauben, Herr Weber, und natürlich gibt es in allen Berufsgruppen solche und Strolche. Das Problem bleibt der Anspruch der Kirche, die Überhöhung dieser allzumenschlichen Institution, das Verschweigen ihrer schweren Verbrechen, das Schweigen zu den existenziellsten Problemen der Menschheit. Ist das in Ihrer Kirche anders?

Leider nicht, gab Georg zu. Sie ist vielleicht in manchem durchschaubarer, hat einige demokratische Kontrollinstrumente und ein anderes Amtsverständnis, aber in den zentralen Fragen des gesellschaftlichen Lebens vermisse ich ihre Stimme genauso.

Sie schwiegen eine Weile, ehe Georg den anfänglichen Faden wieder aufnahm: Wenn Sie Priester geworden wären, hätten Sie selber an einer Stelle der Kirche etwas zum Guten bewegen können. Warum sind Sie es nicht geworden?

Das habe ich mir selbst verbaut.

Wieso?

Als wir unseren Priester erwischt haben, wie er besoffen in sein Auto stieg, und ihm gedroht haben, wenn er jetzt losführe, holten wir die Polizei, sind wir von der Schule geflogen. Das werden Sie in der Kirche nie wieder los.

O, das kenne ich aus der DDR, sagte Georg.

Dann, nach einer Pause: Ich liebe es übrigens noch immer, Kirchen aufzusuchen. Vielleicht ein Relikt meiner frühkindlichen Erziehung. Mich interessieren sie nicht nur als Baudenkmale, mich interessiert die Atmosphäre. In der Regel bestätigt sich mein Urteil: dunkel, mystisch, überladen, unaufgeklärt. Wenn ich einmal eine Kirchentür aufstoße, hinter der mich ein lichter und schlichter Raum erwartet, setze ich mich sogar einmal hin und höre in mich hinein, was da noch ist.

Und? Ist da noch was, fragte Georg.

Sonst würde ich kein Sarkast sein müssen. Sarkasmus ist doch Ausdruck von tiefer Trauer um das, was ihm zum Opfer fällt. Wer mit der Kirche völlig fertig ist, der ignoriert sie, redet nicht mehr von ihr, sucht sie nicht mehr auf.

Georg blieb stehen und schaute Dr. Kramer in die Augen.

Sie werden mir immer sympathischer, sagte er. So ähnlich sieht auch mein Leiden an meiner Kirche aus. Ich beschimpfe und bekämpfe sie, weil ich sie liebe. Dabei wären die Kirchen die einzigen Kräfte, die die Chance hätten, um der Menschen willen Einfluss auf Politik und Gesellschaft zu nehmen, auf diesen immer unerträglicher werdenden Tanz um das Goldene Kalb und die Verrohung der Sitten.

Kramer stimmte ihm zu: Dazu müssten aber die Kirchen selber erst einmal reinen Tisch machen. Solange sie Sonderrechte genießen und ihre separaten Verträge, ihre Machtansprüche und ihre falsche Neutralität nicht aufgeben, sind sie als moralische Instanz nicht zu gebrauchen. Noch profitieren sie von jedem öffentlich nötigen Wort, das sie nicht sagen.

Halten Sie die Kirche für reformfähig, fragte Georg.

Dann wäre ich ja nicht ausgetreten, sagte Kramer. Seitdem sie ihren eigenen Ursprung verraten hat, und das war wohl schon sehr früh, ist sie weder selber zu retten noch in der Lage, die Welt zu retten. Sie spielt mit, und zwar in der obersten Liga.

Ich muss immer daran denken, wie es wäre, wenn es Kirche überhaupt nicht gäbe. Hat die Lehre Jesu, haben die vielen, vielen christlichen Aktivitäten an der Basis der Kirche nicht doch das Denken und Handeln der Menschen beeinflusst, verändert, menschlicher gemacht?

Das will ich nicht bestreiten, sagte Kramer. Ich frage mich nur, ob es dazu dieser monströsen Institution bedarf. Wer einen solchen Apparat am Laufen halten will, bewegt sich zwischen Skylla und Charybdis. Wie kann man einen Gott verkündigen, der seine Menschen liebt, wenn man sich von den weltlichen Mächten abhängig gemacht hat und nach den Spielregeln von Politik und Ökonomie existiert und herrscht?

Georg nickte. Das stimmt natürlich. Deshalb haben viele den Kommunisten eher zugetraut, soziale Gerechtigkeit zu schaffen, bis sich zeigte, dass auch sie ihren Prinzipien untreu und dem eigenen Machtrausch verfallen waren.

Übrigens, fuhr Georg fort, ist Ihnen einmal aufgefallen, dass in den Glaubensbekenntnissen der christlichen Kirche Begriffe wie Wahrheit, Nächstenliebe, Nachfolge, Demut, Hingabe, Barmherzigkeit, Friedfertigkeit überhaupt nicht vorkommen? Was da allsonntäglich deklamiert wird, sind bestenfalls dogmatische Kernsätze, auf die sich die frühe Kirche auf streitbaren Synoden geeinigt hat. Das alles kann man brav aufsagen, auch ohne christlich zu leben. Es erinnert mich ein bisschen an die unsäglichen Bekenntnisse in der DDR, die zu allen möglichen Gelegenheiten nachgeplappert wurden, von der Jugendweihe bis zum Fahneneid, wo Treue zum Arbeiter- und Bauernstaat und der führenden Partei beschworen wurde, Heimatliebe, Verteidigungsbereitschaft usw. Und trotzdem sind die Menschen zu Tausenden und Abertausenden in den Westen abgehauen oder haben sich zu Hause mit Westfernsehen und Intershop eingerichtet.

Sie wollen damit sagen, für den eigenen Machtanspruch reicht der schöne Schein, fragte Kramer. Man macht die Leute glauben, sie seien Teil einer großen verschworenen Gemeinschaft und hofft im Stillen, irgendwann werde die Indoktrination durchschlagen.

Genau. Wenn die Macht wichtiger als die Inhalte wird ...

... bersten diese, ergänzte Kramer. Das Kreuz zum Beispiel, das Symbol des Scheiterns, das uns warnen sollte, was mit einem passiert, wenn er authentisch und wahrhaftig leben will, mutiert so zum Symbol der Macht, säumt die Kleider der Päpste, prangt von den Kirchtürmen, baumelt an den Hälsen der

Bischöfe. Bei Jesus war es noch umgekehrt. Eine ganze Kruzifix-Industrie verdient sich eine goldene Nase, um die Amtsstuben, Schulen und Kneipen Bayerns mit dem Leidensmann zu schmücken. Und auch für die Abteilung Damenschmuck fällt noch etwas ab.

Was würden Sie denn auf einen Kirchturm setzen, fragte Georg, haben Sie eine Idee?

Ich will Sie nicht ärgern, sonst würde ich sagen, den Hahn, das Symbol des Verrats, wenn ich mich richtig erinnere. Aber wie wäre es mit einer Sonne oder einem Kelch, dem Zeichen von Gemeinschaft? Besser noch: Die Kirche verzichtete auf Türme? Ist nicht der Kirchturm als solcher schon ein Machtsymbol.

Das würde unseren Blick für schöne Stadtansichten auf eine äußerste Probe stellen, bemerkte Georg.

Ich glaube, das beweist nur, wie sehr wir uns an das Machtgebaren von Kirche gewöhnt haben. Und daran, dass Ihr Herr Paulus das Symbol des Scheiterns in ein Siegeszeichen umgedeutet hat, fügte er hinzu.

Kramer blieb stehen. Und nun? Wie geht es weiter?

Es fehlt nicht an Visionen und Visionären, sagte Georg, noch ganz beim Thema. Es fehlt nur an Menschen, die Visionen etwas zutrauen, an sie glauben.

Ich meinte den Weg, Herr Weber.

Sie waren inzwischen an einem kleinen Platz angekommen, an dem sie sich entscheiden mussten: Rechts bog der Weg durch eine Siedlung in Richtung Stadtzentrum ab, links führte er über eine hölzerne Brücke ans jenseitige Ufer und dort flussabwärts. Die beiden beratschlagten, ob sie, wenn sie den Weg am anderen Ufer zurückgingen, in der Nähe des Klinikgeländes auch eine Brücke zurück ans diesseitige Ufer finden würden. Die

Sache war ihnen zu ungewiss. Also entschieden sie, denselben Weg zurückzugehen, zumal die Zeit schon weit fortgeschritten war.

Die werden uns unser Tofugeschnetzeltes schon aufheben, meinte Kramer.

Und wenn nicht, konterte Georg, ich weiß in der Stadt einen begehrten Bratwurststand.

Dr. Kramer hüstelte künstlich. Das dürfte Dr. Schock aber jetzt nicht hören.

Aber noch einmal zurück zu unserem Thema, Herr Weber, Sie teilen offenbar meine Kritik an der Kirche. Wie ist das mit Ihrem Glauben bestellt?

Ach, die Gretchenfrage, darauf habe ich die ganze Zeit schon gewartet, sagte Georg lächelnd. Lassen Sie mich es kurz machen: Mein Glaube ist im Fluss. Dabei schaute er hinunter auf die Mühr, die Äste und Reisig mit sich trieb und Enten, die schneller bei der Klinik ankämen als sie.

Ich meine das nahezu wörtlich, in Anlehnung an Heraklit, Sie wissen schon ... Mein Glaube ist nichts Starres, Festumrissenes, das jeden Tag gleich aussieht. Deshalb habe ich heute auch große Probleme mit den alten Glaubensbekenntnissen und nicht weniger mit jedem anderen, das diese ersetzen soll.

Mhm, brummte Kramer.

Georg fuhr fort: Glaube ist für mich ein sehr persönlicher Prozess zwischen Gott und mir. Ich vermute, es gibt so viele Glaubensverständnisse, wie es gläubige Menschen gibt. Selbst wenn Gott mit uns menschlich spräche und wenn er jedem dasselbe sagen würde, bei jedem käme etwas anderes an.

Versuchen Sie doch mal, Gott zu definieren, forderte Kramer Georg auf.

Georg blieb stehen: Sind Sie nicht auch Lateiner? Dann wissen Sie doch, dass *definieren* begrenzen heißt. Ich, Mensch, soll Gott begrenzen?

Kramer grinste: Da haben Sie mich aber erwischt. Dabei wissen Sie genau, was ich meine, oder?

Georg beharrte darauf: Wie wir es auch nennen, wäre nicht jeder Versuch, Gott zu definieren, eine Einengung, eine Festlegung – und widerspräche damit jedem Gottesgedanken an sich?

Na, da haben wir doch schon etwas, triumphierte Kramer: Das Wesen Gottes ist es, nicht festgelegt werden zu können. Richtig?

Wenn Ihnen dass reicht, meinetwegen, sagte Georg. Wissen Sie, ich finde meinen Gott manchmal im Schlaf, wenn es mir gelingt, endlich einmal alles loszulassen. Oder in einem Moment, wo ich völlige Geborgenheit erlebe. Manchmal finde ich Gott in einer Begegnung, die so vor Liebe sprüht, dass sie menschliche Grenzen sprengt. Manchmal in einem Gespräch, in dem ich mich so verstanden fühle, als ob sich eine neue Dimension des Miteinanders öffnete. Manchmal in einem Blick, der mich tief in eine Seele schauen lässt. Manchmal in der Musik Johann Sebastian Bachs, manchmal, wenn ich kurz nach Sonnenaufgang in mein Gartenparadies schaue, manchmal, wenn mich ein Gefühl von unendlicher Dankbarkeit überfällt ... Klingt naiv und schwärmerisch, ich weiß. Aber das Theoretisieren über Gott hat mich nicht weitergebracht.

Nein, nein, es gefällt mir, was Sie sagen, bemerkte Kramer.

Und Georg ergänzte: Und manchmal denke ich, Gott ist der, der in mir all die wichtigen Fragen stellt: Wer bist du? Was tust du? Warum schweigst du? Was willst du ändern? Wofür lebst du? Ihnen darf ich es auch einmal etwas kompakter sagen: Gott als die personale Dimension in meinem Leben, das, was mich zur Kenntnis nimmt, was mir die Gewissheit gibt, dass ich bin, und das, was meine Lebensbeteiligung einfordert.

Oha, stöhnte Kramer, das klingt ziemlich kompliziert.

Das täuscht, sagte Georg, am Ende ist es ganz einfach.

Wenn ich Sie so reden höre, kann ich mir vorstellen, wie schwer auch Sie es mit der traditionellen, rituellen, dogmatischen Kirche haben. Da finden Sie Ihren Gott wohl kaum.

Na ja, sagte Georg, so absolut möchte ich das nicht sagen. Es gibt Traditionen und Riten, die in bestimmten Lagen etwas sehr Tröstliches haben. Aber die mantraartige Selbstspiegelung in unseren Kirchen ist mir fremd. Und alles Dogmatische erst recht. Ich glaube, Gott muss einen grenzenlosen Humor haben, sonst würde er die Art und Weise, wie Menschen ihn verehren, besingen und verteidigen, nicht ertragen.

Das gefällt mir, lachte Kramer. Aber offenbar reicht *unser* Humor nicht aus, das alles gelassen hinzunehmen.

Eben, bestätigte Georg, mich regt es immer wieder maßlos auf. Das Schweigen der Kirche ist für mich genauso unerträglich wie oft auch das, was sie sagt und vor allem, wie sie es sagt.

Als die beiden die Klinik erreichten, bedankte sich Dr. Kramer bei Georg: Ich bin froh, dass Sie mich begleitet haben, Herr Weber. Ich hätte nicht gedacht, dass ich in Vierwalden unter allen tiefen Gedanken auch religiöse finden würde.

Georg fragte zurück: Sind die tiefsten Gedanken nicht immer religiöse Gedanken?

Dann straffte er sich: Und jetzt wollen wir uns wieder den materiellen Dingen zuwenden. Ich habe Hunger.

Ich auch, sagte Kramer. Hat Essen nicht auch eine religiöse Dimension?

Georg lag mit offenen Augen auf seinem Bett und stierte an die Decke, als Ariane aus der Stadt zurückkehrte.

Wie geht's dir, fragte sie.

Ziemlich gut. Heute ist der erste Tag, wo ich mal keinerlei Schmerzen verspüre.

Und meinst du, das kommt von der Therapie?

Woher sonst, entrüstete er sich.

Ich weiß nicht. Mir geht das zu schnell, meinte Ariane.

Zu schnell? Mir kann es nicht schnell genug gehen.

So habe ich das nicht gemeint, erklärte sie sich. Natürlich wünsche ich dir, dass das alles hier schnell Wirkung zeigt. Ich bin nur ... ach, lass.

Georg schwieg.

Woran hast du gerade gedacht, als ich hereinkam, gab Ariane dem Gespräch eine Wendung.

Ich habe mir vorgestellt, ich wäre kerngesund und säße bei Sommerwetter zu Hause in meiner mediterranen Ecke zwischen meinen Olivenbäumchen, den Hibisken und den blühenden Agapanthen, den Wandelröschen und Agaven, atmete den Duft, der vom Rosenrondell herüberzieht und schriebe an einer Erzählung.

Was für einer Erzählung?

Von einem, der in seiner Gartenecke sitzt und über einen schreibt, der schreibend in seiner Gartenecke sitzt und über einen schreibt, der in seiner Gartenecke schreibend sitzt und sich eines Menschen annimmt, der schreibend in seiner Gartenecke über einen, der in seiner Gartenecke sitzt und schreibt, schreibt.

Ariane lachte: Wenn ich dich so höre, muss ich wirklich davon ausgehen, dir ginge es ganz gut heute.

Tut es auch, flüsterte Georg, tut es auch. Er schloss die Augen.

Sie malen?

Georg wandte sich zur Seite. Auf der Pritsche neben ihm lag eine junge Frau mit feinen Gesichtszügen und großen Augen, die ihn aus tiefen Höhlen fixierten. Um den Kopf trug sie ein kunstvoll geschlungenes buntes Tuch wie viele, denen in Folge der Chemo die Haare ausgegangen sind.

Offenbar hatte Ariane geplaudert.

Ein bisschen, antwortete er.

Ich auch, sagte sie. Was malen Sie?

Landschaften, auch Architekturen, vor allem aber Landschaften.

Ich Menschen.

Das traue ich mich noch nicht, sagte Georg.

Und ich wage mich an Landschaften nicht heran, erklärte sie. Ach übrigens, ich bin Henrike. Jetzt müsste ich Ihnen eigentlich meine Hand geben, aber da steckt die Nadel drin.

Schon gut, sagte er, ich heiße Georg. Wir werden uns ja noch bei anderen Gelegenheiten begegnen. Warum wagen Sie sich nicht an Landschaften, nahm er das Thema wieder auf.

Das ist mir zu komplex. Wenn ich Menschen male, konzentriere ich mich auf eine, zwei oder drei Personen, ihren Körper, ihre Haltungen, den Ausdruck ihrer Bewegungen. Bei einer Landschaft muss ich Himmel und Erde zusammenbringen, der Natur in ihren verschiedensten Formen und Gestalten gerecht werden, Perspektive beachten, das farbliche Universum beherrschen und Tiefe in das Bild bringen. Das stelle ich mir unendlich schwerer vor als Menschen, die mich jederzeit umgeben und die ich nur zu beobachten brauche.

Ich fürchte die Anatomie, kenne ich mich doch kaum selbst, der ich nur beim Rasieren und Kämmen in den Spiegel gucke, gab Georg zurück.

Sie protestierte: Das glaube ich Ihnen nicht. Sie leben doch wohl nicht einsam im Wald, sondern zwischen Menschen, Sie haben eine Frau, vermutlich auch Kinder, Kollegen und Nachbarn. Und ich unterstelle einmal, Sie sind ein kommunikativer Mensch.

Georg konnte oder mochte seine Scheu nicht weiter begründen und fragte sie rundheraus: Haben Sie etwas mit, ein Skizzenbuch, Fotos von Bildern, einen Stick?

Nichts von alledem. Seit meiner dritten Chemo habe ich keinen Strich mehr gemacht.

Drei Chemos?

Verrückt, was? Nach der ersten ging es mir ganz gut, eine Zeit lang. Dann zeigten sich Metastasen in der Lunge. Wieder Chemo. Diesmal ging es mir schlecht, so schlecht, dass ich fürchtete, ich käme nie wieder hoch. Und dann habe ich Idiotin mich zu einer dritten überreden lassen, die ich abbrechen musste. Schon wenn ich nur in den Gang kam, wo sich die Chemo befindet, musste ich mich übergeben. Mit der Zeit riecht man das Zeug schon von Weitem, und das Gefühl, ich vergifte mich, wächst von Tag zu Tag. Da fand ich im Internet Vierwalden. Ich hoffe, hier kann man mir noch helfen. Ich bin schon das zweite Mal hier und fühle mich zumindest wunderbar betreut.

Was sind Sie von Beruf, wollte Georg wissen.

Ich bin Studentin, habe aber meiner Krankheit wegen seit zwei Jahren ausgesetzt.

Georg verschlug es die Sprache. Er hätte die junge Frau auf fünfunddreißig geschätzt. Dann sagte er: Ich hab auch nichts mit, das ich Ihnen zeigen könnte. Aber – er zwinkerte ihr zu – wenn wir gesund sind, dann besuchen Sie mich mal und zeigen mir, wie man Menschen malt.

Versprochen, sagte sie.

Kultur war großgeschrieben in der DDR, das musste man ihr lassen. Jedes größere Dorf besaß ein Kulturhaus, mindestens einen Kultursaal, jede Brigade konnte die Teilnahme an irgendwelchen Kulturveranstaltungen nachweisen, manche führten ein Kulturtagebuch. Die Partei wünschte eine allseitig gebildete Werktätigenpersönlichkeit mit festem Klassenstandpunkt. Und man hatte begriffen, dass sich die sozialistische Ideologie über kulturelle Angebote besser vermitteln ließ als mithilfe des Holzhammers der Agitproptrupps. Deshalb gab es einen Kulturminister für die ganze DDR und Kulturfunktionäre auf allen Ebenen, die die staatliche Kulturpolitik durchsetzten. Da lag aber zugleich der Hase im Pfeffer. Denn kulturelle Erlebnisse haben die Nebenwirkung, gelegentlich zu sensibilisieren. Und so konnte es dazu kommen, dass *ideologisch einwandfreie* Theaterstücke oder straff durchzensierte Kabarettveranstaltungen ein Bedürfnis nach genau dem weckten, was den Zuschauern vorenthalten werden sollte. Kultur war ein Schwert des Klassenkampfes, aber eben ein zweischneidiges.

Georg erinnerte sich manch peinlicher Kulturveranstaltungen, die die ideologische Zielsetzung allzu plump offenbarten: Schultheateraufführungen, zu denen der Staatsbürgerkundelehrer in einer Einführung klarstellte, wie das Stück zu verstehen sei; Kabarettabende in der Ostberliner *Distel*, die sich vor allem mit den Zuständen *hinter* der Mauer befassten als denen innerhalb derer; einen Liederwettbewerb, an dem er sich beteiligen wollte und abgewiesen wurde, weil sein Lied seinen gesellschaftlichen Standpunkt verschweige. Andererseits erinnerte er sich, wie sich mitten in einem unverdächtigen Klassiker das Unbehagen an diesen Zuständen Luft machte.

Er kommt sehr spät zum Großen Haus. Die Karten für *Don Carlos* sind ausverkauft. Die Menschen drängen bereits zu den Garderoben. Vor dem Eingang steht nur noch eine Gruppe von vielleicht zwanzig Männern und Frauen, denen man ihre gesellschaftliche Stellung auch ohne Parteiabzeichen ansehen würde.

Eine Frau hält zwei Karten in der Hand, als wolle sie die loswerden. Georg fasst sich ein Herz und spricht sie an. Sie zögert einen Moment, dann sagt sie: *Isch globe, dorr Genusse Dubbsch kummt ni mähr. Gähm Se mir zwee Morg, dann simmer gwidd.*

Georg gibt ihr zwei Mark und sitzt in der dritten Reihe, aber – o Schreck! – zwischen lauter Genossen. Ihm ist nicht ganz wohl in dieser Umgebung, weniger, weil er *sie* fürchtete, als dass er fürchtet, für einen von ihnen gehalten zu werden. Und dann gibt es noch etwas, was ihn lieber im dritten Rang sitzen oder stehen ließe, das scheinen die Genossen aber nicht zu ahnen, sonst hätten sie wenigstens ihr Parteiabzeichen vor der Vorstellung in die Tasche gesteckt. Das ganze Stück fiebert er auf diese eine Stelle hin. Und dann kommt sie.

Marquis Posa fordert Philipp II. heraus: *Geben Sie Gedankenfreiheit.*

Und statt des Herrschers antwortet das Volk, vom Parkett bis zum 3. Rang, mit tosendem Applaus. Der König kennt diese Reaktion aus den letzten vier Vorstellungen. Seine Erwiderung *Sonderbarer Schwärmer!* soll beim ersten Mal völlig untergegangen sein. Seitdem wartet er geduldig, bis sich das Publikum beruhigt hat. Der Beifallssturm dauert länger als mancher Schlussapplaus in der Staatskapelle. Und Georg ist dabei und klatscht, dass ihm die Hände schmerzen. Er beobachtet seine Nachbarn zur Rechten und zur Linken, die sich zunächst ratlose Blicke zuwerfen, dann aber, zaghafter als die anderen, mitklatschen. Zwei von ihnen tragen beim Hinausgehen kein Parteiabzeichen mehr. In Dresden ist manches schon etwas früher in Bewegung als in seiner Stadt.

Kulturveranstaltungen stand auf dem Plakat im Speiseraum, das auf die beiden wöchentlichen Unterhaltungsabende im großen Aufenthaltsraum der Klinik hinwies. Am Dienstag fand ein Leseabend statt, an dem eine Mitpatientin aus ihrem Tagebuch las, das unter dem Titel *Vom Wunder meines Lebens* in einem Taschenbuchverlag erschienen war. Kramer berichtete Georg, es sei amüsant gewesen. Die Autorin, die Kramer ihres unauffälligen Äußeren wegen als Schattenmorelle bezeichnet hatte, habe beim Lesen einen unerwarteten Charme entfaltet. Er habe sich das Buch gekauft und von ihr signieren lassen. Sie habe hineingeschrieben *Dem lieben Dr. Spott, Alicia, die Unscheinbare.*

Für heute war ein musikalischer Abend mit russischen Volksinstrumenten angekündigt. Galina Berushowa, die aus dem Kaukasus stammte und tagsüber an der Rezeption der Klinik saß, war ausgebildete Musiklehrerin. Zusammen mit ihrem Mann und ihrer Tochter trat sie im Trio auf und spielte Keyboard, während die beiden anderen Balalaika und andere russische Saiteninstrumente vorzustellen versprachen. *Russenkonzert,* sagte Kramer abfällig, das tu ich mir nicht an. Georg kannte Ähnliches aus Kulturveranstaltungen auf dem Lande zu DDR-Zeiten und hätte sich auch lieber abgeseilt, wäre nicht Ariane genau auf dieses Angebot so versessen gewesen.

Im Nachhinein gestand er ihr, die Virtuosität und Innigkeit der Darbietung hätte ihn doch tief beeindruckt. Wahrscheinlich verdanke sich seine Abneigung gegen russische Volksmusik mehr dem Rahmen, in dem er bisher damit konfrontiert worden sei als der Musik selber. Kramer gegenüber schwärmte er beim Frühstück von einem unvergesslichen Abend.

Wäre ja auch verdächtig, Herr Weber, wenn Sie es heute Morgen bereits vergessen hätten. Ich frag in fünf Jahren mal wieder nach.

Ich freue mich, wie selbstverständlich Sie davon ausgehen, dass wir beide in fünf Jahren noch leben, gab Georg zurück.

Zwei schwere Autounfälle hatte Georg scheinbar schadlos überlebt, von denen er seiner Therapeutin ausführlich berichten sollte. Ein weiterer, bei dem Georg körperlich in Gefahr geraten war, hatte bei der Anamnese bereits eine Rolle gespielt.

Der letzte Unfall lag gerade mal vier Jahre zurück. Auslöser war ein Reh. Georg erinnerte sich genau.

Er kommt nach Einbruch der Dunkelheit von Berlin und ist auf dem Weg nach Hause. In der Autobahnauffahrt gerät es in seinen Lichtkegel und bleibt stehen, als wolle es warten, bis die Autokolonne vorüber und die Nacht zurückgekehrt sei. Doch in dem Moment, wo sich Georgs Auto mit dem Reh auf einer Höhe befindet, springt es los und läuft selbstmörderisch in seine Motorhaube. Es gibt einen fürchterlichen Knall, und im gleichen Moment sieht Georg den Körper des Rehs und dessen Kopf, als habe er nicht dazugehört, in hohem Bogen auf die Böschung fliegen. Dabei kommt sein Auto ins Schleudern, bricht nach links aus, von wo es mit großer Wucht durch ein überholendes Fahrzeug zurückgeworfen wird, prallt auf der rechten Seite gegen die Leitplanke, überschlägt sich und bleibt in dem Graben, der Fahrbahn und Böschung trennt, auf dem Dach liegen.

Das alles geht so schnell, dass Georg, kopfunter an seinen Sitz gefesselt und plötzlich von weißen Luftkissen umhüllt, mit seinem Bewusstsein noch nicht da angekommen ist, wo sich sein Auto mit ihm befindet. Er kann sich selber aus seiner ungewöhnlichen Lage befreien und aus dem Auto oder besser aus dem, was einmal sein Auto gewesen ist, hervorkrabbeln. Aus der Nase läuft Blut, sein linkes Fußgelenk ist angebrochen und Rippenprellungen entfalten mit dem zeitlichen Abstand vom Geschehen ihre schmerzhafte Wirkung. Auch seine häufigen Schmerzen im Halswirbelbereich führt er später darauf zurück. Er ist mit dem Leben davongekommen. Das Reh nicht. Immer, wenn ihn jene Bilder heimsuchen, sieht er wieder diesen Kopf, und es graust ihn.

Der andere Unfall lag weit zurück. Damals fuhr er einen alten Trabant.

An einem sonnigen Septembertag fährt er mit den beiden Kindern in ein höher gelegenes Dorf in Dresdens Umland, um in einer kleinen privaten Mosterei das Fallobst seines Pfarrgartens zu Saft und Wein verarbeiten zu lassen. Man gibt das Obst in Kisten ab und erhält entsprechend viele Flaschen in Kisten zurück, Saft die Flasche für neunzig Pfennige, Wein für eine Mark zwanzig, vorausgesetzt, man hat die entsprechende Menge Leergut mitgebracht.

Die beiden Mädchen stehen furchtsam vor dem Gewölbekeller, in dem sich die Maschinen und das Mostlager befinden. Die Frau des Besitzers reicht ihnen einen Becher mit frischem Apfelsaft, Georg lässt sie von dem Apfelwein kosten. Dann werden die Kisten getauscht und das Geschäftliche erledigt, und Georg beschließt, damit die Kinder etwas von der Ausfahrt haben, einen Umweg über Meißen zu machen, wo er ein kleines Eiscafé kennt. Das soll sich in mehrfacher Hinsicht als folgenschwere Fehlentscheidung erweisen; denn in einer Kurve donnert ein dunkelolivgrüner Lkw ungebremst über das Stoppschild auf die F6, auf der sich Georg befindet und erwischt das Auto am

Heck. Es kracht, der hintere Teil der Karosse splittert und birst, die Flaschen aus dem Kofferraum schießen auf das Pflaster und übersäen die Kreuzung mit einem Meer von Splittern, während das Auto mitsamt Insassen im Graben landet. Georg schaut nach hinten und löst den Gurt. Die beiden Mädchen sitzen, durchgeschüttelt zwar, aber unbeweglich und stumm auf der Rückbank. Erst als Georg sie anspricht und durch Vorklappen seines Sitzes aus dem Auto befreien will, fangen sie plötzlich mörderisch zu schreien an. Sie schreien und schreien und hören erst auf, als sie nicht mehr können. Inzwischen trifft die Polizei ein und radebrecht mit dem Fahrer des Lkw, einem russischen Soldaten und dem Beifahrer, einem russischen Offizier, der offenbar etwas Deutsch versteht. Als Georg hinzutritt, versucht gerade der Offizier den Polizisten zu erklären, dass der Unfall von der sowjetischen Militärpolizei aufgenommen werden müsse. Es bleibt wohl das einzige Mal in seinem Leben, dass Georg mit den Restbeständen seines achtjährigen Schulrussisch zwischen Vertretern zweier befreundeter Staaten vermitteln darf. Der Offizier entschuldigt sich bei Georg und bietet ihm eine Zigarette an. Dann greift er in seine Tasche und zieht ein paar zerknüllte Geldscheine heraus, die er den immer noch zitternden Mädchen in die Hand drückt. Die Polizisten besehen zusammen mit den beiden Russen den Schaden an Georgs Auto, das nun auf einmal mit der Hinterbank zu Ende ist, dessen Hinterräder schräg von der Achse abstehen und dessen Dach aus einem scharfkantigen Torso besteht. Aus lauter Dankbarkeit für seine Übersetzungskünste vergessen die beiden Vopos offenbar, Georg nach Alkoholgenuss zu befragen oder gar zu testen. Vielleicht meinen sie auch, ein Vater mit zwei kleinen Kindern, der am helllichten Tag mit einem kirchlichen Dienstauto unterwegs ist, wird sich wohl an die Gesetze halten. In der DDR gilt 0,0. Sie rufen über

Funk einen Abschleppdienst und zerren aus ihrem Barkas zwei alte Stubenbesen, mit denen sie die Fahrbahn von Scherben und Splittern zu befreien suchen. Jetzt rührt sich Georgs schlechtes Gewissen. Er nimmt dem einen den Besen aus der Hand und beteiligt sich an der Flurbereinigung, sodass der den angestauten Verkehr in weitem Bogen um die Unfallstelle leiten kann. Und manche, die mit offenem Fenster mitleidig die Betroffenen begaffen, mögen sich wundern, warum es hier so nach frischem Apfelwein riecht.

Als die russische Militärpolizei eintrifft, sieht Georg, der mit seinen Töchtern eben in das Polizeiauto einsteigt, das sie nach Meißen bringen soll, wie ein Soldat mit Armbinde sein Koppel von der Uniform reißt und dem Lkw-Fahrer zweimal über den Rücken zieht. Wie es für den weitergeht, vermag er sich nicht auszumalen.

Auch für Georg hat der Unfall ein Nachspiel. Die obere kirchliche Dienstbehörde lässt ihn wissen, so sehr sie den Unfall bedaure, ihre Dienstautos seien nicht für den Transport privater Güter bestimmt. In den nächsten Monaten stehe leider kein Ersatz zur Verfügung. Das heißt für Georg, wieder auf seine klapprige RT 125 umzusteigen, ein altes Motorrad, das verdreckt und reparaturbedürftig an der hinteren Garagenwand lehnt.

In dieser Nacht kehrte jener Unfall noch einmal zurück. Georg hörte es krachen und splittern. Dann ein durchdringender Schrei. Georg wandte sich um zur Rückbank, auf der seine beiden Töchter gesessen hatten. Aber da war niemand. Er stieg aus und lief umher und suchte und rief nach ihnen und fand sie schließlich weit weg auf einem kahlen Feld liegend. Und als er herantrat und sie aufheben wollte, sah er, dass sie tot waren. Ihre Köpfe schwammen in Blut. Er wollte schreien, aber es kam kein

Ton aus seiner Kehle. Er warf sich auf den Boden und schlug mit den flachen Händen auf die Erde. Da hörte er hinter sich ein Geräusch, als ob ein Riegel auf- oder zugeschoben würde. Er drehte sich um und erblickte den russischen Offizier. Der aber sagte ganz ruhig: Morrder, du, Morrder! Er richtete seine Pistole auf ihn und drückte ab – da erwachte Georg, schweißnass.

Ariane schob ihre Hand zu ihm hinüber und murmelte: Kannst du nicht schlafen?

Georg hätte am liebsten jetzt all das hinausgeschrien, was er im Traum nicht schreien konnte, als ihm bewusst wurde, wo er sich befand. Er wandte sich ihr zu und flüsterte: Furchtbarer Traum. Aber das hörte Ariane nicht mehr.

Als sie zum Frühstück gingen, hatten sich die Gespenster der Nacht wieder in die Höhle des Unbewussten verkrochen.

Die Psychotherapeutin ließ Georg seinen Traum aufschreiben. Alle Details, an die er sich erinnere, hätten ihre Bedeutung, sagte sie. Er solle vor allem versuchen, sich seiner Gefühle zu erinnern und diese so genau wie möglich beschreiben. Sie verglich das Ergebnis mit ihren Notizen von Georgs Schilderung der realen Unfälle. Welche Schlüsse sie daraus zog, blieb ihm zunächst verborgen.

Wollen wir eine kleine Ausfahrt machen, fragte sie ihn unvermittelt.

Georg stutzte: Mit dem Auto? Eine Fahrt ins Blaue sozusagen?

Ja, meinetwegen mit dem Auto ins Blaue. Wann haben Sie den nächsten Termin?

Um elf, sagte Georg, um elf liege ich in der Onko. Die Schwestern achten auf Pünktlichkeit.

Ich weiß, ich weiß, gab sie zurück, ich glaube, dass schaffen wir mühelos.

Na denn, sagte Georg und erhob sich.

Moment, hielt ihn die junge Frau zurück: Ich möchte, dass wir mit Ihrem Auto fahren, sind Sie einverstanden?

Georg wusste zwar nicht, was das alles sollte, war sich aber sicher, dass es einen tieferen Sinn gäbe. Er stürmte in sein Zimmer, fand Ariane lesend auf dem Bett vor und teilte ihr mit, für die nächste halbe, dreiviertel Stunde mit seiner Therapeutin unterwegs zu sein.

Mhm, machte Ariane, klingt ja spannend. Und wohin?

Keine Ahnung. Georg hob die Schultern, griff Jacke, Schal und Lenin, rief Ahoi und verschwand.

Die Therapeutin nahm auf dem Beifahrersitz Platz, forderte ihn auf zu starten und wies ihn an, zunächst die Straße ins Stadtzentrum zu nehmen. Auf ihrem Schoß lag der Block, mit dem sie immer anzutreffen war. Sie schien ihn genau zu beobachten und erkundigte sich an jeder Ampel, bei jeder Abbiegung und Einmündung, ob es ihm gut gehe. Hinter dem Marktplatz führte eine Straße hinaus aus der Stadt. Kaum hatten sie das Ortsausgangsschild passiert, gab Georg Gas. Die Straße führte in leichten Kurven bergan, durchschnitt einen Nadelwald, der sich zu beiden Seiten in die Höhe zog, und fiel dann unerwartet steil wieder ab. Plötzlich bremste Georg voll ab, sodass beide fest mit dem Gurt an ihren Sitz gedrückt wurden, während ihre Köpfe erst nach vorn kippten und dann hart an die Kopfstütze schlugen. Georg hielt an.

Was ist, Herr Weber, haben Sie das Warnschild mit der Gefälleanzeige nicht gesehen?

Doch, aber da war eben ein Fuchs, keuchte Georg, da, links, da hockte ein Fuchs.

Ja und? Was heißt das?

Was das heißt? Georg funkelte sie an: Der hätte mir ins Auto laufen können!

Okay, Herr Weber, lassen Sie uns umdrehen. Da vorn ist eine Bushaltestelle, da können Sie wenden.

Auch auf der Rückfahrt machte sich die Therapeutin, die Georg nicht aus den Augen ließ, Notizen.

In der Klinik angekommen, wollte Georg wissen, was diese Ausfahrt zu bedeuten habe. Die Therapeutin bat ihn in ihr Zimmer, legte ihren Block ab und schaute Georg schweigend an. Dann fragte Sie ihn rundheraus: Fahren Sie eigentlich gern Auto?

Georg bejahte und erzählte ihr, wie er jedes Mal, wenn er mit Ariane unterwegs war, darauf bestand, die längste Zeit selber am Steuer zu sitzen. Es mache ihm Vergnügen, frei schalten zu können, wo ihn Ariane zu Hause selten frei walten lasse.

Sie lächelte. Im nächsten Moment wurde sie ernst und sagte: Herr Weber, Sie stehen vom ersten Meter an, den Sie fahren, bis Sie den Motor wieder abgestellt haben, unter Hochspannung. Ich habe Ihre Mimik, Ihren Mund, Ihre Augen, Ihre Hände beobachtet. Von der Vollbremsung brauchen wir gar nicht erst zu reden.

Mit scheint, an Ihre Unfälle müssen wir noch einmal heran.

Das glaube ich kaum, protestierte Georg. Die ersten Male danach, gut, da war ich unsicher, vielleicht auch unter Anspannung. Aber irgendwann habe ich mir das wieder wegdenken können.

Die Therapeutin lachte hell auf: Wegdenken? Erklären Sie mir bitte, wie man das macht.

Georg erinnerte sich an ein früheres Gespräch und wusste, dass er in der Falle saß.

Wenn das ginge, Herr Weber, dann wären Hunderttausende Menschen auf einmal kerngesund – und ich arbeitslos. Wissen Sie, es gibt junge Frauen, die ungewollt schwanger werden und sich das Kind abnehmen lassen. Und manchmal sagen sie: Ich hab mir das Kind wegmachen lassen, so wie eine Warze oder einen Fleck im Kleid. Viele von ihnen kommen irgendwann in die Psychotherapie mit seltsamen Symptomen. Man könnte es seelische Phantomschmerzen nennen. Damit Sie mich richtig verstehen, ich bin keine grundsätzliche Gegnerin des Schwangerschaftsabbruchs, aber ich glaube, so ein Abbruch muss aufgearbeitet werden. Und so scheint es mir mit Ihren Unfällen auch.

Punkt elf lag Georg in der Onkothermie, die warme Sonde auf seinem Oberbauch. Im Hintergrund lief leise Musik mit sich wiederholenden Synthesizer-Schleifen. Die Neonbeleuchtung hatte die Schwester ausgeschaltet. Der Vormittag begann dämmrig zu werden. Lautlos tropfte Procain in seine Vene. Georg hätte einschlafen mögen. Aber eine Flut unterschiedlichster Gedanken ließ ihn nicht zur Ruhe kommen. Schließlich bekam er einen zu fassen: *Jede Entscheidung schließt eine Fülle anderer Möglichkeiten aus.* Hatte er das gelesen? Es könnte aus der Schopenhauer-Biografie stammen, die er vor wenigen Tagen in Vierwalden gekauft und knapp angelesen hatte? Vielleicht auch aus dem Wissenschaftsjournal im Wartezimmer von Dr. Schock. Woher auch immer, es stimmte, dessen war er sich sicher. Er konnte sein eigenes Dilemma darin erkennen. Er sah sich als einen Menschen, der vieles wollte und wenig zustande brachte. Was wäre er nicht gern alles geworden: ein guter Theologe, ein ernst zu nehmender Philosoph, ein Kunst- und Architekturkenner, ein bewunderter Musiker, ein begnadeter Rhetoriker, ein erfolgreicher Naturwissenschaftler, ein origineller Gartengestalter, Koch und Liebhaber – und musste kurz vor seinem Ruhestand feststellen, dass er nichts von alledem geworden war. Ein Verwaltungsmann mit Ambitionen. Ein Dilettant bestenfalls.

Immerhin, meldete sich der Lateiner in ihm, der Dilettant wäre doch auch ein Liebhaber.

Vor allem im Blick auf Frauen sah er sich nicht als besonders erfolgreich. So schnell er auch entflammte für eine Frau, die im Moment in seine Bedürfnislücke zu passen schien, so schnell erlosch er auch wieder. Ariane entsprach in ihrer Zurückhaltung genau dem Typ, der das auszuhalten vermochte. Es wurde nie so heiß, dass bittere Enttäuschung drohte und nie so kalt, dass die Beziehung gänzlich erfror.

Auch Georgs Fernträume schienen uferlos und grenzenlos. Es zog ihn in den fernen Osten, nach Indien, China, Japan. Dann wieder träumte er davon, eine Schiffsfahrt auf dem Amazonas zu erleben. In Neuseeland würde er Jahre zubringen wollen. Die USA müsste er einmal von den Rocky Mountains bis nach San Diego und von San Francisco bis New York erkunden, und das am besten mit dem Motorrad. Dann aber sehnte er sich wieder nach einer schlichten Bleibe in Italien, im Chianti, oder in Südfrankreich. Und was er sich sonst noch alles vorgenommen hatte! Klettern wollte er in den Dolomiten, ein Tauchlehrgang reizte ihn, obwohl er unter Wasser Angst bekam, eine Reitschule wollte er besuchen, einmal um Bornholm segeln, Skateboard laufen, mit Ariane einen Tango-Kurs absolvieren und so weiter und so fort. Und? Sobald es konkret wurde, holten ihn Selbstzweifel oder Skrupel ein. Er wurde älter und älter, ohne sich zu entscheiden, was er wirklich wollte, weil doch jede Entscheidung *für* etwas zugleich eine Entscheidung *gegen* vieles andere wäre. Inzwischen schien das meiste davon, kaum, dass es möglich wurde, schon wieder unerreichbar geworden. Immer hatte er das Schicksal entscheiden lassen oder den Zufall oder die Umstände oder was auch immer. Und das Schicksal hatte entschieden: Du bleibst ein mittelmäßiger Hans, ein Mensch, wie ihn die Welt nicht braucht.

Jetzt musste er aufpassen, dass er sich nicht in eine neue Schwermut hineingrübelte. Er dankte der Schwester, die nach ihm schaute, dass sie eine andere CD auflegte: Bach, Violinkonzert a-Moll, nicht eben die große Aufheiterung, aber doch gut geeignet für die Reanimation seiner mutlosen Seele.

Vom Mittagessen wurde er ans Telefon gerufen, eine Frau Krause sei dran.

Georg sprang auf und folgte der Hausdame ins Büro.

Bettina?

Papa, endlich krieg ich dich. Ich hab auf deinem Handy angerufen. Da ist immer nur diese dämliche Mailbox, auf die ich nicht sprechen mag. Und deine Klinik ist dauernd besetzt.

Schon gut, Betty, jetzt hat es ja geklappt. Weißt du schon was?

Ja, ich hab mit Anna telefoniert. Sie hat mir alles erzählt.

Und? Was sagt meine Skeptikerin dazu?

Na ja, ich gebe zu, ich habe da meine Bedenken, gestand Bettina. Wenn es nicht gerade die Bauchspeicheldrüse wäre. Nach allem, was man so hört, ist sie das Organ, das am wenigsten Spaß versteht. Bei vielen mit deiner Diagnose geht es ziemlich schnell zu Ende. Du musst auf alle Fälle das machen, was am wirkungsvollsten ist. Auch wenn man dir in der Uniklinik diese Alternative empfohlen hat, überleg, ob das reicht.

Nein, Betty, nein! Georg wurde lauter: Das haben sie ja eben nicht gemacht! Das ist doch das Schlimme. Nicht einmal erwähnt haben sie, dass es andere Wege gibt. Ich befürchte sogar, sie wissen es gar nicht. Sie glauben nur an sich selber und das, was sie immer wieder machen. Alles jenseits ihres Horizonts nennen sie Scharlatanerie! Eine Überheblichkeit, die von der Pharmaindustrie, weil sie an der Chemotherapie Milliarden verdient, noch gepäppelt wird.

Übertreibst du nicht, wandte Bettina ein.

Im Gegenteil, meine Liebe, ich untertreibe. Wenn auch nur *ein* Krebspatient durch biologische Therapie gesund geworden wäre, müsste es reichen, dass sich die Schulmedizin damit auseinandersetzt und alle neuen Erfahrungen in ihre Forschung und Behandlung integriert. Nein, da wird ein Feindbild aufgebaut, das einen tiefen Graben schafft.

Aber es gibt doch auch Quacksalber unter den Alternativen, oder, wandte Bettina ein.

Sicher ja, stimmte Georg zu, aber wahrscheinlich nicht mehr als es schlechte Ärzte unter Schulmedizinern gibt, von denen man auch nicht behandelt werden möchte. Man muss sich heute schon selber umtun, um an die Richtigen zu geraten – oder auf gute Referenzen stoßen. Ich glaube, ich bin hier völlig richtig. Und – Betty, du kennst mich – was hat es euch immer genervt, wenn ich versucht habe, den Dingen auf den Grund zu gehen und nach Ursachen zu fragen. Dieser pedantische Zug gehört zu mir. Jetzt will ich ihm nicht untreu werden, wo es um mich selber geht. Symptombekämpfung, das habe ich in den ersten Tagen hier gelernt, reicht nicht, ich will heil werden.

Papa, das klingt ja, als wäre dieser Weg für dich unumstößlich klar. Wenn das so ist, will ich dich nicht verunsichern. Ich drück dir die Daumen und denk an dich. Ist Ariane mit?

Ja, und sie tut mir im Moment ganz gut.

Grüß sie von mir. Sie soll auf dich aufpassen. Ich melde mich, wenn du wieder zu Hause bist.

Lieb von dir, Betty.

Er wollte noch nach Friedrich, ihrem Ehemann, und seinem Enkelsohn Christopher fragen, aber da hatte sie schon aufgelegt.

Er fand Ariane in angeregtem Gespräch mit Dr. Kramer vor, die selber mit Essen fertig waren, aber seinen Teller zum Warmhalten in die Küche gebracht hatten.

Während er jetzt weiter aß, berichtete er von seinem Gespräch mit Bettina: Mir scheint, auch meine Tochter geht der zur Ideologie pervertierten Herrschaftsmedizin auf den Leim.

Ärgern Sie sich nicht, sagte Kramer, Sie brauchen sich nicht einmal zu wundern. Es ist nicht das erste Mal in der Geschichte, dass Scheuklappen für Weitsicht, Unkenntnis für Klugheit und finanzielle Abhängigkeit für Freiheit der Wissenschaft ausgegeben werden, ich bin doch selber ein fleischgewordener Beweis dafür – und mit einem Blick zu Ariane – wenn Sie verstehen, was ich meine.

Beide verstanden und nickten.

Nach der Mittagsruhe begleitete Georg seine Frau ins städtische Museum, wo eine kleine, aber kostbare Romantikerausstellung gezeigt wurde. Die Kustodin, die in dem Moment das kleine Foyer durchquerte, als Ariane und Georg eintrafen, blieb stehen, stutzte und schritt schließlich beherzt auf Ariane zu: Frau Dr. Weber?

Ja? Ariane blieb stehen und zuckte mit den Achseln. Kennen wir uns?

Nein, mich kennen Sie sicher nicht. Aber Sie sind mir ein Begriff seit Ihren aufschlussreichen Beiträgen zur Romantik in *Kunst und Epoche*.

Hat sie also doch jemand gelesen, gab sich Ariane bescheiden.

Na, was glauben Sie! So heftig wurde unter meinen Mitarbeitern im Vorfeld unserer Romantiker-Ausstellung selten diskutiert. Gestatten Sie, dass ich mich vorstelle ...

Georg nickte knapp und verdrückte sich, als ihm klar wurde, die beiden würden den Nachmittag mit Fachsimpelei verbringen, in den ersten Ausstellungsraum. Von dort gab er Ariane ein Zeichen, das beide voneinander unabhängig machte, zumal für halb vier die nächste Therapieeinheit auf dem Plan stand

Er wandelte durch die Räume, entdeckte neben Runge, Carus und Koch einen kleinen, fast quadratischen Caspar David Friedrich mit einer Landschaft, die ihn an seine norddeutsche Wahlheimat erinnerte. Er fand vier kleine Gemälde von Blechen, jedes für sich ein Meisterwerk. Man sah geradezu die toskanische Frühsommerluft flirren. Die Zeichnungen von Richter und Schwind streifte er nur mit einem Blick und wandte sich den Franzosen zu, Delacroix und Géricault, die sein Interesse aber auch nicht zu wecken vermochten.

Nach einer halben Stunde war er mit der Ausstellung fertig. Beim Hinausgehen sah er Ariane und die Kustodin im Gespräch noch immer neben der Garderobe. Weiter sind sie also nicht gekommen, sagte er sich, es wird Stunden dauern.

Er nahm den Weg durch das Kneipenviertel zur Klinik, dessen Romantik ihm eher zusprach. Hier würde er in den nächsten Tagen noch einmal sitzen wollen.

Als Georg zum Abendbrot erschien, war Ariane immer noch nicht da, er konnte also mit Dr. Kramer ungehindert politisieren. Kramer hatte bereits angedeutet, dass er die gegenwärtige Politikerriege für durchweg korrupt halte.

Schauen Sie sich doch nur die Gesichter an, Fraterny zum Beispiel, wenn er uns selbstgefällig erklärt *Die Menschen in unserem Land haben Verständnis für die Kürzungen im Sozialetat* ... Schon wenn ich dieses *Die Menschen in unserem Land* höre, könnte ich aus dem Sessel springen. Oder gucken Sie sich den ehrgeizigen Rademacher an, der Schwule und Lesben am liebsten der Scharia übergeben würde und den Begriff *Migranten* neu definieren will und dem man seine Ambitionen auf den Posten des Innenministers regelrecht ansieht. Denen kann man doch nicht glauben, dass sie noch auf dem Boden des Grundgesetzes stehen. Wenn die nur den Mund aufmachen, hat man das Gefühl, sie lügen. Und wenn sie Mitgefühl für die sozial Benachteiligten heucheln, weiß man, dass sie gleichzeitig ihre Klientel mit allen Privilegien ausstatten, die eben noch am Gesetz vorbeiratschen. Oder?

Georg gab ihm recht und meinte: Ich kann mich kaum entsinnen, wann ich zum letzten Mal von einem Politiker etwas gehört habe, das mich an eine gerechtere Gesellschaft glauben ließe. Stattdessen decken die Medien nahezu täglich neue Betrugsfälle auf, die zulasten der Geringverdiener oder des Fiskus gehen, was letztlich auf das Gleiche hinausläuft.

Kramer grinste: Das sehen Sie ganz falsch, Herr Weber. Nennen Sie es indirekte Arbeitsbeschaffungsmaßnahmen. Jeder Betrugsfall schafft Arbeitsplätze. Denken Sie an das Heer von Juristen in unserem Land – und Sie wissen ja, dass die bei Weitem nicht ausreichen. Was brauchten wir so viele Richter, Staatsanwälte, Rechtsanwälte und Rechtsberater, wenn nicht dauernd gegen die Gesetze verstoßen würde! Was brauchten wir Kontrolleure, Wachdienste und Politessen, wenn es nicht nur so wimmelte von Schwarzfahrern, Einbrechern und Falschparkern! Was brauchten wir so viel Polizei, wenn sich *die Menschen in unserem Land* an die Gesetze hielten! Jeder Politiker, der hinterzieht, unterschlägt, veruntreut und Meineid leistet, schafft neue Jobs, und alle, die es ihnen gleichtun, ebenfalls.

So kann man das natürlich auch sehen, sagte Georg, dann lastet das alles nicht so schwer auf der Seele, dann macht es uns nicht mehr krank.

Übrigens, ist Ihnen aufgefallen, nahm Kramer wieder das Wort, dass Politikeräußerungen seit Jahren nicht mehr mit einem Punkt, sondern mit einem Fragezeichen enden?

Wie meinen Sie das?

Eine ganz einfache rhetorische Regel, das habe ich in der Schule gelernt: Ein Satz hat einen Spannungsbogen, der sich zum Satzende hin senkt. Das müssten Sie als Theologe doch kennen. Wenn Sie heute Politiker reden hören, geht die Stimme am Satzende nach oben, als stünde dort ein Fragezeichen, selbst, wenn sie eine einfache Aussage machen wollen.

Und Sie schließen daraus, unterbrach ihn Georg, die Politiker sind sich ihrer Sache nicht mehr sicher?

Genau. Ich glaube nur, es ist keine Absicht. Die Sprache verrät, was in ihnen vorgeht. Stellen Sie sich mal vor, der Papst eröffnete ein Pontifikalamt mit den Worten: *In nomine Patris et Filii et Spiritus sancti?* Würden da nicht alle Gläubigen auf die Idee kommen, er sei sich seines göttlichen Auftrags nicht mehr sicher?

Oder, warf Georg ein, der Chef von Daimler würde im Fernsehen die neue S-Klasse anpreisen mit den Worten: *Das zuverlässigste Fahrzeug für den anspruchsvollen Fahrer?*

Oder der Chefarzt dieser Klinik würde auf einem Kongress verkünden: *Der ganzheitliche Ansatz unserer Therapie – ein Weg zur Gesundung?*

Sie lachten.

Wissen Sie was, sagte Kramer, ich glaube, es ist sowieso alles nur ein Spiel.

Ein Spiel?

Politik ist nichts als ein grandioses Spiel, bei dem es um Sieger und Verlierer geht. Es kommt darauf an, die Figuren ins richtige Feld zu setzen, die Felder zu erkennen, die man überspringen kann, andere rauszuwerfen oder geschickt zu überholen, am besten sozusagen mit gezinktem Würfel.

Nur die Politik, bohrte Georg nach?

Natürlich nicht. Die Wirtschaft funktioniert nicht anders: Sieg oder Niederlage, plattmachen und gewinnen. Und die Banken: Ist es nicht ein einziges riesiges Spiel, was sie betreiben? Wie Kinder, die Bauklötze mal Autos und mal Häuser sein lassen, spielen sie mit fiktiven Anlagen, mit Immobilien, die es nicht gibt, mit Geldern, die sie nicht haben, mit Grundstücken, die ihnen nicht gehören, mit – ja, inzwischen mit Bodenschätzen, Nahrungsgütern, Ländereien, ja mit Menschen, mit Existenzen, mit Völkern, wenn man bedenkt, wie sie ganze Volkswirtschaften in den Ruin treiben.

Und die Kirchen, unser Lieblingsthema?

Auch die Kirchen. Alles, was Macht will und hat, spielt. Hier ist es vielleicht etwas subtiler, das Spiel mit den Abhängigen, mit dem Gewissen, das Spiel mit Sünde und Vergebung, das Spiel mit Himmel und Hölle.

So weit würden Sie gehen? Georg ließ Messer und Gabel sinken und blickte zu Kramer hinüber.

Denken Sie nur an unser letztes Gespräch über Kirche. Ist es nicht so, dass den Menschen, die sich auf der Verliererseite fühlen, weil ihnen die Kirche *hier* nicht zum Sieg verhelfen will, ein virtueller Sieg versprochen wird, eine Belohnung im Jenseits?

Wenn die kirchlichen Spieler das selber glaubten, warum ist ihnen dann die hiesige Macht so wichtig, dass sie notfalls über Leichen – oder sagen wir es behutsamer – über menschliche Schicksale gehen?

Georg wurde mulmig. Im Prinzip, gab er zu, haben Sie wohl recht. Aber vielleicht ist die Kirche auch die einzige Instanz, die die Verlierer in dieser brutalen Welt wieder auffängt und ihnen Lebensmut macht, ein bisschen Hoffnung gibt, menschlichen Beistand oder einfach Brot.

Brot statt Spiele, das gefällt mir, nickte Kramer. Das wäre vielleicht die Lösung. Und wissen Sie, was meines Erachtens die einzige Tätigkeit auf diesem Erdball ist, die über den Verdacht, Spiel zu sein, erhaben ist? Das Kinderkriegen.

Georg musste lachen.

Tatsächlich, stimmte Kramer sich selber zu, alles ist ein großes Spiel, sich groß machen und sich klein machen, Kriege führen und Menschen ausrauben, Leben zerstören und Leben retten, kaputt therapieren und operieren, Werte schaffen und Werte in die Luft sprengen. Nur Kinderkriegen nicht. Das ist das einzige wirklich ernsthafte Geschäft auf diesem Erdball, glauben Sie mir. Wenn eine Frau spürt, dass in ihr neues Leben heranwächst, ist es aus mit dem Spiel. Dieses Leben will, nein muss vorbereitet und beschützt und in diese kalte Welt hineingeboren werden. Das ist harte Arbeit, zu der es keine Alternative gibt.

Und, setzte er hinzu, ich denke mir, deshalb gibt es in all den hohen Spieleretagen so wenige Frauen. Nicht weil die Männer es verhindern, sondern weil die Frauen durchschauen, dass das alles nur ein Spiel ist und sie etwas Ernsthafteres zu tun haben.

Kramer, dessen Essen wieder mal kalt geworden war, griff zum Besteck und versicherte: Ich glaube, ich habe genug geredet. Jetzt verordne ich mir eine Schweigezeit. Wenn Sie die füllen möchten, ist mir das sehr lieb. Aber vielleicht wollen Sie jetzt lieber verdauen, was Sie gegessen haben und was ich gesagt habe, falls es nicht überhaupt zu harte Kost für Ihr karzinomatöses Pankreas war.

Zwei Wochen können eine Ewigkeit sein, wenn man nichts mit sich anzufangen weiß. So wäre es Georg vor drei Jahren beinahe ergangen, als er eine Kur in Bad Pyrmont gewissermaßen absaß.

Die Vornehmheit der Kurklinik kann über die Dürftigkeit der Anwendungen kaum hinwegtäuschen. Und alles scheint auf Gruppe abgestimmt zu sein: Tautreten auf dem Kneipp-Parcours im Park vor dem Frühstück, Mahlzeiten mit Anstehen in Schlange am Büffet – der Schaulauf der Gierigen, man kennt sie nach zwei Tagen, Gruppengymnastik, Gruppenwasserbewegungstherapie, eine Art Kinderspiele im Planschbecken, wo Pflaster und lose Partikel auf dem Grund liegen, Gruppengespräche, Gruppenwalking, Gruppenspiele und Gruppenvorträge. Fehlt bloß noch Gruppensex, bemerkt ein an Armen und Hals üppig tätowierter Mittvierziger und kneift die Frau vor ihm in den Hintern, dass sie aufkreischt und fast ihren üppig gefüllten Teller fallen lässt. Jeden Abend verschwindet er mit einer Kurpatientin in seinem Zimmer, drei Türen neben Georg.

Die Anfangsuntersuchung durch den Stationsarzt mit russischem Akzent, empfindet Georg als Witz. Und als ihn nach vierzehn Tagen die Oberärztin zu sich ruft und fragt, was er hier eigentlich wolle, wo er doch Stress- und Verdauungsprobleme habe und dies eine orthopädische Kurklinik sei, fällt ihm der Kinnladen herunter. *Sie können in eine andere Klinik wechseln, nicht weit von hier. Wenn Sie wollen, können Sie aber die restlichen zwei Wochen auch hier bleiben.* Georg entscheidet sich, die verbleibende Zeit hier auszuharren und sich aus etlichen Gruppenaktivitäten zu verabschieden, was wortlos toleriert wird. Stattdessen unternimmt er jetzt einsame Spaziergänge und erobert sich mit Lemgo, Detmold und Hameln ein Stück Westfalen. Trotz seiner nachmittäglichen Expeditionen werden es zwei quälende weitere Wochen, zu bestehen nur aus der Kraft, die ein Besuch Arianes bewirkt.

Georg hat ihr ein Hotelzimmer bestellt, unweit der Kurklinik. Der Tag ist sonnig und heiß. Georg lauert am Fenster, von dem aus er die Straße überblicken kann. Eine halbe Stunde früher als angekündigt rollt Arianes blauer Golf heran. Er winkt und stürzt die Treppe hinab. Vor der Drehtür der Eingangshalle fallen sich beide in die Arme. Ariane, in einem luftigen hellblauen Sommerkleid, die sonst nach hinten gesteckten Haare gelöst, duftet wie die Teerosen in seinem Rondell. Er begleitet sie in ihr Hotel und klinkt sich für den weiteren Tag aus den verbliebenen Anwendungen aus. Sie wandern durch den Park, sitzen in *seinem* Café, lieben sich eine ausgiebige Mittagsruhe lang und gönnen sich am Abend im Schlosshof ein Konzert mit Angelo Branduardi, dem sie später noch einmal im Kurpark begegnen und der sich für ihre begeisterten Worte in flüssigem Deutsch bedankt.

Dann aber gibt es eine herbe Enttäuschung. Ariane erwartet, er möge die Nacht bei ihr bleiben. Georg, wieder ganz der Skrupulöse, befürchtet, sein nächtliches Fernbleiben könnte Konsequenzen haben, meldete dies die Kurklinik an den Kostenträger. Er lässt sich nicht umstimmen, sucht seine Klinik auf und lässt Ariane allein in ihrem Hotelzimmer zurück. Am nächsten Morgen ist die ungetrübte Atmosphäre verflogen. Als Ariane nach dem Frühstück abfährt, liegt ein Schatten über diesem Besuch, der ihn noch lange verfolgen wird.

Ganz anders die Tage in der Klinik von Vierwalden. Wie ein auf Tage angelegtes Fest rauschte die Zeit vorüber. Jeden Abend sank Georg auf sein Bett mit dem Gefühl tiefer Dankbarkeit und der Gewissheit, neue Erkenntnisse über sich, sein Symptom und seinen Umgang mit allem, was ihn umgab, gewonnen zu haben. Und jeden Morgen, wenn er erwachte, beugte er sich froh zu Ariane hinüber und küsste sie auf Stirn, Hals und Schulter. Nur der eisige Herbstwind hielt ihn davon ab, auf seinen kleinen Balkon zu treten und einen Choral über die Dächer des Städtchens zu schmettern. Ariane verfolgte aufmerksam und mit Verwunderung, wie sich Tag für Tag in Georgs Blick etwas aufzuhellen schien. Seine Schwermut verflog und gab der ihr vertrauteren heiteren Grundstimmung wieder Raum.

Wem er auch täglich begegnete, ob therapeutischem Personal oder Patienten, bei allen glaubte er etwas bemerken zu können, das er den Funken nannte. Man schaute sich an, lächelte und ging beschwingt weiter, als sei man soeben um Pfunde leichter geworden. Er erinnerte sich, etwas Ähnliches in einem Film über ein indisches Ashram gesehen zu haben. Was ihm damals fremd und unwirklich schien, erlebte er hier als heilsame Realität. Er hätte sich vorstellen können, weitere sechs Wochen in Vierwalden zuzubringen. Jetzt aber ging sein Aufenthalt in diesem Hause erst einmal zu Ende.

Für den letzten Tag sah sein Therapieplan ein Treffen mit der Psychotherapeutin vor und – unmittelbar nach Onkothermie und Infusionen – das Abschlussgespräch mit Dr. Schock.

Was selten, um nicht zu sagen fast nie vorkam, geschah diese Nacht. Ariane, die, was Nähe betraf, keine Initiative ergriff, kam in dieser Nacht von sich aus in sein Bett, schmiegte sich eng an ihn, legte ihren Arm auf seinen kranken Bauch und schlief mit ihm ein. Alle Erinnerungen an mögliche Träume waren, als jedes in seinem Bett erwachte, wie weggewischt, aber ein unsagbar leichtes Gefühl trug ihn wie auf Schmetterlingsflügeln in den Tag. Ihm kam es vor, als berührte er beim Gehen den Boden kaum. Alle Handgriffe vollzogen sich wie von selber und mit traumwandlerischer Sicherheit.

Georg betrat vor Ariane den Speiseraum, grüßte und ging zu seinem Platz. Da bemerkte er es: Die Blicke aller Patientinnen und Patienten richteten sich auf ihn.

Er wurde verlegen. Ist was, fragte er. Hab ich einen Fleck auf dem Hemd, bin ich unrasiert?

Was ist los mit Ihnen, platzte eine Patientin vom Nachbartisch heraus. Sie sehen heute völlig anders aus.

Wie denn, fragte Georg.

Na, so – hell, antwortete die Frau. Dann folgten weitere Angebote: so entspannt, so gelassen, so frei, so fröhlich, so unternehmungslustig ...

Sagen wir es so, beendete Dr. Kramer die Liste der Einschätzungen: Sie haben einen kleinen Heiligenschein.

In dem Moment betrat Ariane den Raum: Was hat mein Mann? Einen Heiligenschein?

Im übertragenen Sinne natürlich, liebe Frau Weber, erklärte Kramer mit ironischem Lächeln.

Ich wollt schon sagen. Machen Sie ihm ja keine Komplimente, sonst hebt er ab, sagte Ariane und schubste Georg mit dem Ellenbogen. Nicht, mein Alter?

Die anderen lachten und wandten sich wieder ihrem Frühstück zu.

Kramer aber flüsterte: Das klang eben nicht sehr nett, Frau Weber. Wissen Sie, wenn einer so ausschaut wie Ihr Mann heute, dann ist er auf dem besten Wege.

Ariane errötete. Und Georg sagte: So ist sie nun mal.

Sie standen als Letzte vom Frühstück auf.

Wann reisen Sie ab, wollte Georg von Kramer wissen.

Eigentlich müsste ich nur noch meine kleine Hure packen, sagte Kramer, wenn da nicht noch etwas anderes wäre.

Ihre was, fragte Ariane zurück.

Verzeihung, gnädige Frau, das ist mir so rausgerutscht, ich meine meinen Opel Corsa. Dieses mehr als baufällige Exemplar auf dem Parkplatz ist das Meinige. Mein Opelchen hatte nämlich bereits fünf Vorbesitzer. Meine Bemerkung war eher liebevoll gemeint.

Ariane lächelte etwas verkniffen. Und Georg erkundigte sich, was da noch wäre.

Kramer blickte zum ersten Mal verlegen drein. Es fiel ihm offenbar schwer, in Arianes Gegenwart sein Anliegen vorzutragen. Dann raunte er Georg leise zu: Ich brauchte Sie noch einmal für ein kurzes Gespräch als Gottesmann, oder sagen wir als Seelsorger.

Georg verstand sofort, jetzt war eine andere Ebene gefragt als die, auf der sie sich in den letzten Tagen bewegt hatten. Er bedeutete Ariane, er werde sich mit Kramer in einen freien Aufenthaltsraum zurückziehen und dann zu ihr aufs Zimmer kommen, ehe er den Psycho-Termin wahrnehme.

Kramer ließ sich in einen Sessel fallen und machte ein besorgtes Gesicht. Er habe zwar mit Vergnügen Georgs Gesellschaft genossen und ihre Gespräche als Bereicherung erlebt. Aber all die Tage habe es in ihm rumort, und eine Frage habe ihn nicht losgelassen, die er nicht unbeantwortet mit nach Hause nehmen wolle. Wie Georg wisse, habe er jahrlang Patienten, auch Krebspatienten operiert, habe Chemotherapien und Strahlenbehandlung gutgeheißen, habe sich weder über die wahren Ursachen der Erkrankung und deren seelische Anteile noch über andere therapeutische Methoden und die Gesundung fördernde Maßnahmen wie Psychohygiene und Ernährung Gedanken gemacht, bis er selber betroffen war. Die etwas flapsige Bemerkung dazu gegenüber Georg möge er bitte vergessen. In Wahrheit quäle ihn sein Gewissen, weil er sich schuldig fühle, möglicherweise am Tod vieler Leidensgenossen. Was er als Gottesmann – an dem Begriff hielt er fest – dazu sage.

Georg hatte ruhig zugehört und schwieg.

Kramer ließ ihm Zeit.

Hätten Sie es anders gemacht, wenn Sie es besser gewusst hätten, fragte Georg Kramer und schaute ihn forschend an.

Aber gewiss doch, sagte Kramer, anders gemacht oder aufgehört. Auf alle Fälle hätte ich – und das werde ich tun, wenn mir vergönnt ist, meine Arbeit noch einmal aufzunehmen – Patienten anders beraten, überhaupt erst einmal beraten. Wer operiert werden will, soll operiert werden. Aber die Patienten müssen erfahren, dass es verschiedene Möglichkeiten gibt. Dann erst können sie entscheiden, welchem Weg sie am meisten vertrauen.

Was ich Ihnen jetzt sage, sage ich weniger als Gottesmann, lieber Dr. Kramer, eher als mitdenkender und mitfühlender Zeitgenosse, antwortete Georg. Was wir in unserem Leben, in unserer Arbeit, in unserem Unwissen falsch gemacht haben, können wir in der Regel nicht wieder gutmachen, wenn es überhaupt so ein *Falsch* gibt. Denn als wir das, was wir heute für falsch halten, getan haben, haben wir es ja noch für richtig gehalten, sonst hätten wir es nicht getan, oder? Anders, wenn wir heute so fortführen wie einst, nachdem wir andere Wege kennengelernt haben. Das wäre wohl sträflich. Wenn Sie jetzt von mir erwarten, dass ich den *Priester,* der ich nicht bin, herauskehre und sage: *Absolvo te*, muss ich Sie enttäuschen. Ich maße mir nicht an, Ihr Gewissen von seiner Last freizusprechen. Ich glaube sogar, dass Ihre Gewissenslast ein guter Antrieb und Begleiter sein wird für ein neues Verhältnis zu den Ihnen anvertrauten Menschen. Und wenn Sie nach den ersten guten Erfahrungen damit in die Lage versetzt werden, sich selber zu vergeben, wird Ihr Gewissen wieder leicht.

Ich glaube übrigens, und während Georg das sagte, empfand er freundschaftlich für Kramer, wie ich Sie kennengelernt habe, hätten Sie mir, bei größter Bußwilligkeit, die quasi rituelle Absolution auch nicht abgenommen.

Kramer stand auf, schaute Georg, der ebenfalls aufgestanden war, dankbar an und drückte ihm lange die Hand. Auf halbem Wege kehrte er noch einmal zu Georg zurück, legte seinen Arm auf Georgs Schulter und sagte: Danke. Solange es solche Leute wie Sie in der Kirche gibt, gebe ich sie noch nicht ganz auf.

Dann saß Georg bei der Psychotherapeutin, die ihn fragend ansah.

So weit haben wir uns ja in den vierzehn Tagen kennengelernt, dass Sie schon ahnen, was ich jetzt wissen will.

Wie fühlen Sie sich, Herr Weber, sagte Georg.

Genau. Verraten Sie mir das?

Georg überlegte einen Moment, dann sagte er: Ich fühle mich gut. Ich weiß, dass das alles erst der Anfang ist für vieles, was ich in meinem Leben verändern werde. Aber es war ein ermutigender Anfang.

Was hat Ihnen Mut gemacht?

Als ich kam, war ich noch hin und her gerissen zwischen Todesangst und schwacher Hoffnung, hier könnte mir geholfen werden. Inzwischen gab es Tage, wo ich meinen Krebs beinahe vergessen hätte, wenn mich die Therapien nicht daran erinnert hätten.

Versuchen Sie doch, in Worte zu fassen, was den Wandel bewirkt hat.

Eine ganze Menge. Das Klima schon, das so von Annahme und Zuversicht geprägt ist, dass man sich ein Scheitern schwer vorstellen kann. Georg holte tief Luft, ehe er weitersprach: Dann was ich erkannt zu haben meine über meinen Umgang mit mir selbst, über Verdrängtes, Zwanghaftes, Verkopftes, über meine selbst gemachte Stressanfälligkeit, über die Unachtsamkeit mir selber gegenüber. Aber auch all die – ich will es mal so nennen: alltagsmedizinischen Erkenntnisse über den Säure-Basen-Haushalt, über Ernährung, über Atmung und Entspannung.

Konfliktbewältigung auch?, unterbrach ihn die Therapeutin.

Da ist mir manches bewusst geworden. Aber ich glaube, das braucht Zeit.

Die Therapeutin nickte.

Ich habe jedenfalls das Gefühl, schloss er, ich habe einen neuen Weg betreten, von dem ich noch nicht weiß, wohin er mich führt, der aber ohne Alternative scheint. Von meinen ersten Schritten ziehe ich keinen in Zweifel.

Na denn, Herr Weber, gehen Sie mal vertrauensvoll weiter. Überstürzen Sie nichts. Entwickeln Sie keinen falschen Ehrgeiz. Auch die kleinen Schritte haben Bedeutung. Und halten Sie immer mal inne, und werden Sie sich bewusst, wo Sie gerade stehen und wohin Sie wollen. Dass wir noch manches zu beackern haben, ist Ihnen doch klar geworden. Wir sehen uns ja schon bald wieder.

Georg stand auf, reichte ihr die Hand und sagte: Danke, Sie haben mich ganz schön aus der Reserve gelockt. Ich würde gern mit Ihnen weiterarbeiten.

Wenn …, fragte sie spöttisch zurück.

Okay, will!

Normalerweise entbehrte Georg jeglicher Herbstkraft, wie er es nannte. Spätestens im September, wenn sich die winzigen eichelartigen Früchte an den Zweigenden seines siebenstämmigen Taxus in kleine orangerote Laternen zu verwandeln begannen und die Hauspflaume ihre Früchte abwarf, verließ ihn die Lust, in seinem großen Garten noch irgendetwas anderes zu tun als nach dem Rechten zu sehen. Er mochte nicht mehr Rasen mähen, vernachlässigte die Beseitigung des Unkrauts, schnitt die verwelkten Rosen nicht mehr ab, ging nicht mehr mit der Heckenschere zwischen zugewucherte Büsche, ließ die wilden Triebe an den Obstbäumen und die immer wieder hervorbrechenden Sprosse von Esche und Essigbaum einfach stehen. Bauer hätte er nicht werden können. So gern er sich dem Kreislauf der Natur unterordnete, sich vorstellen könnte, täglich mit der Sonne aufzustehen und mit den Hühnern schlafen zu gehen, spätestens im September müsste er kapitulieren. Dabei liebte er doch den Herbst, zumindest den frühen, in seiner Farbigkeit, mit seinen zarten Frühnebeln und milden Sonnenuntergängen, seiner herben Tageswärme und dem Geruch von Erde und Laub. Er bemerkte, wie er langsam träge wurde, wie ihn, dem türkischen Baumhasel gleich, der als Erster sein Laub fallen ließ, der Saft verließ und den Sinn auf das Häusliche richtete.

Dann aber, noch ehe die ersten Büsche ihre prallen Knospen zeigten, spürte er in sich das Gartenfieber aufsteigen, und nur die winterlichen Temperaturen konnten ihn bremsen, bereits im Februar das Wintergestrüpp zu beseitigen und die ersten Beete zu bestellen. Stieg dann die Sonne, wuchs in ihm, schneller als Giersch und Quecke, die vom Nachbargrundstück herüberdrängten, seine alte Gartenlust, die ihn manchmal mehr als einen halben Tag bückend, kniend, grabend oder jätend im Freien hielt. Ganze Wochenenden brachte er schwer beschäftigt und tief befriedigt in seinem Garten zu, der eigentlich Arianes Garten war, den er aber das Einzige nannte, was er für sich reklamiere. Mitunter entwickelten sich seine Vorträge, bis in einzelne Formulierungen hinein, zwischen Blumenrabatte und Himbeerhecke. Kam er erschöpft vom Dienst in seiner Landesstelle zurück, verzog er sich gern bis zum Einbruch der Dunkelheit in sein grünes Refugium und empfand die anstehende Arbeit weniger als Anstrengung denn als meditative Entspannung. Bis September, wie gesagt, wo geradezu blitzartig, wie der Amselgesang Ende Juni, jegliches Interesse an Gartenarbeit und Gartenpflege in ihm erstarb. Die Bauern in seinem Dorf – in diesen Monaten mit Ernte, Umbruch und Wintersaat schwer ausgelastet – würden dafür kein Verständnis aufbringen. Die letzten warmen Wochen mochte Georg nur noch im Garten sitzen und die Früchte seiner Arbeit in Form üppig blühender Rabatten, reichen Apfel- und Quittensegens und wild wuchernder Hecken genießen. Meist saß er in seiner mediterranen Ecke, malte oder las oder widmete sich Tätigkeiten, die bei ungünstiger Witterung genauso gut im Hause erledigt werden konnten.

Als Georg mit Ariane aus Vierwalden heimkehrte, glaubte er, sich sofort seines Gartens annehmen zu müssen, obgleich die Natur schon längst ihren Frieden mit dem zu Ende gehenden Jahr gemacht hatte, so vital und energiegeladen fühlte er sich. Was war nur mit ihm vorgegangen? Die Frage stellte er sich in den ersten Tagen immer wieder. Hatte diese kleine Klinik mit ihrem ermutigenden Ansatz seinen Jahresrhythmus durcheinandergewirbelt?

Eine Freundin rief an und erkundigte sich nach seinem Befinden? Schreib Tagebuch, sagte sie, schreib alles auf. Egal wofür. Aber halte fest, was mit dir geschieht! Er zögerte, ob das augenblicklich das Wichtigste wäre. Wenige Tage später aber entschloss er sich, ein Tagebuch zu eröffnen. Sein erster Eintrag sah so aus:

Ich habe schon so viele Tagebücher begonnen und nicht zu Ende gebracht. Wie wird es mir wohl mit diesem gehen? Werde ich den Unerbittlichen, wenn er von mir seinen Tribut fordert, aufhalten können, wenn ich sage: zu früh, mein Freund, ich habe noch zu tun? Mit Recht wird er einwenden: Dein Leben vollzieht sich nicht nach einem Tagebuch – jedenfalls nicht nach deinem. Dein Tagebuch kann allenfalls die gelebten Tage festzuhalten versuchen. Und damit ist es jetzt vorbei. Also komm!

Ich, Hans Georg Weber, habe soeben noch am Abgrund gestanden, verzweifelt und ohne Kraft. Dann aber ist mir etwas widerfahren, das mir Hoffnung macht. Ist das Gott? Bin ich mir selber begegnet? Habe ich zum ersten Mal das Leben gespürt? Ich werde es noch herausfinden. Soviel aber weiß ich schon jetzt: Es ist nicht nur einfach eine andere Therapie.

Wie scheinbar selbstverständlich doch alles ist: das morgendliche Erwachen nach Stunden tiefen Schlafs, das Tageslicht, die Sonnenstrahlen aus heiterem Himmel oder hinter schweren Wolken versteckt, die Speisen, nach denen ich nur zu greifen brauche, die Genüsse von süßem Quittengelee und der betäubende Duft frischen Kaffees, das fahrbereite Auto vor der Tür, das mich durch tiefgrüne Sommer – oder bunte Herbstwälder, durch Nebelwände und Schneegestöber zu meiner Landesstelle bringt, die Arbeit selber und die Verantwortung, die ich so gern trage, die Menschen um mich herum, deren Sympathie ich erlebe und die den Mut haben, mich wo nötig zu kritisieren, die Kontakte in andere Arbeits- und Lebensbereiche, die meinen Horizont weiten, die Freude auf ein Zuhause, wenn die Arbeit getan ist, auf meinen Garten, der sich zu jeder Jahreszeit als ein Paradies erweist, Ariane, die Frau an meiner Seite, die Post und die Telefonate von Freundinnen und Freunden, manchmal auch Fremden, mit Botschaften voller Leben, die Abendstunden mit dem Kopfhörer vorm CD-Regal, das Atelier, dieser verschwiegene Ort meiner heiligsten Kreativität, meine Bücher und meine Stifte, deren Tinte noch so viele Seiten füllen sollen, das Klavier, auf dem meine steif gewordenen Finger ihren Kindheitserinnerungen nachhängen, der abendliche Rote, den ich gegen das Kerzenlicht funkeln sehe, das Bett, das geliebte, das mich birgt in der finstersten Zeit und voller Träume ist, das ich teilen oder für mich allein beanspruchen darf... Nichts von alledem, das habe ich in den letzten zwei Wochen begriffen, ist selbstverständlich.

10

Während ihres Aufenthalts in Vierwalden hütete Otti das Haus. Otti war eine Tante Arianes und hieß eigentlich Erna Karoline Ottilie Kunze, wurde aber von allen Otti genannt. Sie wohnte am südlichen Ausgang des Dorfes, zusammen mit drei schmutzigweißen Hunden, denen man nicht ansehen konnte, dass ihre Ahnen einmal Wölfe waren, keifenden und knurrenden Promenadenmischungen, die, wenn gerade niemand am Zaun entlangging, den sie anbellen konnten, über sich selber herfielen und sich zerzausten, dass die Haare flogen. Zu Ottis Haus- und Hofhalt gehörten weiterhin fünf Katzen, acht Hühner und ein Hahn sowie ein alter, vertrottelter Ziegenbock, der mit seinen Hörnern den letzten Putz von der Scheune pükerte und manchmal unvermittelt im Galopp über die Wiese preschte, um dann wieder stundenlang auf ein und demselben Fleck stehen zu bleiben, als wolle er über den Sinn des Daseins philosophieren.

Otti hatte Probleme mit Georg und begegnete ihm meist etwas schmallippig. Sie mochte keine Städter, erst recht keine Intellektuellen und schon gar keinen, der seinerseits Vorbehalte gegen ihren Hauszoo zeigte. Georg mühte sich nicht um ihre Gunst, allenfalls um ihre Duldung, wenn er ihr frühjahrs anbot, ihre Gemüsebeete umzugraben.

Na ja, sagte sie dann, das hast du ja gar nicht so schlecht gemacht. Und Ariane verlangte, dass er sich über das großherzige

Kompliment freuen müsse, da ihr ein solches noch nie zuteilgeworden sei.

Georg nannte sie Ottilie und duzte sie, nachdem sie ihn ein Jahr lang mit Herr Weber angesprochen hatte. Für Ariane blieb sie Tante Otti.

Otti zog zwar nicht bei ihnen ein, als die beiden nach Hessen gefahren waren, lüftete aber täglich einmal die Zimmer, leerte den Briefkasten und drehte ihre Runden mit den drei Mischlingen so, dass sie zweimal an Arianes Haus vorüberkam, um mögliche Einbrecher auf frischer Tat zu ertappen. Obwohl sie behauptete, die Hunde nie mit ins Haus genommen zu haben, hinterließen ihre Besuche im Wohnzimmer, wo sie die Post ablegte, so viele Hundehaare, dass nach vierzehn Tagen der Teppich aussah, als hätte es geschneit.

Was die Post angeht, pflegte Otti übrigens eine spezielle Differenzierungsmethode, für die ihr ein so überflüssiges Möbel wie ein Klavier gerade recht kam. Sie verteilte die Post auf dem Klavierdeckel in jeweils getrennten Haufen: Postkarten, normale Briefe, lange Briefe, große oder fette Briefe, Päckchen, Zeitschriften und Sonstiges, wie Werbung etc.

Zusätzlich gönnte sie sich den Luxus, jeden Stapel alphabetisch nach Absender zu ordnen. Bei den meisten Karten ergab sich das erst aus der Unterschrift, sodass Otti über den einleuchtenden Vorwand verfügte, wenigstens an der offenen Korrespondenz Georgs zu partizipieren, was sie wiederum dazu verleitete, später gern auf Details jeweiliger Karteninhalte zurückzukommen, vor allem, wenn sie geeignet schienen, Georg in ein gewisses Zwielicht zu rücken. *Hatte dir nicht deine Freundin Violetta ein Päckchen angekündigt? Was war's denn? – Dein Freund Peter, war der nicht in Thailand? Was wollte der da? Ist der nicht verheiratet? – Da hatte doch eine gewisse Lilo jüngst aus Russland geschrieben. Ariane, weißt du davon?*

Bei ihrer Rückkunft türmte sich auf dem Klavierdeckel mehr Post, als Georg erwarten konnte. Ottilie sah sich offenbar gezwungen, kleine und lange Briefe aufeinanderzustapeln, damit auf der zweckentfremdeten musikalischen Ablage noch zwei Pakete Platz fanden.

Den ganzen Abend über saßen Ariane und Georg beieinander und lasen, vor allem besorgte und teilnahmsvolle Briefe.

Ich komme mir vor wie zu meiner eigenen Beerdigung, sagte Georg, nur dass ich voraussichtlich die vielen Kondolenzbezeigungen selber beantworten muss. Das hätte ich, ehrlich gesagt, dir gegönnt.

Georg griente.

Freust du dich nicht? So viele Menschen denken an dich und machen sich Sorgen, erwiderte Ariane.

Beides, sagte Georg, beides. Ich freue mich über die Nähe, die aus alldem spricht, und zugleich bedrückt mich diese Aufmerksamkeit. Sie hat etwas von einem Vor-Abschied. Am besten geht es mir mit Briefen wie dem von Genevieve und Alexander, die einfach von meinem Überleben ausgehen und ihm neue Ziele setzen.

Alexander nämlich schrieb, er solle bloß seinen eingeschlagenen Weg mit der ganzheitlichen biologischen Therapie fortsetzen und diesem *aufgeblähten Lobbyistenhaufen* der Pharmaindustrie keine Chemo abnehmen. Er habe sich kundig gemacht, im Internet nachgelesen und allerhand höchst aufschlussreiche Literatur gewälzt. Dabei habe sich ergeben, das Einfallstor für eine Krebserkrankung sei vor allem ein geschwächtes Immunsystem. Demzufolge müsse als Erstes das Immunsystem stabilisiert werden. Mit einer Chemotherapie erfolge aber genau das

Gegenteil, die Krebszellen würden bekämpft mit dem Nebeneffekt, das Immunsystem völlig herunterzufahren, ganz abgesehen von den Kollateralschäden an gesundem Gewebe. Er sei überzeugt davon, die Zukunft der Krebstherapie liege bei der Tiefenhyperthermie und gezielter Immunstärkung. Und die Kassen könnten auf diesem Wege Millionensummen, wenn nicht gar Milliarden, einsparen und anderen Therapien zugutekommen lassen.

Georg nickte und brummte: Der hat's begriffen.

Das Schönste aber kam zum Schluss. Alexander lud Georg ein, sobald er sich das wieder zutraue, mit ihm seinen alten Kindheitstraum wahr zu machen: eine Motorradtour durch Amerika, von Kalifornien über Nevada, Utah, Arizona, New Mexico und Texas bis Washington und Philadelphia. Den Höhepunkt würde am Schluss eine Woche New York bilden, wohin es einen ehemaligen Kollegen von Alex verschlagen habe. Er dürfe diese Einladung durchaus wörtlich nehmen, die Finanzierung der Reise sei ein proleptisches Geburtstagsgeschenk zu seinem Fünfundsechzigsten und zugleich für viele vergessene Geburtstage der letzten Jahre. Er, Alex, erfülle sich damit ja selber einen Lebenstraum, der ihn mit Georg über Jahrzehnte verbinde. Es gebe nur eine Bedingung: Georg müsse die konkrete Routenplanung übernehmen, da er selber dazu keine Zeit finden und – im Unterschied zu Georg – mit fünfundsechzig sein Institut noch nicht verlassen werde.

Behalt's im Hinterkopf, schrieb Alex. Jetzt aber sieh erst mal zu, dass du schnell wieder auf die Beine kommst.

Der Vorschlag beflügelte Georgs Fantasie und fand Eingang in sein nächtliches Traumleben. Aber auch tagsüber ertappte er sich manchmal, wie seine Vorstellung aus Gelesenem und Geschautem künftige Reiseerlebnisse vorwegzunehmen begann.

Denk an die Reihenfolge, holte ihn dann Ariane zurück, Therapie geht vor Abenteuer.

Manchmal dachte Georg: Und wenn ich nicht wieder gesund werde?

Dann aber gab er sich die Sporen: Wenn ich es schaffe, meinen Krebs wieder loszuwerden, dann soll mich nichts mehr halten. Und wenn er nicht geht, ich aber so mit ihm zu leben lerne, dass ich ihm nicht mehr gebe, was er zum Wachstum braucht, will ich's auch riskieren.

In den nächsten Tagen machte sich Georg daran, seinen künftigen Tagesablauf neu zu strukturieren. Die kostbarer gewordene Zeit sollte so verbracht werden, dass er am Abend keine vergeudete Stunde zu gereuen hätte. Als vergeudet galt ihm fortan die Zeit, die keine Verbindung zu den wesentlichen Inhalten seines Lebens aufzuweisen vermochte. Lange Spaziergänge und ausgedehnte Meditationen, aber auch stille Lesestunden und intensives Musikhören, nicht zuletzt ihrer therapeutischen Dimension wegen, bejahte er. Abgewöhnen dagegen wollte er sich den schnellen Blick auf die Uhr, mit dem er Zwischenzeiten bis zu einem fixen Termin taxierte, um, gedanklich schon halb im Mantel, schnell noch ein Sudoku zu lösen, drei unwichtige Anrufe zu erledigen oder etwas aus der Mängelliste des Hauses abzuarbeiten, was ihn dann immer wieder unter Zeit- oder Erfolgsdruck brachte.

Nach außen hin schien sich sein Leben kaum verändert zu haben. Ariane und andere, die ihn besser kannten, bemerkten jedoch einen neuen Zug in seinem Wesen, der sich langsam zu entfalten begann. Georg nahm sich Zeit.

Wenn ihn jemand darauf ansprach, hörte er Sätze wie: *Wir alle haben täglich 24 Stunden.* Oder: *Die Zeit ist da, ich brau-*

che nur zuzugreifen. Oder: *Leben findet doch nicht im Akkord statt.*

Von sich aus sprach er nicht viel darüber, suchte aber seine Lebenszeit aus ihren Verschlingungen zu befreien und auf das zu konzentrieren, was ihm wichtig zu werden begann: das Leben selbst.

Manche Entscheidung, die er früher im Vorbeigehen getroffen hätte, kostete ihn jetzt eine halbe Stunde, weil er alle Bezüge zu seinem jetzigen Leben eruierte und abwog, ob es ihn in dieser Hinsicht weiterbrächte. Das ersparte ihm nachträgliche Erklärungen, mit denen er sich selber beruhigen musste, wenn sich seine Spontaneität wieder mal als Falle erwies.

An einem Dezemberabend fand in der St. Ägidienkirche ein Konzert statt, das sich Georg nicht entgehen lassen wollte: Der Chor – und wenn Georg sagte *der Chor*, meinte er seinen Chor aus Dresden – sollte Schütz, Bach und Hessenberg singen. Die Kirche war nicht heizbar, das wusste Georg.

Du musst dir das in deinem Zustand nicht zumuten, warnte Ariane.

Frieren die Jungen, sagte Georg, kann auch ich ein bisschen frieren.

Du bist krank, wandte Ariane ein, Dr. Schock hat dir geraten, Kälte zu vermeiden.

Musik aber, die meine Seele berührt, hat er mir ausdrücklich empfohlen, konterte Georg. Und wenn sie anders nicht zu haben ist, werde ich die anderthalb Stunden Kirchenfrost auch überstehen.

Ariane, die seine musikalischen Leidenschaften nur bedingt nachvollziehen konnte, besorgte eine Karte für ihn und freute sich auf einen ruhigen Abend, an dem sie einen Beitrag für die *Kunst und Epoche* fertigstellen könnte.

In eine wollene Decke gehüllt, auf drei Schaumgummipolstern, gefütterte Winterstiefel an den Füßen, einen langen Schal zweimal um den Hals gewickelt und in seiner Daunenwinterjacke, saß Georg schon eine Viertelstunde vor Konzertbeginn auf seinem Platz in der halbdunklen Kirche und erwartete den Einzug der Knaben und jungen Männer.

Vor über fünfzig Jahren hätte er jetzt, die Schuhe auf Hochglanz poliert, die Notenmappe unter die Achsel geklemmt und etwas aufgeregt, auf das Zeichen zum Auftritt gewartet.

Schlaf nicht, Weber! Ein Ellenbogen fährt in seine Seite. Tatsächlich, er hat sich festgeguckt in zwei dunklen Augen, deren Blick, warum auch immer, nur ihm zu gelten scheint. Die erste Reihe ist bereits abgetreten. Er steht links außen in der zweiten Reihe, zweiter Sopran. Er muss direkt an den letzten der ersten Reihe anschließen. Es entsteht eine Lücke, und Georg weiß, was das heißt. Kaum schließt sich die Tür hinter ihnen, fällt ein Chorpräfekt über ihn her: *Weber, du alte Schlafmütze, wir sind hier nicht auf dem Jahrmarkt, wo jeder machen kann, was er will. Gestern im Quartier nicht bedankt, heute Morgen zu spät zum Bus gekommen und dann noch eine freche Antwort gegen einen Oberen, jetzt den Abgang verschlafen, ich würde sagen: zehn Abzüge.* Eine Salve von Kopfnüssen prasselt auf seinen Hinterkopf, die er nicht vergessen wird. Und zehn Abzüge.

Auf Westreisen bekommen die Jungen Geld, eine Mark pro Konzert, Stimmführer zwei Mark, Solisten fünf Mark pro Einsatz. Im Männerchor ist es etwas mehr. Es ist nicht eben viel, aber bei einer vierzehntägigen Reise reicht das, sich eine Manchesterhose oder ein paar cognacfarbene Slipper zu kaufen, die es in der DDR nicht gibt. Zehn Abzüge, zehn Tage kein Geld. Der Traum von einer silberfarbenen Manchesterhose ist geplatzt. Im Internat hat er gelernt, nicht mehr zu weinen. Man zeigt keine Tränen. Das Wasser, das in solchem Falle über die Wangen laufen will, läuft inwendig hinab. Georg schluckt, unbemerkt.

Es ist zwar verboten zu *schnörbeln*. Aber solange einen keiner verpetzt, kommt es immer wieder vor. Es gibt sogar wahre Meister des Schnörbelns unter den Jungen. Einer hat sich auf Schokolade spezialisiert. In jeder Stadt, wo sie singen, erzählt er seinen Quartiereltern die Geschichte von seinen sieben Geschwistern, die alle gern Schokolade essen. Aber in der DDR gibt es nur Vitalade, eine eklige Süßmischung aus wer weiß was. Und jedes Mal schenken ihm zum Abschied seine Quartiereltern acht Tafeln Schokolade, eine für ihn und sieben für seine Geschwister. Er ist Einzelkind. Aber auf der Heimfahrt hat er einen zweiten Koffer, aus Leder, dafür nutzt er sein Konzertgeld. In ihm befinden sich 278 Tafeln Schokolade, die er in den nächsten Wochen unter den Choristen, die nicht mitfahren durften, verkaufen wird oder einhandelt gegen andere nützliche Gegenstände, die in Schule und Internat verboten sind, wie Karl-May-Bücher und Micky-Mouse-Hefte. Sogar ein Schweizer Taschenmesser mit Schere, Nagelfeile und Korkenzieher handelt er sich ein.

Georg sieht sich gezwungen, die Strafe, die ihn nach seiner Ansicht zu Unrecht getroffen hat, schnörbelnd zu entkräften, indem er in jedem Quartier morgens übertriebene Eile vortäuscht. Aber wir bringen dich doch mit dem Auto zum Bus, beruhigen ihn dann die Quartiergeber. Georg daraufhin: *Ich darf auf keinen Fall zu spät kommen, ich habe schon zehn Abzüge. – Abzüge? Was sind Abzüge*, wollen dann erwartungsgemäß die Quartiereltern wissen. Und wenn Georg ihnen seine leidvolle kleine Story erzählt hat, erbarmt sich ihr Herz und eine großzügige Hand steckt dem armen Jungen aus dem Osten ein bisschen Westgeld in die Tasche. Mal sind es zwei Zweimarkstücke, mal ein Fünfmarkstück, das damals noch Silber enthält. Einmal findet er einen Zwanziger in seiner Tasche. Er kauft sich eine silberfarbene Manchesterhose, cognacfarbene Slipper, obwohl er sie mit seinen Einlagen gar nicht tragen kann und ohne diese nicht tragen darf, und einen dunkelroten Parallelo, nicht ahnend, dass ihm Rot überhaupt nicht steht.

Hätte er Tante Lissy davon erzählt, würde sie gesagt haben: *Egal, so schiggimiggi, das renommiert eben.*

Wie von Geisterhand öffnete sich eine Tür im Seitenschiff. Im Kegel des hellen, warmen Lichtes zogen die Knaben und Männer in den noch im Halbdunkel liegenden Altarraum. Es gab keinen Schläfer. Nahtlos folgte Reihe um Reihe, bis das ansteigende Podest gefüllt war. Als der letzte der zweiten Bässe seinen Platz eingenommen hatte, sprangen die Scheinwerfer an und machten das Podest zur Bühne, während der übrige Kirchenraum im Dunkel versank. Noch einmal öffnete sich jene Tür, und der Chorleiter trat ein. Vor dem Chor angekommen, wandte er sich zur Gemeinde und sagte mit klarer, fester Stimme: Guten Abend, meine Damen und Herren. Ich freue mich, dass unser heutiges Konzert so gut besucht ist. Die Karten sind seit Tagen ausverkauft. Wir haben veranlasst, dass auch Stehplätze zugelassen werden. Vielleicht wird uns so etwas wärmer in diesem ehrwürdigen, kalten Gemäuer. Mir wurde gesagt, die Hauptbeleuchtung im Mittelschiff sei leider ausgefallen, sodass viele von ihnen ihr Programmheft nicht gut werden lesen können. Deshalb werde ich die einzelnen Stücke jeweils ansagen. Den Text können Sie ja dann zu Hause nachlesen. Wir singen zuerst ein Werk von Heinrich Schütz, dem einstigen Dresdner Hofkapellmeister: *Ein Kind ist uns geboren.* Und während er sich dem Chor zuwandte und die Töne angab, musste Georg zum ersten Mal schlucken.

Er sieht sich im ersten Sopran in seinem allerersten Weihnachtskonzert, Hannover, nein Hildesheim, jetzt weiß er es genau, im dunkelblauen Konzertanzug mit weißem Schillerkragen, die Haare gescheitelt, was bei seinen Locken immer Kampf bedeutet, die hohen schwarzen Schuhe (als Einziger im Chor hohe Schuhe, seiner orthopädischen Einlagen wegen, wie peinlich!), die hohen schwarzen Schuhe also blitzblank.

Zwischen Schiff und Altarraum, knapp über dem Haupt des Chorleiters, hängt ein riesiger Adventskranz. Zwei Kerzen sind entzündet.

Eben diese Motette liegt aufgeschlagen in seinen Händen, hoch konzentriert schaut er nach vorn und wartet auf den Einsatz.

In seinem Erinnerungsohr hört er den charakteristischen Alt Fritz Wentkes, der später Sänger an der Staatsoper wird und den seines absoluten Gehörs wegen alle beneiden.

Nach einem etwas zaghaften Einsatz spülte die Musik weitere wehmütige Erinnerungen hoch, sodass das Schlucken kein Ende nehmen wollte.

Bei Bachs kunstvoller doppelchöriger Motette *Singet dem Herrn ein neues Lied,* die Georg in drei Stimmen mitgesungen hat, zuletzt im ersten Bass, sodass er sie fast auswendig kannte, glaubte er, seinen ganzen Körper in Schwingung versetzt. Nur mit Mühe gelang es ihm, sich zurückzuhalten und nicht leise mitzusingen. Eine Banknachbarin musste das bemerkt haben, oder hatte sie ein vorsichtiges Summen vernommen, denn sie schaute ihn von der Seite erst mit Verwunderung, dann mit verständnisvollem Lächeln an.

Zwei der Knaben traten zum Orgelpositiv, das sich links vom Altar befand. Ein dritter setzte sich an das Instrument, um die beiden zu begleiten. Und dann perlten die Töne metallisch und klar in den Raum: *Eins bitte ich vom Herren*. Georg selber hatte in diesem Duett einmal den zweiten Sopran singen dürfen, als der Solist plötzlich erkrankte. Er erinnerte sich jeder Note, jedes Wortes. Jetzt wurde es zu einem Gebet, das ihm nun doch die Tränen in die Augen trieb. ... *dass ich im Hause des Herrn möge bleiben mein Leben lang* ... im Hause des Herrn, was man sich auch immer darunter vorstellen mochte, er würde heute vielleicht sagen: Gott in mir und ich in ihm.

Es war der Freitag vor dem ersten Advent. Morgen Nachmittag, nach Sonnenuntergang, würde auf seinem Adventskranz die erste Kerze brennen. Der musikalische Vorgriff wurde zur erwartungsvollen Einstimmung.

Zum Abschluss sangen die Knaben ein Stück von Hessenberg, das Georg besonders mochte: *O Herr, mache mich zum Werkzeug deines Friedens*.

Wie überlegen und aufgeklärt hatte er sich gefühlt, als er hörte, Franz von Assisi habe den Tieren gepredigt. Für einen frommen Spinner hatte er ihn gehalten, zu glauben, Amseln, Igel und Kaninchen ließen sich von seinen Worten beeindrucken. Aber dann dieses große Friedensgebet. Der das geschrieben hatte, war nicht nur klar im Kopf, der musste eine große Seele und einen tiefe Weltsicht haben, vielleicht die einzig realistische. Inzwischen sah Georg auch das mit den Tieren anders. Sie alle waren doch Teil des großen Ganzen, der Schöpfung, die dank der Evolution immer wieder Neues hervorbrachte und den Atem des Lebendigen in sich trug. Mit der Schöpfung endlich Frieden zu machen, nachdem sie jahrtausendelang benutzt, ausgebeutet und missbraucht wurde, schloss alle Geschöpfe ein. Und selber Teil dieses Friedens zu werden, Werkzeug des Friedens, das passte gut in Georgs sich wandelndes Welt- und Gottesbild. Das Gebet des Franziskus zu leben, müsste die Welt vor ihrem drohenden Kollaps bewahren.

Das lange *Amen*, das sich in weiten Bögen bis in das Gewölbe schwang, war noch nicht verhallt, da zerschnitt schon ein tosender Applaus jede Andacht. Georg versuchte, die letzten Töne festzuhalten. Auch die Frau neben ihm rührte sich nicht, lauschte den Chorstimmen oder ihren eigenen Gedanken nach. Georg schien es, als sei das Klatschen und Toben die Antwort einer Welt, die ihre Wurzeln nicht mehr kennt. Nicht die Botschaft, die musikalische, die spirituelle, die menschliche erreicht sie, nur die Perfektion der Darbietung, der akustische Wohlklang. Unsere Seele erwärmt sich vielleicht für einen Moment. Aber da wir diesen nicht mehr zu deuten vermögen, verkriecht sie sich wieder hinter unseren scheinbaren Wichtigkeiten. Schönes Konzert, wird es heißen. Toller Applaus. Dann geht das Leben weiter, unverändert. Zu Hause gibt es vielleicht noch einen *Tatort*.

Als Georg nach Hause kam, fühlte er sich so frei, so alles Belastenden entbunden, als wäre sein Brustkorb ein einziger Resonanzraum, in dem die Musik ein orgiastisches Wechselspiel auslöste. Wie gern hätte er jemandem davon erzählt, davon gesungen. Ariane war zu Bett gegangen und brummte ein kaum verständliches *Wie war's?*, das keine Antwort zu erwarten schien.

Hast du Lust, Heiligabend den Gottesdienst in Mankow zu übernehmen? Ich habe drei Christvespern und würde gern eine abgeben, weil meine Kinder kommen. Außerdem dachte ich, dir würde es vielleicht Freude machen, mal wieder auf der Kanzel zu stehen.

Georg drückte den Wiederholungsknopf und hörte sich Gregors Bitte noch einmal an.

Was hältst du davon, fragte er Ariane, als sie zu Mittag nach Hause kam, ich soll in Mankow den Weihnachtsgottesdienst halten.

Du hast doch nicht etwa abgesagt, protestierte sie völlig ohne Grund.

Bisher nicht, sagte Georg. Aber ich zweifle, ob das gut ist.

Warum?

Weil ich eigentlich kein Pfarrer mehr bin. Ich besitze zwar die sogenannte *licentia concionandi*, aber ich bin kein Kirchenmann mehr. Meine Theologie, mein Glaube, mein Gottesverständnis – alles hat sich verändert.

Eben deshalb musst du es machen. Ariane schaute ihn herausfordernd an. Ich bin davon überzeugt, du erreichst mit deiner Art zu predigen mehr Menschen als die, die jede Erwartung von einem christlichen Weihnachtsmärchen mit *Stille Nacht* und *O du fröhliche* bedienen.

Ich werde eine Nacht darüber schlafen, Jane, morgen sehe ich das klarer. Lust hätte ich schon, nur ... Georg winkte ab: Ach lass!

Voll wie immer, dachte Georg, als er aus der Sakristei in die übervolle Kreuzkirche trat. Ein kalter Luftzug schlug ihm entgegen. Er schaute auf und sah den nächtlichen Himmel über sich, sternenklar. Die Kirche hatte kein Dach. Alles schien notdürftig hergerichtet für diese Stunde. Die Menschen standen, dicht aneinandergedrängt, im Schiff und auf den Emporen, selbst auf dem kleinen Balkon über der Chorempore, wo er vergeblich die große Jehmlich-Orgel suchte. Bänke, Stühle gab es nicht, auch für ihn nicht, der gleich die Kanzel erklimmen sollte. Aber wo war die Kanzel? An ihrer Stelle stand ein Stumpf aus Stein, auf dem keiner stehen konnte und zu dem es keine Treppe gab. Die Menschen hielten Kerzen in den Händen, die einen hellen Hof um die Flamme bildeten.

Er trat in die Mitte vor sie hin und rief: Wir singen jetzt das Lied *Die Nacht ist vorgedrungen*, alle fünf Strophen. Es kam ihm vor, als flüchtete seine Stimme durch das offene Gemäuer ins All und ließe nur einen schwachen Abklang zurück. Aber dann brach ein gewaltiger Chor aus dem Halbdunkel hervor, in den er, so laut er konnte, einstimmte. Wie eine Hymne stiegen die Verse Jochen Kleppers zu den Sternen auf. Offenbar kannte nicht nur Georg die Strophen auswendig. Er sah, wie die Münder vor ihm sicher jede Silbe formten. Er ging noch einige Schritte auf sie zu, fast bis an die Kante des erhöhten Altarplatzes, um vielleicht ein bekanntes Gesicht zu entdecken und erschrak, die Menschen waren sich alle gleich. Sie ähnelten sich nicht, nein, sie glichen sich aufs Haar. Er musste davon ausgehen, so würde es auch in den hinteren Reihen aussehen, die er nicht mehr erkennen konnte. Er rieb sich die Augen, aber es blieb dabei: an die dreieinhalbtausend geklonte Kirchenbesucher.

Das Lied war kaum zu Ende, da rief eine ferne Stimme: Predige!

Ja, stimmten all die andern ein: Predige, predige!

Georg stockte das Herz. Ihm schien, er sei versehentlich in eine alttestamentarische Szene geraten. Müsste er jetzt ein Prophetenwort in die Menge schleudern, einen Amos-Spruch vielleicht oder ein Zitat aus der Taufpredigt Johannes des Täufers?

Er verwarf den Gedanken wieder und entsann sich, eine Weihnachtspredigt in seiner Innentasche stecken zu haben. Er wollte danach greifen, aber seine Hand fand keine Öffnung. Er schaute an sich herab und erschrak, er trug das Gewand eines der drei Weisen aus der Christmette, ein silbernes, durchgehendes Kleid, dazu einen blauen Umhang, und vermutlich würde die Kopfbedeckung, die er plötzlich verspürte, aus einem blauen Turban bestehen. Er rief zurück: Ich kann nicht predigen, ich bin doch nur ein Sterndeuter! Aber wieder schlug ihm der volle Chor der Wartenden entgegen: Predige!

Fürchtet euch nicht, sagte Georg und hörte, wie seine Stimme in langsamen Schallwellen durch das Schiff wallte. *Fürchtet euch nicht, fürchtet euch nicht, fürchtet euch nicht ...*

Wir fürchten uns aber, rief eine Stimme zurück.

Wovor, fragte Georg, wovor fürchtet ihr euch?

Und wieder hörte er seine Frage wie ein mehrfaches Echo im offenen Raum.

Vor mir, rief eine Stimme zurück, vor der Dunkelheit, rief eine andere, vor dem Sterben, eine, vor Bomben, eine andere, vor der Flut, vor dem Hunger, vor dem Wohlstand, vor dem Frost, vor den Kindern, vor dem Leben. Ja, vor dem Leben, rief auf einmal der ganze Chor.

Vor der Straßenbahn, hörte er eine dünne Stimme, als wieder Ruhe eingekehrt war. Da erscholl ein befreiendes Lachen.

Ich sage euch was, sagte Georg mit sicherer Stimme. *Was, was, was, was* waberte es durch den Raum. Gott ist Liebe, *Liebe, Liebe, Liebe.* Wer Gottes Liebe in seinem Herzen trägt, braucht nichts zu fürchten, *fürchten, fürchten, fürchten.* Georg wartete auf einen Sturm des Protestes, so einfach könne er es sich doch nicht machen, was das denn für eine Predigt sei. Stattdessen erscholl tosender Beifall.

Das Klatschen hatte noch nicht geendet, als ein Wirbelsturm einsetzte und die Menschen durch das offene Dach nach oben sog. Georg schaute ihnen verblüfft nach und hörte noch fernes Klatschen, als bereits nichts mehr zu sehen war. Wie ein Nebel löste sich alles am Nachthimmel auf. Es wurde totenstill.

Georg stand auf einmal auf der Kanzel der menschenleeren Mankower Kirche, griff in seine Innentasche und zog ein Manuskript heraus.

Liebe Mitmenschen, sagte er laut und deutlich in den hell erleuchteten Raum.

Na, siehst du, hörte er eine Stimme ganz dicht an seinem Ohr.

Was ist, fragte er zurück.

Du hast dich offenbar entschieden. Oder war das eben nicht der Anfang deiner Weihnachtspredigt, flüsterte Ariane. Dann schlaf mal gut weiter.

Für Montag nach dem dritten Advent sagte sich Balduin an. Balduin arbeitete früher im Bonner Innenministerium, war aber schon seit Jahren pensioniert. Er wolle seinem alten Freund Georg einen Besuch abstatten und ein Präsent überreichen. Balduin besaß außer seinem altmodischen Namen auch Manieren, die fast kein Mensch mehr kannte. So sorgte er mitunter für unfreiwillige Heiterkeit schon bei der Begrüßung. Ariane begrüßte er prinzipiell mit Handkuss und säuselte *Gnä' Frau*, obwohl er sie duzte und sonst mit Ariane Charlotte ansprach.

Georg lernte Balduin einst anlässlich einer Hochzeit kennen, bei der er den kirchlichen Part übernommen hatte.

Die erste Begegnung mit Balduin, unmittelbar nach der Trauung, verläuft etwa so: *Hochwürden, ich darf mich vorstellen. Ich bin Balduin Sengemeier aus Bonn. Ich darf davon ausgehen, dass Sie von meiner Wenigkeit noch nichts gehört haben. Ich komme nämlich aus dem Westen.*

Das ist mir klar, sagte Georg. *Auch wenn mir die Freude noch nicht vergönnt war, Ihre schöne Stadt kennenzulernen, dass sie im Westen liegt, ist mir bekannt. Im Übrigen bin ich nicht Hochwürden. Diese Anrede ist in der evangelischen Kirche unüblich.*

Dann bitte ich höflichst um Absolution, erwidert Balduin, *ich wollte Sie damit nicht kränken. Ich habe nur das Bedürfnis, Ihnen meinen unmaßgeblichen Respekt für Ihre Predigt an das blutjunge Paar auszusprechen. Sie haben Worte gefunden, die auch ich so schnell nicht werde vergessen können. Vielleicht sollte ich hinzufügen, ich bin Pate der Braut und als solcher zur Hochzeit geladen.*

Vielen Dank, sagt Georg, gibt ihm die Hand und entweicht in die Sakristei, um sich seines Talars zu entledigen. Balduin Sengemeier lässt er im Schiff stehen. Bliebe er jedes Mal, wenn ihn nach einem Gottesdienst oder einem Begräbnis jemand anspricht, so lange stehen, bis die Betreffenden alles ausgesprochen haben, was ihnen auf der Seele liegt, würde er überhaupt nicht mehr aus der Kirche kommen. Er mag nicht die despektierlichen Begriffe seiner Kollegen, die von Kanzelschwalben, Talarwanzen und Bibelwürmern sprechen. Aber er weiß nur zu gut, wie gern sich manche Zuhörer durch Komplimente oder künstlichen Widerspruch, oft auch durch abseitigste Themen wichtig zu machen suchen. Balduin scheint ihm einer von diesen zu sein.

Aber er sollte sich täuschen. Denn bei der Mittagstafel, zu der auch Georg geladen ist, stehen ihre Tischkarten nebeneinander.

Georg, in Anbetracht der Köstlichkeiten, die ihm von der Festtafel winken, löst sich langsam und wird gesprächiger. Und Balduin scheint ihm jene Unhöflichkeit verziehen zu haben.

Ganz vergessen aber scheint sie nicht zu sein. Das zeigt sich eines Abends, als beide schon längst eine herzliche Freundschaft verbindet und Ariane ahnungslos fragt: *Wie habt ihr beiden euch eigentlich kennengelernt?* Da blickt Georg etwas verlegen und Hilfe suchend zu Balduin, und Balduin sagt: *Doch, bitteschön, sag es deiner Frau!* Georg zögert, und Balduin, zu Ariane gewandt, berichtet: *Er ist nach der Hochzeit meiner Patentochter Natalja einfach auf mich zugekommen und hat gesagt: Sie sind mir so sympathisch, darf ich Ihr Freund werden?* Georg senkt den Blick und grient. Und Ariane gibt zurück: *Balduin, du bist nicht nur der höflichste Mensch, den ich kenne, du kannst auch am charmantesten lügen.*

So verschroben ihm also dieser Mann aus dem Westen anfangs auch erscheint, er hat etwas, das Georgs Sympathie weckt. Erst spät am Abend entdeckt er, es sind seine Augen. Balduin hat große, warme, neugierige, braune Augen und schaut einem direkt ins Gesicht. Georg findet dafür nur den Vergleich mit einem Berhardiner, falls dieser braune Augen hat. An jenem Abend sitzen beide auf einer Bank im Garten der Brauteltern, rauchen Zigarre und philosophieren über das Selbstverständnis von DDR und Bundesrepublik. Georg beschreibt seinen Staat als ein Produkt enger Spießer, die einen großen sozialen Gedanken auf das Fassungsvermögen machtgeiler Kleinbürger zurechtgeschnitten haben und sich nach ersten Gehversuchen als Sieger der Geschichte feiern. Balduin lässt an dem seinen nicht viel mehr gelten, spricht von einem Konservatismus, der schon das Kaiserreich ausgezeichnet habe, der der Weimarer Demokratie schlecht bekommen sei, der das Dritte Reich, bei tiefster Abscheu gegen den Führer, für sich zu nutzen verstanden habe und der auch nun wieder fest im Sattel sitze. Im Laufe des Abends, erinnert sich Georg, müssen sie mehrfach die Seiten gewechselt haben. Mal greifen sie den je anderen Staat scharf an und verteidigten den eigenen, dann widersprechen sie auf das Heftigste, wenn einer bei dem anderen etwas Gutes und Bemerkenswertes findet, dann wieder analysieren sie den ihren zu Tode. Balduin, zuständig für die Beschaffung eines ordentlichen französischen Hochzeitsweines, muss mit Georg mehr davon getrunken haben, als es wohlerzogenen Gästen geziemt. Irgendwann, weit nach Mitternacht, von der Hochzeitsgesellschaft ist weit und breit nichts mehr zu sehen, sagt Balduin: Herr Pfarrer Weber, beinahe hätte ich wieder Hochwürden gesagt, Sie entsprechen meinen Vorstellungen von geistvoller Unterhaltung und gepflegten Sitten so völlig, dass ich mich glücklich schätzte, Sie wollten meine Bitte als eine des Älteren freundlichst annehmen, mich künftig Balduin zu nennen. Georg entsinnt sich, laut gelacht zu haben. Dann muss er wohl geantwortet haben: Herr Sengemeier, machen wir es kurz, Sie sind mir ebenfalls sympathisch. Ich heiße Georg, prost! Das entspricht nun zwar nicht mehr den gepflegten Sitten, umso mehr aber dem gegenwärtigen Zustand beider und der fortgeschrittenen Stunde. Denn Georg verabschiedet sich danach bald und lädt seinen neuen Freund für den nächsten Tag zu Mittag ein.

Wenn jetzt Balduin käme, würde Georg mit ihm Gelegenheit finden, einmal kritisch zu bilanzieren, was diese fast zwanzig Jahre Vereinigung aus Deutschland Ost und West gemacht haben. Den Begriff Anschluss würden sie sicher vermeiden, weil er in der deutschen Geschichte schon einmal schwer belastet worden ist.

Und während Ariane die Betten im Gästezimmer neu bezog und das Bad einer gründlichen chemischen Behandlung unterzog, die ihr Georg noch immer nicht hatte abgewöhnen können, notierte er auf einem Blatt, welche Themen er unter keinen Umständen anzusprechen versäumen wollte.

Bevor aber Balduin Georg und Ariane Charlotte seine Aufwartung zwecks Nachfrage des Befindens und Übergabe eine Präsents zu machen die Möglichkeit fand, meldete sich kurzfristig ein anderer Besucher: Erwin.

Das hat mir gerade noch gefehlt, war Georgs erste Reaktion.

Die beiden lagen seit Jahren über Kreuz, ja, es war sogar über das Kreuz dazu gekommen. Erwin war Ortspfarrer in einem der Nachbardörfer und beherrschte seine Gemeinde nach Patriarchenart.

In einer Predigt verstieg er sich zu der Behauptung, Gott habe seinen Sohn am Kreuz opfern und danach auferstehen lassen müssen, damit die Menschen verstehen lernen, alles Leiden auf dieser Erde diene einzig und allein seiner Verherrlichung. Je geduldiger man es ertrage, desto herrlicher sei der Lohn.

Georg, der apodiktische Aussagen hasste und theologische Abstrusitäten erst recht von sich wies, war ihn scharf angegangen, hatte ihn gefragt, was eine Gemeinde mit einem derart blutleeren Gottesbild anfangen solle und ob er seine Äußerungen einmal überdacht habe im Blick auf Menschen, die Opfer von Gewalt werden, Hunger leiden, durch Bodenspekulation und Landraub ihre Heimat verlieren, in Gefängnissen gequält werden oder an Krebs sterben und was er einem Menschen antworten wolle, der ihn auf den Holocaust anspreche.

Daraufhin durchbohrte er Georg mit einem hasserfüllten, Funken schlagenden Blick, raffte seinen Talar und verschwand im Pfarrhaus. Seitdem herrschte Funkstille. Georg mied fortan seine Gottesdienste und Erwin Georgs Gesellschaft.

Nun musste sich wohl herumgesprochen haben, was Georg widerfahren war; denn Erwin meldete sich förmlich an, kam also als der zurzeit zuständige Seelsorger, da die Pfarrstelle in Georgs Dorf gerade erst neu besetzt werden sollte. Georg nahm sich vor, freundlich und gelassen zu bleiben und nicht an die alte Angelegenheit zu rühren.

Du bist krank, wurde mir erzählt, sagte Erwin, als sie in der Küche Platz genommen hatten.

Espresso?

Nein, danke. Wie geht es dir?

Danke, Erwin, in einer Hinsicht durchwachsen, was sich bei dieser Diagnose denken lässt, in einer anderen Hinsicht geht es mir so gut wie noch nie.

Kannst du das näher erklären, fragte er.

Na ja, ich lebe mit einem Symptom, das Angst macht. Manchmal kriecht die ganz nah an mich heran. Aber vielleicht lässt sich auf dem Weg, den ich beschreite, seine Gefährlichkeit eindämmen.

Dann aber mache ich die völlig unselbstverständliche Erfahrung: Ich lebe. Nun könnte man einwenden, die machst du doch schon über sechs Jahrzehnte. Aber ich befürchte, das ist mir nie richtig klar gewesen. Seitdem ich mich im Bann dieses Symptoms befinde, hat mein Leben diese eine Dimension neu hinzugewonnen: I c h l e b e! Seltsam, wenn das ein einstiger Pfarrer sagt, aber so dankbar wie heute und jeden neuen Tag bin ich noch nie in meinem Leben gewesen.

Stimmt das, dass du dich nicht operieren lässt und Chemotherapie ablehnst?

Ja, das stimmt, sagte Georg.

Dann war Schweigen. Erwin schien es die Sprache verschlagen zu haben. Er wollte weder wissen, was Georg denn stattdessen mache, noch fragte er danach, ob er, und wenn ja, wie er an den Tod denke und was sein Glaube damit zu tun habe. Auch wie es Ariane damit ging, schien ihn nicht zu interessieren. Und Georg wollte nicht mehr erzählen, als Erwin wichtig war.

Schließlich stand Erwin auf, bedankte sich für den Espresso, auch wenn er das Angebot ausgeschlagen habe, und wünschte Georg weiterhin gute Besserung.

Georg stellte sich vor, was für ein Stein von Erwins Schulter gefallen sein musste, als er diesen schweren Gang, der sich nicht wiederholen sollte, hinter sich wusste. Zugleich machte ihn die einsilbige Begegnung traurig.

Was für ein hilfloses Würstchen wurde aus dem redegewandten Alleinunterhalter, sobald er aus dem Schutzraum seines autoritären Amtsverständnisses heraustrat und auf das Feld der offenen Möglichkeiten geriet. Oder schüchterte ihn Georgs klarer Umgang mit seinem neuen Geschick so ein?

Du bist es, meinte am Abend Ariane, der ihn einschüchtert. Du bist zu hart oder zu klar oder irgend so etwas. Glaub mir, der kommt nicht wieder.

Balduin musste einer Untersuchung wegen seinen Besuch verschieben und fragte an, ob es vermessen sei, statt des vorgesehenen Termins Georg und Ariane Charlotte einen Besuch zum Heiligen Abend abzustatten. Er wisse wohl, wie ungebührlich es sei, zum Fest der Feste in eine Familie einzubrechen. Aber er habe allen Mut zusammengenommen, dennoch diese Frage zu wagen, wo er doch nun schon zum dritten Mal den Heiligen Abend allein verbringen müsse und gern auch des Zuspruchs einer Georginischen Weihnachtspredigt genösse. Er sei auf ein ehrliches Nein gefasst, könne aber nicht umhin, dem Drängen seines Herzens mit dieser anmaßenden Bitte Raum zu geben.

Balduin, du bist und bleibst ein liebenswerter, verschrobener Kauz, resümierte Georg am anderen Ende der Leitung. Wenn wir irgendjemanden zu Weihnachten ertragen können, von den Kindern einmal abgesehen, bist du es. Der humorvolle Ernst, den du jedem Thema abzugewinnen vermagst, ist für uns immer wieder lehrreich und vergnüglich zugleich, und deine Ausdrucksweise, die ich manchmal schon versehentlich imitiere, ist mir ein schwer verzichtbarer Rhetorikunterricht. Vor allem aber deine Herzenswärme, wenn ich das einmal so sagen darf, – kurz: Komm! Du weißt, wir haben ein Gästezimmer. Vor dem zweiten Weihnachtsfeiertag lassen wir dich nicht wieder ziehen.

Ach ihr, entfuhr es Balduin, wenn ich euch nicht hätte! Ich danke euch.

Die nächsten Tage brachte Georg mit seiner Weihnachtspredigt zu. Er nahm sich vor, auf jede Form von Allgemeinplätzen zu verzichten, theologische Richtigkeiten zu vermeiden, bei sich zu bleiben und so verständlich und aktuell wie möglich zu reden. Auch wollte er keine Rücksicht auf die gängigen Erwartungen einer Weihnachtsgemeinde nehmen, sondern neue Erwartungen wecken. Er nahm sich eine Stelle aus dem Alten Testament vor, die zunächst keinerlei Beziehung zu dem erkennen ließ, was an diesem Tag gefeiert wurde. Ich werde vor allem von mir reden, sagte er sich immer wieder, von meinen Erfahrungen, von meinen Ängsten, von meinen Hoffnungen, von meinen Versuchen, gescheiterten und gelungenen, Liebe zu leben.

Wie immer notierte er sich erste Ideen. Überfielen sie ihn im Bett – auf seinem Nachttisch lagen immer Zettel und Stifte bereit –, knipste er seine winzige Leselampe an, damit Ariane nicht jedes Mal wach wurde. In der Küche hingen Block und Stift für die täglichen Besorgungen. Plötzliche Einfälle beim Frühstück konnten so nicht verloren gehen. Ansonsten trug er ja meist sein kleines Notizbüchlein bei sich, sodass auch bei häuslichen Arbeiten im Keller, in der Garage und auf dem Boden ein Stichwort den sich dahinter verbergenden Gedanken vor dem Vergessen bewahren konnte. Dann wieder saß er an seinem Schreibtisch und machte eine kleine Skizze, wie früher, als er noch regelmäßig predigte, entwarf ein Rhetorikhäuschen, wie er es nannte, um alles gut zueinander geordnet unter Dach und Fach zu bringen. Und wie meist dann verspürte er an einem dieser Tage das Bedürfnis, in einem ersten Versuch seine Predigt in einem Zuge aufzuschreiben. Er setzte sich hin und schrieb, ohne eine Pause zu machen, alles auf, was er sagen wollte, fünf Seiten lang. Bei seiner kleinen Schrift würde das etwa die doppelte Anzahl gedruckter Seiten ergeben. Damit war die Predigt noch lange nicht fertig, aber es lag etwas auf dem Tisch, woran in den verbleibenden Tagen weitergearbeitet und gefeilt werden konnte. Erst als er seinen Rohentwurf Ariane vorlas, wurde ihm mit Schrecken bewusst, dass er in gewissem Sinne seine eigene Geschichte erzählte.

Wunderbar, sagte Ariane, damit wirst du die Leute erreichen.

Aber ist das nicht zu subjektiv, wandte er ein. Ich will doch nicht mich predigen.

Das machst du ja auch nicht, du blendest dich nur nicht aus. Und gerade das ist es, erwiderte sie. Die Leute wollen nicht hören, was sich kluge Menschen ausgedacht und zu einem System verbunden haben, sie wollen mitten in ihrem Leben angesprochen werden von einem, der fühlt wie sie, der fragt wie sie, der zweifelt wie sie und leidet wie sie. Was meinst du, was sich im Laufe dieses Jahres in manchen Familien abgespielt hat, Scheidung, Krankheit, Sterben, Arbeitslosigkeit, Insolvenz, vielleicht Zerwürfnisse mit den eigenen Kindern oder der Verlust eines vertrauten Haustieres. Das ist ihre Lebenswirklichkeit. Die kann man natürlich, wie es die meisten machen, für einen Moment mit feierlichen Worten zusäuseln. Du kannst das nicht, und du darfst das nicht. Wenn du ganz nah bei dir bleibst, bist du auch ganz nah an der Erfahrungswelt der anderen, dann wirst du mit deiner Predigt ihre Herzen erreichen. Das ist deine Chance, Georg.

Georg schaute seine Frau staunend an. Jane, ich habe dir ja schon manchen Predigtentwurf vorgelesen, sagte er, aber so stark, so klar hast du noch nie reagiert. Das war toll eben. Danke.

Mit diesen Worten zog er sich in sein Arbeitszimmer zurück, um seinen Entwurf zu überarbeiten. Und auf einmal wusste er genau, was er sagen wollte, und die Worte flossen aus seiner Feder.

Mankow besaß eine turmlose Feldsteinkirche, lange vernachlässigt, fast baufällig. Salpeter in den Wänden, Schwamm im Gebälk, zerbrochene Fenster und eine schwer asthmatische kleine Schulorgel. Der Raum fasste vielleicht hundert Menschen, aber seit Jahrzehnten stand die kleine Kirche weithin leer. Die Wahrheit aber ist: Sie wurde als Leichenhalle und Trauerkirche genutzt. Ihr desolater Zustand passte zum Anlass. Man traf sich im finsteren, zugigen Raum um den Toten, der vor dem steinernen Altar aufgebahrt wurde, quetschte sich in die harten, engen Holzbänke, hörte dem jaulenden Orgelspiel zu, ließ den Pfarrer ritualgemäß gewähren und war froh, wenn man wieder das Tageslicht erblickte, ohne einen Balken oder ein Stück Putz auf den Kopf bekommen zu haben. Begräbnisse waren in Mankow selten, das Dorf bestand nur aus wenigen Gehöften, die Einwohnerzahl hatte sich seit den Sechzigerjahren halbiert. Der Verfall der Kirche hätte noch eine Weile so weitergehen können, bis wirklich einmal die Decke heruntergekommen wäre oder die staatliche Bauaufsicht den Raum gesperrt hätte. Letzteres fand nur nicht statt, weil dann der Rat des Kreises eine neue Feierhalle hätte bilanzieren müssen, was zulasten der gerade ausgebrochenen Eigenheimbewegung ginge. Da kam Mankow ein Wunder zu Hilfe. Ein Kunstmaler namens Henrik Hollerding erwarb in den Achtzigern die alte Schmiede im Ort, die selber bereits einem Dornröschenschlaf anheimgefallen war. Seit dem Tod des letzten Dorfschmieds schien sie kein Lebewesen mehr betreten zu haben, und unter den Spinnen, die mit ihren Netzen den mit rostigem Metall, einer uralten Feuerstelle, großen Ambossen und Hämmern zugestellten Raum beherrschten, musste ein harter Konkurrenzkampf herrschen um die wenigen Insekten, die sich durch die zerbrochenen Scheiben in die Dunkelheit verirrten. Hollerding ging beherzt zur Sache. Alles Metallene, was er vorfand und was sich völlig DDR-untypisch fremde Hände noch nicht angeeignet hatten, bot er zum Kauf an – und wurde es reißend los. Die allgemeine Versorgungslage kannte im freien Verkauf schon lange keine Rund- und Winkeleisen aller Formate, T-Träger und Walzbleche mehr. Die beiden großen stählernen Ambosse, so wurde erzählt, sollen ihm jeweils tausend DDR-Mark eingebracht haben. Innerhalb von wenigen Wochen ließen nur noch das Schmiedefeuer, die verrußten Wände und die schwarze Decke ahnen, dass hier einmal Pferde beschlagen und Ackergeräte repariert worden waren. Hollerding, der auch in Fragen der Restaurierung und Denkmalpflege bewandert schien, gestaltete im Laufe eines Jahres die alte Schmiede zu seinem Atelier um. Damit der Charakter des Gebäudes erhalten bliebe, verzichtete er auf große Fensterdurchbrüche, versah die alten Fensterhöhlen dafür mit neuen Glasfenstern in schmalen Metallrahmen, wie er auch immer zu diesen gekommen sein mochte, und setzte eine gläserne Tür ein. Der neu verputzte und hell gekalkte Raum ließ genug Licht ein, dass er hier besser als irgendwo sonst arbeiten konnte. Erst als das vollbracht war, richtete er sich den Katen wieder her, die einstige Schmiedewohnung, und zog mit Sack und Pack, das hieß mit wenigen Möbeln, aber zwei Autohängern voller Staffeleien, Leinwänden und sonstigem Künstlerkram nach Mankow. Die Mankower Bauern, wenn auch mancher von ihnen das Stück Eisen erhalten hatte, auf das er zur Reparatur von Stall und Gerätschaften schon lange erpicht war, hielten Abstand. So ein Kunstmaler, noch dazu, wenn er in ein sterbendes Dorf zieht, schien ihnen eher eine Bedrohung als eine Bereicherung.

Letztlich aber mussten sie Hollerding als Glücksfall für ihr Dorf begreifen.

Manche seiner Lebensgewohnheiten passten zwar zu dem Bild, das sie von einem Künstler besaßen. Und Malen konnte als ernsthafte Beschäftigung vor den Augen hart arbeitender Bauern erst recht nicht bestehen. Auch die gardinenlosen Fenster und das nackte Duschen unter der Außenbrause an der Schmiedewand, wie von einer Nachbarin beobachtet, passten dazu.

Als aber Hollerding morgens um sechs genauso am Bäckerwagen, der täglich einmal das Dorf besuchte, anstand wie alle anderen, als er dem alten Peters seinen entlaufenen Köter zurückbrachte, bei der Kartoffelernte tagelang mit auf der Rummel stand und erst recht, nachdem er bei der außerhalb des Dorfes wohnenden Schmitz noch vor der freiwilligen Feuerwehr eintraf, als ihre Scheune brannte, und sich nicht zu schade war, bis in die Morgenstunden mitzuhelfen und dann morgens um drei, als alles überstanden war, auch noch eine Flasche Wodka holte, um mit der Schmitz und den Feuerwehrmännern auf ein glimpfliches Ende des Brandes anzustoßen, gaben die Mankower ihren Widerstand auf. Jetzt brachte ihm die Nachbarin, die auch weiterhin gern sein morgendliches Freiduschen genoss, manchmal eine Packung frische Eier oder man fragte, wenn irgendwo Hausschlachtung angesagt war: Hat unser Schmiedekünstler schon was abgekriegt?

Was aber vor allem berichtenswert scheint, ist sein Verdienst um die baufällige Mankower Trauerkirche. Als er sie das erste Mal betreten hat, soll er geweint haben.

Ohne Beziehungen war und ist man verloren. In diesem Punkt unterscheiden sich Diktaturen von demokratischen Gemeinwesen nicht. Damals blühte der Handel mit Volkseigentum mehr als alles andere in diesem kleinen Land. Verbundfenster und Winterreifen, Dielenbretter und Fliesen, Kupfernägel und Auspuffanlagen wechselten die vermeintlichen Besitzer, nachdem sich das unterversorgte Volk geschworen hatte, künftig den Begriff Volkseigentum wörtlich zu nehmen. Eine Art Schwarzmarkt in Friedenszeiten. Das hieß aber noch lange nicht, auf diese Weise wäre letztlich alles zu haben gewesen. Auch beste Beziehungen stießen immer wieder an ihre Grenzen bzw. an die eine, aber umso undurchlässigere, die den Traum von den unbegrenzten Möglichkeiten vom pseudsozialistischen Alltag trennte. Das aber war das Spielfeld Hollerdings. Seine Beziehungen reichten weit über die Grenzen der DDR hinaus, das wusste schon bald die Poststellenleiterin aus dem Nachbarort zu berichten. Hollerding unterhielt Kontakte in die Niederlande und nach Schweden, nach Frankreich und Italien und vor allem in das westliche Deutschland. Da er selber nicht davon sprach, konnte auch keiner wissen, dass er zu den wenigen Künstlern gehörte, die – ohne in der Partei zu sein – im Westen ausstellen durften und hin und wieder eine Studienreise ins sogenannte kapitalistische Ausland genehmigt bekamen. Man wunderte sich allenfalls in Mankow, wie oft ein Auto mit fremdem Kennzeichen vor der alten Schmiede stand, meist alte Kombis, deren geringe Gepflegtheit das alte Vorurteil vom chaotischen Künstler kurzzeitig wieder aufleben ließ, Autotypen andererseits, für die mancher Eingeborene sein halbes Vermögen hergegeben hätte.

Auf welchen Kanälen auch immer Hollerding zu schippern verstand, nachdem ihm vom zuständigen Pfarrer in der nahen Kleinstadt die Freiheit zugesichert wurde, aus der Trauerkirche wieder eine nutzbare Gemeindekirche machen zu dürfen, es geschahen wundersame Dinge. Irgendwann stand ein Aluminium-Gerüst rings um die Kirche, wo viele noch mit hölzernen Stangen und Bauklammern arbeiteten. Irgendwann luden fremde Menschen Paletten mit Dachziegeln ab. Dann wieder lagen blitzende Zinkrohre und Rinnen am Friedhofseingang. Innen hörte man emsiges Stemmen und Sägen. Fremde Menschen kamen morgens gefahren und verschwanden mit Sonnenuntergang. Da in diesen Monaten keiner starb, entfiel auch eine allgemeine Begutachtung durch die Dorfbewohner. Ab und an schlunzte jemand durch einen Türspalt und informierte das Dorf, Hollerding habe so gut wie alles herausgerissen, die Bänke stünden aufgestapelt in einer Ecke und das Örgelchen sei unter einer dicken Plane versteckt.

Aber dann passierte es doch noch. Die alte Schmitz erlag einem Schlaganfall, ihre Aufbahrung musste in der Kirche erfolgen, die Trauerfeier auch. Als an dem bewussten Nachmittag das Dorf geschlossen zur Beerdigung antrat, blieb allen, die den Zustand der Kirche kannten, der Mund offen stehen. Von der Decke grüßten helle, neue Eichenbalken, das Mauerwerk, zum größten Teil noch unverputzt, präsentierte an den bewussten Stellen neue klosterformatige Steine, die Fenster, noch mit Plastikplanen verhangen, ließen bereits die neue Verglasung erahnen. Die Bänke, da die steinernen Bodenplatten noch auf dem Altarplatz gestapelt lagen, standen lose im Baudreck und der Pfeifenkasten, wie die Mankower ihre Orgel nannten, blieb verdeckt. Aber mit wenig Fantasie ließ sich vorwegahnen, hier würde bald ein gotisches Kleinod zu seiner liebenswerten Urgestalt zurückgefunden haben.

Noch sei es eine Baustelle, entschuldigte sich der Pfarrer, aber Herr Hollerding habe zugesagt, die Gemeinde werde Weihnachten die Kirche in ihrem alten, bescheidenen Glanz zurückhaben, um einige Besonderheiten wie eine Fußbodenheizung und neue Beleuchtung angereichert. Er bedaure, dass die verstorbene Frau Schmitz, die mit ihren Spenden die Arbeiten kräftig unterstützt habe, das Ergebnis nicht mehr miterleben könne.

Seit über zwanzig Jahren fanden wieder regelmäßig zweimal im Monat Gottesdienste in Mankow statt. Hollerding, dem die Initiative für die Restaurierung zu danken blieb, holte befreundete Musiker nach Mankow und baute eine Konzertreihe auf, die unter den Dorfbewohnern gut angenommen und unter Kunstbegeisterten aus dem Umland inzwischen als Geheimtipp gehandelt wurde. Bei dem Bekanntheitsgrad, den Mankow inzwischen erlangt hatte, war auch zu Heiligabend von einer überfüllten Kirche auszugehen. Georg, der durch das Chorsingen in frühester Jugend nahezu alle Scheu, vor größeren Menschenmengen zu sprechen, verloren hatte, freute sich auf einen gut gefüllten Raum. Er kannte die Kirche von Konzertbesuchen und gelegentlichen Vorträgen. Nun lag das Gelingen des für die meisten wichtigsten Kirchenbesuches im Jahr in seiner Hand. Hollerding, noch immer aktiv als Künstler und inzwischen von erheblichem Bekanntheitsgrad, ließ sich für vieles auch heute die Zügel nicht aus der Hand nehmen. Er fühlte sich, indem er in eine Frauendomäne einbrach, grundsätzlich verantwortlich für den Blumenschmuck, ohne diesen je in Rechnung zu stellen. Er bestückte die Halterungen an den Außenblenden der Bänke mit Kerzen, besorgte Kerzen für den Altar und den spinnenförmigen, eisernen Hängeleuchter. Er spielte die auf seine Kosten restaurierte Orgel und ließ es sich nicht nehmen, die Gäste jeweils persönlich zu begrüßen. War der zuständige Pfarrer anwesend, trat er diese Gewohnheit an ihn ab, auch wenn dessen Begrüßung, was Originalität und Wortgewandtheit angeht, meist hinter der Hollerdings zurückstand.

Georg und Hollerding verband eine geistige Verwandtschaft. Über viele Fragen der Zeit, der Politik und der kulturellen Lage dachten sie ähnlich. Manchmal tauschten sie Bücher aus, um miteinander darüber zu sprechen. An schönen Sommerabenden konnte es vorkommen, dass Hollerding überraschend anrief, er habe gerade einen Freund aus Holland hier oder Kollegen aus Paris und wolle mit ihnen Fisch grillen. Ob Georg und Ariane dazukommen wollten. Es wurden meist heitere Abende, an denen viel geredet und gelacht und Rotwein getrunken wurde. Ariane fand Henrik unglaublich sympathisch. Was ihnen aber auffiel, unter seinen vielen Freunden begegnete ihnen niemals eine Frau.

Wie die Nachrichtenübermittlung zwischen benachbarten Dörfern eben funktioniert, hätte Hollerding von Georgs Krankheit erfahren haben müssen. Nicht dass Georg auf einen Anruf Henriks wartete, es wunderte ihn nur, so auffällig lange nichts von ihm zu hören. Jetzt, in Vorbereitung auf Weihnachten, musste sich Georg mit ihm in Verbindung setzen. Sie trafen sich vor Ort.

Ich hab mir das so gedacht, sagte er, ich schlage die Orgel, wie immer, und Pierre-Marie, mein Freund aus Toulouse, der über das Fest bei mir weilt, spielt Flöte dazu. Er kann wunderbar improvisieren. Wir haben zusammen schon so manche Hausmusik verbrochen. Wenn Ariane ihre Geige mitbringen könnte ...

Georg wandte ein, Ariane spiele weder Geige noch besitze sie eine. Dann habe er das verwechselt, lenkte Henrik ein. Vielleicht fände er noch eine Geige unter seinen Freunden vom städtischen Orchester. Sie könnten so oft spielen, wie Georg das wolle. *Er* sei der Verantwortliche für diese Stunde. Henrik werde den Baum besorgen und illuminieren, den Altarschmuck wie stets, und für Kerzenlicht im erforderlichen Ausmaß werde er auch sorgen.

Ganz am Schluss kam Henrik dann doch noch auf Georgs Zustand zu sprechen. Er habe gehört, es gehe ihm nicht gut. Dann aber habe er wieder gehört, es gehe ihm schon wieder viel besser. Was denn nun sei. Er habe so seine Probleme mit Krankheit und Sterben und diesem ganzen bedrohlichen Kram. Er habe schon manchmal den Telefonhörer in der Hand gehabt und dann doch nicht den Mut gefunden, Georgs Nummer zu wählen.

Du bist Pfarrer, dir ist das alles vertraut. Aber ich? Ich weiß nicht, was man da sagt.

Schon gut, tröstete ihn Georg, mach dir deshalb kein schlechtes Gewissen. Aber so als Tipp für das nächste Mal, es genügt meistens schon, wenn man fragt, wie es geht und bereit ist, dem anderen zuzuhören. Alles Weitere ergibt sich.

Und nach einer kleinen Pause: Übrigens, wenn du denkst, für einen Pfarrer wäre das eine Routineangelegenheit, irrst du, zumindest im Blick auf mich. Ich habe mich immer schwergetan mit Krankenbesuchen und Trauergesprächen und so etwas. Manchmal habe ich mich einen halben Tag darauf vorbereitet, und dann kam doch alles ganz anders. Wir stehen immer auf der anderen Seite, das macht es so schwer.

Und jetzt, wo es dich selber betrifft?

Fühle ich mich manchmal genauso hilflos wie jeder andere, sagte Georg. Alles, was ich über Krankheit, Todesangst und Sterben gelernt und erfahren habe, musste ich für mich selber neu definieren. Aber es hilft mir schon, dass mich so viele Freunde auf ihre Weise begleiten.

Nur ich nicht, brummte Henrik, stimmt's?

Wenn ich dich richtig verstanden habe, hast du des Öfteren an mich gedacht, hielt ihm Georg entgegen. Gedanken entfalten ihre eigene Kraft. Ich danke dir, Henrik.

Und dann erzählte er von seinem Weg und seiner neu entfachten Lebenskraft. Als Georg endete, schien Hollerding erleichtert, klopfte Georg herzhaft auf die Schulter und sagte: Alter Junge.

Anfang Januar traf Georg Eli, die frühere Gemeindeschwester, beim Bäcker.

Herr Weber, sagte sie, ich bin noch immer tief berührt von Ihren Worten.

Meinen Worten? Was habe ich denn wo gesagt, wollte Georg wissen.

Heiligabend, meine ich. Ich war doch auch in Mankow. Ich fand ja, es war ganz schön gewagt, so offen von sich selber zu sprechen. Aber dann, als Sie gesagt haben, Sie wollten Ihrer eigenen Wiedergeburt aus Liebe eine Chance geben, dachte ich, an so einen Punkt kommen fast alle einmal, wo sie entscheiden können, wiedergeboren zu werden unter neuen Bedingungen oder weiterzumachen wie bisher, solange es geht. Dieses Aus-Gott-neu-geboren-Werden haben Sie so lebendig und glaubwürdig beschrieben, dass – na, Sie haben ja selber bemerkt, was für eine wunderbare Atmosphäre in der Kirche herrschte. Ich wollte mich nur noch einmal bedanken.

Ich muss Ihnen danken, Eli, Sie haben offenbar verstanden, was ich sagen wollte. Das freut mich.

Ich war solange Krankenschwester und habe so viele Menschen an diesem kritischen Punkt erlebt, sagte Eli, wie könnte ich anders. Im Übrigen habe ich weder die alten Lesungen noch *Stille Nacht* vermisst. Sie haben zwar so gut wie alles anders gemacht, von der Musik über die Texte bis zu Ihrer Predigt, aber es war aus einem Guss, oder besser gesagt aus einem Geist. Das haben sogar die alten Mankower Bauern gesagt, die nicht gerade dafür bekannt sind, sich neuen Gedanken zu öffnen.

Gott sei Dank, sagte Georg, als er sich mit dem Brotbeutel auf dem Heimweg befand. Und das meinte er auch so.

11

Der Winter nahm den Norden fest in den Griff, würgte ihn mit eisiger Kralle und schüttelte ihn mehrfach heftig durch. Der Schneepflug fuhr Tag und Nacht und warf zu beiden Straßenseiten Berge auf, hinter denen die Häuser fast völlig verschwanden. Wenn der Wind von Osten kam, suchte Georg morgens, sobald er an das Fenster trat, wie durch eine Mattglasscheibe, seinen Garten vergebens. Im Laufe des Tages löste sich das Eis von den Scheiben und gab den Blick in das dick verschneite Grundstück frei. Tigergras, kahles Gestrüpp und die Spitzen der Scheinzypressen ragten aus dem weißen Pelzmantel, mit dem sich die Erde gegen die sibirische Kälte schützte, hervor.

Andere Jahre suchte Georg schon im November eine Depressivität heim, die sich bis Februar steigern konnte und sein Verständnis für die suizidalen Gedanken Wetterabhängiger nährte. Ihm schien, als habe ihm eine fremde Hand den Schleier von den Augen genommen. Er schaute hinaus, sah sein befriedetes Paradies, darüber den bleigrauen Himmel, hörte das Fauchen des Windes und das schleifende Scharren des Schneepflugs von der Straße her und nahm eine tiefe Zufriedenheit in sich wahr. Die Natur kam zu sich selbst, so wie er unter dem Schutz krankheitsbedingter Schonung und frei verfügbarer Zeit sich selber zu finden suchte. Für ihn gab es nichts zu tun da draußen. Zweimal am Tag Schnee schieben, gut. Drei Vogelhäuser nachfüllen. Für geregelte Mahlzeiten sorgen. Alles andere durfte einfach liegen bleiben. Ihm war, als hätte er zum ersten Mal in seinem Leben Zeit, unverplante, ungeteilte. Er fühlte, dieser Winter würde sein großes Geschenk werden, um seinem Leben eine neue Richtung zu geben.

Wenn er mit hohen Stiefeln die nicht ganz so hoch verschneiten Wege des nahen Wäldchens abging, entdeckte er die Farbigkeit des Winters. Der gleißende Schnee täuschte dem Auge grauschwarze Stämme und tiefbraunes Geäst vor. Schaute er genauer hin, entdeckte er unendliche Varianten von Grün und Braun, von Violett und Grau, von Gelb und Rot, Naturmischungen, die in keinem Künstlerfarbenkatalog zu finden waren. Schon ein einziger Buchenstamm präsentierte eine Vielzahl zartester Töne, die aus seinem seidigen Silbergrau hervorgingen oder mit diesem verschmolzen. Und wer noch immer das nackte Weiß des Schnees beschwor, musste bei näherem Hinschauen zugestehen, wie sich blassblaue und lila Schatten von mattgrünen oder türkisen Flecken schieden. Wieder eine Lektion, sagte sich Georg, wenn er wie trunken von optischen Entdeckungen heimkehrte: Der Herbst mit seinen schweren, satten, oft leuchtenden Rot- und Violetttönen, dem Goldgelb des Ginkgos, dem Rostrot der Clematis und den Feuerflammen des Weins, hat mit den ersten eisigen Winden seine Farbigkeit abgelegt und sich scheinbar in Gräue verloren. Aber zur Wahrheit des Winters gehört die Entdeckung der verhaltenen Farben, der pastellenen Töne. Nach den kräftigen Farbtupfern des Frühlings, der vielfältigen Palette des Sommers und den Mischungen des Herbstes haben mit dem Winter endlich die stillen Töne ihre Chance.

Er würde versuchen, aus dem Gedächtnis das Gesehene zur Papier zu bringen. Er tat es auch, aber statt des Pinsels griff er zum Federhalter und schrieb es auf.

Mit seinem Gewichtsverlust war Georg auch im Gesicht schmaler geworden, strenger, wie manche glaubten feststellen zu müssen, seinem Vater ähnlicher. Inzwischen fühlte er sich so ganz gut. Er glaubte sogar, wieder etwas zuzunehmen, motivierter und lebensfroher erlebte er sich ohnehin. Stabil wäre zu viel gesagt, eher gestärkt. An seiner Ernährungsumstellung hielt er fest, verzichtete auf industriell produzierten Zucker und entsprechende Surrogate, mied Weizenmehlprodukte und verbannte Schweinefleisch in jeglicher Form nun noch konsequenter von seiner Speisekarte. Stattdessen aß er viel Gemüse und Beerenobst, das dank des Anschlusses an die internationalen Handelswege nun auch winters im Osten zu haben war. Kritikern dieses winteruntypischen Angebots hielt er seinen gesundheitlichen Zustand entgegen und verwies auf einschlägige Literatur zur Antikrebsernährung. Er gönnte sich zweimal in der Woche Fisch, überwand seine Abneigung gegen Leinöl, reduzierte seinen Espressogenuss auf zwei Doppelte am Tag und beschloss den Abend mit einem Gläschen biologischen Rotweins. Den naturnahen Nahrungsergänzungsmitteln und Medikamenten von Vierwalden fügte er Aroniabeeren und bittere Aprikosenkerne, Granatapfel und Avocado hinzu. Alles, was sein Immunsystem zu stabilisieren versprach und ein ausgeglichenes Säure-Basen-Milieu nicht gefährdete, war ihm willkommen. Nur in einem Punkte vermochte er sich lange nicht mit sich selber zu einigen. Eine bestimmte Richtung der Antikrebsernährung riet von Kartoffeln ihrer Stärke wegen ab, um nicht zu sagen: untersagte sie geradezu. Georg aber, der auf seine tägliche Kartoffelmahlzeit nicht verzichten mochte, verzehrte diese nun mit schlechtem Gewissen. Als ihm der Widersinn seines Verhaltens bewusst wurde, entschloss er sich nicht etwa, künftig auf Kartoffeln zu verzichten, sondern selbige mit gutem Gewissen zu genießen.

Zog jemand seine Praxis in Zweifel, berief er sich auf den basischen Charakter der Knolle und winkte ab.

Manchmal hielt er inne und dachte zurück. Dann schien es ihm, alle Bausteine seines neuen Lebens, die Therapien von Vierwalden, der neue Umgang mit der Zeit, die veränderte Ernährungsweise, seine täglichen Meditationen und Waldspaziergänge, die Bearbeitung seiner seelischen Altlasten – dies alles habe Anteil an einem wiedergewonnenen optimistischen Lebensgefühl. Wenn das ein Weg wäre, so ein Symptom wie seines zu bändigen, müsste nicht seine Krankenkasse schlagartig umdenken, Ärzte und Kliniken verpflichten, sich für alternative Wege zu öffnen und Patienten wie ihn großzügig unterstützen?

Seit Tagen wartete Georg auf die Entscheidung seiner Kasse, ob sie die Kosten für die Behandlung tragen werde.

Was Postsendungen anbetraf, gehörte Georg sonst nicht zu den Menschen, die von Neugier förmlich aufgefressen werden. Seine diesbezügliche Selbstbeherrschung trug beinahe schon pathologische Züge. Seit seiner Krankschreibung holte er täglich zwischen zehn und elf die Post aus dem Kasten, warf einen Blick auf die Absender und legte sie auf der Kommode ab. Fand er keine Gelegenheit, sie in Ruhe und bei einem Espresso zu lesen, konnte es auch mal vorkommen, dass er sie vergaß und erst mit der Post des Folgetages öffnete.

Sprach ihn Ariane darauf an, verwies er auf die weitaus längeren Postwege zu DDR-Zeiten, wo eine hoch bezahlte Institution den Erstleseanspruch für sich erhob, manche Postsendung sogar einfach einbehielt. Was auf ihrer Kommode lag, war immerhin schon einmal angekommen.

Ariane, auch hier das ganze Gegenteil von ihm, kam ihm samstags nach dem Frühstück manchmal zuvor. Noch auf der Treppe zum Haus las sie Empfänger und Absender und begann, mit den Fingernägeln die an sie adressierten Briefe aufzureißen. Meist bestanden diese aus Einladungen zu Vernissagen oder Tagungen, oft auch aus Rechnungen, die sie als städtische Beamtin begleichen und zur Rückerstattung an ihre Kasse weiterreichen musste. Im Gehen noch nahm sie den jeweiligen Briefinhalt zur Kenntnis und legte die an Georg gerichtete Post auf den Wohnzimmertisch. Sie wusste, er brauchte dieses kleine Ritual, sich ganz in Ruhe in einen Sessel zu setzen, einen Espresso zu schlürfen, die Umschläge mit dem Brieföffner sauber aufzuschlitzen und die jeweiligen Botschaften in sich aufzunehmen. Er beschwor dabei die Gesichter der Absender und erinnerte sich gemeinsamer Begebenheiten und Gespräche. Termine und Einladungen trug er gleich in seine Kalender ein. Fand er einen schwarz umrandeten Brief im Kasten, entzündete er eine Kerze, noch ehe er das Kuvert öffnete. Post, die Anregung und Vergnügen versprach, Briefe seiner Freunde Klaus, Alexander und Balduin, Grüße Barbaras oder der Töchter, Lilos, Violettas oder neuerdings Lisas, hätte er früher mit einer Grappa gefeiert. Das verkniff er sich jetzt. Bestand die postalische Tagesration aus Werbung, Beinahe-Gewinnen eines gemeinnützigen Glücksspiels, Prospekten von Versandhäusern und Gartenzentren, ließ er diese ebenso genüsslich und mit spitzen Fingern ungeöffnet in den Papierkorb fallen.

Die Tugend der Geduld oder mangelnden Neugier – man würde ihm unrecht tun, es Gleichgültigkeit zu nennen – zeichnete Georg bereits aus, als es noch Westpakete gab, deren Inhalt immer etwas Geheimnisvolles, Unerwartetes versprach. Um seine Vorfreude zu steigern, vermochte er einen solchen Wunderkarton ein, zwei Tage lang unausgepackt auf dem Tisch liegen zu lassen, bis sich endlich die Gelegenheit ergab, den Vorgang des Auspackens zu zelebrieren.

Ariane berichtete, bei ihr zu Hause habe diejenige, die das Paket in Empfang nahm, sogleich das Packpapier aufgerissen, um an das vorgeschriebene Inhaltsverzeichnis zu gelangen und somit als Erste zu wissen, worauf sich zu spitzen lohnte, wenn es zur Verteilung käme.

Zweifel an seiner Methode befielen Georg erst, als er matschige Bananen und angeschimmelte Apfelsinen aus einem Karton kratzen musste, die sich mit Waschpulver und Kölner Schneeflocken liiert hatten und eine Woche früher vielleicht noch zu genießen gewesen wären. Für Pakete galt forthin Spannungsverzicht zugunsten plumper Nützlichkeit.

In diesen Tagen traf mit der Tagespost nun auch der Brief ein, den Georg zugleich erwartete und fürchtete. Er zog ihn aus dem Stapel, um sich mit ihm in seinen ledernen Ohrensessel zu verziehen. Dunkle Ahnungen ließen ihn auf das gewohnte Ritual verzichten. Seine Krankenkasse, bei der er um die erwähnte Übernahme der Klinikkosten ersucht hatte, schrieb zurück. Er zog die Tür seines Zimmers heran, obgleich außer ihm niemand im Haus war, riss, ganz gegen seine Gewohnheit, das Kuvert auf und las:

Sehr geehrter Herr Weber, Ihren Antrag auf Kostenübernahme haben wir erhalten. Die Prüfung der Angelegenheit hat folgendes ergeben:

Ein Anspruch auf Übernahme der Behandlungskosten in der Klinik Vierwalden besteht nicht.

Zur Begründung: Wie Ihnen bei Ihrem ersten Vorgespräch unsere Mitarbeiterin, Frau Wolkenthin, bereits mitgeteilt hat, bestehen erhebliche Zweifel an der therapeutischen Wirksamkeit der Tiefenhyperthermie und anderer paramedizinischer Maßnahmen, die in der Klinik von Vierwalden Anwendung finden. Nach Bewertung des Gemeinsamen Bundesausschusses, der über Kas-

senleistungen entscheidet, sind etwaige Erfolge dieser Methode durch keine einzige Studie belegt.

Zur weiteren Begründung wurde auf die sozialpolitische und wirtschaftliche Verantwortung der Kassen verwiesen, die Leistungen für umstrittene Verfahren, noch dazu in einer privaten Klinik, mit der kein Vertrag bestehe, ausschließe.

Ihren diesbezüglichen Antrag vom 28.12.2007 müssen wir daher ablehnen.

Georg schlug mit der flachen Hand auf den Tisch und zischte, ebenfalls ganz gegen seine Gewohnheit Scheiße! Und das will die Kasse mit dem hohen Betreuungsanspruch sein? Ist denen denn völlig egal, ob einer ihrer Beitragszahler lebt oder stirbt? Hauptsache im Einklang mit irgendwelchen überholten Ordnungen und deren engster Auslegung!

Er rief Ariane im Museum an und teilte ihr seine Empörung mit.

Und? Wirst du dir das gefallen lassen?

Natürlich nicht, rief Georg ins Telefon, auf keinen Fall! Ich werde klagen!

Georg versank in Grübeln. Was mochte in den Köpfen der Leute vorgehen, die solche Entscheidungen trafen! Gleichgültigkeit mochte er ihnen nicht unterstellen, eher übertriebene Kniefälligkeit. Unwissen dürfte auch nicht zutreffen. Von den Gefahren tausendfältiger Ganzkörpervergiftung durch die Chemokeule dürfte auch die letzte Sachbearbeiterin inzwischen gehört haben. Wer wollte schon der Erfolgsstatistik der Kliniken, die gern Patienten als geheilt entließen, eine Statistik der Hausärzte gegenüberstellen, die diese durch qualvolle Nachbehandlungen oft bis zum Tode begleiteten? Gab es da nicht eine Grauzone, die von den Unternehmen, die an den gängigen Methoden verdienten und entsprechende Studien finanzierten, gar nicht aufgehellt werden sollte?

Und würden die Vertreterinnen der Kassen, wenn es sie selber beträfe, in gleicher Weise über ihr Schicksal entscheiden *lassen*?

Etwa so: *Frau Wolkenthin, da gibt es nur eins, wir machen jetzt erst mal die unumgängliche OP, dann machen wir eine Chemotherapie, und wenn es sich als nötig erweist, setzen wir die Therapie radiologisch fort.*

Würde da nicht Frau Wolkenthin antworten: *Danke. Ich weiß aber von mehreren Praxen und Kliniken, die mit großem Erfolg einen anderen, sanfteren Weg beschreiten?*

Und man würde ihr antworten: *Sind Sie wahnsinnig? Wollen Sie Ihr Leben in die Hände von Scharlatanen und Quacksalbern geben?*

Wer sich nicht kundig gemacht hätte, würde spätestens hier einknicken. Und der Arzt würde sagen: *Wie gut, dass Sie wieder zur Vernunft gekommen sind.*

Frau Wolkenthin und die anderen in seiner Kasse wussten doch aber inzwischen, dass es selbst bei Pankreas-CA Erfolg versprechende Alternativen gibt. Und so würde Frau Wolkenthin gewiss dafür sorgen, dass *ihre* Kasse, falls sie selber bei ihrer Kasse versichert wäre, die Kosten trägt.

Warum bestimmt die konventionelle Medizin mit ihrem verengten Blickwinkel, wie es mit einem Krebskranken weitergeht? Und warum binden sich die Krankenkassen daran, wo sie doch haushalten sollen? Sie wissen doch, wie viel teurer die traditionelle Therapie ausfällt? Und die Abhängigkeit der Schulmedizin von der Pharmaindustrie ist ihnen ja auch kein Geheimnis mehr. Sind Ärzte in der Empfehlung einer Therapie überhaupt noch frei? Wer nimmt denn andere Methoden überhaupt zur Kenntnis?

Georg sah Professor Teubner vor sich, der in einer mehrteiligen Fernsehsendung über Krebs vor alternativmedizinischen Wegen dringend gewarnt hatte. Er verstieg sich zu der Behauptung, wenn jemand ohne schulmedizinische Behandlung seinen Krebs überlebt habe, dann sei das absolut singulär und müsse als Spontanheilung betrachtet werden. Es könne niemals das Ergebnis eines alternativen Therapieansatzes sein. Als ihm ein Kollege aus der alternativmedizinischen Praxis vorwarf, solche Behauptungen seien unwissenschaftlich, die Wissenschaft müsse jederzeit offen sein für neue und andere Wege, wenn sie nicht zur Ideologie verkommen wolle, wurde die Sendung unterbrochen. Die Einblendung *Technische Störung* verschwand erst nach fünf Minuten und mit ihr der alternative Kollege.

Vierwalden war seit über zehn Jahren erfolgreich in der Krebstherapie. Manche Patienten kamen, so wie er, schon mit der frischen Diagnose, weil sie der Reparaturmedizin misstrauten. Andere verbanden mit Vierwalden ihre letzte Hoffnung, wenn sie schulmedizinisch als *austherapiert* galten. Was sie zu berichten wussten vom Leidensweg Krebskranker in so mancher Klinik, mochte man nicht glauben.

Bei allem Respekt vor dem, was täglich erforscht und entwickelt wurde, was an Operationstechnik und ärztlichem Können zur Verfügung stand, schien es doch, als stünde dem Weg zur Heilung des Menschen ein imaginäres Hindernis im Weg.

Ist es die immer feinere Spezialisierung, die, so sehr sie um des Menschen willen betrieben wird, Gefahr läuft, eben diesen Menschen aus dem Auge zu verlieren? Wer bringt denn die hochspeziellen Kenntnisse und Techniken am Ende wieder zu einem gemeinsamen Ganzen zusammen?

Ich bin doch ein Mensch, ein komplexes Wesen, Teil der Natur, von natürlichen und kosmischen Gegebenheiten bestimmt, dachte Georg. Kann denn ein Arzt, der das Genfer Gelöbnis gesprochen hat, meinen, er habe einen Patienten geheilt, wenn er ihm den halben Magen herausoperiert hat, ohne ihm zu sagen, was er künftig anders machen müsse? Sind denn unsere Symptome nur Schicksalsschläge und Folgen genetischer Veranlagung, sind sie nicht auch Problemanzeigen für weit mehr als physiologische Störungen?

Georg hatte begonnen, seinen Krebs als letzte Warnung zu deuten, als rote Lampe, Bauchsirene, die der dringlichen Änderung seines Lebens galt. Frühere Warnungen glaubte er überhört oder nicht verstanden zu haben.

Jetzt muss ich reagieren, sagte er sich – oder es ist zu spät.

Er dachte an die Ärztin, die ihn doch noch zu einer OP überreden wollte, obwohl ihre Praxis über ein Onkothermgerät verfügte.

Was glauben Sie, wie viele Menschen ohne Galle gut leben, Herr Weber? Und den Zwölffingerdarm braucht man, genau genommen, auch nicht. Und wenn ein Stück Bauchspeicheldrüse verloren geht – *verloren geht!* –, sind Sie noch lange nicht tot. Selbst die Milz wäre im Ernstfall verzichtbar. Na gut, der Magenausgang, Herr Weber, das ist nicht ganz ohne, aber das kriegt man auch wieder in den Griff. Und die Lymphen? Was meinen Sie, bei wie vielen Menschen täglich ohne weitere Folgen Lymphen entfernt werden?

Georg hatte erst sie entsetzt angeschaut, dann das Bibelwort an der Wand und gesagt: Schade, dass Sie bei der Schöpfung nicht dabei waren! Für ihre rationelle Denkweise hätte Ihnen der Schöpfer sicher einen eigenen Baum der Erkenntnis gepflanzt. Im Übrigen will ich nicht nur nicht tot sein, ich will leben, falls Sie verstehen, was das ist. Damit war er aufgestanden und hatte grußlos die Praxis verlassen.

Nein, wenn sie nicht endlich in gegenseitiger Achtung zusammenfänden, die Spezialisten mit ihrem Detailwissen, die

Beobachter der natürlichen Heilungsvorgänge, die Kenner und Kennerinnen von Geist und Seele, von Energie und energetischen Störfeldern, die Schulmediziner und Homöopathen, die Naturheilkundler und Heiler und schließlich auch die Pharmazeuten – verlören sie den Gegenstand ihrer Bemühungen, den Menschen, irgendwann einmal gänzlich aus dem Blick.

Ariane kam spät. Er hätte gern noch mit ihr gesprochen, ihr seine Vorstellung erklärt, wie er gegen die Kasse vorzugehen gedachte. Aber sie blieb wortkarg und in sich gekehrt, wie er das schon öfter in letzter Zeit beobachtet hatte, wenn es Stress mit der Kulturbehörde gab. Sie verzichtete auf die Abendnachrichten und ging bald nach dem Essen zu Bett.

Georg, der ihr später folgte, lag noch lange wach. Gegen drei erhob er sich und schlich sich aus dem Schlafzimmer in Arianes Kammer, wo eine Gymnastikmatte aus festem Schaumgummi lag. Er griff sich das Rückenkissen von ihrem Drehstuhl und legte sich der Länge nach auf den Boden, das Kissen im Nacken. Der Raum war angenehm warm. Ariane hatte vergessen, die Heizung herabzudrehen. Er musste sich nicht zudecken. Seine Augen nahmen die Umrisse des Mobiliars wahr, das Regal in der Dachschräge mit ihren Büchern und Ordnern, den kleinen Biedermeierschrank, der kleine Bronzebuddha obenauf, ein dunkler Fleck in der Finsternis, das Fensterbrett. Mit einem Blick zur Seite schälte sich aus dem Dunkel die Galerie seiner Zeichnungen wie eine Folge heller Rechtecke über dem Schreibtisch, der von zwei Stapeln Papier beherrscht wurde. Sie ragten über den Rand hinaus. Mehr konnte er aus seiner Perspektive nicht ausmachen. Den Drehstuhl noch und einen anderen, auf den sie immer ihre Arbeitstasche warf. Hinter seinem Kopf, das wusste er, befanden sich das große Fenster und der Rolltisch mit dem Fernsehgerät.

Georg schloss die Augen. Es herrschte absolute Stille im Haus. Kein Tackern in der Holztäfelung, kein Blubbern der Heizung, Geräusche, wie sie im Schlafzimmer vorkamen. Er hörte in die Stille hinein und hörte seinen eigenen Herzschlag, so klar und regelmäßig, dass er erschrak. Wenn er wollte, könnte er jetzt seinen Herzschlag verändern, dachte er, sich ein Thema vornehmen, das ihn erregte und beobachten, wie sich seine Herzfrequenz erhöhte oder den Herzschlag herunterfahren, verlangsamen, bis zum Stillstand. Nicht immer mochte das gelingen, aber diese Nacht schien ihm geeignet dafür. Er hatte es schon einmal versucht und glaubte sich bereits auf dem Punkt Null, als er mit Schrecken zu sich kam und plötzlich wie wild zu atmen begann. Vielleicht wäre dies eine gute Nacht zum Sterben. Er stellte sich vor, wie er nach und nach seine Atmung verlangsamte, um endlich nicht mehr zu atmen. Er würde ganz entspannt entschlafen, einfach zu leben aufhören. Was käme dann? Könnte er das Weitere auch noch selber bestimmen? Den Weg zum Licht, der so oft beschrieben wurde? Ariane würde nach Sonnenaufgang seinen leblosen, noch halb warmen Körper vorfinden, nachdem sie das leere Bett entdeckt, in Bad, Küche, Wohn- und Arbeitszimmer nachgeschaut und in den Keller hinabgerufen hätte. Sie würde denken, er täusche Leblosigkeit vor und würde ihn schütteln. Dann würde sie kreischen, nein, sie würde wahrscheinlich keinen Ton herauskriegen. Hin und her würde sie laufen, kopflos, ratlos, was sie zuerst tun sollte. Dann würde sie ihre Schwester anrufen, die gleich zu heulen anfinge. Innerhalb einer Stunde wäre die halbe Verwandtschaft versammelt und keiner wüsste, was zu machen ist. Irgendwann würde jemand auf die Idee kommen, einen Arzt und die Polizei und die Feuerwehr und einen Krankenwagen und den Bürgermeister und Georgs Arbeitsstelle oder das Ministerium anzurufen. Dann würde Ariane einfallen, seine beiden Töchter zu benachrichtigen. Da hätten die anderen schon aufgeweichte Gesichter und viele Taschentücher nass gemacht und wären sich schon vielfach in die Arme gefallen und hätten sich gegenseitig bemitleidet. Er aber würde auf dem echten Pegasus flugreiten durch das All. Er musste lachen.

Warum eigentlich nicht? Warum am Leben bleiben, wenn der Tod schon einmal angeklopft hat? Warum klammern? Was sollte dieses Krallen an den alltäglichen Wiederholungen für einen Sinn haben? War es schon kaum möglich, dem Leben als solchem einen klaren Sinn abzugewinnen, wie erst den Versuchen, an diesem krampfhaft festzuhalten?

Er sieht sich in Gedanken den Ostseestrand entlanggehen, wo er in diesen Wintermonaten zweimal einen halben Tag zubringt, und er hängt der Frage nach, was der Sinn von allem sei. Im Dunkeln ist er losgefahren und noch vor Sonnenaufgang angekommen. Der Strand liegt im matten Morgenlicht unter einem schweren schwarzen Himmel. Das Meer schlägt in ungleichmäßigen Rhythmen hohe Wellen ans Ufer, einmal weiter hinauf, bis dahin, wo Georg geht, einmal weniger weit, bevor es alles, was sich nicht im Sand verlaufen hat, schmatzend zurück saugt in das große weite Wasser. Er bleibt stehen und betrachtet dieses unaufhörliche Spiel. Noch in dunkler Ferne, wie in einem Schwarz-Weiß-Film – die Farben werden erst mit der steigenden Sonne kommen – erheben sich erste schmale weiße Kämme über der unruhigen See, die sich zum Ufer hin verdichten. Schon vor der ersten Buhne türmen sich Wellenberge auf, um mit aggressiver Gewalt, bedrohlich und zugleich verführerisch, auf ihn zuzurollen, ehe sie sich knapp vor dem Strand übergeben und in weiße Schaumteppiche verwandeln. Er genießt das Spiel und sucht in der weichenden Dämmerung am Horizont nach den feurigen Zeichen der aufgehenden Sonne, als ihm bewusst wird, dass er nach Westen schaut. Die Sonne hinter ihm könnte schon die Höhe der Weiden erreicht haben. Wenn die ersten Strahlen das Kiefernwäldchen in seinem Rücken zu durchleuchten anfingen und dem Meer sein kaltes, silbriges Grün zurückbrächten, wäre Frühstückszeit. Er greift in die Taschen seiner Jacke und findet nichts zu essen. Von Norden her nähert sich lautlos ein helles Rechteck, die Fähre, die schwimmende Brücke nach Skandinavien. Zu weit, als dass er irgendetwas Spezifisches an ihr entdecken könnte. Aber es besteht kein Zweifel, so sehen sie aus, diese Transportkästen, die mehrmals am Tag Menschen und Güter hin- und hertragen. Ihr Kommen und Gehen gleicht dem Auf und Ab der Wellen, dieser endlosen, windgetriebenen Bewegung.

Und wenn es *das* ist? Er bleibt stehen. Vielleicht ist eben *das* der eigentliche, vielleicht sogar der einzige Sinn unserer Existenz: *dass es weitergeht*. Wir sind da, damit es weitergeht, das große und grandiose Spiel von Werden und Vergehen, von Schöpfung und Zerstörung, von Sonnenauf- und -untergang, von Geburt und Tod, von Jubel und Schmerz. Möglicherweise steckt hinter allen Mythen und Religionen, hinter allen Tröstungen des Individuums durch eine ihm gewogene Macht nichts anderes als dieses ewige – und irgendwie auch tröstliche – Spiel. Ich bin hier, damit es weitergeht! Das schließt meine persönliche Verantwortung nicht aus, sondern erfordert sie. Ich entscheide, ob ich in diesem Spiel aufseiten der Schöpfung oder aufseiten der Verwüstung stehen will. Ich bin nicht nur Geschöpf, ich darf auch Schöpfer sein, ich darf mit Liebe und Fantasie dieses herrliche Spiel des Lebens mitgestalten. Ich kann es auch ignorieren und mich an seinem Untergang beteiligen.

O ja, Mitschöpfer sein, Mitgestalter eines lebenswerten Daseins. Dafür habe ich Verlängerung erhalten, einen Nachschlag an Lebenszeit, um das zu erkennen und etwas, wenigstens etwas dazu beizutragen.

Georg war als erwachte er eben aus einem Traum, so real glaubte er das Meer vor sich gesehen zu haben. Er blieb noch eine Weile mit offenen Augen liegen, während der Dämmer weitere Details preisgab. Die Sonne mochte eben in Westrussland oder der Ukraine aufgehen. Es würde noch ein, zwei Stunden dauern, bis die ersten Sonnenstrahlen die Kammerdecke erreichten.

Georg stand auf, schlich sich in sein ausgekühltes Bett und schlief bald ein. In einer Stunde wäre für Ariane die Nacht zu Ende.

Die Vormittagssonne knallte ungewöhnlich warm für diese Jahreszeit in das kleine Arbeitszimmer, in dem Georg in seinem dunkelgrünen Ledersessel lehnte, die Espressotasse in der Linken, mit der Rechten auf dem Block, der auf seinem Schoß ruhte, seine nächtlichen Gedanken festhaltend. *Damit es weitergeht.* Wie ein Pflug im Kopf schien dieser kleine Satz seine Gedankenwelt aufzubrechen.

Unter diesem Blickwinkel müsste er wohl noch einmal anfangen, das Leben zu buchstabieren.

Er schaute hinaus in seinen Garten, der tief verschneit vor dem Fenster seinen Winterschlaf hielt. Mochten die Nachbarn ihre Verbundenheit mit der Natur in der Aufzucht kläffender, in Zwingern gehaltener Hunde ausleben oder in der ohnmächtigen Passivität gegenüber sich wild vermehrenden buntscheckigen Katzen, von denen an die zehn ihre tägliche Notdurft in seinem Garten verrichten zu müssen meinten – er seinerseits wollte der freien, wilden Natur sein Herz noch weiter öffnen, als es schon der Fall war. Bei ihm sollten Vögel aller Art ihr Paradies haben. Für seine gefiederten Freunde würde er, sicher zum Ärger der Nachbarn, die Hecken ringsum wachsen lassen, um reichlich Nistplätze zu sichern. Am Ende des Gartens, neben dem Geräteschuppen, wollte er zwei Igelquartiere errichten. Die Entdeckung des ersten Igels, der schnaufend in der Dämmerung über die Wiese lief oder sich mit seinesgleichen unter der Tanne traf, euphorisierte ihn Jahr für Jahr. Zuletzt schienen sich vier auf einmal die Ausbeute der fünftausend Quadratmeter zu teilen.

Sein Oregano hatte sich in den letzten zwei Jahren wild vermehrt. Überall in den Rabatten wuchsen kleine Büsche des duftenden Krauts wie Unkraut heran und lockten mit ihren zartlila Blüten Kohlweißlinge, Zitronenfalter, Tagpfauenaugen und Admirale an. Er würde die kleinen Büsche an einer Stelle nahe der Terrasse zusammenpflanzen, sodass eine Oreganoinsel entstünde, auf der sich flatternde Insekten tummeln könnten. Und er, der das Wunder dieser besonderen Art und ihrer Entstehung seit der Kindheit bestaunte, würde stundenlang zuschauen können. Und ein Insektenhotel wollte er bauen, hinten im Garten, mit Holz und Lochsteinen, wie er es anderswo gesehen hatte. Und die jährlich entstehenden Wespennester im Geräteschuppen wollte er künftig tolerieren und nicht mehr heimtückisch zum Abend aus sicherer Entfernung mit einer Stange abschlagen. Und Tränken würde er aufstellen, hohe, auf glattem Rundmetall, für die Vögel und flache, für anderes Getier in der trockenen Zeit. Nur was machte er mit den Nacktschnecken, wenn wieder ein feuchtes Jahr käme? Die Igel fraßen sie nicht. Hier müsste er sich wohl zugunsten der Blumen und Kräuter entscheiden, für Tagetes und Chrysanthemen, Kresse und Astern,

Stevia und Basilikum, und den glitschigen braunen und schwarzen Pflanzenfressern den Garaus machen.

Georg stellte seine Tasse ab, schaute auf seinen Block und musste lachen. Da saß er nun wie ein Buchhalter in seinem geheizten Zimmer und frönte seiner alten Pedanterie wie vor Tagen, als er meinte, mit Stundenplänen sein Leben neu ordnen zu können. Er selber war es, der sich einkreiste, eingrenzte, der lebendige, lebensvolle Ideen auf das Maß eines Stubenhockers korsettierte. Hatte er das nicht eben in Vierwalden begriffen? Was für ein langer Weg läge wohl noch vor ihm, wollte er seiner domestizierten Gedankenwelt endlich die Freiheit schenken!

Damit es weitergeht. Der Fortgang des Lebens auf diesem Planeten hing doch nicht an seinem Garten und seinen wohlgeordneten Vorhaben. War er nicht eben dabei, den Pflug im Gehirn zum Schäufelchen zu machen?

Wenn dieses *Dass-es-Weitergeht* die Erkenntnis seiner alten Tage würde, wo müsste er dann anfangen, sein Leben aufzuräumen?

Nun ja, tröstete er sich, das Geschick der Welt sei ja wohl ohnehin einige Nummern zu groß für ihn.

Aber dann sah er Bettina vor sich, mit der er sich seit der Scheidung in einer unausgesprochenen Dauerspannung befand, sah Ariane, die ihm manchmal zu entgleiten drohte. Er blickte in Gesichter aus seinem Freundeskreis, entdeckte notvolle Signale, auf die er nie reagiert hatte, verschleppte Versprechungen, verweigerte Teilnahme. Menschen kamen ihm in den Sinn, deren soziales Abdriften er gar nicht an sich herangelassen hatte. Er dachte an den Zustand dieser Demokratie, auf die er alles gesetzt hatte und die ein Prinzip nach dem anderen preiszugeben bereit war, sah orientierungslose und gewalttätige Jugendliche, enttäuschte und politisch desinteressierte Neubürger, eine sprachlose Kirche, verstummte Intellektuelle, Mitstreiter von einst, die sich vom Mainstream nicht mehr abhoben.

Das wird eine Denkaufgabe für Wochen, oder Jahre, falls die mir bleiben, dachte Georg, aber ich will mich ihr nicht entziehen: *damit es weitergeht.* Er stand auf und machte sich einen weiteren Espresso.

12

Vierwalden erlebte den schneereichsten Winter seit fünfzig Jahren. Ab Ende Januar hatte es unentwegt geschneit. Die Mühr trieb Eisschollen mit sich. Der Schiffsbetrieb war eingestellt. Enten ließen sich mit der Strömung treiben. Büsche und Bäume hingen mit ihrer Schneelast ins Wasser. Schneepflüge hatten zu beiden Seiten der Hauptstraßen meterhohe Wälle aufgetürmt. Das Pflaster bedeckte eine feste Schicht aus gepresstem Schnee und Streukies. Manche Nebenstraßen waren unbefahrbar. Die Anwohner mühten sich, wenigstens den halben Gehsteig freizuschaufeln. Nur wer eine Schneefräse besaß, schaffte mehr. So beschwerlich dieser Winter für die Vierwaldener sein mochte, wer nicht geschäftlich unterwegs sein musste, konnte ihm einen gewissen Zauber nicht absprechen. Fast geräuschlos glitten die Autos an einem vorüber. Die Dächer der Häuser blitzten in der flachen Sonne, die Gärten schliefen in tiefer Unschuld. Alte Frauen mit Einkaufsbeuteln tasteten sich langsam vorwärts. Wer es eiliger hatte, musste Geduld aufbringen. Überholen konnte man auf den meisten Bürgersteigen nicht. Ein eisiger Wind sorgte dafür, dass sich draußen nur aufhielt, wer gute Gründe dafür wusste.

Georg kam mit dem Zug. Die Meldungen von Unfällen und Staus auf den Autobahnen ließen es angeraten sein. Aber auch mit der Bahn wurde die Reise zu einem beschwerlichen Unternehmen. Zweimal blieb sie auf freier Strecke stehen, eine Stunde oder mehr. Zwei der Anschlusszüge waren weg, einer fiel einfach aus. Als Georg mit fünf Stunden Verspätung eintraf, war die Stadt zu Bett gegangen. Mit ihm stiegen zwei weitere Reisende aus, die schwere Koffer hinter sich herzogen. Am Bahnhofsausgang schauten sie sich ratlos um. Kein Taxi war zu sehen. Nachtgraue Häuserfassaden hinter aufgeworfenen Schneebergen, spärlich erleuchtet von nebligem Laternenschein.

Georg fasste sich ein Herz und sprach die beiden an: Kann ich Ihnen helfen?

Fast gleichzeitig kam es aus beiden Mündern: Ich suche die Krebsklinik.

Hab ich mir doch gedacht, sagte Georg, dann haben wir den gleichen Weg. Kommen Sie einfach mit mir, es sind nur fünf Minuten. Er stellte sich an die Spitze der Gruppe, griff nach seinem Koffer und dankte dem Himmel, dass er sich für den richtigen entschieden hatte. Er war zwar etwas kleiner als nötig, besaß dafür einen herausziehbaren Griff und Räder, die zwar kaum rollen konnten, aber ein Schleifen des Koffers auf der blanken Schneedecke verhinderten. Der Fußweg zwischen den Schneebergen war so eng, dass er ihn unmöglich an der Seite hätte tragen können. Er marschierte los, die beiden anderen mit ihren Rollkoffern im Gefolge. Sie überquerten den kleinen Bahnhofsvorplatz und bogen in die erste Straße links ein. Wer die drei von der gegenüberliegenden Straßenseite aus beobachtet hätte, hätte auf dumme Gedanken kommen können: Drei Gestalten, von denen nur die Köpfe über einem hohen Schneewall zu sehen sind, schleichen im Gänsemarsch auf ein unbekanntes Ziel zu und werfen gespenstische Schatten auf die Häuserwände.

Das Kliniktor war weit geöffnet, die Haustür angelehnt. Oben erwartete sie Frau Kaiser, die Hausmutter: Herr Weber! Endlich! Ich habe mir schon Sorgen gemacht. Dann werden Sie Frau

Dr. Bersan und Herr Hellwig sein. Sie begrüßte die drei der Reihe nach mit Handschlag und führte sie in den Speiseraum: Gott, Sie werden ja völlig erschöpft sein. Ich habe einen Tee vorbereitet. Ihr Abendbrot steht in der Küche bereit. Wenn Sie mögen, auch wenn es schon eins ist, bringe ich es Ihnen hinaus.

Georg gestand, er könne durchaus noch etwas vertragen. Die andern beiden begnügten sich, angesichts der späten Stunde, mit einem Tee.

Als die Hausmutter den beiden Neuen ihre Zimmer gezeigt und eine Gute Nacht gewünscht hatte, kehrte sie noch einmal zu Georg zurück.

Herr Weber, ich freu mich ja so, dass Sie wieder da sind. Sie sehen gut aus, obwohl Sie doch todmüde sein müssten. Geht es Ihnen gut?

So gut, dass ich nicht gebracht werden musste, sagte Georg, aber auch so ungewiss, dass ich nicht einfach zu Hause bleiben könnte. Oder anders gesagt, ich brauche wieder ein gutes Doping für Körper, Seele und Geist.

Die Lebendblutkontrolle im Dunkelfeld und ein erstes Arztgespräch hatte Georg absolviert. Während er, noch müde, auf dem Wasserbett, die Onkothermsonde auf seinem Bauch, vor sich hin döste, ging draußen die Sonne auf und tauchte den Behandlungsraum in mildes Licht.

Was für ein Tag, dachte Georg, was für ein Leben, was für ein Glück, hier sein zu dürfen! Ich danke dir, mein Gott!

Mein Gott? Georg stutzte. Was sage ich da? Wen oder was meine ich mit *mein Gott*?

Er erinnerte sich, als Kind, wenn er zu Gott gebetet hatte, immer das Bild seines Vaters gesehen zu haben. Wie sollte Gott anders sein können als sein Vater! So streng, so gütig, so ungerecht, so fordernd, so vorwurfsvoll, so konsequent, so abweisend und doch so anziehend. Das hatte sich vielleicht nie völlig geändert, auch dann nicht, als Georg viel über Gott und viel über seinen Vater nachgedacht hatte, auch dann nicht, als er Gott von konkreten Vorstellungen zu abstrahieren suchte und auch dann nicht, als er sich mit seinem Vater ausgesöhnt hatte.

Was ist denn *Gott*? Gott ist doch kein Name, kein persönliches Gegenüber. Gott ist doch allenfalls die Gattungsbezeichnung für eine Wesenheit oder Kraft außerhalb unserer selbst, ob sie nun Enlil, Enki, An und Ischtar heißen wie in Babylon oder Zeus und Hera wie auf dem griechischen Olymp, ob Vanen und Asen wie bei den Germanen oder Brahma, Vishnu und Shiva wie bei den Hindus, ob Jahwe, wie der Gott der Juden oder Allah, wie der Gott der Moslems. Sie alle sind Gott. Und der Christengott? Heißt einfach nur *Gott*? Wenn der Ausschließlichkeitsanspruch der monotheistischen Religionen gelten soll, wogegen ich mich zutiefst sträube, muss Gott doch mehr als eine Bezeichnung sein. Und wenn nicht, erst recht.

Ich will nicht mehr Gott sagen, nicht mehr Gott denken müssen und dabei meinen Vater und andere Menschen und Götter assoziieren müssen. Meine Gedanken, mein Flehen, meine Wut, meine Hoffnung sollen sich weder an Bilder klammern noch im Nirgendwo verhallen. Sie müssen an eine Kraft gerichtet sein, die ich sowohl in mir verspüre als auch außerhalb meiner wirksam weiß. Licht, Liebe, Freude, Energie und Einheit des Ganzen – o Gott, wenn das meine ehemaligen Kirchenkollegen hören würden, sie würden mich zum Ketzer erklären.

Habe ich eben *o Gott* gesagt?

In diesen Tagen lernte Georg Frau Dr. Bersan näher kennen, nicht nur, weil sie eine kontaktfreudige Mitpatientin zu sein schien, sondern weil sie sich des Öfteren bei den Mahlzeiten am gleichen Tisch begegneten. Wenn sie sprach, schaute sie ihn mit ihren schmalen, mandelförmigen Augen so direkt an, dass es kein Entrinnen gab. Sie wollte nicht nur von ihm wissen, was ihn nach Vierwalden gebracht habe, sie erforschte seine Meinung über die Ärzte und den Klinikbetrieb, fragte nach Literatur, die er dazu gelesen habe, und wollte wissen, wie Georg seinen Konflikt mit der Krankenkasse gelöst habe.

Frau Bersan war mit der Diagnose Brustkrebs hierher gekommen. Wie Georg wollte sie nicht operiert werden, erst recht lehnte sie jede chemotherapeutische Behandlung für sich ab. Sie kam aus einem Dorf in Bayern, wo sie mit ihrer Lebensgefährtin einen Biohof betrieb. Ihre Karriere als Genetikerin an der Universität in München hatte sie der Liebe zu einer gestandenen Bäuerin geopfert. Georgs Zweifel an ihrer Eignung für das landwirtschaftliche Geschäft, die er mit ihrer Intellektualität, ihrer grazilen Gestalt und ihrem städtischen Auftreten begründete, zerstreute sie lächelnd mit einem einzigen Tagesrapport. Zwar konnte sich Georg auch dann diese zierliche Person nicht auf dem Melkschemel vorstellen, aber glauben musste er ihr, was sie beschrieb.

Geklagt haben Sie also, sagte sie. Und wie hat das Gericht entschieden?

Noch gar nicht, antwortete Georg. Unsere Gerichte sind bekanntlich hoffnungslos überlastet, die Sozialgerichte im Besonderen. Vielleicht aber hofft man auch, derartige Klagen durch lange Wartezeiten auf biologische Weise loszuwerden.

Was veranlasst Sie zu diesem Verdacht?

Na ja, es hat meines Wissens bis heute noch kein höchstrichterliches Urteil gegeben, das die Kassen zwingt, eine biologische Krebstherapie zu bezahlen, auch wenn sie erfolgreich ist.

Wollen Sie damit sagen, die Sozialgerichte stecken mit der Schulmedizin und dem Pharmakartell unter einer Decke?

Um Himmels willen, sagte Georg mit ernster Miene, wir leben doch in einer Demokratie! Die Justiz in unserem Lande ist doch unabhängig!

In Frau Dr. Bersan fand Georg auch eine ausgesprochen kompetente Gesprächspartnerin, was seine Ernährung anging. Sie kannte viele chemische Lebensmittelzusätze und deren Wirkung und Nebenwirkungen, sie wusste, was man heute *noch* alles zu sich nimmt, wenn man normales Bäckerbrot genießt, was in die Wurst gestopft wird und wie man sich mit Käse krank essen kann. Sie kannte die Herbizide und Pestizide und Fungizide, deren Rückstände sich in Gemüse und Obst wiederfinden, sie klärte ihn auf über Verzichtbarkeit und Unverzichtbarkeit von Konservierungsstoffen. Sie behauptete sogar, das Quantum an Konservierungsstoffen, die wir mit der Nahrung zu uns nähmen, käme in der Wirkung einer antiken Einbalsamierung gleich.

Der Mensch von heute verrottet langsamer, meinte sie, man werde zwangsläufig längere Liegezeiten buchen und bezahlen müssen. Die Medizin strebe ein Durchschnittsalter von 100 an. Die Ernährungswissenschaft versuche gewissermaßen unterirdisch gleichzuziehen.

Frau Dr. Bersan zeigte sich auch überzeugt davon, Krebs sei keine Erbkrankheit, auch wenn nahezu jeder Arzt als Erstes die Frage stelle, ob Krebserkrankungen in der Familie bereits vorgekommen seien. Es gebe Forschungen in den USA, die nachwiesen, Krebs sei in Familien ohne genetische Verbindung genauso häufig wie unter Verwandten, komme also bei Adoptivkindern und Adoptiveltern nicht seltener vor als bei leiblichen Eltern und Kindern. Aber darüber rede bei uns niemand. Das wäre ja ein völlig neuer Denkansatz, der die trinitarische Antwort von OP, Chemo und Bestrahlung infrage stellen könnte.

Sie sind katholisch, wollte Georg wissen.

Wie kommen Sie darauf?

Ich dachte nur, der Begriff *trinitarisch* in diesem Zusammenhang wäre einer Atheistin vielleicht nicht in den Sinn gekommen. Und katholisch, weil man sich in Bayern kaum etwas anderes vorstellen kann.

Mag sein. Früher war man in Bayern katholisch und christlich-sozial. Bis vor Kurzem war es *in*, für die, die etwas auf sich hielten, protestantisch zu sein und sozialdemokratisch zu wählen. Heute ist man grün und nennt sich Agnostiker. Ich bin nichts von alledem. Politisch, aber ohne Parteibindung, und religiös, aber ohne Bindung an eine Religionsgemeinschaft.

Wenn Dr. Kramer hier säße, ein Mitpatient vom November, warf Georg ein, würde er jetzt sagen: Ich adoptiere Sie zu meiner leiblichen Schwester.

Ist ja köstlich, lachte Frau Dr. Bersan, der sollte mich mal kennenlernen!

Oft saß Georg mit ihr noch am Tisch, wenn alle anderen Patienten den Raum bereits verlassen hatten. Manchmal musste er telefonisch an die nächste Behandlung erinnert werden. Diesmal legten sich von hinten zwei Hände über seine Augen und eine temperamentvolle Frauenstimme fragte: Herr Weber, erraten Sie, wer da hinter Ihnen steht?

Georg ließ sich Zeit und genoss den Duft ihrer Hände. Dann sagte er: Eva!

Eva?

Nicht eine bestimmte Eva, sondern das Weib schlechthin ist's, das den Mann mit Blindheit schlägt, in Versuchung stürzt und am Ende triumphiert.

Nicht schlecht, sagte die Frauenstimme. Als wir uns zum ersten Mal sahen, führte uns der Weg tatsächlich zu einer ganz bestimmten Eva.

Lisa? Georg fuhr herum: Was in Dreiteufelsnamen machst du in Vierwalden?

Er sprang auf und umarmte Lisa lange und fest: So eine Überraschung!

Frau Dr. Bersan, darf ich vorstellen, das ist Lisa Länneken, meine jüngste Freundin, Autorin und Kapitänin eines Hausbootes in einer Person.

Möglicherweise bin ich deine neueste Freundin, deine jüngste vermutlich nicht, korrigierte sie und gab Frau Dr. Bersan die Hand.

Und das ist Frau Dr. Bersan, ökologische Agnostikerin aus dem finstersten Bayern, Genetikerin und Melkerin in einer Person.

Frau Bersan lachte und trat den Rückzug an, um den beiden Zeit zu lassen.

Deine Frau hat mir am Telefon erzählt, dass du wieder hier bist. Und da ich eben einen Termin bei meinem Verlag in Kassel hatte, dachte ich, auf die Gefahr hin, drei Stunden auf dich warten zu müssen, ich überzeuge mich selber davon, ob du die richtige Entscheidung getroffen hast.

Und? Was ist dein erster Eindruck?

Die Klinik erinnert mich an meine in Süddeutschland. Nachdem, was ich bisher mitbekommen habe, herrscht hier ein ähnlich gutes Klima.

Georg nickte zustimmend. Dann sagte er: Du bist sicher mit deinem Dampfer gekommen!

Lisa lachte: Der liegt in seinem Hafen und macht Winterschlaf. Nein, mit dem Zug. Die Fahrt nach Kassel und hierher war aber weitaus abenteuerlicher als die Reisen mit meinem schwimmenden Haus.

Georg bat in der Klinik, die anstehende moderate Hyperthermie verschieben zu dürfen und zog sich mit Lisa in das Musikzimmer zurück. Er erzählte von seinem ersten Aufenthalt und wie so vieles in ihm in Bewegung geraten sei. Er berichtete von seinen vergeblichen Versuchen, seinen Alltag neu zu strukturieren und dem Kampf gegen den wohl angeborenen Perfektionismus.

Kämpfe nicht, unterbrach ihn Lisa. Wenn du ihn bekämpfst, wirst du es nach deinem bisherigen Muster machen, du wirst versuchen, auch dabei wieder perfekt zu sein. Das wird dir nicht gelingen, weil Perfektion eine Ausnahmeerscheinung ist. Also wirst du unzufrieden sein. Über die Unzufriedenheit aber freuen sich deine Krebszellen. Versuch deinen Perfektionismus und alles, woran er sich festmacht, einfach loszulassen. Wenn du erkannt hast, dass es sich mit dem Imperfekten viel entspannter leben lässt, brauchst du ihn nicht mehr.

Ich weiß, ich weiß, stöhnte Georg. Wenn es irgendwo Treue in dieser Welt gibt, dann ist es die Treue unserer eingefleischten Muster. Und der Kopf, der sich irgendwelche Gründe dafür ausdenkt.

Du bist auf dem Weg, Georg, das verrät jeder Satz, den du sagst. Erzähl noch mehr.

Lisa hörte gespannt zu, nickte, fragte zuweilen nach und strahlte.

Und nun frage ich dich, schloss Georg, warum bin ich nicht früher auf diesen Trichter gekommen?

Die meisten Wege, mein Lieber, lernen wir ja erst kennen, wenn wir sie brauchen.

Habe ich diesen Weg nicht schon früher gebraucht?

Offenbar nicht!

Georg schaute sie an und fragte: War das Zufall, dass ich dir unmittelbar vor meiner Diagnose begegnet bin?

Gewiss doch, es ist dir *zu*gefallen, sagte Lisa, so wie mir eine wertvolle Bekanntschaft zugefallen ist, die vielleicht einmal eine gute Freundschaft wird.

Jetzt muss ich aufpassen, dass ich nicht durchdrehe, flüsterte Georg vor sich hin.

Er lag auf seinem Bett und hing seinen Gedanken nach.

Es gibt auch ein Zuviel an Glück, das irgendwann jäh zerschmettert werden muss. So kann es auf Dauer nicht weitergehen. Schon wenn ich vom Arztgespräch bei Dr. Schock komme, fühle ich mich, als hätte ich drei Stunden in der Sonne gelegen. Was ist das, was diesen Arzt von so vielen anderen unterscheidet? Sein respektvoller Umgang mit den Patienten? Seine offensichtliche Freude an seinem Beruf? Seine Bescheidenheit, die sich so wohltuend von der kalten Überheblichkeit vieler Ärzte abhebt, die einen Klempner wie einen Idioten behandeln, bloß weil sie sich in Anatomie besser auskennen, obwohl sie keinen Wasserhahn reparieren können. Sein Wesen scheint mir ein fein gesponnenes Gewebe aus Demut gegenüber der Schöpfung, Liebe zu den Menschen und Vertrauen in die ganzheitliche Medizin zu sein. In seiner Gegenwart schmilzt mein Groll über viele Ungereimtheiten meines Lebens, löst sich meine Niedergeschlagenheit auf. Dass ich an diesen Arzt geraten bin! Und dann die Schwestern, Viviane und Martina vor allem, die eine Fröhlichkeit ausstrahlen, als ob sie eben den Mann ihres Lebens getroffen hätten und auch mit den kompliziertesten Patienten in der Ambulanz geduldig und freundlich umgehen. *Darf ich Ihnen einen Tee bringen oder hätten Sie lieber Wasser?* Beim ersten Mal schauen die Patienten ungläubig auf, in der Annahme, es sei ironisch gemeint. *Mögen Sie sich nicht entscheiden oder wollen Sie nichts? Wir haben alles da, außer Kaffee.* Wenn dann ein Patient erzählt, er kenne nur die andere Variante, man liegt auf einem Krankenbett, an Schläuche gefesselt, und bittet eine Schwester, sie möge bitte ein Glas Wasser bringen und bekommt zur Antwort: Sie sehen doch, wir haben zu tun; wenn wir den ganzen Vormittag Patienten mit Getränken versorgen sollten, kämen wir nie rum – dann antworten die Vierwaldener Schwestern: *Bei uns sind Sie Gast, nicht Last. Gesundwerden und Wohlgefühl bedingen einander.*

Und was für Menschen begegnen mir hier! Erst dieser treffliche Kramer, jetzt die sympathische Bersan. Dann die viele Post, die mir das Gefühl gibt, ich sei von Engeln regelrecht umzingelt. Besuche, wie der von Klaus oder jetzt von Lisa. Die fast täglichen Anrufe von Ariane, deren Stimme auffällig wärmer klingt als sonst oft. Ich schlafe gut, habe Appetit, verspüre nahezu keine Schmerzen – womit habe ich das verdient?

Das Telefon rasselte: Herr Weber, darf ich Sie daran erinnern, dass wir verabredet sind?

Oh, habe ich den Termin verschwitzt? Pardon! Ich bin gleich bei Ihnen.

Georg legte auf, fuhr in seine Schlappen, stürzte die Treppe hinab und nahm den Gang zum Nebenhaus.

Die Tür zum Sprechzimmer der Psychotherapeutin stand einen Spalt offen.

Georg klopfte der Form halber und trat ein: Tut mir leid, ich habe gedöst.

Die Therapeutin erhob sich und begrüßte ihn: Kein Problem, solange Sie sich im Klinikbereich aufhalten. Hauptsache, dahinter steckt nicht eine unbewusste Ablehnung dessen, was wir hier treiben.

Ich glaube nicht, versicherte Georg.

Wir haben abgemacht, Sie bestimmen das nächste Thema. Also, was liegt bei Ihnen im Moment ganz oben?

Ich hatte Besuch, sagte Georg. Der hat mich wieder auf ein Problem aufmerksam gemacht, das mich wohl mein ganzes Leben schon begleitet: Ausbrechen und Loslassen.

Ja?

Georg schaute die Therapeutin an und dachte: Mehr sagt sie nicht? Will sie mir nicht gezielte Fragen stellen, damit ich etwas an mir erkenne?

Aber sie schwieg und blickte ruhig zu Georg hinüber.

Georg musste etwas sagen. Also, begann er, manchmal komme ich mir wie ein Gefangener vor, ein Gefangener meiner selbst.

Die Therapeutin sah ihn schweigend an und wartete ab.

Georg fuhr fort: Ich fühle mich, wie in einem Laufgitter. Wo ich auch hingehe, immer wieder stoße ich an meine eigenen Grenzen. Ich möchte ausbrechen. Aber ich glaube, wenn das Gitter auf einmal weg wäre, ich würde es vermissen, ich würde mir ein neues bauen. Es kommt mir vor, als brauchte ich dieses Gefängnis, um mich nach Freiheit sehnen zu können. Aber sie zu leben, habe ich Angst.

Die Therapeutin nickte. Dann fragte sie: Wann fing das an? Was ist Ihre früheste Erinnerung?

Georg überlegte, lange, sehr lange. Sein Blick fiel auf die Drachentasse, aus der ein dünner Nebel aufstieg. Dann sagte er: Spätestens mit dem Eintritt in den Chor, da war ich zehn, aber vielleicht auch schon früher.

Dann erzählte er von seinem Vater, der an ein fest gefügtes System aus Werten und Normen glaubte, von denen die meisten kirchlich autorisiert zu sein schienen. Er, Georg, sei wahrscheinlich schon sehr früh an dessen Grenzen gestoßen. Aber jeder Zweifel, jedes Aufbegehren, jeder Versuch, ein Schlupfloch zu finden, sei geahndet worden. Vermutlich sei er beizeiten zum höflichen, unterwürfigen, braven, folgsamen Zögling mutiert, dessen spontane Grenzüberschreitungen umso nachhaltiger bestraft wurden. So habe er auch nicht widersprochen, als seine Eltern, nach langer Prüfung aller Faktoren, seine Zukunft in Chor und Internat verfügten. Dabei erinnere er sich an dumpfe Ahnungen, ja Ängste. Er, ein Schwächling und Feigling unter so vielen Knaben! Wer würde ihn schützen, wenn alles über ihn herfiele?

Georg machte eine Pause.

Die Therapeutin wollte wissen, ob das alles vor allem mit seinem Vater zu tun habe und welche Rolle seine Mutter dabei gespielt habe.

Meine Mutter? Meine Mutter, einer alten protestantischen Tradition folgend, fiel meinem Vater nicht ins Wort, erst recht nicht in den Rücken. Was sich in unserer Abwesenheit zugetragen hat, weiß ich nicht. Vor uns, meine Schwester sieht das genauso, war meine Mutter stets der Meinung meines Vaters. Der einzige Protest, an den ich mich erinnern kann, bestand darin, ihr in der Regel zustimmendes Ja mit einem Fragezeichen zu versehen.

Die Therapeutin nahm einen Schluck und nickte.

Als ich in den Chor kam, nach einer anderthalbjährigen Vorbereitungszeit, trafen meine schlimmsten Befürchtungen ein. Nach außen hin war ich natürlich stolz dazuzugehören. Aber der Preis dafür bestand in latentem Leiden. Ich war klein und schmächtig, meine Haare waren damals noch feuerrot, mein Gesicht voller Sommersprossen. Ich ließ mich hänseln, im wahrsten Wortsinn *(Na, was hat denn unser Hänschen wieder ver-*

zapft! Will unser Hänschen klein mal wieder ein paar Kopfnüsse haben? Was sagt denn deine Mutti dazu, dass du so unartig bist, he?) und kriegte kein Wort raus. Ich wurde rot, wenn mich Erwachsene ansprachen. Manchmal schloss ich mich ins Klo ein, um einen Moment Ruhe vor all den anderen zu haben. Ich glaube, damals ging das auch los, dass ich endlose Zeit brauchte, um mein tägliches Geschäft zu verrichten. Oder ich meldete mich krank. Es gab ein Krankenzimmer, in dem sich immer die trafen, die eine Mathearbeit gerade nicht mitschreiben wollten. Dort war ich wieder das letzte Arschloch. Aber die Hausmutter, die auch unsere Konzertanzüge bügelte und Knöpfe wieder annähte, mochte mich. Wenn ich mal allein im Krankenzimmer lag, kam sie zu mir und brachte mir Limonade. Ich gab ihr dafür die ganzen Tabletten zurück, die meine Vorgänger auf der unteren Schiene der Sprungfedermatratze abgelegt hatten. Die Hausmutter hat mich sogar einmal in den Arm genommen, während ich sonst nur *auf* den Arm genommen wurde.

Sein Gegenüber lächelte: War das immer so?

Wenn wir auf Chorreise gingen, entspannte sich die Lage etwas. Und ging die Reise in den Westen, kam ich mir sogar manchmal wohltuend unbeachtet vor. Ansonsten empfand ich die ersten beiden Jahre im Internat als die Hölle.

Und? Was haben Sie dagegen gemacht?

Dagegen gemacht? Georg wunderte sich über diese Frage.

Man entwickelt Überlebensstrategien, sagte sie trocken. Was war ihre?

Ich habe mich abgeschottet, sagte Georg, zugemacht. Die ersten zwei Jahre im Chor habe ich gelernt, mich anzupassen, zu schweigen, meinen Kummer herunterzuschlucken, mich am Geländer, am Laufgitter entlangzutasten und so möglichst unauffällig zu bleiben.

Und dann?

Dann habe ich mit diesem Muster gelebt, wahrscheinlich vierzig Jahre lang. Ich bin gewachsen und kräftiger geworden, schlagfertiger auch. Damit habe ich mir einen gewissen Respekt erworben. Ab der Oberschule, spätestens mit der zehnten Klasse, bescheinigt mir meine Schwester heute sogar ein beneidenswertes Selbstbewusstsein. Das Meiste daran war wahrscheinlich Fassade. Mein Laufgitter hatte ich verinnerlicht. In meinem Kopf schnitt eine imaginäre Schere jeden Gedanken ab, der gegen den väterlichen Kodex oder die ungeschriebenen Regeln des Internats verstieß. Ausbruchsversuche, wenn ich sie gewagt habe, gingen meistens schief. Das schlechte Gewissen, mein Ersatzvater, war mein treuester Begleiter.

Ich glaube, andere kamen damit besser zurecht. Entweder genossen sie zu Hause Freilauf, sodass sie den Internatsalltag sportlicher nehmen konnten, oder sie erwiesen sich als pfiffiger im Umgang mit Chor- und Internatsgepflogenheiten.

Was würden Sie sagen, was Ihre Sicherheiten damals waren und später geworden sind, fragte die Therapeutin.

Dinge.

Dinge?

Ja, Gegenstände, Materielles, Sammelgut, was man so *be-sitzen* kann. Ich habe angefangen, mich über Äußerlichkeiten interessant zu machen.

Haben Sie eine Erklärung dafür?

Na ja, mein *innerer Vater* riet mir zum Verzicht auf die offene Auseinandersetzung. Da wäre ich immer der Unterlegene gewesen. Um aus der *Hänschenklein*-Ecke wieder herauszukommen, musste ich etwas zu bieten haben, was anderen fehlte.

Die Therapeutin schaute auf: Hätte Ihr Vater Ihnen das auch geraten?

Keine Ahnung. Wir haben nie darüber gesprochen. Hätte ich meinem Vater gestehen wollen, wie klein ich mich in Wahrheit fühle, hätte ich zugleich befürchtet, dass er sich meiner schämt. Also habe ich zu Hause die Maske des erfolgreichen Chorsängers getragen.

Ich verstehe. Die Therapeutin nickte. Und was haben Sie denn so gesammelt?

Alles Mögliche. Briefmarken aus der Nazi-Zeit. So etwas kannten die meisten nicht. Münzen aus den Zwanzigerjahren, Inflationsgeld, alte Kopeken und deutsche Notpfennige. Aber auch besondere Steine, Fossilien, Muscheln; Ansichtskarten aus aller Welt – mein Vater bekam Post von seiner Cousine aus Amerika, meine Mutter von ihrem Bruder aus Indonesien, manchmal schrieben Freunde meiner Eltern aus Brasilien oder Ägypten. Da hatte der Chor noch nie gesungen. Das waren Aufreißer. Später wurden es besonders geformte Flaschen und Gläser, alte optische Geräte, Mikroskope, Ferngläser, Lupen, Monokel, Zwicker, Brillen, aber auch Bierseidel mit Burschenschaftsinsignien – so etwas kostete in den Fünfzigern und Sechzigern in der DDR manchmal Pfennigbeträge. Und natürlich sammelte ich Bücher, Bücher, Bücher, alte Folianten, Reisebeschreibungen, Breviere, aber auch neue, manchmal, weil mich der Inhalt interessierte, manchmal auch nur ihrer Ästhetik wegen. Von der Leipziger Inselreihe besaß ich zum Ende der DDR 781 Exemplare. So ein Inselbändchen kostete damals im Osten 1,25 Mark, der Doppelband 2,50.

Hat das funktioniert mit der Anerkennung auf Umwegen?

Nur scheinbar. Für den Moment, wo sich jemand für meine Sammelgegenstände interessierte, rückte ich mit in den Focus. Erlosch das Interesse daran, war auch ich wieder das Hänschen.

Erst mit der Zehnten etwa gab sich das. Ich war inzwischen der Längste in der Klasse, rasierte mich jeden Tag, um nicht auch noch den Spitznamen *Barbarossa* angehängt zu kriegen und stellte fest, dass meine Blicke zu den schönen Exemplaren des anderen Geschlechts ab und an scheinbar erwidert wurden. Jetzt verstand ich es, meinen *inneren Vater* manchmal loszuwerden und mich in Georg zu verwandeln.

Wieder nickte die Therapeutin.

Fand Ihre Sammelwut damit ihr Ende?

Im Gegenteil. Jetzt sammelte ich erst richtig los, aber nicht mehr für andere, sondern für mich. Schallplatten zum Beispiel, später kamen CDs dazu, – und Noten, vor allem Klavier- und Cembaloliteratur. Ich hatte einen Flügel geerbt, den ich meistens dann traktierte, wenn ich irgendetwas abreagieren musste.

Ich deckte mich aber auch mit Noten für Instrumente ein, die keiner in unserer Familie spielte, für den Fall, es käme einmal Besuch, der zufällig ein Fagott im Koffer mit sich trüge oder eine Geige aus seinem Hut zauberte.

Später fing ich an, Grafiken zu sammeln, allerdings erst, als ich ordentlich bezahlt wurde, und alte Werkzeuge: Scheren, Ahlen, Hämmer und dergleichen mehr.

Die Therapeutin musste lachen: Ist ja allerhand.

Ich weiß, das muss sich furchtbar anhören. Aber von Umzug zu Umzug – und ich bin oft umgezogen – brauchte ich mehr und größere Möbelwagen. Zum Glück waren die meisten Pfarrhäuser geräumig genug für all den Krempel. Im städtischen Dienst konnte ich mir eine relativ große Wohnung leisten. Heute leben wir in einem Haus, in dem meine Regale und Schränke und Kisten genauso Platz finden wie die kleine Kunstsammlung meiner Frau.

Und, was machen Sie mit dem ganzen Kram? Pardon!

Nichts, sagte Georg. Er ist einfach da. An manchem freue ich mich noch, das meiste fängt an, mich zu belasten. Ich bin ja nie von wirklicher Sammelleidenschaft beseelt gewesen wie andere, die sich im Laufe der Zeit zu Spezialisten ihres Sammelgebiets entwickeln. Ich weiß nicht einmal, ob man mich Dilettant nennen dürfte. Manchmal bestand mein Sammeln aus gedankenloser Routine. Man geht am Strand entlang, findet einen versteinerten Seeigel, freut sich für einen Moment über den Fund und legt ihn gleichgültig zu den vielen anderen, ohne ihn je wieder anzuschauen.

Irre ich mich, Herr Weber, wenn ich sage, Sie brauchen Ihre Sammlungen überhaupt nicht? Ich finde, Sie sind ein interessanter Mensch auch ohne das alles. Und ich vermute, andere erleben Sie genauso, ohne dass die überhaupt ahnen, was Sie da noch alles mit sich herumschleppen. Sie sind doch schon lange über Ihren alten Irrtum, ein Mensch könnte sich über Gegenstände profilieren oder durch diese Sicherheit erwerben, hinausgewachsen.

Sie wollen damit sagen: Schmeißen Sie diesen ganzen Ballast weg?

Jetzt bremste die Therapeutin: Das steht mir nicht zu. Aber versuchen Sie herauszufinden, was von all dem Ihnen noch etwas bedeutet – und dann handeln Sie!

Georg bestand darauf, obgleich sein Therapieplan straff gefüllt war, zwei weitere Sitzungen mit der Psychotherapeutin vereinbaren zu dürfen. Das Thema *schlechtes Gewissen* schien noch nicht restlos geklärt zu sein. Aber noch ein anderes schob sich in den Vordergrund, das er bislang gemieden hatte, sein *Selbsthass*. In seinem einstigen Umfeld, in dem so viel von Liebe gesprochen und gepredigt worden war, formte sich eine Einstellung zu sich selber, die keine wirkliche Selbstannahme zuließ.

Ich bin klein. Mein Herz mach rein! Soll niemand drin wohnen als Jesus allein. So hatte seine Mutter jeden Abend mit ihm gebetet. Da ging es schon los. Wieso war sein Herz nicht rein? Warum musste es jeden Tag aufs Neue rein gemacht werden – oder *reine gemacht* werden, wie es bei ihm zu Hause hieß? Freitags war *Großreinemachen.* Weshalb er auch in der Weihnachtszeit mit Inbrunst sang *Marie, die reine macht.* Was sollte sich ein Fünfjähriger unter einer *reinen Magd* auch vorstellen?

Und Jesus? Das war doch der Strenge, der mit einer Peitsche die Händler aus dem Tempel jagte, wie er in seiner Kinderbibel sehen konnte, und der verboten hatte, von der Schokolade in Vaters Schreibtisch zu naschen. Wenn der in seinem Herzen wohnen sollte und nicht er selber, wo bliebe *er* dann? Aber Jesus würde bei ihm bestimmt nicht einziehen. Denn was er auch anstellte, immer wollte es nicht so recht zu den strengen Regeln von Jesus passen. Wahrscheinlich würde der sich sogar weigern, bei ihm einzuziehen.

Wer aber dauernd scheitert, verliert den Glauben an sich. Und das sollte er wohl auch. Christen glauben nicht an sich, Christen glauben an den unsichtbaren Gott, der alles sieht, und an den strengen Jesus, den sie für alle unsere Bosheit an ein Kreuz genagelt haben. Und dann gab es noch eine Taube, an die auch geglaubt werden musste. Aber was es mit diesem Vogel auf sich hatte, verstand er nicht.

Einen so annehmen, wie man ist, obwohl man so ist – das stand nur Jesus zu, auch wenn man nie genau wusste, ob er es wirklich macht. Denn die Mängel, die einem anhafteten, wurden einem immer wieder vorgehalten, selbst winzige Unwahrheiten, die schon Jahre zurücklagen.

Sich selber anzunehmen, wie man ist, geschweige denn sich selber zu vergeben, das grenzt an Blasphemie. Dieses ganze

Konstrukt von Sünde und Vergebung und Doch-nicht-so-ganz-Vergeben und Von-Grund-auf-schlecht-Sein und Opfertod und Jüngstem Gericht, wo noch einmal die vollständige Liste von Verfehlungen aufgerollt wird, auch wenn alles schon x-mal vergeben ist – dies alles wird in seinem Kopf zu einem unentwirrbaren Knäuel, in dem er sich zunehmend verfängt.

Er wäre so gern wie die anderen, die nicht an Jesus glauben müssen und viel selbstbewusster auftreten. Aber je mehr sie spotten, desto ängstlicher klammert er sich an den Kreuzmann, der ihm seine Standhaftigkeit honorieren wird. Die andern wissen bloß nicht, dass sie auf sich selber hereingefallen sind. Ihr gottloses Reden und Tun wird bestimmt im Anklagebuch für den Jüngsten Tag vermerkt.

Spätestens mit der einsetzenden Pubertät will Georg kein Mensch von Jesu Gnaden mehr sein. Er probiert den Aufstand, stellt sich allein vor das große Altarbild in der Kreuzkirche und sagt zu Jesus: Hallo, Jesus! Siehst du, nichts hat es dir gebracht außer diesem verdammten Kreuz!

Wäre er katholisch, würde er noch die gleiche Woche zur Beichte gehen. So muss er mit seiner bewussten Sünde allein fertig werden.

Als er wieder mitsingen darf, jetzt in den Männerstimmen, verdreht er manchmal den Text und bringt damit seine Mitsänger zum Lachen. Aber gleich danach schämt er sich und kommt sich wie ein Verräter vor.

Am wenigsten aber mag er in den Spiegel schauen. Was ihn da anglotzt, ist ein rothaariges Monstrum mit Sommersprossen, Pickeln und neuerdings mit einer Brille, die aus seinen Augen Froschaugen macht. Wenn ihm ein Mädchen hinterher sieht, und er dreht sich nach nahezu jeder auch nur annähernden Schönheit um, dann bestimmt nur, weil sie noch nie so etwas

Hässliches gesehen hat. Der Himmel oder wer auch immer hat es so eingerichtet. Er wird verbrennen vor Sehnsucht nach dem anderen Geschlecht, und das andere Geschlecht wird seiner spotten.

Das ändert sich zwar mit Cornelia, insofern er zum ersten Mal seine Sexualität ausprobieren kann, aber in der Öffentlichkeit – davon ist er überzeugt – wird sich so ein bezauberndes Geschöpf mit ihm nicht sehen lassen. Als diese kurze Liaison abrupt endet, tröstet er sich unter anderem damit, diesem demütigenden Ernstfall entgangen zu sein.

Schicksal ist vielleicht die Häufung von gleichgearteten Erfahrungen, die ein Mensch auf sich zieht, wenn er an deren Überwindung zweifelt.

Georg fand immer wieder ausreichend Material, seine Selbstablehnung zu füttern. Die Internatszeit mit ihren Demütigungen hinterließ ein Bündel belastender Erinnerungen, seine aussichtslosen Verliebtheiten nährten sein Selbstbild auf ihre Weise. Und alles andere, was nicht gelingen wollte, seine gescheiterte Ehe mit Sabine, aber auch Reaktionen von Freunden und Kollegen, die er enttäuscht und vor den Kopf gestoßen hatte, trugen dazu bei. Es kam ihm vor, als sei er erst mit dem Aufbruch von 1989, mit Ariane und mit seiner neuen Aufgabe in der Landesstelle zu einem Menschen geworden, der ernst genommen zu werden verdient. Und auch jetzt noch reagierte er lachhaft eifersüchtig, als handele es sich um indirekte Kritik an ihm, wenn Ariane mal für Richard Gere oder Robert Redford schwärmte.

Georg würde so gern aus vollem Herzen zu sich Ja sagen und sich annehmen mit allen Macken und Defiziten. Es funktionierte nicht.

Das alles musste jetzt raus, musste auf den Tisch der Psychotherapeutin gepackt werden. Und er würde sie hinter seiner Brille belauern. Lächelte sie, während er auspackte, würde er alles wieder einpacken, endgültig, und versiegeln und da verstecken, wo er selber nicht mehr hinkäme. Schaute sie ihn aber mit dem verständigen Blick an, mit dem sie ihn bisher begleitete, wüsste er, es gäbe Hoffnung.

Ist das alles, fragte sie, als Georg ausgepackt hatte.

Wieso, reicht das noch nicht?

Doch, doch. Ich würde gern mit Ihnen eine Übung machen, und dazu möchte ich gern wissen, was vielleicht noch im Verborgenen schmort.

Georg atmete tief ein und aus und sagte: Wir können es dabei belassen. Ich glaube, alles Wichtige habe ich gesagt.

Gut. Ich gebe Ihnen ein Papier, auf dem hundertfünfzig Fragen stehen. Ich möchte Sie bitten, in den nächsten zwei Stunden diese Fragen genau zu lesen und möglichst knapp und präzise zu beantworten. Mir ist wichtig, dass Sie jetzt damit anfangen. Sobald die nächste Therapieeinheit dazwischen gerät, ist die Spontaneität vorbei, die mir dafür wichtig erscheint.

Georg saß in der Bibliothek und las. *Was bewundern Sie an anderen Männern Ihres Alters? Wie reagieren Sie, wenn eine Frau zu Ihnen sagt, dass Sie eine erotische Ausstrahlung haben? An welchen Körperstellen fällt es Ihnen am leichtesten, sich zu berühren? Können Sie sich vorstellen, sich selber zu streicheln? Worauf sind Sie schon einmal richtig stolz gewesen? Hören Sie Ihre Stimme gern? …*

Georg musste nicht viel nachdenken. Nach knapp zwei Stunden brachte er die Papiere ausgefüllt zurück: Und nun?

Jetzt machen Sie bitte Folgendes, Sie bewerten Ihre Antworten selber, indem Sie hinter jede Antwort ein Häkchen setzen, wenn Sie glauben, dass sie Ihr Selbstwertgefühl stärkt und einen

Strich, wenn Sie glauben, sie bestätigt mangelndes Selbstwertgefühl. Dann zählen Sie bitte Häkchen und Striche getrennt zusammen. Und noch eins, suchen Sie bitte zwei, drei, maximal vier Fragen heraus, die für die Bearbeitung Ihres Themas besonders relevant zu sein scheinen. Die Papiere können Sie behalten. Wir sehen uns dann übermorgen wieder.

Als Georg Vierwalden verließ, war der meiste Schnee geschmolzen. Das Wasser stand in den Straßen. Die Mühr führte Hochwasser.

Aber nicht nur der Schnee war geschmolzen. Auch in Georg begann sich etwas zu lösen und langsam davonzuschwimmen.

Ich will gar nicht *er*löst sein – wovon schon? –, wenn ich nur *ge*löster in meinen Alltag zurückkehrte, dachte Georg.

Ariane bemerkte es sofort und begrüßte ihn: Bist du den Verwandlungskünsten eines Jungbrunnens zum Opfer gefallen? Wo ist denn mein alter Georg hin?

Ja, sagte Georg, man kann in diesem Leben offenbar mehrmals wiedergeboren werden. Wenn ich dir das alles erzählen wollte ...

Und wer war diesmal deine Gebärmutter, forschte sie.

Ich selber, sagte Georg. Und ich hatte, wie immer ein paar wunderbare Hebammen und meinen bewährten Kinderarzt.

Als Georg erwachte, fand er das Bett neben sich leer vor. Ariane musste sich leise davongestohlen haben. Die Sonne im Dachfenster verriet die späte Morgenstunde. Er rekelte sich und setzte sich auf. Vor dem Fenster wogte kahles Geäst unter einem klaren, blauen Himmel.

Georg hatte tief geschlafen und fühlte sich voller Energie. Er wollte danken für dieses Licht, für die Freude, wieder zu Hause angekommen zu sein, für seine Schmerzlosigkeit, für die Zeit, die ihm zur Verfügung stand. Er erhob sich und schaute hinunter in den winterlichen Garten. Wie von selber bildete sich auf seinen Lippen das Wort *Morgenglanz*. Es gab ein Lied, das er früher mit Begeisterung gesungen hatte: *Morgenglanz der Ewigkeit, Licht vom unerschöpften Lichte, schick uns diese Morgenzeit deine Strahlen zu Gesichte und vertreib durch deine Macht unsre Nacht*. Er kannte die Strophen auswendig. Und ehe er sich versah, hörte er sich mit lauter Stimme Vers für Vers singen.

Deiner Güte Morgentau fall auf unser matt Gewissen; lass die dürre Lebens-Au lauter süßen Trost genießen und erquick uns, deine Schar, immerdar. Starke Bilder, sagte er, und stimmte die dritte Strophe an. *Gib, dass deiner Liebe Glut unsre kalten Werke töte, und erweck uns Herz und Mut bei erstandner Morgenröte, dass wir, eh wir gar vergehn, recht aufstehn*.

Was dann kam, wollte er nicht mehr singen. Denn in den beiden folgenden Strophen kehrte das ganze Elend seiner jungen Jahre zurück vom *Jüngsten Tage* und der künftigen *Freudenbahn*, vom *Land der süßen Wonne* und der *Lust, die … nie vergeht*. Da half es auch nichts, dass man für ein späteres Gesangbuch den Text ein wenig modernisiert hatte und dabei aus dem *unerschöpften Lichte*, das ihm in seiner Doppelsinnigkeit besonders gefiel, ein *unerschaffenes Licht* geworden war.

Georg beschloss, sich den Morgen nicht vermiesen zu lassen und klapperte mit seinen Schlappen, das Bild vom *Morgenglanz* festhaltend, beschwingt die Stufen hinab, trat in die Küche und stellte den Automaten an. Auf nüchternen Magen würde er mit seinem Symptom keinen Espresso mehr trinken, aber nach dem Frühstück umso lieber.

Er stülpte sich den Lenin über den Kopf und warf sich eine Jacke über den Pyjama, um die Zeitung aus dem Kasten zu holen.

Zwei, drei Grad minus schätzte er. In einem Monat spätestens begönne die Gartenarbeit wieder. Er spürte eine Energie in sich aufsteigen, die das noch schlummernde Frühjahr anzukündigen schien.

Den Vormittag wollte er seiner Korrespondenz widmen. Carola fragte nach einer Besuchsmöglichkeit. Von Katharina lag der erste Entwurf ihres Manuskriptes vor, das er bitte überfliegen solle, zumindest soweit es seine Auskünfte betraf. Balduin hatte ein Bücherpaket voller Gesundheitsliteratur geschickt, vor allem Berichte und Dokumentationen über Leute, die auf ganzheitliche Weise oder mit einer biologischen Therapie ihren Krebs überwunden haben. Ein dicker Brief von Barbara, Post von Anna und Lisa, Briefe von Volker, Scharffs und Montserrat. Dazu Dienstliches und Halbdienstliches, wobei er Anfragen für Vorträge, Gutachten und Artikel zu den dienstlichen Angelegenheiten zählte, die im Moment Pause hatten. Rechnungen und Mahnungen würde er diesmal Ariane hinlegen. Dann aber war da noch das Schreiben des Sozialgerichts. Er ahnte nichts Gutes. Und weil er fürchtete, eine schlechte Nachricht könnte sich wie ein Schatten über diesen Tag breiten und allen Tatendrang zum Stillstand bringen, legte er es beiseite. Vielleicht ergäbe sich am Nachmittag ein Moment, in dem er sich stark genug fühlte, ein ablehnendes Urteil zu ertragen.

Seit seinem ersten Aufenthalt in Vierwalden gehörte eine Zeit der Stille in Georgs Tagesprogramm. Zumeist verband er diese mit seiner Mittagsruhe, da in dieser Zeit mit großer Wahrscheinlichkeit auch Telefon und Hausklingel schwiegen. Dann griff er zu einem Buch, das seine Therapie mental zu unterstützen versprach, nahm sich einen Gedanken vor, dem er auf allen Wegen und Abwegen folgte, meditierte nach einer Weise, die er in seiner Klinik gelernt hatte oder visualisierte sein Symptom.

Im Moment lag das Thema *Zeit* obenauf. Bisher hatte die Uhr sein Leben weithin bestimmt, dieses tückische Instrument, dessen Hauptzweck darin zu bestehen schien, einen an die Vergänglichkeit zu erinnern. Denn immer, wenn man einen Blick auf die Uhr warf, war gerade etwas vorbei, wie überhaupt jeden Moment etwas vorbei war.

Man könnte die Angelegenheit auch positiver angehen und jede Zeit als mögliche Chance betrachten. Aber wüsste man denn, ob einem die Zeit, die vor einem lag, auch zur Verfügung stehen würde? War es da nicht realistischer, sich der vergangenen Zeit zuzuwenden? Die hatte man wenigstens im Kasten. Ihr Verschwinden zu betrauern, wäre dann sicher folgerichtig. Denn soviel war gewiss, keine Sekunde würde je wiederkehren. Was vorbei war, war vorbei.

Wer einer pessimistischen Weltsicht nachhängt, findet allein in dieser Erkenntnis eine schier unendliche Fülle an Stoff, um seine düsteren Ansichten zu untermauern. Und wen die Natur mit depressiven Anteilen geschlagen hat, der muss geradezu seinen Weltschmerz mit den Tränen der Vergänglichkeit füttern.

Georg wusste beides in sich und konnte, wurde ihm seine Endlichkeit bewusst, tief abstürzen.

Jetzt aber, nachdem er sein Ende deutlicher als je zuvor erblickt und Vierwalden neue Hoffnung geweckt hatte, mochte er sich diesem alles vergiftenden Sog nicht ergeben. Zeit hieß nicht nur das Gewesene, Zeit hieß vor allem die Gegenwart, die sich in jedem Moment aus der Zukunft bediente, während sie unmerklich an die Vergangenheit abgab. Er wollte Zeit als Gelegenheit, als Möglichkeit, als Chance verstehen, sein Leben so zu ändern, dass er sich darin zu Hause fühlte. Nicht die Menge all dessen, was man in vierundzwanzig Stunden schaffen könnte, qualifizierte die Zeit, sondern das Gefühl von Zufriedenheit. Und neuerdings gab es Tage in seinem Leben, wo sich diese Zufriedenheit einstellte, auch wenn er kein erfolgreich absolviertes Pensum vorweisen konnte.

Er schloss die Augen und ließ seine Gedanken wandern. Wer ist eigentlich auf die Idee gekommen, es gebe ein Ende der Zeit und danach zeitlose Ewigkeit? Wäre das nicht ein Zustand der Starre, der Bewegungslosigkeit? Er versuchte sich vorzustellen, wie es sich anfühlte, wenn nichts verginge und nichts dazukäme. *Dornröschen* kam ihm in den Sinn. Aber diese Art Zeitlosigkeit schien sich ja nur auf die Menschen und einen Hund zu beziehen. Denn die Spinnen sollen in jenen zeitlosen hundert Jahren sehr aktiv gewesen sein, erst recht die Hecke, die das Schloss umgab.

Müsste Zeitlosigkeit nicht grenzenlos langweilig sein? Und worin sollte der Sinn bestehen, ewig zu leben, befreit von allem Tun, von allem Wollen und Müssen. Nein, für so etwas wäre er nicht geschaffen. Er brauchte die Vergänglichkeit, um Gegenwart zu erleben, auch wenn die dann nicht mehr Gegenwart genannt werden könnte. Und er brauchte die Erwartung von Künftigem.

Und wieder kam ihm die Kirche in den Sinn, die sich anmaßte, trotz ihrer allzu sichtbaren Vergänglichkeit, über die Zeit zu verfügen und Heiratswilligen ein lebenslang gültiges Treueversprechen abzuverlangen, als ob nicht auch Beziehungen das Virus der Vergänglichkeit in sich trügen, als ob die Treue und die Liebe und die Zuneigung und die Geduld miteinander sich über die Jahre hinweg nicht auch verschlissen.

Er dachte an Professor Roller, der in einer Vorlesung gesagt hatte, in der Ewigkeit fielen Vergangenheit, Gegenwart und Zukunft zusammen und dabei auf Spekulationen der modernen Naturwissenschaft verwies. Die Abfolge der Zeit, wie wir sie wahrnähmen, sei doch nur eine geistige Hilfskonstruktion, weil sich Gleichzeitigkeit schwer denken lasse. Man rede heute bereits davon, Zeit sei möglicherweise eine einzige Illusion.

Er mochte sich darauf nicht einlassen. Das schien ihm Stoff für Physiker und Philosophen. Ihm schien es schon schwer genug, die vierundzwanzig Stunden des Tages so einzuteilen, dass am Ende seine alte Unzufriedenheit nicht wieder Besitz von ihm ergriff.

Vor vielen Jahren tauchte die Frage schon einmal auf.

Mohr ist Physiklehrer und Atheist, wie er gern betont. Er liebt es, die Jungen auf ihre *relijöse Bindung* anzusprechen und wie beiläufig kleine abfällige Bemerkungen über *diesen ganzen rückständigen Kirchenquark* zu machen.

Was singt ihr da bloß von Himmel und Hölle und Englein und ewiger Herrlichkeit, sagt er. *Wer ein aufgeklärter und naturwissenschaftlich gebildeter Mensch ist, hält sich an das, was er sieht, was real existiert und was zu beweisen ist.*

Georg, der sich angegriffen fühlt, meldet sich in der nächsten Stunde zu Wort und fragt, wie das denn mit der Zeit sei, die man weder sehen noch riechen noch schmecken oder tasten könne. Ob er, Mohr, denn beweisen könne, dass die Zeit überhaupt existiert.

Mohr holt weit aus, redet über Zeit und Geschichte, Fortschritt und Entwicklung und beschwört, wie schon so oft, die helle irdische Zukunft, wenn der Sozialismus einmal den ganzen Erdball umspannt.

Ein Mitschüler erinnert ihn daran, er habe doch die Existenz der Zeit beweisen wollen. Wie es nun damit stehe, die Stunde sei bereits um. Mohr schaut auf die Uhr und sagt: *Ich habe noch zwölf Minuten.*

Aber die Klasse protestiert, er sei schon drei Minuten über die Zeit, obwohl kein Klingelzeichen erfolgt war. Und tatsächlich, Mohr überzeugt sich stichprobenartig: Auf allen Armbanduhren ist die Zeit bereits um Minuten überschritten.

Er scheint zu ahnen, der beste Beweis für die Existenz der Zeit wird die Anerkennung der chronometrischen Uhrzeit sein.

Als er seine Tasche zusammenpackt und den Raum verlässt, kommen sich die Jungen wie Helden vor und drehen ihre Uhren wieder zurück. Die Frage, was es mit der Zeit auf sich habe, bleibt auch dann im Raum stehen, als die Jungen ihrerseits die Taschen packen.

Mohr kommt auf diesen Vorfall nicht wieder zurück, es fällt aber auf, dass seine Anspielungen auf die *relijöse Bindung* der Jungen seltener werden und schließlich ganz ausbleiben.

Wenn sich Georg in dieser Frage auch jetzt für nicht viel klüger hielt, so wollte er doch für sich festhalten, dass Zeit eine schöne Metapher für Unverfügbarkeit wäre.

Ich kann sie nicht festhalten, ich kann sie nicht anhäufen, ich kann mit ihr nicht wuchern, ich kann sie nicht verleihen oder verkaufen, nicht einmal verschenken kann ich sie, genau genommen. Wenn wir Liebe wie die Zeit betrachteten, würden wir spürbarer lieben und weniger von Liebe reden. Und wenn wir unser geistiges und materielles Vermögen so betrachteten wie die Zeit, Georg musste lachen, dann wären wahrscheinlich alle sozialen Probleme mit einem Mal gelöst.

An der Zeit könnten wir lernen, dass Gewinn und Verlust zwei Seiten derselben Medaille sind.

Doch das sind wohl eher unzeitgemäße Gedanken für einen, der mit der Zeit geht. Vielleicht aber auch wieder nicht, widersprach sich Georg, wenn sich einer, der *mit* der Zeit geht, bewusst wird, dass er mit der Zeit *geht*.

Als es zum zweiten Mal klingelte, wusste Georg, das würde jemand anderes als die Postbotin sein. Die klingelte nur einmal. Wurde nicht schnell genug geöffnet, fand er einen Zettel im Kasten, die entsprechende Sendung sei ab dem nächsten Werktag auf der Poststelle im übernächsten Dorf abzuholen.

Georg ging zur Tür, vor deren Milchglas sich ein gewaltiger Schatten abzeichnete.

Herr Weber?

Ja, was gibt's?

Entschuldigen Sie die Störung. Quast, mein Name. Ich habe Ihre Adresse von Ihrem Stellvertreter in der Landesstelle, wo ich Sie zu erreichen suchte. Darf ich Sie kurz sprechen?

Georg bat den Fremden herein, führte ihn in sein Arbeitszimmer und bot ihm Platz an.

Als Ariane aus der Stadt anrief, wo er denn bleibe, war der Fremde immer noch da. Und als Ariane am Abend nach Hause kam, verabschiedete er sich gerade.

So dringlich, wie Quast das Anliegen seines Besuches vorbrachte, mochte Georg seine Verabredung in der Stadt nicht geltend machen.

Quast, ein bulliger Typ mit kurzen, grauen Stoppelhaaren, dessen herbes, ovales Gesicht unter der faltigen Stirn von einem Dreitagebart gerahmt wurde, arbeitete als Tierpfleger im Zoo. Zwei Ehen waren auseinandergegangen, eine neue Beziehung soeben gescheitert, seine Kinder aus zwei Ehen hatten den Kontakt zu ihm abgebrochen. Mit seinem Vermieter lag er offenbar seit Jahren im Streit, und seine Nachbarn in der Kleingartenanlage ließen kein gutes Haar an ihm. Sein einziges Glück und zugleich sein Lebensinhalt bestand in der Liebe zu seinen Tieren. Seit dreißig Jahren betreute er die Eulenvögel im Zoo. Das Beste am Tag sei die Nacht, meinte er, weil dann die meisten seiner Zöglinge aktiv würden. Im Winter gehe er selten vor 22 Uhr nach Hause, im Sommer bleibe er manchmal bis kurz vor Sonnenaufgang bei seinen Vögeln. Sie trösteten ihn über alles hinweg, was in seinem Leben schiefgelaufen sei. Ihnen habe er treu bleiben wollen, bis er in Rente ginge, vielleicht hätte er sogar noch etwas länger arbeiten dürfen.

Nun aber habe sich alles verändert. Seit einer Woche wisse er, er habe Krebs an der Bauchspeicheldrüse. Der Arzt habe sehr besorgt gewirkt und ihm geraten, sich bald operieren zu lassen. Und auf seine Frage, ob er danach weiter arbeiten könne, habe der gemeint, das sei eher unwahrscheinlich. Schon der Ausfall durch eine Krankenhausbehandlung sei eine mittlere Katastrophe. Eventuell aber überhaupt nicht wieder zu seinen Eulen zurückzukehren, nein, das könne er sich beim besten Willen nicht vorstellen.

Da habe er von einer Kollegin gehört, ein gewisser Herr Weber von der Landesstelle für, na, Sie wissen schon, habe eine andere Behandlung eingeschlagen, die Erfolg versprechend klinge. Und wenn das stimme, wolle er sich bei Georg danach erkundigen.

Georg berichtete von Vierwalden und seinen bisherigen Erfahrungen dort. Quast hörte gespannt zu, ohne ihn zu unterbrechen. An seinem Mienenspiel aber konnte Georg ablesen, was in Quast vorging. Sein Gesicht schien sich mit jeder Episode weiter aufzuhellen, bis Georg eine kurze Pause einlegte, ehe er sagte: Aber, Herr Quast, das Ganze hat einen Haken?

Sofort kräuselte sich Quasts Stirn wieder.

Alles, was Vierwalden macht, bezahlt die Kasse nicht.

Wieso, wollte Quast wissen. Wenn das hilft, was die in Ihrer Klinik machen, dann muss das doch auch die Krankenkasse bezahlen. Oder ist das doppelt so teuer?

Im Gegenteil, Herr Quast, im Gegenteil. Vierwalden kostet etwa ein Fünftel der üblichen schulmedizinischen Behandlung. Trotzdem lassen sich die Kassen nicht darauf ein.

Quast schüttelte unverständig den Kopf: Das verstehe einer. Ich denke, die müssen sparen?

Ja, wissen Sie, mit Logik ist dem nicht beizukommen. Haben Sie eine Rechtsschutzversicherung?

Ja, hab ich. Die hat mich schon zweimal gegen meine Kleingartenkollegen gerettet.

Dann rate ich Ihnen, sich einen guten Anwalt zu suchen und gegen Ihre Kasse zu klagen. Irgendwann muss doch mal der Knoten im Hirn der Achsoumunsbesorgten reißen.

Nun gut, ich habe auch ein bisschen Gespartes, sagte Quast, das könnte ich dafür ja einsetzen. Aber andererseits sehe ich nicht ein, warum ich mein Leben lang für die Krankheiten anderer mit zahle und dann, wenn ich selber betroffen bin, noch einmal extra für mich zahlen muss.

Ich bin mit meiner Klage zwar noch nicht viel weiter. Die Gerichte lassen sich Zeit, sagte Georg. Man hat mir gerade erst den Eingang meiner Klage bestätigt. Aber ich kann Ihnen ja ein paar Tipps geben, wenn es so weit ist.

Ariane musste schon auf dem Rückweg sein, als sich Georg einer zoologischen Nachhilfestunde unterzog. Seit Jahren hatte er den Tiergarten nicht mehr besucht und konnte sich, was Eulen betraf, beim besten Willen nur an einen Uhu erinnern.

Ach ja, da gab es aber noch einen verwaisten Käfig, an dem ein Schild mit Foto auf eine Schnee-Eule aufmerksam machte. Aber, wie gesagt, der Käfig war leer.

Quast lachte: Das ist aber schon sehr lange her. Das war 1981.

So genau wissen Sie das noch, fragte Georg.

O ja, das werde ich nie vergessen. Das war nämlich so ein Husarenstück der SED.

War die Schnee-Eule etwa in der Partei?

Das nicht, aber sie wurde Gegenstand einer Parteileitungssitzung auf höchster Ebene.

Wie das?

Es war die Zeit, wo die DDR um ihre internationale Anerkennung kämpfte. Der damalige Außenminister sollte in ein arabisches Land fliegen, ich glaube, es waren die Vereinigten Arabischen Emirate, um Propaganda für die DDR zu machen. Der dortige Scheich sammelte Schnee-Eulen. Man munkelte, er solle bereits mehr als fünfzig besitzen. Und da ein zünftiges Gastgeschenk fehlte und man einem Moslem keinen Meißener Wein mitbringen konnte, entschied die Partei, die Schnee-Eule aus unserem Zoo fachgerecht stehlen zu lassen. Wie hätte man der Öffentlichkeit erklären sollen, dass man sich jetzt schon in den zoologischen Gärten bediente. Also machten sich, gewiss mithilfe eines verschwiegenen oder vergatterten Kollegen, irgendwelche Typen über meine Schnee-Eule her. Als ich am Morgen meine Vögel begrüßen wollte, war das Gitter angelehnt, das Schloss ordentlich aufgeschlossen und der Käfig leer. Ich stürzte zum Zoodirektor und machte Meldung von dem Verlust. Die Nachricht schien ihn nicht weiter zu beunruhigen. Er sagte, das sei ja bedauerlich, man könne ja aber die Polizei einschalten. Gegen Mittag kamen dann zwei angebliche Kriminalbeamte, die das Schloss fotografierten und nach Fußspuren Ausschau hielten. Sie fragten niemanden, wie nachts jemand in den Zoo gelangen könne, wer alles einen Schlüssel zum Käfig besitze, wer für die Tierpflege bei den Eulen zuständig sei, wer zuletzt die Schnee-Eule gesehen habe oder wie und mit welchen Gerätschaften man einen solchen Vogel ungesehen entführen könne. Ich wusste, die Diebe waren viel zu hoch angebunden, als dass man sie schnappen durfte.

Und woher wissen Sie, dass es so und nicht anders war?

Weil ich eins und eins zusammenzählen kann. Dummerweise stand wenige Tage zuvor im *Neuen Deutschland* ein Bericht über die geplante Reise, in dem unter anderem von der Sammelleidenschaft des Scheichs berichtet wurde. Einen Tag danach dann der fingierte Einbruch. Ich bitte Sie! Im Übrigen kannte ich einen aus der Bezirksleitung, der sich Monate später bei mir erkundigte, ob es schon einen Verdacht gebe. Ich erzählte ihm meine Version vom Eulenklau. Da sagte er: Halt bloß die Klappe!

Und? Haben Sie?

Die Klappe gehalten, ja. Aber ich habe mich auf meine Weise gerächt?

Gerächt?

Ja, ich habe einen Anschlag an den leeren Käfig gemacht: *Die Schnee-Eule wurde in der Nacht zum 20. August von unverantwortlichen Ganoven gestohlen. Hoffen wir, dass sie der Polizei ins Netz gehen und ihrer gerechten Strafe zugeführt werden.*

Und?

Nix und! Wer diesen Anschlag hätte verbieten wollen, hätte das Gerücht, das langsam die Runde machte, nur bestätigt. So hat man es zähneknirschend geduldet.

Georg erfuhr noch manches von Zwergohreulen und Schreieulen, Sperbereulen, Sumpfohreulen, Schleiereulen, Stein- und Waldkäuzen, Sperlingskauz und Elfenkäuzchen und dem größten ihrer Art, jenem Uhu. Man habe seinen Vögeln unrecht getan und tue es noch immer, wenn man sie Totenvögel nenne. Ihr

Kuwitt werde albernerweise als „Komm mit“ gedeutet und damit Kindern und ängstlichen Erwachsenen Schrecken eingejagt. Es stimme auch nicht, dass sie in der Nacht alles und am Tage nichts sähen. Was aber die meisten nicht wüssten, dass seine Vögel ein ausgesprochen feines Gehör hätten, das ihnen bei der nächtlichen Nahrungssuche hilfreich sei.

Ob es eine neue Schnee-Eule in seinem Zoo gebe, wollte Georg wissen.

Wo denken Sie hin, Herr Weber. So ein Vogel ist unbezahlbar. Wir sind froh, dass wir unsere Tiere gut versorgen können.

Quast, sagte Quast, als er in der Tür auf Ariane stieß, die vor seiner gewaltigen Statur erschrak.

Weber, sagte Ariane, ich bin Georgs Frau.

Sie gaben sich die Hand, und Georg begleitete Quast zum Auto.

Danke für Ihre Zeit, Herr Weber.

Sie müssen sich nicht bedanken. Ich habe Ihnen nur erzählt, was Ihnen eigentlich Ihr Arzt hätte sagen müssen oder Ihre Kasse, wenn sie es gut mit Ihnen meinte. Rufen Sie mich an, wenn ich Ihnen behilflich sein kann. Und grüßen Sie Ihre Eulen.

Ich mach das. Und kommen Sie doch mal, ich stell sie Ihnen vor. Kostet Sie nichts.

Quast stieg in sein Auto und stob davon.

Wer war denn das, wollte Ariane wissen.

Ein Eulenspiegel, den es erwischt hat. Aber ich glaube, es wird ihm bald so gut gehen wie mir.

Ostern lag diesmal sehr früh. Georg, zuständig für jede Art von Raumschmuck, stellte bereits am Gründonnerstag die Kirschzweige auf die Diele und behängte den großen Haselstrauß vor der Glastür zu seinem Arbeitszimmer mit den kleinen Holzeiern aus der elterlichen Osterkiste. Der Blauregen am Hauseingang erhielt einfache bunte Plastikeier und die Esskastanie mitten im Garten seine neuesten Kreationen. Um deren Wetterfestigkeit besorgt, hatte er sie mit Emailfarben bemalt, deren Leuchtkraft die industriell gefärbten Eier weit in den Schatten stellte.

Seit Anfang der Karwoche zeigte sich die Sonne häufiger, und der Karfreitag entwickelte sich zum ersten Frühlingstag. Er saß mit Ariane beim Frühstück und fragte sie, was der Karfreitag für sie bedeute.

Ein starkes Symbol, sagte sie und biss in ihr Brötchen.

Georg sah sie fragend an.

Ariane kaute ruhig zu Ende, ehe sie antwortete: Bei uns zu Hause war es noch üblich, den Karfreitag als Generalabsolution zu nutzen. Das ganze Dorf holte die schwarzen Sachen aus der Truhe und marschierte zur Kirche. Manche mussten stehen. Der Altar zeigte sich kahl, keine Blume, kein Kerzenlicht, kein Altarbehang. Über der Gemeinde lag der faule Geruch eines sündigen Jahres. Der Pfarrer hielt eine aufrüttelnde Predigt, die ich heute grenzwertig nennen würde. Er schreckte nicht davor zurück, angebliches Fehlverhalten so konkret zu benennen, dass jeder wusste, wer gemeint war. Da für das alles zweitausend Jahre früher schon Jesus ans Kreuz genagelt wurde, mussten wir jetzt – sozusagen nachträglich – die große Beichte sprechen mit *Ich armer, elender, sündiger Mensch bekenne dir alle meine Sünde und Missetat* usw. Du kennst das ja.

In Gedanken, Worten und Werken, ergänzte Georg.

Womit ich dich erzürnt und deine Strafe zeitlich und ewiglich verdienet habe, fiel Ariane wieder ein. Und nachdem wir alle die Vergebung empfangen hatten, folgte das große Abendmahl, das manchmal bald eine Stunde dauerte. Und während Familie für Familie vor den Altar trat, trat unser alter Kantor auf die Pedale, manchmal auch daneben, und spielte immer wieder *O Haupt voll Blut und Wunden*, dass man es den ganzen Tag nicht wieder loswurde. Ich fand das alles ziemlich unerträglich, erst recht, nachdem ich mitbekam, was hinter den Kulissen dieser Kirche, die sich anmaßte, jedem ein schlechtes Gewissen zu machen, noch so ablief. Als ich nach Weimar ging, betrat ich Kirchen nur noch zu Konzerten. Inzwischen, du weißt ja, entdecke ich manches wieder zurück. Aber der Karfreitag bleibt für mich mit unangenehmen Gefühlen verbunden. Was mich aber interessiert, ist das Symbol: Einer opfert sich, geht seinen Weg bis zu Ende, ohne Kompromisse, und bleibt Mensch, bis zum letzten Atemzug. Das ist großartig. Das zeigt eine Alternative zu unseren vielen Scheinidealen, die plötzlich nichts mehr wert sind, sobald sie uns etwas abverlangen. Verstehst du? Ariane legte ihr Brötchen auf dem Teller ab.

Ich kann dir Wort für Wort folgen, sagte Georg.

Na und dann, setzte Ariane hinzu, denk dir bloß mal die Kreuzesgeschichte aus der bildenden Kunst weg. Undenkbar, was da alles fehlte. Ganz abgesehen von der ästhetischen Dimension vieler Darstellungen des Gekreuzigten in Malerei und Grafik und Plastik, es gibt ja auch eine menschliche. Wie viele Menschen haben in schwierigen Zeiten bei dem Gekreuzigten Zuflucht gefunden. Es ist schon ein Jammer, dass der Karfreitag immer mehr aus dem Bewusstsein der Öffentlichkeit verschwindet.

Georg stimmte ihr zu und erzählte, er habe kürzlich von einer Umfrage unter Jugendlichen gelesen, die sagen sollten, was sie mit Karfreitag verbänden. Die Antworten hätten ihn aufhorchen lassen: von *nie gehört* über *da soll einer aufgestanden sein* bis zu *das hat, glaube ich, was mit Autorennen zu tun.*

Waaas? Ariane kreischte auf.

Glaub mal nicht, dass das mit Weihnachten ganz anders ausfiele. Das ist die Kehrseite der Säkularisierung. Man weiß nicht mehr, woher man kommt. Das Kind der religiösen Weltdeutung ist mit dem Bad der Selbstbefreiung ausgeschüttet worden. Und woran erinnerst du dich an diesem Tag? Ariane griff die Ausgangsfrage wieder auf und biss erneut in ihre Semmel.

Bei uns zu Hause ging es nicht viel anders zu. Dazu kam, dass wir die ganze Karwoche wie auf Zehenspitzen gehen mussten. Meine Eltern sprachen nur von der *stillen Woche*. Sonst mussten wir jeden Tag Klavier üben, jetzt durften wir nicht einmal den Klavierdeckel anheben. Meine Mutter legte vorsichtshalber ein langes Tuch darüber, wie jüdische Familien am Sabbat ihren Toaster und manche das Telefon abdecken.

Damit war es vorbei, als ich in den Chor kam. Gründonnerstag und Karfreitag sangen wir eine der großen Passionen von Bach. Die Tage davor waren mit Proben gefüllt. Am *Karsamstach*, wie mein Vater sagen würde, fanden zusätzlich die letzten Proben für die Ostermette und den Ostergottesdienst statt. Sehr besinnlich ging es also in diesen Tagen im Internat nicht zu, eher hektisch.

Georg schnitt ein Brötchen in zwei Hälften und bestrich die eine dick mit Butter.

Ach, dann gab es da noch Frau Dr. Wohlauf, die uns Christenlehre erteilte! Eine alte, wahrscheinlich kluge, vor allem aber fromme Frau, die offenbar glaubte, weil wir vor allem geistliche Konzerte sangen, wir wären alle kleine Engelchen. Sie erzählte uns, dass jedes Jahr am Karfreitag, genau um drei, also zur Sterbestunde Jesu, eine schwarze Wolke über Dresden zu beobachten sei.

Und?

Na, für uns war das erst mal eine handgreifliche Aussage, die die Chance eines Gottesbeweises in sich trug. Das mussten wir überprüfen.

Den ersten Karfreitag nach dieser Offenbarung lag Dresden unter einem Himmel voller stehender, tiefgrauer Regenwolken. Der plötzliche Aufzug einer schwarzen Wolke wäre von den meisten gar nicht bemerkt worden. Uns aber, die wir sie erwarteten, wäre sie bestimmt nicht entgangen. Dummerweise war es auch noch windstill. Der Heilige Geist hätte sie sozusagen herbeiblasen müssen. Aber nichts geschah.

Ein Jahr später genoss Dresden von Palmarum bis Ostersonntag einen leuchtend blauen Himmel. Und wieder nichts. Um drei starrten wir hinauf und warteten vergeblich. Als uns Frau Dr. Wohlauf später erzählte, *sie* habe die schwarze Wolke gesehen, einigten wir uns darauf, sie müsse einen Augenfehler haben, zumal sie schon in der Klasse öfter mal die Gesichter verwechselte.

Nette Geschichte, sagte Ariane. Und was ist Karfreitag heute für dich?

Es fällt mir leichter aufzuzählen, was er für mich alles nicht ist: kein Grübeltag, kein Trauertag, kein Ruhetag im Sinne einer stillen Woche, kein Feiertag, kein Bußtag und kein Tag, an dem es mich magisch unter irgendeine Kanzel zöge, um mir dort anzuhören, wie Jesus für uns gelitten habe und gestorben sei, um nach Gottes Plan nach drei Tagen wieder aufzuerstehen und dann Gott zu sein, was er eigentlich ja schon immer gewesen sei. Ich werde mir heute Nachmittag die Johannespassion auf CD anhören. Wenn du willst, kannst du ja mithören. Über die Musik erreicht mich meistens etwas, was mit Worten allein nicht zu vermitteln ist. Kann sogar sein, dass ich ein bisschen heule, weil irgendwelche Kindergeschichten wieder hochkommen. Und wie ich mich kenne, werde ich die Chöre alle mitsingen. Und dann mal sehen, was der Karfreitag mit mir macht.

Während sie schweigend weiteraßen, hingen beide ihren Gedanken nach.

Ostern trieb es Georg aber dann doch in die Kirche. Er verspürte das unwiderstehliche Bedürfnis, die alten Lieder zu singen. Ariane dagegen war gespannt auf den neuen Pastor. Man erzählte, er sei ein unkonventioneller und origineller Geist, der die Dinge exakt auf den Punkt bringe. Georg sang aus voller Kehle und lächelte jedes Mal zu Ariane hinüber, wenn er den Text für eine geistige Zumutung hielt. Ariane räusperte sich mehr als dass sie sang, sperrte aber bei der Predigt ihre Ohren weit auf. Der Pastor zitierte jene Umfrage, von der Georg schon berichtet hatte und griff die Antwort eines Jugendlichen heraus, der gesagt hatte: *Karfreitag? Ist da nicht irgendwer aufgestanden?* Dieses Wort *aufgestanden* konjugierte er in einem Parforceritt durch die Kultur- und Geistesgeschichte, vom Aufstand des Judas Makkabäus bis zum Aufstand in der DDR von 1989, von den aufmüpfigen Mönchen des Mittelalters gegen kirchliches Macht- und Prachtgebaren bis zu den Aktivitäten von *Amnesty International* und *Greenpeace*, vom Kampf einer alleinerziehenden Mutter um eine Festanstellung bis zur Klage eines Krebskranken gegen die Weigerung seiner Kasse, eine alternative Therapie zu bezahlen.

Georg stieß Ariane an und flüsterte: Woher weiß der das?

Du bist nicht der Einzige, dem so geht, flüsterte Ariane zurück.

Wer aufsteht, so das Fazit des Predigers, um auch nur einen Missstand in dieser Welt zu beheben, hat vom Leben Jesu mehr begriffen, als wer das Neue Testament bei jeder Gelegenheit auswendig zitieren kann.

Auf dem Heimweg schwieg Georg.

Was ist? Hat es dir die Sprache verschlagen, fragte Ariane.

Manchen mag es ja die Sprache verschlagen haben, sagte Georg. Ich habe eher das Gefühl, der neue Kollege hat mir für einige innere Gärprozesse zur Sprache verholfen.

Heißt?

Ich fange gerade an, mich ziemlich auferstanden zu fühlen. Dabei hat sich mein Sargdeckel erst einen Spalt geöffnet.

Dieses Ostergefühl hielt an. Nicht nur die nächsten Tage, an denen sich der wechselnde Besuch die Klinke in die Hand gab. Ein milder Mai mit molliger Wärme trieb schon in seinen ersten Tagen Georg in die Sonnenecken des Gartens.

Mitte des Monats traf er wieder in Vierwalden ein, wo man ihn wie einen guten Freund des Hauses begrüßte.

Wenn ich nicht wüsste, an welchem Symptom Sie arbeiten, müsste ich fragen: Was wollen Sie hier, sagte Dr. Schock, als er das Ergebnis der Elektro-Akupunktur und der Lebendblutuntersuchung im Dunkelfeld mit ihm auswertete.

Sie sehen aus, als kämen Sie aus der Sommerfrische, und Ihre Werte unterstreichen den Eindruck, meinte der Klinikdirektor, dem er am zweiten Tag in die Arme lief.

Georg lachte: Es geht mir auch gut. Es gibt Tage, da vergesse ich fast, dass ich Krebs habe. Seit Ostern etwa befinde ich mich geistig-seelisch-körperlich auf einem Hoch, dass ich einen jähen Absturz befürchte.

Das sollten Sie lieber nicht, sagte Dr. Biller. Sie wissen doch, die Erfüllung solcher Erwartungen besorgen wir in der Regel selber. Versuchen Sie, diesen Zustand mit einem Höchstmaß an Gelassenheit zu halten. Steigern Sie sich weder in eine irreale Euphorie noch in völlig unnötige Befürchtungen. Hören Sie jeden Tag in sich hinein. Ihr Körper garantiert Ihnen die Bodenhaftung. Sie verstehen.

Georg verstand.

Wir haben übrigens für Sie den üblichen Therapieplan aufgestellt. Wenn Sie besondere Wünsche haben, lassen Sie es uns wissen.

Danke, sagte Georg. Wenn es möglich ist, würde ich gern noch zwei psychotherapeutische Einheiten und, wenn der Plan es erlaubt, einmal aktives Fieber, also die große Hyperthermie bekommen.

Ich bin mir sicher, dass sich das machen lässt. – Haben Sie übrigens bemerkt, dass unser Patientengarten fertiggestellt ist? Am Dienstag wird es eine Einweihungsfeier geben, zu der wir neben unseren Patienten auch Vertreter anderer ganzheitlicher Kliniken, den Chefarzt des hiesigen Klinikums und den Bürgermeister erwarten. Die Zeit haben wir auf allen Therapieplänen frei gehalten.

Bis dahin ist der Eingang noch gesperrt.

Ich bin gespannt, sagte Georg, ehe der Direktor davoneilte.

Weber! Was für eine Überraschung! Kramer erhob sich von seinem Platz und drückte Georgs Rechte lange mit beiden Händen. Dann werden die nächsten Tage ja wieder vergnüglich verlaufen. Ich befürchtete schon, ich müsste an diesem Tisch alleine versauern oder bekäme eine von den Damen zugesellt, die nicht *muh* und nicht *mäh* sagen und jeden Bissen fünfundsechzig Mal kauen. Am liebsten würde ich jetzt fragen: Wo waren wir gleich stehen geblieben? Sie sehen gut aus. Geht es Ihnen auch so?

Durchaus. Im Moment fühle mich wie ... wie ... na wie ein Tagpfauenauge auf einer Sommerfliederrispe.

Wie romantisch, Herr Weber. Wie kommen Sie denn darauf?

Bei Ihnen hat man immer das Gefühl, man müsste etwas Ausgefallenes heranziehen. Und da dachte ich eben, vielleicht wissen Sie das nicht, dass Schmetterlinge, vornehmlich Pfauenaugen, die Rispen des Sommerflieders aufsuchen.

Nee, das wusste ich wirklich nicht, ich weiß nicht mal, wie Sommerflieder aussieht.

Eins zu Null, sagte Georg, merken Sie sich das bitte, falls Sie mich irgendwann mit Stoff aus Ihrer Domäne examinieren sollten.

Übrigens, fügte Georg hinzu, ich bin genauso froh, dass ich Sie hier wiedertreffe.

Wollten Sie nicht erst im Juni kommen?

Kramer wurde ernst. Mir geht es gerade nicht so gut. Der Radiologe behauptet, er habe zwei Metastasen in der Lunge entdeckt. Ich bin mir zwar sicher, der will nur das ängstliche Flackern in meinen Augen sehen. Viele Radiologen können Chirurgen nicht leiden, vielleicht weil sie sich in gewissem Sinne als unsere Arbeitgeber fühlen. Aber mir scheint, ich bin mit meiner biologischen Therapie noch nicht konsequent genug. Sie können mir ein bisschen dabei helfen.

Morgen Nachmittag ist die Einweihung des Patientengartens, sagte Georg, da haben wir zwei Stunden frei. Nach der Eröffnung können wir uns ja in eine Ecke zurückziehen und erzählen.

Na wunderbar, Herr Weber. Sie waren schon mal mein Engel.

Ich Ihr Engel? Georg schaute ungläubig auf.

Sie wissen doch, die wirklichen Engel wissen nichts von ihrer Wirkung. Und die welche sein wollen, stolpern dauernd über ihre eigenen Flügel.

Wir wollten über Ihre Mutter reden, nahm die Psychotherapeutin eine Abmachung wieder auf, die sie bei Georgs letztem Klinikaufenthalt getroffen hatten.

Richtig, sagte Georg. Sie haben schon öfter nach ihr gefragt, und jedes Mal hatte ich das Gefühl, als rührten Sie an eine Wunde.

Es gibt Wunden, Herr Weber, die muss man noch einmal öffnen, damit sie richtig heilen können. Wollen Sie das?

Doch, ja. Vor ein paar Jahren hätte ich mich darauf nicht eingelassen, aber jetzt will ich das.

Georg lag auf einer Pritsche und schloss die Augen.

Rufen Sie vor Ihrem inneren Auge das Bild Ihre Mutter wach und versuchen Sie, sich an Begebenheiten zu erinnern, die etwas mit Schutz, mit Wärme, mit Geborgenheit, mit Nähe, mit Großzügigkeit, mit Verständnis zu tun haben. Sobald sie so eine Situation vor sich sehen, beschreiben Sie sie, die Umstände, vor allem aber Ihr Gefühl dabei.

Na, ob mir da viel einfällt, wollte Georg sagen, schwieg aber lieber und machte sich auf die Suche. Er musste nicht lange warten.

Er sieht sich auf dem Arm eines Russen, der in die Wohnung eingedrungen ist – der Schlüssel bleibt manchmal stecken – und ins Wohnzimmer tritt, wo seine Eltern mit Barbara beim Essen sitzen. Schneller als sein sportlicher Vater ist seine Mutter bei dem Russen und reißt ihm das Kind vom Arm. Der Russe greift verlegen in seine Uniformtasche und zieht einen speckigen Geldschein hervor: *Fur Kind, nur fur Kind*, sagt er, *chad Auge so schon und groß*. Damit verschwindet er wieder.

Georg hörte, wie sich die Therapeutin etwas notierte.

Seine Mutter macht mit den beiden Kindern eine Woche Urlaub im Osterzgebirge. Nach einem längeren Waldspaziergang auf einer Lichtung angekommen, sagt seine Schwester: *Mutti, wenn wir jetzt Braunweiß hätten!* Braunweiß nennen die Kinder die Mischung aus Kakao und Zucker, die sie teelöffelweise essen mögen. Den Kakao schickt Tante Veronika aus dem Westen. Zucker gibt es noch auf Lebensmittelmarken. Die Mutter sagt: *Denkt euch eine schöne Geschichte aus, bis ich zurückkomme.* Und tatsächlich geht sie zur Pension zurück, die ihnen endlos weit entfernt scheint, und kommt mit einem Glas Braunweiß und einem Teelöffel wieder. *Und, was habt ihr euch erzählt*, will sie wissen. *Georg hat mir Angst gemacht*, petzt Barbara. *Erst hat er Hänsel und Gretel erzählt. Und als es geknackt hat, hat er eine von seinen Mummum-Geschichten erzählt. Der Mummum war wirklich da, Mutti, dort hinten, ich hab den Hut gesehen.* Georg lacht seine ältere Schwester aus, die immer wieder auf seine Gruselgeschichten hereinfällt. Dabei traut er sich selber nicht weiter in den Wald hinein. Wenn die Schwester wüsste, wie froh er ist, sie neben sich zu wissen! *Na, dann erzähl ich euch mal eine Elfengeschichte. Wollt ihr?* Die Kinder wollen. Und die Mutter spinnt mit einer fantastischen Geschichte alle Angst hinweg und macht ihnen den Wald zu einem einladenden Abenteuer, bei dem es unendlich viel zu entdecken gibt, wenn man die Augen offen hält: Vögel, Käfer, Beeren, Moos, Blumen und Gräser. Noch Tage später reden sie davon.

Sommerurlaub auf Usedom. Georg baut eine Sandburg. Zwei größere Jungs beobachten ihn, dann kommen sie herzu und zertrampeln sie. Das sieht seine Mutter, stellt die beiden zur Rede und bringt sie dazu, mit Georg gemeinsam die Burg wieder aufzubauen. Am nächsten Tag spielen die drei miteinander.

Mutti, erzähl mal was Lustiges, fordern Georg und seine Schwester. Etwas Lustiges, fragt sie zurück, legt die Stirn in Falten, als überlegte sie angestrengt und erzählt dann lachend, als wäre es das erste Mal: *Stellt euch vor, da stand doch auf einem Friedhof bei uns zu Hause ein Grabstein mit der Inschrift: Hier ruht der Bauer Merkel, als Kind war er ein Ferkel, als Mann war er ein Schwein. Herrgott, was mag er jetzt wohl sein? Oder in Ostfriesland schrieb ein Fleischer an seinen Laden: Ich habe vom Senat die Erlaubnis, Gäste zu beherbergen, zu beköstigen und zu schlachten.* Und dann zeigt sie ihnen die kleine Blechdose, in der sich Vaters Kreislauftabletten befunden haben und in der sie nun Sicherheitsnadeln aufbewahrt. Auf dem Deckel steht: *Der Inhalt der Dose berechtigt nicht zum Verzehr von Kleinkindern.*

Später kommt Georg der Gedanke, sie hätten ihre Mutter vielleicht deshalb immer wieder gebeten, diese und andere kleine Geschichten zu wiederholen, um ihre Mutter lachen zu sehen.

Zum 65. Geburtstag seines Vaters soll Georg einen Strauß Rosen schneiden. Als er die wertvolle Meißner Vase in die Küche bringt, um sie mit Wasser zu füllen, bleibt er mit dem Ärmel an der Türklinke hängen. Sein Vater zischt: *Herrgott! Was bist du nur für ein Trampeltier! Diese schöne Vase! Sie war ein Erbstück deiner Mutter.* Und seine Mutter sagt: *Alles hat seine Zeit, auch Meißner Porzellan. Hol die große Keramikvase, die ist zwar nicht so schön, aber stabiler. Ich feg die Scherben weg.*

Georg offenbart seinen Eltern, die Ehe mit Sabine sei am Ende, er werde sich scheiden lassen. *Das wollte sie doch immer schon*, sagt sein Vater. *Dann warte, bis sie es endlich macht.* – *Warum*, wendet seine Mutter ein, *wenn es nur noch ein Aneinanderleiden ist, dann lass ihn den Zustand bald beenden, auch der Mädchen wegen.* Und zu dem Vater gewandt: *Als deine Clematis vertrocknet war, hast du ihren Anblick auch nicht länger ertragen, hast sie ausgegraben und eine neue gepflanzt.* Der Vater funkelt sie an, nickt dann aber.

Dann die Sache mit dem Knoblauch. Georg hat ihn soeben für sich entdeckt. Er könnte morgens, mittags und abends geröstetes Knoblauchbrot mit Butter essen. Bei einem Besuch seiner Eltern legt er zum Abendessen eine Knoblauchzwiebel auf den Tisch und schiebt zwei Scheiben Brot in den Toaster. *Du willst doch jetzt nicht etwa Knoblauch essen*, sagt sein Vater. *Dann stehe ich auf. Knoblauch essen die Polen und die Russen und die Türken.* Da wirft seine Mutter Georg einen schelmischen Blick zu und sagt: *Gibst du mir eine Zehe ab. Das muss ich auch mal probieren.*

Ihm war, als hätte sich ein geheimes Tor geöffnet, aus dem sich in wilder Folge ein ganzer Reigen von Bildern ergoss, auf den er lange gewartet hatte. Er glaubte, soeben die Mosaiksteine gefunden zu haben, die ihm zur Vervollständigung seiner Kindheitsbilder fehlten. Ein Gefühl von tiefer Befriedigung breitete sich in ihm aus. Er stöhnte und schlug die Augen auf.

Wir machen Schluss für heute, sagte die Therapeutin. Lassen Sie nachklingen, was in Ihnen an Gefühlen hochgekommen ist. Wir sehen uns übermorgen.

Das passt zu dieser Klinik, sagte Kramer, während die Eröffnungsfeierlichkeiten zu Ende gingen. Man hat das Gefühl, jeder Schritt in diesem Garten macht etwas mit einem.

Feng Shui, warf Georg ein.

Feng-Shui, Qigong, Kung-Fu oder wie Sie es immer nennen wollen! Auf alle Fälle passiert hier irgendwas.

Sie werden doch nicht etwa fromm, frotzelte Georg.

Gott bewahre! Sie wissen doch, ich glaube an nichts und deshalb an alles.

Sie schritten langsam die einzelnen Wege ab, deren jedem eine bestimmte Bedeutung zugeschrieben wurde und die alle zum Hügel der Erkenntnis führten. Dort setzten sie sich nieder, und Kramer meinte: Wenn wir so weit sind, dass wir diesen Weg auch zu Hause gehen können, dann sind wir über den Damm. Georg schloss die Augen bis auf einen Spalt und nickte.

Seine Gedanken wanderten zu einem anderen Garten, nach Paris. Unterhalb von Montmartre, wenn man aufstieg auf der linken Seite, lag ein kleiner, unscheinbarer Garten. Die meisten, die es zum Place du Tertre zog oder zu der weiten Freitreppe vor Sacré-Cœur, ließen ihn entsprechend links liegen, wenn sie, das Ziel im Auge, mit letzter Puste bergan stürmten.

Der Garten verfügt über ein kleines Gatter, das sich nach innen schwenken lässt und nie verschlossen wird. Man schreitet auf einem gewundenen Sandweg durch die Rabatten, ehe sich dieser auf einer von Buschwerk gesäumten kleinen Wiese verliert. Einige wenige Bänke verraten, dieses Kleinod steht als allgemeine Oase inmitten der Pariser Großstadtwüste Ruhebedürftigen jedweder Art zur Verfügung. Georg muss ihn bei einem seiner ersten Parisbesuche entdeckt haben. Er erinnert sich, hier verweilt und eine Fülle überraschender Gedanken in sein Büchlein gekritzelt zu haben.

Als er seinen Aufstieg fortsetzt, gibt er dem Garten den Namen *Garten der Erkenntnis*.

Der weitere Sommer missriet zu einem Wechselbad aus Gluthitze und Unwetter. Georg konnte sich nicht entsinnen, jemals so viele Gewitter, Wolkenbrüche oder Hagelschläge erlebt zu haben. Andere Jahre genoss er während der Sommermonate mit Ariane nahezu jede Mahlzeit auf der Terrasse. Jetzt brannte entweder die Sonne so unerbittlich, dass er, trotz Sonnenschirms, um seine Haut fürchtete, oder die Regengüsse machten die Terrasse für Stunden unbrauchbar.

Mit seiner Diagnose hatte man ihm geraten, sich direkter Sonneneinstrahlung nicht mehr auszusetzen. Georg charakterisierte sich selber als sonnenhungrig und schreckte in der Vergangenheit vor den für seinen Hauttyp unvermeidlichen

Sonnenbränden nicht zurück. So kam dieser Unsommer der geforderten Neuorientierung in gewissem Sinne entgegen. Er wunderte sich selber, wie gut er das ertrug.

Früher reichte schon ein vierzehntägiger Landregen, seine Geduld hart auf die Probe zu stellen, weniger der mangelnden Wärme als des fehlenden Lichts wegen. Man könnte fast sagen, zwei Wochen düsteren, verhangenen Himmels brachten ihn an die Grenze zur Mutlosigkeit. Er spürte seine Motivation langsam schwinden, wurde inaktiv und träge, fühlte sich müde, brachte nichts zu Ende und erwartete irgendwann die völlige Handlungsstarre.

Er sei eben ein Reptil, entschuldigte er sich, wenn ihn Ariane passiv zieh und aufforderte, sich zusammenzureißen. In der langen Winterdämmerung, die sich manchmal von November bis Januar zog, half ihm ein ganzes Arsenal von freundlichen Notbehelfen und Ritualen über die schleichende Depression hinweg.

Bräche der November bereits in diesem Juli aus, glaubte sich Georg gut gewappnet, selbst die Zugabe eines weiteren grauen Monats mühelos zu überstehen. Mit seinem neu erstandenen Selbstgefühl mussten seine Widerstandskräfte gegen alles, was seine Psyche lähmen wollte, gewachsen sein.

Kurz: Er nahm den Sommer hin wie er war.

Georg verbrachte einige Tage bei Françoise, einer Freundin, die nahezu zeitgleich mit ihm ihre Diagnose erfahren hatte: Brustkrebs. In Frankreich beherrschte die Schulmedizin noch konsequenter als in Deutschland das große Therapiegeschäft. Françoise, deren Mutter nach klassischer Behandlung des gleichen Symptoms qualvoll gestorben war, lehnte eine Operation so entschieden ab wie jede chemotherapeutische Behandlung. Auf Georgs Rat hin besuchte auch sie in Abständen die Klinik in Vierwalden. Nun hatte sie ihn gebeten, sie für eine Woche zu besuchen, gewiss auch mit dem Hintergedanken, durch seinen Humor aus ihrer einsamen Grübelei gerissen und aufgemuntert zu werden. Ariane erhob keinen Einspruch und gab an, selber eine alte Freundin, die es nach Bayern verschlagen habe, aufsuchen zu wollen.

Georg fuhr bei Starkregen ab und traf an einem milden Sommerabend in Paris ein. Der nächste Morgen zeigte schon in der Frühe einen wolkenlosen Himmel. Georg, der in der Dachschräge wohnte, riss das Fenster auf und ließ mit der frischen Morgenluft zugleich das Geläut einer benachbarten Kirche in seine Kammer. Es war Sonntag. Françoise hatte sich für den Vormittag mit ihren Schwestern in Soisy sur Seine verabredet. Georg wollte, auch wenn sein Französisch allenfalls für eine nahezu akzentfreie Kaffeebestellung reichte, die Messe in Notre-Dame besuchen und zum Montmartre aufsteigen. Ein tiefes Gefühl von Dankbarkeit über das eben wieder erstarkende Leben schien eines Ortes zu bedürfen, an dem es seine adäquate Äußerung fände. Seine Erwartungen waren hoch.

Nach einem gemeinsamen Frühstück, das diesen Namen verdiente und bei dem Françoise, ganz unfranzösisch, auffuhr, was ihr Kühlschrank hergab, trennten sich ihre Wege. Für den späten Nachmittag hatten sie sich in einem Café nahe der Saint-Germain-des-Prés verabredet.

Blühende Oleander empfingen Georg auf der Ile de la Cité, das Hochufer der Seine schäumte in zartem Rosa. Das Portal der Kathedrale, der die Sonne aufs Neue ihr Steinweiß verlieh, stand weit geöffnet. Menschen strömten in langen Reihen wie durch ein finsteres Loch in das Gotteshaus, während auf dem Vorplatz trickreiche Artisten und Jongleure in konzentrischen Kreisen die um sich versammelten, die die Sonne der Sonntagspflicht vorzogen. Georg, straßentheatererfahren und -geschädigt, schaute nicht nach links und rechts und strebte zielsicher das Kirchentor an. Das Schiff mochte bereits zur Hälfte gefüllt sein. Die Geräuschkulisse erinnerte ihn an eine Bahnhofshalle. Georg blieb im hinteren Viertel unweit des Ausgangs stehen und wartete, bis seine Augen aus dem Dunkel die Umrisse der Arkaden und der Kanzel zur Rechten herausschälen konnten. Er schaute zu den farbigen Chorfenstern und wartete, dass endlich Ruhe einkehrte. Erst mit dem Einsetzen des Orgelspiels ebbte der Geräuschpegel langsam ab. Es folgten Lieder und Wechselgesänge, in die nur ein Teil der Anwesenden einstimmte. Georg schien nicht der einzige Fremdling in diesem Raum zu sein. Lesungen schlossen sich an, unterbrochen von liturgischem Gesang. Männer in weißen Gewändern mit bunten, goldbestickten Stolen und Kopfbedeckungen machten sich am Altar zu schaffen. Alles sah sehr ernst und feierlich aus, aber Georg konnte nichts daran finden, was ihn zu wie auch immer gearteter Andacht einlud. Hätte er die Atmosphäre beschreiben sollen, er hätte sie *gruftig* genannt. Als einer der Männer, den er für den Erzbischof hielt, anfing, eine längere Rede auf Französisch abzulesen, trat Georg hinaus in die Sonne, überquerte den Vorplatz, schritt zur Linken über die Brücke und setzte sich, durch eine Markise sonnengeschützt, vor ein Café. Jetzt blickte er *auf* die Hauptkirche und fand sie von außen viel angenehmer, zumal sie so, statt modrige Kühle zu verbreiten, für seine Augen zum stabilen Bezugspunkt im flirrenden Sonnenlicht wurde. Die Menschen um ihn herum strahlten Zufriedenheit aus, erzählten, lachten. Zwei sommerlich gekleidete Männer in bunt bedruckten T-Shirts saßen auf umgestülpten Papierkörben und spielten Gitarre. Georg spürte, wie ihm nun auch innerlich langsam warm wurde.

Das ist meine erste Westreise seit meiner Diagnose, dachte er.

Ich fühle mich wie auferstanden, schrieb er in sein kleines Büchlein, *auferstanden aus meiner Todesangst, auferstanden aus meinen Selbstzweifeln, auferstanden aus meinem zwanghaften Aktionismus, auferstanden aus dem Grab schwerlastiger Erinnerungen.*

Auferstanden aus Ruinen, kam es ihm in den Sinn. Georg musste schmunzeln, dass ausgerechnet dieser Staat, der mit Stolz die Überwindung der Religion durch die *wissenschaftliche Weltanschauung des Marxismus-Leninismus* prognostizierte, ein Gedicht zur Nationalhymne erklärte, das mit dem zentralen Begriff der christlichen Religion begann! Wurde deshalb seit den Siebzigerjahren in der DDR der Text nicht mehr gesungen oder weil es an einer anderen Stelle hieß *Deutschland, einig Vaterland*?

Den größten Teil des Aufstiegs zum Montmartre hatte er bewältigt, als er wieder auf jenen kleinen Garten stieß.

Er öffnete die Tür und ließ sie wieder zufallen. Er befand sich in seinem kleinen *Garten der Erkenntnis*, der ihn an seinen Garten zu Hause erinnerte, etwas verwildert, aber auch voller blühender Lebendigkeit. Er hörte die Menschen in Scharen hinter der Hecke hügelan streben, während er sich weiter in das Innere des Gartens vorwagte. Er fand eine freie Bank, und da sie niemand weiter zu beanspruchen schien, breitete er sich der Länge nach auf ihr aus. Seinen Lenin schob er zwischen die Bohlen und seinen Kopf. Er schloss die Augen, ohne etwas Besonderes zu erwarten. Und doch hoffte er auf irgendetwas, das mit ihm geschähe. Er musste eingeschlafen sein; denn als er zu sich kam, stand die Sonne fast über ihm. Die anderen Bänke hatten sich geleert. Völlige Stille. Von der Straße her war kein Geräusch mehr zu hören, der Hauptstrom zum Hügel über der Stadt schien versiegt zu sein. Eine Amsel zerrte lautlos mit ihrem Schnabel einen Wurm aus dem Boden und hüpfte davon. Er setzte sich auf und fühlte sich voller Kraft. Hinter dichtem Gebüsch, das rote Beeren trug, erscholl plötzlich helles Lachen. Ganz allein bin ich also nicht, sagte er zu sich. Er stand auf und ging den Weg weiter bis zu einer kleinen Wiese. Als er um die Ecke schaute, erblickte er ein Paar, das sich unbekümmert und juchzend auf dem Rasen liebte. Die junge Frau am Boden schaute zur Seite, sah Georg, lachte und winkte ihm zu. Der Mann über ihr, der außer einem T-Shirt nichts anhatte, drehte sich ebenfalls zu ihm und rief irgendetwas. Georg lachte und zog sich zurück. *Garten der Erkenntnis*, murmelte er, auch eine Form, den Sonntag zu feiern.

Er trat auf die Straße. Hinter ihm schnellte knallend die kleine Pforte an den Anschlag. Wieder wandte sich Georg nach links und stieg weiter bergauf. Er fand ein kleines Restaurant oberhalb eines Treppenabsatzes, wo er im Freien sitzen konnte mit Blick über das Häusermeer dieser brodelnden Stadt. Jetzt hätte er laut singen wollen: *Christ ist erstanden*, *Ein feste Burg ist unser Gott*, *Großer Gott, wir loben dich* oder irgendetwas anderes, das hymnisch und gewaltig klingt. Nur mit Mühe konnte er sich zurückhalten.

Der Kellner brachte ihm die Speisekarte. Georg, der bereits wusste, was er wollte, sang seine Bestellung und schaute dabei den jungen Mann so euphorisch an, dass dieser irritiert nickte und kopfschüttelnd verschwand.

Françoise, als sie sich des Nachmittags bei Saint-Germain trafen, glaubte zu erkennen, dass mit Georg irgendetwas geschehen war. Er sah sich außerstande, es ihr zu erklären, wusste aber, wie recht sie hatte.

13

Anfang September teilte Georg dem Minister mit, er wolle zum ersten Oktober an seinen Arbeitsplatz zurückkehren und meldete sich zu einer Unterredung an. Der Minister, der nirgends ohne seinen Staatssekretär erschien, zeigte sich einerseits erfreut, hatte sich Georg um den Aufbau dieser einzigartigen Stelle doch *bleibende Verdienste* erworben, wie er gern betonte, andererseits fand Georg in seinem Blick zugleich den vorsichtigen Zweifel, der Zeitpunkt könnte vielleicht zu früh gewählt sein. Sein Schatten machte deshalb ein Angebot, das dem sogenannten Hamburger Modell in etwa entsprach und Georg gestattete, zunächst mit halber Kraft seine Tätigkeit aufzunehmen.

Was ihn zu seinem Entschluss bewog, vermochte Georg selber nicht zu sagen. Seine Diagnose hätte ihm erlaubt, sich sofort in den Ruhestand zu verabschieden. Aber irgendwie schien ihm seine Arbeit nicht abgeschlossen. Es gab eine Fülle von angefangenen Vorhaben, die er gern zu Ende gebracht hätte. Auch lagen zwei nahezu fertige Vorträge, von verschiedenen Institutionen erbeten, noch ungehalten in seiner Mappe. Vielleicht wollte er auch nur mit einem eigenen Willensakt sein Arbeitsleben beenden und nicht aufgrund eines unerwarteten Geschicks.

Er rief, kaum dass er die Zustimmung seines Dienstvorgesetzten besaß, seinen Stellvertreter an und teilte ihm mit, ab erstem Oktober könne er sich wieder seiner eigentlichen Aufgabe widmen, er, Georg, übernehme noch einmal das Ruder.

Die Reaktion am anderen Ende fiel verhaltener aus, als er erwartet hatte. Ein Teil der Mitarbeiterschaft werde sich zwar freuen, hörte er sagen, er aber mache sich Sorgen, ob sich Georg bei einer solchen Diagnose all den Stress noch einmal zumuten solle. Er könne ja beruhigt sein, der Laden laufe wie geschmiert.

Georg musste schmunzeln. Und Munk?

Munk? Für mich wäre Munk kein Grund, wiederzukommen, eher vorzeitig zu gehen.

Georg lachte. Nein, Munks wegen komme er bestimmt nicht zurück. Es gebe andere, auf die er sich freue, ihn und die anderen Arbeitsgruppenleiter zum Beispiel. Vor allem aber wolle er noch Einiges zu Ende bringen und eine ordentliche Übergabe an wen auch immer vorbereiten.

Ganz allgemein fühlte sich Georg wieder gut, nahm langsam zu und spürte seine wachsende Energie. Es würde ihm keine Mühe machen, morgens mit Ariane aufzustehen und – trotz reduzierter Arbeitszeit – auch mal einen langen Tag, sicher auch mal zehn und mehr Stunden, durchzuhalten. Wenn diese Tätigkeit zu seinem Symptom beigetragen haben sollte, dann wäre es nicht die Arbeit als solche gewesen, sondern sein Umgang mit ihr. Und das würde jetzt anders werden.

Er nahm sich vor, keine dienstlichen Probleme mehr mit nach Hause zu schleppen, weder materiell noch geistig, und auch die Gespräche mit Ariane von Schicksalsberichten zu entlasten, zumal ihm schien, sie sei dieser allmählich überdrüssig und wolle ihn nur nicht mit offensichtlichem Desinteresse kränken. Die Kenntnis über Verstrickungen von Menschen seines Umfelds mit SED und Staatssicherheit, das war ihm klar geworden, konnte auch neurotisieren. Er wollte sich hüten, hinter jeder demokratiekritischen Bemerkung, hinter jedem Funktionärsgesicht, hinter jeder DDR-freundlichen Bemerkung, aber auch hinter übertriebener Huldigung der neuen Verhältnisse durch Ostdeutsche eine Partei-Karriere oder IM-Biografie zu wittern. Er wusste, wie wenig es Letztere in Wahrheit gab und wie unterschiedlich die Lebenswege sein konnten, die in geheimdienstliche Abhängigkeit führten. Den ganzen Komplex der SED-Diktatur mit all seinen Implikationen wollte er künftig auf seine Tätigkeit in der Landesstelle und seine Vorträge beschränken. Wie schwer das zu realisieren wäre, ahnte er.

Auch seinen Arbeitsalltag wollte er neu gestalten. Beratungen mit Mitarbeitern und Arbeitsgruppen würde er grundsätzlich auf zwei Stunden begrenzen. Was darüber lag, kostete seiner Ansicht nach nur Zeit, die keine neuen Erkenntnisse brachte. Das schloss ein, allen, die sich gern reden hörten, eine begrenzte Zeit vorzugeben. Einen Tag in der Woche wollte er sich ab 14 Uhr in seiner Arbeit nicht mehr unterbrechen lassen. Seine Mitarbeiterinnen und Mitarbeiter, die bisher nahezu freien Zugang zu ihm hatten – wo gab es das schon! – sollten sich jetzt anmelden müssen und ihr jeweiliges Anliegen benennen, mit Ausnahme seines Stellvertreters und seiner Sekretärin natürlich. Freitags würde er zu Hause bleiben und montags erst zu Mittag beginnen. Das Kantinenessen in einem benachbarten Betrieb würde er seinen Verdauungsorganen erlassen und stattdessen seine Mittagsmahlzeit therapiegerecht vorkochen und zu gegebener Zeit in der Etagenküche aufwärmen. Die durch den Wegfall des Kantinengangs gewonnene Zeit sollte einer kurzen Meditation zugutekommen. Das Wichtigste aber: Er wollte künftig alle Auseinandersetzungen, sowohl mit dem Ministerium und dem Landkreis als auch innerhalb der Mitarbeiterschaft, schnell und offen einer Lösung zuführen. Nie wieder sollten Probleme vor sich hergeschoben, vertagt oder unaufgelöst abgelegt werden. Zu viele von ihnen hatte er in der Vergangenheit wohl heruntergeschluckt, ohne sie verdauen zu können, sodass die Bauchspeicheldrüse Hilfe schreien musste.

Als Georg seine Dienststelle betrat, nahm er zwei unterschiedliche, ja gegensätzliche Gefühle in sich wahr. Einerseits empfing ihn das Gebäude mit seinem nüchternen Treppenhaus, dem klappernden Fahrstuhl, den Fotowänden in den Gängen und den Etagendekorationen, die keineswegs immer seinem Geschmack entsprachen, mit einer gewissen Vertrautheit. Andererseits spürte er eine Distanz zu alldem. Er fühlte sich wie ein Eindringling, der ein auch ohne ihn gut funktionierendes System zurückerobert.

Sobald aber die ersten Gesichter in den Türen auftauchten, war das alles wie weggewischt. Freundlichkeit, mitunter sogar Herzlichkeit schlug ihm warm entgegen. Und hinter den Fragen über seinen Zustand, die er mitfühlenden Mitarbeitern beantworten musste, hörte er unausgesprochen: Du bist willkommen. Endlich da angelangt, wo sein Dienstzimmer, das Sekretariat und die Verwaltung lagen, fand er frische Sträuße vor und eine Sekretärin, die schon den Tisch für die erste Runde mit den engsten Mitarbeitern eingedeckt hatte. Sie war keine Frau von vielen Worten, sie strahlte einfach und sagte: Schön, dass Sie wieder da sind. Und Georg fand das auch.

Es hätte ein ungetrübter Arbeitsbeginn werden können, wenn ihm nicht in der obersten Etage ausgerechnet Munk über den Weg gelaufen wäre, genauer gesagt, sich ihm in den Weg gestellt hätte: Herr Weber, ich muss Sie unbedingt heute noch sprechen.

Georg spürte, wie sich sein Puls beschleunigte. Er zwang sich, so ruhig wie möglich zu reagieren: Guten Morgen erst mal, Herr Munk, und schön, dass Sie wieder da sind.

Wieso? Ich war doch gar nicht weg, gab Munk verständnislos zurück.

Aber *ich,* sagte Georg ganz ruhig, ich war zehn Monate nicht hier. Nun lassen Sie mich erst mal wieder ankommen.

Das haben Sie sich so gedacht. Eben weil Sie zehn Monate nicht da waren und hier alles drunter und drüber ging, erwarte ich, dass Sie mich heute anhören, sonst ...

Sonst? Georg hatte sich wieder voll in der Gewalt und hielt seinem herausfordernden Blick stand: Sonst, Herr Munk?

Der Landrat war neulich hier. Dann wende ich mich eben ...

Tun Sie das, unterbrach ihn Georg mit entschiedenem Ton. Ich kann Ihnen heute schon sagen, was er antworten wird: Gehen Sie in Ihr Zimmer und machen Sie Ihre Arbeit! Dasselbe sage ich Ihnen jetzt schon, ich bin nämlich mit den Arbeitsgruppenleitern verabredet. Sollte ich diese Woche noch eine freie Minute finden, werden Sie es erfahren.

Damit wandte sich Georg ab und ging in sein Zimmer. Er hörte noch, wie Munk laut vor sich hin sprach: Typisch ... kein Ohr für die Mitarbeiter ... lass ich mir nicht bieten!

Nichts war drüber und drunter gegangen, im Gegenteil, die Mitarbeiterschaft schien in Georgs Abwesenheit sich ihrer Verantwortung besonders bewusst gezeigt zu haben, wie aus der Erzählung seines Stellvertreters hervorging.

Für's Erste hatte er Munk, diesen Stinkstiefel und Quertreiber, abgeschüttelt, aber Georg wusste, Munk würde nicht aufgeben, seine Kolleginnen und Kollegen anzuschwärzen und das Klima im Hause zu vergiften. Es gab nur eine Lösung, Georg musste Munk so mit Arbeit eindecken, dass ihm keine Zeit mehr blieb, weitere Intrigen zu spinnen. Dessen einstige Verdienste im 89er Herbst dürften ihn daran nicht mehr hindern.

In gewissem Sinne, dachte Georg, als er allein am Schreibtisch saß, hat mir gerade Munk dazu verholfen, in der Landesstelle wieder anzukommen. Wenn es mir gelingt, ihn zu bändigen, werde ich alles andere auch schaffen.

Die Arbeitsgruppenleiter, mit denen er jetzt an einem Tisch saß, warteten, nachdem der Stand der dienstlichen Angelegenheiten besprochen war, auf eine Bemerkung zu seinem persönlichen Befinden, das spürte Georg.

Und jetzt noch ein Wort zu mir, sagte er, Sie werden sich fragen, ob das nicht ein wenig früh sei, wieder mit der Arbeit zu beginnen. Ich meine, nein. Ich weiß, dass die Landesstelle auch ganz gut ohne mich funktioniert, weil Sie wunderbare und verantwortliche Mitarbeiter sind. Man hat mir sogar geraten, überhaupt nicht wiederzukommen und vorzeitig in den Ruhestand zu treten. Ich kann das nicht. Es gibt noch eine Reihe von Vorhaben, die ich begleiten oder zu Ende bringen will. Ich käme mir vor wie ein Fahnenflüchtiger, wenn Sie einem alten Pazifisten diesen Vergleich nicht verübeln. Aber ich werde nicht gleich voll einsteigen, und ich werde im November noch einmal für vierzehn Tage in die Klinik müssen. Dann sollen die Abstände größer werden – wenn alles gut geht.

Und was mein Selbstgefühl angeht, muss ich Ihnen sagen, die dunklen Schatten der ersten Wochen haben sich verzogen und einer großen Hoffnung auf Gesundung, wenn nicht gar Heilung Platz gemacht. Trotz der vielen Unwetter habe ich einen guten Sommer verbracht, mich sogar für eine Woche vollen Kunstgenusses – mit Zustimmung des Ministers natürlich – nach Paris getraut und fühle mich gerade wie auferstanden. Ahnen Sie, was ich meine?

Vier Männer und zwei Frauen schauten etwas verlegen und warteten, ob Georg etwas hinzufügen wolle. Aber er beließ es dabei.

An Sprache konnte sich Georg regelrecht berauschen. Es gab Gedichte von Hesse, Benn, Aichinger und Kirsch, die er drei- oder viermal hintereinander las und schließlich auswendig lernte, weil sie Bilder ins Wort brachten, die ihn unmittelbar erreichten. Früher war ihm das schon mit Luther und Paul Gerhardt so gegangen. Er liebte ihre treffsichere Sprache, lernte Choraltexte auswendig – über das im Konfirmandenunterricht geforderte Pensum hinaus – und sagte sie sich immer wieder auf oder sang sie vor sich hin. Aber seine Leidenschaft für Gedichte ermüdete mit der Zeit. Geblieben war die Freude an der Sprache, an guten Texten, an klaren Formulierungen, lebendigen Sprachbildern, schönen Vergleichen, vor allem aber an gelungenen Sprachschöpfungen, wie er sie in der Prosa von Emil Granich fand.

So beanspruchten auch seine Referate, die er rhetorisch penibel durcharbeitete, nicht allein eine klare Gedankenführung und verständliche Wissensvermittlung, sondern ästhetischen Genuss. Manchmal sprach ihn nach einem Vortrag jemand darauf an, weniger den Stoff als das sprachliche Erlebnis lobend.

Zwei Orte gab es, von denen Georg oft mit neuen Gedanken oder kleinen Sprachschöpfungen zurückkehrte. Den einen würde er nicht verraten wollen. Schon dessen Erwähnung entbehrte nicht einer gewissen Pikanterie. Denn wenn sich Georg in den jeweils kleinsten Raum seiner Wohnung zurückzog, was bei ihm einiges an Zeit in Anspruch nahm, nachdem ihm im Internat eine verschließbare Toilette oft zum letzten Zufluchtsort geworden war, obgleich er dem Geschäft aller Geschäfte keine besondere Aufmerksamkeit zu widmen erzogen war, trafen verdrängungshalber alle Energien in seinem Kopf zusammen und produzierten, parallel zu dem, wovon man eben nicht sprach, kleine, oft witzige Ideen, skurrile Gedanken oder auch einmal ernsthafte Erkenntnisse. Er betrachtete es als sein Unglück, in diesem Moment eines Notizbuches und eines Stiftes zu entbehren und auf dem Weg zu diesen dank zwischenzeitlicher anderer Verrichtungen das Meiste schon wieder vergessen zu haben. Der Vorsatz, im Badezimmer einen kleinen Zettelkasten anzubringen, kam erst im Hause Arianes zur Ausführung.

Der andere kreative Ort entsprach, was Größe und Ausstattung betrifft, eher den Erwartungen Uneingeweihter: sein Garten. Kniete Georg, Unkraut jätend und den Boden lockernd, in seinen Beeten, verschmolz er ganz mit seinem natürlichen Umfeld, beobachtete geschäftige, schwer beladene Ameisen auf ihren rätselhaften Umwegen oder im Zickzack laufende Käfer, Hummeln, die Blütenkelche herabzogen oder winzige blassblaue oder braun gescheckte Falter. Seine Gedanken konnten indes, als gehörten sie nicht zu ihm, ein völlig anderes Thema umkreisen, meist eine Frage, die in Zusammenhang mit einer der nächsten Aufgaben stand. Das Grundgerüst mancher Vorträge und Predigten war auf diese Weise entstanden. Aber auch hier gebrach es ihm meist an Gelegenheit, seine Assoziationen festzuhalten, nachdem sein Notizbüchlein in der Gärtnerhose durch Nässe und Schmutz zerfleddert war. Er gewöhnte sich an, für wichtige Einfälle seine Arbeit augenblicklich zu unterbrechen und das inzwischen im Geräteschuppen deponierte Notizbuch zu nutzen.

An seinem Schreibtisch in der Landesstelle, soweit er sich erinnerte, war er noch kein Mal auf einen Gedanken gekommen, der ihm so originell und einmalig erschienen wäre, dass er ihn hätte festhalten wollen. Dazu bedurfte es mindestens eines anregenden Gesprächspartners, an dessen Ansichten er sich reiben oder dessen Vorgaben er weiterspinnen konnte. So hatte es sich ergeben, dass seine Vorträge ausschließlich zu Hause entstanden, wo ihm ungestörter Raum zur Verfügung stand, das Telefon abgestellt werden konnte, wo ihn anregende Bücher umgaben und allein der Blick in den Garten eine Art Schöpferrausch entstehen ließ. Deshalb bezweifelte er auch, dass es gelingen werde, so fest er es sich auch vornahm, seine Vortragsvorbereitungen fortan ausschließlich auf die Landesstelle zu begrenzen, dazu noch auf die reguläre Arbeitszeit. Schließlich zählte dieser Teil seiner Arbeit zu den obligatorischen Aufgaben.

Und Vorträgen, wie aus all dem ersichtlich, gehörte seine Leidenschaft, selbst gehaltenen wohlverstanden. Was ihm bei Personalquerelen, die es eher zwischen den Mitarbeitern als mit ihm gab und die nicht selten Munk angezettelt hatte, in die er als Chef aber oft einbezogen wurde, ja, die er im Ernstfall – und gelegentlich zum Leidwesen Mitbetroffener – auch zu entscheiden hatte, was ihm bei Personalquerelen also an Zuwendung verständlicherweise versagt blieb, holte er sich auf dem Vortragswege umso reichlicher wieder herein. Dreizehn Vorträge für das neue Jahr waren bereits anberaumt, als er seine Diagnose noch nicht kannte. Die Termine, die in der Zeit seiner Krankschreibung lagen, sagte die Sekretärin ab. Die anderen standen noch unangezweifelt in seinem und entsprechend vielen fremden Kalendern. Inzwischen freute er sich auch wieder auf diesen Teil seiner Tätigkeit – auf anregende Abende irgendwo in Deutschland, wo sich Leute für das Leben in der DDR und unter der SED-Diktatur, für Opposition und Staatssicherheit interessierten und lebendige Diskussionen entfachten, die auch Georg immer wieder neue Blickwinkel bescherten. Über vieles hatte er schon gesprochen: *Erziehung zu Anpassung und Wohlverhal-*

ten in der Schule, SED-Kulturpolitik und Widerstand, KSZE-Prozess und Ausreisebewegung, Die Kirche im SED-Staat und deren versuchte Unterwanderung durch die Staatssicherheit, Militarisierung und Wehrdienstverweigerung in der DDR, Politische Gefangene im DDR-Strafvollzug und anderes mehr. Lieber aber redete er über *Ethische Aspekte* bei der Aufarbeitung der jüngsten ostdeutschen Geschichte oder über die Schwierigkeit, der *eigenen* Geschichte ins Auge zu schauen.

Und dann gab es noch ein Thema, in letzter Zeit öfter angefragt, bei dem Georg zu Hochform auflaufen konnte. Er hatte es *Lachen vor Angst – Witz und Satire in der zensierten Gesellschaft* genannt. Zunächst sah es so aus, als sei all die aufwendige Vorbereitung umsonst gewesen. Sein Publikum in Köln und Aachen entdeckte entweder die Pointen der vor allem politischen Witze nicht, die er zitiert hatte, oder wusste bereits alles, was sich Georg offenzulegen bemühte. Außer einem kleinen, höflichen Schlussapplaus vermochte er keine Reaktion wahrzunehmen. Lediglich ein Ehepaar, Mitte vierzig, sprach ihn nach dem Vortrag in Aachen an, bedankte sich und beklagte die Teilnahmslosigkeit der westdeutschen Mitbürger. Als wir 1986 in den Westen kamen, sagten sie, mussten wir feststellen, dass man hier vom Osten so gut wie nichts wusste. Wir sind bis heute noch nicht warm geworden hier. Die Leute denken anders, reden anders und pflegen eine andere Art von Humor. Über die alten DDR-Witze können sie nicht lachen, weil ihnen deren subversive Komponente entgeht. Georg, nachdem er diese Einschätzung zunächst bezweifelt und einen weiteren Versuch mit gleichem Ergebnis in Ludwigshafen gewagt hatte, bot das Thema nur noch in ostdeutschen Städten an und da mit zunehmender Beteiligung.

Außenstehenden mochte es so erscheinen, als handele es sich bei seinen Vorträgen um ein Dauerthema in Variationen. Eingeweihte aber erkannten sehr schnell, es ging um einen Strauß eigenständiger Themen, die meist umfangreiche Recherchen voraussetzten, an denen etliche Mitarbeiter beteiligt waren. Und gerade das war ganz nach Georgs Geschmack. Wäre er unmittelbar nach seinem Studium nicht so praxisversessen gewesen, aus ihm hätte, nicht zuletzt dank seiner pedantischen Veranlagung, ein leidlicher Forscher, vielleicht auch ein annehmbarer Publizist werden können. Stattdessen schlug er das Promotionsangebot eines seiner theologischen Lehrer in den Wind, *um keine Zeit zu verlieren*, wie er damals meinte.

Jetzt aber ging es erst einmal um ganz gewöhnliche Leitungstätigkeit, die üblicherweise aus Sitzungen, Beratungen, Tagungen, Konferenzen, Symposien, Kongressen, Besprechungen, Unterredungen, Versammlungen und Meetings besteht, Tätigkeiten, die oft nur ein Begriff unterscheidet, die aber beanspruchen, für das Fortbestehen unserer Zivilisation unverzichtbar zu sein.

Diesen Teil seiner Arbeit konnte Georg leidenschaftslos an seine Kollegen delegieren. Dienstreisen und Konferenzen reizten ihn schon lange nicht mehr, nachdem er oft übermüdet und ergebnislos nach Hause zurückgekehrt war. Seine jungen Kollegen hatten die Erfahrung noch vor sich. Er widmete sich lieber den Aufgaben vor Ort, der Weiterentwicklung seiner Landesstelle, den inhaltlichen Aufgaben, die mit dem Studium von Akten und Spezialliteratur verbunden waren, Gutachten und Gesprächen mit wichtigen Zeitzeugen. Bald würde er sich auch den lustvolleren Strang seiner Arbeit, Vorträge, Diskussionen und Unterrichtsstunden in Gymnasien und berufsbildenden Schulen zurückerobern.

Gelänge es ihm, sich künftig durch nichts und niemanden mehr unter Druck setzen zu lassen und dienstliche Angelegenheiten abends zusammen mit seinem Dienstzimmer abzuschließen, müsste ihn die letzte knappe Phase seines Arbeitslebens zu seinem biologischen Ruhepegel zurückführen.

Schon in den ersten Tagen stellte er in sich eine Gelassenheit fest, die ihm eine neue Dimension seiner Existenz zu eröffnen schien. Warum er nicht früher darauf gekommen sei, fragte er sich, wenn er am Ende eines Arbeitstages jetzt manchmal den genussvollen Nachgeschmack geistigen Kurbetriebs in sich verspürte.

Kehrte er früher mit seinem Schreibtisch, das heißt mit einem imaginären Koffer voller offener Aufgaben der Dienststelle den Rücken, vom Pförtner mitleidig in den Feierabend verabschiedet, und schleppte er am Morgen denselben, oft um nichts leichter, in eben diese zurück, verließ er jetzt pfeifend und fröhlich grüßend das Haus, stieg – sozusagen mit leeren Händen – in sein Auto, legte eines der Brandenburgischen Konzerte ein und rollte entspannt und mit den Fingern den Takt aufs Lenkrad trommelnd, vom Hof. Manchmal traf er laut singend zu Hause ein und betrat, noch vor sich hin dudelnd, das Haus, wo kaum mehr ein Wort von seinem Tagesgeschäft fiel. Nur Kuriositäten, die im Umgang mit Menschen und erst recht mit Akten unvermeidlich sind, enthielt er Ariane nicht vor.

An einem dieser Abende, völlig unerwartet, ein Anruf von Alexander.

Georg, wie geht's?

Du wirst es nicht glauben, Alex, aber ich arbeite wieder.

Bist du verrückt?

Nicht mehr als sonst!

Was sagt denn dein Krebs dazu?

Der wird jeden Tag brav mit auf Arbeit genommen und irgendwann, wenn er merkt, wie langweilig das DDR-Thema für so einen Krebs ist, wird er sich verabschieden.

Man, Georg! Wer so redet, scheint, auch wenn er den Krebs noch nicht los ist, die Angst vor ihm überwunden zu haben.

Das kann täuschen, Alex. Ich hatte mal einen Kollegen, der so viel Angst vor Lungenkrebs hatte, dass er bei jeder Zigarette, die er sich anzündete, sagte: Ich will mal wieder meinen Krebs füttern.

Und? Hat er Krebs bekommen?

Leider ja. Er lebt schon lange nicht mehr.

Bei dir klingt das aber ganz anders, Georg. Seit einigen Monaten habe ich das Gefühl, du bist auf *deinem* Weg angekommen. Deshalb komme ich heute auf meine Einladung zurück. Kannst du dir vorstellen, Juli/August nächsten Jahres mit mir durch Amerika zu touren? Unser Institut macht sich demnächst über die Urlaubsplanung her. Du brauchst ja nächstes Jahr so etwas nicht mehr.

Wie ich mich augenblicklich fühle, würde ich sagen: Ja, sagte Georg.

Würde ich sagen? Alexander bohrte nach: Warum Konjunktiv?

Ein kleines Unsicherheitsmoment kann ich leider nicht verschweigen.

Okay, sagte Alexander, dieses Restrisikos bin ich mir schon bewusst. Aber grundsätzlich könntest du dir das nächsten Sommer vorstellen?

Jetzt bist du der Konjunktivist, konterte Georg, ich *kann* es mir vorstellen.

Dann fang mal langsam zu planen an. Du erinnerst dich? Das sollte dein Part sein. Ich buche die Flüge, die Hotels und die Bikes.

Ich habe aber noch ein paar Fragen.

Und die wären?

Warum kommt Genevieve nicht mit? Wie lange wollen wir unterwegs sein? Was kostet der Spaß?

Das ist schnell beantwortet: Genevieve ist eine so fanatische Antiamerikanerin, dass sie nicht einmal New York oder die Niagarafälle besuchen würde. Zu der anderen Frage: Ich will den Großteil meines Jahresurlaubs, fünf Wochen, dafür aufwenden. Genevieve hat es mir genehmigt. Muss ich mit Ariane sprechen?

Ich glaube, das ist nicht nötig, sagte Georg. Sie nimmt ihren Urlaub sowieso außerhalb der Saison. Da sind wir ja zurück.

Na wunderbar! Und was war deine dritte Frage?

Die Finanzierung, half Georg nach.

Hast du das vergessen, Georg? Das war ein Geschenk, falls du dich erinnerst. Wenn du dein Flugticket bezahlst, sind wir quitt.

Georg schwieg, lange. Dann sagte er: Alex, das kann ich unter keinen Umständen annehmen.

Kannst du nicht, kam es vom anderen Ende. Musst du aber, sonst nehme ich dich nicht mit. Weißt du, ich verdiene so unverschämt gut, dass ich alle möglichen Projekte unterstütze. Da werde ich doch für den einzigen Freund, der mir die Treue gehalten hat, etwas tun dürfen. Im Übrigen bringst du mit der Organisation eine nicht zu unterschätzende Gegenleistung. Ich hätte nämlich keine Zeit dafür und müsste es sonst einem professionellen Reiseplaner übertragen. Du kannst dir denken, was dabei herauskäme: die klassische Touri-Strecke. Ich will mit dir individuell reisen. Sicher, San Francisco und L. A. und New Orleans müssen schon dabei sein und am Schluss natürlich New York, aber alles andere ist für mich völlig disponibel.

Alex, ich bin immer noch sprachlos, aber wenn du auf dieser Variante bestehst, dann sollst du eine Reiseroute bekommen, die sich gewaschen hat und die du nicht so schnell wieder vergisst.

Na denn, sagte Alex, wir hören voneinander. Fang schon mal an und – arbeite weiter an deiner Genesung.

Genesung reicht mir nicht, gab Georg zurück, ich suche Heilung, notfalls auch in Amerika.

Ebenfalls an einem dieser Abende, beide saßen beim Abendessen, fragte Ariane unvermittelt: Wie geht es dir eigentlich?

Gut geht mir's, sagte Georg, warum fragst du?

Ich meine, was macht dein Bauch?

Mein Bauch? Georg musste einen Moment nachdenken, ehe er noch einmal nachfragte: Du meinst das Pankreas?

Na, was denn sonst, unterstrich Ariane ihre Frage, ohne ihn dabei aus den Augen zu lassen.

Ehrlich gesagt, ich habe seit Tagen nicht an ihn gedacht, sagte Georg und merkte, indem er das sagte, wie seltsam das klingen musste.

Nimmst du denn deine Medikamente nicht, insistierte Ariane.

Doch, doch, ich nehme sie regelmäßig, antwortete Georg, aber meistens ist mir in dem Moment gar nicht bewusst, weswegen ich sie nehme. Ich weiß schon, gut ist das nicht. Ich sollte nichts gedankenlos und mechanisch tun. Aber ich vergesse meine Krankheit manchmal völlig.

So gut geht dir's?

So gut geht's mir, bekräftigte Georg sein augenblickliches Grundgefühl.

Hauptsache, du wirst nicht übermütig und fängst wieder so an wie damals, wandte Ariane ein.

Georg sah sie an und nickte. Ja, du hast recht, ich muss wirklich aufpassen. Die Gefahr besteht.

Unter dem Thema *Repression und Opposition im sozialistischen Staat DDR* bot die Landesstelle gemeinsame Veranstaltungen mit Universitäten, Volkshochschulen, Stadtbibliotheken, Rathäusern oder Kulturvereinen in nahezu allen Bundesländern an. An einem solchen Abend, der sich mit dem *Politischen Widerstand in der Arbeitswelt* befasste und in Leipzig stattfand, kam es zum Eklat. Georg hatte soeben seinen Vortrag beendet. Ein Dozent, der die einladende Universität vertrat, eröffnete die Diskussion, als sich schwer und Stühle rückend ein massiger Mensch mit einem ebenso massigen Gesicht und verquollenen Augen unter buschigen Augenbrauen erhob und sagte: Sehr geehrter Herr Weber, ich fand Ihren Vortrag höchst aufschlussreich. Ich wollte immer schon einmal wissen, wie Ihre Forschungsstelle, oder wie sich dieses Gebilde nennt, die Tätigkeit der Sicherheitsorgane der DDR in der Öffentlichkeit verkauft. Manches von dem, was Sie gesagt haben, kann man unterstreichen, vor allem, was die Rolle der führenden Partei angeht. Aber Ihrer Darstellung, nach der wir das Recht missachtet und Bürger der DDR willkürlich unterdrückt oder bedroht hätten, muss ich auf das Energischste …

Weiter kam er nicht. Ein wütender Proteststurm ließ seine letzten Worte ungehört untergehen. *Buuuuh!* und *Das fehlt gerade noch!* und *Setzen Sie sich wieder hin!* und *Gehen Sie nach Hause!* waren die freundlichsten Rufe aus dem Auditorium. Der Gesprächsleiter sah Georg ratlos an. Georg wartete ab, bis sich der Unmut gelegt hatte. Dann sagte er ganz ruhig und so leise, dass auch der Letzte im Saal verstummte: Ich kann Sie alle gut verstehen. Ihr Protest ist mehr als berechtigt. Auch nach zwanzig Jahren gibt es keinen Anlass, irgendetwas aus dem Arsenal des Staatssicherheitsdienstes zu verharmlosen oder schönzureden.

Seine Zuhörer nickten. Manche schauten sich zu dem Mann um, als wollten sie sagen: Siehst du, hab ich doch gemeint!

Aber, fuhr Georg fort, nach zwanzig Jahren gibt es noch etwas anderes zu bedenken. Wir haben in diesen Jahren viel über staatliche Repression erfahren, vieles, was wir damals noch nicht wussten. Wir haben Betroffene erzählen hören, haben Filme und Dokumentationen gesehen, haben Selbstrechtfertigungen von ehemaligen Stasi-Offizieren gehört, wissen um die Einflüsse der Sicherheitsdienste auf alle gesellschaftlichen Bereiche, auch um die Einflussnahme auf Politik und Wirtschaft in der damaligen Bundesrepublik, wissen von Menschenrechtsverletzungen und umgangenen Embargos. Das war Unrecht, und das bleibt alles ein dunkles Kapitel in der deutschen Nachkriegsgeschichte. Ich wünsche mir aber, dass wir nach zwanzig Jahren anders davon reden, anklagend ja, aber nicht ausgrenzend. Die Männer, die Verantwortung bei der Stasi getragen haben, die nahezu 92 000 hauptamtlichen und über 168 000 Inoffiziellen Mitarbeiter haben heute einen Pass der Bundesrepublik Deutschland. Einige wenige werden das noch als Demütigung empfinden, die meisten von ihnen haben das inzwischen als ihre große Chance begriffen, in einem demokratischen Gemeinwesen noch einmal neu anfangen zu dürfen. Sie sitzen neben uns in der Bahn und stehen vor oder hinter uns beim Bäcker, sie reparieren unser Auto oder bewachen die Geschäfte in der Stadt. Manche begegnen uns inzwischen auch wieder auf dem Bildschirm oder als erfolgreiche Unternehmer in der Zeitung.

Bisher haben wir das Gespräch *über* die kleinen und großen Verantwortlichen geführt. Irgendwann wäre es an der Zeit, *mit* ihnen zu reden, mit denen wenigstens, die willens sind, damit das Verdrängen auch bei ihnen aufhört. Ihre Kinder und unsere Kinder gehen zusammen zur Schule, arbeiten zusammen, studieren zusammen und wissen nichts mehr davon. Für sie ist der demokratische Alltag Selbstverständlichkeit. Wir aber, die wir auf unterschiedlichen Seiten, als Akteure, als Mitläufer oder Gegner das alles erlebt haben, können helfen, dieses Stück Geschichte weiter zu durchleuchten und den Riss, der durch unsere Mitte geht, zu heilen.

Eine Frau in der ersten Reihe schaute Georg entsetzt an und brummte: Das fehlte noch!

Ich weiß, fuhr Georg fort, das klingt für viele von Ihnen provozierend. Aber ich will Sie auch provozieren. Ich will, dass Sie einmal darüber nachdenken. Da hat sich also ein Mann heute Abend hierher gewagt, obwohl er wissen musste, dass es für ihn nichts Angenehmes zu hören gäbe. Dann steht er auf und äußert seine Ansicht, obwohl er davon ausgehen kann, hier nicht viel Unterstützung zu finden. Da fände ich es wunderbar, wenn wir wie gute Demokraten reagieren und statt *Buuuh* zu rufen, ihn anhören und ihn nötigen, dann auch all die anderen anzuhören. Unser Bewusstsein verändert sich nicht, indem wir Standpunkte behaupten, sondern indem wir uns öffnen, neue Fragen und neue Blickwinkel zulassen.

Ein Mann stand auf und verließ Tür schlagend den Raum, andere rutschten unruhig auf ihren Stühlen hin und her.

Einer unterbrach Georgs Redefluss: Das hat sowieso keinen Sinn, die haben sich doch bis heute nicht geändert. Gucken Sie sich doch um, wie die überall zusammenhalten und ihre alten Seilschaften pflegen.

Georg nickte: Ich weiß das wohl. Aber wie soll sich denn der Blick derer, die noch immer in ihrer DDR-Scheinwelt leben, öffnen, wenn niemand die Auseinandersetzung mit ihnen sucht. So ein Abend kann doch eine Chance sein, einmal zu hören, wie ein Stasi-Mitarbeiter überhaupt dazu kam, sich dieser Ideologie zu unterwerfen und alle Befehle der SED auszuführen. Und umgekehrt kann es eine Chance für ihn sein, einmal zu hören, warum aufrichtige und fleißige DDR-Bürger diesen SED-Staat als Gefängnis wahrgenommen haben und wie sehr sie sich in ihrer Individualität und Kreativität beschnitten gefühlt haben und danach sehnten, woanders zu leben, und dass gegen den Führungsanspruch der SED zu sein nicht heißen musste, ein Feind des sozialistischen Gesellschaftsmodells zu sein.

Georg machte eine Pause. In den letzten Reihen erhoben sich mehrere Leute und gingen, auch die Frau aus der ersten Reihe ging, nicht ohne dem Stasi-Mann noch einen feindlichen Blick zuzuwerfen, geräuschvoll aus dem Raum.

Georg hatte das Gefühl, sein Auditorium überfordert zu haben und lenkte ein. Vielleicht hat jemand von Ihnen noch Rückfragen zu meinem Vortrag, dann wäre jetzt Gelegenheit. Aber nichts als stumme Ratlosigkeit schlug ihm entgegen. So nahm er sich, nach einem Blick des Einverständnisses von seinem Gastgeber, noch einmal das Wort und dankte allen für ihren Besuch. Er schloss mit den Worten: Ich habe noch eine Weile Zeit. Wenn der Herr, der sich vorhin zu Wort gemeldet hat, so freundlich wäre, noch einen Moment zu bleiben, könnten wir mit denen, die Interesse daran haben, das Gespräch im kleineren Kreis fortsetzen.

Der Saal leerte sich allmählich. Man hörte Rufe unter Bekannten, Murmeln und Lachen.

Am Vortragspult sammelten sich ein paar Menschen, zwei ältere Frauen mit freundlichem Gesicht, ein stämmiger Mittsiebziger, den Georg von einem Opferverbandstreffen zu kennen glaubte, eine Familie mittleren Alters mit zwei halbwüchsigen Kindern, drei junge Frauen, wahrscheinlich Studentinnen.

Sie haben Lust, noch mit dem Besucher von vorhin zu reden, vergewisserte sich Georg.

Alle nickten. Das übrige Auditorium hatte sich inzwischen zurückgezogen und mit ihm auch der Stasi-Mann.

Dass ausgerechnet dieser sich Tage später noch einmal schriftlich bei ihm meldete, um ihm mitzuteilen, inhaltlich habe er zwar seine Fragezeichen zu machen, aber rhetorisch sei der Vortrag ein Genuss gewesen, irritierte Georg, mehr noch, dass er auf dessen Brief eine Absenderangabe vorfand, auch wenn er nicht die Absicht hatte, darauf zu reagieren.

Als Georg am nächsten Abend Ariane davon berichtete, erhielt er einen ihrer nüchternen Kommentare: Du verlangst aber auch etwas von deinen Zuhörern! Stell dir bloß mal vor, du hättest aus politischen Gründen zwei Jahre in der DDR gesessen. Würdest du mit einem dieser Leute reden wollen, wenn er sich nicht als Erstes öffentlich entschuldigt?

Georg hielt ihr entgegen: Ich habe gestern in der Zeitung von einem Elternpaar gelesen, dessen dreizehnjährige Tochter vergewaltigt und ermordet worden ist und das sich entschlossen hat, dem Mörder zu vergeben.

Während er das sagte, merkte er selber, wie wenig das Beispiel als Argument taugte.

An einem der nächsten Abende öffnete Georg seinen Laptop, um seine Mails abzurufen, als plötzlich eine Seite aufklappte und ihm jede weitere Aktivität versperrte, die ihn unrechtmäßiger Weitergabe pornografischer Inhalte bezichtigte und für die Entsperrung ein Bußgeld von einhundert Euro abforderte. Georg erschrak. Er interessierte sich weder für Pornografie, noch käme er auf den Gedanken, irgendjemandem so etwas weiterzuleiten. Er schaute sich die Sperrseite näher an und fand einen Text, der von unmöglichen Satzkonstruktionen und orthografischen Fehlern nur so strotzte. Das Logo der Bundespolizei, mit dem sich der Absender zu autorisieren bemühte, konnte über dessen Anmaßung kaum hinwegtäuschen. Ein Trojaner also, konstatierte Georg, der ähnliche Störungen kannte, sich aber nicht selber zu helfen wusste. Er würde seinen Computer-Service aufsuchen müssen. Zuvor aber brauchte er noch zwei Auskünfte aus dem Internet, das nun für ihn erst einmal gesperrt war. Er ging hinauf in Arianes Arbeitszimmer und schlug ihren Laptop auf. Zu seiner Verwunderung fand er ihn noch in Betrieb. Ariane musste vergessen haben, ihn herunterzufahren. Als er die Mouse berührte, öffnete sich die Seite, mit der sie zuletzt beschäftigt gewesen sein musste, eine Mail, die anscheinend nicht zu Ende gekommen war. Georg kannte in dieser Hinsicht keine Neugier und wäre nicht auf den Gedanken gekommen, Arianes Post zu lesen, solange sie ihn nicht ausdrücklich dazu aufforderte. Mit diesem einen kurzen Blick aber blieb er an einem Wort hängen, das ihn bannte und zwang weiter zu lesen: *Geliebter.* Zweimal filterten seine Augen dieses *Geliebter* aus einer Nachricht, die offensichtlich nicht für ihn bestimmt war. Wie beim Zeitunglesen, wenn der Blick über die Seite huscht und einzelne Wörter aus beliebigen Zusammenhängen heraussticht, die Neugier wecken, die man aber erst wiederfindet, wenn man die Seite Zeile für Zeile noch einmal liest, musste er jetzt die ganze Mail lesen.

Er setzte sich auf ihren Stuhl und las mit weit aufgerissenen Augen und steigendem Pulsschlag einen fremden Brief – oder den Brief an einen Fremden. Aber nicht einmal das wusste er genau. Während sein Gewissen noch mahnte, *er* begehe soeben einen Vertrauensbruch, wurde er gerade Zeuge eines Vertrauensbruches an ihm. Wohlmeinende Rechtfertigungsversuche, es könne sich um eine Schreibübung handeln, vielleicht auch um den verfremdeten Entwurf eines Briefes an ihn, erwiesen sich als untauglich. Kein noch so gut gemeinter Gedanke vermochte das wachsende Entsetzen zu besänftigen über das, was er nie für möglich gehalten hätte: dass ihn Ariane betrog.

Die Mail war an einen Helmut gerichtet, der ihr sehr nahe stehen musste. Sie bezog sich auf ein Treffen vor wenigen Tagen und weitere an verschiedenen Orten. Er erkannte Arianes Sprachstil, sie selber aber erkannte er nicht wieder. Die Innigkeit, mit der sie sich diesem Mann zuwandte, vermisste Georg seit Langem. Da musste, von ihm unbemerkt, etwas gewachsen sein, das sie ganz ausfüllte und neue Saiten an ihr zum Klingen brachte. Geradezu lyrisch beschrieb sie die letzte Begegnung, seine Berührungen, den Lauf seiner Finger über ihren Körper. Dann ging es um Bilder, von denen sie so erwärmt werde und um eines, das er versprechen müsse, niemals öffentlich zu zeigen. Es müsse ein Geheimnis bleiben. Bis ich tot bin, dachte Georg bitter. Dann könnt ihr es wieder hervorholen. Ein Künstler also, ein Maler oder ein Fotograf. Bis zum nächsten Treffen halte sie es schwer aus, schrieb sie. Es schien für die nächsten Tage geplant zu sein. Dann ein Satz, der wohl auf eine Verabschiedung hinauslaufen sollte und plötzlich abbrach.

Warum hatte sie diese Mail nicht zu Ende gebracht?

Ihm fiel ein, als er den letzten Abend die Treppe heraufkam, lief sie ihm aus ihrem Zimmer entgegen und schloss die Tür hinter sich. Vielleicht hatte sie den Laptop aus Angst, von ihm überrascht zu werden, nur halb zugeklappt, in der Hoffnung, die Mail später unbemerkt fertigstellen und abschicken zu können.

Er drehte sich von ihrem Schreibtisch weg und schaute hinaus in den Garten, dann drehte er sich zur Wand in seinem Rücken, wo ein Foto von ihr und ihm hing, das sie tanzend auf einer Holzbrücke in Paris zeigte: Ariane unbeschwert und ausgelassen lachend, er in einer sprungartigen Bewegung, wie sie nur eine Momentaufnahme festhalten kann. Würde da bald ein anderes Foto hängen? Wie weit ist Ariane schon weg von mir, fragte er sich.

Blitzlichtartig stiegen winzige Episoden der letzten Zeit auf, die irgendetwas Rätselhaftes an sich hatten und nun, in diesem Licht besehen, eine neue Deutung erhielten. Der angebliche Anruf einer Werbeagentur in der Pause des letzten Konzerts der Staatskapelle, das Päckchen mit dem Grafikkatalog, das jüngst ohne Angabe eines Absenders eingetroffen war und das er versehentlich geöffnet hatte. Sie konnte sich die Hieroglyphen auf der Innenseite angeblich nicht erklären. Der lange Dienst, der sie in letzter Zeit oft später nach Hause kommen ließ und den sie mit Beratungen zum Museumsumbau begründete. Vor allem ihre zunehmende Unnahbarkeit. Wann hatten sie das letzte Mal miteinander geschlafen? Ihm schien es eine Ewigkeit her zu sein.

Dann aber wieder ihre Fürsorge, wenn es um Vierwalden ging, ihre Erinnerungen an die Anmeldung, die Hilfe bei der Vorbereitung, das Angebot, ihn zu fahren und abzuholen, wenn er vor Weihnachten noch einmal in die Klinik müsse. Stand sie da nicht voll hinter ihm?

Oder? War das vielleicht nur vorgetäuschte Teilnahme? Wenn sie ihn selber in Vierwalden ablieferte, konnte sie sicher sein, für die nächsten zwei Wochen zu Hause oder wo auch immer ungestört zu bleiben. Kam dieser Helmut zu ihr? Schlief er gar in seinem Bett? Nichts hatte er bisher bemerkt, keine fremden Gerüche, keine kleinen Hinterlassenschaften wie Socken oder Haare. Je mehr er wieder in den Sog der Grübelei geriet, je weitschweifiger seine Fantasie mögliche Szenarien entwarf, desto sicherer wurde aus dem Anfangsverdacht Gewissheit. Ja, auch die Anteilnahme an seinem Schicksal geriet jetzt in Zweifel. Litt sie mit ihm, seitdem sie von seinem Symptom wusste, oder litt sie an ihm, weil er an diesem Symptom litt? Machte ihr zu schaffen, einen kranken Mann an ihrer Seite zu haben, oder machte ihr der Mann an ihrer Seite zu schaffen, der nun auch noch krank geworden war? Würde sie sich unter anderen Umständen von ihm trennen, um mit einem anderen Mann zusammen zu sein und traute sich nur nicht, Georg in dieser Lage sich selber zu überlassen? Wartete sie gar darauf, der Konflikt würde sich von selber lösen, durch Verschlimmerung seines Symptoms etwa? Wie lange mochte diese Beziehung schon gehen? Wie viele Abende mochte er verständnisvoll ihre neuerdings gehäuften Beratungen begleitet haben, während sie in den Armen eines Unbekannten dahinschmolz? Was mochte überhaupt noch stimmen an ihrer Kommunikation?

Georg hörte die Haustür gehen. Er überlegte einen Augenblick, mit erstaunlich kühlem Kopf, wie ihm schien, ehe er sich entschloss, den Laptop aufgeschlagen zu lassen und ihr damit den weiteren Verlauf zuzuspielen. Entweder sie würde erschrecken, wenn sie in ihr Zimmer träte, den Laptop am Vorabend nicht geschlossen zu haben und hoffen, Georg habe nichts entdeckt. Oder sie wüsste genau, dass sie ihn geschlossen hatte, dann wüsste sie jetzt ebenso sicher, dass Georg an ihm gesessen und ihre Mail gelesen hätte und müsste sich entsprechend erklären. Tief gekränkt und enttäuscht, wie er sich fühlte, wollte er ihr den Schrecken, zumindest aber die Ungewissheit nicht ersparen und aus dem Abstand, soweit das ging, beobachten, wie sie sich Gewissheit verschaffen oder wie sie sich erklären würde. Leise schlich er ins Schlafzimmer hinüber und wechselte seine Hose. Als er den Gürtel schloss, kam Ariane herzu, drückte ihm einen flüchtigen Kuss auf die Wange und sagte: Ich bin wieder da.

Und, musst du wieder weg, fragte Georg.

Heute nicht, sagte sie, aber morgen. Morgen Abend ist die nächste Beratung.

Ach so, sagte Georg und hoffte, durch das versehentliche Anheben der Stimme, das aus einem harmlosen *Achso* eine Frage machte, sich nicht verraten zu haben.

Georg deckte den Tisch für die Abendmahlzeit, als Ariane eintrat, bleich und mit irrlichterndem Blick. Warst du an meinem Computer?

Wie kommst du darauf, fragte Georg, so ruhig wie es eben ging, zurück.

Ach, nur so, sagte sie. Ich dachte, ich hätte ihn gestern zugeklappt.

Er drehte sich um und sah ihr direkt in die Augen: Aber nur halb, sagte er. Ich war dran, weil meiner wieder mal einen Trojaner eingefangen hat. Dein Laptop war auch nicht runtergefahren, das musst du gestern Abend vergessen haben.

Arianes Gesicht verlor seine letzte Spur von Vitalität, ihre Augenlider schlugen wie immer, wenn sie sich aufregte, hektisch auf und nieder. Sie bemühte sich, Contenance zu wahren, aber ihre Stimme flatterte, als sie sagte: Ist doch nicht weiter schlimm, oder?

Im Gegenteil, platzte es aus Georg heraus, so habe ich wenigstens eine Erklärung gefunden für all das, was in letzter Zeit zwischen uns nicht mehr stimmt.

Damit musste Ariane klar sein, sich weiterhin zu verstellen, würde die Situation nur aufheizen.

Aber Menschen reagieren nicht immer, wie es die Vernunft gebietet, und halten an einem Phantom auch dann fest, wenn es schon längst als solches entlarvt ist. In diesem Falle hätte Ariane gut daran getan, Georgs Feststellung aufzugreifen und sich zu erklären. Stattdessen spielte sie weiterhin die Ahnungslose, und das mehr als schlecht, als sie zurückfragte: Was meinst du damit?

Was ich meine? Dass du ein elendes Spiel mit mir treibst und dich nicht entblödest, auch noch so zu tun, als wäre die verräterische Mail durch eine kosmische Havarie auf deinem Laptop gelandet. Wenigstens jetzt hätte ich erwartet, du würdest dazu stehen und mich nicht weiter demütigen.

Er machte eine Pause. Ariane, auf der Kante eines Küchenstuhles sitzend, ohne sich anzulehnen, sah auf ihre Finger, die unruhig auf ihren Knien hin und her fuhren, als gäbe es irgendetwas zu glätten.

Georg sagte leise und ruhig, indem er ihren Blick suchte: Ich gehe jetzt in mein Zimmer und lasse dir Zeit. Wenn du mir etwas zu sagen hast, weißt du, wo du mich findest.

Und als ob es des Versteckspieles nicht genug wäre, rief sie ihm durch die geschlossene Tür hinterher: Was soll ich dir denn sagen!

Er hörte es gerade noch, beschloss aber, nicht darauf zu reagieren und warf sich in seinen Ledersessel, schlug die Hände vor das Gesicht und fing an zu weinen, erst leise und verhalten, dann aber immer lauter. Es schüttelte ihn und immer wieder rief er: Warum das auch noch? Was habe ich bloß falsch gemacht!

Völlig unpassend zu seiner Lage fiel ihm Tante Lissy ein, die in scheinbar ausweglosen Situationen zu sagen pflegte: Ich fühl mich wie ein Wrack ohne Boden. Hm, lachte Georg bitter, etwas Bodenloses hat diese Situation ja auch.

Spät am Abend trat Ariane in sein Arbeitszimmer, wo er noch immer verzweifelt, aber äußerlich zur Ruhe gekommen, in seinem Sessel lag. Das Abendessen stand unberührt in der Küche. Sein Magen knurrte, aber er achtete nicht darauf.

Darf ich reinkommen?

Machs nicht so förmlich, nimm dir einen Stuhl und setz dich, sagte er.

Sie zog sich einen Stuhl von seinem Ausziehtisch, der voller Bücher und Papiere lag, heran und setzte sich ihm gegenüber.

Ich muss dir etwas sagen.

Das scheint mir auch, erwiderte Georg.

Es ist nicht so, wie du denkst.

Ach nein, fragte Georg ironisch zurück. Das kenne ich aus jedem zweiten Film. Immer heißt es, es ist nicht so, wie du denkst, und dann kommt eine lange Selbstrechtfertigung. Sag einfach, was du mir sagen willst.

Ariane schwieg.

Nach einer Weile fragte Georg: War das alles, was du mir sagen wolltest?

Sie schaute ihn kurz an und sagte: Du machst es mir nicht gerade leicht.

Ach, entgegnete Georg bitter, erwartest du jetzt auch noch, dass ich dir den Weg ebne, auf dem du deine Geschichte wie einen Teppich ausbreiten kannst. Machs kurz, erzähl einfach, was los ist und auf was ich mich einzustellen habe.

Ariane versuchte mehrfach, einen Anfang zu finden, ehe sie in Fluss kam. Dann erzählte sie von der Vernissage der Gemeinschaftsausstellung im Mai mit Lydia Hammeling, Werner H. Stock und Helmut Stakoski, zu der Georg nicht mitkommen konnte, weil er sich zur Nachbehandlung in Vierwalden befand. Damals habe es noch eine lange Nacht mit den ausstellenden Künstlern und einigen ansässigen gegeben. Sie habe ihm nach seiner Rückkehr davon erzählt. Stakoski sei für sie eine Neuentdeckung gewesen, sowohl künstlerisch als auch menschlich. Seine frische Farbigkeit habe sie gleichermaßen angesprochen wie seine lebendige Art zu erzählen und die Dinge des Lebens zu betrachten. Vielleicht habe sie ein bisschen viel getrunken, jedenfalls habe sie ihn noch zum Hotel begleitet und sei auf seine Bitte, mit hoch zu kommen, weil er sie porträtieren wolle, eingegangen. Und da sei es passiert.

Dass aus dem Porträt ein Akt geworden ist, warf Georg ein.

So kann man es sagen. Ich fühlte mich einfach zu ihm hingezogen und hatte keine Lust, in unser leeres Zuhause zu gehen, wo alles an Krankheit und Bedrohung erinnert. In seinen Augen fand ich so ein heilsames Leuchten. Alles an ihm strahlte pralles Leben aus, und alles, was er sagte, bestärkte mich in der Hoffnung, es sei noch nicht alles vorbei ...

... mit dir, unterbrach sie Georg, mit mir schon.

Du wirst sarkastisch, sagte sie. Ich wäre dir dankbar, wenn du dich noch einen Moment zurückhalten könntest, bis ich alles gesagt habe. Dann kannst du über mich herfallen.

Wie dein Künstler, ja? Georg lachte bitter.

Dann breche ich jetzt ab, sagte Ariane und wollte aufstehen.

Bleib sitzen, sagte Georg besänftigend, ich werde mich bemühen, dich nicht zu unterbrechen.

Okay, willigte sie ein. Also, zurück zum Mai. In jener Nacht blieb ich bei ihm. Ich weiß, dass muss furchtbar für dich sein. Aber so war es. Ich hätte auch nicht beschreiben können, was da in mir oder mit mir vorging, ob es die Sehnsucht nach unbeschwerter Nähe war oder der Kitzel des Abenteuers oder Kontrollverlust. Ich bin am Morgen wie benebelt nach Hause gewankt. Natürlich nagten an mir schwere Gewissensbisse, aber auf der anderen Seite empfand ich ein tiefes Glücksgefühl, wie ich es lange nicht mehr genossen hatte.

Sie verabredeten sich seitdem regelmäßig, auch nach Georgs Rückkehr. Wenigstens einmal in der Woche gab er zu Hause an, beruflich in der Stadt zu tun zu haben und suchte Ariane auf, die ihrerseits Sitzungen zum Museumsumbau vorschob. Sie trafen sich abends in ihrem Büro, manchmal auch im Atelier von Lydia Hammeling, die viel verreiste und Ariane einen Schlüssel überließ, einmal auch außerhalb der Stadt in einer Pension. Die Kunst kam dabei nicht zu kurz. Sein Skizzenbuch füllte sich mit Porträt- und Aktzeichnungen, und jüngst, als Georg in Paris weilte, entstand über Tage eine größere Arbeit in Öl, von der Ariane hoffte, er werde sie niemandem zeigen, schon gar nicht ausstellen.

Georg hörte schweigend zu, verkniff sich die Bemerkung: Das also war deine Freundin in Bayern! Er kam sich vor wie einer, der am Boden liegt, sich schon nicht mehr rühren kann und einen Stiefel vor seinen Augen auf und ab wippen sieht.

Und nun, fragte er, als sie scheinbar geendet hatte, wie wird es weitergehen?

Ariane sah ihn mitleidig an, er bemerkte glitzernde Tränen in ihren Augenwinkeln.

Ich weiß es nicht, sagte sie.

Seltsam, brummte er. Alle gehen fremd, und niemand macht sich Gedanken, wie es weitergeht, wenn es herauskommt. Dein Helmut hat doch auch Familie. Wie sieht die denn das?

Seine Frau ist seit Jahren mit einem Bildhauer zusammen. Seine Kinder leben irgendwo in der Welt verstreut. Er fühlt sich frei.

Und du?

Ich? Natürlich nicht! Zumindest …

Was zumindest, insistierte Georg, wolltest du sagen: zumindest nicht, solange du noch lebst?

Georg, du weißt doch genau …

Nichts weiß ich mehr genau, schnarrte er sie an. Ich glaube, das Beste ist jetzt, wir machen eine Pause. Ich muss jetzt allein sein, um über unsere Beziehung oder das, was sie einmal war, nachdenken und trauern zu können. Und du solltest dir klar werden, was du willst. Vorher brauchen wir nicht wieder zu reden. Ich weiß wohl, wie sehr es dich belastet, einen kranken Mann zu haben. Andererseits ist mein Leben so gefährdet, dass ich keine Zeit zu vergeuden habe. Wenn du dein übriges Leben mit dem Künstler zubringen willst, sag es schnell, damit ich mich aus dem Staub mache, ehe der Schmerz mich auffrisst.

Und wenn ich heilen sollte, dann werde ich wohl nicht mit der Frau in die Zukunft denken wollen, die mich an der Schwelle zum Abgrund verleugnet hat. Das aber dachte er nur und sagte es nicht.

Er löschte das Leselicht über dem Sessel. Ariane tappte im Dunkeln zur Tür und schloss sie leise von außen.

Irgendwann mitten in der Nacht stand Georg auf und ging nach oben. Sie schlief offenbar in ihrem Zimmer. Er hatte das Schlafzimmer für sich und ließ die Nachttischlampe brennen. Wenn er nicht einschlafen könnte, würde er vielleicht lesen. Bloß nicht mehr grübeln. Grübeln, grämen, grauen, grummeln, grunzen, grollen, grinsen, grölen, greinen, grausen, gruseln, wie so vieles, das mit *gr* begann, glaubte er herausgefunden zu haben, seien Worte, die mit negativen Inhalten belegt sind und deshalb aus seinem Leben verbannt werden sollten, ebenso wie alles Grobe, Groteske, Grimmige und Griesige, Großspurige und Grundhässliche, Grillige, Grässliche und Greuliche, Grausame und Grauenerregende. Es erinnerte ihn alles an die Grütze, jenes Graupengericht aus der Nachkriegszeit, das täglich auf dem Tisch stand, mit holzigem Kohlrabi aufgebessert, bei deren Geruch er schon Grimassen zog und den familiären Gruppenzwang gröblichst verletzte, erst recht, wenn er zu würgen begann.

Dazu gehörte auch, sich vor der zurzeit grassierenden Grippe zu schützen, um nicht noch vorzeitig in die Grube zu fahren, das Grab also bzw. die Gruft.

Er musste schmunzeln, obgleich ihm zum Heulen zumute war. Er kam sich vor wie eine Schnake, die sich mit ihren endlos langen Beinen am Fenster aufwärts bemüht und immer wieder abzurutschen scheint, so unbeholfen, hilflos. Wäre doch ein greifbarer Gedanke in Sicht, der den Anfang einer Lösung markierte.

Dann wieder schalt er sich seiner Ungeduld wegen, war er doch erst vor Stunden auf jene Nachricht gestoßen, die nun sein ganzes Leben bedrohte. Er musste sich klar werden, was dieser Vertrauensbruch für ihn bedeutete. Würde es, selbst wenn Ariane ihre Affäre beendete, je wieder so werden können wie zuvor? Wie war es denn zuvor? Litt er nicht seit Monaten oder gar Jahren unter Arianes Unnahbarkeit, spielte er nicht selber gelegentlich mit dem Gedanken, eine sich ergebende Affäre nicht auszuschlagen. Ihm fiel Katharina ein, die ihm bei seinem letzten Besuch in der Partnerstadt ins Hotel gefolgt und erst am Morgen gegangen war. Das ist etwas anderes, sagte er sich, hier ging es nicht darum, eine neue Beziehung neben der Ehe anzufangen, sondern eine alte Beziehung definitiv zu beenden. Dennoch merkte Georg, schon allein, weil er diesen Besuch Ariane verschwiegen hatte, wie sein moralisch erhobener Zeigefinger schrumpfte. Arianes Affäre aber wollte er Verrat nennen. Hätte sie nur ein einziges Mal gesagt, was ihr fehlt, dachte Georg, wäre es vielleicht nicht dazu gekommen. Oder? Sein Kopf begann zu glühen. Jede Frage, die in ihm aufstieg, beantwortete er sich sogleich wieder mit Zweifeln an sich selbst. Er kam nicht weiter. Aus dem Versuch, mögliche Ursachen zu erkennen, wurde mürbende Grübelei. Grübeln, grämen, grauen ... Er gab es auf. Aus seiner Erinnerung suchte er Bilder zusammen, die ihn tief mit Ariane verbanden.

Eine große, schlanke Frauengestalt steuert geradewegs auf ihn zu. Das Erste, was ihm auffällt, sind ihre langen Beine, die in äußerst knappen Shorts enden, dann, als sie ihn anspricht, ihr breiter Mund und ihre fleischigen Lippen. Sie lächelt und fragt, ob er DDR-Deutscher sei. Er bejaht, und ein Hauch von Zufriedenheit huscht über ihr Gesicht. Dann wird sie ernst und fixiert ihn mit ihren türkisblauen Augen. Er solle nichts Falsches denken, dass sie ihn einfach so auf der Straße anspreche. Sie sei vor einer Stunde bestohlen worden – Georg hätte gesagt *beklaut* – als sie auf der Margareteninsel geruht habe – sie sagte *geruht*, Georg hätte gesagt *geschlafen*, *gepennt, gedöst*, vielleicht *gedämmert*, aber bestimmt nicht *geruht*. Irgendjemand müsse unbemerkt ihre Geldbörse *entwendet* haben. Nun sei sie auf fremde Hilfe angewiesen, da sie in Budapest niemanden kenne, der ihr 50 DDR-Mark oder vielleicht 200 Forint leihen könne. Mit 50 Mark komme sie hin, da übermorgen bereits ihre Rückfahrt erfolge.

Georg stellt sich vor: Ich heiße Georg. Ariane, sagt sie. Dann greift er in seine Hosentasche und zieht seinen vorletzten Fünfzigmarkschein hervor. Er rechnet nicht damit, das Geld jemals wiederzusehen, als er ihr seine Heimatadresse aufschreibt, empfindet aber eine gewisse Befriedigung, diesen Schein einer schönen Frau und nicht einer der penetranten Bettlerinnen gegeben zu haben, die einem schon vor dem Bahnhof hinterherlaufen, und zugleich schämt er sich dieses Gefühls. Ehe sie sich trennen, nennt er ihr noch seine Adresse in der fremden Stadt, nur für den Fall, es stellten sich weitere Komplikationen ein. Sie behauptet, die könne sie sich merken und versichert, das Geld gleich nach der Rückkehr in die DDR an ihn zu schicken. Aber dann steht sie doch am nächsten Morgen vor seiner Tür auf der Pester Seite und fragt, ob er sie mit dem Auto mit zurücknehmen könne, in ihrer Geldbörse sei ja auch die Rückfahrkarte gewesen. Sie verfüge lediglich noch über ihren Personalausweis und das Visum. Beides trage sie in einem kleinen Beutel um den Hals. Er kann und er will. Sie treffen sich noch zweimal und besuchen zusammen die Nationalgalerie und das Parlament, ehe sie gemeinsam in seinem Trabant die Rückreise via Bratislava und Prag, wo sie bei einer ihr bekannten Künstlerin übernachten, antreten. Er sieht den Grenzer vor sich, der bei der Einreise in Schmilka die Ausweise und Visa kontrolliert und fragt: Ist das Ihre Frau? Und er hört Arianes fröhliches Lachen, als er antwortet: Noch nicht. Erst fünfundzwanzig Jahre später wird er ihr wieder begegnen. Diesmal beschließt er, sie nicht mehr loszulassen.

Der kleine Zeiger auf Georgs Wecker ging schon auf die sechs zu, als er mit diesem Bild vor Augen endlich einschlief.

Die nächsten Tage verliefen quälend für beide. Soweit das möglich war, gingen sie sich aus dem Weg. Ein knappes *Guten Morgen* und kurze Nachfragen, die den Alltag betrafen, ob er ihr vom Bäcker zwei Brötchen mitbringe oder sie seine Briefe einstecken könne, ob er die Wäsche auf dem Boden aufhängen wolle oder sie in der Stadt ein Rezept für ihn einzulösen bereit sei, blieben für Tage die einzige Kommunikation.

Georg dachte viel nach und kam zu dem Ergebnis, sein bedrohtes Leben weiter vereinfachen zu müssen. Eines Morgens traf er in großer Klarheit Entscheidungen von erheblicher Tragweite. Mit seinem Eintritt in den Ruhestand, der in einem halben Jahr bevorstand, werde er auf jegliche öffentlichen Auftritte verzichten. Keine Vorträge mehr, keine Interviews, keine Podien, keine Reden zu irgendwelchen Anlässen. Auch Gedichte und Satiren, die er gern in größeren Geburtstagsrunden zum Besten gab, werde er fortan anderen überlassen. Er wolle sich auf sein Privatleben konzentrieren, den Ursinn des Privaten als des Geraubten durchaus mit bedenkend. Ja, er wolle sich aus aller Fremdverantwortung davonstehlen. Die Kinder bedurften seiner Hilfe nicht mehr, Ariane schien sich soeben anderweitig zu orientieren, dieser Gesellschaft glaubte er seine Kraft lange genug zur Verfügung gestellt zu haben, jetzt wäre *er* einmal dran.

Sein Kalender blockierte zwar bereits zugesagte Termine für Vorträge in Dresden, Frankfurt, Lüneburg und Osnabrück, eine Festrede zum hiesigen 750. Stadtjubiläum, eine Podiumsdiskussion über Gefährdungen der Demokratie im Politikwissenschaftlichen Institut und Einladungen zu privaten Festlichkeiten, wo üblicherweise ein Beitrag von ihm erwartet wurde.

So klar, wie sich dieser Entschluss in ihm festgesetzt hatte, sollten ihm die entsprechenden Absagen nicht mehr schwerfallen.

Dennoch erschien ihm das noch nicht als der entscheidende Durchbruch.

Er stellte sich vor, seinen Alltag in eigener Regie völlig neu zu konzipieren, ausgiebige Frühstücksfeiern zu zelebrieren wie in der Zeit seiner Krankschreibung, sich eine neue, bessere Zeitung zu halten, die ihn umfassender und unparteiischer informierte, seinen Teil des gemeinsamen Hausstands, solange dieser noch bestünde, auszudünnen und sich von lästigem und verzichtbarem Besitz zu lösen, viele Tagesstunden in der Natur zuzubringen, auch mit dem Pinsel in der Hand, auch mal mit Spaten und Gartenschere, falls sein Verbleiben in Arianes Grundstück überhaupt eine Option wäre. Auch wollte er sich einmal durch seine vielen CDs hindurchhören. Es gab Aufnahmen, die er bisher nur flüchtig gehört hatte. Nicht einmal seine beiden Bach-Editionen kannte er bis zur letzten Scheibe. Bei dem Gedanken an all die verfügbare Zeit kam so etwas wie Vorfreude in ihm auf, die ihn für einen Moment seine gegenwärtigen Nöte vergessen ließ.

Über alle Überlegungen hinweg begleitete ihn der Zweifel, bereits die Idee gefunden zu haben, die seine Probleme lösen und zugleich seiner Heilung Auftrieb geben könnte. Was er in Vierwalden verstanden zu haben glaubte, die Notwendigkeit, sein Leben grundsätzlich zu entrümpeln und Platz zu machen für eine spirituelle Lebensweise, lag schon wieder, wie ein wichtiger Brief unter einem Stapel beliebiger Post, in einer Nische seines Bewusstseins. Er spürte, dieser letzte Impuls ließ sich nicht erzwingen. Er würde vielleicht in ihm entstehen, wenn er es erst mal geschafft hätte, sich von seinen angestauten Besitztümern freizumachen und für Neues, Unbekanntes, Universales zu öffnen. Irgendwo dazwischen lag auch sein Schmerz um Ariane.

In diesen Tagen kam Georg die geplante Reise nach Amerika wieder in den Sinn.

Die zerlesenen Karl-May-Bücher, die sich Georg von einem Klassenkameraden borgt, liest vor allem seine Schwester. Georg findet sie langweilig. Viel spannender ist es, den Erzählungen Patty Franks zu lauschen, der Amerika bereist und mit etlichen Indianerhäuptlingen die Friedenspfeife geraucht hat. Er beschreibt nicht Henrystutzen, Silberbüchse und Bärentöter, er kann sie zeigen. Nicht jeder kriegt sie zu sehen. Georg aber, der als Nachbarkind freien Zugang zum Karl-May-Museum genießt und dank einer Zaunlücke den kurzen Weg zur Villa *Bärenfett* nimmt, hat sie schon unzählige Male gesehen. Meist sitzt er auf einem Bärenfell, zwischen Whisky und Sherry, den beiden Hunden, und hört wieder und wieder die alten Geschichten. Er bemerkt, dass Patty seine Geschichten manchmal variiert. Vermutlich sind sie ihm mit der Zeit selber zuwider. Da hat er den ausgestopften Grizzly vor dem Eingang selber erlegt, mit dem Bärentöter natürlich, oder ist von einem Häuptling der Dakota zu seinem Schwiegersohn erklärt worden und muss sich nachts auf dessen Pferd aus dem Staub machen, ehe das Zeremoniell mit seiner in die Jahre gekommenen Tochter beginnt. Am faszinierendsten aber findet er seine Landschaftsbeschreibungen, hört von scharfzackigen Gebirgen, die aussehen wie das Gebiss eines Krokodils, von Flüssen, die mehr Arme haben als ein Tausendfüßler Beine, von Wasserfällen, die das Gestein unter sich so glatt gespült haben, dass sich ein Stück Seife dagegen wie Sandpapier anfühlt, von Wäldern, die so dicht gewachsen sind, dass man mit dem Pferd außen herum reiten muss, sieht Bäume vor sich, höher als der Turm der Lutherkirche in Radebeul, mit Stämmen, hinter denen sich eine ganze Kompanie verstecken kann, Steppen, wo außer meterhohem Schneidegras und Kakteen mit messerlangen Dornen nichts gedeiht, Wüste, in der man immer wieder auf menschliche Gerippe und Pferdeschädel trifft, weil die Reiter deren Weite und Kargheit unterschätzt haben, Schluchten, wo entscheidende Schlachten geschlagen wurden, das Schlachtfeld am Little Big Horn. Da muss er später einmal hin, auch wenn Amerika in der Schule nur so von Kapitalisten und Imperialisten wimmelt. Klar gibt's die, sagt sein Vater, aber das Gros sind ganz normale Menschen. Bei uns sind ja zum Glück auch nicht alle Kommunisten.

Mit Alexanders Amerika-Plan würde sich sein Kindheitstraum erfüllen, noch dazu unter einmaligen Konditionen. Doch je näher das Vorhaben rückte, desto mehr begann es Georg zu belasten. Es erschien ihm auf einmal wie nur ein weiteres Ablenkungsmanöver auf der Suche seines neuen Weges.

Nachts fuhr er mit einem Van von San Francisco aus die Pazifikküste hinab, sah blühende Wiesen und Weideteppiche auf den Steilküsten, unterbrach seine Tour an markanten Felsgebilden oder an einem Strand, wo See-Elefanten lagerten, ließ sich in Santa Barbara auf ein Nachtquartier bei höchst abenteuerlichen Typen ein, wie er sie aus Romanen kannte, wo man die Tür verriegelt und das Portemonnaie unter das Kopfkissen legt, falls eines vorhanden ist, brach über Los Angeles herein, ein Häusermeer unter einer Dunstglocke, besah sich die gut gesicherten Villen der Schönen und Reichen von Hollywood, schwamm in Long Beach mit einer Robbe um die Wette, wandte sich nach Nordosten zum amerikanischen Sündenpfuhl Las Vegas, wo die Puritaner die Sau herauslassen, um danach mit doppelter Dosis Moralin im Blut das gläubige Amerika zu beschwören, nahm die Steppenlandschaft von Arizona maß, nie gesehene Großgräser und Kakteen, die auf den Zentimeter denen Patty Franks glichen, besuchte indianische Siedlungen, wo er die Accessoires, den Federschmuck und die Perlenketten wiederfand, die er aus dem Museum kannte, erlebte nach abenteuerlicher Fahrt die bezaubernden Farbspiele des Grand Canyon bei einem drehbuchreifen Sonnenaufgang, dem unmittelbar ein ebenso schöner Sonnenuntergang folgte, übernachtete in blockhausartigen Raststätten mit Betten, die für eine Person zu groß und für zwei zu eng sind, aß *bacon and eggs* und trank Flüssigkeiten, von denen er nicht wusste, was sie außer Zucker und Kohlensäure noch beinhalteten, drehte nach Osten ab, durch New Mexico und Texas, um schließlich in New Orleans auf all die legendären Musiker zu stoßen, von denen ein Dresdener Musikkritiker, der viele Platten besaß, einem jazzhungrigen Publikum mitreißend zu erzählen verstand.

Ein andermal träumte er sich von New York die Ostküste hinab bis nach Miami. Wieder ein anderes Mal, von Utah kommend, durch das Death Valley zum Yosemite National Park mit seinen Mammutbäumen und Wasserfällen, nach Sacramento, der eigentlichen Hauptstadt Kaliforniens. Dann wieder, auf der Suche nach den Ureinwohnern von North und South Dakota, erlebte er sich hoch zu Ross in Begleitung eines Landeskundigen.

Doch je mehr Amerika sein nächtliches Traumleben zu beherrschen begann, desto strikter verbot er sich jede Art von Tagtraum in dieser Richtung.

Was ihm eben noch als angenehme Nebenbeschäftigung gegolten hatte, der bereits einige Wochenenden zum Opfer gefallen waren, verbot er sich jetzt als ein zu dieser Zeit verzichtbares Abenteuer, das eher seinem alten von Neugier und Konsum bestimmten Leben zugehörte als dem in seiner Vorstellung noch konturlosen neuen Leben.

Lange sann er darüber nach, wie er Alexander diesen Sinneswandel schonend beibringen könnte.

Dann aber wieder suchte ihn Zweifel heim: Warum sollte er sich die Realisierung eines tief wurzelnden Wunsches so hart verweigern? Unterwarf er sich damit nicht schon wieder einem unausgesprochenen Gebot protestantischer Selbststrenge auf dem Weg zum Heil? Hatte ihm Dr. Schock nicht eindringlich empfohlen, bei aller Heildiät lieber einmal dem Verlangen nach einem fetten Stück Torte nachzugeben als an Versagungsängsten zu sterben?

Nein, widersprach er sich, hier geht es ja nicht um ein selbstdisziplinierendes Amerikaverbot, sondern um den richtigen

Zeitpunkt. Sollte er sich selber, seinen eigenen Weg, seine eigene Mitte, seine innere Ruhe gefunden haben und weiterleben dürfen, könnte er später, mit Alex oder – wenn dieser solange nicht warten wollte – allein und auf eigene Kosten, Amerika entdecken.

Jetzt, in dieser Stunde, gehörten seine Füße auf einen anderen Weg, von dem er noch nichts wusste und dessen Stationen er noch auf keiner Karte gefunden hatte. Ob der ihn in den Himalaja führen, auf die Galapagosinseln verschlagen oder in sich selber weisen würde, war völlig offen, er ahnte bloß, Amerika, so wie er es sich vorstellte, wäre es nicht.

Als ihm bei einem seiner einsamen Frühstücke und nach einer Nacht voller Amerika dies alles wieder durch den Kopf ging, griff er zum Hörer und rief Alexander an. Genevieve nahm den Hörer ab: Delacroix.

Genevieve, sagte Georg, wie schön, deine Stimme zu hören. Geht es dir gut?

Danke, Georg, gesundheitlich ja, dienstlich habe ich im Moment einige Widerwärtigkeiten, mit denen ich dich aber verschonen will. Du rufst sicher an, um Amerika abzusagen.

Wie kommst du darauf, wunderte sich Georg.

Als mir Alex von seinem Plan erzählte, habe ich gleich gedacht, das wäre vielleicht nicht der richtige Zeitpunkt für dich. Es gibt Leute, die in deiner Situation noch alles gierig aufsaugen, was sich ihnen bietet und so jede tiefer greifende Veränderung ausblenden. Ich habe vermutet, du würdest dich anders entscheiden.

Ach ihr Frauen, stöhnte Georg, wieso spürt ihr immer, was wir uns erst mühsam erarbeiten müssen? Du hast wieder einmal recht. Grüß Alex von mir und sag ihm, ich rufe in den nächsten Tagen noch einmal an und erklär ihm das.

Brauchst du nicht, erwiderte sie. Er ist darauf gefasst und wartet mit seiner Tour, bis du ihm sagst: Ich will. Du kümmere dich jetzt nur um dich und tu alles, was heilen hilft. Wir denken an dich. Und wenn du konkrete Hilfe brauchst, lass es uns wissen. Grüß Ariane von mir.

Georg überlegte einen Moment, ob er etwas von der neuen Situation andeuten solle, verkniff es sich aber und sagte: Danke.

In der Landesstelle gab es neuerdings seltsame Vorgänge. Georg bemerkte, wie seine Sekretärin manchmal Papiere verschwinden ließ, wenn er das Büro betrat oder Telefonate abbrach und bis auf Weiteres verschob. So misstrauisch Georg auch sein konnte, wenn ihm jemand unsympathisch war, so unerschütterlich vertraute er seiner engsten Mitarbeiterin. Eher würde sie kündigen als ihn zu hintergehen, dessen war er sich sicher. Es musste also mit rechten Dingen zugehen. Irgendwann würde sich alles aufklären, ohne dass er seine Nase hineinhängen müsste.

In wenigen Monaten sollte seine Tätigkeit enden. Der Minister hatte ihn unmissverständlich wissen lassen, eine Verlängerung über den 65. Geburtstag hinaus könne er nicht befürworten. Im Ministerium sei man bereits dabei, die Ausschreibung seiner Stelle vorzubereiten. Planten seine Mitarbeiter seinen Abschied?

Auch Ariane, so wortkarg sich beide jetzt begegneten, sprach ihn auf dieses Datum an und wollte wissen, ob er etwas vorhabe und wie sie sich dabei verhalten solle.

Früher liebte Georg ausgelassene Feste und galt selber bei seinen Freunden als umsichtiger Gastgeber. Bis zu seiner Diagnose stand deshalb für alle fest, das Ende seines Berufslebens werde er mit einer *fulminanten Fete* begehen. Seit seinem Symptom glaubte niemand mehr daran, am wenigsten Georg selber.

Seitdem drehte sich alles um ein bloßes Überleben, seit seinen letzten Vierwalden-Aufenthalten um mehr, um Heilung und Heil.

Nun aber regten sich die alten Lebensgeister wieder. Georg mochte ein Fest nicht mehr grundsätzlich ausschließen. Sein Konflikt mit Ariane allerdings überschattete jeden konkreteren Gedanken. Insofern kam ihm Arianes Frage durchaus gelegen.

Eigentlich bin ich es meinen Freundinnen und Freunden schuldig, die mich jahrzehntelang begleitet, kritisiert und ermuntert haben und die mich seit meiner Diagnose wie eine schützende Mauer umgeben, sagte Georg. Es wäre eine gute Gelegenheit, sich bei ihnen auf meine Weise zu bedanken.

Ariane nickte mehrmals bestätigend.

Alle, außer Carola, einer meiner neuesten Errungenschaften, fuhr er fort, kennen auch dich. Mit Lisa hast du wenigstens schon mal telefoniert. Ich glaube, alle würden dich vermissen, würdest du nicht dabei sein, allen voran Balduin, aber auch Lilo, Marianne und Frajo, Violetta nicht zu vergessen.

Frajo auch, glaubst du?

Aber natürlich. Keiner unter unseren Freunden erkundigt sich jedes Mal so intensiv auch nach deinem Befinden wie Franz-Josef. Sie wären alle enttäuscht, dich nicht an meiner Seite vorzufinden.

Im gleichen Moment hielt er inne. Befand sich Ariane denn noch an seiner Seite? Gab es überhaupt noch Gemeinsames, um gemeinsam als Gastgeber auftreten zu können? Ein Theaterstück wie bei Jonas würde er nicht aufführen wollen, der mit Vanessa zu seiner Silberhochzeit eine rührige Romanze aufführte, sogar den Pfarrer dazu bemühte, und am nächsten Tag die Scheidung einreichte.

Er wandte sich wieder Ariane zu und sagte: Soviel aber steht fest, Theater spielen wir nicht. Das habe ich mit Sabine lange genug gemacht. Und was wir bei Jonas erlebt haben, war ja wohl der Gipfel der Geschmacklosigkeit. Wenn wir ein Fest machen, bei dem wir beide Gastgeber sind, wird mit offenen Karten gespielt.

Soll ich eine Erklärung abgeben, warf Ariane ein.

Das vielleicht nicht, aber – Georg überlegte – ich könnte zum Beispiel in einer kleinen Rede, die ich mir bestimmt nicht verkneifen würde, davon erzählen, dass wir uns zurzeit in der krassesten Krise unserer Ehe befinden und noch nicht wissen, wie es weitergeht.

Das wird nicht reichen, widersprach Ariane. Wenn mit offenen Karten, dann auch, wer diese Krise ausgelöst hat und worin sie besteht.

Georg gab ihr recht. Alles andere wäre wieder Augenwischerei.

Würdest du denn das aushalten, wollte er wissen.

Ariane sah ihn mit tieftraurigen Augen an: Ich habe im Moment nicht viele Möglichkeiten, dir zu zeigen, wie wichtig du mir bist und dass ich dich immer noch liebe. Vielleicht kannst du es erkennen, wenn ich jetzt nicht davonlaufe, sondern mich dieser Verantwortung stelle und aushalte, was da auf mich zukommt. Hältst *du* es denn aus, mich die ganze Zeit zu sehen, auch wenn ich mich bestimmt nicht in den Vordergrund spielen werde?

Für mich wird es nicht schwerer als all die anderen Tage seitdem, sagte Georg.

Lass uns heute Abend noch einmal darüber reden. Ich muss ein bisschen nachdenken.

Seit Tagen nahm Georg seine Abendmahlzeit an der einzig freien Ecke des großen Tisches in seinem Arbeitszimmer ein. Dazu schloss er die Tür zur Diele, die sonst immer offen stand. Für das abendliche Gespräch schlug er die Küche vor, wo man allerdings nicht so bequem saß wie in den tiefen Ledersesseln des Wohnzimmers, vielleicht gerade deshalb. Die Nüchternheit der Küche und die Nähe am Esstisch, wo jeder des anderen unbewusste Mimik mitbekam und winzige Vorbehalte schon im Ansatz erkennen konnte, schien ihm angemessener. Georg brachte zur vereinbarten Zeit einen Brunello mit, den er für besondere Anlässe unter seinen Bücherregalen lagerte.

Es geht ja heute Abend nicht um unsere Zukunft, sondern um unsere Freunde, denen wir beide viel, unendlich viel verdanken, sagte er, als er eintrat, deshalb habe ich einen besonders guten Wein auf den Tisch gestellt. Ginge es um unsere Beziehung, hätte ich auch noch einen französischen Landwein im Keller.

Damit konnte die Eröffnung erst einmal als ziemlich misslungen betrachtet werden. Ariane hielt sich zurück. Außer einem säuerlichen Lächeln, das ihn seinen Fauxpas spüren ließ, unterließ sie jede Reaktion. Georg wurde rot und entschuldigte sich, er wolle sich bemühen, jede Art von Polemik im Weiteren zu vermeiden.

Hast du eine Idee, fragte er, wie wir es machen, wenn wir an dem Fest festhalten?

Ja, sagte sie. Du auch?

Ja, ich auch, antwortete er. Wer fängt an?

Ich glaube ich, meinte Ariane, ich hab dich ja wahrscheinlich erst in diese Lage gebracht.

Wahrscheinlich? Georg wollte intervenieren, biss sich aber diesmal auf die Zunge.

Ariane bemerkte es, als er nach ihrem *wahrscheinlich* hörbar Luft durch die Nasenlöcher einzog und das rechte Auge zu einem Schlitz zusammenkniff. Unbeirrt fuhr sie fort: Georg, alle, die du einladen willst, sind Freunde. Niemand von ihnen hat verdient, was Jonas und Vanessa mit uns gemacht haben. Ich habe dich betrogen, das ist die Wahrheit. Dabei bist du, warst du mein bester Freund. Wenn sich jetzt unsere Freunde umso geschlossener um dich scharen und ich allein dastehe, muss ich das aushalten. Außerdem ist es dein Geburtstag. Ich glaube, du musst deine Gäste selber einladen. Wenn du ihnen im Vornherein schon erzählen willst, was passiert ist, finde ich das auch in Ordnung. Vielleicht erkennen deine und unsere Freunde daran, wie viel mehr du sie jetzt brauchst. Und wenn du zu dem Ergebnis kommen solltest, dir ginge es ohne mich an diesem Tag besser, würde ich auch verreisen. Wenn du aber sagst, ich soll hierbleiben, werde ich für einen wenigstens technisch reibungslosen Ablauf sorgen.

Georg schwieg.

Magst du etwas dazu sagen? Findest du den Gedanken, trotz allem dabei zu sein, anmaßend?

Georg stand auf, holte zwei Gläser aus dem Schrank und öffnete die Flasche. Er goss beide Gläser halb voll, prostete ihr knapp zu, indem er brummte: Auf was auch immer! und trank einen Schluck. Er ließ den Geschmack noch einen Moment auf seiner Zunge, ehe er sagte: Ich habe in ähnliche Richtung überlegt. Ausfallen lassen: nein. Theater spielen: nein. Offen damit umgehen, soweit wir das bis dahin gelernt haben: ja. Ob ich dich an diesem Tag ertrage, habe ich mich auch gefragt. Ich glaube, unabhängig von allem, was da läuft, gehörst du dazu, nicht wegen der Gäste und nicht wegen des reibungslosen Ablaufs, sondern weil du mir lange Zeit eine gute, manchmal die nächste Freundin warst.

Auch *warst*. Ariane wiederholte das Wort flüsternd.

Was denn sonst, fragte Georg zurück. *Warst,* natürlich. Oder glaubst du, bloß weil ich Geburtstag habe ...

Hör auf, Georg, unterbrach sie ihn. Du hast ja recht. Was ich meine: Kannst du dir nicht vorstellen, mein Freund zu bleiben, auch wenn du dich von mir trennen solltest?

Im Moment, liebe Ariane, bist du es, die sich getrennt hat. Und ich weiß bis heute nicht, was das alles bedeutet und was es für dich bedeutet.

Du gehst mir ja aus dem Weg, wo du nur kannst, sagte sie.

Stimmt, gab er zu, weil ich Angst habe, dass das noch nicht alles ist.

Was sollte denn noch kommen?

Vielleicht, dass das schon über Jahre geht oder dass es nicht das erste Mal ist oder dass ihr schon konkrete Pläne habt oder dass irgendwelche Freunde davon wussten oder oder oder …

Sie schaute traurig auf ihr Glas und bewegte es kreisförmig am Stiel. Dann setzte sie es ab und sagte: Nichts von alledem. Ich weiß, du magst mir im Augenblick nichts glauben. Aber ich versichere dir, da kommt nichts mehr, weder aus der Vergangenheit noch aus der Gegenwart.

Was heißt das, wollte er wissen.

Ich werde Helmut nicht wiedersehen, unabhängig davon, wie du dir die Zukunft vorstellst. Er kommt nicht wieder. Er wird nicht wieder anrufen. Er wird nie wieder schreiben. Er wird auch zu anderen Ausstellungen nicht da sein. Er hat gesagt, er würde am liebsten selber mit dir reden und sich bei dir entschuldigen. Aber wie sollte das gehen. Ich glaube, ihm tut es genauso leid wie mir.

Jetzt musst du nur noch sagen, er hat mit dir eine Beziehung angefangen, um es seiner Frau zu zeigen, die schon lange fremdgeht.

Ich glaube ja, bestätigte Ariane Georgs Vermutung.

Georg sah sie lange an, dann fragte er: Und du?

Ich weiß es immer noch nicht. Ich glaube, da kam vieles zusammen, was nichts rechtfertigt, aber manches vielleicht erklärt.

Zum Beispiel?

Das viele Alleinsein, deine ständigen Vortragsreisen, deine Depressivität, erst recht seit deiner Diagnose, und meine Angst, dazu Helmuts unkomplizierte Art. Ich glaube, als du das zweite Mal nach Vierwalden fuhrst, war ich so weit am Boden, dass auch ein Mann mit weniger Anziehungskraft mich beeindrucken konnte, hätte ich mich bei ihm anlehnen können.

Und dann entwickelt so etwas seine Eigendynamik, stimmt's?

Ariane war sich nicht sicher, ob er das ironisch meinte oder ob es der Anfang wäre, sie verstehen zu wollen. Deshalb schwieg sie.

Georg schenkte ihr noch etwas Wein nach, stieß mit ihr an und sagte: Ich weiß nicht genau, worauf ich mit dir trinken soll. Sagen wir, auf eine Zukunft, in der es jedem von uns besser geht als heute.

Ariane nickte und Georg sah, wie sich ein schwacher rosa Schimmer über Wangen, Nase und Stirn ausbreitete.

Gegen eins schienen ihre Gedanken und Kräfte erschöpft. Georg, in dem Bedürfnis, nicht alles offen zu lassen, schlug ihr vor, eine Einladung zu entwerfen und ihr zu zeigen. Es wäre ihm lieb, sie stünden beide dahinter, auch um gegenüber den Freunden vergleichbare Anknüpfungspunkte zu haben, wenn es zum Gespräch käme, wovon auszugehen war. So erfuhr sie, er würde sie dabei haben wollen. Über das Wie sich zu einigen, würden sie noch Gelegenheit finden. Georg stand auf, neigte sich zu Ariane hinab, schaute ihr tief und ernst in ihre blaugrünen Augen und gab ihr einen Kuss auf die Stirn. Ariane zuckte zusammen und schlug die Hände vors Gesicht.

Die folgenden Wochen rückte noch einmal das Dienstliche in den Vordergrund. Der Pedant in Georg verlangte eine geordnete Übergabe der Geschäfte, die seinem Stellvertreter bis zur Ernennung des Neuen die kontinuierliche Weiterarbeit so leicht wie möglich machte. Er musste seine freien Freitage opfern, damit auch die letzten Briefe erledigt, die letzten Akten zurückgegeben, die letzten Gesprächstermine eingelöst wären. Zu Beratungen mit Vereinen und Verbänden schickte er nur noch Kollegen, während er selber das Haus am Abend als Letzter verließ, wie einst. Es bereitete ihm Vergnügen zuzusehen, wie leicht sich vor dem Horizont des Arbeitsendes manches klären ließ. An alle, die ihn außerhalb der Landesstelle in den Jahren unterstützt hatten, versandte er einen Dankesbrief und bat sie, seinem Nachfolger die gleiche Sympathie entgegenzubringen. Selbst das an sich überflüssige Gespräch mit Munk brachte er noch hinter sich.

Da weder Munk erwartete, Georg werde ihn verstehen können, noch Georg auf Munks Verständnis hoffen konnte, blieb es bei dessen Tiraden über den unhaltbaren Zustand der Landesstelle, die mangelnde Eignung der Mitarbeiter und seine Enttäuschung, nicht anerkannt zu werden. Georg, der aus früheren Gesprächen nahezu jeden Satz auswendig kannte, hörte nur mit einem Ohr zu und machte sich Notizen, die einem völlig anderen Gegenstand galten. Als Munk zum Ende kam, legte Georg seinen Stift beiseite, sah Munk freundlich an und sagte: Sie haben große Verdienste, Herr Munk, um den Herbst 89 in Ihrer Stadt. Vergessen Sie bitte nicht, dass es auch davor und danach Menschen gegeben hat, die sich auf ihre Weise verdient gemacht haben. Und machen Sie es meinem Nachfolger nicht so schwer. Vielleicht finden Sie bei ihm das, was Sie bei mir vermisst haben.

Damit geleitete er Munk zur Tür. Und siehe da, Munk drehte sich auf der Schwelle noch einmal um und sagte: Danke, Herr Weber, so aufmerksam hat mir noch nie jemand zugehört.

Fünf Wochen später war es so weit. Sein Geburtstag fiel auf einen Donnerstag. Ariane, auf seine Bitte hin wieder ins Schlafzimmer eingezogen, stand beizeiten leise auf und deckte den Frühstückstisch. Dann legte sie die Osterkantate von Bach, die Georg besonders mochte, in den CD-Player und stellte die Musik so laut, dass Georg die Trompeten durch die geschlossene Tür im Obergeschoss hören musste. Mit dem Einsatz des Chores *Der Himmel lacht, die Erde jubilieret*, trat Ariane unsicher an sein Bett. Sie hielt einen Frühlingsstrauß aus Tulpen, Freesien, Narzissen, Anemonen und Himmelschlüsseln in der Hand und weinte. Dicke Tränen liefen über ihr Gesicht. Sie wagte kaum näher zu treten. Was ist, fragte Georg, der sich, die Augen reibend, aufgesetzt hatte.

Ich habe das Gefühl, alles, was ich dir heute wünsche, ist in deinen Ohren unglaubwürdig, sagte sie schluchzend.

Er blickte sie ratlos an. Und wenn, sagte er, versuch's bitte trotzdem.

Ariane kam zögernd auf ihn zu, setzte sich auf die äußerste Bettkante und sagte: Ich wünsche dir alle Liebe, die du brauchst und verdienst von einem Menschen, von dem du sie annehmen kannst.

Du weißt doch, dass man sich Liebe nie verdienen kann, grinste Georg.

Das habe ich früher auch gedacht, gab sie zurück.

Georg nahm ihr die Blumen aus der Hand, schaute sie liebevoll an, roch an den Blütenkelchen und legte den Strauß neben sich auf ihr Bett. Dann zog er sie zu sich heran und sagte: Ariane, wenn ich es recht bedenke, ist mir nur deine Liebe wichtig. Das Leben schenkt uns gerade noch mal eine Frist. Wir können sie verstreichen lassen, indem wir uns mit dem beschäftigen, was uns gerade trennt. Oder wir verstehen sie als Chance, uns auf einer neuen Stufe zu begegnen mit allem, was uns geblieben ist und offen für das, was noch kommt. Unsere Unschuld haben wir schon lange verloren, unsere Schuld können wir uns gegenseitig abnehmen. Bleiben noch eine Menge Kreativität füreinander, ein ziemlich wacher Geist, ausreichend körperliche Kraft und eine sehnsüchtige Seele. Wenn daraus neue Liebe wächst, lass uns Auferstehung feiern.

Wie macht man das?

Warum hast du gerade diese CD aufgelegt?

Weil du sie besonders magst.

Und warum mag ich sie besonders?

Weil sie besonders schön ist.

Und? Georg beantwortete seine Frage selber: Weil sie das besingt, was wir am meisten nötig haben, immer wieder unsere Gruft zu verlassen und uns dem Leben zuzuwenden.

Georg legte den Arm um ihre Schultern und fuhr fort: Wenn uns ein neuer Anfang gelingt, will ich meine Amerika-Reise mit dir zusammen machen, und dann soll Alex auch Genevieve mitnehmen.

Du weißt, auf Amerika war ich nie scharf. Aber unter diesen Umständen würde ich mit dir sogar nach Amerika fahren.

Genevieve geht es ähnlich, soweit ich weiß. Aber wenn du mitkämst, wäre das für sie sicher eine neue Überlegung wert. Bis dahin ist noch ein weiter Weg, und mir scheint, das nächste Stück dieses Weges muss ich ganz allein gehen.

Ariane nickte. Zum ersten Mal nach qualvollen Wochen verspürte Georg das Verlangen, sie zu küssen und gab diesem Verlangen nach.

Punkt 9 Uhr betrat Georg die Landesstelle mit einem Gefühl von Wehmut und Erleichterung. Sollte das wirklich sein letzter Arbeitstag werden, der letzte Arbeitstag seines Lebens und vermutlich ein Arbeitstag ohne Arbeit?

Am Hauseingang stand ein riesiger Strauß blühender Kirschzweige. Pförtner und Hausmeister, als seien sie seine Leibgarde, flankierten den Eingang und reichten ihm artig die Hand. Die dienstbeflissenen Mienen der beiden und ihr unerwartet festlicher Aufzug verlieh der kleinen Szene etwas Groteskes. Hätte nur noch gefehlt, einem von ihnen wäre ein *Alles Gute, Genosse*, entfahren. Aber der letzte Pförtner, der die Anrede *Genosse* noch aus seinem früheren Berufsleben kannte, genoss bereits ein öffentlich rechtliches Rentnerdasein. Stattdessen sagte der Hausmeister: Wir bedauern sehr, dass Sie uns verlassen, Herr Weber, wo Sie das alles doch selber aufgebaut haben. Wir werden Sie vermissen. Sie hatten immer ein Ohr für uns. Wir hoffen, dass Sie wieder richtig gesund werden und Ihren Ruhestand genießen können.

Georg dankte und fragte: So, so, hatte ich also immer nur *ein* Ohr für Sie?

Die beiden sahen ihn erschrocken an.

Schon gut, lenkte Georg ein. Ich weiß, so war das nicht gemeint. Ja, es fällt mir auch nicht leicht, die Landesstelle im Stich zu lassen. Aber die Arbeit braucht jetzt einen jüngeren, engagierten, gesunden und voll einsatzbereiten Chef. Vielleicht bekommen Sie auch eine Chefin. Ich weiß nicht, wer sich beworben hat.

Damit nickte er ihnen zu und begab sich ins Obergeschoss.

Auf dem Konferenztisch seines Arbeitszimmers stand ein Strauß rosafarbener Rosen, unter den seine Sekretärin eben noch diverse Kleinigkeiten drapierte und erschreckt aufsah, als er im Türrahmen stand.

Mit ausgestreckter Hand kam sie auf ihn zu: Herr Weber, so nahe liegen manchmal Glück und Unglück beieinander. Auf der einen Seite bin ich sehr froh, dass es Ihnen wieder so gut geht und wünsche Ihnen von Herzen Heilung. Auf der anderen, das will ich nicht verschweigen, bin ich sehr traurig, dass ich Sie mit dem heutigen Tage als Chef verliere. Ich habe keine Ahnung, wie es weitergehen wird.

Für Ersteres vielen Dank, sagte Georg, auch für die Blumen, an denen Sie sicher nicht ganz unschuldig sind. Wie es weitergeht, kann ich Ihnen leider auch nicht sagen, aber dass es weitergeht, ist sicher. Im Übrigen war der Beschenkte immer ich, da ich mit Ihnen eine wunderbar loyale, aufmerksame und zuverlässige Mitarbeiterin zur Seite hatte. Ohne Sie wäre vieles nicht gelungen. Und die Situationen, wo Sie mir den Hintern gerettet haben, werde ich nie vergessen.

Zum ersten Mal in zehn Jahren drückte er sie und brachte sie damit in Verlegenheit.

Um zehn kamen die Mitarbeiterinnen und Mitarbeiter im Konferenzzimmer zusammen, um der offiziellen Verabschiedung beizuwohnen. Georg rechnete mit der Anwesenheit des Staatssekretärs. Als aber kurz vor zehn der Minister vorfuhr, mit seinem Staatssekretär natürlich und in Begleitung zweier weiterer Ministerialen, und bald darauf in der Tür stand, zeigte er sich ehrlich überrascht.

Das lasse ich mir nicht nehmen, Herr Weber, Sie heute persönlich zu verabschieden. Schließlich haben Sie mit der Landesstelle eine Institution geschaffen, die ihresgleichen in Deutschland suchen kann. Wie Sie wissen, habe ich Sie immer gern dabei unterstützt. Aber ohne Ihr Engagement, Ihre Hartnäckigkeit, um nicht zu sagen Penetranz, und ohne Ihre beispielhafte Gewissenhaftigkeit hätte dieses Experiment nicht zum Erfolg geführt. Das sieht übrigens die Ministerpräsidentin genauso, von der ich herzlich grüßen darf.

Die Dankesrede, die Georg wenig später vor versammeltem Hause zu hören bekam und in der mit Elogen nicht gespart wurde, enthielt inhaltlich nichts, was über jenen kurzen Dialog zwischen Tür und Angel hinausging.

Dann griff der Staatssekretär in seine Jackentasche und zog ein kleines Kästchen heraus, das er dem Minister reichte. Der entnahm diesem eine Nadel, an deren oberem Ende sich eine Faust mit aufgerichtetem Daumen befand.

Im Namen der Landesregierung verleihe er Herrn Georg Weber für seine Verdienste bei der Dokumentation und Aufarbeitung von Diktatur und Widerstand in der ehemaligen Deutschen Demokratischen Republik die Verdienstnadel in Silber, sagte der Minister und stach diese unter dem Beifall der Anwesenden in Georgs Revers.

Der Landrat, bekannt für Unpünktlichkeit, traf während der Ministerrede ein, schob sich leise neben Georg und trat als Nächster hervor, um mit knappen Worten dessen Leistung zu würdigen und ihm einen Korb biologischer Agrarerzeugnisse zu überreichen.

Georg machte es kurz, erzählte zwei kleine Anekdoten aus der Anfangszeit und von einem Streit mit dem Sprecher des Ministers, dankte allen Mitarbeitern, dass sie der Landesstelle zum Erfolg verholfen hätten und wünschte seinem Stellvertreter deren Unterstützung, ebenso der künftigen Chefin des Hauses bzw. ihrem männlichen Pendant. Von seiner Krankheit und seinem Befinden kein Wort.

Erst als sein Stellvertreter mit einer kleinen Ansprache namens der Mitarbeiterschaft Georg einen in alle Richtungen verstellbaren metallenen Liegestuhl mit blau-weiß gestreiften Polstern übergab, erwiderte Georg, Entspannung sei eine der Hauptsäulen seiner Therapie. Er freue sich, auf diese Weise seine dann ehemaligen Mitarbeiter an seinem erhofften Genesungsprozess beteiligt zu wissen. Indem er das sagte, sah er sich entspannt auf seiner Terrasse liegen, frei von Terminen, Zeitaufgaben und Dienstgeschäften, Zeitung lesend, die neue, die er abonnieren würde, in Bildbänden blätternd, meditierend, Musik hörend, schlafend.

Es wurde Abend, ehe Georg alle auch telefonischen und elektronischen Glückwünsche und Abschiedsworte entgegengenommen, alle Übergabeformalitäten erledigt und seine letzten persönlichen Habseligkeiten ausgeräumt hatte. Als er, zusammen mit Sekretärin und Stellvertreter, die ihm behilflich waren, das Haus verließ, verspürte er Trauer. Schon am nächsten Morgen würde er das Haus nur noch aus der Besucherperspektive wahrnehmen. Seinen Dienstausweis, der auch für das Ministerium galt, nahm einer der Ministerialen mit.

Kaum aber saß Georg im Auto, nahm ein anderes Gefühl von ihm Besitz, ein Gefühl grenzenloser Freiheit.

Ade, rief er laut, während er vom Gelände fuhr, das war's! Hurra, hurra, ich bin Rentner – und ich habe es mir verdient! Jetzt kommt das andere Leben! Jedenfalls will ich etwas dafür tun, fügte er kleinlaut hinzu. Dabei war er der Einzige, der es hinter den geschlossenen Scheiben hören konnte.

Unterwegs hörte er sich sagen: Aber schlecht war es nicht. Es war anstrengend, spannend, aufzehrend, belebend, furchtbar, anregend, aufregend, bereichernd, kurzum: nicht schlecht. Nein, korrigierte er sich, als er auf Arianes Hof einbog, es war gut, es war erfolgreich, atemberaubend, lehrreich und all das andere, also: gut.

Der Alltag mit Ariane spielte sich langsam wieder ein. Für die kommenden acht Tage nahm sie Urlaub, um Georg bei der Vorbereitung des auf das nächste Wochenende festgesetzten Festes unterstützen zu können. Der Besitzer eines einstigen Bauerhofes stellte seine geräumige Scheune zur Verfügung. Tagelang wirbelten beide in ihr herum, um sie für das Ereignis herzurichten. Strohballen mussten gestapelt, rostige Gerätschaften ausgelagert werden, dicke staubige Spinnennetze galt es von den Deckenbalken und Lehmwänden im Fachwerk zu fischen. Allein der Dreck des steinernen Fußbodens füllte mehr als zehn Schubkarren. Es sah eine Weile so aus, als hätten sie sich übernommen. Da standen drei Tage vor dem Ereignis Alexander und Genevieve vor der Tür.

Fürchtet euch nicht, deklamierte Alexander pathetisch, *siehe, ich verkündige euch große Freude, auch wenn sie nicht gleich allem Volk widerfahren wird:* Wir haben ein paar Tage freigenommen und uns in einem *Stall* ganz in eurer Nähe einquartiert; *denn die hatten keinen anderen Raum in der Herberge.*

Und Genevieve ergänzte, sie könnten selber ein bisschen Erholung gut vertragen, glaubten aber, aus den Andeutungen der Einladung schließen zu müssen, die beiden brauchten Hilfe jeglicher Art. Wenn es also gewollt wäre, stünden sie für die nächsten Tage voll zur Verfügung. Mit der gleichen Absicht übrigens hätten sie noch eine Frau mitgebracht, die von sich behaupte, ebenfalls nichts Wichtigeres zu tun zu haben und die ein Zimmer im Gasthof belegt habe. Georg traute seinen Augen nicht, als hinter der Tür Lisa hervortrat. Er stand wie angewurzelt, dann schoss er auf die drei zu und umarmte sie.

Ich werd verrückt, sagte er immer wieder, ich werd verrückt. Er schaute zu Genevieve, dann zu Lisa und wieder zu Genevieve und fragte: Woher kennt ihr euch denn?

Genevieve kannte Lisa vom Yoga, seit Kurzem gehörte sie auch zu ihrem Literaturkreis. Bei der Besprechung eines DDR-Romans sei Georgs Name gefallen, und da sei auf einmal alles klar gewesen. Hausboot, Café *Sündenfall*, Vierwalden ...

Lisas Anwesenheit erwies sich in den nächsten Tagen als Glücksfall. Sie entwarf eine Sitzordnung für die Scheune, nach der Bänke und Tische, die sich Georg von einem Biergarten auslieh, auf einen kleineren runden Tisch ausgerichtet wurden, an dem Georg, Ariane, Bettina und Anna mit ihren Familien sitzen sollten. Auch beim Schmücken der Wände und Deckenbalken wetteiferte sie mit Genevieve, sodass Alex schon bemerkte: Hoffentlich hält das meine Frau aus. Auf diesem Gebiet galt sie bisher als konkurrenzlos.

Dann aber, am Abend, bei einer Flasche Wein, fragte Genevieve sehr direkt, was eigentlich los sei. Die Einladung deute Probleme an, die offenbar nichts mit Georgs Symptom zu tun hätten.

Die Beantwortung übernahm Ariane und berichtete ohne Umschweife von ihrer Beziehung zu dem Künstler.

Genevieve und Alex sahen sich an und schwiegen.

Lisa schaute zu Georg, dann zu Ariane und wieder zu Georg und meinte lächelnd: Hm, und nun fühlst du dich verletzt, stimmt's? Georg nickte.

Ich verstehe. Aber nun mal ganz ehrlich, fuhr sie fort, ist das denn wirklich *so* schlimm? In Deutschland geht angeblich jeder zweite Ehemann mindestens einmal fremd, bei Frauen soll es inzwischen ähnlich sein. Heißt denn das, wir degenerieren allmählich zu lieblosen, amoralischen Wesen? Kann dieses Phänomen nicht auch eine Folge des demografischen Wandels sein, die langsam neu bewertet werden muss. Wichtig ist doch nur, welchen Stellenwert für die Beziehung man einer solchen Affäre zumisst.

Georg widersprach: Für einen, der Krebs hat, ist es auch nicht tröstlich, wenn ihm gesagt wird, jeder Zweite oder Dritte bekommt im Laufe seines Lebens Krebs.

Zwei Dinge, Georg, gab Lisa zurück, genauso wie bei Krebs ist es wahrscheinlich wichtiger, nach den Ursachen zu fragen als den Zustand zu beklagen. Zum anderen ist Krebs ein Symptom, das nicht automatisch das Ende des Lebens besiegelt, wie du weißt. Zum Urteil wird er erst dann, wenn ich ihm die erste Stelle in meinem Leben einräume, mich ihm unterwerfe, ihn selber zum Ende meines Lebens erkläre.

Georg schaute Lisa an, schüttelte skeptisch und zugleich bewundernd den Kopf und sagte: So weit bin ich noch nicht.

Noch am selben Abend beschlossen Georg und Ariane, die Geburtstagsfeier nicht weiter mit ihrem Problem zu belasten, geschweige denn ungefragt detailliertere Auskünfte zu geben. Wer nachfragte, sollte erfahren, was vorgefallen war und wie sie damit umgingen. Wer nicht fragte, wüsste zumindest, *dass* es Probleme gab und könnte entscheiden, ob er mehr wissen oder von den seinen erzählen wollte.

In dieser Nacht lag Ariane seit vielen Monaten wieder einmal in Georgs Armen und genoss seine Wärme und das Streicheln seiner Hände. Und Georg schlief seit Monaten wieder einmal mit einem Lächeln auf seinem Gesicht ein.

Es gab Zeitabsprachen, die Georg gern vor sich herschob. Es konnte sich um Arzttermine, vor allem Zahnarzttermine, handeln, aber auch um Besuche, die anstrengend zu werden versprachen. Die einstigen dienstlichen Verabredungen boten ja keine Alternative. Sie mussten so wahrgenommen werden, wie sie anfielen.

In die andere Kategorie fielen neuerdings Computertomografie und Magnetresonanztomografie. Es sei ratsam, sich regelmäßig einer CT oder MRT zu unterziehen, hatte man ihm gesagt, um den weiteren Verlauf der Krebsentwicklung im Blick zu behalten. Das leuchtete ihm ein. Inzwischen aber musste er feststellen, diese Art Untersuchung enthielt ein erhebliches Beunruhigungspotenzial. Schon Tage zuvor reagierte er nervös auf kleine Unebenheiten im täglichen Routinegeschäft, ohne eine plausible Erklärung dafür zu finden, zog sich aus Gesprächen zurück oder beschäftigte sich mechanisch mit nebensächlichen Angelegenheiten wie Fahrradputzen oder Gartengeräte reinigen. Meist steigerte sich seine innere Unruhe am Vortag der Untersuchung zu sinnloser Grübelei. Was, wenn der Krebs gewachsen wäre? Was, wenn sie Metastasen fänden? Was, wenn es neue besorgniserregende Anhaltspunkte gäbe?

Diesmal schien jene anfängliche Unruhe in den Festvorbereitungen untergegangen zu sein, sodass Georg beinahe den Termin selber vergessen hätte. Unglücklicherweise einen Tag vor der geplanten Feier nämlich, so stand es in seinem Kalender, sollte er sich 8 Uhr morgens in die bewusste Röhre begeben. Er entdeckte die Eintragung bei einem flüchtigen Blick in den Kalender erst am Vorabend der Prozedur. Und wie im Zeitraffer stellte sich all das wieder ein, was sonst Gelegenheit hatte, sich über Tage hinweg auszubreiten. Eine stündlich wachsende

Unruhe bemächtigte sich seiner, alte Ängste meldeten sich. Auf Fragen Arianes oder seiner drei Helfer reagierte er gereizt, verabschiedete sich bereits um zehn, als es für die anderen anfing, gemütlich zu werden, und brummte, er brauche einfach mal ein bisschen Abstand. Die drei nickten leicht irritiert. Niemand wagte nachzufragen.

Ariane allerdings ahnte, was bevorstand und trat noch einmal kurz an sein Bett: Du hast deinen Termin, stimmt's? Ich kann mir denken, was dir durch den Kopf geht. Ich glaube, du musst dir keine Sorgen machen. Du siehst so vital, so gut aus. Ich werde morgen früh mit aufstehen und dir ein kleines Frühstück machen.

Er war der erste Patient im Wartezimmer und wurde als Erster aufgerufen. Wieder dieses quirlige Gefühl, als er die kleine Kabine betrat, wo er sich bis auf die Unterhose der Kleidung entledigen und Uhr und Brille ablegen musste. Und noch einmal, als er in Socken den halbdunklen, kühlen Raum mit dieser unsäglichen Maschine betrat, von der behauptet wird, sie könne die kleinsten Ungereimtheiten in seinem Körper erkennen.

Sobald er aber auf der rollbaren Pritsche lag, mittig ausgerichtet und mit einem speziellen Lendenschurz versehen, überkam ihn, noch bevor ihn ein rotierendes Etwas zu umkreisen begann, eine große Ruhe. Jetzt kam, was kommen musste. Für eine Flucht war es zu spät. Stattdessen zeigten sich auch diesmal wieder, so war es bisher immer abgelaufen, erste zaghafte Hoffnungsschimmer. Vielleicht ist der Tumor kleiner geworden. Vielleicht ist er weg, einfach nicht mehr zu finden. Und wenn er auch nur einfach nicht gewachsen wäre seit der letzten Untersuchung, wäre das ein Erfolg, zumindest ein gutes Zeichen und eine Bestätigung für das Konzept von Vierwalden. Nachdem er einen halben Liter Wasser getrunken und ein Kontrastmittel gespritzt bekommen hatte, drückte jetzt seine Blase, was er als ein Zeichen dafür deutete, dass sich die Aufregung vom Kopf auf den Bauchraum verlagert habe. Dabei wusste er, wie unwahrscheinlich seine Erklärung war.

Zwanzig Minuten können ein Windhauch sein und eine Ewigkeit. Obgleich es während der Prozedur nichts zu befürchten gab, zählte er die Sekunden und das so langsam, dass er sich selber eine Freude machen würde, wenn er bereits aufstehen dürfte, während seine Gedankenuhr erst bei acht Minuten angekommen war.

Der zuständige Radiologe, der von Vierwalden gehört hatte und der es für medizinisch unerklärlich hielt, wie ein Mensch mit dieser Diagnose nun schon anderthalb Jahre ohne nennenswerte Beschwerden leben konnte, pflegte Georg im Anschluss an die Untersuchung mit in sein Sprechzimmer zu nehmen und mit ihm den Befund am Computer auszuwerten. Auch diesmal bat er Georg zu sich und zeigte ihm die Aufnahmen. Georg sah nichts als eine Art Lammkotelett in Schwarz-Weiß.

Herr Weber, sagte der Arzt, indem er die einzelnen Querschnitte herauf- und herunterscrollte, ich kann nicht erkennen, dass sich seit der letzten MRT irgendetwas zu Ihren Ungunsten verändert hätte, im Gegenteil, die Ausmaße des Tumors scheinen geringfügig zurückgegangen. Hier, zum Vergleich, und dabei blendete er ein weiteres Lammkotelett ein, Sie werden unschwer erkennen ...

Ich kann gar nichts erkennen, unterbrach ihn Georg.

Entschuldigung, natürlich, also das hier ... und dann erklärte er ihm, was er sah, ohne dass er Georg im Tiefsten davon überzeugen konnte, kein Lammkotelett, sondern seinen eigenen Oberbauch vor sich zu sehen.

Ariane saß am Frühstückstisch, Alex, Genevieve und Lisa schienen eben eingetroffen. Er fand seinen Platz ebenfalls eingedeckt vor, als er mit einem fröhlichen *Guten Morgen* die Küche betrat.

Und? Ariane sah ihn ängstlich an.

Georg machte eine Faust und spreizte den Daumen nach oben ab.

Sie erhob sich und umarmte ihn. Ich hab's gewusst, sagte sie. Ich hab's gewusst.

Die drei verfolgten etwas ratlos die kleine Szene, bis Alex fragte: Kann mir mal jemand erklären, worum es hier geht? Oder ist das zu intim?

Nein, nein, nahm Ariane das Wort, Georg musste heute früh noch eine MRT über sich ergehen lassen. Er hat euch nichts davon gesagt, weil er euch nicht auch noch beunruhigen wollte. Aber für Beunruhigung scheint es keinen Grund zu geben.

Georg nickte: Stimmt, er ist nicht gewachsen. Im Gegenteil, es sieht aus, als befände sich mein Krebs auf dem Rückzug. Das ist sehr, sehr gut.

O ja, rief Lisa, das ist sehr, sehr, sehr gut.

Habt ihr nicht einen Schluck Sekt, fragte Alexander.

Für euch, ja, sagte Georg augenzwinkernd und entnahm dem Kühlschrank eine Flasche, die er Alex übergab, während Ariane Gläser herbeitrug. Ihr werdet es mir nicht verübeln, wenn ich bei stillem Wasser bleibe. Das ist so etwa der einzige Bestandteil im Sekt, der mir gut bekommt.

Am Tag darauf, bald nach drei, saßen an die siebzig Gäste auf ihren Plätzen, die sie anhand essbarer Tischkarten aus hauchdünner Schokolade mit zart gezuckerten Schriftzeichen herausgefunden hatten. Eine Kette von Teelichten zog sich über die blumengeschmückten Tische und verlieh der trotz offener Torflügel lichtkargen Scheune eine wohltuend warme Atmosphäre. Statt der üblich-üblen Buttercremetorten erwarteten die Geburtstagsgäste Dinkelkuchen mit Himbeerfüllung, Aroniatorte, Roggenkuchen mit Granatapfelcreme, Buchweizengebäck und anderes dieser Art mehr. Immer wieder musste Ariane die Tage zuvor telefonisch Auskunft geben, was Georg bekömmlich sei. Der dezente Hinweis, was einem Krebskranken nütze, müsse einem Gesunden nicht schaden, schien die vielen Bäcker und Bäckerinnen bei dem Vorhaben, Georgs Wohl gustativ und ernährungsphysiologisch zu unterstützen, beflügelt zu haben.

Hinter einer spanischen Wand aus Strohmatten und rostigem Feldgerät, hinter die Georg seit dem Vortag nicht mehr schauen durfte, lagen Musikinstrumente versteckt, die zu gegebener Zeit zum Einsatz kommen würden. Als Georg im Halbdunkel vier Gestalten wahrnahm, die er seinem Freundeskreis nicht zuzuordnen vermochte, war ihm klar, dass Anna ihre Tangogruppe aus Leipzig mitgebracht hatte.

Erwartungsgemäß ließ sich Georg als Hausherr nicht nehmen, sein Fest mit einer Rede zu eröffnen, die aber doch bald von allen gängigen Vorstellungen abwich. Er stellte sie unter das Thema *Und dennoch ...*

Er habe in den letzten Monaten viel über sein Leben nachgedacht. Und immer wieder habe er sich gefragt, warum so vieles scheinbar Misslungene doch zu einem guten Ende geführt habe. Er erzählte von seinen Kindheitsängsten, die er noch immer nicht völlig überwunden glaube, von Minderwertigkeitsgefühlen, die ihn dann am meisten bedrückten, wenn andere ihm Gelingen bescheinigten, von seinem tiefen, aus Kindertagen herrührenden Zuwendungsbedürfnis, das zuweilen suchtartige Züge aufweise, von seiner jahrzehntelangen Introvertiertheit und Abkapselung. Dabei sparte er nichts aus, was auch die finsteren Seiten seines

Seelenlebens beleuchtete: seine Depressivität, die ihn in den grauen Monaten regelmäßig einkreise, seine Arroganz, hinter der er den unsicheren Teil seines Wesens verstecke, seinen Übermut, mit dem er Freunde und wohlmeinende Mitmenschen oft verprellt habe. Er wundere sich, wie ihm doch immer wieder andere, geradezu antagonistische Züge seines Wesens zu Hilfe gekommen seien und ihn vor einem Abgleiten ins Bodenlose bewahrt hätten. Es habe auch lange gedauert, bis er erkannt habe, wie wenig er seine Niederlagen anderen aufbürden dürfe und wie wenig er seine Erfolge allein sich selber zuschreiben könne.

Heute – und dabei sah er mit Bewegung in den großen Kreis seiner Gäste – heute wolle er ein Fest des Dankes feiern, und es seien bei Weitem nicht alle anwesend, die er in diesen Dank einzubeziehen gedenke. Nach Jahren der Schmähung und bitterer Vorwürfe zum Beispiel wisse er heute, was für wunderbare Eltern er gehabt habe und was sie ihm an Kreativität, Lebensfreude und Widerstandskraft mit auf den Weg gegeben hätten. Einen besonderen Dank wolle er seiner Tante Veronika widmen, von der er hoffe, sie werde postum für all ihre Hingabe reichlich entschädigt.

Es fielen Namen, die manche Anwesenden noch nie gehört haben mochten, die zu erwähnen ihm aber in diesem Rahmen unerlässlich schien. Als er jedoch Alfred Gruschke nannte, glaubten Alexander und alle, die Georg noch aus Schulzeiten kannten, vor allem seine Schwester Barbara, ihren Ohren nicht zu trauen.

Georg nahm die plötzliche Stille wahr und schien auf diesen Moment gefasst zu sein.

Ja, ihr habt richtig gehört, sagte er, auch Menschen wie Alfred Gruschke bin ich heute dankbar, diesem armseligen Teufel, der so viel kindliches Vertrauen zerstört hat. Wem ich davon noch nichts erzählt habe: Gruschke gehört zu den schlimmen Erfahrungen meiner unschuldigsten Jahre. Er wohnte in einer Villa in der Parallelstraße und war ein hochbetagter Kinderfreund, der immer wieder Jungs, aber auch Mädchen auf dem Heimweg von der Schule abfing und zu Kakao und Keksen in seine finstere Wohnung einlud. Zweimal war auch ich dabei. Er besaß ein *Geheimniszimmer*, in das immer nur eins von uns Zutritt erlangte, wenn die anderen wieder nach Hause geschickt wurden. Als wir nach meinem zweiten Besuch verabschiedet wurden, während Isolde, eine aus meiner Klasse, noch bleiben durfte, sah ich in seinen Augen ein gefährliches Flackern, dass mir solche Angst machte, dass ich nie wieder mitging. Es war der Blick der *bösen Fee*, wie ich glaubte. Ein oder zwei Jahre währte sein krankhaftes Treiben, ehe etwas davon ans Licht kam und Gruschke spurlos verschwand. Die Kinder hatten lange geschwiegen. Und die Eltern wiegten sich die ganze Zeit in dem zufriedenen Gefühl, einen einsamen Philanthropen in ihrer Nachbarschaft zu wissen.

Dieser Blick aber, sagte Georg, dieser Blick hat mich mein Leben lang begleitet. Er ist mir bei verschiedensten Gelegenheiten begegnet, auf der Straße, unter Kollegen in Kirche und Politik, auf Eisenbahnfahrten, am Strand. Jedes Mal, wenn ich in eines Menschen Gesicht dieses hinterhältig lüsterne Flackern wahrnahm, wusste ich, vor dem musst du dich hüten. Diese Kindheitserfahrung hat mich vor manchen Katastrophen bewahrt, in die andere gutgläubig hineingeschlittert sind. Was mir später oft als beneidenswerte Menschenkenntnis nachgesagt worden ist, verdanke ich eigentlich Gruschke.

Die Gesichter seiner Geburtstagsgäste hellten sich wieder auf, als er auf die Frauen seines Lebens zu sprechen kam und Ariane sibyllinisch als das Zünglein an der Waage seiner alten Tage bezeichnete. Der kleine Kreis der Eingeweihten wusste es zu deuten. Georg dankte ihr und allen Freundinnen und Freunden, die ihn bis zu diesem Tage begleitet hätten, obgleich er selbst es oft an Treue und Verlässlichkeit habe fehlen lassen.

Dann aber fiel ein Satz, der sein schon über die Maßen strapaziertes Auditorium so aufhorchen ließ, dass man die sprichwörtliche Stecknadel im Heuhaufen hätte fallen hören können, wäre dieser nicht in den letzten Tagen aus der Scheune in ein benachbartes Stallgebäude verlagert worden.

Zum Schluss, sagte Georg nämlich, und das mit einem Ernst, dass den meisten das unbeschwerte Lächeln im Gesicht gefror, zum Schluss danke ich meinem Krebs. Das sage ich ohne Hohn und ohne Ironie. Ich würde es auch nirgends anders sagen als im Kreis mir vertrauter Menschen. Ich bin, so seltsam das klingt, zutiefst dankbar für meinen Krebs. Dabei unterschlage ich nicht die Todesangst, die jene Diagnose bei mir ausgelöst hat und die mich zuweilen erneut befällt, auch nicht die – allerdings geringfügigen – Einschränkungen, die mich begleiten, auch nicht die Ängste, die meine Frau, meine Töchter und Ihr alle zuweilen um mich habt. Ohne dieses Symptom, mit dem ich jetzt lebe, hätte ich wohl die nötigsten Veränderungen meines Lebens noch immer verschlafen. Mein Krebs – und ich sage bewusst *mein* Krebs, weil er nicht irgendeine Krankheit ist, die einen befallen kann, sondern das letzte Signal *meines* Körpers an *mich* – *mein* Krebs ist *meine* Chance. Wenn es mir gelingt, meine vielleicht letzte Lektion zu lernen und mein Leben aus dem Würgegriff fremdbestimmter Blockierungen zu befreien, erübrigt sich womöglich seine Funktion irgendwann. Und wenn es mir nicht völlig gelingt, lerne ich vielleicht, in friedlicher Koexistenz mit ihm zu leben. Bis dahin ist jeder Tag für mich ein Fest und jede und jeder von euch so etwas wie ein Engel auf meinem Weg.

Er blickte in die Runde und sah in Lisas leuchtende Augen.

Ariane hielt sich ein Taschentuch vors Gesicht. Andere schauten mit fragendem Blick zu ihm, Barbara, wie ihm schien, etwas irritiert. Manche nickten. Ihm war, als hätte er noch nie eine so tiefe Verbundenheit mit seinen Freundinnen und Freunden wahrgenommen und wusste zugleich nicht genau, ob er sie sich nicht nur herbeigeredet hatte.

Ich glaube, meine Rede war nicht nur viel zu lang, sondern auch eine Zumutung für jeden normalen Menschenverstand, sagte er.

Und dann, als wollte er den Nachweis erbringen, nicht gänzlich aus der Bahn geraten zu sein, fügte er, wieder völlig der alte Ironiker, hinzu: Ihr müsst übrigens nicht denken, den Eintritt in den Ruhestand wollte ich als eine weitere Erfahrung des Scheiterns in meine Sammlung aufnehmen. Auch wenn mit dem Ende meines Berufslebens etwas abbricht, das mir Spaß gemacht hat und nicht vollendet wurde, das sich erst mal wie Aussteigen aus dem Karussell bei laufender Fahrt anfühlt, das mich von einem Tag zum anderen vom Akteur zum Zuschauer macht – für alle, die es noch vor sich haben: Ich erlebe es wie einen einzigen Befreiungsschlag. Schon an meinem ersten Ruhetag habe ich mich gefragt, warum die Umwege bis dahin 65 Jahre dauern mussten. Ich vermute, die neue Freiheit wird mir noch viele Einblicke in mein bisheriges Leben und Ausblicke auf mein künftiges bescheren, für das ich euch alle, wie lange es auch währen mag, weiterhin um Freundschaft und Begleitung bitte.

Dann war Stille. Alle schauten zu Georg und Ariane. Niemand applaudierte, niemand rief Bravo. Stattdessen erhob sich Genevieve, ging auf Georg zu und umarmte ihn, dann schloss sie Ariane in die Arme. Als ginge es um einen stillen Schwur, standen nun auch die anderen auf und drückten, umarmten oder küssten Georg und Ariane.

Irgendwann saßen alle Gäste wieder auf ihren Plätzen, und Georg, zutiefst gerührt, wischte sich die Tränen aus dem Gesicht.

Noch einmal erhob er sich und sagte: Auch wenn es filmreif klingt, in diesem Moment, ihr Lieben, bin ich der glücklichste Mensch der Welt.

Er setzte sich, und Ariane flüsterte ihm etwas ins Ohr. Georg nickte, stand noch ein letztes Mal auf und bat erneut um Gehör: Pardon, ich habe doch etwas Wichtiges vergessen. Meine Tante Lissy, viele von euch erinnern sich an sie, ist mit ihren 96 Jahren die einzig noch Lebende aus der Familie meiner Kindheit, auch wenn wir, genau genommen, gar nicht verwandt sind. Sie lebt in einem Pflegeheim in Dresden. Ich hätte sie heute gern dabei gehabt, aber sie hat mir abgeschrieben. Der Brief hat sie viel Mühe gekostet, ist aber ein echter Lissy-Brief. Ich will ihn euch vorlesen:

Lieber Schorsch, dass aus Dir mal 65 Jahre werden, so frech wie du früher warst, wer hätte das gedacht. Aber ihr Webers seit halt eine rabiate Rasse. Schön, dass Du an mich gedacht hast, auch wenn daraus nichts wird. Ich kann nicht mehr vereisen. Meine Beine hören nicht auf meinen Befehl. Und meine Augen sind so schwach, dass ich manchmal nicht weiß, wer mich aus dem Spiechel anguckt. Ich glaub, ich sitz ganz schön in der Petrolie. Was soll ich alter Leidhammel auch unter lauter jungen Leuten?

Georg unterbrach sich und sagte: *Vereisen* übrigens mit einem *r* und *Leidhammel* mit *d* geschrieben. Ich weiß bis heute nicht, ob ihre Verballhornungen Absicht oder Naivität sind oder ob sich eine alte Marotte irgendwann verselbstständigt hat. Na, und *lauter junge Leute*? Die meisten von uns sind inzwischen auch schon über sechzig.

Dann fuhr er fort: *Ich habe mir lange überlegt, was ich Dir schenken könnte. Da fiel mir das Omelette meiner Großmutter in die Hände.*

Seltsamerweise blieb das befürchtete Wiehern aus. Mit schmunzelnder Ehrfurcht erwarteten die Gäste den Fortgang des Briefes.

Du wirst es nicht tragen wollen als Mann. Aber es ist echtes Silber. Heb's gut auf. Ich denk an Dich zu Deinem Geburtstag. Mir geht es in diesem Rentnergefängnis so lala, Du weißt ja, ich lass mir von niemandem in die Socken spucken. Aber wenn Du wieder mal in Dresden bist, besuch mich doch, Deine olle Tante.

p. s. Und grüß alle, die mich noch nicht kennen.

Letzteres, glaube ich, ist wirklich ein Versehen, fügte Georg hinzu.

Die Zeit zwischen Kaffeetrinken und Abendessen wurde von Freunden genutzt, Episoden aus ihren Begegnungen mit Georg aufleben zu lassen. Othello erzählte von Georgs vergeblicher Leidenschaft für die Schönheit vom *ufficio postale* in Asciano, wo er zum Gelächter der Umstehenden statt einer *francobollo* eine *francabella* verlangt und ein älterer Herr daraufhin auf Deutsch gefragt habe, ob er etwa eine offenherzige Schönheit meine. Klaus brachte die Gesellschaft zum Lachen, als er Gedichte zum Besten gab, mit denen sich Georg und er als Halbwüchsige gegenseitig zu übertreffen suchten. Georg, der sich ihrer nicht erinnern konnte, schien zunächst peinlich berührt, musste dann aber selber lachen. Bettina öffnete einen Koffer voller selbst gefertigter, sehr unterschiedlicher Masken. Jeder, der sich beteiligen wollte, bekam eine solche zugedacht und wurde zugleich in das nun folgende pantomimische Spiel eingewiesen, das sie sich ausgedacht hatte und bei dem sie Regie führte. Man hätte es eine

Satire auf die Moral in Kirche und Gesellschaft nennen können. Dass ausgerechnet Ariane die Rolle des erhobenen Zeigefingers zufiel, sorgte im Nachhinein zwischen ihr und Georg für manche Stichelei. Und Georg, dem die Rolle des schlechten Gewissens oblag, meinte danach: Ich hätte nicht gedacht, wie schwer mir das inzwischen fällt. Früher wäre das nicht meine Rolle gewesen, das war ich einmal selber.

Als Anna mit ihrem Mann, begleitet von Bandoneón, Cello, Gitarre und Geige, drei argentinische Tangos von Hugo Díaz und Astor Piazzolla tanzte, schmolz alles, was auch nur über einen Funken rhythmischen Gefühls verfügte, dahin.

So hätte das noch eine Weile weitergehen können, wenn Georg dem zu befürchtenden Übermaß an Darbietungen nicht Einhalt geboten hätte.

Liebe Freunde, sagte er, meine Ärzte haben mir verordnet, jeden Tag mindestens eine halbe Stunde Sauerstoff zu tanken. Und da Bewegung keinem schadet und die Sonne noch nicht untergegangen ist, werden wir jetzt einen kleinen Spaziergang machen, und zwar zum Wäldchen. Und damit sich niemand vorzeitig verabsentiert, dort wartet eine weitere Überraschung auf euch.

Auch wer lieber sitzen geblieben wäre, ließ sich von diesem Versprechen locken und folgte Georg zum Wäldchen. Das Wäldchen, ein lichter Buchenwald nicht weit vom Ortsausgang, empfing die Gesellschaft mit bezauberndem Frühlingsgrün, das im Schein der sinkenden Sonne noch einmal aufleuchtete. Niemand fragte nach der Überraschung. Die einen faszinierte das Licht so sehr, dass Georgs Ankündigung in Vergessenheit geriet, den anderen dämmerte, genau diesen bezaubernden Frühlingsabend werde Georg mit der Überraschung gemeint haben.

Der Höhepunkt, zumindest für den Jubilar, ließ aber noch auf sich warten. Er erfolgte, als sich das Abendbüffet zu lichten begann. Freunde aus der *Bronx,* dem städtischen Szeneviertel, zogen die Strohmatten beiseite und gruppierten sich um ein Cembalo, um mit historischen Instrumenten einen Satz aus Bachs *Kunst der Fuge* darzubieten. Ariane, die Georg beobachtete, bemerkte, wie ihn die Musik mehr und mehr in ihren Bann zog. Sein Gesicht entspannte sich, die angestrengten Stirnfalten glätteten sich. Er nahm die Brille ab, schloss die Augen und atmete tief. Sie vermochte nur zu ahnen, was in ihm vorging.

Dann aber – und jetzt stockte selbst Ariane der Atem – griffen Annas Tangobegleiter noch einmal zu ihren Instrumenten, um mit zwei Bandoneóns und zwei Gitarren einen weiteren Satz der *Kunst der Fuge* darzubieten. Da geriet Georg nahezu in Ekstase.

Der letzte Ton war längst verklungen, der Applaus verrauscht, Georg aber saß immer noch kopfschüttelnd und mit offenem Mund auf seinem Platz und stierte auf die inzwischen leeren Stühle der Musiker. Nein, sagte er immer wieder, das war ja unglaublich. Und jedes Mal, wenn er später auf seine Geburtstagsfeier zu sprechen kam, leuchteten spätestens an dieser Stelle seine Augen.

Meister Bach, sagte er dann, war höchst angetan davon.

Einige Unentwegte tanzten noch, andere saßen in Gruppen zusammen, Genevieve und Lisa trugen schon das Frühstücksgeschirr herein, das Ariane in der Küche des Wohnhauses abgewaschen hatte, als Anna und Bettina, die mit Georg in einer Ecke auf Strohballen saßen, ihrem Vater einen Wunsch vortrugen. Sie wollten, mit ihm allein, noch einmal die Stätten seiner und ihrer Kindheit besuchen, das Pfarrhaus in Radebeul, das Karl-May-Museum, von dem er so viel erzählt habe, die Weinberge und das Spitzhaus, das Internat in Dresden und das Antiquariat, wenn es das noch gäbe, dann aber auch seine erste Gemeinde mit ihren sternförmig angelegten Außendörfern, das Pfarrhaus mit dem kaputten Dach und dem kalten Kinderzimmer und dem Plumpsklo, die Kirche, wo sie, wenn ihnen langweilig wurde, die Gesangbücher vollgekritzelt hätten.

Georg lachte: Ihr wart das? Hätte ich mir doch denken können.

Aber auch die Schule, in der sie zum ersten Mal eine Entscheidung von Tragweite treffen mussten. Als es nämlich um die Aufnahme in die Jungen Pioniere ging, erklärte Anna, sie wolle so ein blödes Halstuch nicht tragen. Sie hätte ja keine Halsschmerzen. Das wurde ihr vorgehalten, bis die nächste Entscheidung anstand, die sie wiederum negativ traf. Nein, an der Jugendweihe wolle sie nicht teilnehmen, auch wenn es sie die Zulassung zur Oberschule koste. Sie wolle sich konfirmieren lassen, und das wäre etwas ganz anderes. Georg und Sabine stellten ihr pro forma die Entscheidung frei, waren aber natürlich nicht ganz unschuldig, dass sie so ausfiel. Denn in ihrem Haus wurde, wie seinerzeit in seinem Elternhaus, klar und kritisch über das Ziel der sozialistischen Schulerziehung gesprochen. Anna, die als leistungsstärkste Schülerin der Klasse stets gute Zensuren nach Hause brachte, wollte sich ihr Abitur mit Leistung und nicht mit hohlen Phrasen oder durch die erzwungene Zugehörigkeit zu einer Organisation verdienen. Als dieselben Entscheidungen vor Bettina lagen, gab es für sie keine Alternative.

Anna schlug vor, sich in der ersten Juniwoche in Wittenberg zu treffen, wohin ihr letzter gemeinsamer Familienurlaub mit Sabine geführt hatte, und von dort über Torgau und Riesa elbaufwärts zu fahren, nach Meißen, wo an der Triebisch einst eine der liebevollsten Tanten ihrer Kindheit wohnte, nach Coswig, wo sich Anna zum ersten Mal in einen Jungen verliebte, durch Altkötzschenbroda, das nach sozialistischem Bauverfall und wieder nach der großen Flut zu einem Kleinod hergerichtet sein sollte, nach Radebeul, zum Haus der Großeltern und zur Villa *Bärenfett*. Dann in das neue Dresden mit einem Besuch in Tante Lissys *Rentnergefängnis*, mit einem Spaziergang durch Blasewitz und einem kurzen Blick in die Frauenkirche sowie einem längeren in die Kreuzkirche. Und dann, wie gesagt, in das alte Pfarrhaus ...

Weißt du noch? Aus Anna und Bettina sprudelten Kindheitserinnerungen, von denen Georg glaubte, er höre sie zum ersten Mal. Der Boden zum Beispiel, wo es angeblich Gespenster und Spinnen mit fingerlangen Beinen gab, wo ein Gerippe hing, als sie einzogen, von dem sie glaubten, es sei echt; der Stall, in dem eines Morgens zwölf tote Kaninchen lagen; Amenda Luise, ihr einziges Schaf, von dem sie sich noch immer überzeugt zeigten, es habe singen gekonnt, weil nachts mehrmals ein unerklärlicher Wehmutsgesang zu hören gewesen sei, der zu Amenda Luises Gesichtsausdruck gepasst habe.

Auch nach Kipsdorf wollten sie, das Georg aus seiner Kindheit kannte und wo sie später Winterurlaub machten und Ski fuhren.

Georg, der mit seinen Eltern gern eine solche Reise unternommen hätte, verspürte große Lust, dasselbe nun wenigstens mit seinen Töchtern zu tun.

Dresden wäre, wenn auch ein kleiner Umweg, so doch schon die halbe Strecke nach Vierwalden, meinte er. Im Juni werde er dort wieder erwartet. Wenn eine von ihnen die Übernachtungen organisiere, wolle er diese gern bezahlen. Er könne sich die Woche vor seinem Klinikaufenthalt gut vorstellen.

Papa Georg, du bist ein Schatz, brach es aus Anna hervor. Soll ich dir einen Kaffee bringen? Du siehst müde aus.

Danke, meine Liebe, sagte Georg, ich bin auch müde. Aber das trinke ich mir heute weg, bitte einen doppelten Espresso mit viermal Kaffeesahne.

14

Es gibt Menschen, die sich schon bei dem Begriff *Klinik* an die Brust fassen. Sie werden allzu schnell als Hypochonder eingeordnet. Vielen tut man damit Unrecht. Eher sollte man fragen, was für Erfahrungen sie mit *Klinik* verbinden. Erfahrungen prägen ja auch unsere unbewussten Reaktionen. Wer in einer Klinik falsch behandelt worden ist, wird die tiefe Enttäuschung schwer wieder los. Unter allen Freunden und Bekannten in Georgs Umkreis befand sich, soweit er sich erinnern konnte, kaum einer, der auf eine Klinik hätte schwören wollen. Einen haben sie mit einem vereiterten Blinddarm noch eine Nacht *auf Eis* gelegt. Die andere wäre in der Universitätsklinik eines Nachts beinahe erstickt. Eine zog sich bei einer Totaloperation eine schwere Sepsis zu. Ein anderer kam nur zur Diagnostik in eine Klinik, wo nichts festgestellt werden konnte, kehrte aber schwer krank nach Hause zurück und brauchte ein dreiviertel Jahr, um die aufgelesenen Klinikkeime wieder loszuwerden. Von den klimatischen Bedingungen ganz zu schweigen, Schwestern, die bei bestimmten Patienten das Klingelsignal grundsätzlich überhörten, fauchenden Ösen, Pflegern, die frisch operierte Patienten duzten, anknurrten und wie ungehorsame Kinder behandelten. Georgs lebendigste Klinikerinnerung ging in das sechste Lebensjahr zurück. Damals musste man mit Scharlach noch ins Krankenhaus. Wenige Tage nach seiner Schwester wurde er eingeliefert. Zum Problem gestaltete sich aber eine Mittelohrvereiterung. Zwei Schwestern hielten den ängstlichen Jungen fest, während ein glatzköpfiger Doktor, der aussah wie der Fleischer, bei dem seine Mutter Rippchen und Zunge kaufte und der auch noch *Sprenger* hieß, mit einer Nadel sein Trommelfell öffnete. Keiner, der ihn dabei streichelte und keiner, der ihn hinterher tröstete. Seine Eltern mussten zur Besuchszeit hinter der Tür des Krankenzimmers stehen bleiben. Durch die Scheibe durften sie ihm zuwinken, was sehr knapp ausfiel, da seine Mutter nur auf Zehenspitzen hindurchschauen konnte. Nie zuvor, schien ihm, hatte er sich so nach der Hand seiner Mutter gesehnt.

Ob es noch eine frühere Klinikerfahrung gab, aus pränataler Zeit oder aus der Klinik auf dem Ratsweinberg, wo er, zur Welt kam, wusste er nicht. Jedenfalls gehörte Georg, erst recht nach der Wirbeloperation infolge eines Unfalls, wo er sich gleich am ersten Tag mit der Stationsschwester anlegte, weil sie ihm kein Wasser bringen wollte, zu denen, deren *Kliniktrauma* unheilbar schien. In letzterem Falle kam es fast zum Eklat, als Georg der Schwester erklärte, er sei Patient, der eines *Leidens* wegen das Krankenhaus besuche, nicht ein auf frischer Tat erwischter Dieb. Nach seiner Auffassung werde sie dafür bezahlt, Patienten zu versorgen und aufzumuntern. Was er hier erlebe, sei Willkür. Ihr blieb die Sprache weg, indes eine Ader quer über ihre Stirn anschwoll. Dann schrie sie, so etwas sei ihr in ihrem ganzen Berufsleben noch nie passiert und sie werde den Stationsarzt holen. Der trat dann auch bald an Georgs Bett und fragte völlig emotionsfrei: Sie sind mit unserem Krankenhaus nicht zufrieden? Wenn Sie wollen, können wir Sie in die Universitätsklinik verlegen. Da lenkte Georg schnell ein. Sein Wasser aber bekam er erst mit dem Abendbrot.

Dass ausgerechnet Georg einmal eine Klinik erleben würde, in die er gern, schlimmer noch, mit einer Art Zuhausegefühl zurückkehren würde, hätte er früher auf das Heftigste bestritten. Vierwalden gehörte für ihn inzwischen zu den Stationen seines neuen Lebens, auf die er mit Freude und großen Erwartungen zusteuerte.

Und Vierwalden empfing ihn seinerseits wieder wie einen Gast, der sich inzwischen Stammgast nennen durfte.

Herr Weber, wie schön, dass Sie wieder bei uns sind, so die Oberschwester in Vierwalden, wie ist es Ihnen seit Ihrem letzten Besuch ergangen?

Danke, Schwester Karla, ich bin unterwegs. Es ist ein bisschen so wie auf einer Wanderung durch unbekanntes Terrain. Ich erahne das Ziel, zuvor aber muss ich strampeln. Mal geht sich's leicht, mal beschwerlich, aber nach jedem Abschnitt habe ich das Gefühl, weitergekommen zu sein. Jetzt brauche ich wieder mal Proviant. Ich hoffe, Sie tun Ihr Bestes.

Aber Herr Weber, natürlich!

Georg wohnte wieder in dem Zimmer mit dem großen Schreibtisch, auf dem er die letzten Male seinen Laptop und seine Malsachen ausbreiten konnte. Zur Rechten der kleine Balkon mit dem klapprigen Holzrost und den beiden Liegestühlen, von dem aus man auf einen üppig umpflanzten Parkplatz schaute, hinter dem sich ein paar Dächer und der dicht bewaldete Kamm eines der namenlosen Berge zeigten.

Georg richtete sich ein, stellte seinen leeren Koffer in den Schrank und schmiss sich auf eines der beiden Betten. Er entschied sich wieder für das Bett, das der Toilette am nächsten stand, wechselte aber manchmal in das andere hinüber, um mehr von der aufgehenden Sonne zu haben.

Es war Nachmittag, der hohe Raum hielt noch die Mittagssonne gefangen. Wenn es so warm bliebe, könnte er den Abend im Patientengarten verbringen. Die nächsten Tage würden die längsten des Jahres sein.

Seine Gedanken flogen noch einmal in die vergangene Woche zurück.

Sechs Tage allein mit seinen Töchtern, das gab es noch nie zuvor.

Drei sehr unterschiedliche Menschen mit gemeinsamen Wurzeln tauchten in die Vergangenheit ein, drei Augenpaare suchten die Mosaiksteine ihrer gemeinsamen Geschichte zusammen, teilten einander aus und mit, gaben Erinnerungen preis, sprachen über ihre Ängste, ihre Enttäuschungen, ihre schmerzhaftesten Erkenntnisse, aber auch ihre glücklichsten Momente. So nahe waren sie sich noch nie gekommen, seit die Familie zerbrach. Annas Kritik nahm immer liebevollere Züge an, je offener Georg darauf reagierte. Bettinas Sarkasmen, in denen sich Georg wiederfand, schmolzen dahin und machten einer völlig neuen Herzlichkeit Platz. *Wenn wir das gewusst hätten!* Wie oft hörte er diesen Satz in jenen Tagen. *Wenn ich das auch nur geahnt hätte!* hörten sie nicht minder oft von Georg. Am Ende schien es ihnen, ihre Reise habe drei verletzte Seelen wieder zusammengebracht.

Auch hier fühle ich mein Leben heilen, Gott, wie macht mich das froh, sagte Georg und wusste nicht, ob er der Einzige wäre, der es hörte.

Er sprang auf und ließ sich im Bad kaltes Wasser über die Unterarme laufen, schlüpfte in seine Schuhe, zog seine Sommerweste an, in der Portemonnaie und Notizbuch Platz fanden, setzte seinen Sommerlenin auf und verließ Zimmer und Haus.

Im Park traf er nur Jogger, die, während er, alles neu in sein

Blickfeld aufnehmend, dahin schritt, angestrengte Runden um den Teich drehten. Man grüßte sich, nickte sich zumindest zu und verzog wenn möglich den Mund zu einem Lächeln. Einer der Unermüdlichen, ein Mittvierziger in eng anliegendem Joggingdress, schien so von seiner Musik gebannt, die ihm per Kopfhörer die Langeweile des Ewiggleichen vertrieb, dass er nicht bemerkte, wie er Georg jedes Mal aufs Neue grüßte, wenn er ihn überholte.

Er warf einen Blick ins Parkcafé und wünschte der Inhaberin einen Guten Tag. Sie kannten sich inzwischen ganz gut, da sie sich, wenn es der Nachmittagsbetrieb zuließ, mit Georg gern unterhielt, vor allem über seinen ungewöhnlichen Heilungsweg. Sie selber hatte einmal als Krankenschwester gearbeitet. Aber sowohl die Tische im Café als auch unter der großen Linde waren besetzt. Sie verabredeten sich für Mittwochnachmittag, wo erfahrungsgemäß wenige Gäste kamen.

Als er die Klinik betrat, entdeckte er hinter dem Tresen in der Anmeldung Post in seinem Fach. Er ging um den Tresen herum, nahm seinen Schlüssel vom Haken und zog den Brief aus der Öffnung. Er erkannte Arianes Handschrift. Sie musste ihm geschrieben haben, während er noch mit Anna und Bettina die alten Wanderwege im Osterzgebirge abschritt. Er ging hinaus in den Patientengarten, schlitzte mit dem Schlüssel das Kuvert auf und las.

Alles, was sie schrieb, klang gut. Aber durfte er diesen Schriftzeichen trauen? Er erinnerte sich, solche Briefe auch bei seinen letzten Aufenthalten in Vierwalden bekommen zu haben, während sich hinter seinem Rücken eine neue Beziehung zu entwickeln begann. Er wollte Ariane glauben, ihre Beteuerung, dies alles sei vorbei, ernst nehmen, aber er spürte, wie immer noch Misstrauen an ihm fraß.

Am nächsten Morgen saß er im Sprechzimmer Dr. Schocks. Der ließ sich berichten von Georgs Ergehen in den letzten Monaten, schaute ihm in die Augen, tastete seinen Bauch ab und befragte ihn nach dem seelischen Zustand, in dem er sich im Moment befinde.

Georg zögerte, besann sich dann aber und erzählte. Von wem, wenn nicht von diesem Mann, würde er hören, was er auch annehmen könnte! Er erzählte, wie schwer es ihm noch immer falle, in allen, auch in komplizierten Situationen, eine versteckte Chance zu erkennen. Seine Neigung, sich über Missliches zu ärgern und aufzuregen, selbst wenn sich später alles in Luft auflöste, seine Gewohnheit abzuwägen, was sich aus einer Kleinigkeit alles Bedrohliches ergeben könne, habe er noch nicht überwunden. Er arbeite zwar an sich, mache sich seine Reaktionsmuster bewusst, versuche auch, seine skeptische Grundhaltung mit positiven Gedanken zu verdrängen, gerate dann aber schnell wieder an seine Grenzen, zumal andere das Ihre dazu beisteuerten.

Nein, nein, bleiben Sie erst mal ganz bei sich, sagte Schock. Ihre Frau oder wer auch immer kann nicht dafür verantwortlich sein, wie Sie mit sich selber umgehen. Und das Wort *verdrängen* sollten Sie am besten ganz aus Ihrem Wortschatz streichen.

Georg berichtete, wie schlapp er sich in letzter Zeit manchmal gefühlt habe und dass ihm scheine, seine Energie reiche zur Bewältigung des Alltags manchmal nicht ganz aus.

Das klingt so, als gäbe es ein größeres Problem.

Georg schossen, ganz gegen seinen Willen, die Tränen in die Augen.

Ja, es gibt ein Problem, das heißt gab oder – er korrigierte sich noch einmal – gibt wohl doch noch ein Problem. Ariane.

Dr. Schock erhielt von Georg eine detaillierte Beschreibung seiner Gefühlszustände seit der Entdeckung auf Arianes Laptop.

Ruhig und aufmerksam hörte der Doktor zu, ohne ihn zu unterbrechen oder durch seine Mimik anzudeuten, was ihm dabei durch den Kopf ging.

Als Georg geendet hatte, sagte Schock: Das lastet natürlich schwer auf Ihnen. Allein schon die inneren Kämpfe, die Sie mit sich ausfechten, fressen viel Energie. Das kann nicht anders sein. Was sagen denn Ihre Gefühle im Blick auf die Zukunft?

Georg stöhnte: Das ist es ja gerade. Ich liebe meine Frau, deshalb hat es ja so geschmerzt. Ich glaube auch, ich habe sie noch nicht verloren. Im Zuge der Vorbereitungen zu meinem 65. sind wir uns wieder näher gekommen. Ich kann sie sogar ein bisschen verstehen. Aber immer, wenn ich denke, jetzt würde alles wieder wie vorher, kommen diese Bilder, die mich aufzehren.

Lieber Herr Weber, sagte Schock, das wird auch nicht geschehen. Es wird nicht wieder so werden wie vorher. Das ist übrigens bei allem so, was irgendwo passiert. Nichts wird wieder so wie vorher. Wenn Sie zusammenbleiben wollen, und alles klingt danach, müssen Sie sich öffnen für ein Danach. Irgendwann werden Sie auch das Vorher und das Danach definieren können. Jetzt ist nur wichtig, dass Sie sich nicht versteifen auf den Status quo ante. Es ist etwas passiert, was Ihr Miteinander geändert hat. Das muss aber keineswegs eine Änderung zum Schlechten sein. Ihre Beziehung reift auch durch den Konflikt. Versuchen Sie, nach und nach die Vorzüge dieser neuen Situation zu entdecken. Vielleicht werden Sie jetzt aufmerksamer miteinander umgehen, Störfelder eher und klarer ansprechen, dankbarer reagieren auf alles, was Sie haben. Wer weiß. Lassen Sie sich Zeit. Konflikte entstehen manchmal über lange Zeit, wie ein Karzinom, und ihre Lösung erfordert ebenfalls Zeit, wie eine Heilung.

Georg wusste, dass Schock wieder einmal den Punkt getroffen hatte.

Es fehlt mir an Gelassenheit, sagte Georg.

Na, dann machen Sie doch mal eine Reise in den Osten, antwortete Schock.

Das habe ich gerade gemacht. Ich war mit meinen Töchtern auf Spurensuche in unseren Vergangenheiten.

Und?

Das war wunderbar. Wir sind uns so nahe gekommen wie nie zuvor. An dieser Stelle scheint etwas geheilt zu sein.

Sehen Sie, das ist das Geheimnis des ganzheitlichen Verständnisses. Alles in und um uns hat Wirkungen. Langsam setzt sich das verlorene Mosaik Ihres Lebens wieder zusammen. Könnte man das so sagen?

Ja, bekräftigte Georg, das Mosaik ist ein mir vertrautes Bild. Aber ich glaube, mit der Reise nach Osten meinten Sie etwas anderes.

In der Tat. Nach allem, was ich von Ihnen weiß, haben Sie sich Ihr Leben lang mit dem Westen befasst, mit dem Denken der westlichen Welt, mit der Kultur des sogenannten Abendlandes. Ist das so?

Georg nickte.

Reisen Sie geistig doch mal etwas weiter in den Osten, nach China, nach Indien, Japan. Lernen Sie eine andere Art des Meditierens kennen, von den Buddhisten zum Beispiel oder von den Sufis. Auch in der jüdischen und arabischen Weisheit finden Sie schöne Texte und Übungen, um Gelassenheit zu lernen. Schauen Sie, was Sie am meisten anspricht. Sie haben noch viel Zeit, Ihrem Leben eine andere Richtung zu geben, wenn Sie glauben, die gegenwärtige führe Sie nicht zum Ziel.

Georg hatte genau zugehört, aber in seinem Gedächtnis nistete sich ein Satzteil ein, als habe Schock ein Urteil gesprochen: *Sie haben noch viel Zeit.*

An einem der nächsten Tage, Georg lag unter der Onkothermsonde und hing seinen Gedanken nach, schaute die Psychotherapeutin herein.

Hallo, Herr Weber, wie geht es Ihnen?

Danke, sagte Georg. Körperlich, muss ich sagen, fast ausgezeichnet. Seelisch, merke ich, ist noch allerhand zu tun.

Wollen Sie heute einmal bei mir hereinschauen? Ich habe zwischen drei und fünf Zeit.

Gern, sagte Georg. Um drei bin ich bei Ihnen.

Heute habe ich Liegetag, sagte er, als er ihr Sprechzimmer betrat. Erst liege ich auf meinem Wasserbett in der Onko, dann auf der Wiese im Patientengarten, dann auf meinem Bett zur Mittagsruhe und gleich auf Ihrer Couch.

Hauptsache, während Sie liegen, passiert etwas, meinte die Therapeutin.

Bisher war es meistens so, sagte Georg. Und was ich in meinem kleinen imaginären Rucksack mitbringe, schreit förmlich danach.

Dann packen Sie mal aus, sagte sie und legte ihren Block zurecht.

Georg berichtete, was ihn umtrieb und was er bereits vor Schock ausgebreitet hatte. Sie hörte aufmerksam zu, notierte hin und wieder etwas und nickte ihm ermunternd zu.

Georg wandte den Kopf zur Seite und schaute sie an.

Kennen Sie Märchen, fragte die Therapeutin.

Ja, sicher. An welches denken Sie?

Hans im Glück?

Ja, das kenne ich, oder besser, ich habe Erinnerungen. Ich habe es lange nicht gelesen.

Märchen, Herr Weber, sind ja eigentlich nicht für Kinder gedacht. In ihnen sind das Wissen und die Erfahrungen vieler

Generationen gesammelt. Ich glaube, es ist trotzdem richtig, dass man sie beizeiten Kindern erzählt, weil sie sich in ihrer Bildhaftigkeit jungen Menschen einprägen und deren Fantasie beflügeln. Den tieferen Sinn freilich entdecken sie erst später, wenn sie sich die alten Geschichten noch einmal vornehmen. Darauf verzichten die meisten leider und entziehen sich damit einer Fülle von Erkenntnissen, die sie weiterbringen könnten. Das Meiste, was wir uns als Erwachsene dank schwerer geistiger und seelischer Arbeit erworben zu haben glauben, ist in den Märchen schon vorhanden.

Ich weiß, sagte Georg, es gibt ja viele Versuche, Märchen zu deuten.

Das stimmt wohl, aber mit den Märchen ist es ähnlich wie mit den Träumen: Die besten Interpreten für unsere Träume sind wir selber. Und die treffendste Deutung für uns filtern wir selber aus den Märchen.

Und nun wollen Sie mir empfehlen, *Hans im Glück* einmal für mich zu deuten, stimmt's?

Richtig. Wenn Sie wollen, ziehen Sie sich nebenan in der Bibliothek Grimms Märchen, lesen Sie *Hans im Glück*, um Ihre Erinnerung aufzufrischen, und dann lesen Sie es noch einmal unter der Frage: Was will mir das Märchen hier und jetzt sagen? Wir könnten morgen um neun darüber sprechen. Wie ich im Therapieplan sehe, sind Sie da frei.

Okay, sagte Georg. Ich bin gespannt, was ich dabei herausfinde.

Nun setzen Sie sich nicht gleich wieder unter Erfolgsdruck, Herr Weber, mahnte die Psychotherapeutin. Lassen Sie kommen, was kommt.

Georg konnte es kaum erwarten, dass die Tür aufginge und die sympathische Stimme sagte: Guten Morgen, Herr Weber, bitte, treten Sie ein. Das Märchenbuch klemmte unter seinem Arm, der Kopf platzte vor Ideen.

Kommen Sie rein, Herr Weber, Sie sind ja ganz hippelig. Was ist denn mit Ihnen los?

Was soll schon los sein! Meine Hausaufgabe beschäftigt mich. Hier, dabei legte er das Buch auf den Tisch und klopfte mit dem Zeigefinger auf den Deckel, hier steht es.

Was steht da?

Alles. Ich glaube, hier steht alles, was ich brauche.

Das hört sich ja interessant an, sagte die Therapeutin. Erzählen Sie mal. Das Buch übrigens brauchen wir dazu nicht mehr. Wichtig ist nicht, was dort steht, sondern was Sie erkannt haben.

Georg nickte: Sie haben recht. Und jetzt verstehe ich auch, warum Sie sagten, Kindern erschlösse sich das Hintergründige, Untergründige noch nicht. Klar, ich habe diesen Hans früher immer für ziemlich dämlich gehalten. Wie kann man so einen miserablen Tausch machen, und das gleich mehrmals! Und sich das nachher auch noch schönreden! Hans, der Dumme, habe ich immer gedacht und das Märchen für lustig gehalten. Dabei ist es ein todernstes, nein, ein lebensernstes Märchen.

Na, dann legen Sie mal los. Sie nickte ihm zu, griff nach ihrem Drachengift, nahm einen Schluck und schaute ihn gespannt an, während ihre Hand mit der Tasse blind die Tischkante ertastete.

Die sieben Jahre stehen für die Zeit der Entfaltung. Das erste Jahr steht vielleicht für die ersten Lernerfahrungen, das zweite für das gezielte Lernen, Schule, Ausbildung, Studium oder so. Das dritte Jahr könnte die berufliche Entfaltung meinen, das Anwenden des Gelernten, das Geldverdienen. Das vierte Jahr ist vielleicht der Aufbau eines eigenen Zuhauses, Frau, Kinder, eigene Wohnung oder Hausbau. Das fünfte Jahr ist die Zeit der Zufriedenheit. Alles scheint erreicht zu sein. Man kann sich manches leisten, schafft sich schöne Dinge an, macht tolle Reisen, steigt in das Rad, das man im sechsten Jahr als Hamsterrad wahrnimmt, indem man zum Weitertreten verurteilt scheint und keine Chance sieht, auszusteigen. Das siebte Jahr dann ist die Krisenzeit, eine Zeit, die bestimmt ist von Unzufriedenheit, Angst, Krankheit, Beziehungsproblemen, Selbstmitleid, vergeblichen Ausbruchsversuchen, Verzweiflung. Jetzt kommt der Meister ins Spiel. Als ihm Hans offenbart, er wolle nach Hause zurückkehren, zu seiner Mutter, entlässt er ihn in die Freiheit. Die muss er sich aber erst noch verdienen. Das Gold, das er ihm mitgibt, ist vielleicht ein Bild für die Fülle all dessen, was er im Laufe seines Lebens erworben, angesammelt, angehäuft hat. Das drückt jetzt auf seine Schultern, sodass er den Kopf nicht frei hat. Da kommt ihm der Reiter sehr gelegen. Mit dem Pferd, Symbol für Schnelligkeit, will er gleich ein paar Lernstufen überspringen und landet im Graben. Die Kuh zwingt ihn zu langsamerer Gangart, enttäuscht aber seine Erwartung, sie könne es sein, die ihn künftig ernährt. Was ihn am Leben halten wird, ahnt er noch nicht. Das Schwein ist nur eine andere Variante dieses Irrtums. Immerhin geht es ihm mental jeweils besser, wenn er sich von einem Mehr an Besitz getrennt hat. Als er nur noch eine Gans mit sich trägt, ist ihm schon ganz leicht zumute. Bis hierhin finde ich das Märchen ziemlich konsequent. Aber jetzt kommt die Geschichte mit dem Schleifstein. Ich muss ehrlich sagen, damit kann ich nicht viel anfangen.

Die Therapeutin nickte und sagte: Bis hierhin haben Sie doch allerhand für sich herausgefunden. Finden Sie nicht? Und was die beiden Steine angeht, versuchen Sie das doch einmal von hinten her zu deuten.

Wie meinen Sie das?

Was passiert denn mit den beiden?

Sie fallen ins Wasser. Durch eine Unachtsamkeit, heißt es im Märchen. Mir kommt es fast so vor, als gäbe ihnen Hans absichtlich einen Schubs.

Na bitte. Vielleicht mussten es deshalb Steine sein. Hätte er die Gans in den Brunnen fallen lassen sollen?

Verstehe.

Und der Brunnen?

Ich denke, der Brunnen steht erst einmal für Tiefe, für Klarheit, dann aber auch für Veränderung, Verwandlung, vielleicht auch für Loslassen. Denn jetzt erst, als er nichts mehr hat, erkennt er, dass er alles hat und immer schon hatte, er kehrt zurück zu seiner Mutter, seinen Wurzeln, zu sich selber.

Gefällt mir, sagte die Therapeutin.

Aber ist denn meine Auslegung richtig? Das habe ich mir doch nur so ausgedacht.

Es gibt kein Richtig und Falsch, Herr Weber. Wenn Sie *Hans im Glück* so für sich deuten und in diesem Hans ein bisschen sich selber zu erkennen vermögen, dann wissen Sie, wie es weitergehen muss.

Georg lag – schon wieder – auf einer Pritsche im großen Behandlungszimmer. Die Schwester zapfte ihm Blut für eine Untersuchung ab und schloss die Procaininfusion an. Sie wollte eben die Tropfgeschwindigkeit einstellen, als Georg, der die Augen geschlossen hielt, laut *Plumps!* sagte.

Bitte? Ist was nicht in Ordnung, Herr Weber.

Alles in Ordnung, Schwesterchen. Ich habe bloß eben etwas in den Brunnen geschmissen.

In den Brunnen geschmissen? Manchmal sind Sie ein lustiger Vogel, sagte die Schwester und wandte sich kopfschüttelnd wieder ihrer Arbeit zu.

Vierwalden besaß, neben einladenden Cafés, ein paar verwunschene Lokale, die sich hinter der großen Schlossbrücke zu beiden Seiten der Mühr aneinanderreihten, teils von Wildem Wein oder Efeu überwuchert, teils unter Pergolen mit echtem Wein, dessen Trauben wie kleine Laternen über den Tischen baumelten. An einem dieser Tische saß Georg am Nachmittag seines letzten Tages in Vierwalden, um die Erkenntnisse seines zweiwöchigen Klinikaufenthalts in seinem Tagebuch zusammenzufassen, als sich ein Fremder ungebeten zu ihm setzte. Er schaute von seinem Heft auf und blickte in das hagere, freundliche Gesicht eines etwa Gleichaltrigen, der ein wenig zerzaust aussah. Der grauweiße Haarkranz zeigte noch die Kerbe, die sein Basecap hinterlassen hatte. Seine Schultern unter einem braungrauen Strickpullover hingen leicht nach vorn herab. Die knorrigen Finger seiner Pranken lagen, nachdem er seinen Rucksack auf dem Boden abgestellt hatte, ruhig nebeneinander auf der Tischplatte, ohne sich zu berühren. Er schaute Georg an, als sei er mit ihm verabredet: Na, Bruder, wie geht's?

Georg mochte weder plumpe Vertraulichkeit noch Aufdringlichkeiten jeder Art. Reflexartig verkroch er sich, wenn ihm jemand allzu direkt näherzukommen drohte, in seinen imaginären Schildkrötenpanzer, strafte den Angreifer mit einem missbilligenden Blick und schwieg, bis der aufgab. Anders diesmal. Zwar kannte er den Mann nicht und fühlte sich zunächst gestört, dann aber schien ihm hinter dessen Annäherungsversuch etwas hervorzulugen, dem er sich besser nicht entziehen sollte, das zumindest seine Neugier weckte.

Er klappte sein Heft zu, klemmte seinen Stift auf das Deckblatt und legte beides auf dem Tisch ab, als wolle er Gesprächsbereitschaft signalisieren. Danke, sagte er vorsichtig, es geht so. Und selber?

Jetzt lachte der andere: Mir? Mir kann es besser gar nicht gehen. Ich bin ein rundum zufriedener Mensch.

Zufrieden bin ich auch, sagte Georg, nur ... er griff nach seiner leeren Tasse und saugte den letzten Espressotropfen ein.

Nur?, insistierte der Fremde.

Ich bin nur eben ein bisschen krank und wäre zufriedener, hätte ich das überwunden, erklärte Georg.

Zufrieden, sagte der Fremde, ist eines der Worte, die man nicht steigern kann. Entweder ich bin zufrieden oder ich bin nicht zufrieden. Wie kann man zufriedener oder gar am zufriedensten sein?

Georg widersprach: Ich kann doch zum Beispiel zufriedener sein als der Mann da drüben, dabei zeigte er auf einen korpulenten Herrn, der beiden den Rücken zuwandte.

Ich meine nicht. Der Fremde schüttelte kaum merklich den Kopf. Vielleicht ist er auch zufrieden. Und vielleicht ist er unzufrieden. Zum Frieden kommen ist ein Ziel, das die meisten Menschen verfolgen, die einen bewusst, andere intuitiv. Haben sie ihren Frieden gefunden, sind sie zufrieden. Mehr geht nicht.

Das klingt sehr absolut, wandte Georg noch einmal ein, Sie mögen wohl solche einfachen, klaren Festlegungen.

Der Mann lächelte und stellte sich vor: Ich bin Günter. Wer miteinander über das Leben redet, braucht die Hürde der förmlichen Anrede nicht mehr. Einverstanden?

Georg zögerte, dann nickte er: Okay, ich bin Georg.

Nomen est omen, bemerkte Günter und nickte ihm zu. Dann fuhr er fort: Ich sage so etwas wie das mit der Zufriedenheit nicht, weil ich gern apodiktisch rede oder Behauptungen aufstelle. Das Leben hat mich gelehrt, Erkenntnisse sind in der Regel einfach und klar. Solange ich noch differenziere zwischen verschiedenen Möglichkeiten und Zuständen, steht die Erkenntnis erst noch bevor.

Georg musste an Peter Bräutigam denken, der gern sagte: *Alles, was du wirklich verstanden hast, kannst du auch einfach sagen*. Und er vermochte es auch.

Georg mochte das Gespräch nicht vertiefen, ehe er wusste, mit wem er es zu tun hätte und wie es zu dieser Begegnung käme. Er wechselte das Thema und fragte direkt: Günter – es fiel ihm noch schwer, den Fremden einfach zu duzen – was machst du hier in Vierwalden und wohin bist du unterwegs?

Günter lachte wieder: Das sieht man, dass ich nicht von hier bin, was? Na ja, wer mit einem Rucksack unterwegs ist, kann ja schon froh sein, wenn er nicht für einen Flaschensammler gehalten wird, wobei ich auch brüderlich für jeden Flaschensammler empfinde.

Und nun breitete er vor Georg eine Geschichte aus, die ihn in seinen Bann zog, dass ihm jedes Zeitgefühl abhandenkam.

Günter gehörte nicht zu den Menschen, die das Leben auf die leichte Schulter genommen hatte. Eher schien es, als sei ihm nahezu nichts erspart geblieben. Er stammte aus einem kleinen Dorf bei Erfurt, wo er bei Pflegeeltern aufwuchs. Seine Mutter, von einem russischen Soldaten geschwängert, hatte ihn zur Adoption freigegeben. Die Pflegeeltern, sparsame protestantische Bauern, verstanden unter Kinderliebe vor allem Strenge und Enthaltsamkeit. Sonntags trottete man zur Kirche. Zu Begräbnissen setzte sein Pflegevater einen Zylinder auf, den er in einem hohen, ovalen Karton auf dem Kleiderschrank aufbewahrte. Sein schwarzer Anzug wies bereits speckig glänzende Stellen an Ärmeln und Knopfleiste auf, ebenso an Knien und Gesäß. Es wurde viel gestorben in jener Zeit. Jeden Abend nach dem Abendbrot erfolgte eine lange, ermüdende Andacht, indem nach mehrfachen unterwürfigen Anreden Gottes der ganze Tag wiedererzählt wurde. Da kam der Acker genauso vor wie das Vieh auf dem Hof, Günters schlechte Zensuren (die guten weniger) und das jeweilige Geschick der Verwandtschaft, die zum größten Teil im Westen lebte und Weihnachten Kaffee und Rosinen schickte. Am Ende wurde jeweils um Vergebung gebeten, für alle bereits erkannten Sünden wie auch für die, die man vielleicht unwissentlich begangen hatte. Als die Bauern des Dorfes in die LPG gezwungen werden sollten, weigerten sich seine Eltern entschieden und beschimpften den Agitationstrupp, der das Dorf heimsuchte, Gott werde sie alle ihrer gerechten Strafe zuführen. Aber die meisten von ihnen machten vermutlich bald Karriere, während sich Günters Vater, als er keinen Ausweg mehr sah, kurzerhand in der Scheune erhängte. Die Familie wurde aufmerksam, als der Vater am Morgen nicht zum Frühstück erschien und der Hund nicht aufhörte, vor dem Scheunentor zu jaulen als ob Vollmond sei oder die Dorfsirene gehe. Günter erschrak, nahm den Verlust seines Pflegevaters aber eher als eine klaffende Leere wahr als dass er trauern konnte. Die Mutter weinte kurz, dann schimpfte sie nur noch, wie so ein frommer Mann Hand an sich legen könne und wie er ohne Abschied gehen könne und wie er die Familie und den Hof und das Vieh einfach so im Stich lassen könne und was er sich dabei gedacht habe, einfach abzuhauen, wo die LPG-Propagandisten es jetzt doch noch leichter hätten, das Land und den Hof und die Kühe und Schweine zu klauen. Sie ersparte sich den letzten Kampf, ging ins LPG-Büro und meldete ihren Beitritt an. Obwohl ihr jetzt mehr Zeit blieb, weil sie nur noch die Hühner und ein paar Enten zu versorgen hatte und als Mitglied der Gemüsebrigade zum ersten Mal geregelte Arbeitszeiten erlebte, blieb fortan der sonntägliche Kirchgang aus. Sie sprach auch nicht darüber, sie gönnte sich und Günter sonntags eine Stunde länger Schlaf, ein ausgiebigeres Frühstück, als es ihr Mann gutgeheißen hätte und mittags die *Lustigen Musikanten* im Deutschlandfunk. Was sein Vater zu streng gewesen sein mochte, war seine Mutter zu nachgiebig. Günter konnte fast alles durchsetzen, wonach ihm der Sinn stand. Wenn er eine Klassenarbeit schwänzen wollte, diktierte er ihr die Entschuldigung. Holten ihn seine Kumpels zum Tanzen ab, was in der Regel Saufen und Zugucken hieß, steckte sie ihm noch einen Zehner in die Tasche. Kam er betrunken nach Hause, wusch sie das Erbrochene aus seiner Kleidung oder Bettwäsche und sagte höchstens einmal: Übertreib's nicht. Mit der Zehnten ging Günter von der Schule, begann eine Gärtnerlehre, die er nach zwei Monaten abbrach, eine Lehre als Betonfacharbeiter nach einem Monat. Er musste das Internat in der Bezirksstadt verlassen, kam zurück in sein Dorf und traf auf seine alten Saufkumpane, die inzwischen als Ungelernte in der LPG arbeiteten und Wochenende auf Tour gingen, was so viel hieß wie das Einkommen, das nach Einheiten ausgezahlt wurde und nicht eben üppig ausfiel, aus dem großen Topf des Volkseigentums etwas aufzubessern. Manchmal stahlen sie bei der Bäuerlichen Handelsgenossenschaft Zement, den sie an Eigenheimbauer weiterverkauften, oder nahmen Buntmetall an sich, das auf den Sammelstellen gut bezahlt wurde. Ein halbes Jahr vor seinem siebzehnten Geburtstag stand er vor Gericht wegen Schädigung der sozialistischen Volkswirtschaft. Die Jugendstrafe bestand aus anderthalb Jahren Jugendwerkhof.

Das war das Schlimmste, sagte Günter, beugte sich zu seinem Rucksack hinab und entnahm ihm ein Band aus roten, grünen und gelben Fäden geflochten.

Hier, das habe ich im Werkhof gemacht, aus den restlichen Fäden meines Pullovers, mit dem ich nach meiner Einlieferung die Treppe wischen musste. Seitdem trage ich es mit mir, wo ich auch unterwegs bin.

Georg hätte ihn jetzt gern gefragt, auf welcher Reise er sich befinde, aber er mochte die Erzählung nicht unterbrechen, zumal er auf den weiteren Fortgang gespannt war, betrachtete das Band, nickte und schwieg.

Willst du noch mehr hören, fragte Günter und wartete die Antwort nicht ab. Ich sag dir, fuhr er fort, Werkhof – das war die Hölle. Hast du mal mit jemandem geredet, der dort war?

Georg verneinte.

Die meisten reden auch nicht darüber. Sie schämen sich, von den Demütigungen zu erzählen, die sie ertragen haben. Damit kann man nicht angeben. Da gab es keine Helden, nur Unterlegene. Anfangs habe ich auch geschwiegen. Als ich merkte, dass es mich krank macht, dieses ganze verkorkste und missglückte und beschwiegene Leben, bin ich zu einem Mann gegangen, dreimal darfst du raten, zu was für einem, der sich das alles anhören musste.

Einem Pfarrer, mutmaßte Georg.

So ähnlich. Zu einem Mönch bin ich gegangen. Wusstest du, dass es in der DDR ein paar aktive Klöster gab?

Marienstern bei Bautzen, sagte Georg. Und wahrscheinlich im Eichsfeld.

Genau. Ich aber stieß durch Zufall – heute weiß ich, dass es kein Zufall war, dass es überhaupt keine Zufälle gibt – auf ein Benediktinerkloster im Harz und dort auf einen wunderbaren alten Bruder. Der übrigens hat mir beigebracht, Menschen nur noch als Brüder und Schwestern zu sehen, sozusagen mit den Augen Jesu. Ich hab mir inzwischen angewöhnt, die Menschen nicht nur als Schwestern und Brüder zu sehen, sondern auch so anzusprechen. Die meisten wundern sich und glauben, ich hätte einen Knall. Aber wenn wir dann miteinander reden, verstehen sie oft, was ich will. Und du?

Was und du, fragte Georg zurück.

Was hast du gedacht, als ich dich mit Bruder ansprach? Hast du gedacht, der hat eine Meise?

Georg lachte: Nicht ganz so schlimm, aber ehrlich gesagt, ich dachte, ein extrem frommer Vogel.

Nicht übel. Günter lachte. Nach meiner pietistischen Erziehung und dem Tod meines Vaters habe ich erst mal eine Art Freiheit von allem gesucht, bis ich gemerkt habe, diese Freiheit hatte mich genauso im Schwitzkasten. Der Trichter ist mir noch im Werkhof aufgegangen, wo immer von der Freiheit draußen gesprochen wurde, die nichts anderes war als eine etwas längere Leine. Dieser Staat wollte keine Individuen, sondern Menschen mit kollektiven Reflexen, die immer nachmachen, was die Vorturner machen.

Also, nahm er den angefangenen Faden wieder auf, dieser Mönch, Bruder Anton, hat mir tagelang zugehört. Ich durfte eine Woche dort wohnen, bin auch mit zu ihren Gebetszeiten gegangen und hab mich eingehört in ihren kläglichen Gesang. Waren ja nur ein paar Männer. Und am Ende hat Bruder Anton gesagt: Mein lieber Bruder Günter, alles, was du mir erzählt hast, ist jetzt in dem großen Rucksack Gottes verschwunden. Deiner ist leer und leicht. Und jetzt pass auf, was du künftig hineinpackst und mit dir herumschleppen willst. *Dich* trägt allezeit die Liebe Gottes. Aber wenn dein Rucksack zu schwer wird, spürst du sie nicht mehr. Also pass auf! Gute Erfahrungen, alles, was du mit liebendem Herzen tust, wiegt in deinem Rucksack halb so schwer wie das, was dir schwere Gedanken macht oder dein Gewissen drückt. Wenn du dir jederzeit bewusst bist, dass das Prinzip dieser Welt die Liebe ist, schreitest du wie auf Federn.

Georg stellte sich vor, wie die vielleicht sechs oder acht alten Mönche zu ihren Gebetszeiten in die Klosterkapelle getrottet sein mögen.

Günter schien es erraten zu haben, als er hinzufügte: Im Geiste natürlich. Meine Mönche waren vor allem alte Männer und nicht mehr alle gut zu Fuß. Aber ihre Ausstrahlung gab ihnen recht. In allem, was sie dachten und sagten und taten, schienen sie von einer fröhlichen Leichtigkeit, dass ich mir wie ein Nilpferd vorkam. Und – sie verfügten über ein Gespür, wie ich es bisher nur bei Frauen kennengelernt habe.

Bei Frauen? Georg stutzte.

Du zweifelst daran? Zeig mir den Mann, der vor der Intuition einer wachen Frau bestehen kann.

Georg dachte an Genevieve und nickte.

Bist du sehr erfahren mit Frauen, wollte Georg wissen.

Wie man's nimmt. Ich mag von meinen Beziehungen und ihrem Scheitern im Moment nicht erzählen. Aber so viel wenigstens: Wenn ich eine Woche lang mit schwerem Kopf herumgestiegen bin und am Ende das Gefühl kriegte, jetzt hätte ich etwas Wichtiges für uns erkannt, konnte ich davon ausgehen, die entsprechende Frau hatte es schon vor einer Woche intuitiv gewusst. Und meine Mönche schienen eine ebenso wache Intuition zu haben. Wie beim Hasen und beim Igel, ich lief und lief und mühte mich und kämpfte, und wenn ich mich schweißgebadet am Ziel glaubte, lächelten sie mir schon wissend entgegen. Aber nie hochmütig, das muss ich sagen, liebevoll wissend.

Günter schaute Georg in die Augen und suchte zu erkunden, was er von all dem hielte.

Georg hielt dem Blick stand und sagte dann sehr langsam: Du bist ein reicher Mann. Jetzt interessiert mich eigentlich nur noch, wohin deine Reise geht.

Wenn ich das wüsste! Günter schien belustigt. Ich habe kein Ziel mehr, das ich erreichen müsste. Ich wohne in Brachsal und arbeite dort fünf Tage die Woche als Sozialhelfer in einem Heim, was natürlich kein Zufall ist. Als Einziger ohne eigene Familie habe ich mich auf eine Arbeitswoche von Sonntag bis Donnerstag eingelassen. An meinen freien Tagen schnappe ich mir meinen Rucksack und bin unterwegs, wandere, besuche mir unbekannte Orte, auch Kirchen und Klöster, manchmal sitze ich stundenlang an einem Flussufer oder auf einem Felsen und schaue, beobachte Schmetterlinge und Käfer, verfolge, wie sich die Farben verändern, wenn Wolken aufziehen oder die Sonne untergeht. Und manchmal male ich ein kleines Aquarell. Nach der gescheiterten Revolution von 1989 habe ich ein paar Auslandsreisen gemacht. Heute reicht mir, was ich hier habe. Alles für das Leben Wichtige ist hier zu finden, glaub mir.

Dann haben es die DDR-Fürsten also richtig gemacht, als sie ihr Volk einsperrten und den Großteil der Welt zur Gefahrenzone erklärten, provozierte Georg.

Günter lachte: Du weißt ganz genau, Brüderchen, dass ich das nicht sagen wollte. Um herauszufinden, dass wir alles um uns haben, was wir zum Leben brauchen, müssen wir unseren Lebensraum manchmal probeweise vertauschen, unser Land von außen sehen, unsere Art im Spiegel der anderen erleben – und erkennen, dass *wir* überall dieselben sind. Wenn wir dabei gelernt haben, über uns selber zu lachen, brauchen wir die Welt nicht mehr, wenn du verstehst, was ich meine.

Ich glaube schon, gab Georg zu. Aber was mich noch mehr interessiert, wieso redest du von einer gescheiterten Revolution von 1989?

Findest du nicht, dass das, was wie eine Revolution begann, sehr schnell auf den Polsterkissen der Wohlstandsgesellschaft eingeschlafen oder eingeschläfert worden ist? Die, gegen die wir aufgestanden sind, sind weg. Aber der Typ Mensch, der gern unterdrückt, sich bereichert, Menschen belügt und in die Irre führt, Macht nicht für, sondern gegen andere gebraucht, wächst immer wieder nach.

Das sehe ich auch so, sagte Georg, aber die gewonnene Freiheit hat doch ihren eigenen Wert, den wir nicht gering achten dürfen. Wir können etwas gegen die Umstände tun, ohne gleich verfolgt zu werden.

Und, unterbrach ihn Günter, tun wir etwas? Nein! Als es gefährlich war, sind wir auf die Straßen gegangen. Jetzt, wo wir's könnten, reden wir nur noch. Unsere angebliche Revolution hat keine neuen Werte hervorgebracht, geschweige denn ein neues Menschenbild. Und unsere gewonnene Freiheit hat sich aufgelöst in lauter Freiheiten: Reisefreiheit, Pressefreiheit, Meinungsfreiheit, Versammlungsfreiheit usw. Die Freiheit, aus der eine neue, menschlichere Gesellschaft geboren werden kann, haben wir nicht erkämpft.

Georg wurde es ungemütlich. Theoretisch schien ihm manches zutreffend, was Günter sagte, aber dann sah er ihn vor sich mit seinem Rucksack an einem Flussufer, wie er Schmetterlinge beobachtete, und er dachte, nach einem, der eine Revolution gern zu Ende bringen würde, sieht er mir auch nicht aus.

Würdest du denn ..., aber Günter nahm ihm das Wort aus dem Mund: Nein, ich würde mich an keiner Revolution mehr beteiligen wollen. Die einzige Revolution, die ich heute noch für sinnvoll halte, ist die Revolution in mir selber.

Georg hatte das Gefühl, die Sonne, die eben in einem weiten Bogen am Himmel entlang gezogen war, sei auf einmal glanzlos untergegangen.

Da unterscheiden wir uns wohl, sagte er. Was du die innere

Revolution nennst, fange ich gerade an, für mich zu entdecken. Aber ich kann mir nicht vorstellen, es dabei bewenden zu lassen. Im Moment habe ich weder Kraft noch Ideen für besonderes gesellschaftliches Engagement. Aber sollte ich noch einmal gesund werden, will ich schon meine Freiheit nutzen, mich an den nötigen Veränderungen zu beteiligen, etwas für mehr Gerechtigkeit und Wahrhaftigkeit zu tun.

Okay, sagte Günter und lächelte etwas säuerlich: Aber pass auf, dass dich nicht genau das wieder krank macht.

Er stand auf, bückte sich nach seinem Rucksack, warf ihn sich über die Schulter und sagte: Trotzdem schön, dass ich dich hier getroffen habe, Bruder Georg. Manche fahren bis ans Ende der Welt, um jemanden kennenzulernen, mit dem sie reden können, und ich finde so was hier. Danke für deine Zeit.

Er drehte sich um, ohne Georg die Hand zu reichen und verschwand um die Hausecke.

Georg sah auf die blanke Tischplatte vor sich und dachte: Tabula rasa. Und: Alles ist möglich, was gedacht werden kann.

In der Klinik erwartete ihn eine Überraschung, genau genommen zwei. Denn schon in der Eingangstür kam ihm eine Schwester entgegen und teilte ihm mit, der Chefarzt bitte ihn zu sich. Georg wollte wissen, ob es dafür einen besonderen Grund gebe. Aber die Schwester ließ sich keine Antwort entlocken. Stattdessen fügte sie hinzu: Ach ja, und dann wartet oben noch Besuch auf Sie.

Aber auch auf diese Bemerkung verweigerte sie nähere Auskünfte und verschwand lautlos in einem Behandlungsraum.

Die Tür zum Chefarztzimmer stand offen, Georg klopfte vorsichtig an und trat ein.

Da sind Sie ja, Herr Weber, sagte Dr. Schock, ich habe schon nach Ihnen gefahndet. Ich muss unser Abschlussgespräch vorziehen, da ich morgen für einen erkrankten Kollegen einspringe, der einen Vortrag auf dem Forum für Alternativmedizin in Frankfurt halten sollte.

Er zog ihn in sein Sprechzimmer, schloss die Tür, bat Georg Platz zu nehmen und setzte sich an seinen breiten Jugendstilschreibtisch. Er vergewisserte sich noch einmal auf dem Bildschirm seines Computers bestimmter Daten, ehe er sich Georg zuwandte und ihm berichtete, seine Werte seien mehr als zufriedenstellend. Die Tumormarker seien unauffällig, das Blutbild habe sich erheblich verbessert, die Anzahl weißer Blutkörperchen sei gestiegen, Hinweise auf Übersäuerung wie bei den ersten Klinikaufenthalten gebe es zurzeit nicht und die allgemeine Organleistung nach EAV sei nicht auffälliger als bei Patienten, die sich hier nur einem Bio-Check unterzögen. Er sei also vollauf zufrieden und optimistisch.

Ich glaube, wenn Sie sich an unsere Ernährungsempfehlungen und die vorgesehene Grundmedikation halten und wenn Sie mental an sich weiter arbeiten – Ihre Altlasten und potenziellen Störfelder sind Ihnen ja bewusst – reicht es, wenn wir uns in einem halben Jahr wieder sehen. Lernen Sie loszulassen, und haben Sie Geduld mit sich. Natürlich dürfen Sie auch schon früher zu uns kommen, sobald Sie das Gefühl haben, Sie brauchten unsere Hilfe. Sie wissen doch, er schaute Georg liebevoll an, wir freuen uns immer, Sie zu sehen.

Also – er stand auf, und Georg tat es ihm nach – ich wünsche Ihnen erkenntnisreiche Zeit, voller Liebe und Dankbarkeit. Ohne diese beiden verkümmern wir. Aber das wissen Sie ja.

Er drückte Georg kurz an sich und klopfte ihm sanft auf die Schulter. Und grüßen Sie Ihre Frau! Ich habe gehört, sie sei bereits im Hause.

Das also war die andere Überraschung. Georg hüpfte die Treppe hinab, dabei tonlos durch die Lippen pfeifend, bis er an der Tür zum Hof auf Schwester Mona traf. Er fiel ihr um den Hals und gab ihr einen Kuss auf die Wange.

Herr Weber, was ist denn mit Ihnen los? Sie sind ja ganz aus dem Häuschen.

Allerdings, jubelte Georg, allerdings. Schwesterchen, ich glaube, ich schaffe es.

Schwester Mona, die für Georg besondere Sympathie empfand und keine Gelegenheit ausließ, sich mit ihm in Schlagfertigkeit und sarkastischen Kommentaren zu messen, lächelte: Klar schaffen Sie es. Haben Sie je daran gezweifelt? Übrigens habe ich schon lange darauf gewartet, mal einen Kuss von Ihnen zu kriegen.

Wenn meine Werte so bleiben, kriegen Sie jedes Mal einen, versicherte Georg.

Unter diesen Aussichten bin ich bereit, weiterhin den Weberknecht zu spielen, versetzte Mona. Aber lassen Sie sich ja nicht einfallen, das mit allen Schwestern zu machen. Dann ist Ihre nächste Infusion tödlich.

Dann weiß ich wenigstens, an wen ich mich wenden kann, wenn meine Werte mal gefährlich absinken, lachte Georg und merkte im gleichen Augenblick, wie das Lachen in seiner Brust zu bitterem Ernst gerann.

Auch Schwester Mona kniff die Lippen zusammen. Dann aber kam sie ihm ganz nahe und flüsterte ihm ins Ohr: Tschüss, Georg Weber, ich freu mich schon aufs nächste Mal.

Im anderen Aufgang oben wartete Ariane.

Na endlich, stieß sie aus, als er im Türrahmen erschien. Ich warte schon seit zwei Stunden hier.

Georg ging auf sie zu, umarmte sie und sagte: Schön, dass du da bist. Ich komme gerade von Schock. Er meint, es geht aufwärts mit mir. Ich bin so froh.

Ariane drückte ihn ein Stück von sich weg, dass sie ihm in die Augen sehen konnte, und zog ihn wieder zu sich heran, dabei umklammerte sie ihn und ließ ihn lange nicht wieder los. Wie meist, wenn sie emotional bewegt war, schwieg sie.

Später lagen sie wortlos beieinander auf seinem Bett, ohne die Schuhe auszuziehen. Die Bettwäsche geht sowieso heute noch ab, war sein Kommentar. Er streichelte ihre Wangen und dachte: Wie schön wäre es, bliebe mir so viel Lebenszeit, mich selber annehmen und lieben zu lernen und so diese eigenwillige und besondere Frau noch einmal lieben zu können.

In den folgenden Wochen schien es Ariane, als schliche Georg gedankenverloren umher. Mal fand sie ihn grübelnd in seinem grünen Ledersessel, die Schiebetür zu seinem Arbeitszimmer geschlossen. Mal saß er an seinem Schreibtisch, die Augen starr auf den Garten gerichtet, von Zeit zu Zeit etwas auf ein Papier kritzelnd.

Sie wusste aus Jahren mühsamen Aneinandergewöhnens, es gab Phasen, in denen er sich mehr nach innen kehrte und keinen an seiner Gedankenwelt teilhaben ließ. Früher intervenierte sie oft, schalt ihn einen Eigenbrötler, forderte ihn barsch heraus, wenigstens ein Stichwort preiszugeben oder platzte mit einem Anliegen in seine Verschlossenheit, das ihn jäh aus seinem stummen Monolog riss, wobei sie den Vorwurf mangelnder Sensibilität und Rücksichtnahme riskierte. Irgendwann beschloss sie für sich, diese Momente der Abwesenheit zu tolerieren oder eher zu ignorieren. Nur wenn es über Stunden währte, der gerade noch fröhlich verplante Sonntag zu verstreichen drohte, ohne dass er seinen Teil der Absprache einzulösen gedachte, knallte sie forsch mitten in seine Gedankenwelt und drohte, besönne er sich nicht sofort eines Besseren, allein irgendwohin zu fahren und so schnell nicht wiederzukommen. Das half meist, Georg in die Realität zurückzuholen. Manchmal schob sie auch, nach leisem Klopfen, einen Zettel unter der Tür hindurch: *Wenn du nicht sofort kommst, fahr ich los!* oder noch entschiedener: *Tschüss, das Abendbrot findest du im Kühlschrank*. In der Regel konnte sie mit seinem schnellen und nicht einmal mürrischen Erscheinen rechnen; denn diese Momente der Versunkenheit galten nicht ihr, waren nicht Ausdruck der Missachtung, eher einer verzweifelten Suche nach dem Ende oder besser dem Anfang des Fadens, der die Ereignisse seines Lebens nachvollziehbar miteinander verband.

Mit seiner Erkrankung waren diese Rückzüge Georgs zunächst seltener geworden. Er glaubte einen Zusammenhang zwischen seiner Grübelei, seiner Introvertiertheit, seiner Gewissenserforschung und seinem Krebs erkannt zu haben, sprach manchmal sogar von Gedanken- und Seelenknoten als Vorbild eines Tumors. Umso besorgter nahm Ariane wahr, wie Georg scheinbar in sein altes Muster zurückfiel. Darauf angesprochen, beruhigte er sie, sie brauche sich keinerlei Sorgen zu machen, diesmal gehe es nicht um pathogene Grübelei, er suche vielmehr herauszufinden, wie er es schaffen könne, sich selber anzunehmen wie er sei, vielleicht sogar zu lieben.

Machst du das nicht immer schon, fragte Ariane, nicht frei von Ironie.

Ich glaube nicht, sagte Georg kurz und trocken. Ich bin vielleicht egozentrisch gewesen, habe den Eindruck erweckt, als sei ich mir immer am wichtigsten. Aber in Wahrheit habe ich ein Phantom geliebt, nicht mich. Ich habe den geliebt, der ich gern sein wollte, habe Leute imitiert, von denen ich angetan war und habe geglaubt, meine vorgeschobenen Wichtigkeiten wären der Beweis, dass ich mir selber wichtig bin. Aber der, der dabei herausgekommen ist, der bin ich nicht. Je mehr ich die Phasen meines Lebens zu durchschauen beginne, desto mehr wird mir bewusst, wie fremd ich mir noch bin. Verstehst du?

Ariane nickte nicht gerade überzeugend.

Und Georg fuhr fort: Ich habe das Gefühl, ich müsste eine Milchglasscheibe zerschlagen, um mich zu sehen, wie ich wirklich bin. Und erst wenn ich das erlebe, werde ich Ja zu mir sagen können und mich vielleicht lieben. Und dich auch.

Mich auch? Hast du mich denn nie geliebt?

Was mich mit dir verbindet, habe ich immer für Liebe gehalten. Aber vielleicht habe ich in dir nur das Bild geliebt, das ich mir von dir gemacht habe. Vielleicht hast du das sogar unbewusst gespürt, als du ... nein, das Thema gehört jetzt nicht hierher.

Ariane verstand und schwieg.

Mach dir also keine Sorgen, Ariane, dass ich wieder in mein altes Grübeln verfiele. Was ich im Moment suche, scheint mir sehr existenziell und lohnend. Mir ist, als hätte ich es schon in petto, so wie ein Wort, das einem auf der Zunge liegt, das nur noch ein bisschen Zeit braucht, ehe es ausgesprochen werden kann.

Herr Weber, fragte an einem dieser Tage ein Herr von Klewenow, Rotarier aus Hamburg, am Telefon, dürfte ich Sie zu einem Vortrag über *Die friedliche Revolution in der DDR* zu uns einladen?

Ich halte keine Vorträge mehr, antwortete Georg knapp. Vielleicht haben Sie Glück, wenn Sie sich an meinen Nachfolger wenden. Er gab dem Herrn die Telefonnummer und verabschiedete sich.

Kaum hatte er den Hörer aufgelegt, klopfte sich Georg auf die Schulter und sagte: Klasse! Und so wirst du das jetzt immer machen, wenn jemand etwas will, was du nicht willst. Als er an dem Spiegel auf dem Korridor vorbeikam, schaute er in sein Gesicht und zwinkerte sich zu.

Georg, ich bin stolz auf dich, sagte er zu sich. Dein ganzes Leben lang hast du immer gemacht, was andere von dir wollten, mal mit Spaß, mal mit Unlust, mal mit Widerwillen. Künftig machen wir das so.

Und er sah, wie das Spiegelbild die Augen zusammenkniff und ihm verschwörerisch zunickte.

Und dass ich nicht mal ein kleines *Es tut mir leid* gelogen habe, ist völlig in Ordnung.

Georg ging in sein Zimmer und streifte an den Bücherregalen entlang, musterte die Buchrücken und stellte fest, viele von ihnen hatte er bisher erst zweimal in der Hand gehabt, beim Kauf und beim Einsortieren in das Bücherregal. Das sollte sich jetzt ändern. Lesen würde er in seiner gewonnenen und soeben erfolgreich verteidigten freien Zeit, malen würde er, nicht nur mit Öl oder Acryl wie bisher, er würde seine Blockade überwinden und sich die Grundlagen der Aquarellmalerei aneignen, auch grafische Versuche zu wagen verspürte er Lust, und an Menschen würde er sich heranwagen. Und, wie geplant, würde er sich endlich einmal systematisch durch seine umfangreiche CD-Sammlung durcharbeiten.

Systematisch? Warum systematisch, fragte er sich. Kommt da schon wieder der alte Pedant zum Vorschein. Nein, nicht systematisch, nach Bedarf und Stimmungslage würde er vorgehen. Und durcharbeiten? Um Gottes willen, dachte er, was ist mein

Kopf doch noch immer verbaut von Pflicht und Pensum. Durchhören natürlich, nicht durcharbeiten, auflegen, abbrechen, wiederholen, laut stellen, das Haus erbeben lassen, oder *doucement* als Begleitmusik beim Lesen oder Malen.

Und schreiben würde er, Gedichte vielleicht, wie damals in der zehnten und elften Klasse, als er nicht wusste wohin mit seinen unerwiderten Gefühlen für fremde Frauen.

Er zog ein Buch aus der Bücherwand: *Heinrich Heine's Sämmtliche Werke Ausgabe in 12 Bänden Neunter Band Buch der Lieder Hamburg Hoffmann und Campe 1876*. Er schlug es wahllos auf und traf auf Seite 49 auf eines der *Fresko-Sonette an Christian S(ethe)*.

Im Hirn spukt mir ein Märchen wunderfein,
Und in dem Märchen klingt ein feines Lied,
Und in dem Liede lebt und webt und blüht
Ein wunderschönes zartes Mägdelein.

Und in dem Mägdlein wohnt ein Herzchen klein,
Doch in dem Herzchen keine Liebe glüht;
In dieses lieblos frostige Gemüth
Kam Hochmuth nur und Übermuth hinein.

Hörst du, wie mir im Kopf das Märchen klinget?
Und wie das Liedchen summet ernst und schaurig?
Und wie das Mägdlein kichert, leise, leise?

Ich fürchte nur, daß mir der Kopf zerspringet, –
Und ach! Da wär's doch gar entsetzlich traurig,
Käm' der Verstand mir aus dem alten Gleise.

Warum fiel mir eben Ariane ein?

Georg schlug lächelnd das Buch zu und stellte es an seinen Platz.

Ob ich meine neue Zimmerlesereise ausgerechnet mit Heines *Buch der Lieder* beginnen werde, lasse ich mal noch offen, sagte er zu sich, obgleich er sich der Anziehungskraft dieser Bilder nicht ganz entziehen konnte. Immer wieder klang es in ihm: *Im Hirn spukt mir ein Märchen wunderfein.*

Märchen, sagte er halblaut. Er erinnerte sich an den überfüllten Hörsaal 210, wo Peter Bräutigam Woche für Woche seine Märchenvorlesung für Hörer aller Fakultäten hielt. Damals schreckte er nicht davor zurück, seines mageren Stipendiums wegen sich Geld von einem Dresdener Freund zu leihen, um sich die jeweils neuesten Märchenbücher aus dem Artia-Verlag zu kaufen, die Reihe der Volksmärchen zu vervollständigen und für unterwegs sich mit den weitaus billigeren Reclam-Ausgaben von Märchen einzudecken. Er zog ein dünnes Büchlein aus der Märchenreihe: *Vom Blumenlager der Prinzessin Tschandrawati.* Georg ließ sich in seinen grünen Ledersessel fallen und las ein Märchen, in dem ein durch und durch verblödeter Radscha den Baumeister eines Hauses hängen lassen will, das von vier Dieben geplündert wurde, weil einer von ihnen beim Einsturz einer Wand ums Leben kam. Da aber dessen Hals so dünn war, dass er aus der Schlinge herausrutschte, gab der Radscha den Befehl, irgendeinen zu suchen, dessen Hals in die Schlinge passte. Am Ende ist er es selber, der – auf eigenen Befehl sozusagen – am Galgen hängt.

Das kenne ich doch, murmelte Georg vor sich hin. Woher bloß? Habe ich das Heft doch schon einmal in der Hand gehabt, hat mir das jemand erzählt? Ich weiß noch, dass ich damals dachte: Ach wäre es doch immer so – Blödheit hängt sich selber!

Georg lachte. Das gefällt mir, 24 Stunden Zeit in meiner Hand. Ich bin es, der sie aufteilt, einteilt, nutzt, verschwendet, genießt, wegwirft, füllt, dehnt, verstreichen lässt, zählt, verschenkt ... Hauptsache, ich mache etwas damit. Jede Stunde, sobald sie abgelaufen ist, ist fort, unwiederbringlich. Klack! Auch wenn ich eine oder zwei Stunden vergammle, trödle, ich will es bewusst, wissend tun. Ich will das Konzept in der Hand behalten, bis es mir aus der Hand genommen wird. Und jetzt lese ich! Er schob das Reclambändchen an seinen Platz zurück und griff sich ein anderes Buch: *André Maurois, Prometheus oder Das Leben Balzacs.* Die Seiten klebten noch aneinander.

Es klingelte. Die Post. Wenn es gegen 10 Uhr klingelte, war es in der Regel die Postfrau, weil sie eine Unterschrift für ein Päckchen benötigte. Aber diesmal irrte er. Strahlend, ihn anzutreffen, standen zwei Mittvierziger vor der Tür, die er vor Jahrzehnten einmal konfirmiert haben sollte.

Wir sind gerade auf der Durchreise, sagten sie, da dachten wir, wir sollten mal bei Ihnen vorbeischauen, wo wir uns solange nicht gesehen haben.

Georg verspürte Unwillen über den ungebetenen Besuch und zögerte einen Moment. Dann sagte er ganz freundlich, aber entschieden: Wenn Ihr meine Adresse herausbekommen habt, hättet Ihr auch meine Telefonnummer herausbekommen können. Nehmt mir's nicht übel, aber ich fühle mich von euch überfallen. Mein Tag ist verplant. Überflüssigerweise fügte er noch ironisch hinzu: Ihr wolltet ja sowieso nur *vorbei*schauen.

Erschrocken schauten sich die beiden an, nickten betreten und stammelten, ehe sie sich umwandten, vielleicht kämen sie ja ein andermal gelegener.

Nachdem Georg die Tür geschlossen hatte, atmete er tief

durch. War das unfair? Hätte er die beiden hereinbitten sollen? Schließlich hatte er doch selber mit seinem für alle geöffneten Pfarrhaus den Eindruck erweckt, man könne nie ungelegen kommen. Sabine hielt es ihm heute noch vor, und seine beiden Töchter hätten nicht weniger Grund dazu. Gastlichkeit galt als eine der Haupttugenden protestantischer Pfarrhäuser. Er, der sein Elternhaus darin noch zu übertreffen suchte, wusste inzwischen aber auch um den Preis, den er dafür zahlen musste. Die Freiheit der eigenen Entscheidung wiegt nicht geringer.

Nein, sagte eine Stimme fest und entschieden in ihm, das war völlig okay. Es handelte sich nicht um einen Notfall, wo er hätte aushelfen müssen. Die beiden haben drei Jahrzehnte keinen Kontakt gesucht, warum also heute? Es wäre eine quälende Stunde geworden, mit Klatsch und überflüssigen Erinnerungen wahrscheinlich. Er hätte sie sogar nach ihren Namen fragen müssen.

Georg ging in die Küche und stellte seine kleine steinerne Espressotasse unter den Automaten. Das Geräusch der integrierten Kaffeemühle wurde zu Musik in seinen Ohren, und der Duft gemahlener Bohnen brachte ihn auf den Gedanken, seinen neuen Umgang mit der Zeit im Tagebuch festzuhalten.

Die Sonne hatte an diesem Morgen beschlossen, alle Lichtabhängigen hart auf die Probe zu stellen. Dicke, tiefgraue Wolken hingen knapp über den Wipfeln. Nieselregen ging lautlos auf das kaum bewegte Laubwerk nieder. Wer keine Uhr sah, konnte die Tageszeit nur erraten. So ein Tag, an dem Georg früher missmutig und deprimiert aus dem Bett fand, verträumt in seine Sachen stieg und sein Frühstück ohne Geschmacksempfindung hinunterschluckte. Damals mussten die Lautsprecher in seinem Auto auf dem Weg zur Arbeit die vermissten Lebensgeister wecken, mit Bach natürlich, *2. Brandenburgisches Konzert* oder

3. Orchester-Suite. Das *Air* über konnte er sich auf die gleich wieder einsetzenden Trompetenklänge freuen. Bog er, die Bach'schen Harmonien im Ohr, auf den Parkplatz der Landesstelle ein, wusste er seine Alltagstauglichkeit wieder hergestellt. Seinen Mitarbeitern kam ein umgänglicher und verständnisvoller Chef entgegen.

Jetzt lag er mit angestellten Beinen auf der Couch, den Blick in die Trübnis gerichtet, die alles Leuchten in seinem Garten verschluckt zu haben schien. Eine Kerze auf dem ovalen Couchtisch verlieh diesem Morgen etwas Adventliches.

Ich leide ja gar nicht, stellte Georg mit Verwunderung fest, weder an meinem Symptom noch an dem Depriwetter noch unter Mangel an Bedeutsamkeit. Im Gegenteil, mein Symptom verhält sich seit Wochen seltsam ruhig, das Wetter spielt sich da draußen, *vor* dem Fenster ab, und keine Vorträge mehr zu halten, sich nicht mehr in allgemeine Diskussionen einzumischen oder mit irgendwelchen wichtigen Wichten zusammenzutreffen gleicht eher einer großen Erleichterung. Endlich kann ich tun, was ich wirklich will.

Theoretisch hätte er das schon seit vielen Monaten gekonnt. Aber um tun zu können, was man will, muss man erst einmal wissen, was man will. In diesem Moment wollte er nur genießen, auch das, was sich da draußen abspielte und eine passende Kulisse zu seiner neu empfundenen häuslichen Geborgenheit abgab.

Ich muss ja nicht raus, sagte er sich immer wieder, ich darf die Pflanzen meines Gartens, die ich so gern im Sonnenlicht betrachte, bei der Nahrungsaufnahme beobachten.

In diesem Moment, als wolle einer dem Sinnen Nachdruck verleihen und zöge – wie beim Lichtenhainer Wasserfall – an einem Strick, um das angestaute Wasser in einem Schwall freizugeben, fielen die Wolken des Himmels über seinen Garten her und begruben ihn unter ihrer Fracht, dass ihm für lange Minuten der Blick vernebelt wurde, als schaute er einen 3D-Film ohne Brille an.

Jetzt eine passende Musik, sagte er, die das Tosen da draußen in Klänge fasst. Er stand auf und lief an seinem CD-Regal entlang, mit spitzem Blick Komponisten und Werke auf dem Rücken der Cover entziffernd. Wagner! Er blieb stehen und zog ein Dreierpack aus der Reihe. *Overtüren und Orchestermusik aus Wagners Opern.* Georg mochte Wagner nicht. Ein Opernerlebnis mit vierzehn im Großen Haus in Dresden musste sein Interesse nachhaltig geschädigt haben. Er saß in einer der ersten Reihen und ließ mit wachsendem Unbehagen *Die Walküre* über sich ergehen. Als er nach Stunden ohrenbetäubenden Lärms, wie er sich zu erinnern meinte, die Oper verließ, schwor er sich: Nie wieder Wagner. Es war nicht zu vermeiden, in späteren Jahrzehnten immer mal wieder auf Wagner zu stoßen. Aber grundsätzlich änderte sich nichts an seiner Abneigung, erst recht nicht nach der Lektüre einer Wagnerbiografie. Er konnte sich ereifern, wenn er im Fernsehen Kanzler, Parteivorsitzende und Wirtschaftsgrößen in erlesener Garderobe zum Bayreuther Festspielhaus wallfahrten sah, um einem musikalischen Narzissten zu huldigen. Wagner schien die anzuziehen, die sich gern selber in Szene setzten. Warum traf man dieselben nicht zur Eröffnung der Leipziger Bachwoche, der Dresdner Schütz-Tage, der Händelfestspiele in Halle oder oder oder? Während Georg die CD mit der Parsival-Overtüre einlegte, stellte er sich den kleinen Opernfürsten im Purpurmantel auf einem Thron vor, herablassend lächelnd, dass einer seiner geschworenen Gegner freiwillig und ohne konkreten Anlass das Ohr seinen romantischen Klangorgien zu leihen gedachte. Was Georg aber zu hören bekam, ging eher still daher. Er stutzte, kaum dass er wieder auf seiner Couch lag. Das kannte er doch. Eine schlichte, aber unverwechselbare Tonfolge, Georg aus seiner Chorzeit vertraut, von Bläsern vorgetragen und variiert. Nun fiel es ihm wieder ein: Das *Dresdner Amen*! Du schreckst auch vor nichts zurück, dachte Georg, um deine Feinde für dich zu gewinnen. Der nächste Titel aus dem Ring erfüllte dann eher seine Erwartungen, als sich orchestrales Furioso und Instrumentengewitter zu einem grandiosen Spuk verbanden, den Georg wie ein gewaltiges Höllenspektakel lächelnd genoss. Wann hatte er sich je so etwas gegönnt!

Als Georg erwachte, hingen nur noch vereinzelte weiße Federwölkchen an einem sonnig-blauen Himmel. Das Blattwerk vor seinem Fenster zeigte sich frisch gewaschen und zog ihn magisch ins Freie. Nie hätte er für möglich gehalten, bei Krachmachern wie Bruckner oder Wagner einschlafen zu können. Er stand auf, legte die nur zu einem ungewissen Teil bewusst gehörte CD in die Hülle, schob sie in die Reihe zurück und riss das Fenster auf. Er schlüpfte in seine Pantoletten und nahm den Weg über die Terrasse in den Garten, wo noch das Wasser auf Blättern und Blütenkelchen glitzerte.

Was für ein Tag, rief er, was für ein Tag!

An einem dieser Tage fiel ihm Günter wieder ein, der Wanderer, der so schnell wieder im Nichts verschwunden schien, wie er gekommen war, und der doch neben Fremdheit auch etwas Vertrautes in Georgs Gefühlserinnerung hinterlassen hatte. Er kannte seinen Nachnamen nicht, wusste nicht, wo er wohnte und würde jetzt gern den abrupt zerschnittenen Gesprächsfaden neu knüpfen. Dann besann er sich, von Lilo einmal gehört zu haben, Engel seien die Menschen, die uns im richtigen Moment am richtigen Ort das sagten oder gäben, was wir wirklich brauchten. Sie kämen ungerufen und verschwänden, wenn wir dran wären, das Unsere zu tun. Vielleicht war Günter so ein Engel, der in Georg nur etwas anstoßen wollte, das seine Entwicklung voranbrächte. Er rief sich jene Begegnung in Vierwalden in Erinnerung. Was ihn an dem Fremden faszinierte, war die Leichtigkeit, mit der er sich in seiner Gedankenwelt bewegte, dazu die Klarheit seiner Entschlüsse. Er lebte das Unterwegssein. Georg war auch sein Leben lang unterwegs, ihn aber zog weniger die Einheit von individueller Existenz und kosmischer Bestimmung, ihn trieb mehr die Unruhe, kein Zuhause zu wissen. Jetzt war er am Zug, den richtigen Stein auf das richtige Feld zu platzieren, um irgendwann die Kräfte, die ihm noch immer den Weg versperrten, matt zu setzen. Es würde ein Spiel gegen sich selber werden. Er war es, der sich im Wege stand. Und er wäre es, der sich zum Engel werden müsste.

Warum nicht, dachte Georg, sich selber zum Engel werden? Wenn es jeder wirklich gut mit sich selber meinte, würde dann nicht jeder auch mit jedem anderen gut umgehen müssen?

Angenommen, ich machte mich geistig auf die Reise, wo finge ich an? Was müsste ich als Erstes erkunden, um das notwendig Folgende zu finden? Kann ich überhaupt das Unbekannte planen, von dem ich mir Heilendes für Geist und Seele erhoffe?

Georg muss sechs oder sieben sein, da packt er eines Morgens, während seine Mutter beim Bäcker ansteht, seinen kleinen Rucksack, ein Weihnachtsgeschenk von Tante Vero. Im Fliegenschrank der Speisekammer findet er ein Stück Speck, in der Brotkiste einen Kanten Schwarzbrot. Ein Apfel strahlt ihn an, der muss auch mit, dazu sein neues Taschenmesser, das er zum Geburtstag bekommen hat, zwar nur mit einer Klinge, aber in einer Lederhülle. Es sind Ferien. Barbara schläft noch. Georg ist Frühaufsteher. Er legt einen Zettel in die Küche: *Liebe Mutti, bin wandern. Schorschi.*

Er wagt sich nicht, den Kirchweg zu nehmen, auf dem ihm seine Mutter entgegenkommen könnte, geht die Schildenstraße hinauf, überquert die Stalinstraße und nimmt den Weg zur Baumwiese. Zweimal muss er sich ducken, als er bei Dr. Kleinstück vorbeikommt, dem *Amamus*-Mann, der ihm und seiner Schwester Latein beizubringen versucht, und den langen Weg am Grundstück von Frau Fuchs vorbei. Frau Fuchs hat braune Haut und schwarze Härchen auf der Oberlippe und große Hände mit rissigen, immer etwas schmutzigen Fingern. Sie züchtet Biber in großen steinernen Becken. Sie kommt oft zu seiner Mutter und erzählt ihr von ihrer bösen Schwester. Wenn sie ihn entdeckte, sie würde ihn gleich zurückbringen. Aber Georg gelingt es, sich unbemerkt vorbeizuschleichen. Es folgt ein Stück Wald, ehe er zu der Straße gelangt, die von Dresden nach Moritzburg führt. Er wendet sich nach links und strampelt tapfer bergan. Mit seinem Vater ist er die Strecke schon manchmal gegangen. Meist hat der ihn auf seinen Schultern zurückgetragen. Georg ist groß genug, den Weg allein zu schaffen. Ein Polizeiauto kommt vorbei. Auf dem steilen Berg können sie nicht anhalten, tröstet er sich. Als es später zurückkommt, ist er bereits kurz vor Wahnsdorf und kann sich rechtzeitig hinter einem Busch verstecken.

Die Allee nach Moritzburg, hat sein Vater erzählt, hätte August der Starke in einer Nacht bepflanzen lassen. Heute stehen zu beiden Seiten riesige Bäume, Kastanien vielleicht. Kurz vor Moritzburg biegt er in einen Feldweg ein, von dem er nicht weiß, wohin er führt. Er möchte den Ort selber meiden, wo eine Tante lebt, die seine Eltern anrufen könnte. Er weiß nicht, dass sie gar kein Telefon besitzt.

Als er an einen großen Feldstein kommt, auf dem zwei gelbe Striche zu sehen sind, macht er Rast. Er setzt sich auf den Stein und packt seinen Proviant aus. Schwarzbrot mit Speck, es gibt nichts Köstlicheres! Im Feld stehen zwei Rehe. Er lässt sich von ihnen so wenig stören wie umgekehrt. Es ist absolut still ringsum. Und auf einmal bemächtigt sich seiner ein Gefühl von Freiheit, wie er es noch nie erlebt hat. Niemand da, der *Georg* oder *Schorschi* ruft, niemand, der etwas von ihm will, keine fordernde Mutter, keine zänkische Schwester, kein zorniger Vater. Für einen Moment ist die Welt völlig in Ordnung und er mit ihr. So müsste es immer sein, denkt er. Warum darf ich nicht irgendetwas einfach machen wie andere auch?

Aber schon mit diesem Gedanken schiebt sich eine Wolke vor den eben noch wolkenlosen Himmel. Er hat nicht gefragt, ob er allein loswandern dürfe. Seine Mutter werde sich Sorgen machen. Sie könnte den Vater im Kirchenamt anrufen, der würde die Polizei verständigen. Vielleicht haben sie ihn schon gesucht, als sie ihm mit dem Auto entgegenkamen. Und wenn nicht, eine Strafe gäbe es bestimmt. Hausarrest, kein Karl-May-Park, kein Besuch bei den Indianern, kein Rollschuhlaufen auf der Hölderlinstraße zwei, wie der Teil der Straße genannt wird, der nicht aus Schlaglöchern besteht. Vielleicht würde ihn sein Vater auch schlagen, auf den Po, und sagen: *Damit* – Schlag! – *du* – Schlag! – *dir* – Schlag! – *das* – Schlag! – *merkst!* – Drei Schläge! Und er würde schreien, damit Hagedorns im Obergeschoss hören, was er für einen bösen Vater hat.

Den Apfel isst er, als er sich schon auf dem Heimweg befindet. Bergab geht es schneller. Barbara hat eben das Mittagsgeschirr in die Küche gebracht, als seine Mutter hört, wie das Schloss der Wohnungstür zuschnappt.

Da bist du ja, mein Ausreißer, ruft sie.

Dummerweise ist sein Vater zu Mittag nach Hause gekommen. Er tritt auf die Diele und verpasst ihm eine Ohrfeige.

Damit du dir das merkst, sagt er.

Als Ariane nach einem langen Tag mit nervigen Beratungen über neue Vorhaben bei knappen Kassen heimkehrte, fand sie Georg vergnügt und entspannt in seinem grünen Sessel vor. Er gönnte sich gerade sein abendliches Glas Rotwein und lud sie dazu ein.

Ariane, begann er, ich habe einen Barolo geköpft. Ahnst du warum? Nein, du ahnst es nicht, wie solltest du auch. Du Ärmste musst ja den ganzen Tag ...

Ach, Georg, unterbrach sie ihn, mach's kurz. Ich bin völlig erledigt.

Eben deshalb, sagte Georg, sollst du mir ja Gesellschaft leisten. Ich hol dir ein Glas.

Georg stand auf und Ariane ließ sich in seinen Sessel fallen.

Zurückkommend zog er seinen Schreibtischstuhl zu ihr heran und schenkte ihr ein.

Worauf, fragte sie?

Auf dich, auf mich, auf unsere Zukunft, auf meine Heilung, auf dein Museum, auf meine Kinder, auf unsere Freunde, auf die Ärzte von Vierwalden, auf Günter!

Auf Günter?

Du erinnerst dich, erklärte Georg, die Café-Bekanntschaft von Vierwalden. Ich hab dir erzählt.

Und wie kommst du heute ausgerechnet auf den?

Weil er mich angeregt hat zu einem Abenteuer mit mir selbst.

Mach es nicht so spannend, drängte Ariane.

Also gut, Ariane, ich werde den Jacobsweg gehen.

Du? Den Jacobsweg? Ariane tippte mit dem Mittelfinger an ihre Stirn. Spinnst du? Du bist krank!

Ich bin nicht krank, berichtigte Georg, ich habe über lange Zeit mein Heil aus den Augen verloren. Das ist etwas anderes,

Ariane lenkte ein: So kann man es auch nennen. Aber trotzdem wirst du das niemals schaffen.

Sag nicht niemals. Georg setzte sich aufrecht und verkündete ihr seine Vorstellung. Ich muss ja nicht gleich nach Santiago de Compostela durchmarschieren, es gibt ja Etappen, und niemand schreibt mir vor, wann ich wie weit gehen muss.

Und warum willst du das? Ariane schien es noch immer für einen Spleen zu halten.

Weil ich herausfinden will, ob der Weg mich auf meinen Weg bringt. Ob ich jemals in Santiago ankomme und den ganzen Erlösungsrummel miterlebe oder nicht, ist mir ziemlich egal. Ich will erst mal losgehen, einen der vielen Wege, von denen jeder ...

Nimm mir's nicht übel, Georg, unterbrach ihn Ariane, die sich in Stilbrüchen nicht weniger auskannte als er, aber mein Weg führt jetzt erst mal ins Bett. Ich bin todmüde. Kannst du mir das nicht später erzählen. Du wirst ja nicht gleich morgen aufbrechen. Danke für den Wein.

Sie drückte Georg im Vorbeigehen einen Kuss auf die Stirn und verließ sein Zimmer.

Ein Glas, hatte Dr. Schock gesagt, ein Glas pro Abend, nicht mehr. Er goss sich ein zweites Glas ein und trank auf das Wohl des Menschen, der bereit wäre, seine augenblickliche Beseeltheit mit ihm zu teilen. Ariane war es nicht.

In den folgenden Wochen gab es für Georg nur ein Thema: St. Jakob. Er recherchierte im Internet, las, was ihm zu diesem

Thema in die Finger kam und sann, wie man eine solche Reise wohl vorbereitete. Müsste er sich einen neuen Rucksack kaufen? Was nähme man mit? Was müsste man unbedingt wissen.

Wie er feststellte, konnte man von nahezu überall losgehen. Es gab Wege aus Schweden, Norwegen, Dänemark und Polen, die durch Deutschland nach Santiago führten.

Gott, dachte er, wenn wir gewusst hätten, dass auch die DDR von Jacobswegen durchzogen war, was hätten wir uns nicht alles einfallen lassen, um einen davon bis zu Ende zu gehen. Mancher knochenharte Atheist wäre dafür streng katholisch geworden, Hauptsache raus. Inzwischen waren ihn manche gegangen. Er wunderte sich, wer aus seinem Umfeld alles davon wusste. Man sprach nicht groß darüber. Vielleicht hing es damit zusammen, dass diese Pilgerreise – wenn man der eigentlichen Intention des Jacobsweges folgte – zum persönlichsten und intimsten Erlebnis wurde. Wer seinen Pilgerweg vermarkten muss, hat den eigentlichen möglicherweise noch vor sich.

Am meisten reizte ihn der Baltisch-Westfälische Jakobsweg, ein Pilgerweg, der im polnischen Swinemünde einsetzt und über Norddeutschland bis Münster führt, um dort mit anderen zu verschmelzen oder sich in andere aufzuteilen. Georg glaubte, sich in der Nähe von Ostsee und Nordsee, in der ebenen norddeutschen Landschaft mit dem großen, weiten Himmel, am ehesten finden zu können. Es gefiel ihm auch, diesen Weg im katholischen Polen zu beginnen, wo er als Protestant ein Fremdling war.

Hollerding, den er bei einem Spaziergang nach Mankow traf, borgte ihm seinen Pilgerführer, der detailliert und liebevoll die Strecke beschrieb und der darüber hinaus viele nützliche Hinweise enthielt, zugleich aber den spirituellen Charakter des Pilgerns mit kleinen Texten aus verschiedenen Religionen unterstrich.

Der Pedant in Georg meldete sich wieder zu Wort: Du musst eine Liste alles Notwendigen anfertigen, damit du das Gewicht deines Rucksacks abschätzen kannst. Schließlich musst du ihn tragen, Tag für Tag.

Georg war es gewöhnt, vor Reisen detaillierte Mitnahmelisten zu erstellen, auf denen Kleidung, Kosmetika, technisches Gerät, Schreibutensilien, Malzeug, Lesestoff, Dokumente und Sonstiges genau aufgeführt wurden. Ariane mochte ihrem Spott freien Lauf lassen, spätestens am Zielort, wenn ihr bewusst wurde, was sie alles vergessen hatte, erwies sich die Überlegenheit seiner Methode. Denn Georg strich jeden Gegenstand einzeln ab, der in seinem Koffer verschwand. Und da er sich für das Mitnahmeverzeichnis Zeit ließ, vermisste er am Zielort nichts. Bedauerte er im Urlaub doch einmal, nicht noch ein drittes Buch mitgenommen zu haben, dann höchstens, weil er infolge schlechten Wetters die beiden anderen ausgelesen hatte.

Der Autor seines Pilgerführers schien über eine ähnlich pedantische Neigung zu verfügen. Er beschrieb anhand einer genauen Aufstellung, die sowohl wechselnde Witterungsverhältnisse als auch sonstige menschliche Bedürfnisse berücksichtigte, was er für unverzichtbar und was er für entbehrlich hielt. Georg mochte sich derartiger Selbstbeschränkung nicht beugen. Wie schwer hundert Gramm werden können, wenn sie lange genug auf den Schultern lasten, ahnte er nicht.

Er beschlagnahmte soeben den Wohnzimmertisch für seine materielle Reisebegleitschaft, als unverhofft Ariane eintrat.

Waaas? Das alles willst du mitnehmen, rief sie.

Guten Tag, erst einmal, antwortete Georg gereizt. Wird es dein Rucksack oder meiner?

Entschuldige nur bitte, reagierte Ariane spitz, aber glaubst du denn, in deinem Zustand kannst du über Tage, vielleicht Wochen, vielleicht Monate das alles mit dir herumschleppen? Oder hast du einen Träger à la Safari engagiert für eine Expedition St. Jacques?

Was sollen immer wieder diese Anspielungen auf meinen Zustand, empörte sich Georg.

Ariane hielt ihm entgegen: Wie du es auch immer nennst, du bist nicht gesund. Manche werden sich sowieso fragen, ob du übergeschnappt bist, wenn sie von deinem Plan hören. Mit Pankreas-CA auf dem Jacobsweg!

Ich muss mich keinem gegenüber erklären, sagte Georg leise, aber wer es wirklich wissen will: Ich habe ein Symptom, das mich in eine neue Phase meines Lebens führen soll, in ein neues Bewusstsein, eine neue Wahrnehmung. Der Jacobsweg soll für mich kein bloßes Abenteuer werden, sondern eine Art spiritueller Therapie.

Entschuldige, Georg, und diesmal meinte es Ariane so, wie sie es sagte, ich mache mir doch nur Sorgen um dich. Und ich habe Angst um dich. Was, wenn du unterwegs nicht mehr kannst und niemand in der Nähe ist, der dir helfen kann?

Ariane, sagte Georg, erst einmal bin ich vor allem in Deutschland unterwegs und habe ein Handy dabei. Ich fühle mich gut, und ich kann meine Reise jederzeit abbrechen. Vielleicht kommt es auch ganz anders, und der Weg gibt mir die Kraft, die ich brauche, um ihn zu gehen.

Ich will dich ja nicht aufhalten. Was du tun musst, musst du tun. Aber – Ariane betrachtete die Stapel von Gegenständen, die Georg seinem Rucksack einzuverleiben gedachte – vielleicht kann ich dir helfen, das richtige Maß zu finden.

Okay, sagte Georg, das klingt schon ganz anders.

Und – Ariane blickte ihm direkt und forschend in die Augen – wirst du wiederkommen?

Georg schwieg, lange. Dann sagte er: Ich werde wiederkommen. Ob ich dann aber noch der bin, den du verabschiedet hast, weiß ich nicht. Ich will es nicht hoffen.

Hauptsache, ich erkenne dich wieder.

Am Rucksack, Ariane, vielleicht am Rucksack.

Die Sonne steht hoch am Himmel. Kein Luftzug ist zu spüren. Georg steht auf dem Bahnsteig. Der Rucksack lehnt an seinen Beinen. Er schaut nach links und rechts, um den Ausgang zur Stadtmitte auszumachen. Von rechts stürmt eine Gruppe Jugendlicher in kurzen Hosen auf die Bahn zu, andere folgen gemessenen Schrittes. Świnoujście ist Endstation. Bald wird der Zug nach Deutschland zurückfahren.

Immer noch unglaublich, dass es zwischen Deutschland und Polen eine offene Grenze gibt, an der man nicht einmal den Ausweis zeigen muss, denkt Georg.

Kaum dreißig Jahre her, dass ihm ein SED-Funktionär erklärte, die Polen seien ein renitentes und undankbares Volk. Obgleich ihr Land nur an befreundete Staaten grenze, die Sowjetunion, die ČSSR und die DDR, die den Polen Zugang zu den Früchten ihres Fleißes ermöglichten, versuche eine einflussreiche konterrevolutionär-katholische Bande, das Land aus dem Bruderbund herauszubrechen und sich dem feindlichen Lager anzubiedern. Auf Georgs Rückfrage, ob diese Freundschaft durch den Hitler-Stalin-Pakt nicht eine schwere Hypothek mit sich herumschleppe, die bis heute nicht kommuniziert worden sei, nannte er ihn einen Sympathisanten der *Solidarność -Ganoven*. Er solle sich künftig gut überlegen, was er sage.

Jetzt steht Georg auf dem unüberdachten Bahnhof einer polnischen Stadt, hört neben sich deutsche und polnische Wortfetzen und denkt: Das also ist der Ausgangspunkt einer Reise, deren letztes Ziel ich nicht kenne, die mir aber helfen wird, mich selber besser kennenzulernen.

Er entscheidet sich, nach rechts zu gehen, von wo die meisten Leute strömen. Er schultert seinen Rucksack, schließt vor seiner Brust und in Gürtelhöhe die Schnallen und stiefelt los, und das im wahrsten Wortsinn, denn Ariane hat ihn überredet, trotz der sommerlichen Wärme seine hohen Wanderschuhe anzuziehen. Sein Pilgerführer enthält eine exakte Beschreibung des Weges zur Kirche *Muttergottes Meeresstern*, sodass er sie kaum verfehlen kann. Umso größer ist seine Enttäuschung, einen dunklen neugotischen Kirchenraum vorzufinden, der in ihm kein andächtiges Gefühl aufkommen lassen will. Wieder fällt ihm Hermann van Veens Geschichte von Gottes Kirchenbesuch ein. Er säße jetzt auch lieber in der Sonne und ließe sich für seine Reise von einem vorüberkommenden Wanderer segnen. Doch er hat sich vorgenommen, den Priester oder Dechanten abzupassen, der mit dem Sendungsritual vertraut ist und ihm den ersten Stempel in seinen Pilgerausweis drücken wird. Aber der Dechant lässt sich nicht blicken, und auch im Nachbarhaus, das den Eindruck macht, als gehöre es zur Kirche, meldet sich auf sein Klingeln hin niemand. Eine alte Dame in froschgrünem Kleid und mit frischer grau-blauer Dauerwelle, die die Kirche betritt, versteht offenbar seine Frage nicht und antwortet immerfort: *Maria das ist*, wobei sie ihr hart gesprochenes Maria auf der ersten Silbe betont.

Irgendwie ist es Georg auch recht, sich auf diese Weise in die Mittagssonne entlassen zu wissen. Er setzt seinen Rucksack wieder auf, stülpt seinen Lenin über den Schädel und geht los, wie sein Pilgerführer empfiehlt.

Er hat noch keinen Kilometer zurückgelegt auf der langen Straße, die aus Swinemünde irgendwann herausführen soll, als er einen stechenden Schmerz in beiden Knien wahrnimmt.

Nein, nicht das noch, stöhnt Georg. Er kennt diesen Schmerz von einer Wanderung mit Ariane durch die Sächsische Schweiz, wo sich dieser allerdings erst am letzten Tag einer anspruchsvollen Wanderwoche einstellte. Das ständige Auf und Ab hatte ihre ungeübten Kniegelenke über die Maßen beansprucht, zumal sie meinten, Wanderstöcke seien etwas für alte Leute.

Er öffnet die Schnallen, lässt den Rucksack von der Schulter gleiten und entnimmt ihm die beiden ineinander geschobenen Stöcke, um sie auf die passende Höhe zu ziehen. Sie sollen ihm auf seinem weiteren Weg zu unentbehrlichen Begleitern werden.

Zweiter Versuch, sagt er, und nun langsamer, selbst wenn ich mein Etappenziel nicht erreichen sollte. Ich muss es lernen, meinen Ehrgeiz aufzugeben. Ich will doch auch schauen, hören, riechen, mich wundern und freuen und nicht wie ein abgehetzter Marathonläufer irgendwann verschwitzt in ein fremdes Bett fallen.

Hinter Neubaublöcken, wie er sie aus der DDR kennt, muss er links abbiegen, eine Kleingartenanlage rechts liegen lassen, und schon bald befindet er sich an der polnisch-deutschen Grenze.

Georg muss lachen: Das also ist übrig geblieben von der stolzen Staatsgrenze zweier sich misstrauender Bruderländer? Was hier die beiden Staaten noch trennt, ist nicht mehr als ein dürftiges Bächlein, was sie verbindet aber eine solide, hölzerne Brücke. Auf polnischer Seite steht ein rot-weißer Grenzpfosten. Der schwarz-rot-goldene auf deutscher Seite, den sein Pilgerführer zeigt, existiert bereits nicht mehr. Drei, vier, acht Schritte – und da steht er schon wieder auf deutschem Boden.

Und? Was ist das, so ein Grenzübertritt, fragt sich Georg. Nach wochenlangen Auslandsaufenthalten mag er vielleicht Heimatgefühle auslösen, ein Gefühl von Ankommen. Für einen, der am selben Tag die eigentlich nicht vorhandene Grenze zweimal in entgegengesetzter Richtung passiert, ist jedes Pathos unangebracht. Und dennoch scheint es Georg, als verändere sich etwas in seiner Gefühlslage.

Er denkt nach und kommt zu dem Schluss, das Zurücklassen des Fremden müsse es sein, das ihn erleichtere. Die Sprachsicherheit diesseits der Grenze, das Vertrauen in die gesicherten Kommunikationsstrukturen reduziert das Abenteuerliche. Dabei kann er sich gar nicht sicher sein, ob im Ernstfall auf polnischer Seite nicht ebenso schnell Hilfe zur Hand wäre oder auf dieser Seite der Grenze diese gerade unterbliebe.

Er dreht sich um und schaut nach Polen zurück, wissend, dass er diesen Blick so schnell nicht wieder sehen wird. Seine Reise geht in die andere Richtung, nach Westen.

Kamminke, ein kleiner Ort mit einer Gaststätte, die einen Lammbraten verspricht, auf den Georg großen Appetit verspürt. An der Tür: *Ruhetag*. Man hat wohl vergessen, den verlockenden Auszug aus der Speisekarte von der Tafel zu wischen. Es soll nicht das letzte ungehaltene Versprechen auf seiner Reise bleiben. Er tröstet sich damit, ein echter Jacobspilger müsse seine Reise nicht gleich mit Lammbraten beginnen. Das wäre eher ein Zielessen. Außerdem befinden sich neben der Wasserflasche noch eine Banane und ein belegtes Brot im Rucksack. Das steht einem Pilger besser an. Er schaut an sich hinab und nimmt Violettas Jacobsmuschel wahr, die er am Hals trägt. Früher hätte er sich geschämt, als ausgewiesener Pilger solch vordergründigen Begierden zu erliegen. Heute verzeiht er sich das.

Wärst du zu einer Städtereise nach Swinemünde aufgebrochen und genössest die grenznahe Landschaft an einem sonnigen Ferientag, wäre deine Enttäuschung über das falsche Versprechen begründet, sagt er sich. Du, Pilger Georg, wirst jetzt stattdessen auf den Golm steigen, wo neben deutschen Soldaten Tausende Opfer des amerikanischen Luftangriffs auf Swinemünde beigesetzt sind. Das scheint eines Pilgers würdiger und angemessener. Für ein bescheidenes Rucksackmahl danach ist ja gesorgt.

Gedankenschwer kehrt er auf seinen Pilgerweg zurück, der jetzt durch Wiesen und Felder führt, ehe vor einem Waldstück eine gelbe, auf einen Stein gemalte Jacobsmuschel verrät, er müsse rechts abbiegen und den Sandweg in den Wald nehmen. Ein Hase scheint nicht auf ihn gefasst zu sein, stellt seine Löffel auf, als Georg schon knapp hinter ihm steht und fliegt in hohen Sprüngen davon. Die Sonne wirft helle Strahlenbündel durch das Geäst und versieht die von einer Grasnarbe getrennten Spuren im Sand mit einem scheckigen Muster.

Wer sich mit dem Auto einer Ortschaft nähert, wird durch Ortseingangsschilder, Hinweise auf Sehenswürdigkeiten, Veranstaltungen und Gottesdienste empfangen. Wer pilgert, nähert sich auf Schleichwegen, kommt sozusagen von hinten, sodass es geschehen kann, man gelangt zu einem Marktplatz oder einer Kirche, ohne zu wissen, wo man sich befindet, ob bereits am Zielort, der die ersehnte Herberge verheißt, oder fünf weitere und schwerer werdende Kilometer davon entfernt.

Georg betritt eine kleine, schmucklose Kirche, auf einem Hügel gelegen. Die Tür steht weit offen. Dumpfer, feuchter Geruch empfängt ihn. Es verlockt ihn keineswegs, auf deren kalten, steilen Bänken Platz zu nehmen oder gar zu meditieren. Das Leben findet draußen statt, auch das spirituelle, scheint ihm. Er sucht nach einem Gesangbuch, dessen Kirchenstempel ihm verrät, wo er sich befindet. Aber auch ein solches ist in dem muffig-kahlen Raum nicht vorhanden. Er muss an den Lammbraten denken.

Erst als er wieder blinzelnd in der Sonne steht und aufatmet, seinen Rucksack nur halb über die Schulter geworfen, entdeckt er schräg gegenüber ein stattliches Backsteingebäude und an dessen Tor ein Schild mit der Aufschrift *Pilgerherberge*. Die großen Buchstaben kann er von der Kirche her lesen.

Ein Seufzer der Erleichterung entfährt ihm. Dann also bin ich für heute am Ziel, sagt er und will kraftvoll das einstige Pfarrhaus auf der anderen Straßenseite ansteuern, als er spürt, wie wenig seine Beine dem inneren Befehl gehorchen wollen.

Gleich, gleich könnt ihr euch ausruhen, murmelt er zu ihnen hinab und überquert die Straße. Er hat sich telefonisch angemeldet. Da er aber noch vor der Zeit eintrifft, muss er auf die zuständige Küsterin warten. Er setzt sich in die Nachmittagssonne auf eine Bank neben dem Eingang und schließt die Augen.

So also geht pilgern, denkt er. Und das 3400 Kilometer bis Santiago de Compostela? Mal sehen, entweder laufe ich mich ein und kann nicht mehr aufhören – oder ich gebe irgendwann auf, weil der Körper nicht mehr kann oder der Kopf nicht mehr will. Kommen lassen.

Sie sind Herr Weber? Eine freundliche Frauenstimme holt ihn in die Gegenwart zurück. Vor ihm steht eine Frau mittleren Alters mit einem Schlüssel in der Hand. Ich hoffe, Sie mussten nicht lange warten. Aber jetzt können Sie ja gleich ausspannen. Für diese Nacht gehört die ganze Scheune Ihnen. Sie öffnet eine Tür im Nebengebäude, und Georg befindet sich in einem nahezu komfortabel eingerichteten Freizeitheim. Die Frau zeigt ihm den Schlafraum, mit richtigen Betten und richtigen Kopfkissen. Auch ein Bad mit Dusche und eine kleine Küche stehen ihm zur Verfügung sowie ein freundlicher, fast gemütlicher Aufenthaltsraum. Das Beste aber: Von diesem führt eine Tür auf die Terrasse mit einem gewaltigen hölzernen Tisch und entsprechend robusten Bänken – und das alles in Richtung Westen gelegen. Georg wird einen windstillen Abend vor der Kulisse der untergehenden Sonne genießen und – wenn es so mild bleibt – die halbe Nacht bei Kerzenschein im Freien verbringen.

Er besorgt sich im einzigen Einkaufsladen des Örtchens das Nötigste für die nächsten beiden Mahlzeiten und richtet sich auf der Terrasse ein, indem er den gepolsterten Schaukelstuhl aus dem Aufenthaltsraum herauszerrt. Hinter einem Drahtzaun, wenige Meter von ihm entfernt, strecken ihm zwei Schafe ihre Köpfe neugierig entgegen. Entsprechend seiner Gewohnheit, fängt er an, mit ihnen zu reden und fühlt sich, da sie nicht widersprechen, verstanden.

Georg kann sich nicht erinnern, wann er das letzte Mal so tief geschlafen hat. Er erwacht an einem milchigen Morgen, alles vor seinem Fenster sieht verhangen aus wie an manchen Tagen, die erst mit der steigenden Sonne ihre Pracht entfalten. Die Luft ist frisch, aber nicht kühl. Er deckt sein spärliches Morgenmahl im Freien auf und nimmt, noch im Nachtzeug, Platz an dem dicken Holztisch, der jetzt im Schatten liegt. Die beiden Schafe trotten herbei und holen sich ihre Begrüßung ab. Georg breitet die Arme und ruft: Danke. Danke der unendlichen Liebe, die mich durch mein Leben trägt, danke dem unendlichen Geist, der meinen Tagen Sinn gibt, danke der unendlichen Ordnung, die alles wieder seiner Bestimmung zuführt, danke der unendlichen Lebenskraft, die mich mit Energie und Lebenslust ausstattet.

Ein Kanon fällt ihm ein, den er oft mit seiner Gemeinde gesungen hat: *Der Himmel geht über allen auf, auf alle über, über allen auf...* Zur Verwunderung der Schafe, seiner einzigen Zeugen, beginnt er laut zu singen.

Später, das Dorf mag schon eine Stunde hinter ihm liegen, stimmt er erneut den Kanon an, scheitert aber bei dem Versuch, seine Beine dazu im Takt zu bewegen. Er verstummt wieder. Sein Weg streift Dörfer, deren Namen man sich nicht merken muss, wenn man nicht gerade einen Menschen dort kennt, der einem wichtig ist. In einem Dorf bleibt er vor dem einstigen Stellwerk stehen, das gründlich saniert wirkt. Eine Frau, die sich im Vorgärtchen zu schaffen macht, erzählt ihm, seitdem die Eisenbahnstrecke tot ist, leben hier das ganze Jahr über Feriengäste. Wasser und Wald gibt es ja reichlich und Kultur auch.

Kultur auch, will Georg wissen.

Ja, wenn Sie links um die Ecke gehen, stoßen Sie direkt auf die Zweirad-Ausstellung und ein DDR-Museum.

Georg stöhnt innerlich. Von Prora und Malchow über Berlin bis Radebeul und Chemnitz kennt er DDR-Museen unterschiedlichster Ansprüche. Die einen bestehen aus wilden Sammlungen von allem Möglichen, andere zeigen vierzig Jahre DDR-Geschichte anhand ausgewählter Exponate mit knappen, hilfreichen Erklärungen, andere wieder spezialisieren sich auf DDR-Design, auf Gebrauchsgegenstände oder militärische Hinterlassenschaften. Die meisten von ihnen entbehren einer gewissen Komik nicht. Wenn Georg ein solches Museum betritt, fühlt er sich meistens irgendwie ertappt, als müsse er sich im Nachhinein schämen, in einem Land, in dem das alles einmal normal war, zu Hause gewesen zu sein.

Er bleibt vor dem Zeitungskiosk am Eingang des Museums stehen, einem DDR-typischen, sich nach unten hin verjüngenden Glaskasten, aus dem ihn die Kargheit der gut zensierten, inzwischen aber bis zur Unkenntlichkeit verblichenen Presseerzeugnisse des Arbeiter- und Bauernstaates anschreit.

Georg beschließt, auf den Kulturgenuss zu verzichten. Allenfalls einen Espresso würde er sich gönnen, nähmen ihm das mehr als verbrauchte Inventar – Ambiente möchte er es nicht nennen –, der penetrante Pommes-Geruch und der dampfende Bockwurstsieder nicht jegliche Lust, sich auf einem der graugrünen *Plastestühle* niederzulassen.

Er kehrt zurück auf seinen ausgewiesenen Jacobsweg, den er mehr als am Vortag mit allerlei Getier teilt, mit geschäftigen Käfern und großen schwarzen Ameisen, blitzschnellen Eidechsen und Mäusen, mit orange und weiß geränderten und braun gefleckten Schmetterlingen, hüpfenden Vögeln, einer Blindschleiche. Kommen sie heute erst aus ihren Verstecken, oder nehmen seine Augen jetzt mehr wahr als zuvor? In einem Hohlweg läuft ein Reh vor ihm her, lange, wie ihm scheint. Irgendwann bleibt es stehen, wittert, dreht sich nach ihm um und springt davon. Dabei rutscht es mit einem der Hinterläufe in einer Lache aus, dass es beinahe strauchelt, fängt sich aber schnell wieder. Georg denkt, das hätte auch mir passieren können.

Später sitzt er an einem Rastplatz mit freiem Blick auf das Stettiner Haff.

Wie wenig ich doch brauche, um glücklich zu sein, denkt er. Er zieht sein Notizbüchlein aus der Seitentasche des Rucksacks. Er schlägt es auf und muss feststellen, eine halbe Seite bleibt ihm noch, dann ist es voll.

Es ist nicht viel, schreibt er, *was man zum Leben braucht: Dankbarkeit, Vertrauen, ein waches Wahrnehmungsvermögen und gutes Schuhwerk.*

Da gäbe es aber noch einiges mehr, meldet sich eine Stimme in seinem Inneren: Freunde zum Beispiel, Liebe, Erotik, Blumen, Bücher, Musik, Ölfarben, Reisen, Espresso, dunkle Schokolade. Hatte ich Musik schon gesagt? Bach, das Ostinato seines Lebens! Ohne Bach geht gar nichts! Und Rotwein. Gutes Essen, Lammbraten zum Beispiel mit Knoblauch und Rosmarin und grüne Bohnen dazu.

Schluss jetzt!, beendet er diesen Monolog. Ich werde doch nicht schon am zweiten Tag halluzinieren! Es geht mir sehr gut ohne das Meiste davon. Und wie lange ich wessen nicht bedarf, werde ich am Ende wissen. Bis dahin will ich einiges, von dem ich glaubte, es sei unverzichtbar, auf den Brunnenrand legen. Sollte ich es dabei versehentlich hineinschmeißen, werde ich *Plumps* sagen. Mehr nicht.

Als er den nächsten Ort erreicht, empfängt ihn das Mittagsgeläut einer kleinen, kompakten neugotischen Kirche, deren Innenraum mit einer Glaswand geteilt und geschmackvoll modernisiert ist. Ein Schild fordert dazu auf, etwas in das Gästebuch zu schreiben. Aber da ist keines. Lammbraten, denkt er wieder.

Kaum dass er aus dem Schatten tritt, prasselt die Mittagssonne schonungslos auf seinen Lenin nieder. Der Ort macht Siesta. Nichts Lebendiges weit und breit. Im nahen Schloss gibt es ein Café, das hausgebackenen Kuchen verspricht. Der aber befindet sich noch in der Röhre, Georg kann ihn durch die Scheibe sehen. Ein Mensch, der ihm vorzeitig ein Stück davon abschnitte und einen Espresso zauberte, findet sich auch hier nicht.

Ja, mein Lieber, sagt er sich, das gehört zum Pilgern, die Entbehrung, das Loslassen überflüssiger Gewohnheiten.

Das nächste Café am Ortsausgang relativiert diese Erkenntnis wieder. Mit einem Glas Wasser, angereichert durch ein dickes Stück Quarktorte und einen doppelten Espresso, nimmt er seine mittäglichen Medikamente ein.

Sein Tagesziel ist ein kleines Städtchen auf der Insel mit einer wuchtigen Kirche, die weit ins Land zu sehen ist. Innen herrscht die Finsternis einer spanischen Kathedrale. Selbst das Kerzenlicht, das Georg entzündet, scheint vom Dunkel geschluckt zu werden.

Wie kann man hier Gottesdienst halten! Welches Gottesbild passt zu so einer Grotte? Was mag bei den Besuchern ankommen, wenn hier einer über *das Licht der Welt* predigt? Ich würde als Erstes die riesigen, verschmutzten Fenster professionell reinigen lassen, alle verputzten Flächen kalken und helle, freundliche Lampen anbringen, ehe ich hier auch nur ein Wort predigen wollte, denkt Georg.

Zwei Frauen betreten das Schiff, schauen sich erschrocken um, drehen eine Pflichtrunde, um vielleicht irgendeine Erinnerung außer der Finsternis mitzunehmen und fliehen befreit lachend hinaus ins warme Nachmittagslicht.

Georg findet in der Herberge eine Klappliege. Als die Sonne untergeht, liegt er, in seinen Schlafsack gehüllt, und schläft, während der Pfarrer mit Familie und Freunden vor seinem offenen Fenster eine nicht eben verhaltene Grillparty feiert. Zuvor drückt er Georg den zweiten Stempel in seinen Pilgerausweis.

In der Nacht bekommt Georg Besuch. Ein stämmiger Mittdreißiger im Overall eines Automechanikers, die Ärmel hochgekrempelt, sodass die kräftigen, tätowierten Unterarme mit ihren schaufelartigen Pranken frei liegen, pflanzt sich vor ihm auf. Aus einem unrasierten Gesicht mit breiter Boxernase und fleischigen Lippen, die er spöttisch in einem Mundwinkel zusammenzieht, während der andere halb geöffnet steht, als wolle er eben eine Zigarre hineinstecken, schaut er Georg mit dicken, verquollenen Augen an und fragt: Weber?

Ja, sagt Georg, so heiße ich, und wundert sich selber, keinerlei Angst zu verspüren.

Du hast die Prüfung bestanden.

Welche Prüfung, will Georg wissen.

Na, denk mal nach, sagt der Mann und grinst jetzt über das ganze Gesicht, das auf einmal die Züge von Oberkirchenrat Kreuz annimmt, dann von Jäckel, seinem einstigen Sport- und Mathelehrer, der ihm mal angedroht hat, ihn zu verdreschen, wenn er beim täglichen *Seid bereit* nicht aufsteht und die Hand an den Kopf legt.

Abitur, fragt Georg.

Der Mann schüttelt den Kopf und lacht.

Freischwimmer?

Er lacht weiter.

Fahrprüfung?

Der Mann scheint sich auf seine Kosten amüsieren zu wollen.

Bootsführerschein? Georg weiß, dass er den nie gemacht hat.

Aufnahmeprüfung Chor? Hebraicum? Staatsexamen? Kirchenexamen?

Der Mann, jetzt ernst geworden, winkt ab: Ich geb dir ein Jahr Zeit. Dann erwarte ich dich in Santiago. Wenn du's dann immer noch nicht weißt, musst du die ganze Strecke zurück*gehen*. Klar?

Überhaupt nicht klar, protestiert Georg, der auf einmal das Gefühl hat, er könne es mit dem Mann aufnehmen. Ich weiß ja noch gar nicht, ob ich überhaupt bis Santiago gehen will.

Du wirst, sagt der Mann.

Und wenn nicht?

Diese Frage hört sich Georg laut in den dunklen Raum hinein stellen. Er setzt sich auf, erkennt die Umrisse seines Rucksacks neben seinem Lager, sieht das offene Fenster und in der Ferne den ersten schwachen Schimmer des heraufziehenden Tages. Er legt sich wieder nieder, um noch einmal tief einzuschlafen.

Als er sich frisch machen will, blicken ihn aus dem Spiegel zwei neugierige Augen an. Er schaut in ein offenes Gesicht und sieht, wie sich der Mund zu einem fröhlichen Lächeln verzieht. Zwei Hände umfassen die Wangen, und er hört sich sagen: Hans Georg Weber, ich mag dich. Werde, was du bist.

Nach dem spärlichen Frühstück in einer Bäckerei kauft er sich ein dickes Oktavheft, in dem er, beginnend mit diesem Traum, fortan alle Begebenheiten und Erkenntnisse seiner Pilgerreise festzuhalten gedenkt. Es wird sein persönlichstes, intimstes Tagebuch werden, das ihn im Zwiegespräch mit sich selbst belauscht. Es wird nichts enthalten, was die Welt braucht. Und doch wird es alles vermerken, was die Existenz eines menschlichen Lebens ausmacht. Es wird aus Augen- und Ohrenzeugnissen, aus Begriffenem und Verstandenem, aus unerwartet Gefundenem und vergeblich Ersehntem bestehen. Es wird die Reise zu sich selber beschreiben, die alles, was krank macht, hinter sich lässt.

Am Abend dieses Tages schreibt er eine Karte an Ariane: *Ich bin auf dem Weg, geboren zu werden. Nur noch 3 360 km bis Santiago.*

Er steckt die Karte in sein kleines Buch und lässt sie von Tageseintragung zu Tageseintragung mitwandern.

Einmal kommt eine Karte aus Lengerich an.

Er habe sich doch nach Osten orientieren sollen und sei nun wieder Richtung Westen unterwegs. Aber letztlich seien Westen und Osten doch austauschbare Hilfskonstruktionen, damit wir uns auf dieser Erde ein bisschen zurechtfinden. Streng genommen liege für die Amerikaner China auch im Westen.

Die Figuren dieses Romans sind erfunden. Sollten sich Ähnlichkeiten mit lebenden Personen ergeben, dann weil auch unsere Erfindungen dem Leben entstammen.

EUROPA - BÜCHEREI * STADT PASSAU *
15/1695
R
Zeitgeschichte
Ausgeschieden am 5.12.25
Europa - Bücherei
JH

2015
© mdv Mitteldeutscher Verlag GmbH, Halle (Saale)
www.mitteldeutscherverlag.de

Alle Rechte vorbehalten.

Gesamtherstellung: Mitteldeutscher Verlag, Halle (Saale)

ISBN 978-3-95462-464-5

Printed in the EU

Hans im Glück

oder Die Reise in den Westen